Sophie's
World
插图本

苏菲的世界

乔斯坦·贾德　著
Jostein Gaarder

萧宝森　　译
孙懿欢　　绘

作家出版社

"她的名字叫苏菲，但那个叫做苏菲的人又是谁呢？"
——伊甸园

"唯有哲学家才会踏上危险的旅程，迈向语言与存在所能达到的顶峰。"
——魔术师的礼帽

"索尔梳起头发，扮成新娘，在筵席中一口气吃下一整只牛和八条鲑鱼。"

——神话

"自然界的一切变化都是各种矿物在不同自然力之下相互作用的结果。"
——自然派哲学家

插图版序

在哲学启蒙书中，乔斯坦·贾德著的《苏菲的世界》也许是最畅销的一本，而且在相当程度上已经成为长销不衰的名著。在我看来，这本书之所以获得巨大的成功，是得益于其巧妙的构思。全书实际上有两条线索：一是十四岁少女苏菲与那位神秘哲学家艾伯特之间的通信和往来，而通过哲学家对苏菲的授课和谈话，作者对西方哲学自古至今的发展脉络和探讨的主要问题做了引人入胜的讲解；二是同龄少女席德与她父亲艾勃特之间的通信和往来。读者发现，两条线索由交错、靠近而重合，到头来真相大白，苏菲和神秘哲学家只是席德父亲艾勃特为女儿写的书里的虚构人物，或者毋宁说，是艾勃特化身为艾伯特在向同样化身为苏菲的席德进行哲学启蒙。

柏拉图曾言：哲学始于惊疑。事实上，不论是谁，倘若没有对世界的惊奇和对人生的疑惑，就不会开始哲学的思考。作者深明此理，无论讲述哲学本身的内容，还是设计故事的情节，处处着意激起读者的惊疑。他把哲学课变成了悬疑和破案，虚虚实实，似梦似真，对于少年读者——今天的苏菲和席德们——自然就充满吸引力了。

有趣的是，贾德的这本书虽然畅销全球，但至今没有一个插图本，而填补这个空白的竟是一个中国姑娘。孙懿欢自幼习画，留学法国，浸染当代艺术，其作品色彩绚丽，造型梦幻，也在虚实之间，恰与原著的风格对应。看她的插图，我觉得好像是把苏菲听哲学课时脑中闪现的图像捕捉住了，定格在了画纸上。我相信，贾德本人看了她的画，亦当会心一笑。

周国平

2012年8月16日

目 录

伊甸园

……在某个时刻事物必然从无到有……

苏菲放学回家了。有一段路她和乔安同行，她们谈着有关机器人的问题。乔安认为人的脑子就像一部很先进的电脑，这点苏菲并不太赞同。她想：人应该不只是一台机器吧？

她们走到超市那儿就分手了。苏菲住在市郊，那一带面积辽阔，花木扶疏。苏菲家位于外围，走到学校的距离是乔安家的一倍，附近除了她家的园子之外，没有其他住家，因此看起来她们仿佛住在世界尽头似的。再过去，就是森林了。

苏菲转了个弯，走到苜蓿巷路上。路尽头有一个急转弯，人们称之为"船长弯"。除了周六、周日的时候，人们很少打这儿经过。

正是五月初的时节。有些人家的园子里，水仙花已经一丛丛开满了果树的四周，赤杨树也已经长出了嫩绿的叶子。

每年到这个时节，万物总是充满了生机。这岂不是一件奇妙的事吗？当天气变暖、积雪融尽时，千千万万的花草树木便陡地自荒枯的大地上生长起来了。这是什么力量造成的呢？

苏菲打开花园的门时，看了看信箱。里面通常有许多垃圾邮件和一些写给她妈妈的大信封。她总是把它们堆在厨房的桌子上，然后走上楼到房间做功课。

偶尔，也会有一些银行寄给她爸爸的信。不过，苏菲的爸爸跟别人不太一样。他是一艘大油轮的船长，几乎一年到头都在外面。难得有几个星期在家时，他会上上下下细心打点，为苏菲母女俩把房子整理得漂亮舒适。不过，当他出海后却显得离她们遥远无比。

今天，信箱里却只有一封信，而且是写给苏菲的。信封上写着："苜蓿巷三号，苏菲收"。仅此而已，没有写寄信人的名字，也没贴邮票。

苏菲随手把门带上后，便拆开了信封。里面只有一小张约摸跟信封一样大小的纸，上面写着：

你是谁？

除此之外，什么也没有。没有问候的话，也没有回信地址，只有这三个手写的字，后面是一个大大的问号。

苏菲再看看信封。没错，信是写给她的。但又是谁把它放在信箱里的呢？

苏菲快步走进她家那栋漆成红色的房子里。当她正要把房门带上时，她的猫咪雪儿一如往常般悄悄自树丛中走出，跳到门前的台阶上，一溜烟就钻了进来。

"猫咪，猫咪，猫咪！"

你 是 谁

苏菲的妈妈心情不好时，总是把他们家称为"动物园"。事实上，苏菲也的确养了许多心爱的动物。一开始时是三只金鱼：金冠、小红帽和黑水手。然后她又养了两只鹦哥，名叫史密特和史穆尔，然后是名叫葛文的乌龟，最后则是猫咪雪儿。这些都是爸妈买给她做伴的。因为妈妈总是很晚才下班回家，而爸爸又常航行四海，很少在家。

苏菲把书包丢在地板上，为雪儿盛了一碗猫食。然后她便坐在厨房的高脚椅上，手中仍拿着那封神秘的信。

你是谁？

她怎么会知道？不用说，她的名字叫苏菲，但那个叫做苏菲的人又是谁呢？她还没有想出来。

如果她取了另外一个名字呢？比方说，如果她叫做安妮的话，她会不会变成别人？

这使她想起爸爸原本要将她取名为莉莉。她试着想象自己与别人握手，并且介绍自己名叫莉莉的情景，但却觉得好像很不对劲，像是别人在自我介绍一般。

她跳起来，走进浴室，手里拿着那封奇怪的信。她站在镜子前面，凝视着自己的眼睛。"我的名字叫莉莉。"她说。

镜中的女孩却连眼睛也不眨一下。无论苏菲做什么，她都依样画葫芦。苏菲飞快地做了一个动作，想使镜中的影像追赶不及，但那个女孩却和她一般的敏捷。

"你是谁?"苏菲问。

镜中人也不回答。有一刹那，她觉得迷惑，弄不清刚才问问题的到底是她，还是镜中的影像。

苏菲用食指点着镜中的鼻子，说:"你是我。"

对方依旧没有反应。于是她将句子颠倒过来，说:"我是你。"

苏菲对自己的长相常常不太满意。时常有人对她说她那一双杏眼很漂亮，但这可能只是她的鼻子太小、嘴巴有点大的缘故。还有，她的耳朵也太靠近眼睛了。最糟糕的是她有一头直发，简直没办法打扮。有时她的爸爸在听完一首德彪西的曲子之后会摸摸她的头发，叫她:"亚麻色头发的女孩。"(编按:为德彪西钢琴"前奏曲"之曲名)对他来说，这当然没有什么不好，因为这头直板板的深色头发不是长在他的头上，他无需忍受那种感觉。不管泡沫胶或造型发胶都无济于事。有时她觉得自己好丑，一定是出生时变了形的缘故。以前妈妈总是念叨她当年生苏菲时难产的情况，不过，难道这样就可以决定一个人的长相吗?

她居然不知道自己是谁，这不是太奇怪了吗? 她也没有一点权利选择自己的长相，这不是太不合理了吗? 这些事情都是她不得不接受的。也许她可以选择交什么朋友，但却不能选择自己要成为什么人。她甚至不曾选择要做人。

人是什么? 她再度抬起头，看看镜中的女孩。

"我要上楼去做生物课的作业了。"她说，语气中几乎有些歉意。她很快走到了走廊。一到这儿，她想，"不，我还是到花园去好了。"

"猫咪! 猫咪! 猫咪!"

苏菲追猫追到门阶上，并且随手关上了前门。

当她拿着那封神秘的信,站在花园中的石子路上时,那种奇怪的感觉又浮现了。她觉得自己好像一个在仙子的魔棒挥舞之下,突然被赋予了生命的玩具娃娃。她现在能够在这个世界上四处漫游,从事奇妙的探险,这不是一件很不寻常的事吗?

雪儿轻巧地跳过石子路,滑进了浓密的红醋栗树丛中。它是一只活泼的猫,毛色光滑,全身上下从白色的胡须到左右摇动的尾巴都充满了蓬勃的生气。它此刻也在这园子中,但却未像苏菲一样意识到这件事实。

当苏菲开始思考有关活着这件事时,她也开始意识到她不会永远活着。她想:“我现在是活在这世上,但有一天我会死去。”

人死之后还会有生命吗?这个问题猫咪也不会去想。这倒是它的福气。

苏菲的祖母不久前才去世。有六个多月的时间,苏菲天天都想念她。生命为何要结束呢?这是多么不公平呀!

苏菲站在石子路上想着。她努力思考活着的意义,好让自己忘掉她不会永远活着这件事。然而,这实在不太可能。现在,只要她一专心思索活着这件事,脑海中便会马上浮现死亡的念头。反过来说也是如此:唯有清晰地意识到有一天她终将死去,她才能够体会活在世上是多么美好。这两件事就像钱币的正反两面,被她不断翻来转去,当一面变得更大、更清晰时,另外一面也随之变得大而清晰。生与死正是一枚钱币的正反两面。

“如果你没有意识到人终将死去,就不能体会活着的滋味。”她想。然而,同样的,如果你不认为活着是多么奇妙而不可思议的事时,你也无法体认你必须要死去的事实。

苏菲记得那天医生告诉祖母她生病了时,祖母说过同样的话。她说:“现在我才体认到生命是何等可贵。”

大多数人总是要等到生病后才了解,能够活着是何等的福气。这是多么悲哀的事!或许他们也应该在信箱里发现一封神秘的来信吧!

也许她应该去看看是否有别的信。

苏菲匆匆忙忙走到花园门口,查看了一下那绿色的信箱,她很惊讶地发现里面居然有另外一封信,与第一封一模一样。她拿走第一封信时,里面明明是空的呀!这封信上面也写着她的名字。她将它拆开,拿出一张与第一封信一样大小的便条纸。

纸上写着：

世界从何而来？

苏菲想："我不知道。"不用说，没有人真正知道。不过苏菲认为这个问题的确是应该问的。她生平第一次觉得生在这世界上却连"世界从何而来"这样的问题也不问一问，实在是很不恭敬。

这两封神秘的信把苏菲弄得脑袋发昏。她决定到她的老地方去坐下来。这个老地方是苏菲最秘密的藏身之处。当她非常愤怒、悲伤或快乐时，她总会来到这儿。而今天，苏菲来此的理由却是她感到困惑。

苏菲的困惑

这栋红房子坐落在一个很大的园子中。园里有很多花圃、各式各样的果树，以及一片广阔的草坪，上面有一架沙发式的秋千与一座小小的凉亭。这凉亭是奶奶的第一个孩子在出生几周便夭折后，爷爷为奶奶兴建的。孩子的名字叫做玛莉。她的墓碑上写着："小小玛莉来到人间，惊鸿一瞥魂归高天"。

在花园的一角，那些木莓树丛后面有一片花草果树不生的浓密灌木林。事实上，那儿原本是一行生长多年的树篱，一度是森林的分界线。然而由于过去二十年来未经修剪，如今已经长成一大片，枝叶纠结，难以穿越。奶奶以前常说战争期间这道树篱使得那些在园中放养的鸡比较不容易被狐狸捉去。

如今，除了苏菲以外，大家都认为这行老树篱就像园子另一边那个兔笼子一般，没有什么用处。但这全是因为他们浑然不知苏菲的秘密的缘故。

自从解事以来，苏菲就知道树篱中有个小洞。她爬过那个小洞，就置身于灌木丛中的一个大洞穴中。这个洞穴就像一座小小的房子。她知道当她在那儿时，没有人可以找到她。

手里紧紧握着那两封信，苏菲跑过花园，而后整个人趴下来，钻进树篱中。里面的高度差不多勉强可以让她站起来，但她今天只是坐在一堆纠结的树根上。她可以从这里透过枝丫与树叶之间的隙缝向外张望。虽然没有一个隙缝比一枚小钱币大，但她仍然可以清楚地看见整座花园。当她还小时，常躲在这儿，看着爸妈在树丛间找她，觉得很好玩。

苏菲一直认为这个花园自成一个世界。每一次她听到圣经上有关伊甸园的事时，她就觉得自己好像坐在她的小天地，观察属于她的小小乐园一般。

世界从何而来？

她一点也不知道。她知道这个世界只不过是太空中一个小小的星球。然而，太空又是打哪儿来的呢？

很可能太空是早就存在的。如果这样，她就不需要去想它是从哪里来了。但一个东西有可能原来就存在吗？她内心深处并不赞成这样的看法。现存的每一件事物必然都曾经有个开始吧？因此，太空一定是在某个时刻由另外一样东西造成的。

不过，如果太空是由某样东西变成的，那么，那样东西必然也是由另外一样东西变成的。苏菲觉得自己只不过是把问题向后拖延罢了。在某一时刻，事物必然曾经从无到有。然而，这可能吗？这不就像世界一直存在的看法一样不可思议吗？

他们在学校曾经读到世界是由上帝创造的。现在苏菲试图安慰自己，心想这也许是整件事最好的答案吧。不过，她又再度开始思索。她可以接受上帝创造太空的说法，不过上帝又是谁创造的呢？是它自己从无中生有，创造出它自己吗？苏菲内心深处并不以为然。即使上帝创造了万物，它也无法创造出它自己，因为那时它自己并不存在呀。因此，只剩下一个可能性了：上帝是一直都存在的。然而苏菲已经否认这种可能性了，已经存在的万事万物必然有个开端的。

哦！这个问题真是烦死人了！

她再度拆开那两封信。

你是谁？

世界从何而来？

什么烂问题嘛！再说，这些信又是打哪儿来的呢？这件事几乎和这两个问题一样，是个谜。

是谁给苏菲这样一记当头棒喝，使她突然脱离了日常生活，面对这样一个宇宙的大谜题？

苏菲再度走到信箱前。这已经是第三次了。邮差刚刚送完今天的信。苏菲拿出了一大堆垃圾邮件、期刊以及两三封写给妈妈的信。除此之外，还有一张风景明信片，上面印着热带海滩的景象。她把卡片翻过来，上面贴着挪威的邮票，并盖着"联合国部队"的邮戳。会是爸爸寄来的吗？可是爸爸不在这个地方呀！况且笔迹也不像他。

当她看到收信人的名字时，不觉心跳微微加速。上面写着："请苣蓿巷三号苏菲转交席德……"剩下的地址倒是正确的。卡片上写着：

亲爱的席德：

你满十五岁了，生日快乐！我想你会明白，我希望给你一样能帮助你成长的生日礼物。原谅我请苏菲代转这张卡片，因为这样最方便。

爱你的老爸

苏菲快步走回屋子，进入厨房。此刻她的思绪一团混乱。

这个席德是谁？她的十五岁生日居然只比苏菲早了一个月。

她去客厅拿了电话簿来查。有许多人姓袭，也有不少人姓习，但就是没有人姓席。

她再度审视这张神秘的卡片。上面有邮票也有邮戳，因此毫无疑问，这不是一封伪造的信。

怎么会有父亲把生日卡寄到苏菲家？这明明不是给她的呀！什么样的父亲会故意把信寄到别人家，让女儿收不到生日卡呢？为什么他说这是"最方便"的呢？更何况，苏菲要怎样才能找到这个名叫席德的人？

现在，苏菲又有问题要烦恼了。她试着将思绪做一番整理：

今天下午，在短短的两个小时之内，她面临了三个问题。第一个是谁把那两个白色的信封放在她的信箱内，第二个是那两封信提出的难题，第三个则是这个席德是谁。她的生日卡为何会寄到苏菲家？苏菲相信这三个问题之间必然有所关联。一定是这样没错，因为今天以前，她的生活都跟平常人没有两样。

魔术师的礼帽

……要成为一个优秀的哲学家只有一个条件：要有好奇心……

苏菲很肯定那位写匿名信的人会再度来信。她决定暂时不要将这件事告诉任何人。

如今，在学校上课时，她变得很难专心听课。他们所说的仿佛都是一些芝麻绿豆的事。他们为何不能谈一些诸如："人是什么？"或"世界是什么，又何以会存在？"这类的事呢？

她生平第一次开始觉得无论在学校或其他地方，人们关心的都只是一些芝麻琐事罢了。世上还有更重要的事有待解答，这些事比学校所上的任何科目都更重要。

世上有人可以解答这些问题吗？无论如何，苏菲觉得思索这些问题要比去死背那些不规则动词更加要紧。

最后一堂课的下课铃响起时，她飞快走出学校，快得乔安必须要跑步才能追上她。

过了一会儿，乔安说："今天傍晚我们来玩牌好吗？"

苏菲耸了耸肩："我不像从前那么爱玩牌了。"

乔安听了仿佛被雷击中一般。

"是吗？那我们来玩羽毛球好了。"

苏菲垂下眼睛，看着人行道，而后抬起头看着乔安。

"我对羽毛球也不是很有兴趣了。"

"你不是说真的吧？"

苏菲察觉到乔安语气中的不满。

"你可不可以告诉我是什么事情突然变得那么重要？"

苏菲摇摇头："嗯……这是一个秘密。"

"噢! 你大概是谈恋爱了吧!"

她们两个又走了一会儿,谁都没有说话。当她们走到足球场时,乔安说:"我要从斜坡这里走过去。"

从斜坡走过去! 没错,这是乔安回家最近的一条路,但她通常只有在家里有客人或必须赶到牙医那儿去的时候才从这儿走。

苏菲开始后悔她刚才对乔安的态度不佳。不过她又能对乔安说些什么呢? 说她是因为突然忙着解答自己是谁以及世界从何而来等问题,所以才没有时间玩羽毛球吗? 乔安会了解吗?

这些都是世间最重要,也可以说是最自然的问题。但为何一心想着这些问题会如此累人?

苏菲打开信箱时,感觉自己心跳加快。起先她只看到一封银行寄来的信以及几个写着妈妈名字的棕色大信封。该死! 她居然开始疯狂地期待那个不知名的人再度来信。

当她关上园门时,发现有一个大信封上写着她的名字。她把它翻过来要拆信时,看到信封背面写着:"哲学课程。请小心轻放。"

苏菲飞奔过石子路,将书包甩在台阶上,并将其他信塞在门前的脚垫下,然后跑进后面的园子里,躲进她的密洞。唯有在这里,她才能拆阅这个大信封。

雪儿也跟着跳进来。苏菲无可奈何,因为她知道雪儿是赶也赶不走的。

信封内有三张打好字的纸,用一个纸夹夹住。苏菲开始读信。

哲学是什么?

亲爱的苏菲:

人的嗜好各有不同。有些人搜集古钱或外国邮票,有些人喜欢刺绣,有些人则利用大部分的空间时间从事某种运动。

另外许多人以阅读为乐,但阅读的品位人各不同。有些人只看报纸或漫画,有些人喜欢看小说,有些人则偏好某些特殊题材的书籍,如天文学、自然生物或科技新知等。

如果我自己对马或宝石有兴趣，我也不能期望别人都和我一样。如果我看电视体育节目看得津津有味，就必须忍受有些人认为体育节目很无聊的事实。

可是，天底下是不是没有一件事是我们大家都感兴趣的呢？是不是没有一件事是每一个人都关切的——无论他们是谁或住在何处？是的，亲爱的苏菲，天底下当然有一些问题是每个人都有兴趣的。而这门课程正与这些问题有关。

生命中最重要的事情是什么？如果我们问某一个正生活在饥饿边缘的人，他的答案一定是"食物"。如果我们问一个快要冻死的人，答案一定是"温暖"。如果我们拿同样的问题问一个寂寞孤独的人，那答案可能是"他人的陪伴"了。

然而，当这些基本需求都获得满足后，是否还有些东西是每一个人都需要的呢？哲学家认为，答案是肯定的。他们相信人不能只靠面包过日子。当然，每一个人都需要食物，每一个人都需要爱与关怀。不过除了这些以外，还有一些东西是人人需要的，那就是：明白我们是谁、为何会在这里。

想知道我们为何会在这儿，并不像集邮一样是一种休闲式的兴趣。那些对这类问题有兴趣的人所要探讨的，乃是自地球有人类以来，人们就辩论不休的问题：宇宙、地球与生命是如何产生的？这个问题比去年奥运会谁得到最多的金牌要更大，也更重要。

探讨哲学最好的方式就是问一些哲学性的问题，如：这世界是如何创造出来的？其背后是否有某种意志或意义？人死后还有生命吗？我们如何能够解答这些问题呢？最重要的是，我们应该如何生活？千百年来，人们不断提出这些问题。据我们所知，没有一种文化不关心"人是谁""世界从何而来"这样的问题。

基本上，我们要问的哲学问题并不多。我们刚才已经提出了其中最重要的问题。然而，在历史上，人们对每一个问题提出了不同的答案。因此，提出哲学问题要比回答这些问题更容易。

即使是在今天，每个人仍然必须各自寻求他对这些问题的答案。你无法在百科全书查到有关"上帝是否存在?"与"人死后是否还有生命?"这些问题的答案。百科全书也不会告诉我们应该如何生活。不过,读一读别人的意见倒可以帮助我们建立自己对生命的看法。

哲学家追寻真理的过程很像是一部侦探小说。有人认为安德森是凶手,有人则认为尼尔森或詹生才是。遇到犯罪案件,警方有时可以侦破,但也很可能永远无法查出真相(虽然在某个地方一定有一个破案的办法)。因此,即使要回答一个问题很不容易,但无论如何总会有一个(且仅此一个)正确答案的。人死后要不就是透过某种形式存在,要不就是根本不再存在。

过去许多千百年的谜题如今都有了科学的解释。从前,月亮黑暗的那一面可说是神秘莫测。由于这不是那种可以借讨论来解决的问题,因此当时月亮的真实面目如何全凭个人想象。然而今天我们已经确知月亮黑暗的那一面是何模样。没有人会再"相信"嫦娥的存在或月亮是由绿色的乳酪做成等等说法了。

两千多年前,一位古希腊哲学家认为,哲学之所以产生是因为人有好奇心的缘故。他相信,人对于活着这件事非常惊讶,因此自然而然就提出了一些哲学性的问题。

这就像我们看人家变魔术一样。由于我们不明白其中的奥妙,于是便问道:"魔术师如何能将两三条白色的丝巾变成一只活生生的兔子呢?"

许多人对于这世界的种种也同样有不可置信的感觉,就像我们看到魔术师突然从一顶原本空空如也的帽子里拉出一只兔子一般。

关于突然变出兔子的事,我们知道这不过是魔术师耍的把戏罢了。我们只是想知道他如何办到而已。然而,谈到有关世界的事时,情况便有些不同了。我们知道这世界不全然是魔术师妙手一挥、掩人耳目的把戏,因为我们就生活在其中,我们是它的一部分。事实上,我们就是那只被人从帽子里拉出来的小白兔。我们与小白兔之间唯一的不同是:小白兔并不明白它本身参与了一场魔术表演。我们则相反。我们觉得自己是某种神秘事物的一部分,我们想了解其中的奥秘。

P.S:关于小白兔,最好将它比作整个宇宙,而我们人类则是寄居在兔子毛皮深处的微生虫。不过哲学家总是试图沿着兔子的细毛往上爬,以便将魔术师看个清楚。

苏菲，你还在看吗？未完待续……

苏菲真是累极了。"还在看吗？"她甚至不记得她在看信时是否曾停下来喘口气呢！

是谁捎来这封信？当然不可能是那位寄生日卡给席德的人，因为卡片上不但有邮票，还有邮戳。但这个棕色的信封却像那两封白色的信一样，是由某人亲自投进信箱的。

苏菲看了看手表，时间是两点四十五分。妈妈还有两个多小时才下班。

苏菲爬出来，回到园子里，跑到信箱旁。也许还有另一封信呢！

她发现另一个写着她名字的棕色信封。这回她四下看了看，但却没有见到任何人影。她又跑到树林边，往路的那一头张望。

那边也没有人。

突然间她好像听到树林深处某根枝条"啪！"一声折断的声音。不过她并不是百分之百确定。何况，如果一个人决心要逃跑，再怎么追他也没有用。

苏菲进入屋里，把书包和给妈妈的信放在厨房的桌子上，然后便跑上楼梯，进入她的房间，拿出一个装满美丽石子的饼干盒。她把那些石头倒在地板上，把两个大信封装进盒子里。然后又匆忙走到花园里，双手紧紧拿着饼干盒。临走时，她拿出一些食物给雪儿吃。

"猫咪！猫咪！猫咪！"

回到密洞中后，她打开了第二封棕色的信，取出几页才刚打好字的信纸。她开始看信。

奇怪的生物

嗨！苏菲，我们又见面了。诚如你所看见的，这门简短的哲学课程将会以一小段、一小段的形式出现。以下仍然是序言部分：

我是否曾经说过，成为一个优秀哲学家的唯一条件是要有好奇心？如果我未曾说过，那么我现在要说：成为一个优秀哲学家的唯一条件是要有好奇心。

婴儿有好奇心，这并不令人意外。在娘胎里短短几个月后，他们便掉进一个崭新的世界。不过当他们慢慢成长时，这种好奇心似乎也逐渐减少。为什么？你知道答案吗，苏菲？

让我们假设，如果一个初生的婴儿会说话，他可能会说他来到的世界是多么奇特。因为，尽管他不能说话，我们可以看到他如何左顾右盼并好奇地伸手想碰触他身边的每一样东西。

小孩子逐渐学会说话后，每一次看见狗，便会抬起头说："汪！汪！"他会在学步车里跳上跳下，挥舞着双手说："汪！汪！汪！汪！"我们这些年纪比较大、比较见多识广的人可能会觉得小孩子这种兴奋之情洋溢的样子很累人。我们会无动于衷地说："对，对，这是汪汪。好了，坐着不要动！"看到狗，我们可不像小孩子那样着迷，因为我们早就看过了。

小孩子这种行为会一再重复，可能要经过数百次之后，他才会在看到狗时不再兴奋异常。在他看到大象或河马时，也会发生同样的情况。远在孩童学会如何讲话得体、如何从事哲学性的思考前，他就早已经习惯这个世界了。

这是很可惜的一件事，如果你问我的看法的话。

亲爱的苏菲，我不希望你长大之后也会成为一个把这世界视为理所当然的人。为了确定起见，在这课程开始之前，我们将做两三个有关思想的测验。

请你想象，有一天你去树林里散步。突然间你看到前面的路上有一艘小小的太空船，有一个很小的火星人从船舱里爬出来，站在路上抬头看着你……

你会怎么想？算了，这并不重要。但你是否曾经想过你自己也是个火星人？

很明显的，你不太可能突然撞见一个来自其他星球的生物。我们甚至不知道其他星球是否也有生物存在。不过有一天你可能会突然发现自己。你可能会突然停下来，以一种完全不同的眼光来看自己，就在你在树林里散步的时候。

你会想："我是一个不同凡响的存在。我是一个神秘的生物。"

你觉得自己好像刚从一个梦幻中醒来。我是谁？你问道。你知道自己正行走在宇宙的一个星球上。但宇宙又是什么？

如果你像这样，突然意识到自己的存在，你会发现自己正像我们刚才提到的火星人那样神秘。你不仅看到一个从外太空来的生命，同时也会打内心深处觉得自己的存在是如此不凡响。

如果你不介意的话，苏菲，现在就让我们来做另一个思想上的测验。

有一天早上，爸、妈和小同正在厨房里吃早餐。过了一会儿，妈妈站起身来，走到水槽边。这时，爸爸飞了起来，在天花板下面飘浮。小同坐在那儿看着。你想小同会说什么？也许他会指着父亲说："爸爸在飞。"小同当然会觉得吃惊，但是他经常有这样的经验。爸爸所做的奇妙的事太多了，因此这回他飞到早餐桌上方这件事对小同并没有什么特别。每天爸爸都用一个很滑稽的机器刮胡子，有时他会爬到屋顶上调整电视的天线。或者，他偶尔也会把头伸进汽车的引擎盖里，出来时脸都是黑的。好了，现在轮到妈妈了。她听到小同说的话，转身一瞧。你想她看到爸爸像没事人一般飘浮在餐桌的上方会有什么反应？

她吓得把果酱罐子掉在地上，然后开始尖叫。等到爸爸好整以暇地回到座位上时，她可能已经需要急救了。（从现在起，爸爸可真是该注意一下自己的餐桌礼仪了！）为何小同和妈妈有如此不同的反应？你认为呢？

这完全与习惯有关。（注意！）妈妈已经知道人是不能飞的，小同则不然。他仍然不确定在这个世界上人能做些什么或不能做些什么。

然而，苏菲，这世界又是怎么回事呢？它也一样飘浮在太空中呀。你认为这可能吗？

遗憾的是，当我们成长时，不仅习惯了有地心引力这回事，同时也很快地习惯了世上的一切。我们在成长的过程当中，似乎失去了对这世界的好奇心。也正因此，我们丧失了某种极为重要的能力（这也是一种哲学家们想要使人们恢复的能力）。因为，在我们内心的某处，有某个声音告诉我们：生命是一种很庞大的、神秘的存在。这是我们在学会从事这样的思考前都曾经有过的体验。

更明白地说：尽管我们都想过哲学性的问题，却并不一定每个人都会成为哲学家。由于种种理由，大多数人都忙于日常生活的琐事，因此他们对于这世界的好奇心都受到压抑。（就像那些微生虫一般，爬进兔子的毛皮深处，在那儿怡然自得地待上一辈子，从此不再出来。）

对于孩子们而言，世上的种种都是新鲜而令人惊奇的。对于大人们则不然。大多数成人都把这世界当成一种理所当然的存在。

这正是哲学家们之所以与众不同的地方。哲学家从来不会过分习惯这个世界。对于他或她而言，这个世界一直都有一些不合理，甚至有些复杂难解、神秘莫测。这是哲学家与小孩子共同具有的一种重要能力。你可以说，哲学家终其一生都像个孩子一般敏感。

所以，苏菲，你现在必须做个选择。你是个还没有被世界磨掉好奇心的孩子？还是一个永远不会如此的哲学家？

如果你只是摇摇头，不知道自己究竟是个孩子还是哲学家，那么你已经太过习惯这个世界，以至于不再对它感到惊讶了。果真如此，你得小心，因为你正处于一个危险的阶段，这也是为何你要上这门哲学课的原因。因为我们要以防万一。我不会听任你变得像其他人一样没有感觉、无动于衷。我希望你有一个好奇、充满求知欲的心灵。

这门课程是不收费的，因此即使你没有上完也不能退费。如果你中途不想上了，也没关系，只要在信箱里放个东西做信号就可以了。最好是一只活青蛙，或至少是某种绿色的东西，以免让邮差吓一大跳。

综合我上面所说的话，简而言之，这世界就像魔术师从他的帽子里拉出的一只白兔。只是这白兔的体积极其庞大，因此这场戏法要数十亿年才变得出来。所有的生物都出生于这只兔子的细毛顶端，他们刚开始对于这场令人不可置信的戏法都感到惊奇。然而当他们年纪愈长，也就愈深入兔子的毛皮，并且待了下来。他们在那儿觉得非常安适，因此不愿再冒险爬回脆弱的兔毛顶端。唯有哲学家才会踏上此一危险的旅程，迈向语言与存在所能达到的顶峰。其中有些人掉了下来，但也有些人死命攀住兔毛不放，并对那些窝在舒适柔软的兔毛的深处、尽情吃喝的人们大声吼叫。

他们喊："各位先生女士，我们正飘浮在太空中呢！"但下面的人可不管这些哲学家在嚷些什么。

这些人只会说："哇！真是一群捣蛋鬼！"然后又继续他们原先的谈

话：请你把奶油递过来好吗？我们今天的股价涨了多少？番茄现在是什么价钱？你有没有听说黛安娜王妃又怀孕了？

那天下午，苏菲的妈妈回家时，苏菲仍处于震惊状态中。她把那个装着神秘哲学家来信的铁盒子很稳妥地藏在密洞中。然后她试着开始做功课，但是当她坐在那儿时，满脑子想的都是她刚才读的信。

她过去从未这样努力思考过。她已经不再是个孩子了，但也还没有真正长大。苏菲意识到她已经开始朝着兔子（就是从宇宙的帽子中被拉出来的那只）温暖舒适的毛皮深处向下爬，却被这位哲学家中途拦住。他（或者说不定是她）一把抓住她的后脑勺，将她拉回毛尖（她孩提时代戏耍的地方）。就在那儿，在兔毛的最顶端，她再度以仿佛乍见的眼光打量这个世界。

毫无疑问，这位哲学家救了她。写信给她的无名氏将她从琐碎的日常生活中拯救出来了。

下午五点，妈妈到家时，苏菲把她拉进起居室，将她推在一张安乐椅上坐下。

她开始问："妈，我们居然有生命，你不觉得这很令人惊讶吗？"

她妈妈真是丈二和尚摸不着头脑，不知道该怎么回答。平常她回家时，苏菲多半在做功课。

"我想是吧！有时候。"她说。

"有时候？没错，可是——你不觉得这个世界居然存在是很令人惊讶的事吗？"

"听着，苏菲，不要再说这些话。"

"为什么？难道你认为这个世界平凡无奇吗？"

"不是吗？多少总有一些吧？"

苏菲终于明白哲学家说得没错。大人们总是将这个世界视为理所当然的存在，并且就此任自己陷入柴米油盐的生活中而浑然不觉。

"你太习惯这个世界了，才会对任何事情都不感到惊奇。"

"你到底在说些什么？"

"我是说你对每一件事都太习惯了。换句话说，已经变得非常迟钝了。"

"不要这样对我讲话，苏菲！"

"好吧，我换一种方式说好了。你已经在这只被拉出宇宙的帽子的白兔毛皮深处待得太舒服了。再过一会儿你就会把马铃薯拿出来，然后就开始看报纸，之后打半个小时的盹，然后看电视新闻。"

妈妈的脸上掠过一抹忧虑的神色。她走进厨房把马铃薯拿出来。过了一会儿，她便走回起居室，这次轮到她把苏菲推到安乐椅上坐下了。

"我有事情要跟你谈。"她说。从她的声音听出来，苏菲可以猜到事情一定很严重。

"你没有跑去跟人家喝什么药吧？宝贝！"

苏菲差一点笑出来。但她了解妈妈为什么会问她这个问题。

"我又不是神经病，"她说，"那样只会让人变得更钝呀！"

那天晚上，谁也没有再提起任何有关喝药或白兔的事情。

神 话

……善与恶之间脆弱的平衡……

第二天早上，苏菲没有接到任何信。一整天在学校里，她觉得如坐针毡，无聊极了。下课时，她特别小心，对乔安比平日更好。放学回家途中，她们讨论相偕露营的计划，只等树林里的地变干时便可以成行。

好不容易终于挨到了开信箱的时刻。首先她拆开一封盖着墨西哥邮戳的信，是爸爸写来的。信上说他非常想家，还有他生平第一遭在棋赛中打败了大副。除此之外，他也几乎看完了他在寒假过后带上船的一批书。之后，苏菲又看到了一个写着她名字的棕色信封。把书包和其他邮件放进屋里后，她便跑进密洞中，把信封内的信纸抽出来，开始看着：

神话的世界观

嗨，苏菲！今天要讲的东西很多，因此我们就马上开始吧。

所谓哲学，我们指的是耶稣基督降生前六百年左右，在希腊演进的一种崭新的思考方式。在那以前，人们在各种宗教中找到了他们心中问题的答案。这些宗教上的解释透过神话的形式代代流传下来。所谓神话就是有关诸神的故事，其目的在解释为何生命是这番面貌。

数千年来，世界各地有许多企图解答哲学性问题的神话故事。希腊哲学家则想证明这些解释是不可信赖的。

为了要了解古代哲学家的想法，我们必须先了解神话中显现的世界是何种面貌。我们可以拿一些北欧神话来做例子。

你也许曾经听过索尔与他的铁锤的故事。在基督教传入挪威之前，人们相信索尔时常乘着一辆由两只山羊拉着的战车横越天空。他一挥动斧头便产生闪电与雷声。挪威文中的"雷"（Thor-don）字意指索尔的怒吼。在瑞典文中，"雷"字（aska）原来写成as-aka，意指神（在天上）出游。

当天空雷电交加时，便会下雨，而雨对北欧农民是很重要的。因此，索尔又被尊为象征肥沃、富饶的神。

因此神话中对雨的解释便是：索尔挥动锤子时，就会下雨。而一旦下雨，田里的玉米便会开始发芽、苗长。

田里的植物如何能够生长并结出果实？这问题令人不解，不过显然与雨水有关。更重要的是，每一个人都相信雨水与索尔有关，因此他便成了古代北欧最重要的神祇之一。

索尔之所以受到重视另外有一个原因，而这个原因与整个世界秩序有关。

北欧人相信人类居住的这部分世界是一个岛屿，时常面临来自外界的危险。他们称此地为"米德加德"（Midgard），就是"中央王国"的意思。在这个中央王国内，有一个地方名叫"阿斯加德"（As—gard），乃是诸神的领地。

中央王国外面有一个叫做"乌特加德"（Utgard）的王国，是狩猎的巨人居住的地方。这些巨人运用各种诡计想要摧毁这个世界。类似这样的邪恶怪物经常被称为"混乱之力"。事实上，不仅挪威神话，几乎所有其他文化都发现善与恶这两种势力之间存在着一种不稳定的平衡。

巨人们摧毁"中央王国"的方法之一就是绑架象征肥沃、多产的女神芙瑞雅。如果他们得逞，田野里将无法长出作物，妇女也将生不出小孩。因此，非得有人来制住这些巨人不可。

这时就要仰赖索尔了。他的铁锤不仅能使天空下雨，也是对抗危险的混乱之力的重要武器。这支锤子几乎给了他无边的法力，他可以用它掷杀巨人，而且无需担心把它弄丢，因为它总是会自动回到他身边，就像回力球一样。

这就是神话中对于大自然如何维持平衡、为何善与恶之间永远相互对抗等问题的解释，而哲学家们拒绝接受这种解释。

然而，这并不仅仅是解释的问题。

当干旱、瘟疫等灾害发生时，凡人不能光是呆坐在那儿，等着神明来解救。他们必须在这场对抗邪恶的战争中出力，而他们出力的方法则是举行种种宗教仪式。

在古代的北欧，意义最重大的宗教仪式乃是献祭。对神明献祭可以增强神明的法力。举个例子，凡人必须以祭品供奉神明，以给予他们战胜混乱之力的力量。其方法是宰杀牲畜，祭拜神明。古代北欧人祭祀索尔时通常以山羊为祭品，祭拜欧丁时有时还会以人为祭品。

北欧国家最著名的神话来自冰岛一首名为《史莱慕之诗》的诗。诗中叙述有一天索尔醒来，发现他的锤子不见了，气得双手发抖，吹胡子瞪眼睛。于是他带着侍童洛奇去拜访芙瑞雅，问她是否可以将翅膀借他，好让洛奇可以飞到巨人所住的"约腾海"，以查探那些巨人是否偷了索尔的锤子。

洛奇到了约腾海后，见到了巨人之王史莱慕。后者得意地宣称他已将锤子藏在地下七里格的地方，并说除非诸神将芙瑞雅嫁给他，否则他不会归还锤子。

苏菲，你了解吗？这些善良的神明突然间面临了一个全面的人质危机。巨人们夺走了诸神最有力的防卫武器，这是令人完全无法忍受的情况。只要巨人们拥有索尔的锤子，他们便能够百分之百控制诸神与凡人的世界。他们要求用芙瑞雅来交换锤子的行为也令人无法接受。如果诸神被迫放弃芙瑞雅这位保护天下生灵的丰饶女神，则田野上将看不到绿草，所有的神明与凡人也都将死去。这真是令人左右为难的困境。假如你能想象一群恐怖分子扬言要在伦敦或巴黎的市中心引爆一枚核子炸弹，除非他们达到他们所提的可怕要求，你马上就可以了解这个情况的严重性了。

据说，洛奇回到阿斯加德后，就叫芙瑞雅穿上她的新娘礼服，准备嫁给巨人之王。（呜呼哀哉！）芙瑞雅非常生气。她说，如果她答应嫁给一个巨人，人们准会以为她想男人想疯了。

这时候，一个名叫海姆达尔的天神想出了一个很聪明的办法。他建议索尔扮成新娘，把头发梳起来，在衣服内垫两块石头，装成女人。可想而知，索尔当然很不情愿，不过他终于不得不承认，如果他要取回铁锤，这是唯一的办法。

于是，索尔穿上了新娘礼服，洛奇则扮成伴娘。洛奇说："现在，就让我们这两个女人前往约腾海吧!"以现代话来说,索尔和洛奇是天神中的反恐怖特勤小组。他们男扮女装,任务是渗透巨人的根据地,夺回索尔的锤子。他们到达约腾海后,巨人们开始筹备婚宴。然而在筵席中,新娘(就是索尔)一口气吃下一整只牛和八条鲑鱼,并且痛饮了三桶啤酒,把史莱慕吓了一大跳。这个"突击小组"的真实身份几乎就要曝光了。幸好,洛奇及时辩称芙瑞雅是因为期盼到约腾海来,整整一个星期都没有吃饭,才化解了这场危机。

史莱慕掀开新娘面纱要亲吻新娘时,吃惊地看到一双红彤彤的眼睛。此时洛奇再度出面解围。他说,新娘是因为在婚礼前太过兴奋,才整整一个礼拜都没有合眼。于是,史莱慕便命手下将锤子取来以便在进行婚礼时放在新娘的怀中。

据说,索尔拿到锤子时,忍不住放声大笑。他先用锤子击杀了史莱慕,然后便将巨人们以及他们所有的亲族杀个精光。就这样,这个可怕的人质事件终于有了一个美满结局。索尔这个天神世界中的蝙蝠侠或007再一次击败了恶势力。

这个神话故事到此结束。然而,其中真正的意义究竟是什么?这不仅是一个有娱乐效果的故事,同时也具有说明的作用。我们也许可以做如下的解释:

当旱灾发生时,人们便思索天空之所以不下雨的原因,是因为巨人们偷了索尔的锤子吗?

也许这则神话之缘起,是人们试图解释一年中季节更替的现象:冬天时大自然死亡,是因为索尔的铁锤被偷到约腾海,但是到春天时索尔便将它取回。如此这般,神话的作用便是为人们不了解的事物寻求一个解释。

然而,一则神话可不只是一个解释而已。人们同时也进行与神话有关的宗教仪式。我们可以想象当时的人在荒旱或作物歉收时,如何依照神话情节来搬演一出戏剧。也许村里一名男子会打扮成新娘,用石块绑在胸部,以便从巨人那儿偷回铁锤。人们这样做的目的在于采取若干行动以促使下雨,好让田地里长出作物来。

除此之外,世界其他各地也有许许多多如何将"季节的神话"编成戏剧,以加速季节更替的例子。

到目前为止，我们只对古代北欧的神话世界有一个粗浅的印象。事实上，关于索尔与欧丁、芙瑞耶、芙瑞雅、霍德尔、波尔德与其他多位天神，还有数不清的神话故事。这类神话式的观念遍布全球，直到哲学家们开始提出疑问为止。

当世界上最早的哲学开始发展之际，希腊人也有一套表达他们世界观的神话。这些有关他们的天神的故事乃是数百年来世代流传下来的，这些神包括主神宙斯、太阳神阿波罗、主神之妻希拉，与司智慧、艺术、学问、战争等的女神雅典娜、酒神戴奥尼索斯、医术之神艾斯克里皮雅斯、大力士海瑞克里斯与海菲思特斯等。

公元前七百年左右，有一大部分希腊神话被荷马与贺西欧德以文字记录下来。至此情况大不相同，因为神话既然以文字的形式存在，也就可以加以讨论了。

于是，最早的希腊哲学家对于荷马的神话提出批评，理由是神话里的天神与人类太过相似了。他们与人一样自大、狡诈。这是破天荒第一遭有人说神话只不过是人们想象出来的。

批评者当中有一位名叫赞诺芬尼司的哲学家，生于公元前五七〇年左右。他指出，人类按照自己的形象创造出这些天神，认为他们也是由父母所生，并像凡人一样有身体、穿衣服，也有语言。问题是，衣索比亚人认为天神是扁鼻子的黑人，史瑞思（巴尔干半岛东部的古国）人则认为神有金发蓝眼。假使牛、马、狮子会画图，一定也会把天神画成牛、马、狮子的模样。

在这段期间，希腊人在希腊本土与意大利南部、小亚细亚等希腊殖民地建立了许多城市。在这些城市中，所有的劳力工作都由奴隶担任，因此市民有充分的闲暇，可以将所有时间都投注在政治与文化上。

在这样的城市环境中，人的思考方式开始变得与以前大不相同。任何人都可以发言质疑社会的组成方式，也可无需借助古代神话而提出一些哲学性的问题。

我们称这样的现象为"从神话的思考模式发展到以经验与理性为基础的思考模式"。早期希腊哲学家的目标乃是为大自然的变化寻找自然的——而非超自然的——解释。

苏菲继续在偌大的园子里信步走着。她试着忘记她在学校——尤其是在科学课上——学到的东西。假使她生长在这花园中，对于大自然一无所知，那么她对春天会有什么感觉呢？

她会不会试着为突然下雨的现象找出某种解释？她会不会编造出某种神话来解释雪到哪儿去了，及为何太阳会升起？

会的，她一定会的。这是毫无疑问的。她开始编故事：

邪恶的穆瑞耶特将美丽的奚琪塔公主囚禁在寒冷的牢房中，于是冬天遂以它冰冷的手掌攫住了大地。然而有一天早上，勇敢的布拉瓦托王子来到这里，将她救出。奚琪塔高兴得在草原上跳舞，并唱起一首她在湿冷的牢房中所作的曲子。大地与树木都受到感动，以至于雪全都化成了眼泪。后来，太阳出来，把所有的眼泪都晒干了。鸟儿们模仿奚琪塔的歌声鸣唱着。当美丽的公主将她金黄色的长发放下来时，几缕发丝落到地上，化为田野中的百合花。

苏菲很喜欢自己编的美丽故事。如果她不知道其他有关季节变换的解释，她一定会相信这个自己编的故事。

她明白人们总是想为大自然的变迁寻求解释。这就是他们何以在科学还没有产生之前会编造出那些神话故事的原因。

自然派哲学家

……没有一件事物可以来自空无……

那天下午苏菲的妈妈下班回家时，苏菲正坐在秋千上，想着哲学课程与席德（那位收不到她父亲寄来的生日卡的女孩）之间究竟有什么关系？

妈妈在花园另一头喊她："苏菲，有你一封信！"

苏菲吓了一跳。她刚才已经把信箱里的信都拿出来了，因此这封信一定是那位哲学家写来的。她该对妈妈说什么好呢？

"信上没有贴邮票，可能是情书哩！"

苏菲接过信。

"你不打开吗？"

她得编一个借口。

"你听过谁当着自己妈妈的面拆情书的吗？"

就让妈妈认为这是一封情书好了。虽然这样挺令人难为情的，但总比让妈妈发现自己接受一个完全陌生的人——一个和她玩捉迷藏的哲学家——的函授教学要好些。

这次，信装在一个白色的小信封里。苏菲上楼回房后，看到信纸上写了三个新的问题：

> 万事万物是否由一种基本的物质组成？
>
> 水能变成酒吗？
>
> 泥土与水何以能制造出一只活生生的青蛙？

苏菲觉得这些问题很蠢，但整个晚上它们却在她的脑海里萦绕不去。

到了第二天她还在想，把每个问题逐一思索了一番。

世上万物是否由一种"基本物质"组成的呢？如果是，这种基本物质又怎么可能突然变成一朵花或一只大象呢？

同样的疑问也适用于水是否能变成酒的问题。苏菲听过耶稣将水变成酒的故事，但她从未当真。就算耶稣真的将水变成了酒，这也只是个奇迹，不是平常人可以做到的。苏菲知道世间有很多水，不仅酒里有水，其他能够生长的事物中也都有水。然而，就拿黄瓜来说好了，即使它的水分含量高达百分之九十五，它里面必然也有其他的物质。因为黄瓜就是黄瓜，不是水。

接下来是有关青蛙的问题。奇怪，她的这位哲学老师好像特别偏爱青蛙。

她或许可以接受青蛙是由泥土与水变成的说法。但果真这样，泥土中必然含有一种以上的物质。如果泥土真的含有多种不同的物质，则它与水混合后说不定真的可以生出青蛙来。当然，它们必须先变成蛙卵与蝌蚪才行。因为，无论再怎么浇水，包心菜园里是长不出青蛙的。

那天她放学回家后，信箱里已经有一封厚厚的信在等着她了。她像往常一样躲到密洞中去看信。

哲学家的课题

嗨，苏菲，又到上课的时间了。我们今天就不再谈白兔等等，直接上课吧。

在这堂课里，我将大略描述从古希腊时期到现代，人们对哲学的观念。我们将按照应有的次序，逐一道来。

由于这些哲学家生活的年代与我们不同，文化也可能与我们相异，因此也许我们应该先试着了解每一位哲学家给自己的课题，也就是说，明白他们每个人关注、质疑的事项是什么。可能有的哲学家想探索植物与动物是如何产生的，有的则想研究世间是否有上帝或人的灵魂是否不朽等问题。

知道了每一位哲学家的"课题"之后，我们就比较容易了解他的思想的脉络，因为没有任何一位哲学家会企图探讨哲学的所有领域。

我之所以用"他"来代表哲学家是因为在这期间哲学乃是男人的专利。从前的妇女无论作为一个女人或一个有思想的人都只有对男人俯首听命的份。这是很悲哀的事，因为许多宝贵经验就这样丧失了。一直要到本世纪，妇女才真正在哲学史上留下了足印。

我不想出家庭作业给你，不会让你做很难的算术题目或类似的功课，也不会让你背英文的动词变化。不过我偶尔会给你一些简短的作业。

如果你接受这些条件，我们就开始吧。

自然派哲学家

最早的希腊哲学家有时被称为"自然派哲学家"，因为他们关切的主题是大自然与它的循环与变化。

我们都曾经好奇万物从何而来。现代有许多人认为万物必定是在某个时刻无中生有的。希腊人持有这种想法的并不多，由于某种理由，他们认定有"一种东西"是一直都存在的。因此对于他们而言，万物是如何从无到有并非重要的问题。他们惊叹的是水中如何会有活鱼、瘠土里如何会长出高大的树木与色彩鲜丽的花朵。而更让他们惊异的是女人的子宫居然会生出婴儿？

哲学家用自己的眼睛观察。他们发现大自然的形貌不断改变。这类变化是怎么发生的呢？

举个例子，原来是属于物质的东西何以会变为有生命的物体？

早期的哲学家都相信，这些变化必定来自某种基本物质。至于他们何以持此看法，这就很难说清楚。我们只知道，经过一段时间后，他们慢慢形成这样的观念，认为大自然的变化必定是某种基本物质造成的。他们相信，世上必定有某种"东西"，万物皆由此衍生，而且最终仍旧回归于此。

我们最感兴趣的并不是这些早期的哲学家找出了哪些答案，而是他们问了什么问题、寻求何种答案等等。我们对他们的思考方式较感兴趣，而不是他们思考的内容。

大自然的确是由聚散不定的不同"原子"所组成。
——德谟克里特斯

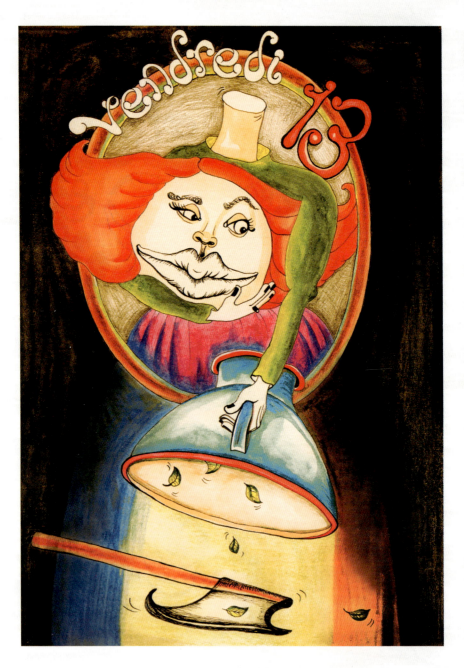

"宿命论的意思就是相信所有发生的事，都是命中注定的。"

——命运

"最聪明的是明白自己无知的人。"

——苏格拉底

Αθήνα

巴特农的意思是"处女之地"，为崇奉雅典的保护神雅典娜而建造。

——雅典

我们已经知道他们所提的问题与他们在物质世界观察到的变化有关。他们想寻求其中隐含的自然法则。他们想要从古代神话以外的观点来了解周遭发生的事。最重要的是，他们想要透过对大自然本身的研究来了解实际的变化过程。这与借神话故事来解释雷鸣、闪电或冬去春来的现象大不相同。

就这样，哲学逐渐脱离了宗教的范畴。我们可以说自然派的哲学家朝科学推理的方向迈出了第一步，成为后来科学的先驱。

这些自然派哲学家的论述，至今只留下断简残篇。我们所知的一小部分乃是根据两百多年后亚里士多德的著作。其中只提到这些哲学家所做的若干结论，因此我们无法确切了解他们是经由何种方式达成这些结论。不过，我们根据已知的资料可以断定这些早期希腊哲学家的"课题"与宇宙的基本组成物质与大自然的变化等问题有关。

米雷特斯的三位哲学家

我们所知道的第一位哲学家是泰利斯。他来自希腊在小亚细亚的殖民地米雷特斯，曾游历过埃及等许多国家。据说他在埃及时曾计算过金字塔的高度，他的方法是在他自己的影子与身高等长时测量金字塔的影子高度。另外据说他还在公元前五八五年时准确预测过日食的时间。

泰利斯认为水是万物之源。我们并不很清楚这话的意思。或许他相信所有的生命源自于水，而所有的生命在消融后也仍旧变成水。

他在埃及旅游时，必定看过尼罗河三角洲上的洪水退去后，陆地上的作物立刻开始生长的现象。他可能也注意到凡是刚下雨的地方一定会出现青蛙与虫子。

更可能的是，泰利斯想到了水结成冰或化为蒸气后又变回水的现象。

此外，据说泰利斯曾宣称："万物中皆有神在。"此话含义为何，我们同样只能猜测。也许在看到花朵、作物、昆虫乃至蟑螂全都来自黑色的泥土后，他便想象泥土中必定充满了许多肉眼看不见的微小"生命菌"。但有一件事情是可以肯定的：他所谓的"神"并非指荷马神话中的天神。

　　我们所知的第二个哲学家是安纳克西曼德。他也住在米雷特斯。他认为我们的世界只是他所谓的"无限定者"（注：世界由无限定者元素所构成）中无数个生生灭灭的世界之一。要解释他所谓"无限"的意思并不容易，但很明显他并不像泰利斯一样认为世界是由一种物质造成的。

　　也许他的意思是形成万物的物质不一定不是这些已经被创造出来的事物。因此这种基本物质不可能是像水这样平常的东西，而是某种无以名之的物质。

　　第三位来自米雷特斯的哲学家是安那西梅尼斯（约公元前五七〇年～公元前五二六年）。他认为万物之源必定是"空气"或"气体"。毫无疑问，安那西梅尼斯必定熟知泰利斯有关水的理论。然而水从何来？安那西梅尼斯认为水是空气凝结后形成的。我们也可看到下雨时，水是从空气中挤出来的。安那西梅尼斯认为当水再进一步受到挤压时，就会变成泥土。他可能曾经注意到冰雪融解时，会有泥土、沙石出现。他并认为火是比较精纯的空气。因此他主张空气是泥土、水、火的源头。

　　这与"水是万物生长之源"的理论相去不远。也许安那西梅尼斯认为泥土、空气与火都是创造生命的必要条件，但"空气"或"气体"才是万物之源。因此，他和泰利斯一样，认为自然界的一切事物必定是由一种基本物质造成的。

没有任何事物会来自虚无

　　这三位米雷特斯的哲学家都相信，宇宙间有一种基本物质是所有事物的源头。

　　然而一种物质又如何会突然变成另外一种东西？我们可以把这个问题称为"变化的问题"。

　　约莫从公元前五〇〇年开始，位于意大利南部的希腊殖民地伊利亚有一群哲学家也对这个问题很有兴趣。其中最重要的一位是帕梅尼德斯（约公元前五四〇年～公元前四八〇年）。

　　帕梅尼德斯认为现有的万物是一直都存在的。这个观念对希腊人并不陌生，他们多少认为世上的万物是亘古长存的。在帕梅尼德斯的想法中，没有任何事物会来自虚无，而已经存在的事物中也不会消失于无形。

不过，帕梅尼德斯的思想比其他大多数人更加深入。他认为世上根本没有真正的变化，没有任何事物可以变成另外一种事物。

当然，帕梅尼德斯也体认到大自然恒常变迁的事实。透过感官，他察觉到事物的确会发生变化，不过他无法将这个现象与他的理智思考画上等号。当他不得不在依赖感官和依赖理智之间做一个选择时，他选择了理智。

你听过"眼见为实"这句话。不过帕梅尼德斯甚至在亲眼见到后仍不相信。他认为我们的感官使我们对世界有不正确的认识，这种认识与我们的理智不符。身为一个哲学家，他认为他的使命就是要揭穿各种形式的"感官幻象"。

这里坚决相信人的理智的态度被称为理性主义。所谓理性主义者就是百分之百相信人类的理智是世间所有知识泉源的人。

所有事物都是流动的

帕梅尼德斯的时代另有一位哲学家叫做赫拉克里特斯（约公元前五四〇年～公元前四八〇年）。当时他从以弗所来到小亚细亚。他认为恒常变化（或流动）事实上正是大自然的最基本特征。我们也许可以说，赫拉克里特斯对于自己眼见的事物要比帕梅尼德斯更有信心。

赫拉克里特斯说："所有事物都是流动的。"每一件事物都在不停变化、移动，没有任何事物是静止不变的，因此我们不可能"在同一条河流中涉水两次"。当我第二次涉水时，无论是我还是河流都已经与从前不同了。

赫拉克里特斯指出，世间的事物都是相对的。如果我们从未生病，就不会知道健康的滋味。如果我们从未尝过饥饿的痛苦，我们在饱足时就不会感到愉悦。如果世上从未有过战争，我们就不会珍惜和平。如果没有冬天，春天也不会来临。

赫拉克里特斯相信，在事物的秩序中，好与坏、善与恶都是不可或缺的。如果好坏善恶两极之间没有不停的交互作用，则世界将不再存在。

他说："神是白天也是黑夜，是冬天也是夏天，是战争也是和平，是饥饿也是饱足。"这里他提到的"神"所指的显然不是神话中的神。对于赫拉克里特斯而言，神是涵盖整个世界的事物。的确，在大自然不停的变化与对比中，我们可以很清楚地看见神的存在。

赫拉克里特斯经常用 logos（意为"理性"）这个希腊字来替代"神"一词。他相信，人类虽然思想不见得永远一致，理性也不一定同样发达，但世上一定有一种"普遍的理性"指导大自然所发生的每一件事。

"普遍的理性"或"普遍法则"是所有人都具备，而且以之作为行事准则的。不过，赫拉克里特斯认为，大多数人还是依照个人的理性来生活。总而言之，他瞧不起其他的人。他说："大多数人的意见就像儿戏一般。"

所以，赫拉克里特斯在大自然不断地变迁与对比的现象中看出了一个"一致性"。他认为这就是万物之源，他称之为"上帝"或"理性"。

四种基本元素

从某方面来看，帕梅尼德斯和赫拉克里特斯两人的看法正好相反。帕梅尼德斯从理性的角度认为没有一件事物会改变。赫拉克里特斯则从感官认知的观点认为大自然不断在改变。究竟谁对谁错？我们应该听从理性还是依循感官？

帕梅尼德斯和赫拉克里特斯各自主张两点。

帕梅尼德斯说：

1. 没有任何事物会改变。

2. 因此我们的感官认知是不可靠的。

赫拉克里特斯则说：

1. 万物都会改变（"一切事物都是流动的"）。

2. 我们的感官认知是可靠的。

两人的意见可说是南辕北辙。但究竟谁是谁非？这样各执一词、相持不下的局面最后由西西里的哲学家恩培窦可里斯解决了。

他认为他们两人各有一点是对的，也各有一点是错的。

他指出，他们两人之所以有这个根本性的差异是因为他们都认定世间只有一种元素存在。他说，果真如此，则由理性引导的事物与"眼睛可见到的"事物之间将永远有无法跨越的鸿沟。

他说，水显然不会变成鱼或蝴蝶。事实上，水永远不会改变。纯粹的水将一直都是纯粹的水。帕梅尼德斯主张"没有任何事物会改变"并没有错。

但同时恩培窦可里斯也同意赫拉克里特斯的说法，认为我们必须相信我们的感官所体验到的。我们必须信任自己亲眼所见的事物，而我们的确亲眼看到大自然的变化。

恩培窦可里斯的结论是：我们不应该接受世间只有一种基本物质的观念；无论水或空气都无法独力变成玫瑰或蝴蝶。大自然不可能只由一种"元素"组成。

恩培窦可里斯相信，整体来说，大自然是由四种元素所组成的，他称之为四个"根"。这四个根就是土、气、火与水。

他指出，大自然所有的变化都是因为这四种元素相互结合或分离的缘故。因为所有事物都是由泥土、空气、火与水混合而成，只是比例各不相同。他说，当一株花或一只动物死亡时，它们体内的这四种元素就再度分离了，这些变化是肉眼可见的。不过土、气、火与水却是永远不灭的，不受它们所组成事物的影响。因此，说"万物"都会改变是不正确的。基本上，没有任何一件事情有变化。世间发生的事不过是这四种元素的分合聚散罢了。

也许我们可以拿绘画来做比喻。假如一位画家只有一种颜料——例如红色——他便无法画出绿树。但假如他有黄、红、蓝、黑四色，他便可以将它们依照不同的比例来调配，得出数百种颜色。

或者也可以拿烹饪来比方。如果我只有面粉，那么我得是个魔法师才能做出蛋糕来。但如果我有鸡蛋、面粉、牛奶与糖，我便可以做出各式各样的蛋糕。

恩培窦可里斯之所以选择土、气、火与水作为大自然的四个"根"并非偶然。在他之前有些哲学家也曾经试图证明宇宙的基本元素不是水，就是空气或火。泰利斯与安那西梅尼斯也曾经指出，水与气都是物质世界中不可或缺的元素。希腊人则相信火也同样重要。举例来说，他们发现阳光对所有生物的重要性，也知道动物与人都有体温。

恩培窦可里斯可能观察过木材燃烧的情形。他看到木材因此分解。木材燃烧时发出"噼啪！噼啪！"的声音，那是"水"，另外也有某些东西随着烟雾往上升，那是"气"，而"火"更是明白可见的。至于火熄灭后所残余的灰烬便是"土"了。

恩培窦可里斯将自然界的变化解释为四个"根"的分合聚散之后，仍有一件事情有待解释。是什么因素使得这些元素聚合在一起，创造了新的生命？又是什么因素使得这些聚合物——例如花——再度分解？

恩培窦可里斯认为自然界有两种力量。他称之为"爱"与"恨"。爱使得事物聚合，而恨则使他们分散。

他将"物质"与"力量"分开来。这是值得注意的一件事。即使是在今天，科学家们仍将"矿物"与"自然力"分开。现代科学家相信，自然界的一切变化都可说是各种矿物在不同自然力之下相互作用的结果。

恩培窦可里斯并提出"我们何以能看见某物"的问题。例如我们何以能"看见"一株花？其间究竟发生了什么事？苏菲，你有没有想过这个问题？如果没有，你现在可有机会了。

恩培窦可里斯认为，我们的眼睛就像自然界的其他事物一样，也是由土、气、火、水所组成。所以我们眼睛当中的"土"可以看见周遭环境中的土，我们眼中的"气"则看到四周的气，我们眼中的"火"看到四周的火，我们眼中的"水"则看到四周的水。我们的眼睛中如果缺少这四种物质中的任何一种，便无法看到大自然所有的事物了。

万物中皆含有各物的一部分

还有一位哲学家也不认为我们在自然界中所看到的每一件事物都是由某一种基本物质——如水——变成的。他的名字叫安纳萨哥拉斯（公元前五〇〇年～公元前四二八年）。他也不相信土、气、火、水就能够变成血液与骨头。

安纳萨哥拉斯主张大自然是由无数肉眼看不见的微小粒子所组成，而所有事物都可以被分割成更小的部分。然而，即使是在最小的部分中也有其他每种事物的成分存在。他认为，如果皮肤与骨头不是由其他东西变成，则我们喝的牛奶与吃的食物中也必定有皮肤与骨头的成分。

我们用一些现代的例子也许可以说明安纳萨哥拉斯的思想。现代的镭射科技可以制造所谓的"镭射摄影图"。如果一张镭射摄影图描绘的是一辆汽车，且这张图被切割成一片一片的，那么我们虽然手中只有显示汽车保险杆的那一张图，也仍旧可以看到整辆汽车的图像。这是因为在每一个微小的部分中都有整体的存在。

从某一方面来说，我们身体的构造也是一样。假如我的指头上掉落了一个皮肤细胞，此一细胞核不仅会包含我皮肤的特征，也会显示我有什么样的眼睛、什么颜色的头发、有几根指头、是什么样的指头，等等。人体的每个细胞都带有决定所有其他细胞构造方式的蓝图，因此在每一个细胞中，都含有"各物的一部分"；整体存在于每一个微小的部分中。

安纳萨哥拉斯称呼这些含有"各物的一部分"的"小粒子"为"种子"。

我们还记得恩培窦可里斯认为"爱"凝聚各种元素组成整体的力量。安纳萨哥拉斯也认为"秩序"是一种力量，可以创造动物与人、花与树等。他称这个力量为"心灵"或"睿智"。

安纳萨哥拉斯之所以引起我们的兴趣，一方面也是因为他是我们所知第一个住在雅典的哲学家。他生长于小亚细亚，但在四十岁时迁居雅典。他后来被责为无神论者，因此最后被迫离开雅典。他还说过，太阳不是一个神，而是一块红热的石头，比希腊的培洛彭尼索斯半岛还大。

安纳萨哥拉斯对天文学很感兴趣。他相信天上所有物体的成分都与地球相同。这是他研究一块陨石后得出的结论。他因此想到别的星球上可能也有人类。他还指出，月亮自己并不会发光，它的光来自于地球。同时他还解释了日食的现象。

P.S：苏菲，谢谢你注意听讲。你可能需要将这一章读个两三遍才能完全理解。不过话说回来，要理解一件事物总是要费一些力气的。你的朋友如果有人不费一点力气就可以样样精通的话，我相信你也不会很欣赏她。

关于宇宙基本组成物质与自然界变化这个问题的最佳答案，必须要等到明天再说了。到时你将会认识德谟克里特斯。今天就到此为止了。

苏菲坐在密洞中，透过浓密的灌木丛中的小洞向花园张望。在读了这么多东西后，她得理清她的思绪才行。

显然的，白水除了变成冰块或蒸气之外，永远不能变成其他的东西，甚至也不能变成西瓜，因为西瓜里面除了水以外还有别的。不过她之所以这么肯定，是因为她曾经在学校中上过课。如果她没有上过相关的课，她还会这么肯定冰块的成分完全是水吗？至少她得密切观察水如何结冻成冰块、又如何融解才行。

苏菲再次试着运用自己的常识，而不去想她从别人那儿学到的知识。

帕梅尼德斯不承认世上任何事物会变化。苏菲愈想愈相信从某一方面来说，他是对的。在智性上，他无法接受事物会突然转变成"另外一种完全不同的事物"的说法。要坦白说出这个观念一定需要很大的勇气，因为这必定意味着他必须驳斥人们亲眼所见到的种种自然界的变化。一定有很多人取笑他。

恩培窦可里斯一定也是个聪明的人。因为他证明这世界是由一种以上的物质组成，如此自然界才可能在万事万物实际上皆未曾改变的情况下产生种种变化。

他只凭推理就发现了这个事实。当然他曾经研究过大自然，但他却没有现代科学家的设备来进行化学分析。

苏菲并不一定相信万事万物都是由土、气、火与水所组成。但这又有什么关系呢？就原则上来说，恩培窦可里斯说得没错。如果我们要接受自己亲眼所见的各种大自然的变化而又不致违反自己的理性，唯一的方式就只有承认世间存在着一种以上的基本物质。

现在，苏菲发现哲学这门课程更有趣了，因为她可运用自己的常识来理解这些哲学思想，而无需凭借她在学校学到的知识。她的结论是：哲学不是一般人能够学到的，但也许我们可以学习如何以哲学的方式思考。

德谟克里特斯

……世界上最巧妙的玩具……

苏菲将信纸放回饼干盒，盖上盖子。她爬出密洞，并在花园里站了一会儿，看着整座园子，想到昨天发生的事。今天吃早饭时，妈妈又拿情书这件事情来取笑她。于是她很快走向信箱，以免又发生类似昨天的事。连续两天接到情书将会使她更难为情。

信箱里又有一个小小的白色信封！她开始察觉哲学家送信的时间有一定的模式：每天下午她会接到一个棕色的大信封。趁着她看信时，哲学家又会神不知鬼不觉地把另一个白色小信封放在她的信箱内。

因此，现在苏菲有办法查出他的身份了。说不定，他还是个女人呢！她可以从楼上的房间清楚看到信箱。如果她站在窗前，就可以看到这位神秘的哲学家了。白信封总不会是从空气里变出来的吧？

苏菲决定明天要密切观察。明天是星期五，她有一整个周末可以做这件事。她上楼回到自己的房间，并打开信封。今天只有一个问题，但这个问题，却比她的"情书"里的那三个问题更蠢。

积木为何是世界上最巧妙的玩具

首先，苏菲并不认为积木是世界上最巧妙的玩具。她已经有好些年没玩过它了。再说，她实在看不出积木和哲学有什么关联。

不过，她是一个很守本分的学生。于是，她在橱柜的上层翻寻了一遍，找出一个装满各种形状、尺寸的积木的塑胶袋。

她开始玩起积木来，她好久好久没有这样做了。当她动手时，脑中开始出现了一些关于积木的想法。

她想,这些积木很容易组合。虽然它们每一块各不相同,但都可以互相衔接。此外,这些积木也摔不破。印象中她好像没有看过破掉的积木。她手中的这些积木看起来就像许多年前刚买时一样,新得发亮。最棒的是她可以用积木组合任何东西,然后又可以把它们拆开,再组合别的东西。

对于这样的玩具你还能有什么要求呢?现在苏菲开始认为积木的确是世界上最巧妙的玩具了。不过她还是不明白这跟哲学有什么关系。她几乎盖好一栋很大的娃娃屋。她虽然不愿意承认,但事实上她很久很久没有玩得这么开心了。

为什么人们长大后就不再玩耍了呢?

当妈妈进门时,看到苏菲正在玩积木,忍不住脱口而出:"多好玩哪!我很高兴你还没有长大到不能玩的年纪。"

"我不是在玩!"苏菲生气地说,"我在做一项非常复杂的哲学实验。"妈妈深深叹了口气,苏菲大概又在想白兔与帽子的事了。

第二天苏菲放学回家后,放着好几页信纸的棕色大信封已经在等着她了。她把信拿到楼上的房间内,迫不及待要看信,但同时她也告诉自己必须要注意信箱附近的动静才行。

原子理论

苏菲,我又来了!今天我们将谈到最后一位伟大的自然派哲学家。他的名字叫德谟克里特斯(约公元前四六○年~公元前三七○年),来自爱琴海北部海岸一个叫阿布德拉的小镇。

如果你能够毫无困难地回答有关积木的问题,你将可以了解这位哲学家的课题。

德谟克里特斯同意前面几位哲学家的看法,认为自然界的转变不是因为任何事物真的有所"改变"。他相信每一种事物都是由微小的积木所组成,而每一块积木都是永恒不变的。德谟克里特斯把这些最小的单位称为原子。

原子（atom）这个字的本意是"不可分割的"。德谟克里特斯认为，证明组成各种事物的单位不可能被无限制分割成更小的单位是很重要的。因为如果每一个组成各种事物的单位都可以被分割成更小的单位，则大自然将开始像不断被稀释的汤一般消失了。

更重要的是，大自然的积木必须是永恒的，因为没有一件事物会来自虚无。在这方面，他同意帕梅尼德斯与伊利亚地区那些哲学家的看法，也认为所有的原子都是坚硬结实的，但却非完全一样。他说，如果所有原子都一模一样，则我们将无法圆满解释它们何以能够聚合成像罂粟花、橄榄树、羊皮、人发等各种不同的东西。

德谟克里特斯相信，大自然是由无数形状各异的原子组成的。其中有些是平滑的圆形，有些是不规则的锯齿形。正因为它们形状如此不同，才可以组合在一起，成为各种不同的物体。然而，无论它们的数量和形状多么无穷无尽，它们都是永恒不变、不可被分割的。

当一个物体——如一棵树或一只动物——死亡并分解时，原子就分散各处并可用来组成新的物体。这些原子在空间中到处移动，但因为它们有"钩"与"刺"，因此可以组成我们周遭所见的事物。

因此，现在你明白我问你积木问题的用意了吧？积木的性质多少与德谟克里特斯所说的原子相似，这也是为何积木如此好玩的原因。首先它们是不可分割的，其次它们有各种不同的形状与尺寸，它们是硬而且不可渗透的。它们也有"钩"与"刺"，使得它们可以组合在一起，形成任何你想象得到的形状。组合完成后，你也可以将它们拆掉，用同一批积木再组成新的东西。

它们可以一再重复使用，这也是积木为何如此受到欢迎的原因。同一块积木今天可以用来造卡车，明天可以用来造城堡。我们也可以说积木是"永恒"的玩具，因为父母小时玩的积木可拿给下一代玩。

我们也可以用黏土来做东西，不过黏土不可以重复使用，因为它可以不断被分割成更小的单位。这些微小的单位不能够再度组合，做成别的东西。

今天我们可以确定，德谟克里特斯的原子理论或多或少是正确的。大自然的确是由聚散不定的不同"原子"所组成。我鼻头细胞里的一个氢原子以前可能属于某只大象的鼻子；我心脏肌肉里的一个碳原子从前可能在恐龙的尾巴上。

不过，现代科学家已经发现原子可以分裂为更小的"基本粒子"。我们称之为质子、中子与电子。也许这些粒子有一天也可以被分裂成更小的粒子。但物理学家一致认为这样分裂下去，一定会有一个极限。一定有一个组成大自然的"最小单位"。

德谟克里特斯当年并没有现代的电子设备可以利用。他唯一的工具就是他的心灵。不过在运用他的理性思考之后，他其实也只能提出这样的答案。他既然接受没有任何事物会改变、没有任何事物来自虚无、没有任何事物会消失的说法，那么大自然必定是由可以一再聚散的无限小单位组成的。

德谟克里特斯并不相信有任何"力量"或"灵魂"介入大自然的变化过程。他认为世间唯一存在的东西就只有原子与虚空。由于只相信物质的东西，因此我们称他为唯物论者。

根据德谟克里特斯的说法，原子的移动并没有任何刻意的"设计"。在自然界中，每一件事物的发生都是相当机械化的。这并不是说每一件事都是偶然发生的，因为万事万物都遵从必要的"必然法则"。每一件事之所以发生都有一个自然的原因，这个原因原本即存在于事物的本身。德谟克里特斯曾经说过，他对发现新的自然法则比当波斯国王更有兴趣。

德谟克里特斯认为，原子理论同时也解释了我们的感官何以会有知觉。我们之所以会感觉到某样东西，是因为原子在空间中移动的缘故，我们之所以能看到月亮，是因为"月亮原子"穿透了我们的眼睛。

然而，有关"灵魂"这档事又怎么说呢？它一定不可能是由原子、由物质组成的吧？事实上，那是可能的。德谟克里特斯认为，灵魂是由一种既圆又平滑的特别的"灵魂原子"组成。人死时，灵魂原子四处飞散，然后可能变成另一个新灵魂的一部分。

这表示人类并没有不朽的灵魂。今天许多人都持有这种想法。他们像德谟克里特斯一样，相信"灵魂"与脑子连在一起，脑子分解之后，我们就没有任何知觉意识了。

关于希腊的自然派哲学，我们暂时就讨论到德谟克里特斯的原子理论为止。他赞成赫拉克利特斯的看法，认为各种物体出现、消失、出现、消失，因此自然界的一切事物都是"流动"的。不过每一件"流动"的事物背后，有某种永恒不变、不会流动的东西，德谟克里特斯称之为原子。

在看信的当儿，苏非向窗外瞥过好几眼，想看那位神秘的哲学家是否会出现在信箱旁。现在她却只是坐着，看着路的那一头，想着刚才信里的内容。

她觉得德谟克里特斯的概念虽然简单，但却非常巧妙。他发现了"基本物质"与"变化"这个问题的真正答案。这个问题非常复杂，历代的哲学家都为它绞尽脑汁。最后德谟克里特斯却单凭常识就解决了这个问题。

苏非忍不住要微笑起来。大自然必定是由许多不变的微小单位组成的。另外一方面，赫拉克里特斯认为自然界所有形体都在"流动"的想法显然也是对的，因为每一个人都会死，动物也会死，就连山脉也会慢慢瓦解。重点是山脉是由微小的、不可分割的单位组成，而这些单位永远不会分解。

同时，德谟克里特斯也提出了一些新的问题。例如，他说每一件事物的发生都是机械化的。就像恩培窦可里斯与安纳萨哥拉斯一样，他并不认为生命中有任何精神力量存在。他也相信人没有不朽的灵魂。

她是否赞成这种想法呢？

她不知道。不过毕竟她才开始上这门哲学课呀！

命 运

……算命者试图预测某些事实上极不可测的事物……

苏菲刚才读着德谟克里特斯的理论时，已经留神查看过信箱附近的动静。不过为了保险起见，她决定还是走到花园门口去看看。

当她打开前门时，看到门前的阶梯上放着一个小信封。不用说，是写给苏菲的。

这么说，他已经知道了。今天她特地留意信箱附近的动静，但这个神秘客却悄悄从另外一个角度溜到屋前，把信放在台阶上，然后又匆匆躲进树林中。真是的！

他怎么知道苏菲今天会注意观察信箱？也许他看到她站在窗口了？无论如何，苏菲还是很高兴能在妈妈回家前拿到这封信。

苏菲回到房里，打开信。信封的边缘有一点潮湿，并且有两个小洞。为何会这样呢？有好几天都没有下雨了呀！

信封里的纸条写着：

你相信命运吗？

疾病是诸神对人类的惩罚吗？

是什么力量影响历史的走向？

她相信命运吗？她可不敢说，不过她知道有很多人相信。她班上有一个女生常常看杂志上的星座栏。如果人们相信占星术，他们大概也相信命运，因为占星学家宣称星座的位置会影响地球人类的生活。

如果你相信在路上遇见黑猫表示运气不好，那么就表示你相信命运，是不是？她思考这个问题时，想到另外几个宿命论的例子。举例来说，为什么那么多人会在自夸或谈论好运时，敲一敲木头做的东西以避免带来厄运呢？为什么十三号星期五不吉利？苏菲听说有很多旅馆没有第十三号房。这一定是因为有很多人迷信的缘故。

"迷信"，多么奇怪的一个名词。如果你信基督教或伊斯兰教，这就叫"信仰"，但如果你相信占星术或十三号星期五不吉利，就是迷信！谁有权利说别人相信的东西就是"迷信"呢？

不过，苏菲倒可以肯定一件事：德谟克里特斯并不相信命运，他是个唯物论者，他只相信原子与虚空。

苏菲又试着思索纸条上的其他问题。

"疾病是诸神对人类的惩罚吗？"今天一定不会有人相信这种说法吧？不过她又想到很多人认为祈祷会帮助疾病痊愈。所以无论如何，他们一定相信上帝有某种力量可以左右哪些人生病、哪些人痊愈。

至于最后一个问题就更难回答了。苏菲以前从未深思过什么力量会影响历史走向的问题。一定是人类吧？如果是上帝或命运的话，那人类就没有自由意志了。

自由意志这个观念使苏菲想到别的东西。她为什么要忍受这个神秘的哲学家跟她玩捉迷藏的游戏呢？她为什么不写一封信给他呢？他（或她）非常可能又会在晚上或明天早晨在信箱里放一个大信封。到时她要写好一封信给这个人。

苏菲立刻下楼。她心想，要写信给一位她从未见过的人可真难呀！她连那人是男是女都不知道呢！也不知道他（她）是老是少。

想到这点，说不定这位神秘的哲学家还是她认识的人呢！

很快的，她已经写好了一封短信。

可敬的哲学家：

我很欣赏您所函授的哲学课程，但对于不知您的身份一事甚感困扰。因此请求您具上全名。为了回报，欢迎您前来寒舍小坐并共进咖啡，不过最好利用我母亲不在家时。她的上班时间为周一到周五每天上午七点半到下午五点。同一段时间我也在校上课，但除周四之外，总是在下午两点十五分回到家门。还有，我很善于煮咖啡。

在此先谢谢您。

学生　苏菲（十四岁）敬上

在信纸的最下面，她写上"烦请回函"这几个字。

苏菲觉得这封信写得太正式了。不过当你写给一个从未谋面的人时，很难决定要使用什么样的字眼。

她把信放在一个粉红色的信封里，并塞进去。信封上写着："哲学家启"。

问题是：她应该把信放在哪里才不会被妈妈看到呢？她得等到妈妈回家后才能把它放在信箱里。还有，她也必须记得在第二天清晨报纸送来前查看信箱。如果今天傍晚或深夜她没有收到新的信，她就得把那封粉红色的信拿回来。

事情为什么一定要弄得这么复杂呢？

那天晚上，虽然是星期五，苏菲还是早早就回房。妈妈拿意大利脆饼和电视恐怖剧引诱她留下来，但苏菲说累了，想上床看书。趁妈妈坐在那儿看电视时，她偷偷拿了信溜到信箱那儿。

妈妈显然很担心她。自从苏菲上次讲过白兔与帽子的事后，妈妈对苏菲讲话的语气都不一样了。苏菲不想让妈妈担心，但她必须上楼观察信箱旁边的动静。

十一点钟左右，妈妈上楼来时，苏菲正坐在窗子旁，看着下面那条路。

妈妈说："你该不是坐在这儿盯着信箱看吧？"

"我高兴！"

"我看你一定是谈恋爱了，苏菲。可是就算他会再送信来，也不会挑三更半夜呀！"

真讨厌，干吗老讲这些肉麻的事情？不过苏菲只好让妈妈继续这样想了。

妈妈又说："他就是告诉你兔子与帽子那些事的人吗？"

苏菲点点头。

"他——他没有喝药吧？"

现在苏菲真是替妈妈感到难过了。她不能继续让她这样担心下去。虽说妈妈只要听到谁有一些古怪念头，就认为他有喝药的嫌疑，那也是够神经了。大人有时还真白痴呢！

她转身看着妈妈，说："妈妈，我答应你永远不会做那类的事情……'他'也不会。不过他对哲学非常有兴趣。"

"他年纪比你大吗？"

苏菲摇摇头。

"跟你同年？"

苏菲点点头。

"嗯，我相信他一定很可爱。现在你应该睡觉了吧？"

不过苏菲还是继续坐在窗边。时间好像过了好几小时，最后她的眼睛实在睁不开了，已经是半夜一点了。

她正要上床时，突然看到有一个影子从树林中闪出来。

虽然外头很黑，但苏菲还是看得出来那是个人，而且是个男人。苏菲心想他看起来年纪颇大，一定不是跟她同年。他头上好像戴着一顶扁帽。

她发誓他曾经向楼上望了一眼，不过苏菲房间的灯没开。那个男人一直走到信箱旁，将一个大信封丢进里面。这时他突然看到苏菲写的信，他把手伸进信箱，把信拿出来，然后便快步走回树林，沿着树林中的小径慢跑，然后就消失不见了。

苏菲觉得自己的心"咚！咚！"地跳。她的第一个直觉反应是想穿着睡衣出去追他，但她又不敢半夜去追一个陌生人。不过她显然必须出去拿那封信。

一两分钟后，她蹑手蹑脚地走下楼梯，悄悄打开前门，跑到信箱那儿。一转眼她已经回房，手中拿着那封信。她坐在床上，屏声静气。直到几分钟后屋里仍然静悄悄时，她才打开信封，开始看信。

她知道这封信不是针对她那封信的回函。那封信要明天才会到。

命 运

早安，亲爱的苏菲。为了避免你产生任何念头，我先声明：你绝对不可以探查我的身份。有一天我们会见面的，不过要让我来决定时间和地点。就这样说定了，你不会不听话吧？

现在让我们再谈那些哲学家的理论吧。我们已经看到他们如何试图为大自然的变化寻求自然的解释。在过去，这些现象都是透过神话来解释的。

然而，其他方面的古老迷信也必须加以破除。我们将谈到他们如何思考疾病与健康以及政治问题。在这些方面，希腊人非常相信宿命论。

宿命论的意思就是相信所有发生的事都是命中注定的。我们可以发现这种思想遍布全世界，不仅古人这样想，现代人也一样。北欧这里的人同样非常相信命运，相信冰岛诗集中的各种神话与传说。

我们也可以发现，无论是在古希腊或其他地方，人们都相信他们可以借由神谕来得知自己的命运。换句话说，他们相信一个人或一个国家的命运可以用一些方式预算出来。

现代仍有许多人相信纸牌算命、看手相或观察星座以预知未来等。挪威人有一个用咖啡杯来算命的特别方法。当咖啡喝完后，杯底通常会有一些咖啡粉的残渣。这些渣子可能会形成某种图案——如果我们运用我们天马行空的想象力的话。假使杯底的渣子看起来像是一辆车子，那也许就表示喝这杯咖啡的人将驾车远行。

就这样，"算命仙"试图预测一些非常不可能预测的事情，这是所有预言共同的特征。而正因算命仙所"看"到的是如此模糊，你很难去驳斥他的话。

当我们抬头看着天上的星星时，我们只能看到许多呈不规则状分布的闪亮小点。尽管如此，千百年来仍有不少人相信可以从星星里看出人类的命运。即使在今天，仍有一些政治领袖在做重要决策前会征求占星学家的意见。

德尔菲的神论

古代希腊人相信人们可以透过著名的德尔菲（Delphi）神论知道自己的命运。负责神论的神是阿波罗。他透过他的女祭司琵西雅发言。琵西雅坐在土地裂缝上方的一张凳子上，裂缝中会冒出一股催眠般的蒸气，使她进入恍惚的状态，而成为阿波罗的代言人。

人们来到德尔菲后，必须将他们的问题呈现给负责神论的祭司，再由祭司将问题转达给琵西雅。而她的回答往往含糊不清、模棱两可，因此必须由祭司加以解释。人们就如此这般得着了阿波罗智慧的恩赐，并相信他无所不知，甚至可以预见未来。

当时，有许多国家元首要等到求教于德尔菲的神谕后，才敢打仗或采取一些决定性的步骤。因此阿波罗的祭司们或多或少具有一些外交家的功能，也可以说他们是熟悉人民与国家事务的顾问。

在德尔菲神庙的入口处上方有一行著名的铭文："认识你自己！"意思是人类绝不可自以为不朽，同时也没有人可以逃避命运。

希腊有许多故事叙述人们如何逃不过命运的捉弄。久而久之，这些"可怜"人物的故事被写成若干出悲剧。其中最有名的一出是有关伊迪帕斯国王的悲惨故事。

历史与医学

古希腊人相信命运不仅操纵个人的生活，也左右世界的历史。他们并且相信战争的结局可能因诸神的介入而改变。同样的，在我们这个时代，也有许多人相信上帝或某种神秘的力量会影响历史的走向。

然而，就在希腊哲学家努力为大自然的变化寻求符合自然的解释时，历史上最早的一批历史学家也开始为历史事件寻求合理的解释。他们不再认为一个国家之所以打败仗是因为神向他们报复。最著名的两位希腊历史学家是贺若多陀斯（公元前四八四年～公元前四二四年）与修西德底斯（公元前四六○年～公元前四○○年）。

古希腊人相信疾病可能是神降的灾祸，也相信只要人以适当的方式向神献祭，神就可能使生病的人痊愈。

这个观念并非希腊人独有。在现代医学发达以前，人们普遍认为疾病是由某些超自然的原因所造成。英文influenza（流行性感冒）一词实际上的意思是"受到星星的不良影响"。

即使是在今天，仍有很多人相信某些疾病——如艾滋病——是上帝对人类的惩罚，也有许多人相信可以用超自然的力量痊愈。

在希腊哲学朝新方向迈进之际，希腊的医学也开始兴起。这种学问的目的是为疾病与健康寻求合乎自然的解释。据说希腊医学的始祖是大约公元前四六〇年时，在寇斯岛诞生的希波克拉底。

根据希波克拉底派的医学传统，要预防疾病，最重要的就是饮食起居要节制，同时要有健康的生活方式。他们认为健康是人的自然状态。人之所以生病，是因为身体或心灵不平衡，因而使大自然"出轨"所致。保持健康的方法就是节制饮食、保持和谐，并拥有"健康的身体与健康的心灵"。

现代人常常谈到"医学伦理"，也就是说医生为人治病时必须遵守若干伦理规范，例如不能开麻醉药品的处方给健康人，同时必须保守职业上的秘密，也就是说，不可以泄露病人的病情。这些概念都是希波克拉底提出来的。他要求他的学生宣读下列的誓言：

> 我将依照自身的能力与判断，采用对病人有利的疗法与处方，绝不施以有害或有毒之物。无论任何人之请，我也绝不给予致命药物或做此类之建议，也绝不协助妇女堕胎。进入病家访视时，我将以病人的福祉为念，不做任何贪渎害人之事，不受男女奴仆之引诱。我在执业时之所见所闻，凡不应泄露者，我将严予保密。若我遵行此一誓言，不懈不息，愿上苍使我乐享生命、精进医事并受世人敬重。若我违反誓言，愿我遭相反之命运。

星期六早上，苏菲醒来时从床上跳了起来。她是在做梦还是她真的见到了那位哲学家？

她用一只手摸了摸床底下，没错，昨晚收到的信还在那里。不是梦。

她准是见到那个哲学家了。更重要的是，她亲眼看到他拿走了她写的信。

她蹲在地板上，把所有的信都从床底下拉出来，咦，那是什么？就在墙边，有一样红色的东西，好像是一条围巾吧？

苏菲钻到床底下，拉出一条红色的丝巾。她肯定这不是她的。

她仔细加以检查。当她看到丝巾的线缝旁有墨水写的"席德"字样时，不禁目瞪口呆。

席德！谁又是这个席德呢？她们走的路怎么会如此交错不已呢？

苏格拉底

……最聪明的是明白自己无知的人……

　　苏菲穿上一件夏衣，匆匆下楼走进厨房。妈妈正站在桌子旁边。苏菲决定不提任何有关丝巾的事。

　　她脱口而出："你去拿报纸了吗？"

　　妈妈转过身来。

　　"你去帮我拿好吗？"

　　苏菲飞也似的出了门，从石子路走到信箱旁。

　　信箱里只有报纸。她想他大概不会这么快回信吧。在报纸的头版，她看到有关挪威联合国部队在黎巴嫩的消息。

　　联合国部队……这不是席德的父亲寄来的卡片邮戳上盖的字样吗？但信上贴的却是挪威的邮票。也许挪威联合国部队的士兵拥有自己的邮局。

　　苏菲回到厨房时，妈妈声音干涩地说："你现在对报纸好像很有兴趣。"

　　幸好当天吃早餐时及早餐过后，妈妈都没有再提到有关信箱的事情。当妈妈出去买东西时，苏菲将那封关于命运的信拿到密洞去。

　　当她看到她存放哲学家来信的饼干盒旁边放着一个白色的小信封时，不禁吓了一跳。她很肯定不是她放的。

　　这封信的边缘同样有点潮湿，此外信封上还有两三个很深的洞，就像她昨天收到的那封一样。

　　难道哲学家来过了吗？他知道她的密洞吗？这封信为什么湿湿的？

　　这些问题把她弄得头昏脑涨。她打开信封来看：

亲爱的苏菲：

我读你的信读得津津有味，不过却有些后悔。遗憾的是，有关共进咖啡的事，我恐怕要让你失望了。总有一天我们会见面的，但可能要等很久我才能亲自到船长弯来。

我必须加上一点，从今以后，我将不能亲自送信了。因为长此下去，风险太大。以后这些信将由我的小小使者送来，同时将会直接送到花园的密洞中。

有必要时，你可以再和我联络。当你想这样做时，请把一块饼干或糖放在一个粉红色的信封里。我的使者拿到后，会直接送来给我。

P.S: 拒绝一个小淑女共进咖啡的邀请并不是一件令人很愉快的事，但有时我不得不这样做。

又，如果你在某处看到一条红色的丝巾，请加以保管。那样的东西常常会被人拿错，尤其是在学校等地，而我们这儿又是一所哲学学校。

艾伯特敬上

苏菲今年十四岁。这十四年间她曾接过许多的信，尤其是在圣诞节以及她的生日时。但这封信恐怕是其中最奇怪的一封了。

信上没贴邮票，甚至也不曾放进信箱中，而是直接送到苏菲在老树篱中最秘密藏身之处的。还有，在这样一个干爽的春日里，这封信何以会弄湿，也很令人费解。

当然，最奇怪的还是有关那条丝巾的事。这位哲学家一定还有另外一个学生，而这个学生掉了一条红色的丝巾，一定是这样。不过她怎么会把它掉在苏菲的床底下呢？

还有，艾伯特是一个名字吗？

不过有一件事是可以肯定的：这位哲学家与席德之间有某种关系，不过席德的父亲却把她们两人的地址搞错了，这实在是令人难以理解的事。

苏菲坐了很久，想着席德和她之间到底有什么关系。最后，她叹了口气，决定放弃。哲学家曾经说过有一天他会跟她见面。也许她也会见到席德。

她把信纸翻过来，发现背后也写了几行字：

是否有人天生就很害羞呢？

最聪明的是明白自己无知的人。

真正的智慧来自内心。

明辨是非者必能进退合宜。

苏菲已经知道白信封内的这些短句是哲学家给她的功课，目的要让她做好准备，以便阅读不久后会送来的大信封。这时她突然想起了一件事。如果那位"使者"会把棕色的大信封送到密洞这儿来，她大可以坐在这里等他。（也许是"她"？）她一定会缠着那人，要他（或她）透露哲学家的一些底细。信上说，这个使者很小。会是个孩子吗？

"是否有人天生就很害羞呢？"

苏菲知道害羞就是难为情，例如因为光着身子被人瞧见而不好意思。但因为这样的事而觉得难为情是很自然的反应吗？在她认为，如果某件事情很自然，那每个人做它的时候都应该觉得很自然。在世界上许多地方，赤身露体是很自然的事。因此一定是一个社会决定你能做什么、不能做什么。在奶奶年轻时，女人做上空日光浴是绝对不可以的。然而今天，大多数人都认为这样做很"自然"，虽然这种行为在许多国家还是严格禁止的。苏菲抓了抓头。难道这就是哲学？

第二个句子是"最聪明的是明白自己无知的人"。

这是怎么比较的呢？如果哲学家的意思是，那些明白自己并不知道太阳底下每一件事的人，比那些知道不多却自认懂得很多的人要聪明，她还比较可以同意。苏菲过去从来没有想过这件事，但她愈想就愈明白：知道自己无知，也是一种知识。她所见过最愚蠢的人，就是那些对某些自己一无所知的事自信满满的人。

再下面一句："真正的智慧来自内心。"不过在某个阶段，所有的知识一定得从外面进入人的脑袋吧？但从另外一方面来说，苏菲记得有些时候她对妈妈或学校老师教她的事充耳不闻，而她真正学到的知识则或多或少是自己想出来的。有时候她也会突然间领悟一些事情。这也许就是人们所谓的"智慧"吧！

嗯，到目前为止都还不错。苏菲心想，前面这三个问题她答得都算可以。

但接下来这句话实在太奇怪了，她不禁莞尔："明辨是非者必能进退合宜。"

这是不是说一个强盗抢银行是因为他不能辨别是非？她可不这么想。

相反的，她认为无论孩童还是成人有时总是会干一些傻事，之后可能会后悔，这正是因为他们在做事时不依照自己理性的判断所致。

当她坐在那儿思考时，听见树篱靠近树林那一边的干枯灌木丛中有某个东西正沙沙作响。使者来了吗？她的心开始怦怦地跳。然后她愈来愈害怕地发现，那个正朝她走来的东西居然发出像动物喘息一般的声音。

说时迟，那时快，一只猎狗钻进了密洞。

它口中衔着一个棕色的大信封，随后便将信丢在苏菲的脚跟前。事情发生得太快了，以致苏菲来不及有什么反应。下一秒钟，她发现自己坐在那儿，手里拿着那个大信封，而那只金黄色的狗已经一溜烟跑回树林里去了。

苏菲愣了一会儿才回过神来。她把手放在膝盖上开始哭泣。

她就这样坐了好一会儿，忘记了时间。

然后她突然抬起头。

原来这就是他所说的使者。她叹了一口气，如释重负。难怪那些白色信封的边缘会有些潮湿并且有洞了。她怎么没有想到呢？无怪乎哲学家会要她在写信给他时，在信封里放一块饼干或糖了。

她也许并不像她自认的那样聪明。但谁会想到送信的使者居然是一只受过训练的狗呢？这还真有点不寻常呢！现在她可别想从送信使者那儿盘问出艾伯特的行踪了。

苏菲打开大信封，开始看了起来。

雅典的哲学

亲爱的苏菲：

当你看到这封信时，可能已经遇见汉密士了。

如果你还没遇见，我可以先告诉你它是一只狗。不过你不用担心。它是一只性情很温和的狗，智商也比许多人要高得多，而且它从来不会试图假装聪明。

你可能也已经发现，它的名字其实是有意义的。

在希腊神话中，汉密士（Hermes）是为天神送信的使者，也是航海人的神。不过我们现在且不谈这个。更重要的是，从Hermes衍生了Hermetic这个字。它的意思是"隐藏的"或"无法接近的"。从汉密士小心不让我俩见面的这个角度来看，这个名字不是颇为恰当吗？

好了，我们的送信使者终于出场了。不用说，你叫它的名字它就会答应，而且它非常乖。

现在我们还是来谈哲学吧！我们已经完成第一部分了。我曾提到自然派的哲学理论以及人类后来完全摒弃神话式世界观的事。现在我们要谈谈三位伟大的古典派哲学家：苏格拉底、柏拉图与亚里士多德。这三位哲学家各自以不同的方式影响了整个欧洲文明。

自然派的哲学家也被称为"苏格拉底之前的哲学家"，因为他们生在苏格拉底之前。德谟克里特斯虽然死于苏格拉底数年之后，但他所有的想法都属于苏格拉底之前的自然派哲学。无论就时间或空间而言，苏格拉底都代表了一个新的时代。他是第一个在雅典诞生的伟大哲学家，他和他的两位传人都在雅典生活、工作。你也许还记得安纳萨哥拉斯以前也曾经在雅典住过一段时间，但后来因为他宣称太阳只是一块红热的石头而被驱逐出境。苏格拉底的遭遇也好不了多少。

自从苏格拉底之后，雅典成为希腊文化的中心。我们要注意的是，在哲学理论从自然派演变到苏格拉底学说的过程中，哲学课题的性质也有了改变。但在我们谈到苏格拉底之前，先让我们来听一听所谓"诡辩学派"的学说。这一派的哲学家是苏格拉底时代雅典的主流学派。

哲学史就像一出分成许多幕的戏剧。注意，苏菲，现在舞台上的幕布就要升起了。

以人为中心

从大约公元前四五〇年左右起，雅典成了希腊王国的文化中心。从此以后，哲学走上了一个新的方向。

　　自然派的哲学家关切的主题是自然世界的本质，这使得他们在科学史上占了很重要的一席之地。而雅典的哲学家的兴趣主要在个人本身与每个人在社会的地位。当时，一个拥有人民议会与法庭等机构的民主制度正在雅典逐渐成形。

　　为了使民主能够运作，人民必须接受足够的教育以参与民主的进程。在现代，我们也看到新兴的民主国家如何需要开启民智，当时的雅典人认为，最重要的事就是要精通演说术，也就是说要能够用令人信服的方式来表达自己的看法。

　　这时，有一群四处游历的教师与哲学家从希腊各殖民地来到了雅典。他们自称为哲士或智者（Sophists）。Sophist这个字原来指的是一个有智慧而且博学的人（按：一般贬称为诡辩学家）。这些诡辩学家在雅典以教导市民为生。

　　诡辩学家与自然派哲学家有一个共通点，那就是：他们都批评传统的神话。但诡辩学家不屑于从事在他们眼中了无益处的哲学性思考。他们的看法是：虽然哲学问题或许有答案，但人类永远不可能揭开大自然及宇宙之谜。在哲学上，类似这样的看法被称为"怀疑论"。

　　诡辩学家认为，我们虽然无法知道所有自然之谜的答案，却可以肯定人类必须学习如何共同生活。因此，他们宁愿关心个人在社会中的地位的问题。

　　诡辩学家普罗塔哥拉斯（约公元前四八五年～公元前四一〇年）曾说过："人是衡量一切的尺度。"他的意思是：一件事情是对是错、是好是坏，完全要看它与人类的需求有何关系而定。当有人问他是否相信希腊的诸神时，他答道："这个问题太复杂，而生命又太短促了。"一个无法确定世上是否有神的人，我们称他为"不可知论者"。

　　这批诡辩学家多半都是一些游遍各地、见过不同政治制度的人。在他们到过的各个城邦中，无论传统规范或地方法律可能都各不相同。这使得那些诡辩学家不禁质疑哪些事物是与生俱来，而哪些事物又是社会环境造成的。就这样，他们播下了雅典城邦内社会批评的种子。

　　例如，他们指出，像"天生害羞"这样的说法并不一定成立，因为假使害羞是一种"天生"的性格，那一定是人一出生就有的，是一种出于内在的品格。但是，苏菲，害羞的个性果真是天生的吗？还是由社会环境造成的？对于某个已经游遍世界的人来说，答案应该很简单：害怕展露自己赤裸的身体并非"自然"的，也不是天生的。害羞——或不害羞——最主要还是受到社会规范的制约所致。

你应该想象得到，这批游历四方的诡辩学家宣称，世间没有绝对的是非标准，这种说法在雅典会造成多么激烈的争议。

相反的，苏格拉底则试图证明此类的规范事实上不容置疑，而且是放诸四海皆准的。

苏格拉底是谁?

苏格拉底（公元前四七〇年～公元前三九九年）也许是整个哲学史上最神秘难解的人物。他从未留下任何文字，但却是对欧洲思想影响最重大的人物之一。而这并不全然是因为他后来戏剧性的结束了生命的缘故。

我们知道苏格拉底生于雅典。他有生之年大半时间都在市中心广场与市场等地与他遇见的人闲谈。他说："乡野的树木不能教我任何东西。"有时他也会连续好几小时站着思想、发呆。

即使在当时，他也被视为谜样的人物，但他死后很快就被誉为许多哲学学派的始祖。正因为他神秘难解、模棱两可，才使得一些在学说上大相径庭的学派都可以宣称他们是苏格拉底的传人。

我们现在可以确知的是：苏格拉底长得很丑。他肚大、眼凸，有个狮子鼻。但据说他的性情"极为和蔼可亲"，也有人说他是"古今无人能及"的人物。尽管如此，他还是因为他从事的哲学活动而被判处死刑。

我们之所以能够得知苏格拉底的生平，主要是通过柏拉图的著作。柏拉图是苏格拉底的学生，后来也成为古往今来最伟大的哲学家之一。

柏拉图曾撰写过几本《对话录》，以类似戏剧对白来讨论哲学，而苏格拉底就是其中的主要人物与代言人。

由于柏拉图在书中是通过苏格拉底之口来阐扬自己的哲学，因此我们无法确定《对话录》中苏格拉底说的话是否确是苏格拉底本人说的。因此，要区分苏格拉底的学说与柏拉图的哲学并不容易。这也是我们面临其他许多未曾留下撰述的历史人物时遭遇的难题。最典型的例子当然是耶稣了。

我们无法确定当年的耶稣是否讲过《马太福音》或《路加福音》上记载的话。同样的，苏格拉底本人究竟说过些什么话，将会一直是历史上的谜团。

不过，苏格拉底的真正面貌其实并不那么重要。因为近两千五百年来对西方思想家产生启发作用的，事实上是柏拉图描绘出来的苏格拉底。

谈话的艺术

苏格拉底的高明之处在于他与人谈话时看起来并无意要指导别人。事实上他给人的印象是他很想从那些与他谈话的人身上学到一些东西。所以，他并不像传统的学校教师那般讲课，而是与别人进行讨论。

如果他纯粹只是倾听别人说话，那他显然不会成为一个著名的哲学家，也不会被判处死刑。不过，话说回来，他所做的也只不过是提出问题而已，尤其是在刚开始与人谈话时，仿佛他一无所知似的。通常在讨论过程中，他会设法使他的对手承认自己理论上的弱点。最后，到了词穷之际，他们也不得不认清是非与对错。

苏格拉底的母亲是一位产婆。苏格拉底也常说他的谈话艺术就像为人接生一样。产婆本身并不是生孩子的人，她只是帮忙接生而已。同样的，苏格拉底认为他的工作就是帮助人们"生出"正确的思想，因为真正的知识来自内心，而不是得自别人的传授。同时，唯有出自内心的知识，才能使人拥有真正的智慧。

说得更明白些：生小孩的能力是与生俱来的。同样的，每一个人只要运用本身的常识，就可以领悟哲学的真理。所谓运用本身的常识就是搜寻自己的内心，运用内心的智慧。

借着假装无知的方式，苏格拉底强迫他所遇见的人们运用本身的常识。这种装傻、装呆的方式，我们称为"苏格拉底式的反讽"。这使得他能够不断揭露人们思想上的弱点。即使在市区广场的中心，他也照做不误。于是，对于某些人而言，与苏格拉底谈话无异于当众出丑并成为众人的笑柄。

因此我们不难理解为何当时的人愈来愈将苏格拉底视为眼中钉，尤其是那些在地方上有头有脸的人。据说，苏格拉底曾说："雅典就像一匹骏马，而我就是一只不断叮它、让它具有活力的牛蝇。"

我们是怎样对付牛蝇的？苏菲，你可以告诉我吗？

神圣的声音

苏格拉底之所以不断地像牛蝇般叮他的同胞，并不是想折磨他们。而是他内心有某种声音让他非如此做不可。他总是说他的心中有"神明指引"。举例说，他不愿伙同众人将他人判处死罪，也不愿打政敌的小报告。这终于使他丧失性命。

在公元前三九九年时，他被控"宣扬新的神明，腐化青年人"。在五百名陪审团员的投票之下，他以些微的票数之差被定罪。

他大可以恳求陪审团手下留情，或至少可以同意离开雅典，借以免于一死。

然而，如果他这样做，他就不是苏格拉底了。问题在于他重视他的良心——与真理——更甚于生命。他向陪审团保证他过去所作所为全是为了国家的福祉。然而他们还是要他服毒。不久，苏格拉底就当着友人的面喝下毒药，结束了生命。

为什么？苏菲，为什么苏格拉底非死不可？两千四百年来人们不断问着这个问题。然而，他并不是历史上唯一坚持不肯妥协，最后落得被定罪处死的人。

我曾经提过的耶稣就是其中之一。事实上，苏格拉底与耶稣之间还有若干极为相似之处。

他们两人都是谜样的人物，即使对于与他们同时代的人也是如此。他们都没有将他们的学说教诲撰写成书，因此我们只好通过他们门徒的描写来认识他们。不过可以肯定的是，他们两个都是通晓谈话艺术的专家。他们说起话来都充满自信、侃侃而谈，虽然引人入胜，但也可能会得罪别人。此外，他们都相信自己是某一种更高力量的代言人。他们批评各种形式的不公不义与腐败现象，向地方势力挑战，最后并因此丧命。

耶稣与苏格拉底所受的审判显然也有雷同之处。

他们原本都可以求饶，但他们却都觉得如果不成仁取义，就无法完成他们的使命。而由于他们如此从容就义，所以吸引了许多徒众追随，即使在他们死后仍然如此。

我指出这些相似之处并不是说耶稣与苏格拉底相像。我只是要提醒你注意，他们所要传达的信息与他们个人的勇气是密不可分的。

雅典的小丑

苏菲，接下来我们还是要谈苏格拉底。我们刚才已经谈到他所使用的方法，但他的哲学课题又是什么？

苏格拉底与那些诡辩学家生在同一时代。他就像他们一样，比较关心个人与他在社会中的位置，对于大自然的力量较不感兴趣。就像几百年后罗马哲学家西塞罗所说的，苏格拉底"将哲学从天上召唤下来，使它在各地落脚生根，并进入各个家庭，还迫使它审视生命、伦理与善恶"。

不过，苏格拉底有一点与诡辩学派不同，而这点很重要。他并不认为自己是个"智者"，即博学或聪明的人。他也不像诡辩学家一样，为赚钱而教书。不，苏格拉底称自己为"哲学家"，而他也的确是一位真正的哲学家，因为哲学家的英文philo—sopher这个字的意思是"一个爱好智慧的人"。

苏菲，你现在坐得舒服吗？你必须完全了解"智者"与"哲学家"之间的差异，这样我们才能继续上以后的课程。诡辩学家教人道理，并收取学费，而他们所说的道理或多或少都有吹毛求疵的意味。这样的诡辩学家千百年来不知凡几。我指的是所有的学校教师、那些自以为无所不知而以既有的一丁点知识为满足的人，以及那些自夸博学多闻但实际上一无所知的人。你年纪虽小，但或许已经遇见过几位这样的诡辩学家。一个真正的哲学家则完全不同，事实上他们与诡辩学家正好相反。他们知道实际上自己所知十分有限，这也是为何他们不断追求真知灼见的原因。苏格拉底就是这些稀有人物之一。他知道自己对生命与世界一无所知，并对自己贫乏的知识感到相当懊恼。这点非常重要。

所以说，所谓哲学家就是那些领悟到自己有很多事情并不知道，并因此而感到苦恼的人。就这一方面而言，他们还是比那些自称博学但实际上非常无知的人更聪明。我曾经说过："最聪明的是明白自己无知的人。"苏格拉底也说："我只知道一件事，就是我一无所知。"

请你记住这句话，因为很难得有人会承认自己无知，即使哲学家也不例外。最重要的是，当众说这句话是很危险的，可能会使你丧命。最具颠覆性的人就是那些提出问题的人，而回答问题则比较不危险。任何一个问题都可能比一千个答案要更具爆炸性。

你是否听说过国王的新衣这个故事？故事中的国王其实浑身一丝不挂，但他的臣民却没有人敢说出真相。这时，一个小孩突然脱口而出："可是他什么衣服都没穿呀！"苏菲，这个孩子很勇敢，就像苏格拉底一样。苏格拉底也敢于告诉我们人类所知多么有限。哲学家与小孩子的相似性我们已经谈过了。

确切来说，人类面临了许多难解的问题，而我们对这些问题还没有找到满意的答案。因此现在我们面临两种可能：一个是假装拥有所有的知识，借此自欺欺人。另一个则是闭上眼睛，从此不去理会，并放弃一切我们迄今所有的成就。就这方面而言，人类的意见并不一致。人们通常不是太过笃定，就是漠不关心（这两种人都是在兔子的毛皮深处蠕动的虫子）。苏菲，这就像切牌一样。你把黑牌放在一堆，红牌放在一堆，但不时会有小丑牌出现。他们既不是红桃也不是黑桃，既不是红砖也不是梅花。在雅典，苏格拉底就像是小丑一样。他既不笃定也不漠然。他只知道自己一无所知，而这使他非常苦恼。因此他成为一个哲学家，一个孜孜不倦追求真理、永不放弃的人。

据说，一个雅典人问德尔菲的神谕："谁是雅典最聪明的人？"神谕回答说："在所有的凡人中，苏格拉底是最聪明的。"苏格拉底听到这件事时，大为震惊（苏菲，我想他一定曾经放声大笑）。他直接去找城内公认聪明出众的一个人问问题。但是当此人也无法给他一个满意的答案时，苏格拉底便知道神谕是对的。

苏格拉底认为人类必须为自己的知识奠定巩固的基础，他相信这个基础就是人的理性。由于他对人的理性具有不可动摇的信念，因此他显然是一个理性主义者。

正确的见解导致正确的行动

正如我先前讲过的，苏格拉底声称他受到内心一个神圣声音的指引，同时他的"良心"也告诉他什么是对的。他说："知善者必能行善。"

他的意思是人只要有正确的见解，就会采取正确的行动。也唯有行所当行的人才能成为一个"有德之人"。我们之所以犯错，是因为我们不知道何者是对的。这是人何以必须不断学习的原因。苏格拉底想为是非对错找出一个清楚明白，而且放诸四海皆准的定义。他与那些诡辩家不同的是，他相信辨别是非的能力就存在于人的理性中，而不存在于社会中。

你也许会认为最后一部分有些太过含糊。让我们这样说好了：苏格拉底认为，人如果违反自己的理性就不会快乐。而那些知道如何找到快乐的人就会遵照自己的理性行事。因此，明白是非者必然不会为恶。因为世间哪有人会想要成为一个不快乐的人？

你怎么想呢？苏菲。如果你一直做一些自己深知不对的事，你还会活得很快乐吗？有很多人撒谎、舞弊、中伤别人，而他们本身也深深明白这些行为是不对或不公平的。你想这些人会快乐吗？

苏菲看完有关苏格拉底的信后，匆匆将信放在饼干盒内便爬出密洞。她想在妈妈买菜回家前进门，以免妈妈啰里啰唆地盘问她的行踪。再说，苏菲答应要帮妈妈洗碗。

苏菲刚在碗槽里放满水，妈妈就提着两个大袋子，跌跌撞撞地走进来了。也许是因为这样，妈妈才说："苏菲，最近你很心不在焉。"

苏菲也不知道自己是怎么回事，脱口就说："苏格拉底也是这样啊！"

"苏格拉底？"

妈妈睁大眼睛看着她。

"他因此而非死不可,这真是太悲哀了。"苏菲悠悠地说。

"天哪!苏菲,我真不知道该怎么办才好!"

"苏格拉底也是。他只知道自己一无所知,然而他却是雅典最聪明的人。"

妈妈差点说不出话来。最后,她说:"这是你在学校里学到的吗?"

苏菲用力摇摇头:"我们在那儿什么也学不到。教师和哲学家的不同之处在于老师自认为懂得很多,并且强迫我们吸收。哲学家则是与学生一起寻求答案。"

"瞧,现在我们又回到兔子的问题了。苏菲,我要你告诉你的男朋友究竟是谁。要不然我会认为他脑筋有点问题。"

苏菲转过身来,背对着碗槽,手拿着一块洗碗布指着妈妈:"脑筋有问题的可不是他。不过他喜欢让别人伤一伤脑筋,让他们脱离窠臼。"

"够了!我看他有点目中无人。"

苏菲转回身去。

"他既不是目中无人,也不是目中有人,他只是努力追寻真正的智慧。一个真正的小丑和其他纸牌是大不相同的。"

"你是说小丑吗?"

苏菲点点头:"你有没有想过一副牌里面有很多红心和红砖,也有很多黑桃和梅花,但只有一个小丑。"

"天哪!你看你多会顶嘴。"

"你看你问的什么问题嘛!"

妈妈已经把买来的东西都放好了,于是她拿着报纸走进起居室。苏菲感到,她今天关门的声音比平常都大。

苏菲洗完碗后,就上楼回到自己的房间。

她已经把那条红色的丝巾和积木一起放在衣柜的上层。现在她把丝巾拿了下来,仔细地看。

席德……

雅 典

……废墟中升起了几栋高楼……

那天傍晚，苏菲的妈妈去拜访一位朋友。她一出门，苏菲立刻下楼，跑到花园中老树篱内的密洞。她在里面发现了一个厚厚的包裹，就放在饼干盒旁。苏菲拆开包裹，里面是一卷录影带。

她跑回屋里。一卷录影带！这次特别不同。哲学家怎会知道她家有录像机？录影带内又是什么呢？

苏菲将带子放进录像机。电视荧屏出现了一座面积辽阔的城市。当摄影机镜头带人到巴特农神殿时，苏菲知道这座城市一定是雅典。她从前常常看到当地古代废墟的照片。

这卷录影带拍的是真实的情景。一群穿着夏装的游客背着相机在废墟之间走动。其中有一个人好像拿着一块告示牌。又来了。苏菲心想，牌子上面写的可不是"席德"这两个字吗？

一两分钟后，镜头变成一个中年男子的特写。他个子甚为矮小，留着一脸整齐干净的黑胡子，头上戴着一顶蓝扁帽。他看着镜头说：

"欢迎你来到雅典，苏菲。我想你大概已经猜到了，我就是艾伯特。如果你还没猜到，我可以再说一次，那只大兔子仍然可以被魔术师从宇宙的帽子之中拉出来。

"我们现在正站在雅典的高城（Acropolis）。这个字的意思是'城堡'，或者更准确地说，是'山城'的意思。自从石器时代以来，这里就有人居住。这自然是因为它地理位置特殊。它的地势高，在盗匪入侵时容易防守。从高城这儿俯瞰，可以很清楚地看到地中海的一个良港。古代雅典人开始在高地下面的平原发展时，高城被当作城堡和神庙。公元前第四世纪的前半叶，雅典人对波斯人发动了一场惨烈的战争。公元前四八〇年时，波斯国王齐尔克西率兵掠夺了雅典城，并将高城所有的古老木造建筑焚烧净尽。一年后，波斯人被打败，雅典的黄金时代也从此开始。雅典人开始重建高城，规模更大，气象也更雄浑，而且完全作为神庙使用。

"就在这个时期，苏格拉底穿梭在大街小巷与广场上，与雅典人民谈话。他原本可以目睹高城的复兴，并看到我们四周这些雄伟建筑的进展。你瞧，这是一个多么好的地方。在我后面，你可以看到世界上最大的神庙巴特农神殿。巴特农的意思是'处女之地'，是为了崇奉雅典的保护神雅典娜而建造的。这整座宏伟的大理石建筑看不到一条直线。它的四面墙壁都稍微有些弧度，以使整栋建筑看起来不致太过沉重。因此这座神庙虽然硕大无朋，却仍给人轻巧之感，这就是所谓的视觉幻象。神殿所有的柱子都微向内弯，如果继续朝上发展，将可以形成一座一千五百米高的金字塔。神殿内只有一尊十二米高的雅典娜雕像。此处所用的白色大理石是从十六公里以外的一座山上运来的，当年上面还有五彩的图画。"

苏菲的心差一点跳出来。哲学家真的是在跟她说话吗？她只有一次在黑暗中看过他的侧影。他真的就是这位站在雅典高城的男人吗？

他开始沿着神殿的前方走，摄影机也跟着他。他走到台地边缘，指着四周的风景。摄影机把焦点放在高城高地的正下方一座古老的戏院。

"你在那里可以看到古老的酒神剧院。"这位戴着扁帽的老人继续说："这也许是欧洲最古老的剧院。在苏格拉底时期，埃斯库罗斯、索福克勒斯与欧里庇得斯等希腊剧作家写的伟大悲剧就在这儿上演。我以前曾经提到命运凄惨的伊迪帕斯国王。这出悲剧最先就是在这儿上演。不过这里也演喜剧。当时最知名的喜剧作家叫阿里斯多芬。他曾经写过一出恶毒的喜剧，将苏格拉底描写成雅典的一个丑角。在剧院正后方，你可以看到一块当年被演员们用作背景的地方，叫作skēnē，英文的scene（场景）这个单词就是由此单词衍生的。顺便一提的是，英文theater（剧院、剧场）这个单词是源自古希腊文，原意是'看'。不过，到这里，我们得回头谈谈哲学家了。现在我们要绕过巴特农神殿走下去，经过大门口……"

这个矮小的男人绕过巨大的神殿，经过右边几座较小的神庙。然后他开始沿着两边排列着高大石柱的梯阶走下去。到达高城的最低点时，他走上一座小山丘，用手遥指着雅典的方向：

"我们现在站的这个小山丘是古代雅典的高等法院，也是雅典人审判杀人犯的地方。几百年以后，使徒保罗曾站在此处对雅典人宣扬耶稣基督的教海。以后我们会谈到他所说的。在左下方，你可以看到雅典古老的市区广场的遗迹，如今除了供奉铁匠与金属工人之神贺斯托思的大神庙之外，只剩下几块大理石了。现在我们继续往下走……"

不久，他出现在这片古废墟中。在荧屏上方，只见高城的雅典娜神殿巍然矗立在天空下。她的哲学教师已经坐在一块大理石上。一两分钟后，他看着摄影机说：

"现在我们正坐在从前雅典的市区广场上。如今这里的景象令人唏嘘，不是吗？但从前这里四周环绕的都是壮丽的神殿、法院和其他政府机构、商店、音乐厅，甚至还有一个大型的体育场。这些建筑物环绕着广场，而广场本身则是一个宽阔开放的空间……整个欧洲的文明都在这个朴实的地方扎下根基。

"今天我们听到的一些字眼，如政治与民主、经济与历史、生物与物理、数学与逻辑、神学与哲学、伦理学与心理学、理论与方法、概念与系统以及其他许许多多的字眼，最先都是由以这个广场为日常生活中心的一小群人发明的。这里也就是当年苏格拉底花了许多时间与人谈话的广场，那个时候，他可能会抓住一个扛着一瓶橄榄油的奴隶不放，并且问这个倒霉的人一个哲学问题，因为苏格拉底认为奴隶与一般人一样有常识。有时他也会与别人争辩得脸红脖子粗，或与他的学生柏拉图进行一场温和的讨论。想起来，这是多么奇妙的事啊！现代人仍然时常提到'苏格拉底式'与'柏拉图式'的哲学，但真正做苏格拉底或柏拉图却是两码子事。"

一时之间，苏菲也觉得这件事想起来真是很奇妙。

不过，她认为，她的哲学老师居然派他那只很不寻常的狗把录影带送到她在花园中的密洞，而现在他本人正在荧屏上对她说话，这件事不是也很奇妙吗？

哲学家从大理石上起身，平静地说道：

"苏菲，我原来只打算到此为止，让你看看高城和古代雅典广场的遗迹就好了。但是现在我还不确定你是否能够想象从前这儿四周的景象是多么壮观……因此我很想……再进一步……当然这是不太寻常的……但我确实想要这么做。我相信你一定不会告诉别人吧？不管怎么说，我们看一下就够了……"

他说完后站在那儿静默了好一会儿，眼睛看着摄影机。就在这段时间，废墟中突然升起了几栋高大的建筑。就像魔术一般，所有昔日的建筑又突然再现。高城依旧巍然矗立天际，不同的是，无论高城或是广场上的屋宇建筑，如今看来都焕然一新，上面镶着金箔，绘着艳丽的色彩。服饰鲜明的人群在广场四周慢慢走着。有人佩着剑，有人头上顶着瓶子，其中有一个人腋下夹着一卷纸草做成的纸。

这时，苏菲看到了她的哲学老师。他还是戴着那顶蓝色的扁帽，只是换了衣裳。如今他穿着一件长及膝盖的黄衫，与其他人没有两样。他走向苏菲，看着镜头说道：

"这样好些了。我们来到了古代的雅典城，我就是希望你能亲自来这儿。你瞧，现在的年代是公元前四○二年，也就是苏格拉底逝世的三年前。我希望你喜欢这次游览，因为我可是费了很大的劲才雇到一个摄影师的……"

苏菲觉得头昏。这个奇怪的人怎么会一下子就到了两千四百年前的雅典？自己怎么可能看到另外一个时代的录影带？古代并没有摄影机呀！难道这是电影吗？

然而，那些大理石建筑看起来却是如此逼真。如果他们为了拍片而重建整座雅典广场与高城的话，那光是布景一定就要花一大笔钱。如果这样做，只是为了让苏菲了解雅典昔日的景象，那花费实在是太大了。

戴着蓝扁帽的男人再度抬起头看着苏菲：

"你看到那边廊柱下站的两个男人了吗？"

苏菲看到一个年长的男子穿了一件皱巴巴的长衫，一脸乱七八糟的胡子，狮子鼻，目光犀利，两颊丰满。他身旁站了一个英俊的年轻人。

"这就是苏格拉底和他的学生柏拉图，你将亲自与他们见面。"

哲学家走到那两人身旁，取下他的扁帽，说了一些苏菲听不懂的话。苏菲想，那一定是希腊文。然后，他看着摄影机说：

"我告诉他们你是一个挪威女孩，很想见见他们。因此，现在柏拉图会问你一些问题让你思考。不过我们得快点，以免被警卫发现。"

当那位年轻人走向前来，看着摄影机时，苏菲觉得自己全身的血液都涌到太阳穴来。

"苏菲，欢迎你到雅典来，"年轻人用一种浓厚的外国腔调轻声地说，"我的名字叫柏拉图。我要让你做四件事。第一，请你想一想，一个面包师傅如何能做五十个一模一样的饼干。其次，你要问自己，为何所有的马都一样。第三，你必须肯定地回答人的灵魂是否不朽。最后请你告诉我们，男人与女人是否一样具有理性。祝你好运。"

然后，电视荧屏上的影像消失了。苏菲将带子转了又转，倒了又倒。不过再也没有任何影像了。

苏菲努力整理自己的思绪。不过她一件事还没想完，第二件事已开始在脑中浮现。

她一开始就知道她的哲学教师与常人不同。不过苏菲认为，他运用这类违反所有自然法则的教学方法也实在是太过分了。

她真的在电视上看到了苏格拉底与柏拉图了吗？当然不，这完全不可能。但那看起来又绝对不像卡通。

苏菲将带子从录像机内取出，拿到楼上房间。她把它放在柜子上层，积木的旁边，然后她就一股脑儿躺下，整个人疲倦不堪。不久就睡着了。

几个小时后，妈妈走进她的房间，轻轻地摇一摇她，说：

"苏菲，你怎么啦？"

"嗯？"

"你衣服都没脱就睡了。"

苏菲睁了睁惺忪的睡眼。

"我到雅典去了。"她含糊地说，之后翻个身又睡着了。

柏拉图

……回归灵魂世界的渴望……

第二天清早，苏菲猛然惊醒，看一看钟，才刚过五点，但她却已经没有一点睡意了，于是她便在床上坐起来。奇怪，自己为何仍然穿着白天的衣裳呢？然后，她想起了昨天发生的一切。

她爬到凳子上，检查一下柜子的上层。没错，带子还在那里。原来这真的不是一场梦。至少不完全是一场梦。

不过她一定不可能真的见到了柏拉图与苏格拉底……算了，真伤脑筋，她现在已经没有力气再去想它了。也许妈妈说得对，也许她这几天真的有些神经兮兮的。

不管怎样，她是再睡不着了。也许她应该到密洞去，看看那只狗是否曾留下任何信件。

苏菲溜下楼，穿上一双慢跑鞋便出门了。

花园中一切都清朗宁静美好。鸟儿们唱得如此起劲，使苏菲忍不住想笑。草叶上的朝露宛如水晶一般闪闪发光。

这世界如此美好，令人不可思议。苏菲再一次深深受到感动。

老树篱内非常潮湿。苏菲没有看到哲学家的来信，不过她还是掸了掸一截粗大的树根，坐了下来。

她想起录影带上的柏拉图曾经要她回答一些问题。第一个问题是面包师傅如何做出五十个一模一样的饼干。

苏菲暗忖，她得仔细想一想才行，因为这个问题一定不简单。妈妈偶尔也会做一些饼干，但从来没有一次饼干形状完全相同。不过话说回来，妈妈不是专业的面包师傅，有时厨房甚至乱得像被炸弹轰炸过一样。即使是店里卖的饼干也从来没有完全一样的，每一块饼干在制饼师傅手中都捏成不同的样子。

此时，苏菲脸上浮现出满意的笑容。她记得有一回妈妈忙着烤圣诞节的饼干，因此她和爸爸一起去买东西。他们回到家后看到厨房的桌子上散放了许多姜饼人。这些姜饼人虽然不很完美，但就某一方面来说，却都是一模一样的。为什么会这样呢？显然是由于妈妈做这些姜饼人时用了同一个模子的缘故。

想到自己居然记得这件小事，苏菲很是得意。因此她想这第一个问题应该已经答完了。

如果一个饼干师傅做了五十个完全一模一样的饼干，他一定是用了同样一副饼干模子。很简单，就是这样。

录影带上的柏拉图问的第二个问题是：为何所有的马都一样？可是，事实并非如此啊！相反的，苏菲认为没有两匹马是完全相同的，就像没有两个人是一模一样的。

苏菲正要放弃这个问题时，突然想到她刚才对饼干的看法。事实上，也没有两块饼干是一模一样的，有些比较厚，有些比较薄，有些碎了。然而，每个人都可以看出这些饼干就某一方面来说是"一模一样"的。

也许柏拉图问的是为何马一直是马，而不会变成一种既像马又像猪的动物。因为，虽然有些马像熊一样是棕色的，有些则白得像绵羊，但所有的马都有一些共同点。举例来说，苏菲就从没有见过六条腿或八条腿的马。

但柏拉图不可能相信所有的马之所以相同，是因为它们是用同一个模子做成的吧？

然后柏拉图又问了她一个很深、很难的问题：人有没有不朽的灵魂？

苏菲觉得自己不太够资格回答这个问题。她只知道人死后，尸体不是火葬就是土葬，因此实在没有未来可言。如果人有一个不朽的灵魂，那我们就必须相信一个人是由两个不同的部分组成的：一个是用了多年之后就会老旧、损坏的躯体，还有一个是无论身体情况如何，仍然多少可以独立作业的灵魂。苏菲的奶奶曾经说过，她觉得变老的只是自己的身体而已，在内心她一直都还是一个年轻的女孩。

想到"年轻女孩"，苏菲就想到最后一个问题：女人和男人一样有理性吗？对于这点，她可不敢确定。这要看柏拉图所谓的"理性"是什么。

哲学老师在谈论苏格拉底时所说的一些话突然浮现在苏菲的脑海中。苏格拉底曾经指出，每一个人只要运用自己的常识，都可以了解哲学的真理。他也曾说奴隶与贵族一样有常识。因此苏菲肯定他也会说女人和男人一样有常识。

当她正坐在那儿想着这些问题时，突然听到树篱里有沙沙的声音以及类似蒸汽引擎"噗！噗！"喷气的声音。下一秒钟，一条金色的狗已经钻进了密洞，嘴里衔着一个大信封。

"汉密士！"苏菲叫它，"丢下来，丢下来！"

狗儿把信放在苏菲的怀中。苏菲伸出手摸摸它的头。

"你真乖。"她说。

狗儿躺下来任由苏菲抚摸。但过了两三分钟，它就站了起来，钻过树篱由原路回去。苏菲手拿棕色的信封跟着它，爬过浓密的枝叶，不一会儿就出了花园。

汉密士已经开始向树林的边缘跑去了。苏菲在后头跟了几码路，狗儿两次转过身来对她吠叫，但苏菲一点也不害怕。

这次她决心要找到那个哲学家，即使必须一路跑到雅典也在所不惜。狗儿愈跑愈快，然后突然跑到一条窄的小路上。苏菲紧追不舍，但几分钟后狗儿转过身来面对着她，像看门狗一样地吠叫。苏菲仍然不肯放弃，趁机会拉近他们之间的距离。

汉密士一转身，向前飞奔。苏菲发现自己永远不可能追得上。于是她停下来，在那儿站了好久好久，听到它愈跑愈远，而后一切复归寂静。

她在林中空地旁的一截树木残桩上坐下，手里仍拿着那个棕色的信封。她把它拆开，拿出几页打着字的信纸，开始看信：

柏拉图学院

苏菲，谢谢你与我共度一段愉快的时光。我是指我们在雅典的时候。现在我至少已经算是做过自我介绍了。还有，既然我也向你介绍了柏拉图，因此我们还是开门见山地谈他吧。

苏格拉底服毒而死时，柏拉图（公元前四二七年～公元前三四七年）才二十九岁。当时他受教于苏格拉底门下已经有一段时间。他密切注意苏格拉底受审的经过。当他看到雅典人民居然将他们当中最高贵的人判处死刑时，内心非常震动。这件事影响了他后来的哲学生涯。

对柏拉图而言，苏格拉底之死证明了当今社会与理想社会之间的冲突。柏拉图成为哲学家后所做的第一件事就是将苏格拉底对陪审团的陈情内容出版成《自辩》一书。

你也许还记得，苏格拉底从未留下任何文字。至于苏格拉底之前的哲学家虽然有许多人曾著书立说，但他们的文字到现在却几乎都荡然无存。至于柏拉图，我们相信他所有的重要著作应该都已经保存下来了。除了苏格拉底的《自辩》之外，柏拉图也写了好些书信与至少三十五篇哲学对话录。这些作品之所以能留存至今，一部分是因为柏拉图在距雅典不远之处的一个树林中创立了一个哲学学校，并以传奇中的希腊英雄阿卡戴慕士为名。因此这个学校被称为"学园"或"学院"（Academy）（从此以后全世界各地成立了成千上万所学院，以后我们会谈到有关"学院"与"学科"的问题）。

柏拉图学园中教授的科目包括哲学、数学与体育。不过，说"教授"其实不太正确，因为柏拉图学园也是采取活泼的对话方式上课，因此柏拉图之所以采用对话录的形式来写作并非偶然。

永远的真善美

在这堂课的序言中，我曾经提到一个人可以不时问问自己某一个哲学家研究什么课题。因此我现在要问：柏拉图关心的是哪些问题？

简单地说，我们可以断定柏拉图关心的是永恒不变的事物与"流动"事物之间的关系（就像苏格拉底之前的哲学家一样）。我们已经谈过诡辩论学派与苏格拉底如何将他们的注意力由有关自然哲学的问题转到与人和社会的问题。然而从某个角度来看，就连苏格拉底与诡辩学派也都关心永恒不变的事物与"流动"事物之间的关系。他们之所以对这个问题感兴趣，乃是由于它与人类道德与社会理想及美德之间的关系。简而言之，诡辩学家认为每一个城邦、每一个世代对于是非的观念各不相同。因此是非的观念是"流动"的。苏格拉底则完全不能接受这种说法，他认为世间有所谓永恒、绝对的是非观念存在。我们只要运用自己的常识便可以悟出这些不变的标准，因为人类的理智事实上是永恒不变的。

你明白吗？苏菲。后来，柏拉图出现了。他既关心自然界中永恒不变的事物，也关心与人类道德及社会有关的永恒不变的事物。对于柏拉图而言，这两个问题是一体的两面。他试图掌握有关个人永恒不变的"真理"。

坦白说，这正是世间为何要有哲学家的原因。我们需要哲学家，不是因为他们可以为我们选拔美皇后或告诉我们今天番茄的最低价。（这是他们为何经常不受欢迎的原因！）哲学家们总是试图避开这类没有永恒价值的热门话题，而努力将人们的注意力吸引到永远"真"、永远"善"、永远"美"的事物上。

明白了这点，我们才可以开始略微了解柏拉图课题的大概内容，不过还是让我们一样一样来吧。我们将试着了解一个不凡的心灵、一个对后来所有欧洲哲学有着深远影响的心灵。

理型的世界

恩培窦可里斯与德谟克里特斯两人都提醒世人：尽管自然界的所有事物都是"流动"的，但世间一定仍有"某些东西"永远不会改变（如"四根"或"原子"）。柏拉图也同意这个命题，但他的方式却大不相同。

柏拉图认为，自然界中有形的东西是"流动"的，所以世间才没有不会分解的"物质"。属于"物质世界"的每一样东西必然是由某种物质做成。这种物质会受时间侵蚀，但做成这些东西的"模子"或"形式"却是永恒不变的。

你了解了吗？苏菲。不，我想你还不了解。

为何全天下的马儿都一样？你也许不认为它们是一样的，但有些特质是所有的马儿都具备的，这些特质使得我们可以认出它们是马。当然个别的马是"流动"的，因为它会老、会瘸，时间到了甚至会死。但马的"形式"却是永恒不变的。

因此，对柏拉图而言，永恒不变的东西并非一种"基本物质"，而是形成各种事物模样的精神模式或抽象模式。

我们这么说吧：苏格拉底之前的哲学家对于自然界的变化提出了相当不错的解释。他们指出，自然界的事物事实上并未"改变"，因为在大自然的各种变化中，有一些永恒不变的最小单位是不会分解的。他们的说法固然不错，但是，苏菲，他们并未对为何这些原本可能组成一匹马的"最小单位"突然会在四五百年后突然又聚在一起，组成另外一匹新的马（或大象或鳄鱼）提出合理的解释。柏拉图的看法是：这些德谟克里特斯所说的原子只会变成大象或鳄鱼，而绝不会成为"象鳄"或"鳄象"。这是他的哲学思想的特色。如果你已经了解我所要说的，你可以跳过这一段。不过为了保险起见，我要再补充说明一下：假如你有一盒积木，并用这些积木造了一匹马。完工后，你把马拆开，将积木放回盒内。你不可能光是把盒子摇一摇就造出另外一匹马。这些积木怎么可能会自动找到彼此，并再度组成一匹新的马呢？不，这是不可能的。你必须重新再组合过。而你之所以能够这样做，是因为你心中已经有了一幅马的图像，你所参考的模型适用于所有的马匹。

关于五十块一模一样饼干的问题，你回答得如何呢？让我们假设你是从外太空来的，从来没有见过一位面包师傅。有一天你无意间走进一家香气扑鼻的面包店，看到架子上有五十个一模一样的姜饼人。我想你大概会搔搔头，奇怪它们怎么看起来都一个样子。事实上这些姜饼人可能有的少了一双胳臂，有的头上缺了一角，有的则是肚子上很滑稽地隆起了一块。不过你仔细想过之后，还是认为这些姜饼人都有一些共同点。虽然这些姜饼人没有一个是完美的，但你仍会怀疑它们是出自同一双手的杰作。你会发现这些饼干全部都是用同一个模子做出来的。更重要的是，苏菲，你现在开始有一股不可抗拒的念头，想要看看这个模子。因为很明显的，这个模子本身一定是绝对完美的，而从某个角度来看，它比起这些粗糙的副本来，也会更美丽。

如果你是完全靠自己的思考解答了这个问题，那么你回答这个哲学问题的方法就跟柏拉图完全一样。

就像大多数哲学家一般，他也是"从外太空来的"（他站在兔子毛皮中一根细毛的最顶端）。他看到所有的自然现象都如此类似，觉得非常惊讶，而他认为这一定是因为我们周遭事物的"背后"有一些特定的形式的缘故。柏拉图称这些形式为"理型"或观念。在每一匹马、每一只猪或每一个人的后面，都有一个"理型马"、"理型猪"或"理型人"。（同样的，刚才我们说的面包店也可能会有姜饼人、姜饼马或姜饼猪，因为每一家比较有规模的面包店都会做一种以上的姜饼模子。而一个模子已够做许许多多同样形状的姜饼了。）

柏拉图因此得出一个结论：在"物质世界的背后，必定有一个实在存在。他称这个实在为'理型的世界'，其中包含存在于自然界各种现象背后、永恒不变的模式"。这种独树一格的观点我们称之为"柏拉图的理型论"。

真正的知识

亲爱的苏菲，到目前为止我所说的话你一定可以理解。不过你也许会问，柏拉图是认真的吗？他真的相信类似这样的形式的确存在于一个完全不同的世界中吗？

他也许并不是终其一生都保持这种看法，但在他部分对话录中他的意思无疑就是这样。让我们试着追随他思想的脉络。

就像我们看到的，哲学家努力掌握一些永恒不变的事物。举例来说，如果我要你就"某个肥皂泡的存在"这个题目来撰写一篇哲学论文，这就没有什么意义了。原因之一是：往往在我们还没来得及深入研究之前，肥皂泡就破了。原因之二是：这个肥皂泡没有别人看过，并且仅存在五秒钟，这样的哲学论文可能很难找到市场。

柏拉图认为我们在周遭的自然界中所看到的一切具体事物，都可以比作是一个肥皂泡泡，因为没有一件存在于感官世界的东西是永远不变的。

我们知道每一个人、每一只动物迟早会死，而且会腐烂分解。即使一块大理石也会发生变化，逐渐分解。（希腊的高城目前正逐渐倒塌，这真是非常糟糕的事，但也没有办法。）柏拉图的观点是：我们对于那些不断改变的事物不可能会有真正的认识。我们对于那些属于感官世界的具体事物只能有意见或看法。我们能够真正认识的，只有那些我们可以运用理智来了解的事物。

好，苏菲，我再解释得更清楚一些：经过烘烤后，有的姜饼人可能会不成形状。不过在看了几百个像与不像的姜饼人之后，我可以非常确定姜饼人的模型是什么样子。虽然我未曾见过它的模样，但也可以猜到。甚至可以说，即使我们亲眼见到那个模子也不见得会更好，因为我们并不一定信任我们的感官所察知的事物。视觉能力因人而异，但我们却能信赖我们的理智告诉我们的事物，因为理智是人人相同的。

如果你和三十个同学一起坐在教室内。老师问全班学生彩虹里的哪一种颜色最漂亮，他也许会得到很多不同的答案。但如果他问8×3是多少，全班大概都会得出相同的答案。因为这时理性正在发言，而理性可说是"想法"或"感觉"的相反。正因为理性只表达永恒不变、宇宙共通的事物，因此我们可以说理性永恒不变，而且是宇宙共通的。

柏拉图认为数学是非常吸引人的学科，因为数学的状态永远不会改变，因此也是人可以真正了解的状态。这里让我们来举一个例子。

假设你在树林间捡到一个圆形的松果，也许你会说你"认为"这个松果是圆的，而乔安则坚持它一边有点扁。（然后你们两个就开始为这件事拌嘴！）所以说，我们人类是无法真正了解我们肉眼所见的事物的，但是我们却可以百分之百确定，一个圆形内所有的角度加起来一定是三百六十度。我们这里所说的是一个理想的圆形，也许这个圆形在物质世界中并不存在，不过我们仍然可以很清楚地想象出来。（这个圆形就像那个看不见的姜饼人模子，而不是放在厨房桌上的那些姜饼人。）

简而言之，我们对于感官所感受到的事物，只能有模糊、不精确的观念，但是我们却能够真正了解我们用理智所理解的事物。三角形内的各内角总和一定是一百八十度，这是亘古不变的。而同样的，即使感官世界中所有的马都瘸了，"理型"马还会是四肢健全的。

不朽的灵魂

我们已经见到柏拉图如何认为实在世界可以分为两个领域。

其中一个是感官世界。我们只能用我们五种并不精确的官能来约略认识这个世界。在这个世界中，"每一件事物都会流动"，而且没有一个是永久不变的。这里面存在的都是一些生生灭灭的事物。

另外一个领域则是理型的世界。我们可以用理性来确实认识这个世界。我们无法用感官来察知这个理型的世界，但这些理型（或形式）是永恒不变的。

根据柏拉图的说法，人是一种具有双重性质的生物。我们的身体是"流动"的，与感官的世界不可分割，并且其命运与世界上其他每一件事物（如肥皂泡）都相同。我们所有的感官都是以身体为基础，因此是不可靠的。但我们同时也有一个不朽的灵魂，而这个灵魂则是理性的天下。由于灵魂不是物质，因此可以探索理型的世界。

苏菲，柏拉图的学说差不多就是这样了，但这并不是全部。这并不是全部！

柏拉图同时认为，灵魂栖居在躯体内之前，原本就已经存在（它和所有的饼干模子一起躺在橱柜的上层）。然而一旦灵魂在某一具躯体内醒来时，它便忘了所有的完美的理型。然后，一个奇妙的过程展开了。当人类发现自然界各种不同的形式时，某些模糊的回忆便开始扰动他的灵魂。他看到了一匹马，然而是一匹不完美的马。（一匹姜饼马！）灵魂一看到这匹马，便依稀想起它在理型世界中所见过的完美"马"，同时涌起一股回到它本来领域的渴望。柏拉图称这种渴望为eros，也就是"爱"的意思。此时，灵魂体验到"一种回归本源的欲望"。从此以后，肉体与整个感官世界对它而言，都是不完美而且微不足道的。灵魂渴望乘着爱的翅膀回"家"，回到理型的世界。它渴望从"肉体的枷锁"中挣脱。

我要强调的是，柏拉图在这里描述的，是一个理想中的生命历程，因为并非所有人都会释放自己的灵魂，让它踏上回到理型世界的旅程。大多数人都紧抱完美理型在感官世界中的"倒影"不放。他们看见一匹又一匹的马，却从未见到这些马所据以产生的"完美马"的形象。（他们只是冲进厨房，拿了姜饼人就吃，也不想一想这些姜饼人是打哪里来的。）柏拉图描述的是哲学家面对事物的方式。他的哲学可以说是对哲学性做法的一种描述。

苏菲，当你看到一个影子时，一定会假定有一样东西投射出这个影子。你看到一只动物的影子，心想那可能是一匹马，但你也不太确定。于是你就转过身来，瞧瞧这匹马。而比起那模糊的影子，这匹马当然显得更俊秀，轮廓也更清晰。同样的，柏拉图也相信，自然界所有的现象都只是永恒形式或理型的影子。但大多数人活在影子之间就已经感到心满意足。他们从不去思考是什么东西投射出这些影子。他们认为世间就只有影子，甚至从不曾认清世间万物都只是影子，因此他们对于自身灵魂不朽的物质从不在意。

走出黑暗的洞穴

柏拉图用一个神话故事来说明这点。我们称之为"洞穴神话"。现在就让我用自己的话再说一次这个故事。

假设有些人住在地下的洞穴中。他们背向洞口，坐在地上，手脚都被绑着，因此他们只能看到洞穴的后壁。在他们的身后是一堵高墙，墙后面有一些人形的生物走过，手中举着各种不同形状的人偶，由于人偶高过墙头，同时墙与洞穴间还有一支火炬，因此它们在洞穴的后壁上投下明明灭灭的影子。在这种情况下，穴中居民所看到的唯一事物就是这种"皮影戏"。他们自出生以来就像这样坐着，因此他们认为世间唯一存在的便只有这些影子了。

再假设有一个穴居人设法挣脱了他的锁链。他问自己的第一个问题便是：洞壁上的这些影子从何而来？你想：如果他一转身，看到墙头上高举着的人偶时，会有何反应？首先，强烈的火光会照得他睁不开眼睛，人偶的鲜明形状也会使他大感惊讶，因为他过去看到的都只是这些人偶的影子而已。如果他想办法爬过墙，越过火炬，进入外面的世界，他会更加惊讶。在揉揉眼睛后，他会深受万物之美的感动。这是他生平第一次看到色彩与清楚的形体。他看到了真正的动物与花朵，而不是洞穴里那些贫乏的影子。不过即使到了现在，他仍会问自己这些动物与花朵从何而来？然后他会看到天空中的太阳，并悟出这就是将生命赋予那些花朵与动物的源头，就像火光造就出影子一般。

这个穴居人如获至宝。他原本大可以从此奔向乡间，为自己新获的自由而欢欣雀跃，但他却想到那些仍然留在洞里的人。于是他回到洞中，试图说服其他的穴居人，使他们相信洞壁上那些影子只不过是"真实"事物的闪烁影像罢了。然而他们不相信他，并指着洞壁说除了他们所见的影子之外，世间再也没有其他事物了。最后，他们把那个人杀了。

柏拉图借着这个洞穴神话，想要说明哲学家是如何从影子般的影像出发，追寻自然界所有现象背后的真实概念。这当中，他也许曾想到苏格拉底，因为后者同样是因为推翻了"穴居人"传统的观念并试图照亮他们追寻真知的道路而遭到杀害。这个神话说明了苏格拉底的勇气与他的为人导师的责任感。

柏拉图想说的是：黑暗洞穴与外在世界的关系就像是自然世界的形式与理型世界的关系。他的意思并非说大自然是黑暗、无趣的，而是说，比起鲜明清楚的理型世界来，它就显得黑暗而平淡。同样的，一张漂亮女孩的照片也不是单调无趣的，但再怎么说它也只是一张照片而已。

哲学之国

洞穴神话记载于柏拉图的对话录《理想国》（The Republic）中。柏拉图在这本书中也描述了"理想国"的面貌。所谓"理想国"就是一个虚构的理想的国度，也就是我们所称的"乌托邦"。简而言之，我们可以说柏拉图认为这个国度应该由哲学家来治理。他用人体的构造来解释这个概念。

根据柏拉图的说法，人体由三部分构成，分别是头、胸、腹。人的灵魂也相对的具有三种能力。"理性"属于头部的能力，"意志"属于胸部，"欲望"则属于腹部。这些能力各自有其理想，也就是"美德"。理性追求智慧，意志追求勇气，欲望则必须加以遏阻，以做到"自制"。唯有人体的这三部分协调运作时，个人才会达到"和谐"或"美德"的境界。在学校时，儿童首先必须学习如何克制自己的欲望，而后再培养自己的勇气，最后运用理性来达到智慧。

在柏拉图的构想中，一个国家应该像人体一般，由三个部分组成。就像人有头、胸、腹一般，一个国家也应该有统治者、战士与工匠（如农夫）。此处柏拉图显然是参考希腊医学的说法。正如一个健康和谐的人懂得平衡与节制一般，一个"有德"之国的特色是，每一位国民都明白自己在整个国家中扮演的角色。

柏拉图的政治哲学与他在其他方面的哲学一般，是以理性主义为特色。国家要能走上轨道，必须以理性来统治。就像人体由头部来掌管一般，社会也必须由哲学家来治理。

现在让我们简单说明人体三部分与国家之间的关系：

身体	灵魂	美德	国家
头部	理性	智慧	统治者
胸部	意志	勇气	战士
腹部	欲望	自制	工匠

柏拉图的理想国有点类似印度的阶级世袭制度，每一个人在社会上都有其特殊的功能，以满足社会整体的需求。事实上，早在柏拉图降生以前，印度的社会便已分成统治阶级（或僧侣阶级）、战士阶级与劳动阶级这三个社会族群。对于现代人而言，柏拉图的理想国可算是极权国家。但有一点值得一提的是：他相信女人也能和男人一样有效治理国家，理由很简单：统治者是以理性来治国，而柏拉图认为女人只要受到和男人一样的训练，而且无需生育、持家的话，也会拥有和男人不相上下的理性思考能力。在柏拉图的理想国中，统治者与战士都不能享受家庭生活，也不许拥有私人的财产。同时，由于养育孩童的责任极为重大，因此不可由个人从事，而必须由政府来负责（柏拉图是第一位主张成立公立育儿所和推行全时教育的哲学家）。

在遭遇若干次重大的政治挫败后，柏拉图撰写了《律法》这本对话录。他在书中描述"宪法国家"，并认为这是仅次于理想国的最好国家。这次他认为上位者可以拥有个人财产与家庭生活，因此妇女的自由较受限制。但无论如何，他说一个国家若不教育并训练其女性国民，就好像一个人只锻炼右臂，而不锻炼左臂一般。

总而言之，我们可以说，就他那个时代而言，柏拉图对妇女的看法可算是相当肯定。他在《飨宴》对话录中指出，苏格拉底的哲学见解一部分得自于一个名叫黛娥缇玛的女祭司。这对妇女而言可算是一大荣耀了。

柏拉图的学说大致就是这样了。两千多年来，他这些令人惊异的理论不断受人议论与批评，而第一个讨论、批评他的人乃是他园内的一名学生，名叫亚里士多德，是雅典第三位大哲学家。

好了，今天就到此为止吧！

苏菲坐在虬结的树根上读着柏拉图的学说，不知不觉太阳已经升到东边的树林上。当她读到那个人如何爬出洞穴，被外面闪耀的阳光照得睁不开眼睛时，太阳正在从地平线上露出顶端，向大地窥望。

苏菲感觉自己仿佛也刚从地下洞穴出来一般。在读了柏拉图的学说后，她对大自然的看法已经完全改观。那种感觉就好像她从前一直是色盲，并且只看到一些影子，从没见过清楚的概念。

她并不确定柏拉图所谓永恒范式的说法是否都对，但"每一种生物都是理型世界中永恒形体的不完美复制品"，这种想法多美妙啊！世上所有花、树、人与动物不都是"不够完美"的吗？

苏菲周遭所见的事物如此美丽、如此生气盎然，以至于她不得不揉揉眼睛才能相信这些都是真的。不过，她现在眼见的事物没有一样会永远存在。但话说回来，在一百年之后，同样的一些花朵和动物仍然会在这里。虽然每一朵花、每一只动物都会凋萎、死去，而且被世人遗忘，但却有某种东西会"记得"它们从前的模样。

苏菲向远处望去。突然间一只松鼠爬上了一棵松树，沿着树干绕了几圈，然后就消失在枝丫间。

苏菲心想："我看过这只松鼠！"然后又悟到也许这只松鼠并非她从前看到的那只，但她看过同样的"形式"。在她看来，柏拉图可能说得没错。也许她过去真的见过永恒的"松鼠"——在理型世界中，在她的灵魂还没有栖息在她的身体之前。

有没有可能苏菲从前曾经活过呢？她的灵魂在找到身体寄宿之前是否就已经存在？她的身体内是不是真的有一个小小的金色物体，一个不受光阴侵蚀的宝物，一个在她的肉身衰朽之后仍然活着的灵魂？

少校的小木屋

……镜中的女孩双眼眨了一眨……

时间才七点十五分，没有必要赶回家。苏菲的妈妈在星期日总是过得比较悠闲一些，因此她也许还会再睡个两小时。

她应不应该再深入树林去找艾伯特呢？上次那只狗为何对她叫得那么凶呢？

苏菲站起身来，开始沿上次汉密士走过的路走去，手里拿着那个装着柏拉图学说的棕色信封。遇到岔路时，她便挑大路走。

到处都可听到鸟儿们轻快的叫声。在林梢、在空中、在荆棘与草丛之中。这些鸟儿正忙于它们的晨间活动。对它们而言，周间与周末并没有分别。是谁教它们如此的呢？难道每一只鸟儿体内都有一架迷你电脑，设定好程式，叫它们做某些特定的事？

苏菲沿着路走上了一座小山丘，然后走到一个向下的陡坡，两旁都是高大的松树，树林非常浓密，以至于苏菲只能看到树与树之间几码之处。

突然，她看到树干间有个东西在闪动。那一定是个小湖。路向另外一头延伸，但苏菲却转向树丛间走去。她不由自主地走着，自己也不太明白为什么会这样做。

这个湖并不比足球场大。在湖的彼岸，一块由银色桦树所围绕的小小空地上，有一栋红色的小屋。屋顶上的烟囱有一道轻烟正袅袅上升。

苏菲走到湖畔。这里有多处泥泞，不过后来她发现了一条小船，船身有一半在水中，里面还有一对桨。

苏菲环顾四周。看来无论她怎么做，都无法在不把鞋子弄湿的情况下，渡湖到小红屋那边。于是，她一咬牙，走到小船那儿，将它推到水中。然后她爬上船，将桨固定在桨架上，开始划过湖面。不一会儿，船便到了对岸。苏菲跨上岸，想把船拖上来。此处的湖岸要比刚才那边陡。

她只回头望了一望，便走向小木屋。

一探究竟

她对自己如此大胆的行径也感到诧异。她怎么敢这样做呢？她也不知道。仿佛有"某种东西"催促她似的。

苏菲走到小木屋的门前，敲敲门，但等了一会儿并没有人应门。她小心地转了一下门柄，门就开了。

"嗨！"她喊，"有人在家吗？"

她走进去，进入一个客厅，但却不敢把门带上。

这里显然有人住。苏菲听到柴火在旧炉子里发出毕毕剥剥的声音，显然不久前还有人在这里。

客厅里的一张大餐桌上放了一台打字机、几本书、几支铅笔和一沓纸。面湖的窗前有一张较小的桌子和两把椅子。除此之外，屋里很少家具，不过有一整面墙都是书架，上面放满了书。一个白色的五斗柜上方挂了一面圆形的大镜子，外围镶着巨大的铜框，看起来已经是老古董了。

另外一面墙上挂着两幅画。一幅是油画作品，画里有一个建有红色船坞的小港湾，距港湾不远处有一栋白屋。船库与白屋之间是一个有点坡度的花园，种了一株苹果树、几棵浓密的灌木，此外还有几块岩石。一排浓密的桦树像花环一般围绕着这座花园。画的题名为"柏客来"。

这幅油画旁挂了另一幅古老的肖像画。画的是一个男人坐在窗边的椅子上，怀中放了一本书，背景也是一个有树、有岩石的小港湾。这幅画看来像是几百年前画的，题名是"柏克莱"。画家的名字叫史密伯特。

"柏克莱"与"柏客来"，苏菲心想，多奇怪呀！

苏菲继续勘查这座小木屋。客厅有一扇门通向一间小厨房。不久前这里刚有人洗过碗，盘子与玻璃杯都堆在一条茶巾上，其中几个碗杯上面还有几滴闪闪发光的肥皂水。地板上有一个锡碗，里面放着一些剩饭剩菜。

这房子的主人一定养了狗或猫。

苏菲回到客厅。另外一扇门通向一间小小的卧室，里面有一张床，旁边的地板上放着两三条捆得厚厚的毯子。苏菲在毯子上发现几根金色的毛发。这就是证据了！现在苏菲知道住在这栋小木屋里的就是艾伯特和汉密士。

再回到客厅后，苏菲站在五斗柜上方的镜子前。镜面已经失去光泽，而且刮痕累累，因此她在镜中的影像也显得模糊不清。苏菲开始对着镜中的自己扮鬼脸，就像她在家中浴室里做的一般。镜中人也一如预期地跟着她的动作做。

突然间，一件骇人的事发生了。有一刹那，苏菲很清楚地看到镜中的女孩同时眨着双眼。苏菲吓得倒退了一步。如果是她自己同时眨动双眼，那她怎么看到镜中的影像呢？不仅如此，那个女孩眨眼的样子仿佛是在告诉苏菲："我可以看到你嗽！我在这里，在另外一边。"

苏菲觉得自己的心怦怦地跳着。就在这时候，她听到远处的狗吠声。汉密士来了！她得马上离开这里才行。这时她看到镜子下方的五斗柜上面有一个绿色的皮夹，里面有一张百元大钞、一张五十元的钞票以及一张学生证，上面贴着一张金发女孩的照片，照片下面写着女孩的名字：席德……

苏菲打了一个冷战。她再次听到狗叫声，她必须马上离开！

当她匆匆经过桌旁时，看到那些书与纸堆旁放着一个白色的信封，上面写着两个字："苏菲"。

在她还没有时间弄清楚自己在做什么以前，她已经一把抓起了那封信，把它塞到装着柏拉图学说的棕色信封里，然后她便冲出大门，把门在身后"砰！"一声关上。

狗叫声愈来愈近。但最糟的是小船不见了。一两秒钟后，她才看到它，原来它正在湖心漂浮，一支桨也在船边漂着。这都是因为她那时无力将它拖上岸。她听到狗叫声已经逼近，同时湖对岸的树林间也有一些动静。

苏菲不再迟疑。手里拿着大信封，她飞奔到小木屋后面的树丛中。不久她就已置身一片潮湿的沼地。当她在草地上跋涉时，好几次不小心踩进比她脚踝还高很多的水洼中。但是她非继续往前走不可。她必须回家……回家。

不久，她看到了一条路。这是她来时所走的路吗？她停下来把衣服拧干，然后开始哭泣。

她怎么会这么笨呢？最糟的是那条船。她忘不了那船还有那支桨在湖上无助地漂浮的景象。真难为情，真是羞死人了……

她的哲学老师现在可能已经到达湖边了。他必须要坐船才能回到家。苏菲觉得自己几乎像是个罪犯一般，不过她不是故意的。

对了，那封信！这下，事情更糟了。她为什么要拿它呢？当然，是因为信上写着她的名字，因此可以说那封信是她的。但即使如此，她仍然觉得自己像个小偷。更糟的是，她这样做无异于留下证据，显示擅闯小屋的不是别人，就是她。

苏菲把那信从信封里抽出来看，上面写着：

鸡与鸡的观念何者先有？

人是否生来就有一些概念？

植物、动物与人类的差别在哪里？

天为何会下雨？

人需要什么才能过好的生活？

苏菲现在没法思考这些问题。不过她想它们大概与下一位要讨论的哲学家有关。他不是叫亚里士多德吗？

解 释

苏菲在树林间跑了很久。当她终于看到家附近的树篱时，感觉就好像发生船难后游泳上岸的人一般。从这个方向看过去，那排树篱显得很滑稽。

她爬进密洞后，看了看腕表，已经十点半了。她把大信封放进饼干盒里，并把那张写着新问题的纸条塞进她贴身衬衣内。

她进门时，妈妈正在打电话。她一看到苏菲，马上挂掉电话。

"你到底到哪里去了？"

"我……我去……树林里散步。"她舌头有点打结。

"原来如此。"

苏菲静静地站着,看着水滴从她的衣服上滴下来。

"我打电话给乔安……"

"乔安?"

妈妈拿了几条干布来。苏菲差一点藏不住哲学家的纸条。然后她们母女两个一起坐在厨房里,妈妈泡了一杯热巧克力给苏菲喝。

过了一会儿后,妈妈问道:"你刚才是跟他在一起吗?"

"他?"

苏菲的脑海里想的只有她的哲学老师。

"对,他……那个跟你谈兔子的人。"

她摇摇头。

"苏菲,你们在一起时都做些什么?为什么你会把衣服弄得这么湿?"

苏菲坐在那儿,神情严肃地看着桌子,心里却在暗笑。可怜的妈妈,她现在还得操心"那档子事"。

她再度摇摇头。然后妈妈又连珠炮似的问了她一堆问题。

"现在你要说实话。你是不是整晚都在外面?那天晚上你为什么没换衣服就睡了?你是不是一等我上床就偷跑出去了?苏菲,你才十四岁。我要你告诉我你到底和什么人交朋友!"

苏菲哭了起来,然后她便开始说话。因为她心里还是很害怕,而当一个人害怕时,通常会想要说些话。

她向妈妈解释:她今天早上起得很早,于是便去森林里散步。她告诉妈妈有关那小木屋与船,还有那面神秘镜子的事情,但她没有提到她所上的秘密函授课程,也没有提到那只绿色的皮夹。她也不知道为什么,不过她觉得她"不能"把有关席德的事说出来。

妈妈用手抱着苏菲,因此苏菲知道妈妈相信她了。

"我没有男朋友。"苏菲啜泣说,"那是我编的,因为那时候我说白兔的事情让你不高兴。"

"你真的一路走到少校的小木屋去……"妈妈若有所思地说。

"少校的小木屋?"苏菲睁大了眼睛。

"那栋小木屋叫少校的小木屋，因为多年前有一位老少校住在那儿。他性情很古怪，我想他大概有点疯狂吧。不过，别管这个了。后来，小屋就一直空着。"

"不，现在有一个哲学家住在那里。"

"得了，苏菲，别再幻想了。"

苏菲待在房间内，心里想着这段时间发生的事。她的脑袋像一个满是大象、滑稽小丑、大胆空中飞人与训练有素的猴子闹哄哄的马戏团。不过有一个影像一直在她脑海里挥之不去，那就是一艘只有一支桨的小舟在林间深处的湖面上漂浮，而湖岸上有一个人正需要划船回家的情景。

苏菲可以肯定她的哲学老师不会愿意见她受伤，同时，即使他知道她到过他的小木屋，也一定会原谅她的。但是她打破了他们之间的协议。这就是他为她上哲学课所得的报酬吗？她要怎样才能弥补呢？

苏菲拿出粉红色的笔记纸，开始写信：

亲爱的哲学家：

　　星期天清晨闯进你的小屋的人就是我。因为我很想见到你，和你讨论一些哲学问题。现在我成了柏拉图迷，不过我不太确定他所说的存在于另外一个世界的观念或形式的说法是否正确。当然这些东西存在于我们的灵魂中，但我认为——至少现在如此——这是两回事。同时我必须承认，我还是不太相信灵魂是不朽的。就我个人来说，我不记得前生的事。如果你能够让我相信我奶奶死后的灵魂正在观念世界里过得很快乐，我会很感谢你。

　　事实上，我最初写这封信（我会把它和一块糖一起放在一个粉红色的信封里）并不是为了有关哲学的问题。我只是想告诉你我很抱歉没有遵守你的规定。我曾想办法把船拉上岸，但显然我的力气不够大，或者可能是一个大浪把船打走了。

　　我希望你已经设法回到家，而且没有把脚弄湿。但就算你把脚弄湿了，你也可以稍感安慰，因为我自己也弄得湿淋淋的，而且可能还会得重感冒。当然啦，我是自作自受。

　　我没有碰小屋里的任何东西，不过很惭愧的是，我受不了诱惑，拿走了放在桌上的那封信。我并不是想偷东西，只是因为信封上写着我的名字，所以我在一时糊涂之下，便以为那是属于我的。我真的很抱歉，我答应以后绝不会再让你失望了。

P.S：从现在开始，我会把所有的新问题很仔细地想过一遍。

P.S：白色的五斗柜上那面镶铜框的镜子是普通的镜子还是魔镜？我之所以这样问，是因为我不怎么习惯看到自己在镜中的影像同时眨着两只眼睛。

敬祝安好

学生　苏菲敬上

苏菲把信念了两遍，才装进信封。她觉得这次的信不像上一封那么正式。在下楼到厨房拿糖之前，她特地再看了一下纸条上的问题：

"鸡和鸡的观念何者先有？"

思　索

这个问题就像"鸡生蛋还是蛋生鸡"这个老问题一样难以回答。没有蛋就没有鸡，但没有鸡也无从有蛋。"先有鸡还是先有蛋这个观念"这个问题真的一样复杂吗？苏菲了解柏拉图的意思。他是说早在感官世界出现鸡以前，"鸡"这个观念已经存在于观念世界多时了。根据柏拉图的说法，灵魂在寄宿于人体之前已经"见过""观念鸡"。不过这就是苏菲认为柏拉图可能讲错的地方。一个从来没有看过一只活生生的鸡，也从来没有看过鸡的图片的人怎么可能会有任何有关鸡的"观念"呢？这又让她想到下一个问题：

"人是否生来就有一些观念呢？"苏菲认为，这是不太可能的。她很难想象一个初生的婴儿有很多自己的想法。当然，这点我们无法确定，因为婴儿虽不会讲话，也并不一定意味着他的脑袋里没有任何想法。不过我们一定要先看到世间之物，才能对这些事物有所了解吧！

"植物、动物与人类之间有何区别？"答案太明显了，苏菲可以立即指出来。

例如，她认为植物没有复杂的感情生活。谁听过风铃草伤心欲碎？植物生长、吸收养分，然后制造种子以繁衍下一代。除此之外，就没有什么了。苏菲的结论是：植物所有的，动物与人类也都有，但动物还有其他的特色。例如，动物可以移动，（谁听说过一株玫瑰可以跑六十米？）至于动物与人类之间的区别就比较难说了。人类能够思考，动物也会吗？苏菲相信她的猫咪雪儿懂得如何思考。至少它很会为自己打算，但是它会思索哲学问题吗？一只猫会去思考植物、动物与人类之间的差异吗？这是不太可能的。一只猫可能很快乐，也可能不快乐，但它会问自己"世间有没有上帝"或"猫儿有没有不朽的灵魂"这类问题吗？苏菲认为这是非常令人怀疑的。不过，话说回来，这个问题就像婴儿有没有自己的想法一样难以回答。就像我们很难和婴儿讨论这类问题一样，我们也很难跟一只猫谈这些问题。

"天为何会下雨？"苏菲耸了耸肩膀。下雨是因为海水蒸发，云层凝聚成雨滴的缘故。这个道理她不是三年级就学过了吗？当然，我们也可以说天之所以下雨是为了要让植物、动物能够生长。但这是真的吗？天空下雨真的有任何目的吗？

无论如何，最后一个问题至少与目的有关：

"人需要什么才能过好的生活？"

哲学家在课程开始不久时曾经谈过这个问题。每一个人都需要食物、温暖、爱与关怀。这类事物是良好生活的基本条件。接着哲学家指出，人们也需要为一些哲学问题寻找答案。除此之外，拥有一份自己喜欢的工作可能也是很重要的。举例来说，如果你讨厌塞车，那么你要是当个计程车司机绝对不会快乐。如果你不喜欢做作业，那么你也许不太适合当老师。苏菲喜欢动物，想当兽医。不过，无论如何，她不认为人一定要中百万大奖才能过得好。事实上很可能正好相反。不是有句俗话说"游手好闲，易生祸端"吗？

苏菲一直待在房间内，直到妈妈叫她下楼吃晚饭为止。妈妈煮了沙朗牛排与烤马铃薯。真棒！餐桌上点了蜡烛，饭后还有奶油草莓当甜点。

吃饭时，母女俩谈天说地。妈妈问苏菲想如何庆祝自己的十五岁生日。再过几个礼拜苏菲的生日就到了。

苏菲耸了耸肩。

"你不想请别人到家里来吗？我的意思是，你不想开个宴会吗？"

"也许。"

"我们可以请玛莎和安玛丽来……还有海姬，当然啦，还有乔安，说不定还可以请杰瑞米。不过这得由你自己决定。你知道吗？我还很清楚地记得我自己过十五岁生日的情景。感觉上好像才没过多久，当时我觉得自己已经很大了。这不是很奇怪吗？苏菲。我觉得从那以后，自己好像一点都没变。"

"你没变啊。什么事情都没有改变。你只是不断成长，一年比一年大罢了……"

"嗯……你说话已经有大人的口气了。我只是认为一切都发生得太快了，快得让人害怕。"

亚里士多德

……一位希望澄清我们观念的严谨的逻辑学家……

妈妈睡午觉时，苏菲跑到密洞去。之前她已经把一块糖放在那个粉红色的信封里，信上并写着"艾伯特收"。

密洞中并没有任何新的信，但几分钟后她听到狗儿走近的声音。

"汉密士！"她喊。一转眼，它已经钻进密洞，嘴里衔着一个棕色的大信封。

"乖狗狗！"汉密士正像海象一般在咻咻喘气。苏菲一手抱着它，一手拿起装有一块糖的粉红色信封，放在它的嘴里。然后汉密士便钻过树篱，奔回树林中。

苏菲焦急地打开大信封，心想信里不知是否会提到有关木屋与小船的事。

信封里还是像往常那样装了几张用纸夹夹住的打字信纸。不过这次里面还有另一张信纸，上面写着：

亲爱的侦探小姐（或小偷小姐）：

有关阁下擅闯小屋的事，我已经报警处理了。

说着玩的。其实，我并不很生气。如果你在追求哲学问题的答案时，也有同样的好奇心，那你的前途真是不可限量。只是我现在非搬家不可了，这是颇恼人的一点。不过我想我只能怪自己，我应该早就知道你是那种喜欢打破砂锅问到底的人。

祝好。

艾伯特笔

苏菲松一口气，放下心中的一块大石头。原来他一点也不生气，但他为何非搬家不可呢？

她拿了这一沓信纸，跑到楼上的房间去。她想，妈妈醒来时，她还是待在屋里比较好。不久她便舒适地躺在她的床上，开始读有关亚里士多德的种种。

亲爱的苏菲：

柏拉图的理型论也许使你很震惊。其实有这种感觉的不止你一个人而已。我不知道你对这个理论是否照单全收，还是有所批评。不过，即使你不能完全同意，你也大可放心，因为同样的批评亚里士多德（公元前三八四年~公元前三二二年）都曾经提出过。

亚里士多德曾经在柏拉图的学园中进修了二十年。他并不是雅典当地的人氏，他出生于马其顿，在柏拉图六十一岁时来到其学园进修。他的父亲是一位很受人敬重的医生（所以也算是一位科学家），这个背景对于亚里士多德的哲学事业影响颇大，他因此对研究大自然极感兴趣。他不仅是希腊最后一位大哲学家，也是欧洲第一位大生物学家。

我们可以说柏拉图太过沉迷于他那些永恒的形式（或“理型”），以至于他很少注意到自然界的变化。相反的，亚里士多德则只对这些变化（或我们今天所称的大自然的循环）感兴趣。

说得夸张一些，我们可以说柏拉图无视于感官世界的存在，也无视于我们在周遭所见的一切事物。（他只想逃离洞穴，观察永恒的概念世界。）亚里士多德则正好相反：他倾全力研究青蛙与鱼、白头翁与罂粟等事物。

我们可以说，柏拉图运用他的理性，而亚里士多德则同时也运用他的感官。

他们有很大的不同，这些差异也显现于他们的写作上。柏拉图是一位诗人与神话学家，亚里士多德的文章则朴实精确，一如百科全书。此外，他有许多作品都是他进行实地研究的结果。

根据古籍记载，亚里士多德写了一百七十本书，其中只有四十七本保存至今。这些作品都不完整，大部分都是一些演讲的笔记。在他那个时代，哲学主要仍是一种口头的活动。

亚里士多德在欧洲文化的地位并不仅是因为他创造了许多现代科学家使用的词汇，同时也是因为他是一位伟大的组织家，他发明了各种科学并且加以分类。

亚里士多德的作品涉及各种科学，但我只想讨论其中较为重要的领域。由于我们已经谈了许多柏拉图的哲学，因此一开始我们要听听亚里士多德如何驳斥柏拉图的理型论。然后，我们再来看他如何总结前人的理论，创立他自己的自然哲学。

我们也会谈到他如何将我们的概念加以分类，并创建理则学（或称逻辑学）这门学科。最后，我将略微讨论亚里士多德对人与社会的看法。

如果你可以接受这种安排，那就让我们卷起袖子开始吧！

没有天生的概念

柏拉图和他的前辈一样，想在所有变化无常的事物中找出永恒与不变之物。因此他发现了比感官世界层次更高的完美理型。他更进一步认为理型比所有的自然现象真实。他指出，世间是先有"马"的理型，然后才有感官世界里所有的马匹，它们就像洞壁上的影子一般嗒嗒前进。因此"鸡"的理型要先于鸡，也先于蛋。

亚里士多德则认为柏拉图将整个观念弄反了。他同意他的老师的说法，认为一匹特定的马是"流动"的，没有一匹马可以长生不死。他也认为马的形式是永恒不变的。但他认为马的"理型"是我们人类在看到若干匹马后形成的概念。因此马的"理型"或"形式"本身是不存在的。对于亚里士多德而言，马的"理型"或"形式"就是马的特征，后者定义了我们今天所称的马这个"种类"。

更精确地说，亚里士多德所谓马的"形式"乃是指所有马匹都共有的特征。在这里姜饼人模子的比喻并不适用，因为模子是独立于姜饼人之外而存在的。亚里士多德并不相信自然界之外有这样一些模子或形式放在他们所属的架子上。相反的，亚里士多德认为"形式"存在于事物中，因为所谓形式就是这些事物的特征。

所以，亚里士多德并不赞成柏拉图主张"鸡"的理型比鸡先有的说法。亚里士多德所称的鸡的"形式"存在于每一只鸡的身上，成为鸡之所以为鸡的特色，例如：鸡会生蛋。因此真正的鸡和鸡的"形式"就像身体与灵魂一般是不可分割的。

这就是亚里士多德批评柏拉图的理型论的大要。这是思想上的一大转变。在柏拉图的理论中，现实世界中最高层次的事物乃是那些我们用理性来思索的事物。但对亚里士多德而言，真实世界中最高层次的事物乃是那些我们用感官察觉的事物。柏拉图认为，我们在现实世界中看到的一切事物纯粹只是更高层次的概念世界（以及灵魂）中那些事物的影子。亚里士多德的主张正好相反。他认为，人类灵魂中存在的事物纯粹只是自然事物的影子。因此自然就是真实的世界。根据亚里士多德的说法，柏拉图是陷入了一个神话世界的图像中不能自拔，在这个世界中人类的想象与真实世界混淆不清。

亚里士多德指出，我们对于自己感官未曾经验过的事物就不可能有意识。柏拉图则会说：不先存在于理型世界中的事物就不可能出现在自然界中。亚里士多德认为柏拉图如此的主张会使"事物的数目倍增"。他用"马的理型"来解释马，但那是怎样的一种解释呢？苏菲，我的问题在于：这个"马的理型"从何而来？世间会不会有另外一匹马，而马的理型只不过是模仿这匹马罢了？

亚里士多德认为，我们所拥有的每一种想法与意念都是通过我们看到、听到的事物而进入我们的意识。不过我们也具有与生俱来的理性，因此天生就能够组织所有的感官印象，并且将它们加以整理与分类，所以才会产生诸如"石头""植物""动物"与"人类"等概念。而"马""龙虾""金丝雀"这些概念也是以同样的方式形成的。

亚里士多德并不否认人天生就有理性。相反的，根据他的说法，具有理性正是人最大的特征。不过在我们的感官经验到各种事物之前，我们的理性是完全真空的。因此人并没有天生的"观念"。

"物质世界的背后，必定有一个实在存在。"
——柏拉图

"我可以看到你哦！我在这里，在另外一边。"

——少校的小木屋

"我们在得出合乎逻辑的结论或证明时，必须遵循若干法则。"

——亚里士多德

那个她过去经常觉得深不可测、令人害怕的辽阔宇宙，乃是她的"自我"。

——希腊文化

一件事物的形式乃是它的特征

在批评柏拉图的理型论后，亚里士多德认为实在界乃是由各种本身的形式与质料和谐一致的事物所组成的。"质料"是事物组成的材料，"形式"则是每一件事物的个别特征。

苏菲，假设现在你眼前有一只振翅乱飞的鸡。这只鸡的"形式"正是它会振翅、会咕咕叫、会下蛋等。因此我们所谓的一只鸡的"形式"就是指鸡这种动物的特征，也可以说是鸡的各种行为。当这只鸡死时（当它不再咕咕叫时），它的"形式"也不再存在。唯一剩下的就是鸡的"物质"（说起来很悲哀），但这时它已经不再是鸡了。

就像我先前所说的，亚里士多德对于自然界的变化很感兴趣。"质料"总是可能实现成某一特定的"形式"。我们可以说"质料"总是致力于实现一种内在的可能性。亚里士多德认为自然界的每一种变化，都是物质从"潜能"转变为"实现"的结果。

这点显然我必须加以解释，我将试着用一个小故事来说明。有一位雕刻家正在雕琢一块大花岗石。他每天一斧一斧地雕琢着这块没有形状的岩石。有一天，一个小男孩走过来问他："你在找寻什么？"雕刻家答道："你等着瞧吧！"几天后小男孩又回来了，看到雕刻家已经将花岗岩雕成了一匹骏马。小男孩惊异地注视着这匹马，然后转向雕刻家问道："你怎么知道马在里面呢？"

的确，就某一方面来说，雕刻家确实在那块花岗岩里看到了马的形式，因为这块花岗岩具有变成一匹马的潜能。同样的，亚里士多德相信自然界的每一件事物都可能实现或达成某一个特定的"形式"。

让我们回到鸡与蛋的问题。鸡蛋有成为一只鸡的潜能，这并不表示每一个鸡蛋都会变成鸡，因为许多鸡蛋到头来会变成人们早餐桌上的煎蛋、蛋卷或炒蛋等佳肴，因而未能实现它们的潜能。同理，鸡蛋显然不能变成一只鹅，因为鸡蛋没有这样的潜能。因此，一件事物的"形式"不但说明了这件事物的潜能，也说明了它的极限。

当亚里士多德谈到事物的"质料"与"形式"时,他所指的不仅是生物而已。正如鸡的"形式"就是会咕咕叫、会振翅、会下蛋,石头的"形式"就是会掉在地上。正如鸡无法不咕咕叫一般,石头也无法不掉在地上。当然你可以捡起一块石头,把它丢向空中,但由于石头的天性就是要掉在地上,因此你无法把它丢向月亮。(你做这个实验的时候可要小心,因为石头可能会报复,并且由最短的一条路径回到地球上。希望上帝保佑那些站在它的路径上的人!)

目 的 因

在我们结束"所有生物、无生物的'形式'都说明他们可能采取的'行动'"这个话题前,我必须声明亚里士多德对自然界的因果律的看法实在很高明。

今天当我们谈到一件事物的"原因"时,我们指的是这件事物为何会发生。窗子之所以被砸破是因为彼德丢了一块石头穿过它;鞋子之所以被制造出来,是因为鞋匠把几块皮革缝在一起。不过亚里士多德认为自然界有各种不同的原因。他一共举出了四种原因。我们必须了解他所谓的"目的因"是什么意思。

在窗子被砸破后,问问彼德为何要丢石头是一件很合理的事。我们所问的就是他的目的。在这里,目的无疑扮演了一个重要的角色。在制鞋的例子中也是如此。同样的,亚里士多德认为自然界种种循环变迁中也可能有类似的"目的"存在。我们用一个简单的例子来说明好了:

苏菲,你认为天为什么会下雨?不用说,你曾在学校里念过天之所以下雨,是因为云层中的湿气冷却凝结后变成雨滴,然后受重力的吸引,降落在地上。对这个说法,亚里士多德应该会点头同意。但是,他也会补充说你只提到其中的三种肇因。"质料因"是在空气冷却时湿气(云层)正好在那儿。"主动因"是湿气冷却,"形式因"则是水的"形式"(或天性)就是会降落地面。不过假如你只提到这三者,亚里士多德会补充说,天空下雨的原因是植物和动物需要雨水才能生长,这就是他所谓的"目的因"。因此，你可以看出来，亚里士多德赋予雨滴一个任务或"目的"。

我们也许可以反过来说，植物之所以生长是因为它们有了湿气。你应该可以看出这两种说法之间的不同，是不是？亚里士多德相信自然界的每一件事物都有其目的。天空下雨是因为要让植物生长，柳橙和葡萄之所以生长是为了供人们食用。

这并不是现代科学思维的本质。我们说食物、雨水是人类与动物维生的必要条件。如果没有这些条件，我们就无法生存。不过，水或柳橙存在的目的并不是为了供人类食用。

因此，就因果律的问题而言，我们往往会认为亚里士多德的想法是错误的。但我们且勿遽下定论。许多人相信上帝创造这个世界，是为了让它所有的子民都可以生活于其间。从这种说法来看，我们自然可以宣称河流里面之所以有水是因为动物与人类需要水才能生存。不过，话说回来，这是上帝的目的。雨滴和河水本身对我们人类的福祉可是一点也不感兴趣。

逻 辑

亚里士多德说明人类如何区别世间事物时，强调了"形式"与"质料"的差别。

我们区别事物的方法是将事物分门别类。例如，我先看到一匹马，然后又看到另外两匹。这些马并非完全相同，但也有一些相似之处。这些相似之处就是马的"形式"。至于每匹马与其他马不同之处就是它的"质料"。

就这样，我们把每一件事物都加以分类。我们把牛放在牛棚里，把马放在马厩里，把猪赶进猪圈里，把鸡关在鸡舍里。你在清理房间时，一定也是这样做的。你会把书放在书架上，把书本放在书包里，把杂志放在抽屉里。然后再把衣服折得整整齐齐的，放在衣橱里：内衣放一格、毛衣放一格、袜子则单独放在抽屉里。注意，我们心里也是做着类似的工作，我们把事物分成石头做的、羊毛做的或橡胶做的；我们也把事物分成活的、死的、植物、动物或人类。

你明白了吗？苏菲。亚里士多德想把大自然"房间"内的东西都彻底地分门别类。他试图显示自然界里的每一件事物都各自有其所属的类目或次类目。(例如，我们可以说汉密士是一个生物，但更严格地说，它是一只动物，再严格一点说，它是一只脊椎动物，更进一步说，它是一只哺乳类动物，再进一步说，它是一只狗，更精确地说，它是一只猎狗，更完整地说，它是一只雄猎狗。)

苏菲，假设你进入房间，从地上捡起某样东西。无论你捡的是什么，你会发现它属于一个更高的类目。如果有一天你看到了一样你很难分类的东西，你一定会大吃一惊。举例来说，如果你发现了一个小小的、不知道是啥玩意儿的东西，你不确定它是动物、植物还是矿物，我想你大概不敢碰它吧!

说到动物、植物与矿物，让我想到一个大伙聚会时常玩的游戏:当"鬼"的人必须要离开房间，当他再回来时，必须猜出大家心里面在想什么东西。在此之前，大家已经商量好要想的东西是那只正在隔壁花园里玩耍的猫咪"毛毛"。当"鬼"的人回到房间后就开始猜。其他人必须答"是"或"不是"。如果这个"鬼"受过良好的亚里士多德式训练的话，这个游戏的情形很可能会像下面描述的一样:

是具体的东西吗?(是!)是矿物吗?(不是!)是活的吗?(是!)是植物吗?(不是!)是动物吗?(是!)是鸟吗?(不是!)是哺乳类动物吗?(是!)是一整只动物吗?(是!)是猫吗?(是!)是"毛毛"吗?(猜对了! 大伙笑……)

如此看来，发明这个游戏的人应该是亚里士多德，而捉迷藏的游戏则应该是柏拉图发明的。至于堆积木的游戏，我们早已经知道是德谟克里特斯发明的。

亚里士多德是一位严谨的逻辑学家。他致力于澄清我们的概念。因此，是他创立了逻辑学这门学科。他以实例显示我们在得出合乎逻辑的结论或证明时，必须遵循若干法则。

我们只举一个例子就够了。如果我先肯定"所有的生物都会死"(第一前提)，然后再肯定"汉密士是生物"(第二前提)，则我可以从容地得出一个结论:"汉密士会死"。

这个例子显示亚里士多德的推理是建立在名词之间的相互关系上。在这个例子中，这两个名词分别是"生物"与"会死"。虽然我们不得不承认这两个结论都是百分之百正确，但我们可能会说：这些都是我们已经知道的事情呀。我们已经知道汉密士"会死"。（他是一只"狗"，而所有的狗都是"生物"，而所有的生物都"会死"，不像圣母峰的岩石一样。）不用说，这些我们都知道，但是，苏菲，各种事物之间的关系并非都是如此明显。因此我们可能需要不时澄清我们的概念。

我举一个例子就好了：一丁点大的小老鼠真的可能像小羊或小猪一样吸奶吗？对于小老鼠来说，吸奶当然是一件很吃力的工作。但我们要记得：老鼠一定不会下蛋。（我们什么时候见过老鼠蛋？）因此，它们所生的是小老鼠，就像猪生小猪、羊生小羊一般。同时，我们将那些会生小动物的动物称为哺乳动物，而哺乳动物也就是那些吃母乳的动物。因此，答案很明显了。我们心中原来就有答案，但必须要想清楚，答案才会出来。我们会一下子忘记了老鼠真是吃奶长大的。这也许是因为我们从未见过老鼠喂奶。理由很简单：老鼠喂奶时很怕见人。

自然的层级

当亚里士多德将人类的生活做一番整理时，他首先指出：自然界的万事万物都可以被分成两大类。一类是石头、水滴或土壤等无生物，这些无生物没有改变的潜能。亚里士多德认为无生物只能通过外力改变。另外一类则是生物，而生物则有潜能改变。

亚里士多德同时又把生物分成两类：一类是植物，一类是动物。而这些"动物"又可以分成两类，包括禽兽与人类。

我们不得不承认亚里士多德的分类相当清楚而简单。生物与无生物（例如玫瑰与石头）确实截然不同。而植物与动物（如玫瑰与马儿）之间也有很大的不同。我们也会说，马儿与人类之间确实是不相同的。但这些差异究竟何在呢？你能告诉我吗？

很遗憾我没有时间等你把答案写下来，和一块糖一起放在一个粉红色的信封内。所以我就直接告诉你答案好了。当亚里士多德把自然现象分成几类时，他是以对象的特征为标准。说得详细一些，所谓标准就是这个东西能做什么或做些什么。

所有的生物（植物、动物与人类）都有能力吸收养分以生长、繁殖。所有的动物（禽兽与人类）则还有感知周遭环境以及到处移动的能力。至于人类则更进一步有思考（或将他们感知的事物分门别类）的能力。

因此，实际上自然界各类事物中并没有清楚分明的界线。我们看到的事物从简单的生物到较为复杂的植物，从简单的动物到较为复杂的动物都有。在这些层级之上的就是人类。亚里士多德认为人类乃是万物中最完全的生命。人能够像植物一般生长并吸收养分，也能够像动物一般有感觉并能移动。除此之外，人还有一个与众不同的特质，就是理性思考的能力。

因此，苏菲，人具有一些神的理性。没错，我说的是"神"的理性。亚里士多德不时提醒我们，宇宙间必然有一位上帝推动自然界所有的运作，因此上帝必然位于大自然层级的最顶端。

亚里士多德猜想地球上所有的活动乃是受到各星球运转的影响。不过，这些星球必定是受到某种力量的操控才能运转。亚里士多德称这个力量为"最初的推动者"或"上帝"。这位"最初的推动者"本身是不动的，但他却是宇宙各星球乃至自然界各种活动的"目的因"。

伦理学

让我们回到人类这个主题。根据亚里士多德的看法，人的"形式"是由一个"植物"灵魂、一个"动物"灵魂与一个"理性"灵魂所组成。同时他问道："我们应该如何生活？""人需要什么才能过好的生活？"我可以用一句话来回答："人唯有运用他所有的能力与才干，才能获得幸福。"

亚里士多德认为，快乐有三种形式。一种是过着享乐的生活，一种是做一个自由而负责的公民，另一种则是做一个思想家与哲学家。

接着，他强调，人要同时达到这三个标准才能找到幸福与满足。他认为任何一种形式的不平衡都是令人无法接受的。他如果生在现今这个时代，也许会说：一个只注重锻炼身体的人所过的生活就像那些只动脑不动手的人一样不平衡。无论偏向哪一个极端，生活方式都会受到扭曲。

同理也适用于人际关系。亚里士多德提倡所谓的"黄金中庸"。也就是说：人既不能懦弱，也不能太过鲁莽，而要勇敢（不够勇敢就是懦弱，太过勇敢就变成鲁莽）；既不能吝啬也不能挥霍，而要慷慨（不够慷慨即是吝啬，太过慷慨则是挥霍）。在饮食方面也是如此。吃得太少或吃得太多都不好。柏拉图与亚里士多德两人关于伦理道德的规范使人想起希腊医学的主张：唯有平衡、节制，人才能过着快乐和谐的生活。

政 治 学

亚里士多德谈到他对社会的看法时，也主张人不应该走极端。他说人天生就是"政治动物"。他宣称人如果不生存在社会中，就不算是真正的人。他指出，家庭与社区满足我们对食物、温暖、婚姻与生育的基本需求。但人类休戚与共的精神只有在国家中才能表现得淋漓尽致。

这就使我们想到一个国家应该如何组织起来的问题。（你还记得柏拉图的"哲学国度"吗？）亚里士多德描述了三种良好的政治制度。

一种是君主制，就是一个国家只有一位元首。但这种制度如果要成功，统治者就不能致力于谋求私利，以免沦为"专制政治"。另一种良好的制度是"贵族政治"，就是国家由一群人来统治。这种制度要小心不要沦为"寡头政治"（或我们今天所称的"执政团"式的政治制度）。第三种制度则是亚里士多德所称的Polity，也就是民主政治的意思。但这种制度也有不好的一面，因为它很容易变成暴民政治。（当年即使专制的希特勒没有成为德国元首，他手下那些纳粹分子可能也会造成可怕的暴民政治。）

对女人的看法

最后，让我们来看看亚里士多德对女性的看法。很遗憾的，他在这方面的观点并不像柏拉图那般崇高。亚里士多德似乎倾向于认为女性在某些方面并不完整。在他眼中，女性是"未完成的男人"。在生育方面，女性是被动的，只能接受，而男性则是主动且多产的。亚里士多德宣称小孩只继承男性的特质。他相信男性的精子中具有小孩所需的全部特质，女性只是土壤而已，她们接受并孕育种子，但男性则是"播种者"。或者，用亚里士多德的话来说，男人提供"形式"，而女人则仅贡献"质料"。

像亚里士多德这样有智慧的男人居然对两性关系有如此谬误的见解，的确令人震惊而且遗憾。但这说明了两件事：第一，亚里士多德对妇女与儿童的生活大概没有多少实际的经验。第二，这个例子显示如果我们任由男人主宰哲学与科学的领域的话，可能发生何等的错误。

亚里士多德对于两性错误的见解带来很大的负面作用，因为整个中世纪时期都受到他（而不是柏拉图）的看法的影响。教会也因此继承了一种歧视女性的观点，而事实上，这种观点在圣经上是毫无根据的。耶稣基督当然不是一个仇视妇女的人。

今天就到此为止吧。我会再和你联络的。

苏菲把信又读了一遍，读到一半时，她把信纸放回棕色的信封内，仍然坐着发呆。她突然察觉到房间内是如此凌乱：地板上到处放着书本与讲义夹，袜子、毛衣、衬衫与牛仔裤有一半露在衣橱外，书桌前的椅子上放着一大堆待洗的脏衣服。

她突然有一股无法抗拒的冲动，想要把房间清理一下。首先她把所有的衣服都拉出衣橱，丢在地板上，因为她觉得有必要从头做起。然后她开始把东西折得整整齐齐的，叠在架子上。衣橱共有七格。一格放内衣，一格放袜子与衬衫，一格放牛仔裤。她轮流把每一格放满。她从不曾怀疑过什么东西应该放哪里。脏衣服总是放在最底下一格的一个塑胶袋内。但是现在有一样东西她不知道该放哪里，那就是一只白色的及膝的袜子。因为，另外一只不见了。何况，苏菲从来没有过这样的袜子。

苏菲仔细地看着这只袜子，看了一两分钟。袜子上并没有任何标记，但苏菲非常怀疑它的主人究竟是谁。她把它丢到最上面一格，和积木、录影带与丝巾放在一起。

现在，苏菲开始把注意力放在地板上。她把书本、讲义夹、杂志与海报加以分类，就像她的哲学老师在讲到亚里士多德时形容的一般。完成后，她开始铺床并整理书桌。

最后，她把所有关于亚里士多德的信纸叠好，并找出一个没有用的讲义夹和一个打孔机，在每一张信纸上打几个洞，然后夹进讲义夹中，并且把这个讲义夹放在衣橱最上一格，白袜子的旁边。她决定今天要把饼干盒从密洞中拿出来。

从今以后，她将把一切收拾得井然有序。她指的可不只是房间而已。在读了亚里士多德的学说后，她领悟到她应该把自己的思想也整理得有条不紊。她已经将衣橱的最上面一格留作这样的用途。这是房间内唯一一个她还没有办法完全掌握的地方。

妈妈已经有两个多小时没有动静了。苏菲走下楼。在把妈妈叫醒之前，她决定先喂她的宠物。

她躬身在厨房里的金鱼缸前看着。三条鱼中，有一条是黑色的，一条是橘色的，另一条则红白相间。这是为什么她管它们叫黑水手、金冠与小红帽的缘故。

当她把鱼饲料撒进水中时，她说："你们属于大自然中的生物。你们可以吸收养分、可以生长并且繁殖下一代。更精确地说，你们属于动物王国，因此你们可以移动并且看着外面的这个世界。再说得精确些，你们是鱼，用鳃呼吸，并且可以在生命的水域中游来游去。"

苏菲把饲料罐的盖子合上。她很满意自己把金鱼放在大自然的层级中的方式，更满意自己所想出来的"生命的水域"这样的词句。现在，该喂那些鹦哥了。

苏菲倒了一点鸟食在鸟杯中，并且说："亲爱的史密特和史穆尔，你们之所以成为鹦哥是因为你们从小鹦哥的蛋里生出来，也是因为那些蛋具有成为鹦哥的形式。你们运气不错，没有变成叫声很难听的鹦鹉。"

然后，苏菲进入那间大浴室。她的乌龟正在里面一个大盒子里缓缓爬动。以前妈妈不时在洗澡时大声嚷嚷说，总有一天她要把那只乌龟弄死。不过，到目前为止，她并没有这样做。苏菲从一个大果酱罐子里拿了一片莴苣叶，放在盒子里。

"亲爱的葛文达，"她说，"你并不是世间跑得最快的动物之一，但是你当然能够感觉到一小部分我们所生活的这个伟大世界。你应该知足了，因为你并不是唯一无法超越自己限制的生物。"

雪儿也许正在外面抓老鼠，毕竟这是猫的天性。苏菲穿过客厅，走向妈妈的卧室。一瓶水仙花正放在茶几上，苏菲经过时，那些黄色的花朵仿佛正向她弯腰致敬。她在花旁停驻了一会儿，用手指轻轻抚摸着那光滑的花瓣。

她说："你们也是属于大自然的生物。事实上，比起装着你们的花瓶来说，你们是非常幸福的。不过很可惜的是你们无法了解这点。"

然后苏菲蹑手蹑脚地进入妈妈的房间。虽然妈妈正在熟睡，但苏菲仍用一只手放在她的额头上。

"你是最幸运的一个。"她说，"因为你不像原野里的百合花一样，只是活着而已，也不像雪儿或葛文达一样，只是一种生物。你是人类，因此具有难能可贵的思考能力。"

"苏菲，你到底在说什么？"妈妈比平常醒得更快。

"我只是说你看起来像一只懒洋洋的乌龟。还有，我要告诉你，我已经用哲学家般严谨的方法把房间收拾干净了。"

妈妈抬起头。

"我就来。"她说，"请你把咖啡拿出来好吗？"

苏菲遵照妈妈的嘱咐。很快地，她们已经坐在厨房里，喝着咖啡、果汁和巧克力。

突然间，苏菲问道："妈妈，你有没有想过为什么我们会活着？"

"天哪！你又来了！"

"因为我现在知道答案了。人活在这个星球上是为了替每一样东西取名字。"

"是吗？我倒没有这样想过。"

"那你的问题可大了，因为人是会思考的动物。如果你不思考，就不算是人。"

"苏菲！"

"你有没有想过，如果世间只有植物和动物，就没有人可以区分猫和狗、百合与鹅莓之间的不同。植物和动物虽然也活着，但我们是唯一可以将大自然加以分类的生物。"

"我怎么会生出像你这样古怪的女儿?"妈妈说。

"我倒希望自己古怪一点。"苏菲说,"每一个人或多或少都有些古怪。我是个人,因此或多或少总有些古怪。你只有一个女儿,因此我可以算是最古怪的。"

"我的意思是你刚才讲的那些话可把我吓坏了。"

"那你真是太容易受到惊吓了。"

那天下午,苏菲回到密洞。她设法偷偷地将大饼干盒运回楼上的房间,妈妈一点也没有发现。

回到房间后,她首先将所有的信纸按次序排列。然后她把每一张信纸打洞,并放在讲义夹内亚里士多德那一章之前。最后她在每一页的右上角写上页序。总共有五十多页。她要自己编纂一本有关哲学的书。虽然不是她写的,却是专门为她写的。

她没有时间写星期一的功课了。明天宗教知识这门课或许会考试,不过老师常说他比较重视学生用功的程度和价值判断。苏菲觉得自己在这两方面都开始有一些基础了。

希腊文化

······一丝火花······

虽然哲学老师已经开始把信直接送到老树篱内，但星期一早晨苏菲仍习惯性地看了看信箱。

里面是空的，这并不让人意外，她开始沿着苜蓿巷往前走。

突然间她看到人行道上有一张照片。照片中有一辆白色的吉普车，上面插着一支印有联合国字样的蓝色旗帜。那不是联合国的旗帜吗？

苏菲把照片翻过来，发现这是一张普通的明信片。上面写着"请苏菲代转席德"，贴着挪威邮票，并盖着一九九〇年六月十五日星期五"联合国部队"的邮戳。

六月十五日！这天正是苏菲的生日呀！

明信片上写着：

亲爱的席德：

我想你可能仍在庆祝你的十五岁生日。或者你接到信时，已经是第二天的早上了。无论如何，你都会收到我的礼物。就某个角度看，那是一份可以用一辈子的礼物。不过，我想向你再说一声生日快乐。也许你现在已经明白我为何把这些明信片寄给苏菲了。我相信她一定会把它们转交给你的。

P.S：妈妈说你把你的皮夹弄丢了。我答应你我会给你一百五十块钱作为补偿。还有，在学校放暑假前你也许可以重办一张学生证。

爱你的爸爸

苏菲站在原地不动。上一张明信片邮戳上的日期是几号？她隐约记得那张海滩风景明信片上的邮戳日期也是六月——虽然这两张明信片相隔了一个月,不过她并没有看清楚。

她看了一下腕表,然后便跑回家中。她今天上学是非迟到不可了。

苏菲进了门便飞奔到楼上的房间,在那条红色丝巾的下面找到了第一张写给席德的明信片。是的,上面的日期也是六月十五日,就是苏菲的生日,也是学校放暑假的前一天。

她跑到超级市场去和乔安会合时,心里涌出无数个问号。

这个席德是谁?她爸爸为什么会认定苏菲可以找到她?无论如何,他把明信片寄给苏菲,而不直接寄给他的女儿是说不通的。苏菲想这绝不可能是因为他不知道自己女儿的地址。会是谁在恶作剧吗?他是不是想找一个陌生人来当侦探和信差,以便在女儿生日那天给她一个惊喜呢?这就是他提前一个月让她准备的原因吗?他是不是想让她这个中间人成为他女儿的新朋友,并以此作为送给她的生日礼物呢?难道她就是那个"可以用一辈子"的礼物吗?

如果这个开玩笑的人真在黎巴嫩,他何以能够得知苏菲的地址?还有,苏菲和席德至少有两件事是相同的。第一,如果席德的生日也是六月十五日,那她们俩就是同一天出生的。第二,她们俩的父亲都远在天边。

苏菲觉得自己被拉进一个不真实的世界。也许,有时候人还真的不得不相信命运。不过,她还不能太早下结论。这件事可能仍然有个缘故。但是,如果席德住在黎乐桑,艾伯特是如何找到她的皮夹的呢?黎乐桑离这儿有好几百英里呀!同时,这张明信片为什么会躺在苏菲家门口的人行道上?它是不是在邮差来到苏菲家的信箱时由他的邮袋里掉出来的?如果这样,为什么他别的不掉,偏偏掉这一张?

在超市等候的乔安好不容易才看到苏菲出现。她忍不住说:"你疯了吗?"

"对不起!"

乔安紧紧皱起眉头,像学校老师一样。

"你最好给我解释清楚。"

"都是联合国的缘故。"苏菲说,"我在黎巴嫩被敌方部队拘留了。"

"少来。我看你是谈恋爱了。"

她们没命似的跑到学校。

第三节课时考了苏菲昨天没有时间准备的宗教知识这门课。题目如下:

生命与容忍的哲学

1. 试列举我们可以确实知道的一些事物。然后再列举一些我们只能相信的事物。

2. 请说明影响一个人的生活哲学的因素。

3. "良知"的意义为何？你认为每一个人都有同样的良知吗？

4. 何谓价值的轻重？

苏菲坐在那儿想了很久才开始作答。她可以运用她从艾伯特那儿学到的观念吗？她不得不这样做，因为她已经有好几天没有打开宗教知识的教科书了。她一开始作答后，答案仿佛自然而然就从她的笔端流出来一般。

她写道："我们可以确定的事包括月亮不是由绿乳酪做成的、月球较黑的那一面也有坑洞、苏格拉底和耶稣基督两人都被判死刑、每一个人都迟早会死、希腊高城宏伟的神殿是在公元前五世纪波斯战争后兴建的，还有古希腊最重要的神论是德尔菲的神论。"至于我们不能确知的事物，苏菲举的例子包括：其他星球上是否有生物存在、世间是否真有上帝、人死后是否还有生命、耶稣是上帝之子或者只是一个聪明人。在举出这些例子后，苏菲写道："我们当然无法确知这世界从何而来。宇宙就好像是一只被魔术师从帽子里拉出来的大白兔。哲学家努力沿着兔子毛皮中的一根细毛往上爬，希望能一睹伟大魔术师的真面目。虽然他们不一定会成功，但如果所有哲学家都像叠罗汉一般一层一层往上叠，则他们就可以愈接近兔子毛皮的顶端。果真如此，在我认为，有一天他们也许真的可以爬到顶端。P.S：圣经中有一个东西很像是兔子的细毛，那就是巴别塔。这个塔最后被伟大的魔术师摧毁了，因为他不希望这些微不足道的人类爬出他一手创造出的兔子的毛皮。"

第二个问题是："请说明影响一个人的生活哲学的因素。"苏菲认为教养与环境很重要。生在柏拉图时代的人们所具有的生活哲学与现代人不同，因为他们生活的时代和环境与我们的不同。另外一个因素是人们选择的经验种类。一般常识不是由环境决定的，而是每一个人都具备的。也许我们可以把我们的环境和社会情况与柏拉图的洞穴相比较。一个人若运用他的聪明才智，将可以使自己脱离黑暗。不过这样的路程需要一些勇气，苏格拉底就是一个很好的例子，显示一个人如何运用自己的聪明才智使自己不受当时思想主流的影响。最后，苏菲写道："在当今这个时代，来自各个地方、各种文化的人们交流日益密切。基督徒、伊斯兰教徒与佛教徒可能住在同一栋公寓中。在这种情况下，接受彼此的信仰要比去问为什么大家不能有一致的信仰更加重要。"

嗯，答得不坏！苏菲心想。她觉得自己已经运用她从哲学老师那儿学来的知识答出了一些重点，她只要再加上一些自己的常识与她别处听来或读到的东西就成了。

现在，她专心答第三道问题："良知是什么？你认为每个人都有同样的良知吗？"

这个问题他们在课堂上已经讨论过很多次了。苏菲答道："良知是人们辨别善恶是非的能力。我个人的看法是：每一个人天生都具备这种能力。换句话说，良知是与生俱来的。苏格拉底应该也会持同样的看法。不过良心对人的影响因人而异。在这方面我们可以说诡辩学派的主张不无道理。他们认为是非的观念主要是由个人成长环境决定的。相反的，苏格拉底则相信每一个人的良心都一样。也许这两种观点都没有错。虽然并不是每一个人在大庭广众之下赤身露体时都会感到羞愧，但大多数人在欺负别人后多少都会良心不安。不过，我们也不要忘记，具有良知和运用良知是两回事。有时有些人做起事来一副无耻的模样，但我相信他们内心深处还是有某种良知存在的。就像某些人看起来似乎没有大脑的样子，但这只是因为他们不用脑筋罢了。P.S：常识和良心不像肌肉一样。你不去用它，它就会愈来愈萎缩。"

现在只剩下一个问题了："何谓价值的轻重？"这也是他们最近时常讨论的一个主题。举例来说，开着车子迅速往来各地也许是很重要的，但如果驾驶车辆会导致森林遭到砍伐、自然环境受到污染等后果，我们就必须要做个选择。在仔细考量之后，苏菲的结论是：维护森林的健康和环境的纯净要比能够节省上班途中的交通时间更有价值。她另外又举了一些例子。最后，她写道："我个人认为哲学这门课要比英文文法更重要。因此，如果学校能将哲学课列入课程，并且略微减少英文课的时间，他们对价值轻重的判断就是正确的。"

最后一次课间休息时，老师把苏菲拉到一旁。

"我已经看过了你宗教课考试的试卷。"他说，"你那一份放在整沓试卷的最上面。"

"我希望它能给你一些启发。"

"这就是我要跟你谈的。你的答案在许多方面都很成熟，让我非常讶异。同时你有很多自己的想法。不过，苏菲，你有没有做作业呢？"

苏菲有点心虚。

"嗯，你不是说一个人要有自己的看法吗？"

"是啊，我是说过……不过这总有个限度。"

苏菲看着老师的眼睛。她觉得在最近经历了这些事情后，她应该可以这样做。

"我已经开始研究哲学了。"她说，"这使我有了一些形成自己意见的基础。"

"不过这让我很难给你的考卷打分数。要不是D，要不就是A。"

"因为我要不就答得很对，要不就错得很多。你的意思是这样吗？"

"那就算你A好了。"老师说，"不过下一次你可要做作业。"

那天下午苏菲放学后一回到家，把书包丢在门前台阶上后，就马上跑到密洞中。果然有一个棕色的信封躺在虬结的树根上。信封的边缘已经干了。可以想见汉密士已经把信送来很久了。

她拿了信，进了前门，喂完宠物后就上了楼。回房后，她躺床上拆阅艾伯特的信：

希腊文化

苏菲，我们又上课了。在读完有关自然派哲学家、苏格拉底、柏拉图与亚里士多德的理论后，你对欧洲哲学的基础应该已经很熟悉了。因此，从现在起，我将省略掉白色的信封所装的前导式问题。更何况，我想学校给你们的作业和考试可能已经够多了。

今天我要介绍的是从公元前第四世纪末亚里士多德时期，一直到公元四百年左右中世纪初期的这一段很长的时期。请注意，我们如今讲公元前、公元后乃是以耶稣降生的前后来区分，而事实上，基督教也是这个时期内最重要、最神秘的因素之一。

亚里士多德于公元前三二二年去世，当时雅典人已经失去了统治者的地位。这一部分原因是亚历山大大帝（公元前三五六年~公元前三二三年）征服各地后引发的政治动乱所致。

亚历山大大帝是马其顿的国王。亚里士多德也是马其顿人，甚至曾经担任亚历山大小时候的私人教师。亚历山大后来打赢了对波斯人的最后一场决定性的战役。更重要的是，他征服各地的结果使得埃及、东方（远至印度）的文明与希腊的文明得以结合在一起。

在人类的历史上，这是一个新纪元的开始。一个新文明诞生了。在这个文明中，希腊的文化与希腊的语言扮演了主导的角色。这段时期维持了大约三百年，被称为"希腊文化"。这个名词除了指这段时期外，也指在马其顿、叙利亚与埃及这三个希腊王国风行的以希腊为主的文化。

然而，自从大约公元前五〇年以后，罗马在军事与政治上逐渐占了上风。这个新的超级强权逐渐征服了所有的希腊王国。从此以后，从西边的西班牙到东边的亚洲等地，都以罗马文化与拉丁文为主。这是罗马时期（也就是我们经常所说的"近古时期"）的开始。不过，我们不可以忘记一件事：在罗马人征服希腊世界之前，罗马本身也受到希腊文化的影响。因此，直到希腊人的政治势力衰微很久以后，希腊文化与希腊哲学仍然继续扮演了很重要的角色。

宗教、哲学与科学

希腊文化的特色在于国与国、文化与文化之间的界线泯灭了。过去希腊、罗马、埃及、巴比伦、叙利亚、波斯等各民族各有我们一般所说的"国教"，各自崇奉不同的神明。但如今这些不同的文化都仿佛在女亚的咒语之下熔成一炉，汇聚形成各种宗教、哲学与科学概念。

我们可以说希腊过去的市中心广场已经被世界舞台所取代。从前的市镇广场是一片人声嘈杂的景象，有人贩售各种商品，有人宣扬各种思想与概念。如今的市镇广场依旧充斥着来自世界各地的货品与思想，只不过嘈杂的人声中夹杂了各国的语言。

我们曾经提到在这个时候，希腊人的人生哲学影响的地区与范围已经比过去扩大许多。不过，逐渐的，地中海地区的各个国家也开始崇奉东方的神祇。也许是在众多古国原有宗教信仰的交互影响之下，新的宗教兴起了。

我们称这种现象为"信仰的混合"（syncretism）或"信仰的交互激荡"（the fusion of creeds）。

在此之前，人们都认同自己所属的城邦。但随着疆界之分逐渐泯灭，许多人开始怀疑自己的社会所持的生命哲学。一般而言，近古时期的特色就是充满了宗教质疑、文化解体与悲观主义。当时的人说："世界已经衰老了。"希腊文化时期形成的各宗教信仰有一个共同的特征，就是他们经常教导人应该如何获得救赎，免于一死。这些教义通常都是以秘密的方式传授。信徒只要接受这些教导，并进行某些仪式，就可望获得不朽的灵魂与永远的生命。但为了达成灵魂的救赎，除了举行宗教仪式外，也有必要对宇宙真实的本质有某种程度的了解。

关于新宗教，我们就谈到这里了。不过在这个时期，哲学也逐渐朝"救赎"与平安的方向发展。当时的人认为，哲学的智慧不仅本身有其好处，也应该能使人类脱离悲观的心态与对死亡的恐惧。因此，宗教与哲学之间的界线逐渐消失了。

整体来说，我们不得不承认希腊文化的哲学并没有很大的原创性。在这个时期中，并未再出现一个柏拉图或亚里士多德。相反的，许多学派乃是受到雅典三大哲学家的启发。待会儿，我将略微描述这些学派。

希腊的科学同样地也受到各种不同文化的影响。亚力山卓由于位居东西方的交会点，因此在这方面扮演了关键性的角色。在这个时期，由于雅典城内有一些继柏拉图与亚里士多德之后的哲学学派，因此雅典仍是哲学中心，而亚力山卓则成为科学中心。那里有规模宏大的图书馆，使得亚力山卓成为数学、天文学、生物学与医学的重镇。

当时的希腊文化可与现代世界相提并论。二十世纪的文明愈趋开放后，造成了宗教与哲学百花齐放的现象。在基督纪元开始前后，生活在罗马的人们也可以见识到希腊、埃及与东方的各种宗教，就像在二十世纪末期的我们可以在欧洲各大小城市发现来自世界各地的宗教一般。

今天我们也可以看到新旧宗教、哲学与科学融合之后，如何形成了新的生命哲学。这些所谓的"新知识"实际上只是旧思想的残渣而已，其中有些甚至可以追溯至希腊时代。

正如我刚才所说的，希腊哲学仍旧致力于解决苏格拉底、柏拉图与亚里士多德等人提出的问题。他们都同样急欲找寻人类最佳的生、死之道。他们关心人的伦理与道德。在这个新的文明中，这个问题成为哲学家研讨的重心。他们最关心的乃是何谓真正的幸福以及如何获致这种幸福。下面我们将认识其中四个学派。

犬儒学派

据说，有一天苏格拉底站在街上，注视着一个贩卖各种商品的摊子。最后他说："这些东西中有太多是我根本不需要的啊！"

这句话可以作为犬儒派哲学的注解。这个学派是在公元前四百年左右由雅典的安提塞尼斯所创。安提塞尼斯曾受教于苏格拉底门下，对于苏格拉底节俭的生活方式特别有兴趣。

犬儒派学者强调，真正的幸福不是建立在外在环境的优势——如丰裕的物质、强大的政治力量与健壮的身体——之上。真正幸福的人不依赖这些稍纵即逝的东西。同时，由于幸福不是由这类福祉构成的，因此每一个人都可以获致幸福，更重要的是，一旦获得了这种幸福，就不可能失去它。

最著名的犬儒派人士是安提塞尼斯的弟子戴奥基尼斯，据说他住在一个木桶中，除了一袭斗篷、一支棍子与一个面包袋之外，什么也没有，（因此要偷取他的幸福可不容易！）有一天他坐在木桶旁，舒服地晒着太阳时，亚历山大大帝前来探望他。亚历山大站在他的前面，告诉他只要他想要任何东西，他都可以赐予他。戴奥基尼斯答道："我希望你闪到旁边，让我可以晒到太阳。"就这样，戴奥基尼斯证明他比亚历山大这位伟大的将军要更富裕，也更快乐，因为他已经拥有了自己想要的一切。

犬儒学派相信，人们无需担心自己的健康，不应该因生老病死而苦恼，也不必担心别人的痛苦而让自己活受罪。

于是，到了今天，"犬儒主义"这些名词的意思变成是对人类真诚的轻蔑不信，暗含对别人的痛苦无动于衷的态度与行为。

斯多葛学派

犬儒学派促进了斯多葛学派的发展。后者在公元前三百年左右兴起于雅典。它的创始人是季诺。此人最初住在塞浦路斯，在一次船难后来到雅典，加入犬儒学派。他经常在门廊上聚集徒众。斯多葛这个词就是源自希腊文stoa（门廊）这个词。这个学派后来对于罗马文化有很大的影响。

就像赫拉克里特斯一样，斯多葛派人士相信每一个人都是宇宙常识的一小部分，每一个人都像是一个"小宇宙"（microcosmos），乃是"大宇宙"（macrocosmos）的缩影。

他们因此相信宇宙间有公理存在，亦即所谓"神明的律法"。由于此一神明律法是建立在亘古长存的人类理性与宇宙理性之上，因此不会随时空而改变。在这方面，斯多葛学派的主张与苏格拉底相同，而与诡辩学派相异。

斯多葛学派认为，全体人类（包括奴隶在内）都受到神明律法的管辖。在他们眼中，当时各国的法律条文只不过是模仿大自然法则的一些不完美法条罢了。

斯多葛学派除了否认个人与宇宙有别之外，也不认为"精神"与"物质"之间有任何冲突。他们主张宇宙间只有一个大自然。这种想法被称为"一元论"（monism），与柏拉图明显的"二元论"（dualism）或"双重实在论"正好相反。

斯多葛学派人士极富时代精神，思想非常开放。他们比那些"木桶哲学家"（犬儒学派）更能接受当代文化，他们呼吁人们发扬"民胞物与"的精神，也非常关心政治。他们当中有许多人后来都成为活跃的政治家，其中最有名的是罗马皇帝奥瑞里亚斯（公元一二一年～一八〇年）。他们在罗马提倡希腊文化与希腊哲学，其中最出类拔萃的是集演讲家、哲学家与政治家等各种头衔于一身的西塞罗（公元前一〇六年~公元前四三年），所谓"人本主义"（一种主张以个人为人类生活重心的哲学）就是由他创立的。若干年后，同为斯多葛学派的塞尼卡（公元前四年~公元六五年）表示："对人类而言，人是神圣的。"这句话自此成为人本主义的口号。

此外，斯多葛学派强调，所有的自然现象，如生病与死亡，都只是遵守大自然不变的法则罢了，因此人必须学习接受自己的命运。没有任何事物是偶然发生的，每一件事物发生都有其必要性，因此当命运来敲你家大门时，抱怨也没有用。他们认为，我们也不能为生活中一些欢乐的事物所动。在这方面，他们的观点与犬儒学派相似，因为后者也宣称所有外在事物都不重要。到了今天，我们仍用"斯多葛式的冷静"（stoic calm）来形容那些不会感情用事的人。

伊壁鸠鲁学派

如上所述，苏格拉底关心的是人如何能够过着良好的生活，犬儒学派与斯多葛学派将他的哲学解释成"人不能沉溺于物质上的享受"。不过，苏格拉底另外一个弟子阿瑞斯提普斯则认为人生的目标就是要追求最高度的感官享受。"人生至善之事乃是享乐。"他说，"至恶之事乃是受苦。"因此他希望发展出一种生活方式，以避免所有形式的痛苦为目标。（犬儒学派与斯多葛学派认为人应该忍受各种痛苦，这与致力避免痛苦是不同的。）

公元前三百年左右，伊壁鸠鲁（公元前三四一年~公元前二七〇年）在雅典创办了"伊壁鸠鲁学派"。他将阿瑞斯提普斯的享乐主义加以发展，并与德谟克里特斯的原子论结合起来。

由于传说中伊壁鸠鲁住在一座花园里，因此这个学派的人士又被称为"花园哲学家"。据说，在这座花园的入口处上方有一块告示牌写着："陌生人，你将在此地过着舒适的生活。在这里享乐乃是至善之事。"

伊壁鸠鲁学派强调在我们考量一个行动是否有乐趣时，必须同时斟酌它可能带来的副作用。如果你曾经放怀大嚼巧克力，你就会明白我的意思。如果你不曾这样做过，那么你可以做以下练习：把你存的两百元零用钱全部拿来买巧克力（假设你很爱吃巧克力），而且把它一次吃完（这是这项练习的重点）。大约半个小时以后当所有美味的巧克力都吃光了之后，你就会明白伊壁鸠鲁所谓的"副作用"是什么意思了。

伊壁鸠鲁并且相信在追求较短暂的快乐时，必须考虑是否另有其他方式可以获致更大、更持久或更强烈的快乐（譬如你决定一年不吃巧克力，因为你想把零用钱存起来买一辆新的脚踏车或去海外度一次豪华假期）。人类不像动物，因为我们可以规划自己的生活。我们有能力从事"乐趣的计算"。巧克力固然好吃，但买一辆新脚踏车或去英国旅游一趟更加美妙。

尽管如此，伊壁鸠鲁强调，所谓"乐趣"并不一定指感官上的快乐，如吃巧克力等。交朋友与欣赏艺术等也是一种乐趣。此外，我们若要活得快乐，必须遵守古希腊人自我规范、节制与平和等原则。自我的欲望必须加以克制，而平和的心境则可以帮助我们忍受痛苦。

当时有许多人由于惧怕神明而来到伊壁鸠鲁的花园。这是因为德谟克里特斯的原子理论可以有效祛除宗教迷信，而为了好好生活，克服自己对死亡的恐惧是很重要的。于是，伊壁鸠鲁便运用德谟克里特斯有关"灵魂原子"的理论来达到这个目的。你也许还记得，德谟克里特斯相信人死后没有生命，因为当我们死时，"灵魂原子"就四处飞散。

"死亡和我们没有关系，"伊壁鸠鲁扼要地说，"因为只要我们存在一天，死亡就不会来临。而当死亡来临时，我们也不再存在了。"（说到这点，我们好像从没听说过有谁得了死亡这种病。）

伊壁鸠鲁以他所谓的"四种药草"来总结他的哲学：

"神不足惧，死不足忧，祸苦易忍，福乐易求。"

对于希腊人而言，伊壁鸠鲁将哲学与医学相提并论的做法并不新鲜。他的主旨是：人应该拥有一个"哲学的药柜"，储存以上四种药方。

与斯多葛学派截然不同的是，伊壁鸠鲁学派对于政治或团体生活并不感兴趣。伊壁鸠鲁劝人要"离群索居"。我们也许可以将他的"花园"比作时下的一些公社。我们这个时代确实也有许多人离开社会，前往某处去寻求"避风的港湾"。

在伊壁鸠鲁之后，许多伊壁鸠鲁学派的人士逐渐沉溺于自我放纵。他们的格言是"今朝有酒今朝醉"。这个词如今已具有贬义，被人们用来形容那些专门追求享乐的人。

新柏拉图派哲学

我们已经了解犬儒学派、斯多葛学派及伊壁鸠鲁学派与苏格拉底哲学的渊源。当然这些学派也采纳了若干苏格拉底之前的哲学家——如赫拉克里特斯与德谟克里特斯等人——的学说。

然而，希腊文化末期最令人瞩目的哲学学派主要仍是受到柏拉图学说的启发，因此我们称之为新柏拉图派哲学。

新柏拉图派哲学最重要的人物是普罗汀（约公元二○五年~二七○年）。他早年在亚力山卓研读哲学，后来在罗马定居。当时，亚力山卓成为希腊哲学与东方神秘主义的交会点已经有好几百年了。普罗汀从那儿将他的"救赎论"带到罗马。此一学说后来成为基督教的劲敌。不过，新柏拉图派哲学对基督教神学也具有很大的影响力。

苏菲，你还记得柏拉图的理型论吗？你应该记得他将宇宙分为理型世界与感官世界。这表示他将肉体与灵魂区分得很清楚。在这种情况下，人乃成为二元的造物：我们的身体就像感官世界，所有的事物一般是由尘与土所构成，但我们的灵魂却是不朽的。早在柏拉图之前，许多希腊人就已经持此观念，而亚洲人也有类似的看法。普罗汀对这点相当熟悉。

普罗汀认为，世界横跨两极。一端是他称为"上帝"的神圣之光，另一端则是完全的黑暗，接受不到任何来自上帝的亮光。不过，普罗汀的观点是：这个黑暗世界其实并不存在，它只是缺乏亮光照射而已。世间存在的只有上帝。就像光线会逐渐变弱，终至于熄灭一样，世间也有一个角落是神圣之光无法普照的。

根据普罗汀的说法，灵魂受到此一神圣之光的照耀，而物质则位于并不真正存在的黑暗世界，至于自然界的形式则微微受到神圣之光的照射。

让我们想象夜晚生起一堆野火的景象。此时，火花四散，火光将黑夜照亮。从好几英里外望过来，火光清晰可见。但如果我们再走远一些，就只能看到一小点亮光，就像黑暗中远处的灯笼一样。如果我们再继续走下去，到了某一点时，我们就再也看不见火光了。此时火光已消失在黑夜中。在这一片黑暗之中，我们看不见任何事物，看不见任何形体或影子。

你可以想象真实世界就像这样一堆野火。发出熊熊火光的是"上帝"，火光照射不到的黑暗之处则是构成人与动物的冷冷的物质。最接近上帝的是那些永恒的观念。它们是所有造物据以做成的根本形式。而人的灵魂则是那飞散的"火花"。大自然的每一处或多或少都受到这神圣之光的照耀。我们在所有的生物中都可以见到这种光，就连一朵玫瑰或一株风铃草也不例外。离上帝最远的则是那些泥土、水与石头。

我的意思是说：世间存在的每一样事物都有这种神秘的神圣之光。我们可以看到它在向日葵或罂粟花中闪烁着光芒。在一只飞离枝头的蝴蝶或在水缸中漫游穿梭的金鱼身上，我们可以看到更多这种深不可测的神秘之光。然而，最靠近上帝的还是我们的灵魂。唯有在灵魂中，我们才能与生命的伟大与神秘合而为一。事实上，在某些很偶然的时刻中，我们可以体验到自我就是那神圣的神秘之光。

普罗汀的比喻很像柏拉图所说的洞穴神话：我们愈接近洞口，就愈接近宇宙万物的源头。不过，与柏拉图的二元论相反的是，普罗汀理论的特色在于万物一体的经验。宇宙间万事万物都是一体，因为上帝存在于万事万物之中。即使在柏拉图所说的洞穴深处的影子中也有微弱的上帝之光。

普罗汀一生中曾有一两次灵魂与上帝合而为一的体验，我们通常称此为神秘经验。除了普罗汀之外，也有人有过这种经验。事实上，古今中外都有人宣称他们有过同样的体验。细节也许不同，但都具有同样的特征。现在让我们来看看这些特征。

神秘主义

神秘经验是一种与上帝或"天地之心"合而为一的体验。许多宗教都强调上帝与整个宇宙之间的差距，但在神秘主义者的体验中，这种差距并不存在。他（她）们有过与"上帝"合而为一的经验。

他们认为，我们通常所称的"我"事实上并不是真正的"我"。有时在一刹那间，我们可以体验到一个更大的"我"的存在。有些神秘主义者称这个"我"为"上帝"，也有人称之为"天地之心""大自然"或"宇宙"。当这种物我交融的情况发生时，神秘主义者觉得他们"失去了自我"，像一滴水落入海洋一般进入上帝之中。一位印度的神秘主义者有一次如此形容他的经验："过去，当我的自我存在时，我感觉不到上帝。如今我感觉到上帝的存在，自我就消失了。"基督教的神秘主义者塞伦西亚斯（公元一六二四年～一六七七年）则另有一种说法："每一滴水流入海洋后，就成为海洋。同样的，当灵魂终于上升时，则成为上帝。"

你也许会反驳说，"失去自我"不可能是一种很愉快的经验。我明白你的意思。但重点是，你所失去的东西比起你所得到的东西是显得多么微不足道。你所失去的只是眼前这种形式的自我，但同时，你却会发现自己变得更广大。你就是宇宙。事实上，你就是那天地之心，这时你也就是上帝。如果你失去了"苏菲"这个自我，有一点可以让你觉得比较安慰的是：这个"凡俗的自我"乃是你我无论如何终有一天会失去的。而根据神秘主义者的说法，你的真正的"自我"——这个你唯有放弃自我才能感受到的东西——却像一股神秘的火焰一般，会燃烧到永恒。

不过，类似这样的神秘经验并不一定会自动产生。神秘主义者也许必须通过"净化与启蒙"才能与上帝交流。其方式包括过着简朴的生活以及练习静坐。之后，也许有一天他们可以达到目标，并宣称："我就是上帝。"

神秘主义在世界各大宗教中都见得到。来自各种不同文化的人们所描述的神秘经验往往极为相似。唯有在神秘主义者试图为他们的神秘经验寻求宗教或哲学上的解释时，文化差异才会显现出来。

西方（犹太教、基督教与伊斯兰教）的神秘主义者强调，他们见到的是一个人形的上帝。他们认为，尽管上帝存在于大自然与人的灵魂中，但他也同时超越万物之上。东方（印度教、佛教与中国的宗教）的神秘主义者则较强调他们的神秘经验乃是一种与上帝或"天地之心"水乳交融的经验。

神秘主义者可以宣称："我就是天地之心"或"我即上帝"，因为上帝不仅存在于天地万物之中，他本身就是天地万物。

神秘主义在印度尤其盛行。早在柏拉图之前，印度就已经有了浓厚的神秘主义色彩。曾促使印度教传入西方的一位印度人余维卡南达有一次说道：

"世界上有些宗教将那些不相信上帝以人形存在于众生之外的人称为无神论者。同样的，我们也说那些不相信自己的人是无神论者。因为，我们认为，所谓无神论就是不相信自己灵魂的神圣与可贵。"

神秘经验也具有道德价值。曾任印度总统的拉德哈克里希南曾说："你当爱邻如己，因你的邻人就是你，你是在幻觉中才将他当成别人。"

我们这个时代有些不信仰任何特定宗教的人也曾有过神秘经验。他们会突然感受到某种他们称之为"宇宙意识"或"大感觉"（oceanic feeling）的事物，觉得自己脱离时空，"从永恒的观点"来感受这个世界。

苏菲坐在床上，想感受一下自己的身体是否仍然存在。当她读着柏拉图与神秘主义的哲学时，开始觉得自己在房间内到处飘浮，飘到窗外、愈飘愈远，浮在城镇的上空，从那儿向下看着广场上的人群，然后不断飘着，飘到地球的上方、飘到北海和欧洲的上空，再继续飘过撒哈拉沙漠与非洲大草原。

她觉得整个世界就好像一个人一般，而感觉上这个人就是她自己。她心想，世界就是我。那个她过去经常觉得深不可测、令人害怕的辽阔宇宙，乃是她的"自我"。如今，宇宙依然庄严辽阔，但这个广大的宇宙却是她自己。

这种不寻常的感觉稍纵即逝，但苏菲相信她永远也忘不了。那种感觉就像是她体内的某种东西从她的额头迸裂而出，与宇宙万物融合在一起，就像一滴颜料使整罐水染上色彩一般。

这种感觉过后，人就像做了一个美梦，醒来时感到头痛一般，当苏菲意识到自己的躯壳仍然存在，且正坐在床上时，内心不免略微感到失望。由于刚才一直趴在床上看信，她的背现在隐隐作痛。不过，至少她已经体验到这种令她难忘的感觉了。

最后，她振作精神，站了起来。她所做的第一件事就是在信纸上打洞，并把它放进讲义夹内。然后，便走到花园里去。

花园中鸟儿们正在歌唱，仿佛世界才刚诞生。老旧兔笼后的几株桦树叶子是如此嫩绿，仿佛造物主尚未完成调色的工作。

世间万物果真都是一个神圣的"自我"吗？她的灵魂果真是那神圣之火的"火花"吗？苏菲心想，如果这一切都是真的，那么她确实是一个神圣的造物了。

明信片

……我对自己实施严格的检查制度……

好几天过去了，哲学老师都没有来信。明天就是五月十七日星期四，挪威的国庆日了。学校从这天起放假，一直放到十八日。

放学回家途中，乔安突然说："我们去露营吧！"

苏菲本来想说她不能离家太久，但不知怎的，她却说道："好呀！"

几个小时后，乔安背了一个大登山背包来到苏菲家门口。苏菲已经打包完毕。她带了一顶帐篷，她们两人也都各自带了睡袋、毛衣、睡垫、手电筒、大热水瓶，以及很多心爱的食物。

五点钟左右，苏菲的妈妈回到家。她谆谆告诫两人，要求她们遵守一些应该注意的事项。她并且坚持要知道她们扎营的地点。

于是，她们告诉她两人计划到松鸡顶去。如果运气好的话，也许第二天早上可以听到松鸡求偶的叫声。

事实上，苏菲之所以选择去松鸡顶是有"阴谋"的。在她印象中，松鸡顶离少校的小木屋不远。她心里有一股冲动要回到那座木屋，不过她也明白自己不敢一个人去。

于是，她们两人从苏菲家花园门口那条小小的死巷子出发，沿着一条小路走下去。一路上，她们谈天说地。苏菲觉得暂时不用思考哲学之类问题的感觉还真不错。

探　险

八点时，她们已经在松鸡顶上的一块平地搭好帐篷，准备过夜了。她们的睡袋已经打开。吃完三明治后，苏菲说："乔安，你有没有听说过少校的小木屋?"

"少校的小木屋?"

"这附近的树林里有一座木屋……就在一座小湖边。以前曾经有一个怪人住在那里，是一个少校，所以人家才叫它'少校的小木屋'。"

"现在有没有人住呢?"

"我们去看看好不好?"

"在哪里呢?"

苏菲指着树林间。

乔安不是非常热衷，但最后她们还是去了。这时夕阳已经低垂天际。

最初，她们在高大的松树间走着，不久就经过一片浓密的灌木林，最后走到了下面的一条小路。苏菲心想，这是我星期天早上走的那条路吗?

一定是的。她几乎立刻就看到路右边的树林间有某个东西在闪烁。

"就在那儿。"她说。

很快她们就到了小湖边。苏菲站在那儿，看着对岸的木屋。

红色的小木屋如今门窗紧闭，一片荒凉景象。

乔安转过身来，看着她。

"我们要怎么过湖? 用走吗?"

"当然不了，我们可以划船过去。"

苏菲指着下面的芦苇丛。小舟就像从前一般躺在那儿。

"你来过吗?"

苏菲摇摇头。她不想提上次的事，因为那太复杂了，怎么也说不清楚。同时，如果说了，她也不得不告诉乔安有关艾伯特和哲学课的事。

她们划船过湖，一路说说笑笑。当她们抵达对岸时，苏菲特别小心地把小舟拉上岸。

她们走到小屋的前门。屋里显然没有人，因此乔安试着转动门柄。

"锁住了……你不会以为门是开着的吧?"

"也许我们可以找到钥匙。"

于是她开始在屋子底下的石缝间搜寻。

几分钟后，乔安说:"算了，我们回帐篷去吧。"

就在这时，苏菲叫了一声:"我找到了。就在这儿!"

她得意地高举着那把钥匙。然后，她把它插进锁里，门就开了。

两人蹑手蹑脚地走进去，好像做什么坏事一般。木屋里又冷又黑。

"什么也看不到!"乔安说。

不过，苏菲是有备而来。她从口袋里拿出了一盒火柴擦亮一根。在火光熄灭之前的那一刹那，她们看清楚小屋内空无一人。苏菲擦亮另一根火柴，这次她注意到炉子上有一座锻铁做的烛台，上面有半截蜡烛。她用第三根火柴把蜡烛点亮，于是小屋里才有了一点光线，让她们可以看清四周。

"这样一根小小的蜡烛却可以照亮如此的黑暗，这不是很奇怪吗?"苏菲说。

乔安点点头。

"不过你看在某个地方光芒就消失了。"她继续说。

"事实上黑暗本身是不存在的。它只是缺少光线的照射罢了。"

乔安打了一个冷战:"有点恐怖耶! 我们走吧!"

"我们要看看镜子才能走。"

苏菲指着依旧挂在五斗柜上方的那面铜镜。

"很漂亮耶!"乔安说。

"可是它是一面魔镜。"

"魔镜! 魔镜! 告诉我，这世界上谁最美丽?"

"乔安，我不是开玩笑。我敢说只要你看着它，就会看到镜子里有东西。"

"你确定你没来过吗? 还有，你为什么那么喜欢吓我?"

苏菲答不出来。

"对不起。"

这回是乔安突然发现靠墙角的地板上有个东西。那是个小盒子，乔安把它捡了起来。

"是明信片耶!"她说。

苏菲吃了一惊。

"别碰它!你听到了吗?千万不要碰!"

乔安跳了起来,像被火烧到一样赶紧把盒子丢掉。结果明信片撒了一地。乔安随即笑了起来。

"只不过是一些明信片罢了!"

乔安坐在地板上,开始把那些明信片捡起来。

过了一会儿,苏菲也坐在她身旁。

"黎巴嫩……黎巴嫩……黎巴嫩……它们全都盖着黎巴嫩的邮戳。"乔安说。

"我知道。"苏菲说。

乔安猛然坐直,看着苏菲的眼睛。

"原来你到过这里。"

"是的,我想是吧!"

苏菲突然想到,如果她承认来过这里,事情会变得容易多了。即使她让乔安知道最近这几天来发生在她身上的神秘事情,也不会有什么坏处的。

"我们来之前,我并不想让你知道。"

乔安开始看那些明信片。

"这些卡片都是写给一个名叫席德的人。"

苏菲没碰那些卡片。

"地址是什么?"

乔安念了出来:"挪威 Lillesand,请艾伯特代转席德。"

苏菲松了一口气。她刚才还怕信上会写"请苏菲代转"。

她开始仔细检查这些明信片。

"你看,四月二十八日……五月四日……五月六日……五月九日……这些邮票都是前几天才贴的。"

"还有,上面盖的通通都是挪威的邮戳!你再看……联合国部队……连邮票也是挪威的!"

"我想他们大概都是这样。为了要感觉自然一些,他们在那边也设了他们专用的挪威邮局。"

"但他们是怎么把信寄回家的呢?"

"也许是通过空军吧!"

苏菲把烛台放在地板上,两人开始看这些明信片。乔安把它们按照时间先后的顺序排好,先读第一张:

亲爱的席德:

我真的很盼望回到我们在黎乐桑的家。我预定仲夏节黄昏在凯耶维克机场着陆。虽然很想早些抵达以便参加你十五岁生日庆祝会,但我有军令在身。为了弥补这点,我答应你我会全心准备给你的那份生日大礼物。

爱你并总是考虑到你的前途的老爸

P.S:我会把另一张同样的明信片送到我们共同的朋友那儿。我想你会了解的,席德。目前的情况看起来虽然是充满了神秘,但我想你会明白的。

苏菲拿起了第二张:

亲爱的席德:

在这里,我们的时间过得很慢。如果这几个月在黎巴嫩的日子有什么事情值得记忆的话,那就是等待的感觉。不过我正尽全力使你有一个很棒的十五岁生日。目前我不能说太多。我绝对不能泄露天机。

爱你的老爸

苏菲与乔安坐在那儿,兴奋得几乎喘不过气来。两人都没有开口,专心看着明信片。

亲爱的孩子:

我最想做的事是用一只白鸽将我心里的秘密传递给你,不过黎巴嫩连一只白鸽也没有。我想这个备受战火摧残的国家最需要的也就是白鸽。我祈祷有一天联合国真的能够创造世界和平。

P.S:也许你可以与别人分享你的生日礼物。等我回到家再谈这件事好了。你还是不明白我在说些什么，对不对？我在这里可是有很多时间为咱俩打算呢！

老爸

　　她们一连读了六张，现在只剩下最后一张了。上面写道：

亲爱的席德：

　　我现在内心满溢有关你生日的秘密，以致我一天里不得不好几次克制自己不要打电话回家，以免把事件搞砸了。那是一件会愈长愈大的事物。而你也知道，当一个东西愈长愈大，你就愈来愈难隐藏它了。

　　P.S：有一天你会遇见一个名叫苏菲的女孩。为了让你们两人在见面前有机会认识，我已经开始将我写给你的明信片寄一份给她。我想她应该可以很快赶上。目前她知道得不比你多。她有一个朋友名叫乔安，也许她可以帮得上忙。

　　读了最后一张明信片后，乔安与苏菲静静坐着不动，彼此瞪大了眼睛对望。乔安紧紧地抓着苏菲的手腕。

　　“我有点害怕。”她说。

　　“我也是。”

　　“最后一张明信片盖的是什么时候的邮戳？”

　　苏菲再看看卡片。

　　“五月十六日，”她说，“就是今天。”

　　“不可能！”乔安大声说，语气中几乎有些愤怒。

　　她们仔细地看了邮戳。没错，上面的日期的确是一九九〇年五月十六日。

　　“这是不可能的。”

　　乔安坚持。“何况我也想不出来这会是谁写的。一定是一个认识我们两个的人。但他是怎么知道我们会在今天来到这里的？”

　　乔安比苏菲更害怕，苏菲却已经习惯了。

　　“我想这件事一定与那面铜镜有关。”

乔安再度跳起来。

"你的意思该不是说这些卡片在黎巴嫩盖了邮戳后就从镜子里飞出来吧？"

"难道你有更好的解释吗？"

"没有。"

苏菲站起身来，举起蜡烛照着墙上的两幅画。

"'柏克莱'和'柏客来'这是什么意思？"

"我也不知道。"

蜡烛快要烧完了。

"我们走吧！"乔安说，"走呀！"

"我们得把镜子带走才行。"

苏菲踮起脚尖，把那面大铜镜从墙壁的钩子上取下。乔安想要阻止她，但苏菲可不理会。

当她们走出木屋时，天色就像寻常五月的夜晚一样黑。天边仍有一些光线，因此她们可以很清楚地看到灌木与树林的轮廓。小湖静静躺着，仿佛是天空的倒影。划向彼岸时，两个人都心事重重。

回到帐篷途中，乔安与苏菲都不太说话，但彼此心里明白对方一定满脑子都是方才所见的事。沿途不时有受惊的鸟扑棱飞起。有几次她们还听到猫头鹰"咕！咕！"的叫声。

她们一到帐篷就爬进睡袋中。乔安不肯把镜子放在帐篷里。入睡前，两人一致认为那面镜子是蛮可怕的，虽然它只是放在帐篷入口。苏菲今天也拿走了那些明信片，她把它们放在登山背包的口袋里。

第二天上午她们起得很早。苏菲先醒过来。她穿上靴子，走出帐篷。那面镜子就躺在草地上，镜面沾满了露水。

苏菲用毛衣把镜子上的露水擦干，然后注视着镜中的自己。她感觉仿佛自己正同时向下、向上地看着自己。还好她今天早晨没有收到从黎巴嫩寄来的明信片。

在帐篷后面的平原上方，迷离的晨雾正缓缓飘移，逐渐形成许多小片的棉絮。小鸟儿一度哗然，仿佛受到惊吓，但苏菲既未看到也未听见任何猛禽的动静。

两人各加了一两件毛衣后，便在帐篷外用早餐。她们谈话的内容很快转到少校的小木屋和那些神秘的明信片。

吃完早餐后,她们卸下帐篷,打道回府。苏菲手臂下挟着那面大镜子。她不时得停下来休息一下,因为乔安根本不愿碰它。

她们快走到市郊时,听到间歇的枪声。苏菲想起席德的父亲提到的那备受战火摧残的黎巴嫩。她突然发现自己是多么幸运,能够生在一个和平的国家。后来,她才发现那些"枪声"原来是有人放烟火庆祝仲夏节的声音。

到家后,苏菲邀请乔安进屋里喝一杯热巧克力。苏菲的妈妈很好奇她们是在哪里发现那面镜子的,苏菲说她们是在少校的小木屋外面捡到的,妈妈于是又说了一遍那里已有许多年无人居住之类的话。

乔安走后,苏菲穿上一件红洋装。那天虽是仲夏节,但与平常也没什么两样。到了晚上,电视新闻有个专题报道描写挪威驻黎巴嫩的联合国部队如何庆祝仲夏节。苏菲的眼睛一直盯着荧屏不放,她想她看到的那些人中有一个可能是席德的父亲。

五月十七日那天,苏菲做的最后一件事便是把那面大镜子挂在她房间的墙上。第二天早上,密洞中又放了一个棕色的信封,苏菲将信打开,开始看了起来。

两种文化

……避免在真空中飘浮的唯一方式……

亲爱的苏菲：

我们相见的日子已经不远了。我想你大概会回到少校的小木屋，所以我才把席德的父亲寄来的明信片留在那儿，这是把那些明信片转给她的唯一方式。你无需担心她如何才能拿到它们，在六月十五日以前有许多事可能会发生呢！

我们已经谈过希腊文化时期的哲学家如何重新利用早期哲学家的学说，其中有人还把这些哲学家当成宗教先知。普罗汀就只差没有把柏拉图说成人类的救星。

说到救星，我们知道，在这个时期，另外一位救星诞生了。这件事情发生在希腊罗马地区以外的地方，我们所说的这位救星就是拿撒勒的耶稣。在这一章中我们会谈到基督教如何逐渐渗透希腊罗马地区，就像席德的世界逐渐渗透我们的世界一样。

耶稣是犹太人，而犹太人属于闪族文化。

希腊人与罗马人则属于印欧文化。我们可以断言欧洲文明曾同时受到这两种文化的孕育。不过，在我们详细讨论基督教如何影响希腊罗马地区之前，必须先了解一下这两种文化。

印欧民族

所谓印欧民族指的是所有使用印欧语言的民族与文化，包括所有的欧洲国家，除了那些讲菲诺攸格里克语族语言（包括斯堪的纳维亚半岛最北端的拉普兰语、芬兰语、爱沙尼亚语和匈牙利语）或巴斯克语的民族之外。除此之外，印度和伊朗地区的大多数语言也属于印欧语系。

大约四千年前，原始的印欧民族住在临近黑海与里海的地区。后来他们陆续向四方迁徙。他们往东南进入伊朗与印度，往西南到达希腊、意大利与西班牙，往西经过中欧，到达法国与英国，往西北进入斯堪的纳维亚半岛，往北进入东欧与俄罗斯。无论到什么地方，这些印欧民族都努力吸收当地文化，不过在语言和宗教方面还是以印欧语和印欧宗教较占优势。

无论是古印度的吠陀经、希腊的哲学或史特卢森（Snorri Sturluson）的神话都是以相近的印欧语言撰写的。但相近的不只是语言而已，因为相近的语言往往导致相近的思想，这是我们为何经常谈到印欧"文化"的缘故。

印欧民族相信宇宙间有许多天神（此即所谓的"多神论"），这对他们的文化有很深远的影响。这些天神的名字和许多宗教词汇曾出现在印欧文化所及的各个地区。下面我将举一些例子：

古印度人尊奉的天神是戴欧斯（Dyaus），希腊文称他为宙斯（Zeus），拉丁文称他为朱彼得（Jupiter）（事实上是 iov—pater，或"法父"之意），古斯堪的纳维亚文则称之为泰尔（Tyr）。这些名字事实上指的是同一个字，只是各地称呼不同罢了。你可能读过古代维京人相信他们所谓的 Aser（诸神）的事，Aser 这个词也出现在各印欧文化地区。在印度古代的传统语言"梵语"中，诸神被称为 asura，在波斯文中则被称为 ahura。梵语中另外一个表示"神"的词为 deva，在波斯文中为 daeve，在拉丁文中为 deus，在古斯堪的纳维亚文中则为 tivurr。

古代的北欧人也相信有一群掌管万物生育、生长的神（如尼欧德与芙瑞雅）。这些神有一个通称，叫做 vaner，这个词与拉丁文中代表生育之神的词 Venus（维纳斯）相近。梵语中也有一个类似的词叫 Vani，为"欲望"之意。

有些印欧神话也很明显有相近之处。在 Snorri 有关古代北欧诸神的故事中，有些与两三千年前印度流传下来的神话非常相似。尽管 Snorri 的神话反映的是古代北欧的环境，印度神话则反映印度当地的环境，但其中许多神话都有若干痕迹显示他们具有共同的渊源。其中最明显的是那些关于长生不老仙丹与诸神对抗混沌妖魔的神话故事。

此外，很明显的，各印欧文化也有相近的思想模式。最典型的例子是他们都将世界看成善与恶无休无止相互对抗的场所，因此印欧民族才会经常试图"预测"世界未来的前途。

我们可以说，希腊哲学源自印欧文化并非偶然。印度、希腊与古代北欧的神话明显都有一种以哲学或"思索"的观点来看这个世界的倾向。

印欧人希望能够"洞察"世界的历史。我们甚至可以发现在各印欧文化中都有一个特别的词来表示"洞见"或"知识"。在梵语中，这个词是vidya，这个词的意思与希腊文中的idea这个词相当。而idea此词在柏拉图的哲学中占有很重要的分量。在拉丁文中这个词是video，不过对罗马人来说，这个词只是"看见"的意思。在英文中，I see可能表示"我懂了"。在卡通影片中，啄木鸟想到一个聪明的办法时，脑袋上方会有灯泡发亮。（到了现代，seeing这个词才变成"盯着电视看"的同义词。）英文中有wise和wisdom这两个词。在德文中有wissen（知道）这个词，在挪威文中则有viten。这些词的来源与印度文中的vidya、希腊文中的idea与拉丁文中的video这些词相同。

总而言之，我们可以断定对印欧人而言，视觉乃是最重要的感官。印度、希腊、波斯与条顿民族（Teutons）的文学都以宏大的宇宙观（cosmic vision）为特色（在这里vision这个词源自拉丁文中的video这个动词）。此外，印欧文化的另一个特色是经常制作描绘诸神以及神话事件的图画和雕刻。

最后一点，印欧民族认为历史是循环的。他们相信历史就像四季一样会不断循环。因此历史既没有开始，也没有结束，只不过在无尽的生生死死中有不同的文明兴亡消长罢了。

印度教与佛教这两大东方宗教都源自印欧文化，希腊哲学亦然。我们可以看到这两者间有明显相似的痕迹。到了今天，印度教与佛教仍然充满了哲学式的省思。

我们可以发现，印度教与佛教都强调万物皆有神性（此即"泛神论"），并主张人悟道后就可以成佛。（还记得普罗汀的说法吗？）为了要悟道，人必须深深自省或打坐冥想。因此，在东方，清净无为、退隐山林可以成为一种宗教理想。同样的，在古代的希腊，许多人也相信禁欲苦修或不食人间烟火的生活可以使灵魂得救。中世纪僧侣的生活在许多方面就是受到希腊罗马观念的影响。

此外，许多印欧文化也有"灵魂转生"或"生命轮回"的观念。

两千五百多年来，每一个印度人的生命终极目的就是要挣脱轮回。柏拉图也相信灵魂可以转生。

闪族文化

现在让我们来谈一谈闪族文化。这是一个完全不同的文化，他们的语言也和印欧语系完全不同。闪族人源自阿拉伯半岛，不过他们后来同样也迁徙到世界各地。两千多年来，这些犹太人一直过着离乡背井的生活。通过基督教与回教，闪族文化（历史与宗教）的影响遍及各地。

西方三大宗教——犹太教、基督教（编按：Christianity，系包括所有信奉基督的教派，最重要的有四种：天主教、基督教、东正教、英国圣公会，其中基督教又称新教，是十六世纪宗教革命后才分出来的）与伊斯兰教——都源出闪族。伊斯兰教的圣经《古兰经》与基督教的《旧约圣经》都是以闪族语系的语言写成的。旧约中代表"神"的一个字和伊斯兰文中的 Allah（"阿拉"，就是"神"的意思）同样都源自闪语。

谈到基督教时，情况就变得比较复杂了。基督教虽然也是源自闪族文化，但《新约》则是以希腊文撰写，同时，基督教的教义神学成形时，曾受到希腊与拉丁文化的影响，因此当然也就受到希腊哲学的影响。

我们说过，印欧民族乃是多神论者，但闪族一开始就相信宇宙间只有一个上帝，这就是所谓的"一神论"。犹太教、基督教与伊斯兰教都是一神论的宗教。

闪族文化另外一个共同的特色是相信历史乃是呈直线式发展，换句话说，他们认为历史是一条不断延伸的线。神在鸿蒙太初时创造了世界，历史从此展开，但终于有一天它会结束，而这一天就是所谓的"最后审判日"，届时神将会对所有生者与死者进行审判。

历史扮演的角色乃是这西方三大宗教中一个很重要的特色。他们相信，上帝会干预历史发展的方向，他们甚至认为历史存在的目的，是为了让上帝可以完成他在这世界的旨意。就像他曾经带领亚伯拉罕到"应许之地"一般，他将带领人类通过历史，迈向"最后审判日"。当这一天来临时，世界上所有的邪恶都将被摧毁。

由于强调上帝在历史过程中所扮演的角色，闪族人数千年来一直非常注重历史的记录。这些历史文献后来成为《圣经》的核心。

到了今天，耶路撒冷城仍是犹太人、基督徒与伊斯兰教徒共同的重要宗教中心。这显示三大宗教显然具有某种相同的背景。

我们曾经说过，对印欧人而言，最重要的感官乃是视觉。而有趣的是，闪族文化中最重要的感官则是听觉，因此犹太人的《圣经》一开始就是"听哪！以色列"。在《旧约圣经》中我们也读到人们如何"听到"上帝的话语，而犹太先知通常也以"耶和华（上帝）说"这几个字开始他们的布道。同样的，基督教也强调信徒应"听从"上帝的话语。无论基督教、犹太教或伊斯兰教，同样都有大声朗诵经文的习惯。

此外，我曾提到印欧人经常以图画或雕刻来描绘诸神的形象。在这一点上闪族人正好相反，他们从来不这样做，对闪族人而言，描绘或雕琢神像是不可以的。《旧约》曾训诫人们不要制作任何神像。

你也许会想："可是，基督教会的教堂却到处都是耶稣与上帝的画像呀！"没错，确是如此。不过，这是基督教受到希腊罗马文化影响的结果（希腊与俄罗斯等地的希腊正教至今仍不许信徒制作有关圣经故事的雕像）。

与东方各大宗教相反的是，西方三大宗教强调上帝与造物之间有一段距离。对他们而言，生命的目的不在脱离轮回，而在于从罪恶与谴责中得救。此外，西方的宗教生活较偏重祈祷、布道和研究《圣经》，而不在于自省与打坐。

以色列

苏菲，我无意与你的宗教课老师互别苗头，但现在我想简短地谈一下基督教与犹太文化的渊源。

一切都是从上帝创造世界时开始。你可以在《圣经》第一页看到这件事的始末。后来人类开始反抗上帝，为了惩罚他们，上帝不但将亚当与夏娃逐出伊甸园，并且从此让人类面对死亡。

人类对上帝的反抗乃是贯穿整部《圣经》的主题，《旧约·创世记》中记载了洪水与诺亚方舟的故事。然后我们读到上帝与亚伯拉罕以及他的子孙立约，要求亚伯拉罕与他的世代子孙都必须遵守上帝的戒律。为了奖赏他们，上帝答应保护亚伯拉罕的后裔。公元前一二〇〇年左右，上帝在西乃山上向摩西颁布十诫时，又再次与他立约。那时以色列人在埃及已经当了很久的奴隶，但借着上帝的帮助，他们在摩西的领导下终于回到了以色列的土地。

约公元前一千年时（在希腊哲学诞生很久很久之前）有三位伟大的以色列王。第一位是扫罗王，第二位是大卫王，第三位是所罗门王。当时，所有的以色列子孙已经在这个王国之下团结起来。尤其是大卫王统治时期，以色列在政治、军事与文化上都卓然有成。

依当时的习俗，国王被遴选出来时，要由人民行涂油礼，因此他们被赋予"弥赛亚"（意为"受膏者"）的称号。在宗教的意义上，国王被视为上帝与他的子民间的媒介，因此国王也称为"上帝之子"，而他的王国则可称为"天国"。

然而，不久之后，以色列的国力开始式微，国家也分裂成南北两国，南国为"犹太"，北国则仍称"以色列"。公元前七二二年时北国被亚述人征服，失去了政治与宗教的影响力。南国的命运也好不了多少。它在公元前五八六年时被巴比伦人征服，圣殿被毁，大多数人民也被运往巴比伦充当奴隶。这段"巴比伦奴隶时期"一直持续了四十余年，直到公元前五三九年时以色列人民才获准返回耶路撒冷，重建圣殿。然而，一直到基督降生，犹太人都生活在异族统治之下。

犹太人经常提出的一个问题是：上帝既已答应保护以色列，为何大卫的王国会被摧毁？犹太人又为何一次次遭逢劫难？不过，话说回来，人们也曾答应要遵守上帝的戒律。因此，愈来愈多人相信，上帝是因为以色列不遵守戒律才加以惩罚。

公元前七五〇年左右，有多位先知开始宣称上帝已因以色列不遵守戒律而发怒。他们说，总有一天上帝会对以色列进行最后的审判。我们称这类预言为"末日预言"。

后来，另有一些先知预言上帝将拯救少数的子民，并且派遣一位"和平之子"或大卫家族的国王协助他们重建大卫的王国，使这些人民享受繁荣的生活。

先知以赛亚说："那坐在黑暗里的百姓，看见了大光，坐在死荫之地的人，有光发现照着他们。"我们称这类预言为"救赎预言"。

总而言之，以色列的子民原来在大卫王的统治之下安居乐业，但后来当情形每况愈下时，他们的先知开始宣称有一天将会出现一位大卫家族的新国王。这位"弥赛亚"或"上帝之子"将"拯救"人民，使以色列重新成为一个伟大的国家，并建立"天国"。

耶 稣

苏菲，你还在看吗？我刚才说的关键词是"弥赛亚""上帝之子"与"天国"。最初人们只是从政治角度来解释这些字眼。在耶稣的时代，有很多人想象将来会出现一位"救世主"（像大卫王一样有才干的政治、军事与宗教领袖）。这位"救世主"被视为国家救星，可以使犹太人脱离受罗马人统治之苦。

这固然是一件美事，但也有许多人把眼光放得较远。在那两百年间，不断有先知预言上帝应许派来的"救世主"将会拯救全世界。他不仅将使以色列人挣脱异族的桎梏，并将拯救所有世人，使其免于罪孽与上帝的责罚，得到永生。这种渴望救赎的想法在希腊文化影响所及的各地区也很普遍。

于是拿撒勒的耶稣出现了。他不是唯一以"救世主"姿态出现的人，但他同时也使用"上帝之子""天国"与"救赎"等字眼，因此保持了他与旧先知之间的联系。他骑马进入耶路撒冷，接受群众赞颂为人民救星，仿佛从前的国王在登基时例行的"加冕典礼"一般。他接受民众涂油。他说："时候到了，天国近了。"

这些都很重要，但请你注意：耶稣不同于其他"救世主"，因为他声明他并非军事或政治叛徒。他的任务要比这伟大得多。他宣称每一个人都可以得到上帝的拯救与赦免，因此他可以置身沿途所见的人群中，对他们说："你们的罪已经得到赦免了。"

这种"赦免罪恶"的方式是当时人闻所未闻的。更糟的是他称上帝为"天父"。对于当时的犹太人而言,这是从未有过的事。于是,不久后,律法学者便一致起而反对他。他们一步一步地准备将他处决。

当时的情况是这样:耶稣那个时代有许多人等待一位"救世主"在嘹亮的军号声中(换句话说,就是大举挥军)重建"天国"。耶稣传道时的确也时常提到"天国"这个字眼,但意义要宽广得多。耶稣说,"天国"就是爱你的邻居、同情病弱穷困者,并宽恕犯错之人。

于是,"天国"这样一个原本具有战争意味的古老字眼,到了耶稣口中便在意义上有了一百八十度的转变。人们原本期待的是一位很快能够建立"天国"的军事领袖,但他们看到的却是穿着短袍、凉鞋,告诉他们"天国"——或"新约"——就是要"爱邻如己"的耶稣。除此之外,耶稣还说我们必须爱我们的敌人,当他们打我们时,我们不得报复,不但如此,我们还要"把另外一边脸转过来"让他们打,同时我们必须宽恕,不只宽恕七次,更要宽恕七十个七次。

耶稣用他一生的行动显示,他并不以和妓女,贪污、放高利贷的人与政治颠覆分子交谈为耻。但他所行之事还不止于此;他说一个把父亲的家财挥霍净尽的浪子或一个侵吞公款的卑微税吏只要肯悔改并祈求上帝宽恕,在上帝眼中就是一个义人,因为上帝的恩典浩瀚广大。

然而,耶稣还认为,像浪子与税吏这般的罪人在上帝眼中比那些到处炫耀自己德行的法利赛人要更正直,更值得宽恕。

耶稣指出,没有人能够获得上帝的怜悯,我们也不能(像许多希腊人相信的)拯救自己。耶稣在《登山宝训》中要求人们遵守的严格道德规范不仅显示上帝的旨意,也显示在上帝眼中,没有人是正直的。上帝的恩典无垠无涯,但我们必须向他祈祷,才能获得宽恕。

有关耶稣与他的教诲的细节,我还是留给你的宗教老师来讲授吧。这可不是一件容易的事。我希望他能够让你们了解耶稣是一个多么伟大不凡的人。他很巧妙地用那个时代的语言,赋予一个古老的战争口号崭新而宽广的意义。无怪乎他会被钉上十字架,因为他那些有关救赎的崭新信息已经威胁到当时许多人的利益与在位者的权势,因此他们非铲除他不可。

在谈到苏格拉底时,我们发现,如果有人诉诸人们的理性,对某些人可能会造成很大的威胁。同样的，在耶稣的身上，我们也发现要求人们无条件地爱别人、无条件地宽恕别人，也可能对于某些人造成极大的威胁。即使在今天，我们也可以看到，当人民开始要求和平与爱、要求让穷人免于饥饿、要求当权者赦免政敌时，强权也可能因此在一夕之间倾覆。

你也许还记得柏拉图对于苏格拉底这位雅典最正直的人居然被处死一事如何愤愤不平。根据基督教的教义，耶稣也是世上唯一正直的人。然而他最后还是被判了死刑。基督徒说他是为了人类而死，这就是一般所称的"基督受难记"。耶稣是"受苦的仆人"（suffering servant），背负起人类所有的罪孽，以使我们能够得到"救赎"，并免受上帝的责罚。

保 罗

耶稣被钉上十字架后就下葬了。几天后有人传言他已经从坟墓中复活。因此证明他并非凡人，而真正是"上帝之子"。

我们可以说复活节当天早上，人们传言耶稣复活之时就是基督教会创始之日。保罗已经断言："若基督没有复活，则我们所传的便是枉然，你们所信的也是枉然。"

如今全人类都可以盼望"肉体的复活"，因为耶稣正是为了拯救我们才被钉上十字架。不过，苏菲，你不要忘了：从犹太人的观点来看，世间并没有"不朽的灵魂"，也没有任何形式的"转生"。这些都是希腊人和整个印欧民族的想法。基督教认为人并没有什么东西（如灵魂）是生来就不朽的。虽然基督教会相信"人的肉体将复活并得到永生"，但我们之所以能免于死亡与"天谴"，乃是由于上帝所行的神迹之故，并非由于我们自身的努力或先天的能力。

秉持着这种信念，早期的基督徒开始传扬相信耶稣基督即可得救的"福音"。他们宣称，在耶稣居间努力之下，"天国"即将实现。他们想使全世界归于基督的名下。（Christ"基督"这个词是希腊文"救世主"的意思。在希伯来文中，此词为messiah，即"弥赛亚"。）

耶稣去世数年后，法利赛人保罗改信基督教。他在希腊罗马各地游历布道，使基督教义传遍世界各地。我们在《圣经·使徒行传》中可以读到有关的记载。从他写给早期教会会众的多封使徒书信中，我们可以了解保罗传扬的教义。

后来，保罗来到了雅典。他直接前往这个哲学首府的市中心广场，据说当时他"看见满城都是偶像，就心里着急"。他拜访了雅典城内的犹太教会堂，并与伊壁鸠鲁学派和斯多葛学派的哲学家谈话。他们带他到最高法院所在的一座小丘上，问他："你所讲的这新道，我们也可以知道吗？因为你有些奇怪的事传到我们耳中，我们愿意知道这些事是什么意思。"

苏菲，你可以想象吗？一个犹太人突然出现在雅典的市集，并开始谈到一个被钉在十字架上而后从坟墓里复活的救星。从保罗这次造访雅典，我们便可察觉到希腊哲学与基督教救赎的教义间即将发生的冲突。不过保罗显然办了一件事：他使得雅典人倾听他的言论。在最高法院小丘——卫城的宏伟神殿下——他发表了以下演讲：

众位雅典人哪，我看你们凡事很敬畏鬼神。我游行的时候，观看你们所敬拜的，遇见一座坛，上面写着未识之神。你们所不认识而敬拜的，我现在告诉你们。

创造宇宙和其中万物的神，既是天地的主，就不住人手所造的殿，也不用人手服侍，好像缺少什么，自己倒将生命、气息、万物赐给万人。他从一本造出万族的人，住在全地上，并且预先定准他们的年限和所住的疆界。要叫他们寻求神，或者可以揣摩而得，其实他离我们各人不远。我们生活、动作、存留都在乎他。就如你们作诗的，有人说，我们也是他所生的。我们既是神所生的，就不当以为神的神性像人用手艺、心思所雕刻的金、银、石。世人蒙昧无知的时候，神并不监察，如今却吩咐各处的人都要悔改。

因为他已经定了日子，要借着他所设立的人，按公义审判天下。并且叫他从死里复活，给万人作可信的凭据。

从保罗到雅典传教开始，基督教会就逐渐渗透希腊罗马地区。它虽不同于希腊原有的伊壁鸠鲁学派、斯多葛学派或新柏拉图哲学，但保罗仍然在两者间找到了共同点。他强调世人皆试图寻找上帝。对希腊人而言这并非新的概念，但是保罗声称上帝已经向人类显现他自己，并且实际上已经把手伸给人类，因此他不再是一位人们可用理性来了解的"哲学的上帝"，也不是"金、银、石雕刻的偶像"（这两者在希腊的卫城与市集中到处都是），而是一位"不住人手所造殿"的神，也是一位会干预历史发展方向，并为世人而死在十字架上的人形的神。

根据《使徒行传》的记载，保罗在最高法院小丘发表演讲，提到耶稣死而复活的事时，有人就讥笑他，但也有人说："我们再听你讲这个吧。"有些人后来追随保罗，开始信奉基督教，其中有一个女人名叫大马哩。这件事之所以特别值得一提，是因为妇女是最热切信奉基督教的族群之一。

就这样，保罗继续他的传教活动。耶稣受难数十年后，雅典、罗马、亚力山卓、以弗所与哥林多等重要的希腊罗马城市都成立了基督教会。在后来的三四百年之间，整个希腊文化地区都成为基督教的世界。

教 义

保罗对基督教的贡献不仅是做一个传教士而已，他对基督教的教会也有很大的影响。因为当时的教徒普遍需要灵性上的指引。

耶稣受难后的最初几年中，基督教面临一个很重要的问题是：非犹太人（外邦人）是否可以成为基督徒？还是一定要先归化为犹太人才可以？又，外邦人——如希腊人——应该遵守十诫吗？保罗认为，外邦人不一定要成为犹太人才可以信奉基督教，因为基督教不只是犹太人的宗教。它的目标在拯救全体世人。上帝与以色列订的"旧约"已经由耶稣代表上帝与人类订的"新约"所取代。

无论如何，基督教并非当时唯一的宗教。我们已经看到希腊文化如何受到各种宗教的影响，因此，为了显示与其他宗教有别，也为了防止教会内部分裂，基督教会认为有必要提出一套简明扼要的教义。因此他们写成了第一部《使徒信经》，总结基督徒教义的中心"信条"或主要教义。

其中一条是：耶稣是神，也是人。他不仅是凭借上帝之力的"上帝之子"，他也是上帝本身。然而，他同时也是一个为人类分担灾祸并因此在十字架上受苦的"真人"。

乍听之下这话也许有自相矛盾之嫌，但教会的意思正是：上帝已经变成了人，耶稣不是一位"半人半神"（当时希腊与地中海东岸的许多宗教都相信宇宙有此类"半人半神"的存在），教会宣称耶稣乃是"完全的神，完全的人"。

后 记

亲爱的苏菲，让我再描述一下当时的整个情况。当基督教进入希腊罗马地区后，两种文化于是浩浩荡荡地交会融合，形成了历史上的一大文化革命。

此时，距早期希腊哲学家的年代已经大约有一千年了。古代时期就要过去，历史将进入以基督教为重心的中世纪。这段期间同样维持了将近一千年之久。

德国诗人歌德曾经说过："不能汲取三千年历史经验的人没有未来可言。"我不希望你成为这些人当中之一。我将尽我所能，让你熟悉你在历史上的根。这是人之所以为人（而不仅是一只赤身露体的猿猴）的唯一方式，也是我们避免在虚空中飘浮的唯一方式。

"这是人之所以为人（而不仅仅是一只赤身露体的猿猴）的唯一方式……"

苏菲坐了一会儿，从树篱的小洞中凝视着花园。她开始了解为何人必须要了解自己在历史上的根。对于以色列的子民来说，这当然是很重要的。

她只是一个平凡的人而已。不过，如果她了解自己在历史上的根，她就不至于如此平凡了。

同时，她生活在地球上的时间也不会只有几年而已。如果人类的历史就是她的历史，那么从某方面来说，她已经有好几千岁了。

苏菲拿着所有的信纸，爬出密洞，蹦蹦跳跳地穿过花园，回到楼上的房间。

中世纪

……对了一部分并不等于错……

　　一个星期过去了，艾伯特并没有来信，苏菲也没有再接到从黎巴嫩寄来的明信片。不过，她和乔安倒是还时常谈到她们在少校的小木屋中发现的那些明信片。那次乔安真的是被吓到了。不过由于后来也没有再发生什么事，于是当时的恐怖感就慢慢消退在功课与羽球之中了。

　　苏菲一遍遍重读艾伯特的来信，试图寻找一些线索以解答有关席德的谜，她因此有许多机会消化古典哲学。现在她已经能够轻易地辨别德谟克里特斯与苏格拉底的不同，以及柏拉图与亚里士多德的差异了。

　　五月二十五日星期五那天，妈妈还没有回家。苏菲站在炉子前准备晚餐。这是她们母女订的协议。今天苏菲煮的是鱼丸萝卜汤，再简单不过了。

　　屋外的风愈来愈大。苏菲站在那儿搅拌着汤时，转身朝窗户看。窗外的桦树正像玉蜀黍茎一般地摇摆不定。

　　突然间，有个东西"啪"一声碰到窗框。苏菲再度转身来看，发现有一张卡片贴在窗户上。

　　那是一张明信片。即使透过玻璃，她也可以看清楚，上面写着："请苏菲代转席德"。

　　她早料到了。她打开窗户取下那张明信片，它总不会是被风一路从黎巴嫩吹到这里来的吧？

　　这张明信片的日期也是六月十五日。

　　苏菲把汤从炉子上端下来，然后坐在餐桌旁。明信片上写着：

亲爱的席德：

我不知道你看到这张卡片时，你的生日过了没有。我希望还没有，至少不要过太久。对于苏菲来说，一两个星期也许不像我们认为的那么漫长。我将回家过仲夏节。到时，我们就可以一起坐在秋千上看海看几个小时。我有好多话要跟你说。对了，爸爸我有时对一千年来犹太人、基督徒与伊斯兰教徒之间的纷争感到非常沮丧。我必须时常提醒自己，这三个宗教事实上都是从亚伯拉罕而来的。因此，我想，他们应该都向同一个上帝祷告吧！在这里，该隐与亚伯仍然还未停止互相残杀。

P.S：请替我向苏菲打招呼。可怜的孩子，她还是不知道这到底是怎么回事。不过我想你大概知道吧！

苏菲把头趴在桌子上，觉得好累。她的确不知道这究竟是怎么回事。不过席德却好像知道。

如果席德的父亲要她向苏菲打招呼，这表示席德对苏菲的了解比苏菲对她的了解多。这件事情实在太复杂了。苏菲决定回去继续做晚饭。

居然有明信片会自己飞到厨房的窗户上来！这应该可以算是航空邮件了吧！

她刚把汤锅放在炉子上，电话就响了起来。

如果是爸爸打来的该多好！她急切希望他赶快回家，她就可以告诉他这几个礼拜以来发生的事。不过她想很可能只是乔安或妈妈打来的……苏菲赶快拿起话筒。

"我是苏菲。"她说。

"是我。"电话里的声音说。

是一个男人的声音。苏菲可以确定这人不是她爸爸，而且这个声音她以前听过。

"你是哪一位？"

"我是艾伯特。"

"哦！"

苏菲讲不出话来。她这才想到原来自己是在高城的录影带上听过这个声音。

"你还好吗?"

"我没事。"

"从现在起,我不会再寄信给你了。"

"不过,我并没有寄一只青蛙给你呀!"

"我们必须见面。因为,情况开始变得比较急迫了。"

"为什么?"

"因为席德的爸爸正在向我们逼近。"

"怎么逼近?"

"从四面八方逼近。现在我们必须一起努力。"

"怎么做呢?"

"在我告诉你有关中世纪的事以前,你是帮不上什么忙的。还有,我们也应该谈一谈文艺复兴时期和十七世纪。柏克莱是最重要的人物……"

"他不是少校的小木屋里那幅肖像画中的人吗?"

"没错。也许这场对抗就是和他的哲学有关。"

"听起来好像在打仗一样。"

"我宁可说这是一场意志之战。我们必须吸引席德的注意力,并且设法使她在她父亲回到黎乐桑之前站在我们这边。"

"我还是不懂。"

"也许那些哲学家能够让你明白。早上四点你到圣玛利教堂来找我,不过你只能一个人来。"

"半夜去呀?"

电话"咔!"地响了一声。

"喂?"

电话里传来嗡嗡的声音。他把电话挂上了!苏菲冲回炉子旁,汤已经沸腾,差点溢了出来。

她把鱼丸和萝卜放进汤锅中,然后开小火。

圣玛利教堂?那是一座中世纪的古老教堂,以石材建成,现在只有在开音乐会及特殊场合时才使用,夏天有时也会开放给游客参观。不过,半夜里它不可能会开门吧?

午夜约会

当妈妈进门时，苏菲已经把那张黎巴嫩寄来的明信片放在与艾伯特和席德有关的档案里。晚饭后，她便前往乔安家。

乔安刚开门，苏菲便对她说："我们必须做一个很特别的安排。"

然后她便不再作声，直到乔安把卧室的门关上为止。

"这问题有点麻烦。"苏菲说。

"你就说吧！"

"我必须告诉我妈，我今天晚上要睡在你这里。"

"好极了。"

"但这只是一个借口而已，你懂吗？我必须到别的地方去。"

"你好坏噢！要跟男生出去呀？"

"才不是，这件事和席德有关。"

乔安轻轻地吹了一声口哨。苏菲严肃地看着她的眼睛。

"我今天晚上会过来，"她说，"不过明天凌晨三点时，我必须溜出去。你得帮我掩护，直到我回来为止。"

"可是你要到哪里去呢？有什么事你非做不可？"

"抱歉，不能告诉你。"

对于苏菲要在同学家过夜的事，妈妈一向不反对。事实上有时苏菲觉得妈妈好像蛮喜欢一个人在家的样子。

当苏菲出门时，妈妈只问了一句："你会回家吃早饭吧？"

"如果没回来，那就是在乔安家。"

她为什么要这样说呢？这样可能会有破绽。

苏菲到了乔安家后，她俩就像一般的女孩一样，叽叽喳喳聊到深夜。只不过，到了凌晨一点左右她们终于准备要睡觉时，苏菲把闹钟上到三点十五分。

两个小时后，苏菲把闹钟按掉，这时乔安醒了一下。

"你要小心。"她含含糊糊地说。

然后苏菲便上路了。到圣玛利教堂要走好几英里路。不过虽然她晚上只睡了两三个小时，此刻她仍觉得自己很清醒。这时，东方的地平线上已经有一抹微红。

她到达圣玛利教堂的入口时，已经快要四点了。苏菲推了一下那扇巨大的门，竟然没有上锁。

教堂里面安静而荒凉。一道淡蓝色的光透过彩色玻璃照进来。照见了无数个在空中游移不定的细小尘粒。在光的照射下，这些尘粒在教堂内各处形成一道又一道粗大的光束。苏菲坐在本堂中央的一张木椅上，视线穿过祭坛，落在一个古老、已经褪色的耶稣受难像上。

几分钟过去了。突然间管风琴开始演奏，苏菲不敢环顾四周。风琴奏出的曲调听起来颇为古老，也许是中世纪的乐曲。

不久，教堂内又恢复一片静寂，然后苏菲听到有脚步声从后面走来。她应不应该回头看呢？她决定把目光集中在十字架上的耶稣身上。

脚步声经过她，沿着侧廊前行。苏菲看到一个穿着棕色僧袍的身影，乍看之下仿佛是直接从中世纪走来的一个僧侣。

她有点紧张但不很害怕。这个僧侣在祭坛前转了半圈，然后便爬上讲坛。他把身子前倾，俯视着苏菲，开始用拉丁文向她说话：

"Gloria Patri et Filio et Spiritui saneto. Sicut erat in principio etnunc et semper et in saecula seculorum. Amen."

"谁听得懂嘛！呆子！"她忍不住脱口而出。

她的声音在整座教堂内回响。

虽然她确定这个僧侣就是艾伯特，但她还是很后悔自己在如此庄严神圣的地方说出这样不恭敬的话。不过，这都是因为她太紧张。一个人紧张时，如果能打破一些禁忌就会觉得自在些。

黑暗时代

"嘘！"艾伯特举起一只手，就像神父要群众坐好时所做的动作。

"现在几点了，孩子？"他问。

"四点五分。"苏菲回答。她不再紧张了。

"时候到了,中世纪已经开始了。"

"中世纪在四点钟开始呀?"苏菲问,觉得自己好蠢。

"是的,大约在四点钟时,然后是五点、六点、七点。不过时间就好像静止不动一样。然后时间到了八点、九点与十点,但还是在中世纪。你也许会想,这是一个人起床展开新的一天的时刻。是的,我懂你的意思。不过,现在仍然是星期天,一长串无休无止的星期天,然后,时钟会走到十一点、十二点与十三点。这是我们所称的高歌德的时期,也是欧洲各大教堂开始兴建的时候。然后,大约在十四点时,有一只公鸡开始啼叫,于是漫长的中世纪就逐渐消逝了。"

"这么说中世纪维持了十个小时啰?"苏菲说。

艾伯特把头探出棕色僧袍的头罩,打量着他面前的听众(这时只有一个十四岁的女孩而已)。

"是的,如果每一个小时代表一百年的话。我们可以假装耶稣是在午夜诞生的,快到凌晨一点半时,保罗开始四处游历传教,一刻钟后死于罗马。在接近凌晨三点时,基督教教会大致上仍遭到禁止,但到了公元后三一三年时,基督教已经被罗马帝国接受。这是在君士坦丁大帝统治的时候。许多年后,这位伟大的君主在临死前受洗成为基督徒。从公元三八〇年起,基督教成为罗马帝国的国教。"

"罗马帝国最后不是衰亡了吗?"

"这时它才刚开始瓦解而已。这段时期是文化史上变动最大的时期之一。第四世纪时,罗马不但外有北方蛮族进攻的威胁,内部也处于分崩离析的状态。公元三三〇年时,君士坦丁大帝将罗马帝国的首都由罗马迁到他在通往黑海之处所兴建的一个城市——君士坦丁堡。许多人把这座新城市当成'第二个罗马'。三九五年时,罗马帝国一分为二:西方帝国以罗马为中心,东方帝国则以君士坦丁堡为首都。四一〇年时,罗马遭蛮族劫掠。到四七六年,整个西方帝国都被摧毁了。东方帝国则继续存在,一直到一四五三年土耳其人征服君士坦丁堡为止。"

"那时君士坦丁堡就改名为伊斯坦布尔了吗?"

"没错!另外一个值得注意的年代是公元五二九年,也就是教会关闭雅典的柏拉图学园那一年。同年，圣本笃修会成立，成为历史上第一个大修会。这一年因此成为基督教会钳制希腊哲学的一个象征。从此以后，修道院垄断了所有的教育与思想。这时，时钟正嘀嗒走向五点半……"

苏菲很快便了解艾伯特的意思。午夜是零，一点钟是公元后一百年，六点钟是公元后六百年，十四点钟则是公元后一四〇〇年。

艾伯特继续说：

"中世纪事实上指的是介于两个时代之间的一个时期。这个名词是在文艺复兴时期出现的。另外，这个时期又被称为'黑暗时代'，因为它是古代与文艺复兴时期之间笼罩欧洲的漫长的'一千年的夜晚'。如今英文'medieval'（中世纪）这个词仍被用来指那些过度权威、缺乏弹性的事物，具有贬义。不过，也有些人认为中世纪乃是各项体制萌芽成长的时期。例如，学校制度就是在中世纪建立的。历史上第一批修道院学校在中世纪初期成立，教会学校则在十二世纪成立。在公元一二〇〇年左右，历史上最早的几所大学成立了。当时学校研习的科目也像今天一样分成几个不同的'学院'。"

"一千年真的是很漫长的一段时间。"

"是的，不过基督教也需要这样的一段时间来招揽信徒。此外，许多民族也在这段时间内相继建国，拥有自己的城市、公民、民俗音乐与民俗故事。如果没有中世纪，哪来的这些民俗故事与民俗音乐呢？甚至，没有中世纪，欧洲又会变成什么模样呢？也许仍然会是罗马的一个省份吧！英国、法国或德国这些名词就是在中世纪出现的。在中世纪这个浩瀚汪洋的深处，有许多闪闪发亮的鱼儿游来游去，只是我们不见得都能看到。史特卢森就是中世纪的人，圣欧雷夫与查里曼大帝也是，更不用提罗密欧与朱丽叶、圣女贞德、艾文豪、穿花衣服的吹笛手以及那些强大的王侯与君主、侠义的骑士、美丽的少女、不知名的彩色玻璃工匠与灵巧的管风琴师傅了。再说，我还没提到那些修道士、十字军与女巫哩！"

"你也没提到那些牧师和教士呀！"

"对。基督教直到十一世纪才来到挪威。如果说北欧马上就信奉了基督教，那是过于夸大其词了。那时在基督教的表面之下，一些古代异教徒的信仰仍然存在，而这些早期的信仰有许多后来融入了基督教。举例来说，在斯堪的纳维亚半岛上，圣诞节的庆典中至今仍可以看到基督教与古代北欧风俗结合的痕迹。俗话说，夫妻结合之后会愈来愈彼此相像。这两种文化结合后也是如此。于是我们看到耶诞饼干、耶诞小猪与耶诞麦酒等风俗，开始愈来愈像东方三智者与伯利恒的马槽。无论如何，基督教逐渐成为北欧人主要的生活哲学。因此我们通常认为中世纪是一股以基督教文化来统一欧洲的力量。"

"那么，中世纪也不算太糟啰？"

"公元四○○年以后的第一个一百年间确实是一段文化式微的时期。你要知道，在此之前的罗马时期是一个'高等文化'期，有许多大城市，城市里有大型的排水沟、公共澡堂与图书馆等，还有许多宏伟的建筑。然而，到了中世纪最初的几百年间，这整个文化都瓦解了，贸易与经济也崩溃了。中世纪的人们又回到以物易物的交易方式。当时的经济是以'封建制度'为特色。所谓'封建制度'就是所有的田产都由少数势力强大的贵族拥有，农奴必须要辛勤耕种才能生活。除此之外，在中世纪最初的数百年间，欧洲人口大量减少。举个例子，在古代时期，罗马的人口繁盛，一度超过一百万，但到了公元六○○年时，却减少到四万人左右，真是天壤之别。当时，这些人生活在这个曾经繁华一时、建筑宏伟的城市中，需要建材时，就从到处可见的废墟中取用。对于现代的考古学家而言，这是很可悲的现象。他们多希望中世纪的人们不曾破坏这些古迹。"

"这都是后见之明呀！"

"从政治方面来说，罗马时期在第四世纪末时就结束了。不过，当时罗马主教已经成为罗马天主教教会的最高领袖。他被称为'教宗'或'父'，并逐渐被视为基督在世上的代理人。因此，在中世纪的大多数时间里，罗马一直是基督教的首府。不过，当各新兴民族国家的君主与主教势力愈来愈强大时，有些人就开始反抗教会的势力。"

"你说过教会关闭了雅典的柏拉图学园。那是不是从此以后希腊哲学就统统被遗忘了？"

"这倒没有。亚里士多德与柏拉图的部分著作仍然流传下来，但古罗马帝国却逐渐分裂成三种不同的文化。其中在西欧的是拉丁式的基督文化，以罗马为首都。在东欧则是希腊式的基督文化，以君士坦丁堡为首都。君士坦丁堡后来又改为希腊名'拜占庭'。因此我们现在一般都将欧洲的中世纪文化分成'拜占庭的中世纪'与'罗马天主教的中世纪'。除此之外，北非与中东地区过去也曾是罗马帝国的一部分。这个地区在中世纪期间发展成为讲阿拉伯语的伊斯兰教文化区。公元六三二年穆罕默德去世后，中东与北非成了伊斯兰教地区。不久后，西班牙也成为伊斯兰教世界的一部分。伊斯兰教将麦加、麦地那、耶路撒冷与巴格达视为'圣城'。从文化史的观点来看，还有一件值得注意的事：当时阿拉伯人也占据了古代希腊罗马地区的城市亚力山卓。因此，古希腊科学文明有一大部分为阿拉伯人所继承。在整个中世纪期间，阿拉伯人在数学、化学、天文学与医学等方面都居于领先的地位。直到今天，我们仍然使用所谓的'阿拉伯数字'。我们可以说，当时在若干领域中，阿拉伯文化确实是优于基督教文化。"

"我想知道后来希腊哲学怎么了。"

"你能想象一条大河一下子分成三股支流，过了一段时间后又再度汇集成一条大河吗？"

"嗯，可以。"

"那么你也应该可以了解希腊罗马文化如何分裂成三种文化，并分别在其中存活。这三种文化分别是：西边的罗马天主教文化、东边的东罗马帝国文化与南边的阿拉伯文化。大致上，我们可以说新柏拉图派哲学在西边传承了下来。柏拉图与亚里士多德的哲学则分别在东边与南边传承了下来。不过，我们可以说，在这三种文化中，每种成分都各有一些。重要的是，在中世纪末期，这三种文化在意大利北部交会融合。阿拉伯文化的影响力来自于在西班牙的阿拉伯人，希腊文化的影响力来自于希腊和拜占庭帝国。这时，'文艺复兴时期'（古代文化的'再生'）就逐渐开始了。从某个角度来看，古代文化在中世纪期间可说并未消亡。"

"原来如此。"

"不过，我们还是先不要谈这个。我们应该先谈一点中世纪哲学。我不想继续站在讲坛上说话了，我要下来。"

由于睡得太少，苏菲的眼皮已经渐渐沉重。现在，当她看到这个奇怪的僧侣从圣玛利教堂的讲坛走下来时，她感觉好像在做梦一般。

艾伯特走向祭坛的栏杆。他先抬起头看着竖着古老的耶稣受难像的祭坛，而后眼光朝下看着苏菲，并慢慢走向她。最后他与她并排坐在木椅上。

苏菲头一遭如此靠近他，感觉很奇特。他的头罩下面是一双深蓝色的眼睛。这双眼睛的主人是一个中年男子，有着黑色的头发，蓄着有点削尖的胡子。

你到底是谁呢？苏菲心想。你为何要把我的生活弄得秩序大乱？

"我们将会慢慢彼此了解。"他说，仿佛能够看穿她的心思。

当他们坐在一起时，透过彩色玻璃窗照进教堂的光线变得愈来愈强。艾伯特开始谈论中世纪的哲学：

"中世纪的哲学家几乎认定基督教义就是真理。"他一开始时说。

"他们的问题在于：我们是否一定要相信基督教的启示？还是我们可以借助理性来探索基督教的真理？希腊哲学家与圣经的记载有何关系？圣经与理性之间有抵触吗？还是信仰与知识是可以相容的？几乎所有的中世纪哲学都围绕在这些问题上打转。"

苏菲不耐烦地点点头。她在宗教课考试时已经都谈过这些了。

圣奥古斯丁

"我们将谈一谈中世纪最著名的两大哲学家如何处理这个问题。我们还是从圣奥古斯丁开始好了。他生于公元三五四年，死于四三〇年。在他的一生中我们可以看到古代末期到中世纪初期的变迁。圣奥古斯丁出生于北非一个名叫塔加斯特的小镇。十六岁时，他前往迦太基求学。稍后，他转往罗马与米兰，最后在迦太基西边几英里一个名叫西波的小镇度过他的余年。不过，他并非一生都是基督徒。他是在仔细研究各种不同的宗教与哲学后才决定信教。"

"你可以举一些例子吗？"

"有一段时间他信奉摩尼教。那是古代末期很典型的一个教派，一半是宗教，一半是哲学。他们宣称宇宙由善与恶、光与暗、精神与物质等二元的事物所组成。人类可运用精神来超脱于物质世界之上，并借此为灵魂の救赎做好准备。不过，这种将善与恶一分为二的理论并不能使年轻的圣奥古斯丁完全信服。他全心思考着我们所谓的'恶的问题'，也就是恶从何而来的问题。有一段时间他受到斯多葛派哲学的影响。斯多葛派认为，善与恶之间并没有明显的分界。然而，大致上圣奥古斯丁还是比较倾向于古代末期的另一派重要哲学，就是新柏拉图派的哲学。他在其间发现了神圣的大自然整体存在的概念。"

"所以他成了一位信奉新柏拉图派哲学的主教？"

"是的，可以这么说。他成为基督徒在先，不过他的基督教理念大部分是受到柏拉图派哲学观的影响。因此，苏菲，你必须了解，并非一进入基督教的中世纪，人们就与希腊哲学完全脱离了关系。希腊哲学有一大部分被像圣奥古斯丁这样的教会领袖带到这个新时代。"

"你的意思是说圣奥古斯丁一半是基督徒，一半是新柏拉图派的哲学家吗？"

"他认为自己是百分之百的基督徒，因为他并不以为基督教的教义与柏拉图的哲学之间有所矛盾。对他而言，柏拉图哲学与天主教教义的相似之处是很明显的，以至于他认为柏拉图一定知道旧约的故事。这点当然很不可能。我们不妨说是圣奥古斯丁将柏拉图加以'基督教化'的。"

"这么说，他开始信仰基督教以后，并没有把哲学完全抛到脑后是吗？"

"是的，但他指出，在宗教问题上理性能做的事有限。基督教是一个神圣的奥秘，我们只能透过信仰来领会。如果我们相信基督，则上帝将会'照亮'我们的灵魂，使我们能够对上帝有一种神奇的体悟。圣奥古斯丁内心深处一直觉得哲学能做的有限。他的灵魂一直无法获得平静，直到他决定成为基督徒为止。他写道：'我们的心无法平静，直到在你（天主）中安息。'"

"我不太明白柏拉图的哲学怎能与基督教并存，"苏菲有点意见，"那关于永恒的理型又怎么办呢？"

"圣奥古斯丁当然认为上帝自虚空中创造了世界，这是圣经中的说法。希腊人则比较相信世界是一向都存在的。不过，圣奥古斯丁相信，在上帝创造世界之前，那些'理型'乃是存在于神的心中。因此他把柏拉图所说的理型放在上帝的心中，借此保存了柏拉图有关永恒理型的看法。"

"他很聪明。"

"这显示圣奥古斯丁与其他许多教会领袖是如何努力将希腊与犹太思想融合在一起。就某一方面来说，他们是同时属于两种文化的。在有关恶的问题上，圣奥古斯丁也比较倾向新柏拉图派哲学的看法。他和普罗汀一样相信邪恶是由于'上帝不在'的结果。邪恶本身并不存在。因为实际上，上帝创造的事物只有好的，没有坏的。圣奥古斯丁认为，邪恶是来自于人类的不服从。或者，用他的话来说：'善的意念是上帝的事功，恶的意念是远离上帝的事功。'"

"他也相信人有一个神圣的灵魂吗？"

"可以说是，也可以说不是。圣奥古斯丁主张上帝与世界之间有一道不可跨越的距离。在这方面他坚决支持圣经的说法，反对普罗汀所说'万物皆为上帝的一部分'的主张。不过他仍然强调人是有灵性的生物。他认为人有一具由物质造成的躯体，这个躯体属于'可为虫蛾铁锈所腐'的物质世界，但同时人也有灵魂，可以认识上帝。"

"我们死了以后，灵魂会怎样呢？"

"根据圣奥古斯丁的说法，自从亚当、夏娃被逐出伊甸园后，全人类都迷失了，不过上帝仍然决定要让某些人免于毁灭。"

"如果是这样，他大可以拯救所有的人呀！"

"就这点来说，圣奥古斯丁否认人有权批评上帝，他引述保罗所写的《罗马书》中的一段句子：'你这个人哪，你是谁？竟敢与神犟嘴呢？受造之物岂能对造他的神说：你为什么这样造我呢？窑匠难道没有权柄，从一团泥里拿一块做成贵重的器皿，又拿一块做成卑贱的器皿吗？'"

"这么说上帝是高高坐在天堂里，把人类当成玩具，一旦他不满意一件造物，就把它丢掉。"

"圣奥古斯丁的观点是：没有人值得上帝的救赎。然而上帝到底还是决定拯救某些人，使他们免下地狱。因此，对他而言，谁会获救，谁会受罚，并不是秘密。这都是事先注定的。我们完全任凭他处置。"

"这样说来，从某个方面来看，他又回归到古老的迷信去了。"

"也许吧。不过圣奥古斯丁并不认为人类应该放弃对自己生命的责任。他教导众人要有自己就是少数选民之一的自觉。他并不否认人有自由意志，只不过上帝已经'预见'我们将如何生活。"

"这不是很不公平吗?"苏菲问,"苏格拉底说我们都有同样的机会,因为我们都有同样的知识。但圣奥古斯丁却把人分成两种,一种会得救,一种会受罚。"

"在这方面你说对了。一般认为,圣奥古斯丁的神学脱离了雅典的人本主义。但是,将人类分成两种人的并非圣奥古斯丁。他只是解释圣经中有关救赎与惩罚的教义罢了。他在《上帝之城》(The City of God)这本著作中就这点做了说明。"

"书里说些什么?"

"'上帝之城'或'天国'这个名称来自圣经和耶稣的教诲。圣奥古斯丁相信,一部人类史就是'天国'与'世俗之国'之间奋战的历史。这两'国'并非以政治区分,它们互相争夺对个人的控制权。'天国'或多或少存在于教会中,而'世俗之国'则存在于各个国家,例如当时已渐趋没落的罗马帝国中,这个观念在中世纪期间变得更加清晰,因为当时教会与各国不断互争主控权。当时有一个说法是:'除在教会之外,别无救赎。'圣奥古斯丁所说的'上帝之城'后来成为教会的同义词。一直要到第十六世纪的宗教改革运动,才有人敢驳斥'人们只能经由教会得救'的观念。"

"的确是应该抗议了。"

"除此之外,圣奥古斯丁也是我们迄今所谈到的第一个将历史纳入哲学理论的哲学家。他所说的善恶之争并无新意,新鲜的是他说这场战争一直在历史上演出。在这方面,圣奥古斯丁的理念并没有太多柏拉图的影子。事实上,对圣奥古斯丁影响较大的是旧约中的线性历史观,也就是'上帝要借历史来实现天国理想'的说法。圣奥古斯丁认为,为了使人类获得启蒙,也为了摧毁邪恶,历史是有必要存在的。或者,就像圣奥古斯丁所说的:'神以其先知先觉导引人类的历史,从亚当一直到世界末日。历史就像一个人从童年逐渐成长、衰老的故事。'"

苏菲看了看手表。

"已经八点了。"她说,"我很快就得走了。"

"在此之前,我还要和你谈谈中世纪另外一个大哲学家。我们到外面去坐好吗?"

艾伯特站起身来,双手合十,然后便大步沿着侧廊走出去,看来仿佛正在祈祷，或正深思某个关于性灵的真理。苏菲别无选择，只好跟随着他。

教堂外的地上仍然笼罩着一层薄薄的雾气。旭日早已东升，但仍躲在云层中。教堂所在的地区属于旧市区的边缘。

艾伯特在教堂外的一张长椅上坐下来。苏菲心想，如果有人打这儿经过，看见他们，不知道会怎么想呢。早上八点就坐在长椅上已经够奇怪了，再加上身边还有一个中世纪的僧侣，那更是怪上加怪了。

"已经八点了。"艾伯特开始说，"从圣奥古斯丁的时代到现在已经过了四百年了。现在，学校开始成立了。从现在起到十点钟为止，修道院所办的学校将会垄断所有教育工作。在十点和十一点之间，第一所由教堂创办的学校将会成立。到正午时，最早的几所大学将会出现，几座宏伟的歌德式大教堂也将在此时建成。这座圣玛利教堂也是在十三世纪（或称'高歌德时期'）兴建的。这个镇没钱盖大一点的教堂。"

"他们也不需要太大的教堂啊！"苏菲插嘴，"我讨厌空空荡荡的教堂。"

"可是兴建大教堂并不只是为了供一大群人做礼拜，另外也是为了彰显上帝的荣耀。大教堂本身就是一种宗教庆典。话说回来，这段时期内发生了一件事，对像我们这样的哲学家别具意义。"

艾伯特继续说："在这个时期，西班牙的阿拉伯人所带来的影响开始显现。整个中世纪期间，阿拉伯人维系了亚里士多德的传统。后来，从十二世纪末起，阿拉伯学者陆续在各王公贵族的邀请之下抵达意大利北部。许多亚里士多德的著作因此传扬开来，并且被人从希腊文与阿拉伯文译成拉丁文。此举使得人们对于自然科学重新燃起兴趣，并为基督教教义与希腊哲学的关系注入了新生命。在科学方面，亚里士多德的理论此时显然又再度受到重视，但是，在哲学方面，人们何时应该听从亚里士多德的话，何时又应该谨守圣经的教诲呢？你明白问题所在吗？"

圣多玛斯

苏菲点点头。艾伯特继续说：

"这段时期最伟大、最重要的哲学家是圣多玛斯。他生于一二二五年～

一二七四年间，家住罗马与那不勒斯之间一个名叫阿奎诺（Aquino）的小镇，后来他在巴黎大学教书。我称他为哲学家，但事实上他也是一位神学家。当时，哲学与神学并没有明显的区分。简而言之，我们可以说圣多玛斯将亚里士多德加以'基督教化'，就像中世纪初期的圣奥古斯丁将柏拉图'基督教化'一样。"

"把活在基督降生前好几百年的哲学家加以基督教化。这不是很奇怪吗？"

"你可以这么说。不过，所谓'基督教化'的意思只是把这两位希腊大哲学家的观念，用一种不至于对基督教教义造成威胁的方式加以诠释。圣多玛斯就是那些试图使亚里士多德的哲学与基督教教义相容共存的人之一。我们可以说他把信仰与知识巧妙地融合在一起。他采取的方式是进入亚里士多德的哲学世界，并以他的话来诠释圣经。"

"对不起，我昨晚几乎都没睡，因此恐怕你得讲清楚一些。"

"圣多玛斯认为，哲学、理性这两者和基督教的启示与信仰之间并不一定有冲突。基督教的教义和哲学的道理，其实往往是相通的。所以我们通过理性推断的真理时常和圣经上所说的真理相同。"

"怎么会呢？难道我们可以通过理性得知上帝在六天内创造了世界，或耶稣是上帝之子吗？"

"不，这些所谓的'信仰的事实'只能通过信仰与基督的启示得知。但圣多玛斯认为世间有若干'自然的神学真理'。所谓'自然的神学真理'指的是一些既可以通过基督教的信仰，也可以通过我们与生俱来的理性得知的真理，例如'上帝确实存在'这个真理。圣多玛斯指出，我们可以通过两条途径接近上帝。一条是经由信仰和基督的启示，一条是经由理性和感官。其中，通过信仰和启示这条是比较确实可靠的，因为我们如果光依靠理性的话，会很容易迷失方向。不过他的重点还是在于像亚里士多德这样的哲学理论和基督教的教义之间并不一定有冲突。"

"这么说我们可以在亚里士多德的话和圣经这两者当中做一个选择啰？"

"不，绝不是这样。亚里士多德的学说只对了一部分，因为他不曾受到基督的启示。可是对了一半并不等于错。举个例子，如果我说雅典位于欧洲，这句话并没有错，但也不算准确。如果一本书只告诉你雅典是欧洲的一个城市，那么你最好查一下地理书。书上会告诉你雅典是欧洲东南部小国希腊的首都。运气好的话，它还会告诉你有关高城的一些事情，还有苏格拉底、柏拉图和亚里士多德等人的事迹。"

"可是那最初有关雅典的资料是正确的。"

"没错。圣多玛斯想要证明世间只有一个真理，而亚里士多德所说的真理并未与基督教教义冲突。他指出，我们可以通过理性的思考与感官的证据推知一部分的真理，例如亚里士多德对植物与动物王国的叙述。但另外一部分真理则是由上帝通过圣经对我们加以启示。这两方面的真理在一些重要的点上是互相重叠的。事实上，在许多问题上，圣经和理性所告诉我们的事情是一样的。"

"譬如说上帝确实存在之类的?"

"一点没错。亚里士多德的哲学也认定上帝（或'目的因'）是造成各种自然现象的力量。但是他对上帝并没有进一步的描述，因此，圣多玛斯认为在这方面我们只能仰赖圣经和耶稣的教诲。"

"上帝真的确实存在吗?"

"这当然是一个很值得讨论的问题。但即使在今天，大多数人仍然认为人无法凭理性证明上帝并不存在。圣多玛斯则更进一步指出，他可以用亚里士多德的哲学来证明天主确实存在。"

"不坏嘛!"

"他认为，我们用理性可以体认到我们周遭的事物必然有个'目的因'。这是因为上帝既通过圣经，也通过理性向人类显现。所以世上既有'信仰神学'，也有'自然神学'。在道德方面也是如此。圣经教导我们上帝希望人类如何生活，但上帝同时也赋予我们良心，使我们自然而然会分辨是非善恶。因此，我们要过道德的生活，也有两条路可走。即使我们从来没有在圣经上读过'己所欲者施于人'的道理，我们也知道伤害人是不对的。在这方面，比较可靠的道路仍然是遵守圣经中的十诫。"

"我懂了。"苏菲说，"这有点像是我们无论看到闪电或听到雷声，都可以知道有雷雨来临一样。"

"对，就是这样。即使我们瞎了，也可以听到雷声，即使我们聋了，也可看见闪电。当然如果我们能同时看到、听到是最好的。可是我们所听到和看到的事物两者之间并不抵触。相反的，这两种印象具有彼此增强的作用。"

"我明白了。"

"我可以再举一个例子。如果你读一本小说，例如斯坦贝克的《人鼠之间》……"

"我真的读过啦。"

"你难道不觉得你可以通过这本书了解作者的一些背景吗？"

"我知道这本书一定是有人写的。"

"你就只知道这点吗？"

"你好像很关心弱者。"

"当你读这本斯坦贝克的'创作'时，应该可以约略了解斯坦贝克这个人的性情。可是你无法从书中获取任何有关作者的个人资料。例如，你读了《人鼠之间》这本书后，可以知道作者在写这本书时年纪多大、住在哪里或有多少个孩子吗？"

"当然不能。"

"但是你可以在一本斯坦贝克的传记里得知这些资料。唯有通过传记（或自传）你才能够更加了解斯坦贝克这个人。"

"没错。"

"这多少就像是上帝的'创作'与圣经的关系一样。我们只要在大自然中走动便可以体认到世界确实有上帝存在。我们很容易可以看出他喜欢花儿与动物，否则他不会创造它们。但有关上帝的资料，我们只能通过圣经得知。你可以说圣经就是天主的'自传'。"

"你还真会举例子。"

"嗯……"

这是第一次艾伯特坐在那儿想事情，没有回答苏菲的话。

"这些事情和席德有关吗？"苏菲忍不住问。

"我们不知道世上是否有'席德'这个人。"

"可是我们知道有人到处留下与她有关的证据，像明信片、丝巾、绿皮夹、袜子什么的。"

艾伯特点点头。"而且到底要留下多少线索似乎是由席德的父亲来决定的。"他说，"到目前为止，我们只知道有一个人寄给我们很多张明信片。我希望他也能够在信上写一些关于自己的事。不过这点我们待会儿还会谈到。"

"已经十点四十五分了。我等不及谈完中世纪就得回家了。"

"我只想再谈一下圣多玛斯如何在各个不与基督教神学抵触的领域内采纳亚里士多德的哲学。这些领域包括他的逻辑学、知识理论与自然哲学。举个例子，你是否还记得亚里士多德如何描述从植物到动物到人类的生命层级？"

苏菲点点头。

"亚里士多德认为，这个生命的层级显示上帝乃是最高的存在。这个理论并不难与基督教的神学取得共识。圣多玛斯认为，万物的存在分成若干渐进的层次。最低的是植物，其次是动物，再其次是人类，再其次是天使，最上面则是上帝。人像动物一样有身体和感官，但也有理性可以思考。天使既没有身体也没有感官，因此他们具有自发的、直接的智慧。他们不需要像人类一样的'思索'，也不需要靠推理来获得结论。他们不需要像我们一样逐步学习，就可以拥有人类所有的智慧。而且由于没有身体，他们也不会死亡。他们虽然无法像上帝一样永远存在（因为他们也是天主的造物），但由于他们没有一个终有一天必须离开的身躯，因此他们也永远不会死亡。"

"这倒挺不错的。"

"高居天使之上的是掌管世间万物的天主，他可以看见、知道每一件事物。"

"所以他现在也可以看见我们啰？"

"是的，也许是这样的，但不是'现在'。上帝的时间和人类的时间不同；我们的'现在'不一定是天主的'现在'，人间的几个星期并不等于天上的几个星期。"

"真恐怖！"苏菲用手掩住嘴巴。艾伯特俯视着她。她说："我昨天接到席德的父亲寄来的一张明信片，上面也说什么'对苏菲来说是一两星期的时间，对我们而言不见得这么长'。这几乎和你说的上帝一样。"

苏菲看到艾伯特在棕色头罩下面的脸闪过一抹不悦的神色。

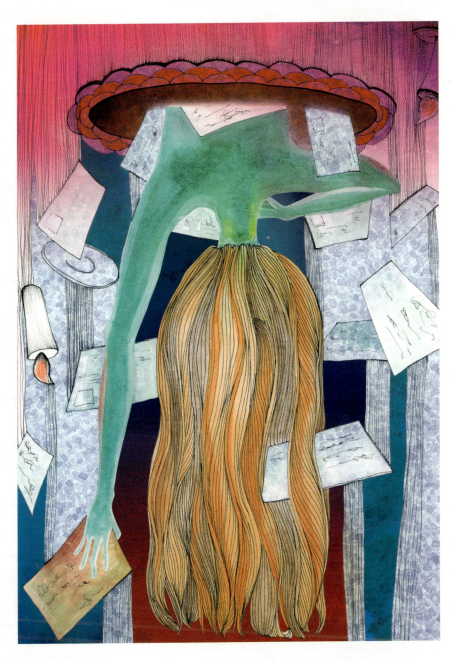

"这是谁写的？一定是一个认识我们两个人的人。"
——明信片

"对印欧人而言感官乃是视觉，而闪族文化中感官则是听觉。"

——两种文化

"中世纪这个浩瀚汪洋的深处，有许多闪闪发亮鱼儿游来游去，只是我们不见得都能看到。"

——中世纪

马丁路德说，人只能透过信仰得救，这是"无法用金钱交换的"。
——文艺复兴

"他真应该觉得惭愧!"

苏菲并不完全了解艾伯特的意思。他继续说:"令人遗憾的是,圣多玛斯也采取了亚里士多德对于女人的观点。你可能还记得亚里士多德认为女人是一个不完整的男人。他并认为小孩子只继承父亲的特征,因为妇女是被动的、只能接受的,而男人则是积极的、具有创造力的。圣多玛斯认为这些观点与圣经的话语一致。例如,圣经上就告诉我们女人是由亚当的肋骨所造的。"

"胡说八道!"

"事实上,人类是一直到一八二七年才发现哺乳类有卵子,因此难怪人们会认为男人是生殖过程中创造生命、赋予生命的力量。不过,圣多玛斯认为,女人只有在身体的构造上比不上男人,但在灵魂上则与男人相当。此外,在天堂里,两性是完全平等的,因为在那里所有身体上的性别差异都不存在了。"

"这点并不让人觉得好过多少。中世纪难道没有女哲学家吗?"

"中世纪的教会大部分是男人的天下,不过这并不表示当时没有女思想家。其中一位名叫席德佳……"

苏菲睁大了眼睛:"她和席德有什么关系吗?"

"怎么会问这种问题呢?席德佳是一〇九八年~一一七九年间一位住在莱茵河谷的修女。她虽然是个女人,却身兼传教士、作家、医生、植物学家与博物学者等几种头衔。通常中世纪的妇女要比男人更实际,甚至可能更有科学头脑,在这方面席德佳也许是一个象征。"

"我问她到底和席德有没有关系?"

"古代的基督徒和犹太人相信上帝不只是个男人而已。他也有女性化——或所谓'母性'——的一面。他们认为女人也是依照上帝的形象创造的。在希腊文中,上帝女性化的那一面被称为'苏菲亚'(Sophia)。'苏菲亚'或'苏菲'(Sophie)就是智慧的意思。"

苏菲无奈地摇摇头。为什么以前没有人告诉她这件事呢?她又为什么从来没问过呢?

艾伯特继续说:

"在中世纪期间,上帝的母性对于犹太人和希腊正教的教会而言别具意义，但在西方她则被人们所遗忘。所幸后来席德佳出现了。她宣称她在幻象中看到了苏菲亚，穿着一袭缀满华贵珠宝的金色袍子……"

苏菲从椅子上站了起来。苏菲亚在梦境中向席德佳显灵……

"也许我也会向席德现身。"

她再度坐了下来。艾伯特第三次把手放在苏菲的肩膀上。

"这事我们必须好好谈一谈，不过现在已经快十一点钟，你得回家了。我们很快就要讲到一个新的纪元。下一次要讲文艺复兴时，我会通知你来。汉密士会到花园去接你。"

说完了，这位奇怪的僧侣就站了起来，开始向教堂走去。苏菲留在原地，想着有关"席德佳和苏菲亚、席德和苏菲"的事。突然间她跳了起来，追赶穿着僧侣服的艾伯特，在他身后喊道：

"中世纪是不是也有一位艾伯特？"

他稍稍减缓了速度，偏了偏头说道："圣多玛斯有一位著名的哲学老师，名叫大艾伯特……"

说完了，他便颔了颔首，跨进圣玛利教堂的门，消失无踪了。

苏菲对他的回答并不满意。她也紧跟着回到教堂内，然而现在里面却空无一人。难道他钻进地板里去了吗？

她正要离开教堂时，看见一幅圣母像。她走近画像，仔细审视。

突然间她发现圣母的一只眼睛下面有一小滴水。那是眼泪吗？

苏菲冲出教堂，跑回乔安家。

文艺复兴

……啊！藏在凡俗身躯里的神明子孙哪……

苏菲气喘吁吁地跑到乔安家的前门时，刚好过了十二点。乔安正站在他们那栋小黄屋前面的院子里。

"你去了快十个小时了！"乔安提高了嗓门。

苏菲摇摇头。

"不，我去了一千多年了。"

"你究竟到哪里去了？"

"……"

"你疯了吗？你妈妈半小时前打电话来。"

"你怎么跟她说？"

"我说你到药店去了，她说请你回来时打个电话给她。不过今天早上十点我爸和我妈端着热巧克力和面包进房里来，却发现你的床是空的。你真该看看他们脸上的表情。"

"你怎么跟他们说？"

"我很尴尬。我告诉他们说我们吵了一架，你就跑回家了。"

"这么说，我们最好赶快言归于好，而且这几天内我们不能让你爸妈和我妈说话。你想我们能不能办得到？"

乔安耸耸肩。就在这个时候，乔安的爸爸从角落里走过来，手里推着一辆独轮车。他身穿工人装，正忙着清扫去年掉下来的最后一些落叶和树枝。

"哈，你们和好了，你们看，我把地下室台阶上的落叶扫得干干净净，一片也不剩。"

"不错。"苏菲答道,"现在我们是不是可以在这边喝热巧克力了?"

乔安的爸爸勉强笑了一下,乔安则吓了一跳。乔安的爸爸是一位财务顾问,因此乔安的家境比苏菲好,而他们家人彼此之间讲话是不像苏菲家那样直来直往的。

"对不起,乔安,我只是想我该帮你圆谎才对。"

"你要不要告诉我发生了什么事?"

"当然要啦!如果你陪我回家的话。因为这些事是不能让什么财务顾问呀、超龄的芭比娃娃呀之类的人听的。"

"说这种烂话!有的人结了婚,另外一半只好去出海,这种不稳定的婚姻我看也不见得比较好吧!"

"也许是吧!不管怎么说,我昨晚几乎都没睡。还有,我开始好奇席德是不是能看到我们所做的每一件事情。"

她们开始朝苜蓿巷走去。

"你的意思是说她也许有第三只眼睛?"

"也许是,也许不是。"

很明显的,乔安对这个谜团并不热衷。

"不过这并不能解释她爸爸为什么会寄那么多莫名其妙的明信片到树林里一座空着的木屋去呀!"

"我承认这一点是不太能说得通。"

"你要告诉我你到那里去了吗?"

于是,苏菲就一五一十地告诉了乔安,连同那神秘哲学课程的事。她要乔安发誓绝对不能把这个秘密告诉别人。

她们继续向前走,有很长一段时间都没有说话。

当她们走到苜蓿巷时,乔安说:"我不怎么喜欢这件事。"

她在苏菲家的门口停下来,转身准备回家。

"没有人要你喜欢。不过哲学不是一个无伤大雅的团体游戏,它跟我们是谁、从何而来这些问题有关。你认为这方面我们在学校学得够多吗?"

"可是不管怎样都没有人能回答那些问题呀!"

"没错,但甚至没有人告诉我们应该提出这些问题!"

苏菲走进厨房时，午饭已经摆在桌上了。关于她没有从乔安家打电话回家这件事，妈妈也没说什么。

梦　境

午饭后，苏菲宣布她要上楼睡午觉，她老实跟妈妈说她在乔安家几乎都没睡。不过话说回来，女孩子在一起过夜时，一整个晚上不睡觉也是常有的事。

在上床前，她站在墙上那面大铜镜前看着，起先只看到自己苍白疲倦的脸，但后来，在她的脸后面，似乎隐隐约约有另外一张脸浮现。苏菲做了一两下深呼吸。她已经开始有幻觉了，这可不大妙。

她仔细审视着自己那张轮廓分明苍白的脸，以及脸四周那一头做不出任何发型的难缠的头发。但在那张脸之外却浮现了另外一个女孩的幽灵。

突然间，那个女孩疯狂地眨着双眼，仿佛是在向苏菲做信号，说她的确在那儿。这个幽灵出现的时间只有几秒钟，然后便消失了。

苏菲坐在床沿。她万分确信镜子里的女孩就是席德。她曾经在少校的小木屋内放着的一份成绩单上看过席德的照片，刚才她在镜子里看到的一定就是她。

为什么她总是在疲倦至极的时候遇见这类令人毛骨悚然的事呢？这不是很奇怪吗？所以，每次事情发生后，她总得问问自己那是否是真的。

苏菲把衣服放在椅子上，便爬上了床。她立刻睡着了，并且做了一个栩栩如生的梦。

她梦见自己站在一座大花园中。园里有一道山坡向下通往一座船库。船库后面的平台上坐着一个年轻的金发女孩，正在眺望着大海。苏菲走下去，坐在她身旁，但那女孩却似乎没有察觉她的到来。苏菲开始自我介绍："我叫苏菲。"但这个女孩显然既没看到她的人，也没听到她说话。"你显然又聋又瞎。"苏菲说。那女孩还是充耳不闻。突然间苏菲听到一个声音在喊："席德！"那女孩立刻跳起来，向船库的方向飞奔。看来她既不聋也不瞎。此时一名中年男子从船库大步向她走来。他身穿卡其布制服，头戴蓝扁帽。女孩展开双臂抱住他的脖子，他则将她抱起，转了几圈。这时，苏菲在女孩原先所坐之处看到一条小小的金色十字架链子。她将它捡起来，拿在手中，然后便醒了。

苏菲看看时钟，她已经睡了两个小时。

她坐起来，想着这个奇怪的梦。梦境里的一切是如此栩栩如生，她觉得自己好像确实到过那里一样，她也很确定那座船库和平台确实存在于某个地方。当然，它们看起来很像是她在少校的小木屋中见过的那幅风景画。无论如何，她梦中的那个女孩无疑必是席德，而那个男人则是她的爸爸，刚从黎巴嫩回来。在梦中，他的样子看起来很像艾伯特。

苏菲起床开始整理床铺时，在枕头下发现一条金色的十字架链子。十字架的背面刻着席德几个字。

这并不是苏菲第一次梦见自己捡到贵重的东西，但毫无疑问这是第一次那样东西从梦里跑了出来。

"去你的！"她大声说。

她生气地打开橱柜的门，把那条精致的十字架链子丢到最上面一格，跟丝巾、白袜子和从黎巴嫩寄来的明信片放在一起。

面 授 课 程

第二天早晨，苏菲醒来时，妈妈已经弄好了一顿可口的早餐，有热面包、橘子汁、蛋和蔬菜沙拉。通常星期天早晨妈妈很少比苏菲先起床，而每次她先起床时，总是会弄好一顿丰盛的早餐再叫醒苏菲。

她们吃着早餐时，妈妈说："花园里有一只很奇怪的狗，整个早上都在老树篱旁边嗅来嗅去。我实在不知道它在那儿干什么，你呢？"

"我知道！"苏菲脱口而出，随即又后悔了。

"它以前来过吗？"

这时苏菲已经离开餐桌，走到客厅向着花园的那扇窗户往外看。果然不出她所料。

汉密士正躺在密洞的入口前。

她该怎么跟妈妈说呢？她还来不及想出什么借口时，妈妈已经走过来，站在她身边。

"你刚才说它以前来过这儿？"

"我想它大概是以前在那里埋了一根骨头，现在想把它挖出来。你知道，狗也有记性的……"

"大概是吧，苏菲。你是我们家的动物心理学家。"

苏菲急切地搜寻着借口。

"我带它回家好了！"她说。

"你知道它住哪里吗？"

苏菲耸耸肩。

"项圈上也许会有地址吧！"

两三分钟后，苏菲已经走到了花园。汉密士一看到她，便三步并作两步跑了过来，摇了摇尾巴，扑向苏菲。

"乖狗狗！"

她知道妈妈正在窗户那边看着他们。她内心暗自祈祷汉密士不要钻进树篱。还好，它只是冲向屋前的石子路，飞快地跑过前院，奔向大门。

大门关上后，汉密士继续在苏菲前面跑了几码。这段路程颇远。由于是星期天的上午，路上有一些人在散步。眼看别人全家一起共度周末，苏菲真是羡慕极了。

一路上，汉密士不时跑去嗅嗅别的狗或别人家花园篱笆旁边的有趣玩意儿。不过只要苏菲一叫，"狗狗，过来！"它就立刻回来。

不一会儿，他们已经走过了一座老旧的牧场、一座大运动场和一个游乐场，进入了人车较多的地区。他们继续沿着一条铺着圆石并有电车往来的大街向市中心走。到了市中心时，汉密士引导苏菲穿越市中心广场，走到教会街上。这里属于旧市区，四周都是十九世纪末、二十世纪初时兴建的平凡单调的大宅子。时间已经将近下午一点半了。

现在他们已经到了市区的另外一边。这里苏菲并不常来。她记得小时候有一次爸妈曾带她到这里的一条街上拜访一位年老的姨妈。

最后他们走到位于几栋旧宅子之间的一座小广场。这座广场虽然看起来非常古老，但却名为"新广场"。不过话说回来，这整座城镇历史已经很悠久了，它兴建的年代可以远溯到中世纪。

汉密士走向第十四号房屋，然后便停下来不动，等着苏菲开门。苏菲心跳开始加快。

进了前门，苏菲看到一块嵌板上钉着几个绿色的信箱，最上面一排有一个信箱口露出一张明信片。上面有邮局所盖的"地址不详"的印章。

明信片上的地址写着"新广场十四号，席德收"，日期是六月十五日。事实上还有两个星期才到六月十五日，但邮差显然没有注意到。

苏菲把明信片取下来看：

亲爱的席德：

现在苏菲已经到哲学家的家里来了。她很快就要满十五岁了，但你昨天就满十五了。还是今天呢？如果是今天的话，那么信到得太迟了。不过我们两个的时间并不一定一致。下一代出来后，上一代就老了。历史就这样发展下去。你有没有想过欧洲的历史就像一个人的一生？古代就像欧洲的童年，然后到了漫长的中世纪，这是欧洲的学生时期。最后终于到了文艺复兴时期，此时，漫长的求学时期结束了。欧洲成年了，充满了旺盛的活力以及对生命的渴望。我们可以说文艺复兴时期是欧洲的十五岁生日！现在是六月中旬了，我的孩子，活着的感觉真好，不是吗？

P.S：很遗憾你丢了那条金十字架链子。你得学习照管自己的东西才行。爸爸就在你的身旁。

爱你的老爸

汉密士已经开始上楼了。苏菲拿了明信片，跟着它走。她必须跑才能赶上它。它一直快活地摇着尾巴。他们走上了二楼、三楼，到四楼后只有一道通往阁楼的楼梯。难道要上屋顶吗？汉密士沿着楼梯上去，在一扇窄门前停下来，并用爪子抓门。

苏菲听到脚步声从里面走来。门开了，艾伯特站在那儿。他已经换了服装，现在穿着另外一套衣服，包括白长袜、红膝马裤和黄色垫肩的紧身上衣。他使苏菲想起扑克牌里的小丑。如果她没记错的话，这是文艺复兴时期典型的服装。

"你这个小丑!"苏菲喊,轻轻地推了他一把,以便走进屋里。

在恐怖、害羞的情绪交集之下,苏菲又不期然地拿她可怜的哲学老师当靶子。由于刚才在玄关处发现那张明信片,苏菲现在的思绪是一片混乱。

"不要这么容易激动,孩子。"艾伯特说,一面把门关上。

"你看这张明信片!"她说,一面把信交给他,好像他应该负责似的。

艾伯特看完信后摇摇头。

"他愈来愈无所忌惮了。说不定他是利用我们作为他女儿的生日娱乐。"

说完后他将明信片撕成碎片,丢进字纸篓中。

"信上说席德丢了她的十字架。"苏菲说。

"我看到了。"

"那个十字架被我发现了,就是那一个,放在我家的枕头下面。你知道它怎么会在那里吗?"

艾伯特严肃地看着她的眼睛:"这件事看起来也许很吸引人,但只是他不费一点力气就能玩的小把戏罢了。我们还是集中精神来看那只被魔术师从宇宙的礼帽中拉出来的大白兔吧!"

他们进入客厅。那是苏菲所见过的最不寻常的房间之一。

这是一间宽敞的阁楼,四边的墙壁略微倾斜。强烈的阳光透过其中一面的窗户泻满了整个房间。另外一扇窗户则开向市区,苏菲可以从这里看到旧市区里所有房子的屋顶。

但最让苏菲惊讶的还是房间里摆满了各种年代的家具器物。有一张三十年代的沙发,一张二十世纪初期的旧书桌和一把看起来有几百年历史的椅子。除了家具之外,还有各式各样古董,不管是实用的还是装饰的,统统凌乱地放在架子上或柜子里,包括古老的时钟与花瓶、研钵和蒸馏器、刀子和娃娃、羽毛笔和书挡、八分仪和六分仪、罗盘和气压计等。有一整面墙放满了书,而且都不是那些可以在书店里看到的书,出版的年代横跨数百年。另外一面墙则挂满了素描与图画,有些是最近几十年的,但大多数都是非常古老的作品。此外,每面墙上都挂有很多古老的图表与地图。从图上挪威的大小与位置看来,这些地图并不很精确。

有好几分钟的时间,苏菲只是站在那儿,没有说话。她东张西望了一阵子,直到她从各个角度把这个房间看过为止。

"你这里搜集的旧垃圾可真多!"

"你又来了。这个房间里保存的是几百年的历史文物。应该不算是垃圾吧?"

"你是开古董店的吗?"

艾伯特的表情几乎有点痛苦。

"我们不能让自己被历史的浪潮冲走,总得有人收拾河岸边留下来的东西。"

"这话很奇怪。"

"是很奇怪,但却一点不假。孩子,我们并不只活在我们所属的时代里,我们身上也扛着历史。不要忘记你在这个房间内看到的每一样东西都曾经是崭新的。那个十六世纪的木娃娃也许是为了某个五岁女孩的生日做的,而制造的人也许就是她年老的祖母……然后小女孩长成了青少年,然后成年了、结婚了,也许也生了一个女儿,后来她把木娃娃传给女儿,自己则渐渐老去,有一天就死了。虽然她活了很久,但总还是难免一死,从此一去不返。事实上她只是来到人间短暂一游罢了。但是她的娃娃——你看,现在却放在那个架子上。"

"经过你这么一说,每一件事情都显得悲伤而严肃。"

"生命本来就是悲伤而严肃的。我们来到这个美好的世界里,彼此相逢,彼此问候,并结伴同游一段短暂的时间。然后我们就失去了对方,并且莫名其妙就消失了,就像我们突然莫名其妙地来到世上一般。"

"我可以问你一件事吗?"

"我们不再玩捉迷藏的游戏了。"

"你为什么会搬到少校的小木屋?"

"为了缩短我们之间的距离呀!因为那个时候我们全凭通信联络。我知道那时小木屋刚好是空的。"

"所以你就搬进去了!"

"没错。"

"那或许你也可以告诉我席德的爸爸是如何知道你在那里的。"

"如果我说得没错,每一件事情他都知道。"

"但我还是不懂你怎么有办法让邮差跑到森林里面去送信!"

艾伯特淘气地笑了一下。

"即使那样的事情，对席德的父亲来说也算不了什么，只不过是个小把戏，妙手一挥就成了。我们现在可能正受到全世界最严密的监视。"

苏菲顿时觉得一股怒气往上升。

"要是让我碰上他，一定把他的眼珠子挖出来。"

艾伯特走到房间的另外一边，坐在沙发上。苏菲跟着他，也坐在一张宽大的扶手椅上。

"只有哲学可以使我们更接近席德的父亲。"他终于说，"今天我要跟你谈文艺复兴时期。"

"快说吧！"

文艺复兴

"在圣多玛斯的时代过后不久，原本团结一致的天主教文化开始出现分裂的现象。哲学与科学逐渐脱离教会的神学，使得宗教生活与理性思考之间的关系变得比较自由。当时有愈来愈多的人强调人们不能通过理性与天主沟通，因为天主绝对是不可知的。对人来说，最重要的事不是去了解神的奥秘，而是服从神的旨意。"

"嗯。"

"既然宗教与科学的关系已经变得较为自由，新的科学方法与新的宗教狂热于是逐渐产生。在这种环境下，十五与十六世纪发生了两大变动，就是文艺复兴运动与宗教改革运动。"

"我们可不可以一个一个来？"

"所谓文艺复兴运动是指十四世纪末期起文化蓬勃发展的现象，最先开始于意大利北部，并在十五与十六世纪期间迅速向北蔓延。"

"你不是告诉我'文艺复兴'这个词是表示'重生'的意思吗？"

"没错。它是指古代艺术与文化的再生。另外我们也说它是'人道主义的复兴'，因为在漫长的中世纪，生命中的一切都是从神的观点来解释，但到了文艺复兴时期，一切又重新以人为中心。当时的口号是'回归本源'，所谓本源主要是指古代的人文主义。

"在文艺复兴时期，发掘古代的经卷典籍几乎成为一种大众休闲活动，学习希腊文也变成时髦的玩意儿。当时的人认为，修习希腊的人文主义有教导与启发的功能，它除了可以使人了解古代的思想文化之外，也可以发展他们所谓的'人的特质'。他们认为：'马生下来就是马，但人要作为一个人，还需要靠后天慢慢地培养。'"

"我们一定要受教育才可以成为一个人吗?"

"是的，当时的人观念确是如此。不过在我们详谈文艺复兴时期的人文理念之前，我们必须大略了解一下文艺复兴时期的政治与文化背景。"

艾伯特从沙发上起身，开始在房间里踱步。过了一会儿，他停下来，指着架子上放着的一件古代仪器。

"这是什么?"他问。

"看起来像是一个很旧的罗盘。"

"没错。"

然后他又指着沙发后面的墙壁上挂着的一件古代火器。

"那又是什么?"

"一支老式的步枪。"

"没错。这个呢?"

艾伯特从书架上抽出一本大书。

"是一本古书。"

"严格地说，这是一本古版书。"

"古版书?"

"是的，就是公元一五〇〇年前印制的古书。当时印刷业仍处于襁褓阶段。"

"这本书真的有那么古老吗?"

"是的。罗盘、火器与印刷术这三大发明，乃是文艺复兴时期所以形成的重要因素。"

"请你说详细一些。"

"有了罗盘，航海就比较容易了，这为后来一些伟大的探险航程奠定了基础。火器也是一样，这种新式的武器使得欧洲军队的军力要比美洲和亚洲的军队强大。在欧洲内部，是否拥有火器也成为一个国家强大与否的关键因素。印刷术则在散布文艺复兴时期的人本理念方面有很重要的贡献，同时印刷术的发明也使得教会不再是唯一能够散播知识的机构。在这段时期，各项新的发明与仪器接踵而来，速度既快，数量也多。其中很重要的一项就是望远镜的发明，它使得天文学迈入了新的纪元。"

"所以现在才会有火箭和太空探险之旅。"

"你的速度未免太快了吧。不过文艺复兴时期所发生的一项转变，最后倒是把人类送上了月球，也间接导致广岛事件与切尔诺贝利核电厂爆炸事件。最初只是文化与经济上的一些改变。其中很重要的一个现象是：自给自足式的经济逐渐转型为货币经济体系。在中世纪末期时，由于贸易制度成功、新商品交易蓬勃，再加上已经建立货币经济与银行体系，于是各城市不断发展，造成了一个新的中产阶级。他们拥有决定自己生活环境的自由，可以用钱买到各种必需品。在这个时期，只要肯吃苦耐劳、有想象力、脑筋灵活，便可以获得报偿。因此，社会对个人的要求已经改变。"

"这和两千年前希腊各城邦发展的情况有些类似。"

"你说对了几分。我曾经说过，希腊哲学脱离了属于农民文化的神话世界观。同样的，文艺复兴时期的中产阶级也开始脱离封建贵族与教会的势力。这期间，欧洲与西班牙的阿拉伯人和东方的拜占庭文化接触日益密切，于是欧洲人又开始注意到希腊文化的存在。"

"于是古代的三条支流又汇集成一条大河。"

"你很用心。有关文艺复兴时期的背景就讲到这里。现在我们要谈这个时期一些新的理念。"

"好，不过我很快得回家吃饭了。"

艾伯特再度坐在沙发上，眼睛看着苏菲。

"文艺复兴运动最重要的影响是改变了大家对人类的看法。文艺复兴时期的人文主义精神使得大家对人本身和人的价值重新产生了信心，这和中世纪时强调人性本恶的观点截然不同。这个时期的哲学家认为人是极其崇高可贵的。其中最主要的人物之一是费其诺。他告诉人们："认识自己，呵，你这藏在凡俗身躯内的神明子孙啊！"另外一个主要人物是米兰多拉，他写了《颂扬人的尊贵》这篇文章，这在中世纪简直是无法想象的。

人文主义

"在中世纪期间，上帝是一切事物的出发点。文艺复兴时期的人文主义则以人为出发点。"

"希腊哲学家也是一样啊！"

"这正是为什么我们会说文艺复兴时期是古代人文主义'重生'的缘故。但文艺复兴时期的人文主义更强调个人主义。当时人的观念是：我们不仅是人，更是独一无二的个体。这种理念导致人们无限崇拜天才。理想中的人是我们所谓的'文艺复兴人'，就是艺术、科学等十八般武艺样样精通的人。由于对人的观点改变了，于是人们开始对人体的构造产生兴趣。就像在古代一般，人们又开始解剖尸体以了解人体的结构。这对医学和艺术而言都是很有必要的。同时，这个时期也再度出现许多描绘人体的艺术作品。在历经一千年的假道学之后，这也该是时候了。人又有了胆量表现自己，不再以自己为耻。"

"太好了。"苏菲说，一边把双臂靠在她和哲学家中间的小茶几上。

"的确如此。这种对人的新观念创造了一个全新的视野。人并不只是为神而存在的，因此人也不妨及时行乐。有了这种新的自由之后，任何事情都是可能的。这个时期人们的目标是要打破所有的藩篱与禁忌。从希腊人文主义的观点来说，这倒是一个新的想法，因为古代的人文主义强调的是宁静、中庸与节制。"

"结果文艺复兴时期的人文主义者就变得很放纵了吗？"

"他们当然不是很节制的。他们的所作所为就好像整个世界重新复苏了一般。他们强烈地感受到时代的精神，这是为何他们将介于古代与文艺复兴时期之间的几百年称为'中世纪'的缘故。在文艺复兴时期，各个领域都有无可比拟的进展。无论艺术、建筑、文学、音乐、哲学与科学都以空前的速度蓬勃发展。举一个具体的例子：我们曾经谈到古代的罗马曾有'城市中的城市'与'宇宙的中枢'等美称，但在中世纪期间，罗马渐渐衰微，到公元一四一七年时，人口只剩下一万七千人。"

"比席德住的黎乐桑市多不了多少嘛。"

"文艺复兴时期的人文主义者认为重建罗马是他们的文化责任，而最重要的一项工作就是在圣彼得的坟墓上建一座圣彼得大教堂。这座教堂号称世界第一，极尽富丽与堂皇之能事。许多文艺复兴时期的伟大艺术家都参与了兴建工作。这项工程从一五〇六年开始，进行了一百二十年之久。后来，又花了五十年的时间兴建宏伟的圣彼得广场。"

"这座教堂一定很大！"

"它共有两百多米长、一百三十米宽，占地两万六千平方米以上。有关文艺复兴时期人们大胆自信的心理我们就讲到这里了。还有很重要的一点是：文艺复兴运动也使得人们对大自然有了新的看法。这时候的人们比较能够尽情享受生活，不再认为人活着只是为死后的世界做准备，因此他们对物质世界的看法也完全改观了。在人们眼中，大自然如今有了正面的意义。许多人认为上帝也存在于他所创造的事物中。因为，如果神真的是无穷无限的，他就会存在于万事万物中。这种观念称为泛神论。中世纪的哲学家一直坚持神与他的造物之间有一道不可跨越的距离。文艺复兴时期的人则认为大自然是神圣的，甚至是'神的花朵'。这类观念有时会遭到教会的反对。布鲁诺的命运就是一个很极端的例子。他不仅宣称神存在于大自然中，而且相信宇宙是无限大的。结果他受到了非常严厉的惩罚。"

"什么惩罚？"

"他在一六〇〇年时被绑在罗马花市的一根柱子上活活烧死。"

"真是太烂了……太蠢了。这还叫人文主义吗？"

"不，绝不是。布鲁诺是人文主义者，但将他处决的人则不是。不过在文艺复兴时期，所谓的'反人文主义'也同样盛行。我所谓的'反人文主义'指的是各国政府与教会的威权。在文艺复兴时期，审判女巫、烧死异教徒的风气非常盛行。魔法、迷信充斥，而且不时有人发动血腥的宗教战争。美洲也是在这段时期被欧洲人用蛮横的手段征服了。这些都是人文主义阴暗的一面。不过话说回来，没有任何一个时代是完全好或完全坏的。善恶乃是人类历史中不时交织在一起的两股线。在我们下面要讲到的另外一个文艺复兴时期的新产物'新科学方法'方面也是如此。"

"当时的人是否兴建了人类史上最早的一些工厂？"

"还没有。不过多亏文艺复兴时期发明的新科学方法，才会有后来那些科技发展。所谓新科学方法是指以崭新的角度来看待科学，这种方法到后来才结出明显的科技果实。"

"那是什么样的新方法？"

"它最主要的一点是用我们的感官来调查研究大自然，自从十四世纪以来，愈来愈多思想家警告人们不要盲目相信权威，无论是宗教教条或亚里士多德的自然哲学。但也有人劝告大众不要相信纯粹凭思考就可以解决问题。在整个中世纪期间，人们过度迷信理性思考的重要性。到了文艺复兴时期，则认为研究大自然现象必须以观察、经验与实验为基础。我们称之为'实证法'。"

"意思是？"

"就是以亲身经验，而不是以古人的著作或凭空想象之物，来作为知识的基础。古代也有实证科学，但从来不曾以有系统的方式做过实验。"

"我猜他们大概没有现代这些仪器设备。"

"当然，他们没有计算机或电子尺这类工具，但是他们可以凭借数学计算和普通的尺。对他们而言，最重要的一件事就是把科学观察所得的结果用准确的数学词汇表达出来。十七世纪的大科学家伽利略说：'我们要测量那些可以测量的东西，至于那些无法测量的，也要想办法加以测量。'他并表示：'大自然这本书是用数学的语言写的。'"

"有了这些实验与测量结果之后，就自然会有新发明了。"

"新科学方法的出现促成了技术革命，这是第一个阶段。而技术革命又为后来的每一项发明打下了基础。可以说人类这时已经开始脱离自然环境了，人类不再仅仅是大自然的一部分。英国哲学家培根表示：'知识即力量。'这句话强调了知识的实用价值，在当时也是一个很新的观念。人们开始认真干预大自然并加以控制。"

"但这并不一定是好的，不是吗？"

"对。我曾经提到过，我们所做的每一件事情都有正反两面的作用。文艺复兴时期展开的技术革命虽然带来了纺织机，但也造成了失业；虽然带来了新的药物，但也带来了新的疾病；虽然提高了农业效率，但也榨取了许多自然资源；虽然带来了洗衣机、电冰箱等实用的器具，但也导致了污染与工业废弃物处理的问题。今天我们面临严重的环境污染问题已经使得许多人认为，技术革命乃是人类尝试调整自然环境的一种危险做法，而且已经失败，有人指出，这场革命最终将会走向失控的局面。比较乐观的人士则认为我们目前仍处于科技的襁褓阶段，同时，尽管在科学发展的过程中不免会有阵痛，但人类终将逐渐学习到如何控制大自然，而不致对环境构成威胁。"

"你觉得谁说的比较对？"

"我觉得双方的说法或许都有点道理。在某些领域内我们必须停止干预自然，但在其他领域内我们则不妨更进一步。但有一件事情是可以确定的：我们绝不可能再走中世纪的老路。自从文艺复兴时期以来，人类就不再只是创造物的一部分，而开始干预自然，并按照自己的心意来改造大自然。说真的，'人是多么了不起呀！'"

"人类已经登陆月球了。在中世纪，谁会相信人能跑到月亮上去呀！"

新世界观

"他们当然无法想象。说到这里，我们要谈谈所谓的'新世界观'。中世纪的人虽然也会坐在天空下，看着太阳、月球与星球。但他们从不曾怀疑'地球是宇宙中心'的说法。他们认为地球是静止不动的，而各个'天体'则在轨道上环绕着地球运行。这种观念被称为'以地球为中心的世界观'，也就是'万物皆以地球为中心'的意思。基督教相信上帝高居各天体之上，主宰宇宙，这也是当时人抱持这种观念的原因之一。"

"世界真有这么简单就好了！"

"然而，在一五四三年，有一本名叫《天体运行论》（On the Revolutions of the Celestial Spheres）的小书出版了。作者是波兰天文学家哥白尼。他在这本书出版当天就去世了。哥白尼在书中宣称，太阳并未绕地球运行，而是地球绕太阳运行。他根据观察各星球的心得，认为这种可能性很高。他说，人们之所以相信太阳绕着地球转，是因为地球绕着自己的轴心转的缘故。他指出，如果我们假设地球和其他星球都绕着太阳转，则我们所看到的天体运转现象将会变得容易理解得多。我们称这种观念为'以太阳为中心的世界观'，也就是相信万物以太阳为中心的意思。"

"这个世界观应该是正确的啰?"

"也不全然。哥白尼的主要论点——地球围绕着太阳转——当然是正确的。不过他宣称太阳是宇宙中心的说法可就错了。我们现在已经知道太阳系只是宇宙中无数个星系之一。宇宙中共有数十亿个银河系，围绕太阳的星系只是其中之一罢了。哥白尼并且相信地球和其他星球都在圆形的轨道上运转。"

"难道不是吗?"

"不。他之所以相信轨道是圆形的，只是根据'天体是圆形的，且绕着圈圈转'这个古老的观念。自从柏拉图的时代以来，球体与圆形就被认为是最完美的几何图形。但在十七世纪初期，德国天文学家开普勒发表了他广泛观察的结果，显示各星球实际上是以太阳为中心，绕着椭圆形的轨道运转。他并且指出，一个星球在轨道上愈接近太阳的地方，运转的速度愈快，离太阳愈远则愈慢。在此之前从来没有人明白提出'地球只是众多行星之一'的说法。开普勒同时强调宇宙每个地方都适用同样的物理法则。"

"他怎么知道的呢?"

伽利略

"因为他用自己的感官来观察、研究星球运转的现象，而不盲目地接受古代的迷信。大约与开普勒同一时代的还有一位意大利科学家伽利略。他也用天文望远镜来观察天体的运转。他在研究月球的表面后，宣称月球像地球一样有高山、有深谷。更重要的是，他发现木星有四个卫星。因此地球并非是唯一拥有卫星的星球。然而，伽利略最伟大的成就还是他首度提出所谓的'惯性定律'。"

"那是什么意思?"

"伽利略的说法是:'如果没有外力强迫一个物体改变它所处的状态，则这个物体将会一直维持它原来静止或移动的状态。'"

"这谁都知道呀!"

"但这个观察很有意义。自从古代以来,反对'地球绕着自己的轴心转'这个说法的人士所持的主要理由之一就是:地球果真绕着自己的轴心转的话,则它的速度会很快,以至于当你垂直丢一块石头到空中时,它会掉落在好几码之外。"

"那这种现象为什么不会发生呢?"

"如果你坐在火车里,把一个苹果丢在地上。苹果并不会因为火车正在移动而向后掉落,而是垂直落地。这是由于'惯性定律'作用所致。苹果维持在你将它丢下以前同样的速度。"

"我懂了。"

"伽利略的时代并没有火车。不过如果一个人一直向前运球,一旦突然放手后……"

"……球会一直滚动……"

"……因为在你放手后球仍然维持原来的速度……"

"不过它最后还是会停下来,如果房间够大的话。"

"那是因为有其他外力迫使它停下来。第一种力来自于地板,尤其是那种粗糙不平的木头地板。然后则是重力。在重力的作用下,球迟早会停下来,不过,请等一下,我先让你看一样东西。"

艾伯特站起身来,走到那张古老的书桌前。他从抽屉里拿出一样东西,走回原来的地方,并把那样东西放在茶几上。那是一块木头板子,一端有三四厘米厚,另一端则极薄,整张板子几乎就把茶几占满了。艾伯特在板子旁放了一个绿色的弹珠。

"这叫作斜面,"他说,"如果我在比较厚的这一端把弹珠放掉,你想会发生什么事?"

苏菲无可奈何地叹了口气。

"我跟你赌十块钱,它会一直滚到茶几上,最后掉在地板上。"

"我们试试看。"

艾伯特放掉弹珠。它果真像所说的那样滚到茶几上,然后啪一声掉在地板上,最后碰到了通往走廊的门槛。

"真了不起呀!"苏菲说。

"可不是嘛！这就是伽利略所做的实验。"

"他真的有那么笨吗？"

"别急，他是想通过各种感官来观察事物的原理。我们现在只不过刚开始而已。请你先告诉我弹珠为何会沿着斜面滚下去？"

"因为它有重量。"

"好，那么请你告诉我重量是什么。"

"这个问题问得太逊了。"

"如果你不能回答，它就不算逊。到底弹珠为什么会滚落到地板上？"

"因为重力。"

"答对了，你也可以说是地心引力。重量与重力有关，而重力就是使得弹珠移动的那个力量。"

此时艾伯特已经把弹珠从地板上捡起来了。他再度俯身站在那块斜面上方，手里仍拿着弹珠。

"现在我要试着让弹珠滚过斜面。"他说，"你注意看它怎样移动。"

他把腰弯得更低，瞄准目标，试着让弹珠滚过斜面。苏菲看到弹珠逐渐沿着坡面斜斜地滚了下来。

"发生了什么事？"艾伯特问。

"它斜斜地滚，因为板子有坡度。"

"现在我要在弹珠上涂墨汁……然后我们就可以看看到底你所谓的'斜斜地滚'是什么意思。"

他找出一只墨水刷，把整个弹珠涂黑，然后再度使它滚动。这次苏菲很明显看到弹珠在斜面上滚动的路径，因为它滚过之处留下了一条黑线。

"现在你可不可以描述一下弹珠移动的路线？"

"是弧形的……看起来好像是一个圆圈的一部分。"

"一点也没错。"

艾伯特抬头看着苏菲，眉毛抬得高高的。

"不过那并不完全是圆形。这种图案叫做抛物线。"

"哦？"

"嗯。可是弹珠为什么会这样滚动呢？"

苏菲用心地想了一下，然后说："因为板子有坡度，所以弹珠被重力拉往地板的方向。"

"对了！这岂不是太让人兴奋了吗？我随便拉了一个小女孩到我的阁楼来，做一个实验，她就可以领悟到伽利略所发现的原理！"

他拍拍手。有一阵子，苏菲很担心他已经疯了。他继续说：

"你刚才看到的是两种力量同时作用在一个物体上时所产生的效果。伽利略发现这个原理同样也适用在炮弹等物体上。炮弹被推入空中后在一段时间内会继续飞行，但迟早会被牵引到地面上，所以它会形成像弹珠滚过斜面一样的轨线，这是伽利略那个时代的新发现。亚里士多德认为一个斜斜向空中抛出的抛射体会先呈微微的弧形，然后垂直地向地面降落。但实际情况并非如此。不过没有人知道亚里士多德的错误，除非用实验来证明。"

"这个定律有什么重要性吗？"

"当然！孩子，这件事意义非凡，而且肯定是人类史上最重要的一项科学发现。"

"为什么呢？"

牛 顿

"后来，在一六四二年～一七二七年间，有一个名叫牛顿的英国物理学家，他是将太阳系与星球轨道描述得最完整的一个科学家。他不但能说出各星球如何绕太阳运转，而且可以解释它们为何会如此运转。其中一部分原因就是他参考了我们所称的'伽利略动力学'。"

"那些星球是不是就像滚过斜面的弹珠一样？"

"是的，有点像。不过不要急，苏菲。"

"急也没有用，是不是？"

"开普勒曾经指出，各星球之间一定有某种力量使它们相互吸引。举例来说，太阳一定有某种力量使得太阳系内的各星球都固定在轨道上绕着它运转，这也是为何那些星球在离太阳愈远的地方移动得愈慢的缘故。开普勒并且相信潮汐的涨落一定是受到月亮引力的影响。"

"的确是这样，不是吗？"

"没错，是这样。不过伽利略反对这种说法。他嘲笑开普勒，说他居然赞同'月亮掌管海洋河流'的说法。这是因为伽利略不相信重力能够在很远的距离外或各星球之间发挥作用。"

"这回他可错了。"

"嗯。在这一点上他是错了。这事说来也满奇怪的，因为伽利略一直专心研究地球引力与落体的原理。他甚至发现在引力增强时，物体的移动会如何受到影响。"

"你刚才不是已经开始谈到牛顿了吗？"

"是的。然后牛顿出现了。他提出我们所谓的'万有引力定律'，就是说宇宙间两个物体相互吸引的力量随物体的大小而递增，并随两物体之间的距离而递减。"

"我懂了。例如，两只大象之间的引力要比两只老鼠之间的引力要大。而同样一座动物园内的两只大象之间的引力，又比在印度的一只印度象与在非洲的一只非洲象两者之间的引力要大。"

"没错，你的确懂了。现在我们要谈到最重要的一点。牛顿证明这种引力是存在于宇宙各处的。也就是说，它在宇宙每个地方都发生作用，包括太空中的各个星球之间。据说他是坐在一棵苹果树下悟出这个道理的。当时他看到一个苹果从树上掉下来，他便问自己：月球是否同样也受到地球力量的牵引，才会恒久绕着地球旋转？"

"聪明。不过也不算真的很聪明。"

"为什么呢？"

"这个嘛……如果月球是受到促使苹果落地的同样一种引力的影响，那么总有一天月球会撞到地球，而不会一直绕着地球转了。"

"这个我们就要谈到牛顿的行星轨道定律了。在这个问题上，你只对了一半。月球为什么不会撞到地球呢？因为地球的重力的确以强大的力量牵引着月球。你想想看涨潮的情景，要将海平面提高一两米需要多大的力量呀！"

"这个我不太懂。"

"你还记得伽利略的斜面吗？当我让弹珠滚过斜面时会有什么现象？"

"是不是同时有两种力量在影响月球？"

"一点没错。很久以前，当太阳系形成时，月球被一股很大的力量抛离地球。由于它在真空中移动，没有阻力，因此这股力量会永远不停地产生作用……"

"但它同时也受到地球引力的影响，被拉向地球，对吗？"

"对。这两股力量都是持续不停的，而且同时发生作用，所以月球才会一直绕着地球旋转。"

"它的原理真的就这么简单吗？"

"就是这么简单。而这种'简单性'正是牛顿学说的重点。他说明少数几种自然法则可以适用于整个宇宙。在计算行星轨道时，他只应用了伽利略所提出的两个自然法则。一个是惯性定律。牛顿说明所谓惯性定律就是'一个物体除非受到外力的作用使它改变状态，否则它会一直处在静止或呈直线进行的状态'。另外一项定律是伽利略利用斜面证明的定律，就是：当两股力量同时作用于一个物体上时，这个物体会循椭圆形的路径移动。"

"而牛顿就以此来解释为何所有行星都围绕太阳旋转？"

"没错。由于受到两种强弱不同的力量的影响，所有的行星都在椭圆形的轨道上绕太阳旋转。其中一种是在太阳系形成时，它们呈直线进行的力量，另外一种则是它们受到太阳重力牵引的力量。"

"聪明。"

"很聪明。牛顿证明了若干关于物体移动的定律可以适用于宇宙每一个地方，他因此推翻了中世纪人们认为天上与人间分别适用两套不同法则的看法。这时候，以太阳为宇宙中心的世界观终于得到了彻底的证实以及完整的解释。"

艾伯特站起身来，把斜面放回原来的抽屉里。然后他弯腰从地上捡起那颗弹珠，把它放在他和苏菲间的茶几上。

苏菲心想，这一切居然都是科学家们从一小块斜面的木板和一个弹珠推论出来的，这是多么神奇呀！当她看着那颗仍然沾有墨水的绿色弹珠时，不禁想起地球来。她说：

"于是当时的人们就不得不接受人类其实是生活在太空中某处一个偶然形成的星球上啰？"

"是的。这个新的世界观在许多方面都对人造成了很大的冲击，这个情况和后来达尔文证明人类是从禽兽进化而来时所造成的影响相当。这两个新发现都使人类失去他们在造物中的一部分特殊地位，于是也都遭遇到教会的强大阻力。"

"这是可以理解的。因为，在这些新观念中，上帝被放在哪里呢？从前人相信地球是宇宙中心，而上帝与各星球就在地球之上的想法倒是比较单纯些。"

"但这还不是当时人面临的最大挑战。当牛顿证明宇宙各处适用同样的法则时，有人可能会认为他破坏了人们心目中的上帝无所不能的形象，但是牛顿本人的信仰却从未动摇。他认为自然法则的存在正足以证明宇宙间确有一位伟大、万能的上帝。事实上，受到更大冲击的乃是人对自我的观念。"

"怎么说呢？"

"自从文艺复兴时期以来，人们就不得不逐渐接受他们所居住的地球乃是浩瀚银河中一个偶然形成的星球的说法。即使到现在，我看还是不见得大家都能够完全接受这种想法。不过，即使在文艺复兴时期，也有一些人认为，随着新世界观的产生，我们每一个人所处的地位也变得比以前更加重要。"

"我还是不太明白。"

"在此之前，世界的中心是地球。但天文学家却告诉人们，宇宙根本没有绝对的中心，因此，每一个人都是中心。"

"噢，是这个意思！"

"文艺复兴运动造成了新的宗教情感（狂热）。随着哲学与科学逐渐脱离神学的范畴，基督徒变得更加虔诚。到了文艺复兴时期，由于人类对自己有了新的看法，使得宗教生活也受到了影响。个人与上帝之间的关系变得比个人与教会组织之间的关系更加重要。"

"比如说在晚上自行祷告之类的吗？"

宗教的改革

"这也包括在内。在中世纪的天主教教会中，以拉丁文念的祈祷文和教会例行祷告一直是宗教仪式的骨干。只有教士和僧侣能看得懂圣经，因为当时的圣经都是拉丁文写的。但是到了文艺复兴时期，圣经被人从希伯来文与希腊文翻译成各国语言。这是导致所谓'宗教革命'的主要因素。"

"马丁路德……"

"是的，马丁路德是一个很重要的人物，但他并不是当时唯一的宗教改革家。另有一些改革人士选择留在罗马天主教会中。其中之一是荷兰的伊拉斯莫斯。"

"马丁路德之所以和天主教会决裂是因为他不肯购买赎罪券，是吗？"

"是的，但这只是其中原因之一。另外还有一个更重要的原因是：马丁路德认为人们并不需要教会或教士居中代祷才能获得上帝的赦免。同时，要取得上帝的赦免也不是靠购买教会所售的'赎罪券'。从十六世纪中期起，天主教教会就禁止买这些所谓的'赎罪券'。"

"天主应该很乐于见到这个情况。"

"总而言之，马丁路德摒弃了教会中许多从中世纪起就形成的宗教习惯与教条。他希望回到新约中所描述的早期基督教的面貌。他说：'我们只信靠经文。'他希望以这个口号将基督教带回它的'源头'，就像文艺复兴时期的人文主义者希望回到艺术与文化的古老源头一般。马丁路德将圣经译成德文，因此创造了德文的文字。他认为应该让每一个人都得读懂圣经，并从某一个意义上来说，成为自己的教士。"

"自己的教士？这不是有点太过分了吗？"

"他的意思是：教士与上帝的关系并不比一般人亲近。路德派教会之所以雇用教士，乃是因为他们需要有人做一些实际的工作，如主持礼拜或料理日常事务等。但马丁路德并不相信任何人能够通过教会举行的仪式，获得上帝的赦免与宽宥。他说，人只能通过信仰得救，这是'无法用金钱交换的'。这些都是他在研读圣经以后的心得。"

"这么说马丁路德也是典型的文艺复兴人士啰？"

"也不尽然。马丁路德重视个人，强调个人与上帝之间的关系。在这一点上他算是典型的文艺复兴人士。也因此他从三十五岁开始自修希腊文，并进行将圣经翻译成德文的繁重工作。他使得一般大众使用的语言取代了拉丁文的地位，这也是他与典型文艺复兴人士相像的另外一个特征。然而，马丁路德并不像费其诺或达·芬奇一样是人文主义者。同时，他也受到伊拉斯莫斯等人文主义者的批评，因为他们认为他对人的观点太过消极了。马丁路德曾经宣称，自从亚当与夏娃被逐出伊甸园后，人类就彻底腐化了，他相信唯有透过上帝的恩典，人类才能免于罪孽。因为罪恶的代价就是死亡。"

"听起来蛮灰暗的。"

艾伯特起身，捡起绿黑相间的小弹珠，放在上衣的口袋内。

"天哪！已经过四点了！"苏菲惊叫。

"下一个人类史上的伟大时期叫做巴洛克时期。不过，我们只好等到下一次再谈了，亲爱的席德。"

"你说什么？"苏菲从椅子上跳了起来，"你叫我席德！"

"是我一时不小心，喊错了。"

"可是，无心之言或多或少都是有原因的。"

"也许你说得对。你可以注意到席德的父亲已经开始通过我们的嘴巴讲话了，我想他是故意趁我们渐渐疲倦，不太能为自己辩护的时候才这样做。"

"你曾经说过你不是席德的爸爸。你可以保证这是真话吗？"

艾伯特点点头。

"但我是席德吗？"

"我累了，苏菲，请你谅解。我们坐在一起已经两个多小时了，大部分的时间都是我在说话。你不是要回家吃饭吗？"

苏菲觉得艾伯特几乎像是要赶她走似的。当她走进小小的走廊时，心里一直想着他为何会喊错她的名字。艾伯特也跟着她走出来。

汉密士正躺在壁上一排衣钩的下面睡觉。衣钩上挂着几件很像是戏服的怪异服装。艾伯特朝汉密士的方向点点头说："下次它还是会去接你。"

"谢谢你为我上课。"苏菲说。

她突然冲动地拥抱了艾伯特一下。"你是我所见过的最好、最亲切的哲学老师。"她说。

然后她把通往楼梯的门打开。在关门之际，艾伯特说：

"我们不久就会再见面的，席德！"

之后门就关上了。

又喊错名字了，这个坏蛋！苏菲有一股强烈的冲动想要跑回去敲门，不过她还是没有这样做。

走到街上时，她突然想起自己身上没钱，必须一路走回家。真气人！如果她在六点前还没回到家，妈妈一定会又生气又着急的。

苏菲走了几码路后，突然看到人行道上有一枚十元的钱币，正好可以买一张公车票。

苏菲找到了公车站，等候开往大广场的公车。从大广场那儿，她可以换车，一路坐回家门口，不必再买票。

一直到她站在大广场等候下一辆公车时，她才开始纳闷自己为何如此幸运，刚好捡到一个十块钱的铜板。

难道是席德的爸爸放在那儿的吗？他真是个高手，每次都把东西放得恰到好处。

但是这怎么可能呢？他不是还在黎巴嫩吗？

艾伯特又为什么老是喊错她的名字呢？不止一次哦！

苏菲打了个冷战。她觉得有一股寒气沿着她的脊梁骨一路窜下来。

巴洛克时期

……宛如梦中的事物……

苏菲已经有好几天没有接到艾伯特的消息了。她不时留意花园里的动静，希望能看到汉密士的影踪。她告诉妈妈那只狗已经自己找到路回家了，后来它的主人——一个退休的哲学老师——请她进屋里去坐。他告诉苏菲有关太阳系的构造和十六世纪发展出来的新科学。

她对乔安说得更多。她告诉她上次去找艾伯特的情形、信箱里的明信片以及她在回家途中捡到十块钱的事。但她没有告诉乔安她梦见席德，并发现那条金十字架链子。

失 控

五月二十九日星期二那天，苏菲正在厨房里洗碗。妈妈已经到客厅里去看电视新闻了。当新闻节目的片头音乐渐弱后，她从厨房里听到主播报道挪威联合国部队的某个少校被炮弹击中毙命的消息。

苏菲把擦碗布扔在桌上，冲进客厅，刚好在荧屏上看到那名丧生少校的脸。两三秒钟后主播就开始播报其他新闻了。

"天哪！"她叫了出来。

妈妈转过身来看着她。

"是啊，战争真是一件很可怕的事！"

苏菲开始哭泣。

"可是，苏菲，事情并没有那么糟呀！"

"他们有没有报出他的名字?"

"有,不过我不记得了。只知道他好像是葛林史达那里的人。"

"那不是和黎乐桑一样吗?"

"怎么会呢? 傻孩子。"

"可是如果你住在葛林史达,你不是也可能到黎乐桑来上学吗?"

苏菲已经停止哭泣,但现在轮到妈妈有反应了。她从椅子上站起来,关掉电视,问道:

"苏菲,这到底是怎么回事?"

"没什么。"

"我看一定有事。你有一个男朋友对不对? 我猜他的年纪比你大很多。我要你现在就回答我:你认识一个在黎巴嫩的男人吗?"

"不,不完全是……"

"你是不是认识某个在黎巴嫩的男人的儿子?"

"我没有。我甚至连他的女儿都没见过。"

"谁的女儿?"

"这件事跟你没有关系。"

"我看大有关系。"

"我看问问题的人应该是我。为什么爸爸老是不在家? 是不是因为你们没有胆量离婚? 也许你交了男朋友,不希望让爸爸和我知道……还有很多很多。要问就大家一起来问嘛!"

"我想我们需要好好谈一谈。"

"也许吧! 不过我已经累了,我要睡觉了。我的月经来了。"

苏菲几乎是一边饮泣一边上楼。

她上完厕所,钻进被窝后,妈妈就进房里来了。

苏菲假装睡着了,虽然她知道妈妈不会相信的。她也知道妈妈知道。尽管如此,妈妈还是假装相信她已经睡着了。妈妈坐在苏菲的床边,抚摸着她的头发。

苏菲心想一个人同时过两种生活是多么复杂呀! 她开始期待哲学课程早点结束。也许在她生日时就可以上完吧! 至少在仲夏节席德的父亲从黎巴嫩回来时……

"我想开一个生日宴会。"她突然说。

"好啊！你想请谁呢?"

"很多人……可以吗?"

"当然可以。我们的花园很大……希望现在的好天气会一直持续下去。"

"最重要的是我希望能在仲夏节那天举行。"

"好，就这么办。"

"这是很重要的日子。"苏菲说，心里想的不只是她的生日而已。

"确实是。"

"我觉得我最近好像长大了不少。"

"很好呀！不是吗?"

"我也不知道。"

到目前为止，苏菲一直把头半蒙在枕头里讲话。现在妈妈说话了："苏菲，你一定要告诉我你刚才为什么……为什么好像……失去控制的样子?"

"你十五岁的时候不是有时也会这样吗?"

"也许吧。可是你知道我在说什么。"

苏菲突然翻身面对着妈妈。"那只狗的名字叫汉密士。"她说。

"是吗?"

"它的主人是一个名叫艾伯特的男人。"

"原来如此。"

"他住在旧城区。"

"你那天一直跟着那只狗走到那儿去?"

"那里并不危险。"

"你说过那只狗常常到这儿来。"

"我说过吗?"

她现在得好好想一想了。她想尽可能把一切事情都告诉妈妈，但又不能全部吐露。

"你总是不在家。"她试探着。

"没错，我太忙了。"

"艾伯特和汉密士曾经来过这儿很多次。"

"来干什么呢？他们曾经进屋子里来吗?"

"你就不能一次问一个问题吗？他们从来没有进屋里来，不过他们经常到林子里散步。这有什么神秘吗？"

"不，一点也不神秘。"

"他们散步时，就像其他人一样，会经过我们的门口。有一天我放学回家后跟那只狗说了几句话，就这样认识了艾伯特。"

"那有关白兔子和你说的那些话又是怎么回事呢？"

"那是艾伯特告诉我的。他是一个真正的哲学家，他告诉我所有哲学家的事。"

"你们只是站在树篱旁边谈吗？"

"他也写信给我。事实上，他写了很多封。有时寄来，有时他会在散步途中把信放在我们家的信箱里。"

"那就是我们说的'情书'啰？"

"嗯，只不过那不是真正的情书。"

"他在信上只谈哲学吗？"

"是的。你能想象吗？我从他那儿学到的比我这八年来在学校里学的更多，比方说，你听说过布鲁诺吗？他在一六○○年被烧死在火刑柱上。或者，你有没有听说过牛顿的万有引力定律呢？"

"没有。有很多东西是我不知道的。"

"我敢说你一定不知道地球为什么绕着太阳转，对不对？——你看，你还住在地球上呢！"

"这个男人年纪多大？"

"不知道——大概有五十岁吧！"

"他跟黎巴嫩有什么关系呢？"

这可不容易回答。苏菲很快想了一下，决定选择一个听起来最可信的说法。

"艾伯特有一个弟弟是驻黎巴嫩联合国部队的少校，他住在黎乐桑。也许他就是从前住在小木屋里的那个少校吧。"

"艾伯特这个名字有点奇怪，是不是？"

"大概吧！"

"听起来像是意大利名字。"

"这个嘛……几乎所有重要的东西好像都来自希腊或意大利。"

"可是他会说挪威话吧？"

"当然，说得很流利呢！"

"你知道吗？苏菲，我想你应该找一天请这个艾伯特到我们家来。我从来没有遇见过真正的哲学家。"

"再说吧。"

"我们请他参加你的生日宴会，你看怎样？请各种不同年纪的人来会很好玩的。说不定我也可以参加呀！至少，我可以帮你招待客人。你说这样好不好？"

"如果他肯来的话，跟他说话比跟我们班上那些男生讲话要有意思多了。只不过……"

"怎样？"

"他们搞不好会起哄，说艾伯特是我新交的男朋友。"

"那你就告诉他们他不是呀！"

"嗯，再说吧！"

"好吧。还有，苏菲，我和你爸爸有时确实不是处得很好，但我们之间从来没有第三者……"

"我想睡了。我痛经得很厉害。"

"你要不要吃一片阿司匹林？"

"好。"

当妈妈拿着药片和水回到房里时，苏菲已经睡着了。

神秘的书信

五月三十一日是星期四。整个下午苏菲在学校上课时都觉得时间很难挨。自从开始上哲学课后，她在某些科目上的成绩进步了。通常她大多数科目的成绩不是A就是B，但上个月她在公民课与作文课上都拿A。不过她的数学成绩则远远落后。

最后一堂课时，老师发回上次写的一篇作文。苏菲选的题目是《人与科技》。她长篇大论地谈到文艺复兴时期的种种和当时在科技方面的突破、对大自然的新观念，以及培根所说的"知识就是力量"。她特别指出是因为有了实证法才有种种科技的发明，然后她谈了一些她认为对社会未必有利的科技发明。在最后一段，她写道：人们做的每一件事都有利有弊。善恶好坏就像一股黑线与一股白线相互交织，有时甚至紧密得无法分开。

当老师把作业本发回时，他从讲台上看着苏菲，戏谑似的向她点点头。

苏菲得了一个A。老师的评语是："你从哪里学到这些的？"

她拿出一支笔，在作业本旁边的空白处写：因为我正在研究哲学。

当她把作业本合上时，有一个东西从里面掉了出来。那是一张从黎巴嫩寄来的明信片。

苏菲俯身在课桌前看着信中的内容：

亲爱的席德：

当你看到这封信时，我们大概已经在电话中谈过这里发生的死亡悲剧。有时候我会问自己：如果人类的思想比较清楚的话，是否就能够避免战争与暴力？也许消除战争与暴力最好的方法，就是为人们上一门简单的哲学课程。也许我们应该出版一本《联合国哲学小册》，译成各国语言，分发给未来每一位世界公民。我将向联合国主席提出这个建议。

你在电话上说你愈来愈会收拾照管自己的东西了。我很高兴，因为你是我所见过最会丢三落四的人。然后你又说自从我们上次通话后你只掉过一个十块钱的铜板，我会尽量帮你找回来。虽然我还在千里之外，可是我在家乡有一个帮手（如果我找到那十块钱，我会把它跟你的生日礼物放在一起）。我感觉自己好像已经开始走上漫长的归乡路了。

爱你的老爸

苏菲刚看完明信片，最后一堂课的下课铃就响了。她的思绪再度陷入一团混乱。

乔安像往常一样在游乐场等她。在回家的路上，苏菲打开书包，拿明信片给乔安看。

"邮戳上的日期是几月几号?"

"大概是六月十五日吧……"

"不,你看……上面写的是5／30／90。"

"那是昨天呀……就是黎巴嫩那位少校死掉的第二天。"

"我怀疑从黎巴嫩寄来的明信片能够在一天之内寄到挪威。"乔安继续说。

"再加上地址又很特别:请富理亚初中的苏菲代转席德……"

"你认为它会是寄来的吗?然后老师把它夹在你的作业本里?"

"我不知道。我也不知道自己敢不敢跑去问老师。"

然后,她们换了一个话题。

"仲夏节那天,我要在我家花园里举行一个宴会。"苏菲说。

"你会请男生来吗?"

苏菲耸耸肩。

"我们不一定要请那些笨蛋来。"

"可是你会请杰瑞米吧?"

"如果你想的话。还有,我可能会请艾伯特来。"

"你疯了!"

"我知道。"

谈到这里,她们已经走到超市,只好分道扬镳了。

苏菲回家后的第一件事就是看看汉密士是否在花园里。果然没错,它就站在那里,在苹果树旁边嗅来嗅去。

"汉密士!"

有一秒钟的时间,汉密士并没有动。苏菲知道为什么:它听到她的叫声、认出她的声音,决定看看她是否在声音传来的地方。然后,它看到了她,便开始向她跑来。它愈跑愈快,最后四只脚像鼓槌般地疾疾点地。

在这一秒钟的时间里,发生的事情还真不少。

汉密士冲向苏菲,忙不迭地摇着尾巴,然后跳起来舔她的脸。

"汉密士,你真聪明。下去……下去……不要,不要把口水弄得我满脸……好了,好了!够了!"

苏菲走进屋里。雪儿又从树丛里跳了出来。它对汉密士这位陌生访客相当提防。苏菲拿出猫食，在鹦哥的杯子里倒一些饲料，拿一片生菜叶子给乌龟吃，然后便留一张纸条给妈妈。

她说她要带汉密士回家。如果到七点她还没回来的话，她会打电话。

然后他们便开始穿越市区。这次苏菲特别在身上带了点钱。她本来考虑带汉密士一起坐公车，但后来决定还是问过艾伯特的意思再说。

当她跟着汉密士走的时候，脑海里一直想着动物到底是什么。

狗和猫有什么不同呢？她记得亚里士多德说：人与动物都是自然的生物，有许多相同的特征。但是人与动物之间却有一个明显不同的地方，那就是：人会思考。

他凭什么如此确定呢？

相反的，德谟克里特斯则认为人与动物事实上很相似，因为两者都由原子组成。他并不认为人或动物拥有不朽的灵魂。他的说法是：人的灵魂是由原子组成的，人一死，这些原子也就随风四散。他认为人的灵魂与他的脑子是紧紧相连，密不可分的。

不过，灵魂怎么可能是原子做的呢？灵魂不像身体其他部位那样是可以碰触到的。它是"精神性"的东西。

他们已经走过大广场，接近旧城区了。当他们走到苏菲那天捡到十块钱的人行道上时，她自然而然地看着脚下的柏油路面。就在她那天弯腰捡钱的同一个地方，她看到了一张明信片，有风景的那面朝上。照片里是一个种有棕榈树与橘子树的花园。

苏菲弯腰捡起明信片。汉密士开始低声怒吼，仿佛不愿意苏菲碰那张明信片一般。

明信片的内容如下：

亲爱的席德：

生命是由一长串的巧合组成的。你所遗失的十块钱并非没有可能在这里出现。也许它是在黎乐桑的广场上被一位预备前往基督山的老太太捡到，她从基督山搭乘火车去探视她的孙儿。很久以后也许她在新广场这里又把那枚铜板给丢了。因此那枚铜板非常可能在当天被一名急需要钱坐公车回家的女孩捡到了。这很难说，席德，但如果真是这样，我们就必须问一问是否每一件事都是天意。现在，就精神上而言，我已经坐在咱家旁边的船坞上了。

　　P.S：我说过我会帮你找回那十块钱的。

爱你的爸爸

　　地址栏上写着："请过路人代转席德"。邮戳的日期是六月十五日。

　　苏菲跟在汉密士的身后跳上台阶。艾伯特一打开门，她便说："闪开，老爹，邮差来了。"

　　她觉得自己现在有十足的理由生气。

　　苏菲进门时，艾伯特便让到旁边。汉密士像从前那样躺在衣帽钩架下面。

　　"少校是不是又给了你一张明信片，孩子？"

　　苏菲抬眼看着他，发现他今天又穿了另外一套衣服。她最先注意到的是他戴了一顶长长鬈鬈的假发，穿了一套宽松、镶有许多花边的衣服，脖子上围了一条颜色异常鲜艳的丝巾。在衣服之上还披了一件红色的披肩。另外他还穿着白色的长袜和显然是皮制的薄薄的鞋子，鞋面上还有蝴蝶结。这一整套服装使苏菲想起她在电影上看到的路易十四的宫廷。

　　"你这个呆子！"她说，一边把明信片递给他。

　　"嗯……你真的在他放这张明信片的地方捡到了十块钱吗？"

　　"没错。"

　　"他愈来愈没礼貌了。不过这样也好。"

　　"为什么？"

　　"这使我们比较容易拆穿他的面具。不过他这个把戏既夸张又不高明，几乎像是廉价香水一样。"

　　"香水？"

　　"因为他努力要显得很高雅，但实际上却虚有其表。你难道看不出来他居然厚脸皮地把他监视我们的卑鄙行为比作天意吗？"他指着那张明信片，然后就像以前那样把它撕成碎片。为了不让他更生气，苏菲就没有再提在学校时从她作业本里掉出来的那张明信片。

　　"我们进房里坐吧。现在几点了？"

　　"四点。"

"今天我们要谈十七世纪。"

他们走进那间四面斜墙、开有天窗的客厅。苏菲发现这次房里的摆设和上次不同。

茶几上有一个小小的古董珠宝箱，里面放着各式各样的镜片。珠宝箱旁边摆着一本摊开来的书，样子看起来颇为古老。

"那是什么？"苏菲问。

"那是笛卡尔著名的《方法论》，是第一版，印制于公元一六三七年，是我最宝贝的收藏之一。"

"那个箱子呢？"

"是我独家收藏的镜片，也叫做光学玻璃。它们是在十七世纪中由荷兰哲学家斯宾诺莎所打磨的。这些镜片价格都非常昂贵，也是我最珍贵的收藏之一。"

"如果我知道斯宾诺莎和笛卡尔是谁的话，也许比较能了解这些东西到底有多珍贵。"

"当然。不过还是先让我们熟悉一下他们的时代背景好了。我们坐下来吧！"

理想与唯物主义

他们坐在跟上次一样的地方。苏菲坐在大扶手椅里，艾伯特则坐在沙发上。那张放着书和珠宝箱的茶几就在他们两人中间。当他们坐下来时，艾伯特拿下他的假发，放在书桌上。

"我们今天要谈的是十七世纪，也就是我们一般所说的'巴洛克时期'。"

"巴洛克时期？好奇怪的名字。"

"'巴洛克'这个名词原来的意思是'形状不规则的珍珠'。这是巴洛克艺术的典型特征。它比文艺复兴时期的艺术要更充满了对照鲜明的形式，相形之下，后者则显得较为平实而和谐。整体来说，十七世纪的主要特色就是在各种相互矛盾的对比中呈现的张力。当时有许多人抱持文艺复兴时期持续不坠的乐观精神，另一方面又有许多人过着退隐山林、禁欲苦修的宗教生活。无论在艺术还是现实生活上，我们都可以看到夸张华丽的自我表达形式，但另外一方面也有一股退隐避世的潮流逐渐兴起。"

"你是说，当时既有宏伟华丽的宫廷，也有僻静的修道院？"

"是的。一点没错。巴洛克时期的口头禅之一是拉丁谚语 carpediem，也就是'把握今天'的意思。另外一句也很流行的拉丁谚语则是 memento mori，就是'不要忘记你将会死亡'。

"在艺术方面，当时的绘画可能一方面描绘极其繁华奢靡的生活，但在角落里却画了一个骷髅头。从很多方面来说，巴洛克时期的特色是浮华而矫饰的。但在同一时期，也有许多人意识到世事无常，明白我们周遭的美好事物终有一天会消殒凋零。"

"没错。我想意识到生命无常的确是一件令人伤感的事。"

"你的想法就和十七世纪的许多人一样。在政治方面，巴洛克时期也是一个充满冲突的年代。当时的欧洲可说是烽火遍地。其中最惨烈的是从一六一八年打到一六四八年的'三十年战争'，欧洲大部分地区都卷入其中。事实上，所谓'三十年战争'指的是一连串战役，而受害最深的是德国。由于这些战争，法国逐渐成为欧洲最强大的国家。"

"他们为什么要打仗呢？"

"有一大部分是由于基督新教与天主教之间的冲突。但也有一些是为了争夺政权。"

"就像黎巴嫩的情况。"

"除此之外，十七世纪也是阶级差距很大的时代。你一定听过法国的贵族和凡尔赛宫。但我不知道你对法国人民穷困的生活知道多少。不过财富往往建立于权力之上。人们常说巴洛克时期的政治情势与当时的艺术与建筑有几分相似。巴洛克时期的建筑特色在于屋角与隙缝有许多细部装饰。同样的，当时政治情势的特色就是各种阴谋与暗杀充斥。"

"不是有一位瑞典国王在戏院里遇刺吗？"

"你说的是古斯塔夫三世。这是一个很好的例子。古斯塔夫三世遇刺的时间其实是在一七九二年，但当时的情况却与巴洛克时期很像。他是在一场化装舞会中遇害的。"

"我还以为他是在戏院里被杀的。"

"那场化装舞会是在一座歌剧院举行的。我们可以说瑞典的巴洛克时期随着古斯塔夫三世的遇刺而结束。在古斯塔夫的时代已经开始有所谓的'开明专制'政治,与近一百年前路易十四统治的时期颇为相似。古斯塔夫三世本身也是一个非常虚荣的人,他崇尚所有的法国仪式与礼节。不过,他也很喜爱戏剧……"

"他就是因此而死的对不对?"

"是的,不过巴洛克时期的戏剧不只是一种艺术形式,也是当时最常使用的象征。"

"什么东西的象征?"

"生活的象征。我不知道十七世纪的人究竟说过多少次'人生如戏'之类的话。总之,很多次就是了。现代戏剧——包括各种布景与舞台机关——就是在巴洛克时期诞生的。演戏的人在舞台上创造一种假象,最终目的就是要显示舞台上的戏剧不过是一种假象而已。戏剧因此成为整个人生的缩影。它可以告诉人们'骄者必败',也可以无情地呈现出人类的软弱。"

"莎士比亚是不是巴洛克时期的人?"

"他最伟大的几出剧作是在一六〇〇年写成的。因此可以说,他横跨了文艺复兴时期与巴洛克时期。莎士比亚的剧本中有许多片段讲到人生如戏。你想不想听我念几段?"

"当然想。"

"在《皆大欢喜》中,他说:

世界是一座舞台,
所有的男男女女不过是演员:
有上场的时候,也有下场的时候;
每个人在一生中都扮演着好几种角色。"

"在《马克白》中,他说:

人生不过是一个行走的影子,一个在舞台上高谈阔论的可怜演员,无声无息地悄然退下；

　　这只是一个傻子说的故事，说得慷慨激昂，

　　却无意义。”

　　“好悲观哪！”

　　“那是因为他时常想到生命的短暂。你一定听过莎士比亚最著名的一句台词吧！”

　　“存在或不存在，这是问题所在。”（To be or not to be——that is the question.）

　　“对，是哈姆雷特说的。今天我们还在世上到处行走，明天我们就死了，消失了。”

　　“谢啦！我明白了！”

　　“除了将生命比喻为舞台之外，巴洛克时期的诗人也将生命比喻为梦境。例如，莎士比亚就说：

　　我们的本质原来也和梦一般，

　　短短的一生

　　就在睡梦中度过……”

　　“很有诗意。”

　　“公元一六〇〇年出生的西班牙剧作家卡德隆写了一出名为《人生如梦》的戏。其中有一句台词是：‘生命是什么？是疯狂的。生命是什么？是幻象、是影子、是虚构之物。生命中至美至善者亦微不足道，因为生命只是一场梦境……’”

　　“他说得也许没错。我们在学校里也念过一个剧本，名叫《杰普大梦》。”

　　“没错，是由侯柏格写的。他是北欧的大作家，是巴洛克时期过渡到开明时期的一个重要人物。”

　　“杰普在一个壕沟里睡着了……醒来时发现自己躺在男爵的床上。因此他以为他梦见自己是一个贫穷的农场工人。后来当他再度睡着时，他们把他抬回壕沟去，然后他又醒过来了。这次他以为他刚才只是梦见自己躺在男爵的床上罢了。"

"侯柏格是从卡德隆那儿借用了这个主题，而卡德隆则是借用古代阿拉伯的民间故事《一千零一夜》中的主题。不过，在此之前，早已有人将生命比喻为梦境，包括印度与中国的作家。比方说，中国古代的智者庄子就曾经说过：'昔者庄周梦为蝴蝶，栩栩然蝴蝶也……俄然觉，则蘧蘧然周也。不知周之梦为蝴蝶欤？蝴蝶之梦为周欤？'"

"这个嘛，我想我们实在不可能证明究竟哪一种情况才是真的。"

"挪威有一个巴洛克时期的天才诗人名叫达斯，生于一六四七年～一七〇七年间。他一方面着意描写人世间的现实生活，另一方面则强调唯有上帝才是永恒不变的。

"上帝仍为上帝，即便天地尽荒；上帝仍为上帝，纵使人人皆亡。

"但他在同一首赞美诗中也描写挪威北部的乡村生活，描写鲂鱼、鳕鱼和黑鳕鱼等。这是巴洛克时期作品的典型特征，一方面描写今生与现实人间的生活，另一方面也描写天上与来世的情景。这使人想起柏拉图将宇宙分成具体的感官世界与不变的概念世界的理论。"

"这些巴洛克时期的人又有什么样的哲学呢？"

"他们的哲学特色同样也是两种完全相反的思想模式并存，而且两者之中充满了强烈的冲突。我说过，有许多人认为生命基本上具有一种崇高的特质。我们称之为'理想主义'。另一种迥然相异的看法则被称为'唯物主义'，就是指一种相信生命中所有的自然现象都是从肉体感官而来的哲学。十七世纪时也有许多人信奉物质主义。其中影响最大的可能是英国的哲学家霍布士。他相信自然界所有的现象——包括人与动物——都完全是由物质的分子所组成的。就连人类的意识（也就是灵魂）也是由人脑中微小分子的运动而产生的。"

"这么说，他赞同两千年前德谟克里特斯的说法啰？"

"在整部哲学史上你都可以看到理想主义与唯物主义的影踪。不过两者很少像在巴洛克时期这般明显共存。由于受到各种新科学的影响，唯物主义日益盛行。牛顿证明整个宇宙适用同样的运动定律，也证明自然界（包括地理和太空）的所有变化都可以用宇宙重力与物体移动等定律来加以说明。因此，一切事物都受到同样的不变法则或同样的机转所左右。所以在理论上，所有自然界的变化都可以用数学精确地计算。就这样，牛顿成就了我们所谓的'机械论的世界观'。"

"他是否认为整个世界就是一部很大的机器?"

"是的。mechanic（机械论的）这个词是从希腊文mechane而来的，意思就是机器。值得注意的是：无论霍布士或牛顿都不认为机械论的世界观与他们对上帝的信仰有何抵触。但十八、十九世纪的唯物主义者则不然。十八世纪的法国物理学家兼哲学家拉美特利写了一本名为《人这部机器》的书。他认为，就像人腿有肌肉可以行走一般，人脑也有'肌肉'可以用来思考。后来，法国的数学家拉普拉斯也表达了极端机械论的观点。他的想法是：如果某些神祇在某个时刻能知道所有物质分子的位置，则'没有任何事情是他们所不知道的，同时他们也能够看到所有过去及未来的事情'。他认为所有事情都命中注定。一件事情会不会发生，都是冥冥中早有定数。这个观点被称为'决定论'。"

"这么说，他们认为世间没有所谓自由意志这回事啰?"

"是的。他们认为一切事物都是机械过程的产物，包括我们的思想与梦境在内。十九世纪德国的唯物主义者宣称，思想与脑袋的关系就像尿液与肾脏、胆汁与肝的关系。"

"可是尿液和胆汁都是物质，但思想却不是。"

"你说到重点了。我可以告诉你一个类似的故事。有一次，一位俄罗斯太空人与一位脑外科医生讨论宗教方面的问题。脑外科医生是个基督徒，那位太空人不是。太空人说：'我到过太空许多次，但却从来没有见过上帝或天使。'脑外科医生答道：'我开过很多聪明的脑袋，也没有看过一个思想呀！'"

"可是这并不代表思想并不存在。"

"没错。它强调了一个事实，那就是：思想并不是可以被开刀或被分解成较小单位的东西。举例来说，如果一个人满脑子幻想，你很难开刀将它去除。我们可以说，它生长的部位太深入了，无法动手术。十七世纪一位重要的哲学家莱布尼兹指出：物质与精神不同的地方在于物质可以不断被分割成更小的单位，但灵魂却连分割成一半也不可能。"

"是呀！要用什么样的手术刀才能分割灵魂呢?"

艾伯特只是摇头。过了一会儿，他向下指着他们两人中间的桌子说：

"十七世纪最伟大的两位哲学家笛卡尔和斯宾诺莎也曾绞尽脑汁思考灵魂与肉体的关系，我们会更详细地讨论他们的思想。"

"好吧，不过如果我们到七点钟还没结束的话，我就得借你的电话用一用。"

笛卡尔

……他希望清除工地上所有的瓦砾……

艾伯特站起身来，脱下红色披风，搁在椅子上，然后再度坐在沙发的一角。

"笛卡尔诞生于一五九六年，一生中曾住过几个欧洲国家。他在年轻时就已经有强烈的欲望要洞悉人与宇宙的本质。但在研习哲学之后，他逐渐体认到自己的无知。"

"就像苏格拉底一样？"

"是的，或多或少。他像苏格拉底一样，相信唯有通过理性才能获得确实的知识。他认为我们不能完全相信古籍的记载，也不能完全信任感官的知觉。"

"柏拉图也这么想。他相信确实的知识只能经由理性获得。"

"没错。苏格拉底、柏拉图、圣奥古斯丁与笛卡尔在这方面可说是一脉相传。他们都是典型的理性主义者，相信理性是通往知识的唯一途径。经过广泛研究后，笛卡尔得到了一个结论：中世纪以来的各家哲学并不一定可靠。这和苏格拉底不全然相信他在雅典广场所听到的各家观点一样。在这种情况下该怎么办呢？苏菲，你能告诉我吗？"

那就开始创立自己的哲学呀！

现代的哲学之父

"对！笛卡尔于是决定到欧洲各地游历，就像当年苏格拉底终其一生都在雅典与人谈话一样。笛卡尔说，今后他将专心致力寻求前所未有的智慧，包括自己内心的智慧与'世界这本大书'中的智慧。因此他便从军打仗，也因此有机会客居中欧各地。后来，他在巴黎住了几年，并在一六二九年时前往荷兰，在那儿住了将近二十年，撰写哲学书籍。一六四九年时他应克里斯蒂娜皇后的邀请前往瑞典。然而他在这个他所谓的'熊、冰雪与岩石的土地'上罹患了肺炎，终于在一六五〇年的冬天与世长辞。"

"这么说他去世时只有五十四岁。"

"是的，但他死后对哲学界仍然具有重要的影响力。所以说，称笛卡尔为现代哲学之父一点也不为过。在文艺复兴时期，人们重新发现了人与大自然的价值。在历经这样一个令人兴奋的年代之后，人们开始觉得有必要将现代的思想整理成一套哲学体系。而第一个创立一套重要的哲学体系的人正是笛卡尔。在他之后，又有斯宾诺莎、莱布尼茨、洛克、柏克莱、休谟和康德等人。"

"你所谓的哲学体系是什么意思？"

"我指的是一套从基础开始创立，企图为所有重要的哲学性问题寻求解释的哲学。古代有柏拉图与亚里士多德等伟大的哲学体系创立者。中世纪则有圣多玛斯努力为亚里士多德的哲学与基督教的神学搭桥。到了文艺复兴时期，各种有关自然与科学、上帝与人等问题的思潮汹涌起伏，新旧杂陈。一直到十七世纪，哲学家们才开始尝试整理各种新思想，以综合成一个条理分明的哲学体系。第一位做这种尝试的人就是笛卡尔。他的努力成为后世各种重要哲学研究课题的先驱。他最感兴趣的题目，是我们所拥有的确实知识以及肉体与灵魂之间的关系。这两大问题成为后来一百五十年间哲学家争论的主要内容。"

"他一定超越了他那个时代。"

"嗯，不过这些问题却属于那个时代。在谈到如何获取确实的知识时，当时许多人持一种全然怀疑的论调，认为人应该接受自己一无所知的事实。但笛卡尔却不愿如此。他如果接受这个事实，那他就不是一个真正的哲学家了。他的态度就像当年苏格拉底不肯接受诡辩学派的怀疑论调一样。在笛卡尔那个时代，新的自然科学已经开始发展出一种方法，以便精确地描述自然界的现象。同样的，笛卡尔也觉得有必要问自己是否有类似的精确方法可以从事哲学的思考。"

"我想我可以理解。"

"但这只是一部分而已。当时新兴的物理学也已经提出'物质的性质为何'以及'哪些因素影响自然界的物理变化'等问题。人们愈来愈倾向对自然采取机械论的观点。然而,人们愈是用机械论的观点来看物质世界,肉体与灵魂之间有何关系这个问题也就变得愈加重要。在十七世纪以前,人们普遍将灵魂视为某种遍布于所有生物的'生命原理'。事实上,灵魂(soul)与精神(spirit)这两个词原来的意思就是'气息'与'呼吸'。这在几乎所有的欧洲语言中都一样。亚里士多德认为灵魂乃是生物体中无所不在的'生命因素'(life principle),是不能与肉体分离的。因此,他有时说'植物的灵魂',有时也说'动物的灵魂'。一直到十七世纪,哲学家才开始提出灵魂与肉体有所区分的论调。原因是他们将所有物质做的东西——包括动物与人的身体——视为一种机械过程。但人的灵魂却显然不是这个'身体机器'的一部分。因此,灵魂又是什么呢?这时就必须对何以某种'精神性'的事物可以启动一部机器这个问题做一个解释。"

"想起来也真是奇怪。"

"什么东西很奇怪?"

"我决定要举起我的手臂,然后,手臂自己就举起来了。我决定要跑步赶公车,下一秒钟我的两腿就像发条一样跑起来了。有时我坐在那儿想某件令我伤心的事,突然间我的眼泪就流出来了。因此,肉体与意识之间一定有某种神秘的关联。"

"这正是笛卡尔所努力思考的问题。他像柏拉图一样,相信'精神'与'物质'有明显的不同。但是究竟身体如何影响灵魂或灵魂如何影响身体,柏拉图还没有找到答案。"

我思故我在

"我也没有。因此我很想知道笛卡尔在这方面的理论。"

"让我们跟他思想的脉络走。"

艾伯特指着他们两人中间的茶几上所放的那本书,继续说道:

"在他的《方法论》中，笛卡尔提出哲学家必须使用特定的方法来解决哲学问题。在这方面科学界已经发展出一套自己的方法来……"

"这你已经说过了。"

"笛卡尔认为除非我们能够清楚分明地知道某件事情是真实的，否则我们就不能够认为它是真的。为了做到这点，可能必须将一个复杂的问题尽可能细分为许多不同的因素。然后我们再从其中最简单的概念出发。也就是说每一种思想都必须加以'斟酌与衡量'，就像伽利略主张每一件事物都必须加以测量，而每一件无法测量的事物都必须设法使它可以测量一样。笛卡尔主张哲学应该从最简单的到最复杂的。唯有如此才可能建立一个新观点。最后，我们还必须时时将各种因素加以列举与控制，以确定没有遗漏任何因素。如此才能获致一个结论。"

"听起来几乎像是数学考试一样。"

"是的。笛卡尔希望用'数学方法'来进行哲学性的思考。他用一般人证明数学定理的方式来证明哲学上的真理。换句话说，他希望运用我们在计算数字时所有的同一种工具——理性——来解决哲学问题，因为唯有理性才能使我们得到确实的知识，而感官则并非如此确实可靠。我们曾经提过他与柏拉图相似的地方。柏拉图也说过数学与数字的比例要比感官的体验更加确实可靠。"

"可是我们能用这种方式来解决哲学问题吗？"

"我们还是回到笛卡尔的思维好了。他的目标是希望能在生命的本质这个问题上获得某种确定的答案。他的第一步是主张在一开始时我们应该对每一件事都加以怀疑，因为他不希望他的思想是建立在一个不确实的基础上。"

"嗯，因为如果地基垮了的话，整栋房子也会倒塌。"

"说得好。笛卡尔并不认为怀疑一切事物是合理的，但他以为从原则上来说怀疑一切事物是可能的。举个例子，我们在读了柏拉图或亚里士多德的著作后，并不一定会增强我们研究哲学的欲望。这些理论固然可能增进我们对历史的认识，但并不一定能够使我们更加了解这个世界。笛卡尔认为，在他开始建构自己的哲学体系之前，必须先挣脱前人理论的影响。"

"在兴建一栋属于自己的新房子以前，他想清除房屋地基上的所有旧瓦砾……"

"说得好。他希望用全新的材料来建造这栋房屋,以便确定他所建构的新思想体系能够站得住脚。不过,笛卡尔所怀疑的还不止于前人的理论。他甚至认为我们不能信任自己的感官,因为感官可能会误导我们。"

"怎么说呢?"

"当我们做梦时,我们以为自己置身真实世界中。那么,我们清醒时的感觉与我们做梦时的感觉之间有何区别呢? 笛卡尔写道:'当我仔细思索这个问题时,我发现人清醒时的状态与做梦时的状态并不一定有所分别。'他并且说:'你怎能确定你的生命不是一场梦呢?'"

"杰普认为他躺在男爵床上的那段时间只不过是一场梦而已。"

"而当他躺在男爵的床上时,他以为自己过去那段务农的贫穷生活只不过是个梦而已。所以,笛卡尔最终怀疑每一件事物。在他之前的许多哲学家走到这里就走不下去了。"

"所以他们并没有走多远。"

"可是笛卡尔却设法从这个零点开始出发。他怀疑每一件事,而这正是他唯一能够确定的事情。此时他悟出一个道理:有一件事情必定是真实的,那就是他怀疑。当他怀疑时,他必然是在思考,而由于他在思考,那么他必定是个会思考的存在者。用他自己的话来说,就是:Cogito, ergo sum。"

"什么意思?"

"我思故我在。"

"我一点都不奇怪他会悟出这点。"

"不错。但请你注意他突然间视自己为会思考的存在者的那种直观的确定性。也许你还记得柏拉图说过:我们以理性所领会的知识要比我们以感官所领会的更加真实。对笛卡尔来说正是如此。他不仅察觉到自己是一个会思考的'我',也发现这个会思考的'我'要比我们的感官所观察到的物质世界更加真实。同时,他的哲学探索并未到此为止。他仍旧继续追寻答案。"

"我希望你也能继续下去。"

"后来,笛卡尔开始问,自己是否能以同样直观的确定性来察知其他事物。他的结论是:在他的心灵中,他很清楚地知道何谓完美的实体,这种概念他一向就有。但是他认为这种概念显然不可能来自他本身，因为对于完美实体的概念不可能来自一个本身并不完美的人，所以它必定来自那个完美实体本身，也就是上帝。因此，对笛卡尔而言，上帝的存在是一件很明显的事实，就像一个会思考的存在者必定存在一样。"

"他这个结论下得太早了一些。他一开始时似乎比较谨慎。"

"你说得对。许多人认为这是笛卡尔的弱点。不过你刚才说'结论'，事实上这个问题并不需要证明。笛卡尔的意思只是说我们都是具有对于完美实体的概念，由此可见这个完美实体的本身必定存在。因为一个完美的实体如果不存在，就不算完美了。此外，如果世上没有所谓的完美实体，我们也不会具有完美实体的概念。因为我们本身是不完美的，所以完美的概念不可能来自于我们。笛卡尔认为，上帝这个概念是与生俱来的，乃是我们出生时就烙印在我们身上的，'就像工匠在他的作品上打上记号一般。'"

"没错，可是我有'鳄象'这个概念并不代表真的有'鳄象'存在呀！"

"笛卡尔会说，'鳄象'这个概念中并不包含它必然存在的事实。但'完美实体'这个概念中却包含它必然存在的事实。笛卡尔认为，这就像'圆'这个概念的要素之一就是，圆上所有的点必须到圆心等长一样。如果不符合这点，圆就不成其为圆。同样的，如果缺少'存在'这个最重要的特质，一个'完美的实体'也就不成其为'完美的实体'了。"

"这种想法很奇怪。"

"这就是典型的'理性主义者'的思考模式。笛卡尔和苏格拉底与柏拉图一样，相信理性与存在之间有所关联。依理性看来愈是明显的事情，它的存在也就愈加可以肯定。"

"到目前为止，他只讲到人是会思考的动物，以及宇宙间有一个完美的实体这两件事。"

"是的。他从这两点出发，继续探讨。在谈到我们对外在现实世界（如太阳和月亮）的概念时，笛卡尔认为，这些概念可能都只是幻象。但是外在现实世界也有若干我们可以用理性察知的特点，这些特点就是它们的数学特质，也就是诸如宽、高等可以测量的特性。这些'量'方面的特性对于我们的理性来说，就像人会思考这个事实一般显而易见。至于'质'方面的特性，如颜色、气味和味道等，则与我们的感官经验有关，因此并不足以描述外在的真实世界。"

"这么说大自然毕竟不是一场梦。"

"没错。在这一点上，笛卡尔再度引用我们对完美实体的概念。当我们的理智很清楚地认知一件事物（例如外在真实世界的数学特性）时，那么这件事物必定是如同我们所认知的那样。因为一个完美的上帝是不会欺骗我们的。笛卡尔宣称'上帝可以保证'我们用理智所认知到的一切事物必然会与现实世界相符。"

二元论

"那么，他到目前为止已经发现了三件事：一、人是会思考的生物，二、上帝是存在的，三、宇宙有一个外在的真实世界。"

"嗯，但基本上这个外在的真实世界还是与我们思想的真实世界不同。笛卡尔宣称宇宙间共有两种不同形式的真实世界（或称'实体'）。一种实体称为思想或'灵魂'，另一种则称为'扩延'（Extension），或称物质。灵魂纯粹是属于意识的，不占空间，因此也不能再分解为更小的单位；而物质则纯粹是扩延，会占空间，因此可以一再被分解为更小的单位，但却没有意识。笛卡尔认为这两种本体都来自上帝，因为唯有上帝本身是独立存在的，不隶属任何事物。不过，'思想'与'扩延'虽然都来自上帝，但彼此却没有任何接触。思想不受物质的影响，反之，物质的变化也不受思想的影响。"

"这么说他将上帝的造物一分为二。"

"确实如此。所以我们说笛卡尔是二元论者，意思就是他将思想的真实世界与扩延的真实世界区分得一清二楚。比方说，他认为只有人才有灵魂，动物则完全属于扩延的真实世界，它们的生命和行为都是机械化的。他将动物当成是一种复杂的机械装置。在谈到扩延的真实世界时，他采取十足的机械论观点，就像是一个唯物论者。"

"我不太相信汉密士只是一部机器或一种机械装置。我想笛卡尔一定不是很喜欢动物。那么我们人类又如何呢？我们难道也是一种机械装置吗？"

"一部分是，一部分不是。笛卡尔的结论是：人是一种二元的存在物，既会思考，也会占空间。因此人既有灵魂，也有一个扩延的身体。圣奥古斯丁与圣多玛斯也曾经说过类似的话。他们同样认为人有一个像动物一般的身体，也有一个像天使一般的灵魂。在笛卡尔的想法中，人的身体十足是一部机器，但人也有一个灵魂可以独立运作，不受身体的影响。至于人体则没有这种自由，必须遵守一套适用于他们的法则。我们用理智所思考的事物并不发生于身体内，而是发生于灵魂中，因此完全不受扩延的真实世界左右。顺便一提的是，笛卡尔并不否认动物也可能有思想。不过，如果它们有这种能力，那么有关'思想'与'扩延'的二分法必定也适用于它们。"

"我们曾经谈过这个。如果我决定要追赶一辆公车，那么我的身体这整部'机械装置'都会开始运转。如果我没赶上，我的眼睛就开始流泪。"

"连笛卡尔也不能否认灵魂与身体之间时常相互作用。他相信只要灵魂存在于身体内一天，它就会通过一个他称为松果腺的脑部器官与人脑联结。'灵魂'与'物质'就在松果腺内时时相互作用。因此，灵魂可能会时常受到与身体需要有关的种种感觉与冲动的影响。不过，灵魂也能够挣脱这种'原始'冲动的控制，而独立于身体之运作。它的目标是使理性获得掌控权。因为，即使我肚子痛得很厉害，一个三角形内所有内角的总和仍然会是一百八十度。所以思想有能力超脱身体的需求，而做出'合乎理性'的行为，从这个角度来看，灵魂要比身体高尚。我们的腿可能会衰老无力，我们的背可能变驼，我们的牙齿会掉，但只要我们的理性存在一天，二加二就永远是四。理性不会变驼、变弱。老化的是我们的身体。对笛卡尔而言，理性事实上就是灵魂。诸如欲望、憎恨等原始的冲动与感情和我们的身体功能关系较为密切，所以与扩延的真实世界的关系也较为密切。"

"我还是没办法接受笛卡尔将人体比作一部机器或一种机械装置的说法。"

"这是因为在他那个时代，人们对于那些似乎能够自行运转的机器及钟表非常着迷。'机械装置'指的就是一种能够自行运转的东西。不过这显然只是一个幻觉，事实上他们并不是真的能够自行运转。举例来说，一座天文钟不但是由人类制造的，而且必须有人来上发条。笛卡尔强调，这类巧妙的发明事实上是由一些零件以简单的方式组合而成。而组成人类与动物身体的各种骨骼、肌肉、神经、静脉与动脉也可以说是一种零件，只是数量较为庞大而已。上帝为什么不可能依照机械定律来创造动物或人类的身体呢？"

"现代有很多人谈到所谓的'人工智慧'。"

"没错。这些都是现代的机械装置。我们已经创造一些有时看起来似乎很有智慧的机器。类似这样的机器将会使笛卡尔吓破胆。他也许会开始怀疑人类的理性是否真的像他所说的那么独立自主。现代也有一些哲学认为人的精神生活并不比身体各官能要自由。当然人的灵魂确实是比任何数据程式都要复杂得多，但有些人认为基本上我们就像这些数据程式一样是不自由的。现在，苏菲，我要给你看一样东西。"

艾伯特指着位于房间另一头的一张大书桌。上面放着一台小电脑。他走过去，苏菲也跟着他。

会　面

艾伯特将电脑打开，荧屏的上方很快显示出一个C：符号。他键入"莱拉"这个字，并向苏菲解释这是一个很先进的对话程式。

荧屏上方马上出现一行字：

"嗨，我的名字叫莱拉。你现在坐得舒服吗？"

虽然苏菲还没有坐下，但她仍键入：

"是的。"这时，艾伯特拿了一张椅子给她。

"你叫什么名字？"荧屏问道。

"苏菲。"苏菲键入这几个字。电脑回答道：

"苜蓿巷三号。很高兴见到你，苏菲。你是不是很盼望在十五日那天过生日？"

苏菲吓了一跳。艾伯特将一双手放在她的肩膀上说道：

"我只不过是输进你的姓名、地址和出生日期而已。就像你要被介绍给一个新朋友一样，能够事先对对方有点了解总是比较好。"

"还好。"苏菲写道。

"噢，苏菲，我希望你没有什么地方不舒服。你必须要写完整的句子才行。"

"谢谢你，我很好，我可以问你一件事吗?"

"我很高兴你没事。有什么事你就问吧!"

"你几岁?"苏菲写道。

"我是一九八八年八月八日在亚特兰大制造的，一九九〇年三月二十八日被挪威理工学院译成挪威文。"

"天哪（Gosh）!"

"我说过你必须输进完整的句子。"

"我只说天哪。"

"我不懂俚语。我的字库里有十多万单词，但我所能找到最接近'Gosh'的单词是Gospel（福音）。"

"那是指有关耶稣的故事。"

"你是一个基督徒吗?"

"我也不知道。"

"照道理，承认自己不知道乃是获得新知识的一步。"

"苏格拉底很可能也会这样说，笛卡尔也是。"

"苏格拉底是希腊哲学家，生于公元前四七〇年～公元前三九九年间。如果你希望知道得更多，请按F7键。笛卡尔是法国哲学家，生于公元一五九六年～一六五〇年间。如果你希望知道得更多，请按F8键。"

"谢谢你，这样就够了。我可以问你别的事吗?"

"我很高兴这样就够了。请问吧!"

艾伯特悄悄地笑了一下。苏菲写道:

"席德是谁?"

"席德住在黎乐桑，跟苏菲同年。"

"你怎么知道?"

"我不知道。我在硬盘上找到她的资料。"

苏菲感觉有一双手放在她的肩膀上。

"我已经把我们所知道的一点关于席德的资料输进这个程式。"艾伯特说。

"关于席德，你还知道些什么?"

"席德的父亲是一位联合国驻黎巴嫩的观察员。他的军衔是少校，并且不断寄明信片给他女儿。"

"我希望你能找到关于他的资料。"

"我不能。他不在我的档案里，而且我也没有和其他的资料库连线。"

"我要你找到他！！！！！！"

"你生气了吗？苏菲。这么多惊叹号是显示一种强烈感情的符号。"

"我要和席德的父亲说话。"

"你好像很难控制自己。如果你想谈谈你的童年，请按F9键。"

艾伯特再度把手放在苏菲的肩上。

"电脑说得没错。它不是一个水晶球，莱拉只是一个电脑程式。"

"闭嘴！"苏菲写道。

"好吧！苏菲。我们只认识了十三分五十二秒。我会记得我们所说的每一件事情。现在我要结束这个程式了。"

之后，C这个符号再度出现于荧屏。

"现在我们可以再坐下来了。"

但苏菲已经按了其他几个键。

"艾勃特。"她写。

下面几行字立刻出现在荧屏上：

"我在这里。"

现在轮到艾伯特吓一跳了。

"你是谁？"苏菲写道。

"艾勃特少校向你报到。我直接从黎巴嫩来，请问我的女士有何命令？"

"再没有比这个更过分的了！"艾伯特喘气道，"这个鬼鬼祟祟的东西居然偷溜到硬盘里来了！"

他把苏菲推离椅子，并且坐到键盘前。

"你是怎么跑进我的个人电脑里面的？"

"小事一桩，我亲爱的同仁。我想在哪里，就在哪里。"

"你这个可恶的电脑病毒！"

"此时此刻我可是以生日病毒的身份来到这里。我可不可以说一些特别的贺词？"

"不，谢了，我们已经看得够多了。"

"我只花一点时间：亲爱的席德，这都是因为你的缘故。让我再说一次，祝你十五岁生日快乐。请你原谅我在这种场合出现。不过我只是希望无论你走到哪里，都可以看到我写给你的生日贺词。我很想好好地拥抱你一下。爱你的爸爸。"

在艾伯特还没有来得及键入什么字之前，C这个符号已经再度出现在荧屏上。

艾伯特键入"dir艾勃特*·*"，结果在荧屏上出现了下列资料：

艾勃特lib 147，643 06／15—90 12：47

艾勃特lil 326，439 16—23—90 22：34

艾伯特键入"清除艾勃特*·*"，并关掉电脑。

"现在我可把他给消除了。"他说，"不过很难说他下次会在什么地方出现。"

他仍然坐在那儿，盯着电脑看。然后他说：

"最糟糕的部分就是名字。艾勃特……"

苏菲第一次发现艾勃特和艾伯特这两个名字是如此相像。可是看到艾伯特如此生气，她一句话也不敢说。他们一起走到茶几那儿，再度坐下来。

斯宾诺莎

……上帝不是一个傀儡戏师傅……

他们坐在那儿，许久没有开口。后来苏菲打破沉默，想让艾伯特忘掉刚才的事。

"笛卡尔一定是个怪人。他后来成名了吗?"

艾伯特深呼吸了几秒钟才开口回答:

"他对后世的影响非常重大，尤其是对另外一位大哲学家斯宾诺莎。他是荷兰人，生于一六三二年～一六七七年间。"

"你要告诉我有关他的事情吗?"

"我正有此意。我们不要被来自军方的挑衅打断。"

"你说吧，我正在听。"

"斯宾诺莎是阿姆斯特丹的犹太人，他因为发表异端邪说而被逐出教会。近代很少有哲学家像他这样因为个人的学说而备受毁谤与迫害，原因在于他批评既有的宗教。他认为基督教与犹太教之所以流传至今完全是通过严格的教条与外在的仪式。他是第一个对圣经进行'历史性批判'的人。"

"请你说得更详细一些。"

"他否认整本圣经都是受到上帝启示的结果。他说，当我们阅读圣经时，必须时时记得它所撰写的年代。他建议人们对圣经进行'批判性'的阅读，如此便会发现经文中有若干矛盾之处。不过他认为新约的经文代表的是耶稣，而耶稣又是上帝的代言人。因此耶稣的教诲代表基督教已脱离正统的犹太教。耶稣宣扬'理性的宗教'，强调爱甚于一切。斯宾诺莎认为这里所指的'爱'代表上帝的爱与人类的爱。然而遗憾的是，后来基督教本身也沦为一些严格的教条与外在的仪式。"

"我想无论基督教或犹太教大概都很难接受他这些观念。"

"到事态最严重时，连斯宾诺莎自己的家人也与他断绝关系。他们以他散布异端邪说为由，剥夺他的继承权。这点令人倍感讽刺，因为很少人像斯宾诺莎这样大力鼓吹言论自由与宗教上的宽容精神。由于来自四面八方的反对，斯宾诺莎最后决定过清静隐遁的生活，全心研修哲学，并靠为人磨镜片糊口。其中有些镜片后来成为我的收藏品。"

"哇!"

"他后来以磨镜片维生这件事可说具有象征性的意义。一个哲学家必须帮助人们用一种新的眼光来看待生命。斯宾诺莎的主要哲学理念之一就是要用永恒的观点来看事情。"

"永恒的观点?"

"是的，苏菲。你想你可以用宇宙的观点来看你自己的生命吗？你必须试着想象此时此刻自己在人世间的生活……"

"嗯……不太容易。"

"提醒自己你只是整个大自然生命中很小的一部分，是整个浩瀚宇宙的一部分。"

"我想我了解你的意思……"

"你能试着去感觉吗？你能一下子看到整个大自然（应该说整个宇宙）吗？"

"我不确定。也许我需要一些镜片。"

"我指的不仅是无穷的空间，也包括无限的时间。三万年前在莱茵河谷住着一个小男孩，他曾经是这整个大自然的一小部分，是一个无尽的汪洋中的一个小涟漪。你也是，苏菲。你也是大自然生命中的一小部分。你和那个小男孩并没有差别。"

"只不过我现在还活着。"

"是的。但这正是我要你试着去想象的。在三万年之后，你会是谁呢?"

"你说的异端邪说就是指这个吗?"

"并不完全是……斯宾诺莎并不只是说万事万物都属于自然，他认为大自然就是上帝。他说上帝不是一切，一切都在上帝之中。"

"这么说他是一个泛神论者。"

一元论

"没错。对斯宾诺莎而言，上帝创造这个世界并不是为了要置身其外。不，上帝就是世界，有时斯宾诺莎自己的说法会有些出入。他主张世界就在上帝之中。这里他仍是引用保罗在雅典小丘上对雅典人说的话：'我们生活、动作、存留都在乎他。'不过我们还是追随斯宾诺莎的思想脉络吧。他最重要的著作是《几何伦理学》(Ethics Geometrically Demonstrated)。"

"以几何方式证明的伦理学？"

"听起来可能有点奇怪，在哲学上，伦理学研究的是过善良生活所需的道德行为。这也是我们提到苏格拉底或亚里士多德的'伦理学'时所指的意思，可是到了现代，伦理学却多多少少沦为教导人们不要冒犯别人的一套生活准则。"

"是不是因为时常想到自己便有自我主义之嫌？"

"是的，多少有这种意味，斯宾诺莎所指的伦理学与现代不太相同，它包括生活的艺术与道德行为。"

"可是……怎样用几何方法来展现生活的艺术呢？"

"所谓几何方法是指他所有的术语或公式。你可能还记得笛卡尔曾经希望把数学方法用在哲学性思考中，他的意思是用绝对合乎逻辑的推理来进行哲学性的思考。斯宾诺莎也禀承这种理性主义的传统。他希望用他的伦理学来显示人类的生命乃是遵守大自然普遍的法则，因此我们必须挣脱自我的感觉与冲动的束缚。他相信唯有如此，我们才能获得满足与快乐。"

"我们不只受到自然法则的规范吧？"

"你要知道，斯宾诺莎不是一位让人很容易了解的哲学家，所以我们得慢慢来，你还记得笛卡尔相信真实世界是由'思想'与'扩延'这两种完全不同的实体所组成的吧？"

"我怎么可能忘记呢？"

"'实体'这个词可以解释成'组成某种东西的事物'或'某种东西的本质或最终的面貌'。笛卡尔认为实体有两种。每一件事物不是'思想'就是'扩延'。"

"你不需要再说一次。"

"不过，斯宾诺莎拒绝使用这种二分法。他认为宇宙间只有一种实体。既存的每样事物都可以被分解、简化成一个他称为'实体'的真实事物。他有时称之为'上帝'或'大自然'。因此斯宾诺莎并不像笛卡尔那样对真实世界抱持二元的观点。我们称他为'一元论者'。也就是说，他将大自然与万物的情况简化为一个单一的实体。"

"那么他们两人的论点可说是完全相反。"

"是的。但笛卡尔与斯宾诺莎之间的差异并不像许多人所说的那么大。笛卡尔也指出，唯有上帝是独立存在的。只是，斯宾诺莎认为上帝与大自然（或上帝与他的造物）是一体的。只有在这方面他的学说与笛卡尔的论点和犹太、基督两教的教义有很大的差距。"

"这么说他认为大自然就是上帝，只此而已。"

"可是斯宾诺莎所指的'自然'并不仅指扩延的自然界。他所说的实体，无论是上帝或自然，指的是既存的每一件事物，包括所有精神上的东西。"

"你是说同时包括思想与扩延。"

"对。根据斯宾诺莎的说法，我们人类可以认出上帝的两种特质（或上帝存在的证明）。斯宾诺莎称之为上帝的'属性'。这两种属性与笛卡尔的'思想'和'扩延'是一样的。上帝（或'自然'）以思想或扩延的形式出现。上帝的属性很可能无穷无尽，远不止于此。但'思想'与'扩延'却是人类所仅知的两种。"

"不错。但他把它说得好复杂呀！"

"是的。我们几乎需要一把锤子和一把凿子才能参透斯宾诺莎的证言，不过，这样的努力还是有报偿的。最后你会挖掘出像钻石一般清澄透明的思想。"

"我等不及了。"

"他认为自然界中的每一件事物不是思想就是扩延。我们在日常生活中看到的每一种现象，例如一朵花或华兹华斯的一首诗，都是思想属性或扩延属性的各种不同模态。所谓'模态'就是实体、上帝或自然所采取的特殊表现方式。一朵花是扩延属性的一个模态，一首咏叹这朵花的诗则是思想属性的一个模态。但基本上两者都是实体、上帝或自然的表现方式。"

"你差一点把我唬住了。"

"不过，其中道理并没有像他说的那么复杂。在他严峻的公式之下，其实埋藏着他对生命美妙之处的体悟。这种体悟简单得无法用通俗的语言表达出来。"

"我想我还是比较喜欢用通俗的语言。"

"没错。那么我还是先用你来打个比方好了。当你肚子痛的时候，这个痛的人是谁？"

"就像你说的，是我。"

"嗯。当你后来回想到自己曾经肚子痛的时候，那个想的人是谁？"

"也是我。"

"所以说你这个人这会儿肚子痛，下一会儿则回想你肚子痛的感觉。斯宾诺莎认为所有的物质和发生在我们周遭的事物都是上帝或自然的表现方式。如此说来，我们的每一种思绪也都是上帝或自然的思绪。因为万事万物都是一体的。宇宙间只有一个上帝、一个自然或一个实体。"

"可是，当我想到某一件事时，想这件事的人是我；当我移动时，做这个动作的人也是我。这跟上帝有什么关系呢？"

"你很有参与感。这样很好。可是你是谁呢？你是苏菲，没错，但你同时也是某种广大无边的存在的表现。你当然可以说思考的人是你，或移动的人是你，但你也可以说是自然在通过你思考或移动。这只是你愿意从哪一种观点来看的问题罢了。"

"你是说我无法为自己做决定吗？"

"可以说是，也可以说不是。你当然有权决定以任何一种方式移动自己的拇指。但你的拇指只能根据它的本质来移动。它不能跳脱你的手，在房间里跳舞。同样的，你在这个生命的结构中也有一席之地。你是苏菲，但你也是上帝身体上的一根手指头。"

"这么说我做的每一件事都是由上帝决定的啦？"

"也可以说是由自然或自然的法则决定的。斯宾诺莎认为上帝（或自然法则）是每一件事的'内在因'。他不是一个外在因，因为上帝通过自然法则发言，而且只通过这种方式发言。"

"我好像还是不太能够理解其间的差异。"

"上帝并不是一个傀儡戏师傅，拉动所有的绳子，操纵一切的事情。一个真正的傀儡戏师傅是从外面来操纵他的木偶，因此他是这些木偶做出各种动作的'外在因'。但上帝并非以这种方式来主宰世界。上帝是透过自然法则来主宰世界。因此上帝（或自然）是每一件事情的'内在原因'。这表示物质世界中发生的每一件事情都有其必要性。对于物质（或自然）世界，斯宾诺莎所采取的是决定论者的观点。"

"你从前好像提过类似的看法。"

自 然 法 则

"你说的大概是斯多葛学派，他们确实也认为世间每一件事的发生都有其必要。这是为什么我们遇到各种情况时要坚忍卓绝的缘故。人不应该被感情冲昏了头。简单地说，这也是斯宾诺莎的道德观。"

"我明白你的意思了。可是我仍然不太能够接受我不能替自己决定任何事情的看法。"

"好，那么让我们再来谈三万年前石器时代那个小男孩好了。长大后，他开始用矛射杀野兽，然后爱上了一个女人并结婚生子，同时崇奉他们那个部落的神。你真的认为那些事情都是由他自己决定的吗？"

"我不知道。"

"或者我们也可以想想非洲的一只狮子。你认为是它自己决定要成为一只兽的吗？它是因为这样才攻击一只跛脚的羚羊吗？它可不可能自己决定要吃素？"

"不，狮子会依照自己的天性来做。"

"所谓天性就是'自然法则'。你也一样，苏菲，因为你也是自然的一部分。你当然可以拿笛卡尔的学说来反驳我，说狮子是动物，不是一个具有自由心智的自由人。可是请你想一想，一个新生的婴儿会哭会叫，如果没有奶喝，它就会吸自己的手指头。你认为那个婴儿有自由意志吗？"

"大概没有吧。"

"那么，一个孩子是怎样产生自由意志的呢？两岁时，她跑来跑去，指着四周每一样东西。三岁时她总是缠着妈妈叽里呱啦说个不停。四岁时，她突然变得怕黑。所谓的自由究竟在哪里？"

"我也不知道。"

"当她十五岁时，她坐在镜子前面练习化妆。难道这就是她开始为自己做决定并且随心所欲做事的时候吗？"

"我开始明白你的意思了。"

"当然，她是苏菲，但她同时也依据自然法则而活。问题在于她自己并不了解这点，因为她所做的每一件事背后都有很多复杂的理由。"

"好了，你不需要再说了。"

"可是最后你必须回答一个问题。在一个大花园中，有两棵年纪一样大的树。其中一棵长在充满阳光、土壤肥沃、水分充足的地方，另外一棵长在土壤贫瘠的黑暗角落。你想哪一棵树会长得比较大？哪一棵树会结比较多的果子？"

"当然是那棵拥有最佳生长条件的树。"

"斯宾诺莎认为，这棵树是自由的，它有充分的自由去发展它先天的能力。但如果它是一棵苹果树，它就不可能有能力长出梨子或李子。同样的道理也适用于我们人类。我们的发展与个人的成长可能会受到政治环境等因素的阻碍，外在的环境可能限制我们，只有在我们能够'自由'发展本身固有能力时，我们才活得像个自由的人。但无论如何，我们仍然像那个生长在石器时代莱茵河谷的男孩、那只非洲的狮子或花园里那棵苹果树一样受到内在潜能与外在机会的左右。"

"好了。我投降了。"

"斯宾诺莎强调世间只有一种存在是完全自主，且可以充分自由行动的，那就是上帝（或自然）。唯有上帝或自然可以表现这种自由、'非偶然'的过程。人可以争取自由，以便去除外在的束缚，但他永远不可能获得'自由意志'。我们不能控制发生在我们体内的每一件事，这是扩延属性的一个模态。我们也不能'选择'自己的思想。因此，人并没有自由的灵魂，他的灵魂或多或少都被囚禁在一个类似机器的身体内。"

"这个理论实在很难了解。"

"斯宾诺莎指出，使我们无法获得真正的幸福与和谐的是我们内心的各种冲动。例如我们的野心和欲望。但如果我们体认到每一件事的发生都有其必然性，我们就可以凭直觉理解整个大自然。我们会很清楚地领悟到每一件事都有关联，每一件事情都是一体的。最后的目标是以一种全然接纳的观点来理解世间的事物。只有这样，我们才能获得真正的幸福与满足。这是斯宾诺莎所说的Sub Specie aeternitatis。"

"什么意思？"

"从永恒的观点来看每一件事情。我们一开始不就是讲这个吗？"

"到这里我们也该结束了。我得走了。"

艾伯特站起身来，从书架上拿了一个大水果盘，放在茶几上。

"你走前不吃点水果吗？"

苏菲拿了一根香蕉，艾伯特则拿了一个绿苹果。

她把香蕉的顶端弄破，开始剥皮。

"这里写了几个字。"她突然说。

"哪里？"

"这里——香蕉皮里面。好像是用毛笔写的。"

苏菲倾过身子，把香蕉拿给艾伯特看。他把字念出来：

"席德，我又来了。孩子，我是无所不在的。生日快乐！"

"真滑稽。"苏菲说。

"他愈来愈会变把戏了。"

"可是这是不可能的呀……是不是？黎巴嫩也种香蕉吗？"

艾伯特摇摇头。

"这种香蕉我才不要吃呢！"

"那就别吃吧。要是谁把送给女儿的生日贺词写在一根没剥的香蕉里面，那他一定神经不太正常，可是一定也很聪明。"

"可不是嘛！"

"那我们可不可以从此认定席德有一个很聪明的父亲？换句话说，他并不笨。"

"我不是早就告诉过你了吗？上次我来这里时，让你一直叫我席德的人很可能就是他。也许他就是那个通过我们的嘴巴说话的人。"

　　"任何一种情况都有可能，但我们也应该怀疑每一件事情。"

　　"我只知道，我们的生命可能只是一场梦。"

　　"我们还是不要太早下结论。也许有一个比较简单的解释。"

　　"不管怎样，我得赶快回家了。妈妈正在等我呢!"

　　艾伯特送她到门口。她离去时，他说:

　　"亲爱的席德，我们会再见面。"

　　然后门就关了。

巴洛克时期的口头禅 "把握今天" 和 "不要忘记你将会死亡"
——巴洛克

"人的身体是一部机器，但人也有一个灵魂可以独立运作，不受身体的影响。"
——笛卡尔

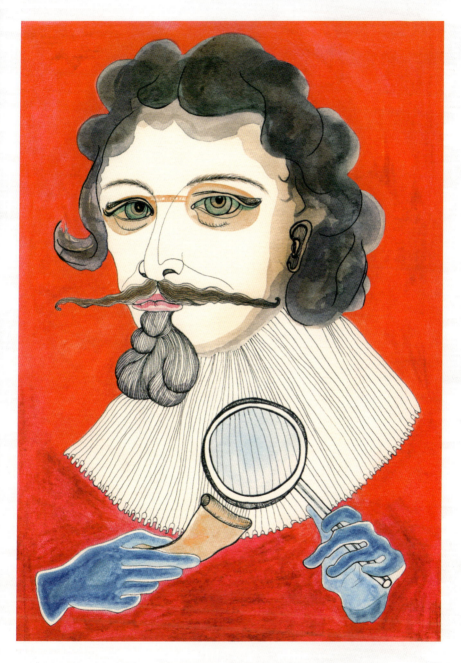

"一个哲学家必须帮助人们用一种新的眼光来看待生命。"
——史宾诺莎

"我们所有的思想和观念都反映我们曾看过听过的事物。"
——洛克

洛 克

……赤裸、空虚一如教师来到教室前的黑板……

　　苏菲回到家时已经八点半了，比她和妈妈说好的时间迟了一个半小时。其实她也没和妈妈说好，她只是在吃晚饭前离家，留了一张纸条给妈妈说她会七点前回来。

　　"苏菲，你不能再这样了。我刚才急得打查号台，问他们有没有登记住在旧市区的艾伯特这个人，结果还被人家笑。"

　　"我走不开呀！我想我们正要开始解开这个大谜团。"

　　"胡说八道！"

　　"是真的。"

　　"你请他参加你的生日宴会了吗?"

　　"糟糕，我忘了!"

　　"那么，我现在一定要见见他。最迟在明天。一个年轻女孩像这样和一个年纪比她大的男人见面是不正常的。"

　　"你没有理由担心艾伯特。席德的爸爸可能更糟糕。"

　　"席德是谁?"

　　"那个在黎巴嫩的男人的女儿。他真的很坏，他可能控制了全世界。"

　　"如果你不立刻介绍你的艾伯特给我认识，我就不准你再跟他见面。至少我要知道他长得什么样子，否则我不会放心。"

　　苏菲想到了一个很好的主意。于是她马上冲到房间去。

　　"你现在又是怎么回事?"妈妈在她背后叫她。

　　一转眼的工夫，苏菲就回来了。

　　"你马上就可以看到他的长相，然后我希望你就不要管这件事了。"

她挥一挥手中的录影带，然后走到录像机旁。

"他给你一卷录影带？"

"从雅典……"

不久，雅典的高城就出现在荧屏上。当艾伯特出现，并开始向苏菲说话时，妈妈看得目瞪口呆。

这次苏菲注意到一件她已经忘记的事。高城里到处都是游客，三五成群地往来穿梭。其中有一群人当中举起了一块小牌子，上面写着"席德"……艾伯特继续在高城漫步。一会儿之后，他往下面走，穿过入口，并爬上当年保罗对雅典人演讲的小山丘。然后他继续从那里的广场上向苏菲说话。

妈妈坐在那儿，不时发表着评论：

"真不可思议……那就是艾伯特吗？他又开始讲关于兔子的事了……可是……没错哎，苏菲，他真的是在对你讲话。我不知道保罗还到过雅典……"

录影带正要放到古城雅典突然从废墟中兴起的部分，苏菲连忙把带子停掉。现在她已经让妈妈看到艾伯特了，没有必要再把柏拉图介绍给她。

客厅里一片静寂。

"你认为他这个人怎么样？长得很好看对不对？"苏菲开玩笑地说。

"他一定是个怪人，才会在雅典拍摄自己的录影带，送给一个他几乎不认识的女孩子。他是什么时候跑到雅典去的？"

"我不知道。"

"还有……"

"还有什么？"

"他很像是住在林间小木屋的那个少校。"

"也许就是他呢！"

"可是已经有十五年都没有人看见过他了。"

"他也许到处游历……也许到雅典去了。"

妈妈摇摇头。

"我在七十年代看到他时，他一点都不比我刚才看到的这个艾伯特年轻。他有一个听起来像是外国人的名字……"

"是艾伯特吗？"

"大概吧。"

"还是艾勃特?"

"我一点都不记得了……你说的这两个人是谁?"

"一个是艾伯特,一个是席德的爸爸。"

"你把我弄得头都昏了。"

"家里有东西吃吗?"

"你把肉丸子热一热吧。"

失 踪

整整两个礼拜过去了,艾伯特消息全无。这期间苏菲又接到了一张寄给席德的生日卡,不过虽然她自己的生日也快到了,她却连一张卡片也没接到。

一天下午,她到旧市区去敲艾伯特的门。他不在家,只见门上贴着一张短短的字条,上面写着:

席德,生日快乐!现在那个大转捩点就要到了。孩子,这是关键性的一刻。我每次想到这里,就忍不住笑得差点尿裤子。当然这和柏克莱有点关系,所以把你的帽子抓紧吧!

苏菲临走时,把门上的字条撕了下来,塞进艾伯特的信箱。

该死!他不会跑回雅典去吧?还有这么多问题等待解答,他怎么可以离她而去呢?

经 验 主 义

六月十四日,她放学回家时,汉密士已经在花园里跑来跑去了。苏菲向它飞奔过去,它也快活地迎向她。她用双手抱着它,仿佛它可以解开她所有的谜题。

这天，苏菲又留了一张纸条给妈妈，但这一次她同时写下了艾伯特的地址。

他们经过镇上时，苏菲心里想着明天的事。她想的主要并不是她自己的生日。何况她的生日要等到仲夏节那一天才过。不过，明天也是席德的生日。苏菲相信明天一定会有很不寻常的事发生。至少从明天起不会有人从黎巴嫩寄生日卡来了。

当他们经过大广场，走向旧市区时，经过了一个有游乐场的公园。汉密士在一张椅旁停了下来，仿佛希望苏菲坐下来似的。

于是苏菲便坐了下来。她拍拍汉密士的头，并注视它的眼睛。突然间汉密士开始猛烈地颤抖。苏菲心想，它要开始吠了。

然后汉密士的下颚开始振动，但它既没有吠，也没有汪汪叫。它开口说话了：

"生日快乐，席德!"

苏菲惊讶得目瞪口呆。汉密士刚才真的跟她讲话了吗？

不可能的。那一定是她的幻觉，因为她刚才正想着席德的事。不过内心深处她仍相信汉密士刚才确实曾开口说话……而且声音低沉而厚实。

一秒钟后，一切又恢复正常。汉密士吠了两三声，仿佛是要遮掩刚才开口说人话的事实。然后继续往艾伯特的住所走去。当他们正要进屋时，苏菲抬头看了一下天色。今天整天都是晴朗的天气，但现在远方已经开始聚集了厚重的云层。

艾伯特一打开门，苏菲便说：

"别多礼了，拜托。你是个大白痴，你自己知道。"

"怎么啦?"

"少校让汉密士讲话了!"

"哦，已经到了这个地步?"

"是呀! 你能想象吗?"

"那他说些什么呢?"

"我让你猜三次。"

"我猜他大概是说些类似生日快乐的话。"

“答对了！”

艾伯特让苏菲进门。这次他又穿了不同的衣裳，与上次的差别不是很大，但今天他身上几乎没有任何穗带、蝴蝶结或花边。

“可是还有一件事。”苏菲说。

“什么意思？”

“你没有看到信箱里的纸条吗？”

“噢，你是说那个。我马上把它扔掉。”

“我才不在乎他每次想到柏克莱时是否真的尿湿了裤子，可是那个哲学家到底是怎么回事，才会使他那个样子？”

“这个我们再看看吧。”

“你今天不就是要讲他吗？”

“是啊，没错，就是今天。”

艾伯特舒适地坐在沙发上，然后说道：

“上次我们坐在这儿时，我向你说明笛卡尔和斯宾诺莎的哲学。我们一致同意他们两人有一点很相像，那就是：他们显然都是理性主义者。”

“而理性主义者就是坚信理性很重要的人。”

“没错，理性主义者相信理性是知识的泉源。不过他可能也同意人在还没有任何经验之前，心中已经先有了一些与生俱来的概念。这些概念愈清晰，必然就愈与实体一致。你应该还记得笛卡尔对于‘完美实体’有清晰的概念，并且以此断言上帝确实存在。”

“我的记性还不算差。”

“类似这样的理性主义思想是十七世纪哲学的特征，这种思想早在中世纪时就打下了深厚的基础。柏拉图与苏格拉底也有这种倾向。但在十八世纪时，理性主义思想受到的批判日益严厉。当时有些哲学家认为，如果不是通过感官的体验，我们的心中将一无所有，这种观点被称为‘经验主义’。”

“你今天就是要谈那些主张经验主义的哲学家吗？”

“是的。最重要的经验主义哲学家是洛克、柏克莱与休谟，都是英国人。十七世纪主要的理性主义哲学当中，笛卡尔是法国人，斯宾诺莎是荷兰人，莱布尼茨则是德国人。所以我们通常区分为‘英国的经验主义’与‘欧陆的理性主义’。”

"这些字眼都好难呀！你可以把经验主义的意思再说一次吗？"

"经验主义者就是那些从感官的经验获取一切关于世界的知识的人。亚里士多德曾经说过：'我们的心灵中所有的事物都是先通过感官而来的。'这是对经验主义的最佳说明。这种观点颇有批评柏拉图的意味。因为柏拉图认为人生下来就从观念世界带来了一整套的'观念'。洛克则重复亚里士多德说的话，但他针对的对象是笛卡尔。"

"我们心灵中所有的事物都是先通过感官而来的？"

"这句话的意思是：我们在看到这个世界之前对它并没有任何固有的概念或观念。如果我们有一个观念或概念是和我们所经验的事实完全不相关的，则它将是一个虚假的观念。举例来说，当我们说出'上帝''永恒'或'实体'这些字眼时，我们并没有运用我们的理智，因为没有人曾经体验过上帝、永恒或哲学家所谓的'实体'这些东西。因此，虽然有许多博学之士著书立说，探讨这些事物，但事实上他们并没有提出什么新见解。这类精心构筑的哲学体系可能令人印象深刻，但却是百分之百的虚幻。十七、十八世纪的哲学家虽然继承了若干这类理论，但他们现在要把这些理论拿到显微镜下检视，以便把所有空洞不实的观念淘汰掉。我们可以将这个过程比喻为淘金。你所淘取的东西大多是沙子和泥土，但偶尔你会发现一片闪闪发亮的金屑。"

"那片金屑就是真正的经验吗？"

"至少是一些与经验有关的思想。那些英国的经验主义哲学家认为，仔细检视人类所有的观念，以确定它们是否根据实际的经验而来，乃是一件很重要的事。不过，我们还是一次谈一位哲学家好了。"

"好，那就开始吧。"

"第一位是英国哲学家洛克。他生于一六三二年～一七〇四年间，主要的作品是《论人之理解力》，出版于一六九〇年。他在书中试图澄清两个问题：第一，我们的概念从何而来？第二，我们是否可以信赖感官的经验？"

"有意思。"

"我们一次谈一个问题好了。洛克宣称，我们所有的思想和观念都反映我们曾看过、听过的事物。在我们看过、听过任何事物之前，我们的心灵就像一块Tabula rasa，意思是'空白的板子'。"

"请你不要再讲拉丁文了。"

"洛克认为，在我们的感官察知任何事物前，我们的心灵就像老师还没有进教室之前的黑板一样空白。他也将此时我们的心灵比作一间没有家具的房间。可是后来我们开始经验一些事物，我们看到周遭的世界，我们闻到、尝到、摸到、听到各种东西。其中又以婴儿最为敏锐。这是洛克所谓的'单一感官概念'。然而，我们的心灵除了被动地接收外界的印象之外，同时也积极地进行某种活动。它以思考、推理、相信、怀疑等方式来处理它所得到的各种单一感官概念，因此产生了洛克所谓的'思维'（reflection）。所以说，他认为感觉（sensation）与思维是不同的，我们的心灵并不只是一具被动的接收器，它也会将所有不断传进来的感觉加以分类、处理。而这些是我们需要当心的地方。"

"当心？"

"洛克强调，我们唯一能感知的事物是那些'单一感觉'。例如，当我吃一个苹果时，我并不能一次感知整个苹果的模样和滋味。事实上，我所接到的是一连串的单一感觉，诸如它是绿色的、闻起来很新鲜、尝起来脆又多汁等。一直要等到我吃了许多口之后，我才能说：我正在吃'苹果'。洛克的意思是，我们自己形成了一个有关'苹果'的'复合概念'。当我们还是婴儿，初次尝到苹果时，我们并没有这种复合概念。我们只是看到一个绿色的东西，尝起来新鲜多汁，好吃……还有点酸。我们就这样一点一滴地将许多类似的感觉放在一起，形成'苹果''梨子'或'橘子'这些概念。但根本上，使我们得以认识这个世界的所有材料都来自感官。那些无法回溯到一种单一感觉的知识便是虚假的知识，我们不应该接受。"

"无论如何，我可以确定这些事物便是像我们所看到、听到、闻到和尝到的一般。"

"可以说是，也可以说不是。谈到这点，我们就要讨论洛克尝试解答的第二个问题。刚才他已经回答了'我们的概念从哪里来？'这个问题。现在他的问题是：'这世界是否真的就像我们所感知的那样？'答案并不很明显。因此，苏菲，我们不能太早下定论。一个真正的哲学家绝不会遽下定论。"

"我一句话也没有说呀！"

"洛克将感官的性质分为'主要'与'次要'两种。在这方面他承认受到笛卡尔等大哲学家的影响。所谓的'主要性质'指的是扩延世界的特质，如重量、运动和数量等。我们在谈这类特质时，我们可以确定我们的感官已经将它们加以客观地再现。但事物还有其他特质，如酸或甜、绿或红、热或冷等。洛克称它们为'次要性质'。类似颜色、气息、味道、声音等感觉并不能真正反映事物本身的固有性质，而只是反映外在实体在我们的感官上所产生的作用。"

"换句话说，就是人各有所好。"

"一点都没有错。在尺寸、重量等性质上，每个人都会有一致的看法，因为这些性质就存在于事物本身之内。但类似颜色、味道等次要性质就可能因人而异，因动物而异，要看每个人感觉的本质而定。"

"乔安吃柳丁时，脸上的表情跟别人在吃柠檬时一样。她一次最多只能吃一片，她说柳丁很酸。可是同样的一个柳丁，我吃起来却往往觉得很甜、很好吃。"

"你们两个人没有谁对，也没有谁错。你只是描述柳丁对你的感官所产生的作用而已。我们对颜色的感觉也是一样。你也许不喜欢某种色调的红，但如果乔安买了一件那种颜色的衣服，你最好还是不要加以批评。你对颜色的体验与别人不同，但颜色的本身并没有美丑可言。"

"可是每一个人都会说柳丁是圆的。"

"是的，如果你面前的柳丁是圆的，你就不会'以为'它是方的。你会'以为'它是甜的或酸的，但如果它的重量只有两百克，你不会'以为'它有八公斤重。你当然可以'相信'它重达几公斤，但如果这样的话，你一定是个不折不扣的呆子。如果你同时要几个人来猜某东西的重量，那么一定会有一个人的答案比较接近。同样的道理也适用于数目。罐子里豌豆的数量要不就是九百八十六个，要不就不是。动作方面也是一样。一辆汽车要不就是正在移动，要不就是在静止的状态。"

"我懂了。"

"所以当牵涉到'扩延'的实体时，洛克同意笛卡尔的说法，认为确实有些性质是人可用理智来了解的。"

"在这方面取得共识应该不会太难才对。"

　　"洛克也承认笛卡尔所谓'直觉的'或'明示的'（demonstrative）知识在其他方面也存在。例如，他认为每个人都有相同的一些道德原则。换句话说，他相信世间有所谓'自然权利'（natural right）存在。这正是理性主义者的特征。洛克与理性主义者相像的另外一点是：他相信人类凭理性就自然而然可以知道上帝的存在。"

　　"他说得也许没错。"

　　"你是指哪一方面？"

　　"上帝确实存在这件事。"

　　"这当然是有可能的。不过他并不以为这只是一种信仰，他相信关于上帝的概念是原本就存在于人的理性之内的。这也是理性主义者的特色。还有，他也公开提倡知识自由与宽容的精神，并很关心两性平等的问题。他宣称，女人服从男人的现象是受到男人操纵的结果，因此是可以加以改变的。"

　　"这点我不能不同意。"

　　"洛克是近代哲学家中最先关心性别角色的人之一。他对于另外一个英国哲学家密尔有很大的影响。而后者又在两性平等运动中扮演了举足轻重的角色。总而言之，洛克倡导了许多开明的观念，而这些观念后来在十八世纪的法国启蒙运动中终于开花结果。他也是首先倡导'政权分立'原则的人。"

　　"他的意思是不是说国家的政权必须由不同的机构共同持有？"

　　"你还记得是哪些机构吗？"

　　"人民所选出的代表握有立法权，法院握有司法权，政府握有行政权。"

　　"政权分立的观念最初是由法国启蒙运动时期的哲学家孟德斯鸠提出。但洛克最早强调立法权与行政权必须分立，以防止专制政治。他生在路易十四统治的年代。路易十四一人独揽所有政权，并说：'朕即国家。'因此我们说他是很'专制'的君主。这种政治我们称之为'无政府状态'。洛克的观点是：为了确保国家的法治，必须由人民的代表制定法律，而由国王或政府执行法律。"

休谟

……将它付之一炬……

艾伯特坐在那儿，低头注视着茶几。最后他转过身来，看着窗外。

"云层愈来愈厚了。"苏菲说。

"嗯，天气很闷热。"

"你现在要谈柏克莱了吗?"

"他是三位英国经验主义哲学家中的第二位，但在许多方面他可说是自成一个格局。因此我们还是先谈休谟好了。休谟生于一七一一年～一七七六年间。他是经验主义哲学家中最重要的一位，也是启发大哲学家康德，使康德开始走上哲学研究道路的人。"

"你不介意我对柏克莱的哲学比较有兴趣吗?"

休 谟

"这不重要。休谟生长在苏格兰的爱丁堡附近，家人希望他修习法律，但他觉得自己'对哲学和学习以外的事物有不可抗拒的排斥心理'。他生在启蒙时代，与法国大思想家伏尔泰与卢梭等人同一个时期。他早年曾经遍游欧洲各地，最后才回到爱丁堡定居，度过余年。他的主要作品是《人性论》(Treatise on Human Nature)，在他二十八岁时出版。但他宣称他在十五岁的时候就有了写这本书的构想。"

"我看我也不应该再浪费时间了。"

"你已经开始了。"

"但如果我要建立一套自己的哲学,那这套哲学会和我们到目前为止所谈过的任何哲学理论都大不相同。"

"你认为我们谈的这些哲学理论缺少了什么东西吗?"

"这个嘛,首先,你谈的这些哲学家都是男人,而男人似乎只活在他们自己的世界里。我对真正的世界比较有兴趣。我是指一个有花、有动物、有小孩出生长大的世界。你说的那些哲学家总是谈什么'人与人类'的理论。现在又有人写了一本《人性论》,好像这里面的'人'是一个中年男人似的。我的意思是,生命是从怀孕和生产开始的。但是到目前为止,却从来没有人谈到尿布呀、婴儿啼哭呀什么的。也几乎没有人谈到爱和友情。"

"你说得当然很对。但在这方面,休谟可能和其他哲学家不太一样。他比任何一位哲学家都要能够以日常生活为起点。我甚至认为他对儿童(世界未来的公民)体验生命的方式的感觉很强烈。"

"那我最好洗耳恭听。"

"身为一个经验主义者,休谟期许自己要整理前人所提出的一些混淆不清的思想与观念,包括中世纪到十七世纪这段期间,理性主义哲学家留传下来的许多言论和著作。休谟建议,人应回到对世界有自发性感觉的状态。他说,没有一个哲学家'能够带我们体验日常生活,而事实上哲学家们提示的那些行为准则都是我们对日常生活加以省思后,便可以领悟出来的'。"

"到目前为止他说得都不错。你能举一些例子吗?"

"在休谟那个时代,人们普遍相信有天使。他们的模样像人,身上长着翅膀。你见过这样的东西吗?"

"没有。"

"可是你总见过人吧?"

"什么傻问题嘛!"

"你也见过翅膀吗?"

"当然,但不是长在人的身上。"

"所以,据休谟的说法,'天使'是一个复合的概念,由两个不同的经验组成。这两个经验虽然事实上无关,但仍然在人的想象中结合在一起。换句话说,这是一个不实的观念,应该立即受到驳斥。同样的,我们也必须以这种方式厘清自身所有的思想观念和整理自己的藏书。他说，如果我们手里有一本书……我们应该问：'书里是否包含任何与数量和数目有关的抽象思考？'如果答案是'没有'，那么我们应该再问：'书里是否包含任何与事实和存在有关的经验性思考？'如果答案还是'没有'，那么我们还是将它付之一炬吧，因为这样的书内容纯粹是诡辩和幻象。"

"好激烈呀！"

"但世界仍然会存在，而且感觉更清新，轮廓也更分明。休谟希望人们回到孩提时代对世界的印象。你刚才不是说许多哲学家都活在自己的世界里，还说你对真实的世界比较有兴趣吗？"

"没错。"

"休谟可能也会说类似的话。不过我们还是继续谈他的理念吧。"

"请说。"

"休谟首先断定人有两种知觉，一种是印象，一种是观念。'印象'指的是对于外界实在的直接感受，'观念'指的是对印象的回忆。"

"能不能举个例子呢？"

"如果你被热炉子烫到，你会马上得到一个'印象'。事后你会回想自己被烫到这件事，这就是休谟所谓的'观念'。两者的不同在于'印象'比事后的回忆要更强烈，也更生动。你可以说感受是原创的，而'观念'（或省思）则只不过是模仿物而已。'印象'是在我们的心灵中形成'观念'的直接原因。"

"到目前为止，我还可以理解。"

"休谟进一步强调印象与观念可能是单一的，也可能是复合的。你还记得我们谈到洛克时曾经以苹果为例子吗？对于苹果的直接经验就是一种复合印象。"

"对不起，打断你的话。这种东西重要吗？"

"你怎么会问这种问题呢？就算哲学家们在建构一个理论的过程中偶尔会讨论一些似乎不是问题的问题，但你也绝对不可以忽视。笛卡尔曾说，一个思考模式必须从最基础处开始建立，我想休谟应该会同意这个说法。"

"好吧，好吧。"

"休谟的意思是：我们有时会将物质世界中原本并不共存的概念放在

一起。刚才我们已经举过天使这个例子。以前我们也曾提到'鳄象'这个
例子，另外还有一个例子是'飞马'。看过这些例子后，我们不得不承认
我们的心灵很擅长剪贴拼凑的工作。因为，这些概念中的每一个元素都曾
经由我们的感官体验过，并以真正'印象'的形式进入心灵这个剧场。事
实上没有一件事物是由我们的心灵创造的。我们的心灵只是把不同的事物
放在一起，创造一个虚假的'观念'罢了。"

"是的，我明白了。这的确是很重要的。"

"明白了就好。休谟希望审查每一个观念，看看它们是不是以不符合
现实的方式复合而成的。他会问：这个观念是从哪一个印象而来的？遇到
一个复合观念时，他要先找出这个观念是由哪些'单一概念'共同组成
的，这样他才能够加以批判、分析，并进而厘清我们的观念。"

"你可以举一两个例子吗？"

"在休谟的时代，许多人对'天堂'或'新耶路撒冷'有各种生动鲜
明的想象。如果你还记得的话，笛卡尔曾说：假使我们对某些事物有'清
楚分明'的概念，则这些事物就可能确实存在。"

"我说过，我的记性不差。"

"在经过分析后，我们可以发现我们对'天堂'的概念事实上是由许多
元素复合而成的，例如'珍珠门''黄金街'和无数个'天使'等。不过到
这个阶段，我们仍然还没有把每一件事物都分解为单一的元素，因为珍珠
门、黄金街与天使本身都是复合的概念。只有在我们了解到我们对于天堂
的概念实际上是由'珍珠''门''街道''黄金''穿白袍的人'与'翅
膀'等单一概念所组成后，我们才能自问是否真的有过这些'单一印象'。"

"我们确实有过，只是后来又把这些'单一印象'拼凑成一幅想象的
图像。"

"对，正是这样。我们在拼凑这类想象图画时除了不用剪刀、糨糊之
外，什么都用了。休谟强调，组成一幅想象图画的各个元素必然曾经在某
一时刻以'单一印象'的形式进入我们的心灵。否则一个从未见过黄金的
人又怎能想象出黄金街道的模样？"

"很聪明，但他怎么解释笛卡尔对于上帝有很清晰判明的观念这个现
象呢？"

"休谟的解释是：假设我们想象上帝是一个无限'智慧、聪明、善良的事物'，那么'上帝'这个观念就是由某个无限智慧、某个无限聪明与某个无限善良的事物共同组成的一个'复合观念'。如果我们不知道何谓智慧、何谓聪明、何谓善良的话，我们绝不可能形成这样一个对上帝的观念。当然，也有些人认为上帝是一个'严厉但公正的父亲'，但这个观念同样是由'严厉''正义'与'父亲'等元素所组成。休谟之后的许多宗教批评人士都指出，人类之所以对上帝有这些观念，可能和我们孩提时代对父亲的感觉有关。他们认为我们对于父亲的观念导致我们对于'天父'的概念。"

"也许是吧。但我从不认为上帝一定是个男人。有时我妈会叫上帝'天母'（Godiva）以求公平。"

"无论如何，只要是无法回溯到特定感官认知经验的思想与观念，休谟便不接受。他说他要'推翻那些长久以来主导哲学思想，使得哲学蒙羞的无稽之谈'。在日常生活中，我们也常使用一些复合观念，而不去思考这些观念是否站得住脚。以'我'（或自我）这个问题为例。这是笛卡尔哲学的基础，是他全部的哲学赖以建立的一个清晰判明的知觉。"

"我希望休谟不要否认'我'就是我，否则就真的是太胡扯了。"

"苏菲，我希望这门课能教你不要妄下定论。"

"对不起。你继续说吧。"

"不，我要你用休谟的方法来分析你所认知的你的'自我'。"

"那我必须先了解自我是一个单一概念，还是复合概念？"

"你认为呢？"

"我必须承认我觉得自己挺复杂的。比方说，我很容易发脾气，也蛮优柔寡断的。有时候我会对一个人又爱又恨。"

"那么，这个'自我概念'就是一个'复合观念'。"

"好吧。那我现在得想一想我是否曾经对于这个自我有过这样的'复合印象'。我想大概有吧。事实上，我一直都有。"

"你会因此而担心吗？"

"我是很善变的。今天的我已经不是四岁时的我。我的脾气和我对自己的看法可能会在一分钟内改变，我可能会突然觉得自己像'变了一个人'。"

不可知论者

"所以说，以为自己有一个不变的自我事实上是一种不实的认知。你对自我的认知实际上是一长串你同时体验过的单一印象造成的结果。正如休谟说的，这个自我'只不过是一束不同的知觉以无法想象的速度接连而来，不断改变并移动'的过程。他说，心灵是'一个剧场。在这个剧场里，不同的感官认知在各种位置和情况下轮流出现、经过、再现、消退及融合'。休谟指出，我们心中有的只是这些来来去去的知觉与感觉，并没有一定的'自我同一性'（personal identity）。这就好比我们看电影一样。由于银幕上的影像移动得如此之快，以至于我们无法看出这部电影事实上是由许多不相连的单一图像所'组成'的。而实际上，一部影片只是许多片刻的集合而已。"

"我投降了。"

"你是说你不再认为人有一个不变的自我了吗？"

"我想是吧。"

"你看，不久前你的想法还正好相反呢！我应该再提到一点：休谟的这些理论在两千五百年前世界的另外一端已经有人提出了。"

"谁？"

"佛陀。不可思议的是，他们两人的想法极为相似。佛陀认为人生就是一连串心灵与肉身的变化，使人处于一种不断改变的状态：婴儿与成人不同，今日的我已非昨日的我。佛陀说，没有什么东西是'属于我'的，也没有什么东西是我。因此，并没有'我'或不变的自我。"

"确实很像休谟的论调。"

"许多理性主义者因为认定人有一个不变的自我，所以也理所当然地认为人有一个不朽的灵魂。"

"难道这也是一个不实的认知吗？"

"据休谟和佛陀的看法，这的确是一个不实的认知。你知道佛陀在圆寂前对弟子说什么吗？"

"我怎么会知道?"

"'世间复合之物必然衰朽,应勤勉修持以求己身之解脱。'这很像是休谟或德谟克里特斯会说的话。无论如何,休谟认为人类没有必要去证明灵魂不朽或上帝确实存在。这并不是因为他认为人没有不朽的灵魂或上帝不存在,而是因为他认为要用人类的理性来证明宗教信仰是不可能的。休谟不是一个基督徒,但也不是一个无神论者,他是我们所谓的'不可知论者'。"

"什么意思?"

"就是指一个怀疑上帝是否存在的人。休谟临终时,有一个朋友问他是否相信人死后还有生命。据说他的回答是:'一块煤炭放在火上也可能不会燃烧。'"

"我懂了。"

"休谟的心灵没有任何成见。这个回答就是一个典型的例子。他只接受他用感官所认知的事物。他认为除此之外,一切事情都有待证实。他并不排斥基督教或奇迹,但他认为两者都属于信仰的范畴,与知识或理性无关。我们可以说在休谟哲学的影响下,信仰与知识的关系终于被切断了。"

"你说他并不否认奇迹可能会发生?"

"但这也并不表示他相信奇迹。事实上正好相反。休谟指出,这些被现代人称为'超自然现象'的奇迹似乎很少发生,因为我们所听过的奇迹统统发生在一些遥远的地方或古老的年代。实际上,休谟之所以不相信奇迹,只是因为他从未体验过任何奇迹。但他也从来没有体验过奇迹一定不会发生。"

"请你说得明白一些。"

"根据休谟的看法,奇迹是违反自然法则的。但是我们不能宣称自己已经体验过自然法则,因为这是没有意义的。我们放开一块石头时,会体验到石头掉在地上的事实。但如果石头不掉在地上,那也是我们的体验之一。"

"要是我的话,我就会说这是一个奇迹,或是超自然现象。"

"这么说你相信有两种自然———种是'自然的'自然,一种是'超自然'的自然。那你不是又回到理性主义的空谈了吗?"

"也许吧。但我还是认为我每次把石头放开时,它一定会掉到地上。"

"为什么?"

"这还用问吗?"

"不是这样,苏菲。哲学家问问题是绝对没有错的。从这个问题出发,我们也许会谈到休谟哲学的要点。请你告诉我你为什么会这么肯定石头每次都会掉下来?"

"我看过太多次了,所以我才百分之百肯定。"

"休谟会说你只是有许多次石头掉在地上的经验而已,但你从来没有体验过它一定会掉。通常我们会说石头之所以掉到地上是受到重力定律的影响,但我们从未体验到这种定律。我们只是有过东西掉下来的经验而已。"

"那不是一样吗?"

"不完全一样。你说你相信石头会掉在地上的原因是你见过它发生很多次,这正是休谟的重点所在。事情发生一次又一次之后,你会变得非常习惯,以至于每次你放开石头时,总会期待发生同样的事,所以才会形成我们所谓的'自然界不变的法则'。"

"那么他的意思是说石头可能不会掉下来吗?"

"他也许和你一样相信石头每次都会掉下来,但他指出他还没有体验到这种现象发生的原因。"

"你看,我们又远离婴儿和花朵了。"

"不,事实上正好相反。你大可以拿孩童来证明休谟的理论。如果石头浮在空中一两个小时,你想谁会比较惊讶?是你还是一个一岁大的婴儿?"

"我想是我。"

"为什么呢?苏菲。"

"因为我比那孩子更明白这种现象是超自然的。"

"为什么那个孩子不认为这是一种超自然的现象呢?"

"因为他还没有了解大自然的规律。"

"还是因为他还没有习惯大自然?"

"我明白你的意思了。休谟希望人们能够让自己的知觉更敏锐。"

"所以现在我要你做个练习:假设你和一个小孩子一起去看一场魔术表演,看到魔术师让一些东西浮在空中。你想,你们两个当中哪一个会看得比较津津有味?"

"我想是我。"

"为什么呢?"

"因为我知道这种现象是多么不可能。"

"所以说,在那个孩子还不了解自然法则之前,他看到违反自然法则的现象时,就不会觉得很有意思啰?"

"应该是吧。"

习惯性期待

"这也是休谟的经验哲学的要点。他可能会说,那孩子还没有成为'习惯性期待'的奴隶。在你们两个当中,他是比较没有成见的一个。我想,小孩子应该比较可能成为好哲学家,因为他们完全没有任何先入为主的观念。而这正是哲学家最与众不同的地方。小孩子眼中所见到的乃是世界的原貌,他不会再添加任何的东西。"

"每一次我察觉到人家有偏见的时候,感觉都很不好。"

"休谟谈到习惯对人的影响时,强调所谓的'因果法则',也就是说每一件事的发生必有其原因。他举两个撞球台上的球作为例子。如果你将一个黑球推向一个静止的白球,白球会怎样?"

"如果黑球碰到白球,白球就会开始滚动。"

"嗯,那么白球为什么会这样呢?"

"因为它被黑球碰到了呀。"

"所以我们通常说黑球的撞击是白球开始滚动的原因。可是不要忘了,我们只能讨论我们自己实际经验到的。"

"我已经有很多这种经验了呀。乔安家的地下室就有一座撞球台。"

"如果是休谟的话,他会说你所经验到的唯一事件是白球开始滚过台面。你并没有经验到它滚动的实际原因。你只经验到一件事情发生之后,另外一件事情跟着发生,但你并没有经验到第一件事是第二件事的原因。"

"这不是有点吹毛求疵吗?"

"不,这是很重要的。休谟强调的是,'一件事情发生后另外一件事情也会发生'的想法，只是我们心中的一种期待，并不是事物的本质，而期待心理乃是与习惯有关。让我们再回到小孩子的心态吧。一个小孩子就算看到一个球碰到另外一个，而两个球都静止不动时，也不会目瞪口呆。所谓'自然法则'或'因果律'，实际上只是我们所期待的现象，并非'理当如此'。自然法则没有所谓合理或不合理，它们只是存在罢了。白球被黑球碰到后会移动的现象只是我们的期待，并不是天生就会这样。我们出生时对这世界的面貌和世间种种现象并没有什么期待。这世界就是这个样子，我们需要慢慢去了解它。"

"我开始觉得我们又把话题扯远了。"

"不。因为我们的期待往往使我们妄下定论。休谟并不否认世间有不变的'自然法则'。但他认为，由于我们无法体验自然法则本身，因此很容易做出错误的结论。"

"比如说……"

"比如说，因为自己看到的马都是黑马，就以为世间的马都是黑色的。其实不是这样。"

"当然不是。"

"我这一辈子只见过黑色的乌鸦，但这并不表示世间没有白色的乌鸦。无论哲学家也好，科学家也好，都不能否认世间可能有白色的乌鸦。这是很重要的。我们几乎可以说科学的主要任务就是找寻'白色的乌鸦'。"

"嗯，我懂了。"

"谈到因果问题时，可能很多人会以为闪电是造成打雷的原因，因为每次闪电之后就会打雷，这个例子和黑白球的例子并没有什么不同。可是，打雷真的是闪电造成的吗?"

"不是。事实上两者是同时发生的。"

"打雷和闪电都是由于放电作用所致，所以事实上是另外一种因素造成了这两个现象。"

"对。"

"二十世纪的实验主义哲学家罗素举了另外一个比较可怕的例子。他说，有一只鸡发现每天农妇来到鸡舍时，它就有东西可吃。久而久之，它就认定农妇的到来与饲料被放在钵子里这两件事之间必然有某种关联。"

"后来是不是有一天这只鸡发现农妇没有喂它?"

"不是,有一天农妇跑来把这只鸡的脖子扭断了。"

"真恶心。"

"所以,我们可以知道:一件事情跟着另外一件事情发生,并不一定表示两者之间必有关联。哲学的目的之一就是教人们不要妄下定论。因为,妄下定论可能会导致许多迷信。"

"怎么会呢?"

"假设有一天你看到一只黑猫过街,后来你就摔了一跤,跌断了手。这并不表示这两件事有任何关联。在做科学研究时,我们尤其要避免妄下结论。举个例子,有很多人吃了某一种药之后,病就好了,但这并不表示他们是被那种药治好的。这也是为什么科学家们在做实验时,总是会将一些病人组成一个所谓的'控制组'。这些病人以为他们跟另外一组病人服用同样的药,但实际上他们吃的只是面粉和水。如果这些病人也好了,那就表示他们的病之所以痊愈另有原因,也可能是因为他们相信那种药有效,于是在心理作用之下,他们的病就好了。"

"我想我开始了解经验主义的意义了。"

"在伦理学方面,休谟也反对理性主义者的想法。理性主义者一向认为人的理性天生就能辨别是非对错。从苏格拉底到洛克,许多哲学家都主张有所谓的'自然权利'。但休谟则认为,我们的言语和行为并不是由理性决定的。"

"那么是由什么决定的呢?"

"由我们的感情来决定。譬如说,当你决定要帮助某个需要帮助的人时,那是出自你的感情,而不是出自你的理智。"

"如果我不愿意帮忙呢?"

"那也是由于你的感情。就算你不想帮助一个需要帮助的人,这也没有什么合理或不合理可言,只是不怎么仁慈罢了。"

"可是这种事一定有个限度呀。譬如说,每一个人都知道杀人是不对的。"

"根据休谟的看法,每一个人都能感受别人的悲喜苦乐,所以我们都有同情心。但这和理智没有什么关系。"

"这点我不太同意。"

"有时候，除掉一个人并不一定是不理智的，甚至可能是个好办法，如果你想达成某个目的的话。"

"嘿，慢着！我反对。"

"那么请你告诉我，为什么你认为我们不应该把一个使我们头痛的人杀掉。"

"那个人也想活下去呀！因此你不应该杀他。"

"这个理由是根据逻辑吗？"

"我不知道。"

"你从一句描述性语句'那个人也想活'而得出你的结论'因此你不应该杀他'。后者是我们所谓的'规范性语句'。从理性的观点来看，这是说不通的。否则我们岂不是也可以说'有很多人逃漏税，因此我也应该逃漏税'。休谟指出，我们绝不能从'是不是'的语句，得出'该不该'的结论。不过，这种现象非常普遍，无论报纸的文章或政党的演讲都充满了这样的句子。你要不要我举一些例子？"

"要。"

"'愈来愈多人出门时想搭飞机，因此我们应该兴建更多的机场。'你认为这样的结论成立吗？"

"不，这是说不通的。我们必须考虑环保问题，我想我们应该兴建更多的铁路才对。"

"也可能有人会说：'开发油田将会提高人民的生活水准达百分之十，因此我们应该尽快开发新的油田。'"

"胡说八道。我们还是应该考虑我们的环境，何况挪威的生活水准已经够高了。"

"有时有人会说：'这项法令已经由参议院通过了，因此所有民众都应该加以遵守。'可是民众常常并不认为他们应该遵守这类法案。"

"嗯，我明白。"

"所以我们已经肯定我们不能以理智作为行事的标准。因为，我们之所以做出负责任的举动并不是因为我们的理智发达的结果，而是因为我们同情别人的处境。休谟说：'一个人可能宁愿整个地球遭到毁灭也不愿意自己的手指被割到。这与理智并没有什么冲突。'"

"这种说法真可怕。"

"如果你看看历史,可能会觉得更可怕。你知道纳粹分子杀害了几百万犹太人,你会说是这些人的理性有问题呢,还是他们的感情有问题?"

"他们的感情一定异于常人。"

"他们当中有许多都是头脑非常清楚的人。要知道,最无情、最冷血的决定,有时是经过最冷静的筹划的。许多纳粹党人在战后被定了罪,但理由并不是因为他们'没有理性',而是因为他们的罪行令人发指。有时那些心智丧失的人倒可以免罪,因为我们说他们'无法为自己的行为负责'。可是到目前为止还没有人因为丧失感情而被免罪。"

"本来就不应该这样。"

"我们还是不要谈这么可怕的例子吧。现在如果有几百万人因为洪水而无家可归,我们究竟要不要施以援手完全是凭感情而定。如果我们是无情冷血、完全讲求'理性'的人,我们也许会觉得在世界人口已经过剩的情况下,死掉个几百万人其实也没什么不好。"

"太过分了,怎么可以这样想呢?"

"请注意,现在生气的并不是你的理智。"

"好吧,我懂你的意思了。"

柏克莱

……宛如燃烧的恒星旁一颗晕眩的行星……

艾伯特走到面向市区的那一扇窗户旁。苏菲也过去站在他身边。

当他们站在那儿看着外面那些古老的房子时，突然有一架小飞机飞到那些屋顶的上方，机尾挂了一块长布条。苏菲猜想那大概是某项产品、某种活动或某场摇滚音乐会的广告。但是当它飞近，机身转向时，她看到上面写的是：

"席德，生日快乐!"

"不请自来。"艾伯特只说了一句。

这时，从南边山上下来的浓厚乌云已经开始聚集在市区上方了。小飞机逐渐隐没在灰色的云层中。

"恐怕会有暴风雨呢。"艾伯特说。

"所以我回家时必须坐车才行。"

"我只希望这不是少校的计谋之一。"

"他又不是万能的上帝。"

艾伯特没有回答。他走到房间的另一头，再度坐在茶几旁。

过了一会儿，他说："我们得谈谈柏克莱。"

此时苏菲已经坐回原位。她发现自己开始咬起指甲来。

柏 克 莱

"柏克莱是爱尔兰的一位天主教的主教，生于一六八五年～一七五三年间。"艾伯特开始说，然后便沉默了很长一段时间。

"你刚才说到柏克莱是爱尔兰的一位主教……"苏菲提醒他。

"他也是一个哲学家……"

"是吗？"

"他觉得当时的哲学与科学潮流可能会对基督徒的生活方式有不利的影响。他认为他那个时代无所不在的唯物主义，将会腐蚀基督徒对于上帝这位创造者与大自然保护者的信心。"

"是吗？"

"然而他也是经验主义哲学家中理论最一贯的一位。"

"他也认为我们对世界的知识只能经由感官的认知而获得吗？"

"不只是这样。柏克莱宣称世间的事物的确是像我们所感知的那样。但它们并非'事物'。"

"请你解释一下好吗？"

"你还记得洛克说我们无法陈述事物的'次要性质'吗？例如，我们不能说一个苹果是绿的或酸的。我们只能说我们感觉到它是绿的或酸的。但洛克同时也说像密度、比重和重量等'主要性质'确实是我们周遭的外在真实世界的特性。而外在的真实世界具有物质的实体。"

"我记得。而且我也认为洛克区分事物的方式是很重要的。"

"是的，苏菲，但事实上并不止于此。"

"说下去。"

"洛克和笛卡尔、斯宾诺莎一样，认为物质世界是真实的。"

"然后呢？"

"但柏克莱却对这点提出了疑问。他利用经验主义的逻辑提出这个疑问。他说，世间所存在的只有那些我们感受到的事情。但我们并未感受到'物质'或'质料'。我们无法察知我们所感受到的事物是否确实存在。他认为，如果我们认定自己所感知到的事物之下有'实体'存在，我们就是妄下结论，因为我们绝对没有任何经验可以支持这样的说法。"

"胡说八道！你看！"

苏菲用拳头重重地捶了一下桌子。

"好痛。"她说，"难道这不能证明这张桌子的确是一张桌子，既是物质，也是质料？"

"你觉得这张桌子怎么样呢?"

"很硬。"

"你感觉到一个硬的东西,可是你并没有感觉到实际存在于桌子里的物质,对不对? 同样的,你可以梦见自己碰到一个硬物,可是梦里不会有硬的东西,对不对?"

"没错。"

"人也会在被催眠的状态下'感觉'冷或热,感觉被人抚摸或被人打了一拳。"

"可是如果桌子实际上不是硬的,我又怎么会有这种感觉呢?"

"柏克莱相信人有'灵'。他认为我们所有的观念都有一个我们意识不到的成因。但这个成因不是物质的,而是精神性的。"

灵

苏菲又开始咬指甲了。艾伯特继续说:

"根据柏克莱的看法,我们的灵魂可能是形成我们本身各种概念的原因,就像我们在做梦时一般。但世间只有另外一个意志或灵可能形成造就这个'形体'世界的诸般概念。他说,万物都是因为这个灵而存在,这个灵乃是'万物中的万物'的成因,也是'所有事物存在之处'。"

"他说的这个'灵'是怎样的一个东西?"

"他指的当然是天主。他宣称:'我们可以说天主的存在比人的存在要更能够让人清楚地感知到。'"

"难道连我们是否存在都不确定吗?"

"可以说是,也可以说不是。柏克莱说,我们所看见、所感觉到的每一件事物都是'天主力量的作用',因为天主'密切存在于我们的意识中,造成那些我们不断体会到的丰富概念与感官体验'。他认为,我们周遭的世界与我们的生命全都存在于天主之中。他是万物唯一的成因,同时我们只存在于天主的心中。"

"太让人惊讶了。"

"因此，to be or not to be并不是唯一的问题。问题在于我们是什么。我们真的是血肉之躯的人类吗？我们的世界是由真实的事物组成的吗？或者我们只是受到心灵的包围？"

苏菲再度咬起指甲来。艾伯特继续说：

"柏克莱不只质疑物质真实性的问题，他也提出了'时间'和'空间'是否绝对存在或独立存在的问题。他认为，我们对于时间与空间的认知可能也只是由我们的心灵所虚构的产物而已。我们的一两个星期并不一定等于上帝的一两个星期……"

"你刚才说柏克莱认为这个万物所存在于其中的灵乃是天主？"

"是的。但对我们来说……"

"我们？"

"对于你我来说，这个'造成万物中之万物'的'意志或灵'可能是席德的父亲。"

苏菲震惊极了。她的眼睛睁得大大的，一副不可置信的样子。但同时她也开始悟出一些道理来。

"你真的这么想吗？"

"除此之外，我看不出还有别的可能。只有这样，才能解释我们所经历的这些事情，包括那些到处出现的明信片和标语、汉密士开口说人话……还有我经常不由自主地叫错你的名字。"

"我……"

"我居然叫你苏菲，席德！我一直都知道你的名字不叫苏菲。"

"你说什么？你这回是真的糊涂了。"

"是的，我的脑子正转呀转的，像围绕燃烧的恒星旋转的一颗晕眩的星球。"

"而那颗恒星就是席德的父亲吗？"

"可以这么说。"

"你是说他有点像是在扮演我们的上帝吗？"

"坦白说，是的。他应该觉得惭愧才对。"

"那席德呢？"

"她是个天使，苏菲。"

"天使？"

"因为她是这个'灵'诉求的对象。"

"你是说艾勃特把关于我们的事告诉席德？"

"也可能是写的。因为我们不能感知那组成我们的现实世界的物质，这是我们到目前为止所学到的东西。我们无法得知我们的外在现实世界是由声波组成还是由纸和书写的动作组成。根据柏克莱的说法，我们唯一能够知道的就是我们是灵。"

"而席德是个天使……"

"是的，席德是个天使。我们就说到这里吧。生日快乐，席德！"

突然间房里充满了一种红光。几秒钟后，他们听见雷电劈空的声音，整栋房子都为之摇撼。

"我得回家了。"苏菲说。她站起身，跑到前门。她刚走出来，原本在门廊上睡午觉的汉密士就醒过来了。她走时，仿佛听到它说：

"再见，席德。"

苏菲冲下楼梯，跑到街上。整条街都空无一人。雨已经开始滂沱地下着。

偶尔有一两辆车在雨中穿梭而过。但却连一辆公车的影踪也没有。苏菲跑过大广场，然后穿过市区。她一边跑时，脑中不断浮现一个念头。

明天就是我的生日了，苏菲心想。在十五岁生日前夕突然领悟到生命只不过是一场梦境而已，那种感觉真是分外苦涩啊！就好像是你中了一百万大奖，正要拿到钱时，却发现这只不过是南柯一梦。

苏菲啪哒啪哒地跑过泥泞的运动场。几分钟后，她看见有人跑向她，原来是妈妈。此时闪电正发怒般一再劈过天际。

当她们跑到彼此身边时，妈妈伸出手臂搂着苏菲。

"孩子，我们到底发生什么事了？"

"我不知道，"苏菲啜泣，"好像一场噩梦一样。"

柏客来

……曾祖母向一名吉卜赛妇人买的一面古老魔镜……

在黎乐桑郊区古老的船长屋的阁楼里，席德醒来了。她看看钟，才六点，但天色已经大亮。早晨的太阳已经将房间内的一整面墙壁都照亮了。

她起床走向窗前，经过书桌时停了一下，看见桌上写着：一九九〇年六月十四日星期四。她把这页撕了下来，揉成一团，丢进字纸篓中。

现在桌历上的日期是一九九〇年六月十五日星期五，簇新的日历纸闪闪发亮。早在今年一月时，她就在这一页上写下了"十五岁生日"这几个字。她觉得能在十五日这一天过十五岁生日实在很特别。这种机会一生只有一次。

十五岁！今天岂不是她过成人生活的第一天吗？所以，她不能再回床上去睡了。再说，今天是学校放暑假前的最后一天，学生下午一点钟必须在教堂集合。更何况，再过一个星期，爸爸就从黎巴嫩回来了。他答应要在仲夏节前回家。

席德站在窗前，俯瞰着外面的花园，以及红色的小船屋后面的平台。夏天用的汽艇还没有抬出来，但那条老旧的小船已经系在平台边了。她想到昨夜的那场倾盆大雨，便提醒自己今天一定要记得把小舟里的积水舀出来。

现在，她俯视着那个小海湾，想起她还是个六岁的小女孩时，有一次曾经爬进那条小船，独自一人划到狭湾去。后来她掉到水里，勉强挣扎着上岸，然后浑身湿淋淋地穿过矮树篱；当她站在花园里仰望着她家的房子时，她妈妈跑过来了。那条小船和两支桨就一直在狭湾里漂浮着。如今她偶尔还会梦见小船空无一人、径自漂流的情景。那真是很令人难为情的一次经验。

她家的这座园子花草既不特别繁茂，也没有经过刻意修整，但却相当宽敞。这是属于她的花园。园里那棵久经风霜的苹果树和几株光秃秃的灌木经过严寒的冬季暴风雪洗礼之后，仍然劲挺。在早晨明亮的阳光下，花岗岩与灌木丛之间的草坪上那座老旧的秋千显得分外孤零。秋千上的沙发垫子已经不见了。可能是昨天夜里妈妈匆匆跑出去收进来以免被雨淋湿。

为了避免暴风的吹袭，这座大花园四周都种有桦树。正是因为这些桦树，这栋房子才在一百多年前被改名为"柏客来"山庄。

这座山庄是在十九世纪末由席德的曾祖父兴建的。他是一艘大帆船的船长，也因此到现在还有许多人称这座宅子为"船长屋"。

今天早晨花园里仍留有昨夜豪雨的痕迹。这场雨在昨天黄昏时突然下了起来，到了夜里，席德几度被怒吼的雷声惊醒。但是今天却是万里无云的晴朗天气。

在风雨过后，万物显得如此清新。过去好几个星期以来，天气一直炎热干燥，以致桦树的叶尖已经长出了难看的黄色斑点。现在，大地宛如刚刚经过一番清洗。席德觉得自己的童年仿佛也随着这场风雨一去不返。

"春天的芽苞爆裂时确实是痛苦的……"不是有一位瑞典（还是芬兰？）的女诗人说过类似的话吗？

她好看吗？至少长得不丑。也许是介于两者之间……

席德站在祖母的老五斗柜上方挂的那面沉重的铜镜前。

她好看吗？至少长得不丑。也许是介于两者之间……

她有一头金色的长发。以前她总是希望自己的发色能够更亮或更暗一些，因为像这样不上不下的颜色看起来是如此平凡无奇。还好她的头发天生微鬈，不需要像她那些朋友一般费尽心思，只为了让头发鬈起一点点。她的另一个优点是一双深绿色的眼睛。"真的是绿色的吗？"以前她的叔叔婶婶们总是这么说，同时一边俯身端详她。

席德站在镜前，注视着自己的面容。她还是小女孩吗？或是已经长成少女了？她觉得两者都不是。她的身体也许已经颇有女人味了，但她的脸却还是像一个未成熟的苹果。

这面古老的镜子总是让席德想起她的父亲，因为它从前一度挂在"工作室"里。那间"工作室"就在船屋上面，是她父亲读书、写作、休息的地方。他一直希望能写一些有意义的东西。有一次他曾经试着写一本小说，却一直没有完成。他写的诗和他画的岛屿素描不时刊登在一家全国性期刊上。席德每次看到爸爸的名字"艾勃特"登出来，都觉得好骄傲。这样的事在黎乐桑还是不太常见的。

对了，这面镜子！许多年前她的爸爸曾经开玩笑说，他只有在看着这面铜镜时才能对着镜中的影像同时眨动双眼，因为它是曾祖母刚结完婚后向一个吉卜赛女人买的古老魔镜。

席德曾经试了无数次，但发现要对着镜子眨动双眼几乎就像要逃离自己的影子一样困难。最后爸妈把这件传家宝给了她，由她保存。这几年来她仍然不时练习这个不太可能达成的技巧。

她今天思绪汹涌，不停想着一些有关自己的事。但这是很正常的，毕竟她已经十五岁了……

生日礼物

这时她偶然瞥见床头几上有一个大包裹，用美丽的蓝纸包着，并绑着红色的丝带。不用说，一定是一份生日礼物！

难道这就是爸爸说过要送她的那份神秘的大礼物吗？他从黎巴嫩寄来的明信片中曾经给她许多扑朔迷离的提示，可是却说他"严格禁止自己泄露天机"。

他在信里透露，这份礼物会"愈来愈大"。然后他又提到一个她很快就会见到的女孩，并说他把寄给她的明信片也寄了一份给那女孩。席德曾试着套妈妈的话，希望她能透露一点口风，但妈妈也不知道爸爸在玩什么把戏。

在各种提示中，最奇怪的一项是：这礼物将是一份她"可与别人共享的"东西。席德的爸爸为联合国工作不是没有目的的。他的脑袋里有许多想法，其中之一就是联合国应该成为一个类似世界政府的机构。他曾经在一张明信片里表示，希望联合国有一天真的能够使全人类团结起来。

待会儿，妈妈将会拿着面包和汽水及挪威小国旗上楼到她的房里来唱生日快乐歌。她可以在妈妈来到之前打开这个包裹吗？应该可以吧。要不然它为什么会放在那儿呢？

她悄悄走上前去，拿起那个包裹。乖乖！很重呢！她看到上面贴着一张纸，写着：

"给席德的十五岁生日礼物，爸爸赠。"

她坐在床上，小心地解开那条红色的丝带，然后打开蓝色的包装纸。

里面是一个大大的讲义夹。

这就是爸爸给她的生日礼物吗？这就是他大费周章为她准备的十五岁生日礼物吗？这就是那份会愈来愈大，可以与别人共享的礼物吗？

席德很快发现讲义夹内装满了打好字的纸张。她认出这是爸爸用他带到黎巴嫩的那架打字机打出来的字。

难道他为她写了一本书？

第一页上面有用手写的几个大字：

苏菲的世界

这是书名。

书名下面用打字机打了两行诗：

真实启蒙之于人
如同阳光之于土

葛朗维格（N.F.S.Grundtvig）

席德翻到下一页，也就是第一章的开始。这章题名为《伊甸园》。席德爬上床，舒服地坐在那儿，将讲义夹放在膝盖上，开始看了起来：

苏菲放学回家了。有一段路她和乔安同行，他们谈着有关机器人的问题。乔安认为人的脑子就像一部很先进的电脑，这点苏菲并不太赞同。她想：人应该不只是一台机器吧？

席德看着看着，忘记了其他一切的事情，甚至忘记了今天是她的生日。她读着读着，脑海中不时浮现一个问号：爸爸写了一本书吗？他在黎巴嫩时是否终于开始撰写那部很有意义的小说，并且完成了呢？他以前时常抱怨他在那儿不知该如何打发时间。

苏菲的爸爸也离家很远。她也许就是那个席德将要开始认识的女孩……

唯有清晰地意识到有一天她终将死去，她才能够体会活在世上是多么美好……世界从何而来？……在某一时刻，事物必然曾经从无到有。然而，这可能吗？这不就像世界一直存在的看法一样不可思议吗？

席德读着读着。当她读到苏菲接到一封来自黎巴嫩的明信片，上面写着："苜蓿巷三号，苏菲收，请代转席德"时，不禁困惑地扭动着腿。

亲爱的席德：你满十五岁了，生日快乐！我想你会明白，我希望给你一样能帮助你成长的生日礼物。原谅我请苏菲代转这张卡片，因为这样最方便。

爱你的老爸

这个促狭鬼！席德知道爸爸一向爱耍花样，但今天他才真正教她开了眼界。他没有将卡片绑在包裹上，而是将它写进书里了。

只是可怜了苏菲，她一定困惑极了。

怎么会有父亲把生日卡寄到苏菲家？这明明不是给她的呀！什么样的父亲会故意把信寄到别人家，让女儿收不到生日卡呢？为什么他说这是"最方便"的呢？更何况，苏菲要怎样才能找到这个名叫席德的人？

是呀，她怎么找得到呢？

席德翻了两三页，然后开始读第二章"魔术师的礼帽"。她很快便读到那个神秘的人写给苏菲的长信。她屏住了呼吸。

想知道为何我们会在这儿并不像搜集邮票一样是一种休闲式的兴趣。那些对这类问题有兴趣的人所要探讨的，乃是自地球有人类以来人们就一直辩论不休的问题。

"苏菲真是累极了。"席德也是。爸爸为她的十五岁生日写了一本书，而这是一本又奇怪又精彩的书。

简而言之，这世界就像魔术师从他的帽子里拉出的一只白兔。只是这白兔的体积极其庞大，因此这场戏法要数十亿年才变得出来。所有的生物都出生于这只兔子的细毛顶端，他们刚开始对于这场令人不可置信的戏法感到惊奇。然而当他们年纪愈长，也就愈深入兔子的毛皮，并且待了下来……

苏菲并不是唯一觉得自己正要在兔子的毛皮深处找到一个舒适的地方待下来的人。

今天是席德的十五岁生日。她觉得现在正是她决定未来的道路应该怎么走的时候。

她读到希腊自然派哲学家的学说。席德知道爸爸一向对哲学很有兴趣，他曾经在报纸上发表过一篇主张哲学应该列入学校基本课程的文章，题目为："为何哲学应该列入学校课程？"他甚至曾在席德的班上举行的家长会中提出这项建议，让席德觉得很不好意思。

席德看了一下时钟。七点半了。大概还要再过半小时，妈妈才会端着早餐托盘上楼来。谢天谢地，因为现在她满脑子都是苏菲和那些哲学问题。她读到德谟克里特斯那一章。苏菲正在思考一个问题：为什么积木是世界上最巧妙的玩具？然后她又在信箱里发现了一个"棕色的大信封"：

德谟克里特斯同意前面几位哲学家的看法，认为自然界的转变不是因为任何事物真的有所"改变"。他相信每一种事物都是由微小的积木所组成，而每一块积木都是永恒不变的。德谟克里特斯把这些最小的单位称为原子。

席德读到苏菲在床底下发现那条红色丝巾时，不禁大感生气。原来它跑到那里去了！可是丝巾怎么可能跑到一个故事里去呢？它一定是在别的地方……

有关苏格拉底那一章一开始是苏菲在报纸上看到"挪威联合国部队在黎巴嫩的消息"。爸爸就是这样！他很在意挪威人对联合国和平部队的任务不感兴趣这件事，所以才故意做这样的安排，让苏菲非关心不可。这样他就可以把这件事写进他的故事里，借此得到一些媒体的注意。

席德读到哲学家写给苏菲的信后面的附注时，不禁笑了起来。附注的内容是这样的：

如果你在某处看到一条红色的丝巾，请加以保管，那样的东西常常会被人拿错。尤其是在学校等地，而我们这儿又是一所哲学学校。

席德听到妈妈上楼的脚步声。在她敲门前，席德已经开始读到苏菲在她的密洞中发现雅典的录影带那一段。

"祝你生日快乐！祝你生日快乐！……"

楼梯上到一半，妈妈就已经开始唱了。

"亲爱的席德，生日快乐！祝你生日快乐！"

"请进。"席德说。这时她正读到哲学家老师从希腊高城向苏菲说话。看起来他和席德的爸爸几乎一模一样，留了一嘴"修剪整齐的黑胡子"，头戴蓝扁帽。

"席德，生日快乐！"

"嗯。"

"席德？"

"放在那儿就好了。"

"你不……"

"你没看到我正在看东西吗？"

"真奇妙呀，你已经十五岁了！"

"妈，你有没有去过雅典？"

"没有，你问这干吗？"

"那些古老的神庙到现在还屹立不倒，多奇妙呀！它们真的已经有两千五百年的历史了。还有，最大的一座名叫'处女之地'。"

"你打开爸爸给你的礼物了吗？"

"什么礼物？"

"席德，请你把头抬起来。你怎么一副迷迷糊糊的样子？"

席德让讲义夹滑到她的怀中。

此时妈妈正站在床头，手端着托盘，俯身看着她。托盘上有几根已经点燃的蜡烛，几个夹着鲜虾沙拉的奶油面包和一罐汽水。旁边也有一个小包裹。妈妈站在那儿，两手端着托盘，一边的腋下夹着一面旗子，样子很笨拙。

"噢，谢谢妈妈。你真好，可是你看我现在正忙着呢！"

"你今天下午一点才要上学。"

这时席德似乎才想起自己身在何处。妈妈把托盘放在床头几上。

"对不起，妈妈。我完全被这东西吸引住了。"

"席德，他写些什么？我和你一样一直搞不清楚你爸爸葫芦里卖的什么药。这几个月来没听他讲过一句让人听得懂的话。"

不知道为什么，席德觉得很不好意思。

"噢，只不过是个故事而已。"

"一个故事？"

"嗯，一个故事，也是一部哲学史。反正是这类的东西啦。"

"你不想打开我送你的礼物吗？"

席德不想偏心，所以她立刻打开妈妈送的那个小包裹。原来是一条金链子。

"很漂亮。多谢，妈妈！"

席德从床上站起来，给了妈妈一个拥抱。

她们坐着聊了一会儿。

然后席德说："妈妈，可不可以请你离开。现在他正站在高城居高临下呢。"

"谁？"

"我不知道，苏菲也不知道。问题就在这里。"

"我也该去上班了，别忘了吃点东西。我已经把你的衣服挂在楼下了。"

妈妈终于下去了，苏菲的哲学老师也是。他从高城循着阶梯往下走，然后站在法院小丘的岩石上，不久就消失在雅典古广场的人群间。

当席德看到那些古老的建筑突然从废墟中再现时，不禁打了一个冷战。她爸爸最得意的构想之一，就是让联合国所有的会员国共同参与重建雅典广场的工作，使它成为进行哲学讨论与裁军会谈的场所。他认为这样一个庞大的计划将可使世界各国团结一致，他说："毕竟我们在兴建油井和月球、火箭方面已经成功了。"

然后，席德读到了柏拉图的学说。

"灵魂渴望乘着爱的翅膀回'家'，回到理型的世界中。它渴望自肉体的枷锁……"

苏菲爬过树篱，跟踪汉密士，但被它给摆脱了。在读了柏拉图的理论后，她继续深入树林，发现了小湖边的红色小木屋，里面挂着一幅"柏客来"的画。从书中的描述看来，那房子显然就是席德家。但是墙上另有一幅名叫"柏克莱"的男人的肖像。

"多奇怪呀！"席德将那本沉重的讲义夹放在床上，走到书架旁，找出"读书俱乐部"出版的那三册百科全书（这是她十四岁时的生日礼物），开始查"柏克莱"这个人。找到了！柏克莱：

Berkeley，George，一六八五年～一七五三年，英国哲学家，克罗尼地区的主教。他否认在人类的心灵之外存在着一个物质世界，认为我们的感官认知乃是自天主而来。他同时也以批评世俗的看法而闻名。主要著作是《人类知识原理》。

的确是很古怪。席德站在那儿想了几秒钟，才回到床上的讲义夹旁。

爸爸一定是故意把那两幅画挂在墙上。但是"柏克莱"和"柏客来"这两者之间除了名字相似之外，还有什么关联呢？

柏克莱否认在人类心灵之外存在有物质世界，这种看法非常奇特，但也不容易反驳。尤其在苏菲身上倒很适用，因为她所有的"感官认知"不都是出自席德父亲的手笔吗？

不管怎样，她应该继续看下去。当她读到苏菲发现镜子里有一个女孩同时向她眨着双眼时，不禁仰头微笑起来。"那个女孩仿佛是在向苏菲眨眼，对她说：我可以看见你，苏菲。我在这儿，在另外一边。"

后来，苏菲发现了那个绿色的皮夹，里面有钱，还有其他的东西。它怎么会跑到那儿去呢？

荒谬！有一刹那，席德真的相信苏菲找到了那个皮夹。然后她试着想象苏菲对这整件事的感受。她一定觉得很令人费解、很不可思议吧。

席德开始有一股强烈的欲望想要和苏菲见面。她想告诉苏菲整件事情的始末。

现在苏菲必须在被人逮到之前离开小木屋，但小舟这时却正漂浮在湖面上。（当然啦，像爸爸这样的人怎会放弃重提当年小舟事件的机会呢？）

席德喝了一口汽水，咬了一口鲜虾沙拉面包。这时她正读到那封谈"严谨"的逻辑学家亚里士多德的信，其中提到亚里士多德如何批评柏拉图的理论。

亚里士多德指出，我们对于自己感官未曾经验过的事物就不可能有意识。柏拉图则会说：不先存在于理型世界中的事物就不可能出现在自然界中。亚里士多德认为柏拉图如此的主张会使"事物的数目倍增"。

席德从来不知道发明"动物、植物、矿物"这个游戏的人就是亚里士多德。亚里士多德想把大自然"房间"内的每样东西都彻底地分门别类。他想要证明自然界里的每一件事物都各自有其所属的类目或次类目。

当她读到亚里士多德对女人的看法时，觉得非常生气，也很失望。没想到这么聪明的科学家居然是一个瞧不起人的大笨蛋。

亚里士多德激发了苏菲清理房间的冲动。接着她在房里发现了那只一个月前从席德的衣柜里消失的白长裤！苏菲将所有艾伯特写来的信都放在一个讲义夹里。"总共有五十多页。"但席德拿到的却有一百二十四页，不过其中还包括苏菲的故事还有艾伯特所有的来信。

下面这一章题名为"希腊文化"。一开始，苏菲发现了一张印有联合国吉普车照片的明信片。上面盖的邮戳是："六月十五日联合国部队"。这又是一张爸爸写给席德但没有投邮，却将它写进故事里的明信片。

亲爱的席德：

　　我猜想你可能仍在庆祝你的十五岁生日。或者你接到信时，已经是第二天的早上了。无论如何，你都会收到我的礼物。从某个角度看，那是一份可以用一辈子的礼物。不过，我想向你再说一声生日快乐。也许你现在已经明白我为何把这些明信片寄给苏菲了。我相信她一定会把它们转交给你的。

　　P.S：妈妈说你把你的皮夹弄丢了。我答应你我会给你一百五十块钱作为补偿。还有，在学校放暑假前你也许可以重办一张学生证。

爱你的爸爸

　　不错嘛！她又可以多一百五十块钱了。他也许认为只送她一份自己做的礼物，实在是有点太寒酸了。

　　如此看来，六月十五日那天也是苏菲的生日。但对苏菲而言，现在还是五月中旬。这一定是爸爸撰写那一章的时间，但他在写给席德的"生日卡"中所注明的日期都是六月十五日。可怜的苏菲，她跑到超级市场去和乔安会面的时候，心里一直纳闷：

　　这个席德是谁？她爸爸为什么会认定苏菲可以找到她？无论如何，他把明信片寄给苏菲，而不直接寄给他的女儿是说不通的。

　　席德读到普罗汀的理论时，也有宛如置身天外的感受。

　　世间存在的每一样事物都有这种神秘的神圣之光。我们可以看到它在向日葵或罂粟花中闪烁着光芒。在一只飞离枝头的蝴蝶或在水缸中优游穿梭的金鱼身上，我们可以看到更多这种深不可测的神秘之光。然而，最靠近上帝的还是我们的灵魂。唯有在灵魂中，我们才能与生命的伟大与神秘合而为一。事实上，在某些很偶然的时刻中，我们可以体验到自我就是那神圣的神秘之光。

这是席德到目前为止读到的最令人目眩神驰的一段文字，但它的内容却极其简单：万物都是一体的，而这个"一体"便是万物所共有的神圣的奥秘。

这样的道理是不言而喻的，席德想。事实本来如此。而每一个人对"神圣"这个名词都可以有自己的解释。

她很快翻到下一章。苏菲和乔安在五月十七日前夕去露营。她们走到少校的小木屋……

席德才读了几页便愤怒地将被子一掀，站起来在房内踱步，手中仍紧握住那本讲义夹。

这实在是太过分了！她爸爸让这两个女孩在林间的小木屋内，发现了他在五月的前两个星期寄给席德的所有明信片的副本。这些都确实是爸爸写给她的亲笔函，她曾经一读再读，每一个字她都记得。

亲爱的席德：

我现在内心满溢有关你生日的秘密，以致我一天里不得不好几次克制自己不要打电话回家，以免把事情搞砸了。那是一件会愈长愈大的事物。而你也知道，当一个东西愈长愈大，你就愈来愈难隐藏它了。

苏菲又上了一课，了解了犹太民族、希腊民族的特色以及他们的伟大文化。苏菲很高兴能对历史做这样的综览，因为她在学校里从未学到这些。老师们讲的似乎都是一些枝枝节节的东西。她读完这一课后，对耶稣与基督教有了新的认识。

她喜欢那段引自歌德的文字："不能汲取三千年历史经验的人没有未来可言。"

下面一章开始时，苏菲看到一张明信片贴在她家厨房的窗户上。当然，那又是一封寄给席德的生日卡：

亲爱的席德：

我不知道你看到这张卡片时，你的生日过了没有。我希望还没有，至少不要过太久。对于苏菲来说，一两个星期也许不像我们所认为的那么漫长。我将回家过仲夏节。到时，我们就可以一起坐在秋千上看海看几个小时。我有好多话要跟你说……

然后艾伯特打电话给苏菲。这是她第一次听到他的声音。

"听起来好像在打仗一样。"

"我宁可说这是一场意志之战。我们必须吸引席德的注意力，并且设法使她在她父亲回到黎乐桑之前站在我们这边。"

于是苏菲在一座十二世纪的古老岩石教堂内与扮成中世纪僧侣的艾伯特见面了。

天哪！那座教堂！席德看了看时间。一点十五分了……她完全忘记了时间。

在她生日这天不去上学也许没有什么关系，但这样一来她就没办法跟同学一起庆祝了。不过，反正已经有很多人祝她生日快乐了。

现在她读到艾伯特发表长篇大论那一段。这个人扮起中世纪教士的角色可真是一点也不费力。

当她读到苏菲亚在梦中向席德佳显灵那一段，她再次去查她的百科全书，但两个名词都没查到。其实哪次不是这样呢？只要是关于女人的事，这百科全书就像月球表面一样什么也没有。

难道整套书都经"保护男人学会"审查过了吗？

席德佳是传教士、作家、医生、植物学家兼生物学家。

"通常中世纪的妇女要比男人实际，甚至可能有科学头脑，在这方面席德佳也许是一个象征。"

然而"读书俱乐部"的百科全书却没有任何关于她的记载。真是烂透了！

席德从来没有听说过上帝也有"女性化的一面"或"母性"。她的名字是苏菲亚，可是那些出版商显然好像觉得不值得为她浪费油墨似的。

她在百科全书中所能找到最近似的条款是关于君士坦丁堡（现在的伊斯坦布尔）的圣苏菲亚教堂，名为 Hagia Sophia，意思是"神圣的智慧"。

但里面却没有任何文字提到苏菲亚是女性。这不是言论节制是什么？

说到显灵，席德认为苏菲也曾向她"显灵"过，因为她一直都在想象这个长了一头直发的女孩是什么模样……

苏菲在圣玛利教堂几乎待了一整个晚上。她回到家后，站在她从林间小木屋里拿回来的铜镜前面。

她仔细审视着自己那张轮廓分明苍白的脸，以及脸四周那一头做不出任何发型的难缠的头发。但在那张脸之外却浮现了另外一个女孩的幽灵。

突然间，那个女孩疯狂地眨着双眼，仿佛是在向苏菲做信号，说她的确在那儿。这个幽灵出现的时间只有几秒钟，然后便消失了。

不知道有多少次，席德也曾像那样站在镜子前面，仿佛在镜里找寻另外一个人似的。但是爸爸又怎么知道的呢？她不是也一直在找一个深色头发的女人吗？曾祖母不就是向一个吉卜赛女人购买那面镜子的吗？

席德察觉自己捧着书的双手正在发抖。她觉得苏菲确实存在于"另外一边"的某处。

现在苏菲正梦见席德和柏客来山庄。席德既看不见她，也听不见她。后来苏菲在平台上捡到了席德的金十字架链子，而当她一觉醒来时，那条刻有席德姓名的十字架链子正躺在她的床上！

席德强迫自己努力回想。她应该没有把那条祖母送给她当受洗礼物的金十字架链子也弄丢吧？她走到柜子旁，拿出她的珠宝盒。奇怪，链子居然不见了！

这么说她真的把它搞丢了。好吧。但这件事连她自己也不晓得，爸爸又是如何知道的呢？

还有，苏菲显然曾经梦到席德的父亲从黎巴嫩回来了。但那时距父亲预定回来的日子还有一个星期呀！苏菲的梦难道是一种预兆吗？爸爸的意思难道是当他回家时，苏菲也会在场吗？他在信上曾说她将会有一个新朋友……

在那一瞬间，席德很清楚地感觉到苏菲不只是书中的人物而已。她的确存在于这世上。

启 蒙

……从制针的技术到铸造大炮的方法……

席德正要开始阅读"文艺复兴"那一章时,听到楼下传来妈妈进门的声音。她看看钟,已经下午四点了。

妈妈跑上楼来,打开席德的房门。

"你没去教堂吗?"

"去啦。"

"可是……你穿什么衣服去的?"

"就是我现在身上穿的呀!"

"你的睡衣吗?"

"那是一座中世纪的古老岩石教堂。"

"席德!"

她把讲义夹滑到怀中,抬起头来看着妈妈。

"妈妈,我忘记时间了。对不起,可是我正在读一些很有趣的东西。"

妈妈忍不住笑起来。

"这是一本很神奇的书。"席德说。

"好吧。我再说一次生日快乐,席德!"

"又来了,我都快听烦了。"

"可是我还没有……我要去休息一会儿,然后我会弄一顿丰盛的晚餐。你知道吗?我好不容易买到一些草莓。"

"好。那我就继续看书啰。"

妈妈走出房间。席德继续看下去。

苏菲跟着汉密士来到镇上。在艾伯特的门廊上,她看到一张刚从黎巴嫩寄来的明信片。上面的日期也是六月十五日。

席德已经逐渐了解这些日期安排的模式了。那些在六月十五日以前的明信片是席德已经接到的那些明信片的副本。而那些写着六月十五日的明信片则是她今天才第一次在讲义夹里看到的。

亲爱的席德：

现在苏菲已经到哲学家的家里来了。她很快就要满十五岁了，但你昨天就满十五了。还是今天呢？如果是今天的话，那么信到得太迟了。不过我们两个的时间并不一定一致……

席德读到艾伯特和苏菲谈论文艺复兴运动与新科学，还有十七世纪理性主义者与英国的经验主义。

每一次席德看到父亲设法夹藏在故事中的明信片和生日贺词时，都吓了一跳。他让它们从苏菲的作业本里掉出来，在香蕉皮内层出现，有的甚至藏在电脑程式里。他轻而易举地让艾伯特把苏菲的名字叫成席德。最过分的是他居然让汉密士开口说："席德，生日快乐！"

席德同意艾伯特的说法，爸爸是做得太过分了一些，居然把自己比作上帝和天意。可是让艾伯特说这些话的人不正是她的爸爸吗？其实她想想，爸爸将自己比作上帝毕竟也不算很那个，因为在苏菲的世界里面，爸爸不就像是一个无所不能的上帝吗？

当艾伯特谈到柏克莱的哲学时，席德和苏菲一样完全被迷惑了。下一步会发生什么事呢？书里已经多次暗示当他们谈到这位不认为人的意识之外有物质世界存在的哲学家（席德偷偷看了一下百科全书）时，就会有一件很特别的事发生。

这章一开始是艾伯特和苏菲两人站在窗前，看着那架拖着长长的"生日快乐"布条的小飞机。这个时候，乌云开始在市区上方聚集。

因此，to be or not to be 并不是唯一的问题。问题在于我们是什么。我们真的是血肉之躯的人类吗？我们的世界是由真实的事物组成的吗？或者我们只是受到心灵的包围？

难怪苏菲要开始咬指甲。席德过去从来没有咬指甲的坏习惯，不过她现在很同情苏菲。最后一切终于明朗化了：

"对于你我来说，这个'造成万物中之万物'的'意志或灵'可能是席德的父亲。"
"你是说他有点像是在扮演我们的上帝吗？"
"坦白说，是的。他应该觉得惭愧才对。"
"那席德呢？"
"她是个天使，苏菲。"
"天使？"
"因为她是这个'灵'诉求的对象。"

说到这里，苏菲冲了出去，离开艾伯特，跑进风雨之中。那会是昨天晚上（就在苏菲跑过镇上几个小时之后）吹袭柏客来山庄的那场暴风雨吗？

明天就是我的生日了，苏菲心想。在十五岁生日前夕突然领悟到生命只不过是一场梦境而已，那种感觉真是分外苦涩啊。就好像是你中了一百万大奖，正要拿到钱时，却发现这只不过是南柯一梦。

苏菲啪哒啪哒地跑过泥泞的运动场。几分钟后，她看见有人跑向她。原来是妈妈。此时闪电正发怒般一再劈过天际。

当她们跑到彼此身边时，妈妈伸出手臂搂着苏菲。

"孩子，我们到底发生什么事了？"

"我不知道，"苏菲啜泣，"好像一场噩梦一样。"

席德觉得她的眼泪要掉下来了。"存在或不存在，这正是问题所在。"她把讲义夹丢到床尾，站了起来，在地板上来回踱步。最后她在那面铜镜前驻足，就这样一直站着。直到妈妈来敲门宣布晚餐已经弄好，她才猛然惊觉自己不知道已经站了多久。

不过有一点她百分之百确定的是：她看到镜中的人影同时向她眨动双眼。

吃晚饭时，她努力要当一个知道惜福感恩的寿星，可是她从头到尾满脑子想的都是苏菲和艾伯特。

真　相

现在他们已经知道所有事情都是席德的父亲一手安排的，以后他们会发生什么事呢？事实上，说他们"知道"什么事也许是太夸张了，也是没有意义的。不是只有爸爸才能让他们知道任何事情吗？

然而，不管从哪一个角度来看，问题都是一样的。一旦苏菲和艾伯特"知道"一切事情的真相，他们就等于走到路的尽头了。

她吃着饭时，突然想到同样的问题可能也存在于她自己的世界。想到这里，她差点哽住。如今，人们对大自然的法则日益了解。一旦哲学与科学这张拼图板上的最后一片放好时，历史还会一直继续下去吗？观念、科学的发展与温室效应、森林消失这两者之间不是有某种关联吗？也许，将人类对于知识的饥渴称为"远离上帝的恩典"，并不是一种很荒谬的说法。

这个问题太大，也太令人害怕，席德试着把它忘掉。她想，她应该继续再读爸爸给她的生日书，这样也许她会了解得更多一些。

"……祝你生日快乐！……"她们吃完冰淇淋和意大利草莓后，妈妈又开始唱，"现在我们来做一件你最想做的事。"

"妈妈，我知道我这样有点神经，不过我现在最想做的就是读爸爸送我的那本书。"

"好吧，只要他不会让你变得不知所云就好。"

"才不会呢！"

"待会儿我们看你爱看的侦探影集时，可以一起吃比萨饼。"

"好啊，如果你想吃的话。"

席德想到苏菲对她妈妈说话的方式。爸爸在写苏菲的母亲这个角色时该不会以妈妈为蓝本吧？为了保险起见，席德决定不要提任何有关白兔被魔术师从礼帽里拉出来的事。至少今天不要。

"对了，妈妈！"在离开餐桌时她突然想到。

"什么事？"

"我到处找都找不到我的金十字架。"

妈妈看着她，脸上有一种谜样的表情。

"几个礼拜前我在平台下面捡到它。一定是你掉的，你这个丢三落四的小鬼头。"

"你有没有把这件事告诉爸爸呢？"

"我想想看……应该有吧。"

"那条链子现在在哪里呢？"

妈妈上楼去拿她的珠宝盒。席德听到卧室传来一小声惊讶的叫声。不一会儿，妈妈就回到客厅来了。

"奇怪，好像不见了。"

"我想也是。"

她拥抱了妈妈一下，随即跑上楼到房间去。现在她终于又可以读有关苏菲和艾伯特的种种了。她像以前那样坐在床上，膝盖上放着那本沉重的讲义夹，开始读下一章。

生　日

第二天早上苏菲醒来时，妈妈正端着一个放满各色生日礼物的托盘进入她的房间。盘子上还有一个空汽水瓶，里面插着一面国旗。

"苏菲，生日快乐！"

苏菲揉一揉惺忪的睡眼。她努力回想昨晚发生的事，可是所有的事却像一堆混杂在一起的拼图一般。其中一片是艾伯特，另外一片是席德和少校。第三片是柏克莱，第四片是柏客来。最黑的一片是昨晚那场狂风暴雨。她当时真的吓呆了。妈妈用一条毛巾帮她擦干全身，让她喝了一杯加了蜂蜜的热牛奶后就让她上床了。然后，她立刻就睡着了。

"我还活着吧？"她有气无力地说。

"你当然还活着！今天你满十五岁了呢！"

"你确定吗？"

"当然确定。难道做妈妈的会不知道她的独生女是什么时候生的吗？那是一九七五年六月十五日……下午一点半的时候。是我一生中最快乐的时刻。"

"你确定那不是一场梦吗？"

"如果醒来就有面包、汽水和生日礼物的话，那一定是一场好梦嗷。"

妈妈把放礼物的托盘摆在一张椅子上，然后走出房间。没一会儿她就回来了，手里端着另外一个放有面包和汽水的托盘。她把盘子放在床尾。

这表示她们家传统的生日节目就要开始了。先是拆礼物，然后妈妈就无限感怀地回忆起十五年前她第一次阵痛的情景。妈妈送苏菲的礼物是一只网球拍。苏菲从来没有打过网球，不过离首蓿巷几分钟处就有几座露天网球场。爸爸寄给她的礼物则是一台迷你电视兼调频收音机。电视的荧屏只有一张相片那么大。此外，还有年老的姑妈们和一些叔伯阿姨们送的礼物。

之后，妈妈说道：

"你要不要我今天请假在家陪你呢？"

"不要，你没有理由这样做呀。"

"你昨天好像心情很不好。如果继续这样下去，我想我们应该去看心理医生。"

"不用啦！"

"是因为暴风雨吗？还是因为艾伯特呢？"

"那你昨天又是怎么回事呢？你说：'孩子，我们到底发生什么事了？'"

"我是想到我不应该让你随随便便跑到镇上去见一个神秘人物……那也许是我的错。"

"那不是任何人的'错'，我只是利用闲暇的时间上一门哲学课而已。你去上班吧！今天学校十点才有课，而且只是去拿成绩单、跟同学聊聊天而已。"

"你知道你这学期成绩如何吗？"

"反正会比我上学期好就对了。"

妈妈走了没多久，电话响了。

"喂，我是苏菲。"

"我是艾伯特。"

"嗷。"

"少校连昨天晚上也不放过。"

"什么意思?"

"那场暴风雨呀。"

"我已经不知道该怎么想了。"

"这是一个真正的哲学家最崇高的美德。苏菲,我真是以你为荣。你在这么短的时间内就学到了这么多。"

"我怕没有一件事情是真的。"

"这种感觉叫做'存在的焦虑'。通常只是在迈向获得新意识的过程中的一个阶段而已。"

"我恐怕有一段时间不能上课了。"

"现在花园里有那么多青蛙吗?"

苏菲笑了出来。艾伯特继续说:

"我想我们还是应该继续下去。对了,顺便说一声:生日快乐。我们必须在仲夏节前上完这门课。这是我们最后的机会。"

反 抗

"什么最后机会?"

"你现在坐得舒服吗?我们要花一段时间来谈这个。"

"好,我坐下来了。"

"你还记得笛卡尔吗?"

"就是说:'我思故我在'的那个人?"

"对。谈到我们心中的疑问,必须要从头讲起。我们甚至不能确定自己是否在思考。也许我们会发现自己只是别人的一些想法罢了。这和思考是很不一样的。我们有很充分的理由相信我们只不过是席德的父亲创造出来的人物,好作为他女儿生日时的消遣。你明白吗?"

"嗯……"

"可是这当中本身就有矛盾。如果我们是虚构的人物,我们就没有权利'相信'任何事情。如果这样的话,我们这次的电话对谈纯粹都是想象出来的。"

"而我们没有一点点自由意志,因为我们的言语行动都是少校计划好的。所以我们现在还不如挂断电话算了。"

"不,你现在又把事情看得太简单了。"

"那就请你说明白吧。"

"你会说人们梦见的事情都是他们自己计划好的吗?也许席德的爸爸确实知道我们做的每一件事,也许我们确实很难逃离他的监视,就像我们很难躲开自己的影子一样。但是我们并不确定少校是否已经决定了未来将发生的每一件事,这也是我开始拟定一项计划的原因。少校也许要到最后一分钟——也就是创造的时刻——才会做出决定。在这样的时刻我们也许可以自己决定要说些什么、做些什么。比起少校的重型大炮来,我们这一点点自主性当然只能算是极其微弱的力量。我们很可能没法抵抗一些外力(如会说话的狗、香蕉里写的字和事先预定的暴风雨等等)的干预,但是我们不能放弃自己顽强抵抗的能力,不管这种能力是多么微弱。"

"这怎么做得到呢?"

"少校当然知道我们这个小小世界里发生的每一件事,但这并不表示他是无所不能的。无论如何我们必须假装他不是这样,照常过我们的生活。"

"我想我明白你的意思了。"

"其中关键就在我们是否能设法自己做一些事情,一些不会让少校发现的事情。"

"可是,如果我们不存在的话,我们怎么能够做这些事呢?"

"谁说我们不存在?问题不在于我们究竟存不存在,而是在于我们是什么?我们是谁?就算最后事实证明我们只不过是少校的双重人格里的一些念头,那也并不一定能否定我们这一点点存在的价值呀。"

"也不能否定我们的自由意志,对吗?"

"这个我正在想办法。"

"可是席德的爸爸一定知道你正在想办法。"

"当然啰。可是他并不知道我们确切的计划是什么。我正试图要找到一个阿基米德点。"

"阿基米德点?"

"阿基米德是希腊的一个科学家。他说:'给我一个稳固的点,让我站在上面,我就能够移动地球。'我们必须找到那个支点,才能把我们自己移出少校的内在宇宙。"

"这可不简单哪!"

"问题是在我们还没有上完哲学课之前,我们不可能溜得走。在上课期间,他会把我们抓得紧紧的。他显然已经决定要我引导你了解从近代到现代这几个世纪的哲学。可是我们只剩下几天的时间了,因为他再过几天就要在中东某个地方登机了。如果在他抵达柏客来之前,我们还没有脱离他那牛皮糖一般的想象力的话,我们就完了。"

"说得真吓人。"

"首先我要告诉你法国启蒙运动时期最重要的一些事情,然后我们会扼要地讨论一下康德的哲学,以便接着谈浪漫主义。黑格尔也将是这里面的一个重要人物。谈到他时,我们势必要谈到祁克果(Kierkegaard)如何怒气勃勃地驳斥黑格尔的哲学。然后,我们将简短地谈一下马克思、达尔文和弗洛伊德等人。最后如果我们能够想办法谈一下萨特和存在主义,我们的计划就可以付诸行动了。"

"这么多东西,一个星期怎么谈得完?"

"所以我们才要马上开始呀。你现在可以过来吗?"

"我今天要上学。我们要开同学会,拿成绩单。"

"别去了。如果我们只是虚构的人物,我们能尝到糖果和汽水的味道才怪。"

"可是我的成绩单……"

"苏菲,你应该关心你自己究竟是住在一个美妙宇宙中的一个小小星球上的人,还是只是少校心灵中的一些电磁波。但你却只担心你的成绩单!你真应该感到惭愧呀!"

"对不起。"

"不过你还是先去上学好了。如果你在学期最后一天缺席,可能会把席德带坏。她也许连她生日那一天都会去上学呢!她是个天使,你知道吗?"

"那我放学后就直接去你那儿。"

"我们可以在少校的小木屋见面。"

"少校的小木屋?"

"咔!"一声,电话挂上了。

席德让讲义夹滑到怀中。爸爸的话让她有点良心不安——她在学期最后一天的确没有上学。真是的,这个老滑头!

她坐了一会儿,心想不知道艾伯特究竟拟了什么样的计划。她该不该偷看最后一页呢?不,那样就算作弊了。她最好赶紧把它读完。

不过她相信艾伯特有一点(很重要的一点)说得对。爸爸的确对苏菲和艾伯特经历过的事通盘了解。但他在写作时,可能也不完全知道未来将发生的事。他可能会在匆忙之间写下一些东西,并且很久以后才注意到。这样一来,苏菲和艾伯特就有相当的空间可以发挥了。

席德再次觉得她相信苏菲和艾伯特是确实存在的。真人不露相,她心里这么想。

这个意念为什么会进入她心中呢?

那当然不是一个会在表面激起涟漪的想法。

就像每次班上有人过生日时一样,同学们今天都围着苏菲纷纷起哄。由于暑假前的气氛、成绩单和汽水等,苏菲自己也蛮高兴受人注目。

当老师祝大家暑假愉快,并且宣布解散后,苏菲马上冲回家。乔安本想留住她,但苏菲回过头大声对乔安说她必须去办一件事。

她在信箱里发现了两张从黎巴嫩寄来的明信片,上面都印有"祝你十五岁生日快乐!"的字样。其中一张仍旧写着"请苏菲代转席德",但另外一张则是直接写给苏菲的。两张明信片上都盖着"六月十五日联合国部队"的邮戳。

苏菲先读那张写给她的明信片:

亲爱的苏菲:

今天我也要向你祝寿,祝你生日快乐。并谢谢你为席德做了这么多事。祝安好。

艾勃特少校

席德的父亲终于也写明信片给她了。苏菲真不知道自己该有什么反应。

给席德的明信片内容是这样的:

亲爱的席德:

我不知道此刻在黎乐桑是什么日期或什么时间。但是,就像我说过的,这并不重要。如果我没有看错你的话,我这段最后(或倒数第二)的生日贺词到得并不算太晚。可是要注意,不要熬夜熬得太晚噢。艾伯特很快就会告诉你法国启蒙运动的思想。他会把重心放在七点上。这七点包括:

1. 反抗权威

2. 理性主义

3. 启蒙运动

4. 文化上的乐观态度

5. 回归自然

6. 自然宗教

7. 人权

他显然仍监视着他们。

苏菲进了门,把全都是A的成绩单放在厨房的桌子上,然后便钻过树篱,跑进树林中。

不久她再次划船渡湖。

她到达小屋时,艾伯特已经坐在门前的台阶上等她了。他招手示意,要她坐在他身旁。

今天天气晴朗,不过湖面上有一层薄薄的水汽往上升,仿佛湖水尚未完全从那场暴风雨中复原似的。

"我们还是开门见山地谈吧。"艾伯特说。

启蒙运动

"休谟之后出现的另一位大哲学家是德国的康德（1mmanuel Kant）。但十八世纪的法国也出现了许多重要的思想家。我们可以说，十八世纪前半叶，欧洲的哲学中心是在英国，十八世纪中期，是在法国，十八世纪末，则是在德国。"

"从西边一直换到东边。"

"没错。我首先要大略描述一下法国启蒙时期哲学家的一些共同特点。其中最重要的几个人物是孟德斯鸠、伏尔泰和卢梭。当然，除此之外还有很多哲学家。我将把重心放在七点上。"

"我早就知道啦！"

苏菲把席德的父亲寄来的明信片递给艾伯特。艾伯特深深叹了口气："他实在不必这么费事的……首先，这个时期最重要的口号就是反抗权威。当时许多法国哲学家都到过英国。那时的英国在很多方面都比法国开明。这些哲学家受到英国自然科学——尤其是牛顿的宇宙物理学——的吸引，也受到英国哲学——尤其是洛克的政治哲学——的启发。他们回到法国后，对于传统的权威愈来愈不能认同，认为有必要对前人所谓的真理抱持怀疑的态度。他们的想法是：每一个人都必须自行找寻问题的答案。在这方面他们受笛卡尔的启发很大。"

"因为他的思想体系是从头建立的。"

"可以这么说。不过，反对权威的口号也有一部分是针对当时的教士、国王和贵族。在十八世纪时，这几种人在法国的势力比在英国要大得多。"

"后来就发生了法国大革命？"

"是的，一七八九年法国大革命发生了，但是革命的理念是在很早之前就萌芽了。下面一个关键名词是理性主义。"

"我还以为理性主义随着休谟消逝了。"

"休谟本人到一七七六年才逝世。那时孟德斯鸠已经死了大约二十年了。两年后，也就是一七七八年，伏尔泰和卢梭双双去世。可是他们三人都到过英国，非常熟悉洛克的哲学。你也许还记得洛克的经验主义理论前后并不一致。例如他相信人对上帝的信仰和若干道德规范是人的理性中所固有的。这个想法也是法国启蒙运动的核心。"

"你说过法国人总是比英国人更理性。"

"是的。这项民族性的差异可以回溯到中世纪。英国人通常会说'这是常识'，但法国人却会说'这很明显'。英国人说'这是大家都知道的'，但法国人却会说'这是很明显的'，也就是说对于人的理性来说是很明显的。"

"原来如此。"

"大多数启蒙时期的哲学家和苏格拉底及斯多葛学派这些古代的人文主义者一样，坚决相信人的理性，所以法国启蒙运动时期时常被称为'理性时代'。当时，新兴的自然科学已经证明自然是受理性所管辖的，于是哲学家们认为他们也有责任依据人不变的理性为道德、宗教、伦理奠定基础。启蒙运动因此而产生。"

"这是第三点，对不对？"

"他们想要'启'发群众的'蒙'昧，以建立更好的社会。他们认为人民之所以过着贫穷、备受压迫的生活，是由于他们无知、迷信所致。因此他们把重点放在教育儿童与一般大众上。所以，教育学这门学科创立于启蒙时代并非偶然。"

"这么说，学校制度开始于中世纪，而教育学则开始于启蒙时代。"

"可以这么说。启蒙时代最大的成就是出版了一套足以代表那个时代的大规模百科全书。这套书共有二十八册，在一七五一年～一七七二年间出版。当时所有知名的哲学家与文人都参与了编纂工作。他们打出的口号是'你在这套书中可以查到所有的知识，上自铸造大炮的方法，下至制针的技术'。"

"下面你是不是要谈到文化上的乐观态度？"

"我说话时请你不要看那张明信片好吗？"

"噢，对不起。"

"启蒙时期的哲学家认为一旦人的理性发达、知识普及之后，人性就会有很大的进步，所有非理性的行为与无知的做法迟早都会被'文明'的人性取代。这种想法后来成为西欧地区的主要思潮，一直到前几十年为止。今天我们已经不再相信所有的'发展'都是好的。事实上，早在法国启蒙时期，就已经有哲学家对所谓的'文明'提出批评。"

"也许我们早应该听他们的话。"

"当时有些人提出'回归自然'的口号，但对于启蒙时期的哲学家而言，'自然'几乎就代表'理性'，因为人的理性乃是自然的赐予，而不是宗教或'文明'的产物。他们的说法是：所谓的'原始民族'常常比欧洲人要更健康、更快乐，因为他们还没有被'文明化'。卢梭提出'人类应该回归自然'的口号，因为自然是好的，所以人如果能处于'自然'的状态就是好的，可惜他们却往往受到文明的败坏。卢梭并且相信大人应该让小孩子尽量停留在他们天真无邪的'自然'状态里。所以我们可以说体认童年的价值的观念从启蒙时代开始。在此之前，人们都认为童年只不过是为成年人的生活做准备而已。可是我们都是人，儿童跟大人一样，也是生活在这个地球上的人。"

"可不是嘛！"

"他们也认为宗教必须加以自然化。"

"怎么说呢？"

"他们的意思是，宗教也必须与'自然'的理性和谐共存。当时有许多人为建立所谓的'自然宗教'而奋斗。这就是我们要谈的第六点。当时有很多唯物论者不相信上帝，自称为无神论者。但大多数启蒙时期的哲学家认为否认上帝存在是不合乎理性的，因为这个世界太有条理了，因此不可能没有上帝的存在。牛顿就持这种看法。同样的，这些启蒙时期的哲学家也认为相信灵魂不朽是合理的。他们和笛卡尔一样，认为人是否有一个不朽的灵魂不是信仰问题，而是理性的问题。"

"我觉得这种说法很奇怪。在我认为，这个问题的关键正在于你相不相信，而不在于你知不知道。"

"这是因为你没有生在十八世纪。据启蒙时期哲学家的看法，宗教上所有不合理的教条或教义都有必要去除。因为耶稣的教诲本来是很简单的，这些不合理的教条或教义都是在后来教会传教的过程才添加上去的。"

"原来如此。"

"所以后来有许多人宣称他们相信所谓的'自然神论'。"

"那是一种什么样的理论?"

"所谓'自然神论'是指相信上帝在万古之前创造了世界,但从此以后就没有再现身。上帝成了一个'至高的存在',只通过大自然与自然法则向人类显现,绝不会通过任何'超自然'的方式现身。我们在亚里士多德的著作中也可以发现类似这种'哲学上帝'的说法。对他而言,上帝乃是'目的因'或'最初的推动者'。"

"我们只剩下人权这一点还没讲了。"

"但这也许是最重要的一点。大致上来说,法国启蒙时期的哲学家要比英国哲学家更注重实践。"

"你是说他们比较依照自己的哲学生活?"

"没错,法国启蒙时期的哲学家对于一般人在社会的地位并不满意。他们积极争取所谓的'自然权利',并首先发起一项反对言论管制、争取新闻自由的运动。此外他们认为个人在宗教、道德与政治方面的思想与言论自由也有待争取。他们同时也积极提倡废除奴隶制度并以更合乎人性的方式对待罪犯。"

"他们大多数的观点我都赞同。"

"一七八九年,法国国民议会通过'人权与民权宣言',确立了'个人权利不可侵犯'的原则。挪威在一八一四年制定的宪法正是以这份宣言为基础。"

"可是目前世界上仍然有很多人享受不到这些权利呀!"

"是的,这是很不幸的。不过启蒙时期的哲学家希望能够确立每个人生来就有的一些权利,这就是他们所谓'自然权利'的意思。到现在我们仍然使用'自然权利'的字眼来指一种可能会与国家法律发生冲突的权利。此外,也时常有人——甚至整个国家——在反抗专制、奴役和压迫时打着'自然权利'的口号。"

"那妇女的权利呢?"

"一七八九年的法国革命确立了所有'公民'都能享有的一些权利。但问题在于当时所谓'公民'几乎都是指男人。尽管如此,女权运动还是在法国革命中萌芽了。"

"也该是时候了。"

"早在一七八七年时，启蒙运动的哲学家龚多塞就发表了一篇有关女权的论文。他主张妇女也和男人一样有'自然权利'。在一七八九年法国大革命期间，妇女们非常积极地反抗旧日的封建政权。举例来说，当时领导示威游行，迫使国王离开凡尔赛宫的就是一些女人。后来妇女团体陆续在巴黎成立。她们除了要求和男人享有一样的参政权之外，也要求修改婚姻法，并提高妇女的社会地位。"

"结果她们得到和男人相同的权利了吗？"

"没有。女权问题只是当时政治斗争的一个工具而已。到了新政权上任，一切恢复正常之后，又恢复了昔日以男人为主的社会制度。这种情形后来也屡次发生。"

"每次都这样。"

"法国大革命期间争取女权最力的人士之一是德古日。她在革命结束两年后，也就是一七九一年，出版了一篇有关女权的宣言。在此之前，有关民权的宣言从来没有提到妇女的自然法权。而德古日在这篇宣言中却要求让妇女享有和男人完全相等的权利。"

"结果怎么样？"

"她在一七九三年被砍头，女权运动也从此被禁。"

"真可耻呀！"

"直到十九世纪女权运动才真正在法国和欧洲各地展开，并且逐渐开花结果。不过，以挪威为例，妇女直到一九一三年才享有投票权。而目前世界上仍有许多地区的妇女无法享有充分的人权。"

"我和她们站在同一条阵线上。"

艾伯特坐在那儿，目光越过湖面。一两分钟后他说：

"关于启蒙运动我大致上就谈到这儿了。"

"你说大致上是什么意思？"

"我有一种感觉，以后不会再有了。"

他说完这话时，湖水开始起一些变化。有某种东西在湖心冒泡，仿佛湖底的水突然一下喷涌上来一般。

"是水怪！"苏菲说。

那只黑色的怪物前后扭动了几下身子后,便潜入湖水中消失无踪。湖面又恢复了平静。

艾伯特转过身来。

"我们进屋去吧!"他说。

他们便双双起身走进小木屋。

苏菲站在那儿看着"柏克莱"和"柏客来"那两幅画。她指着"柏客来"那幅说:

"我想席德大概住在里面的某个地方。"

今天那两幅画中间多了一幅刺绣作品。上面绣着:

"自由、平等、博爱。"

苏菲转身对艾伯特说:

"是你把它挂在那儿的吗?"

他只是摇摇头,脸上有一种忧伤的表情。

然后苏菲在壁炉架上发现一个小小的信封,上面写着:"致席德与苏菲"。苏菲立刻知道是谁写的。他居然开始直接针对她了。这倒是新鲜事。

她拆开信,大声念出来:

亲爱的苏菲和席德:

苏菲的哲学老师应该强调启蒙运动的意义在于它创立了联合国赖以成立的一些理想与原则。两百年前,"自由、平等、博爱"这个口号使得法国人民团结起来。今天,同样的字眼应该也可以使得全世界团结起来。全人类应该成为一个大家庭,如今这个目标已经比从前更加迫切。想想看,我们的子子孙孙会从我们这里继承什么样的世界呢?

席德听见妈妈在楼下喊说电视的侦探影集在十分钟内就要开演了,同时她也已经把比萨饼放进了烤箱。读了这么多东西后,席德觉得好累。她今天早上六点就起床了。

她决定今晚要好好和妈妈一起庆祝她的生日。不过现在她必须在百科全书里查一些东西。

Gouges……不,是 De Gouges 吗?还是不对。是 Olymp de Gouges 吗?

还是查不到。这部百科全书中没有一个字提到那个因为献身自己的政治理念而被砍头的女人。这不是太烂了吗?

她该不会是爸爸捏造出来的人物吧?

席德跑到楼下,找一部比较大的百科全书。

"我必须查一些东西。"她对满脸讶异神色的妈妈说。

她在那一大套家庭百科全书中找出了FORV到GP那一册,然后便再次跑到楼上的房间。

Gouges……有了!

德古日 (Gouges, Marie Olympe, 一七四八年~一七九三年),法国作家,在法国革命期间出版了许多社会问题论述和若干剧本,因此成为革命中的知名人物。她是革命期间少数为妇女争取权利的人士之一,于一七九一年出版了《女权宣言》。一七九三年时因为胆敢为路易十六辩护、反抗罗伯斯庇尔被砍头。(请参照一九○○年所出版的《当代女权运动的起源》)

康 德

······头上闪烁的星空与心中的道德规范······

过了午夜，少校才打电话回家祝席德生日快乐。

是妈妈接的电话。

"席德，是找你的。"

"喂?"

"我是爸爸。"

"你疯了吗? 现在已经半夜了。"

"我只是想跟你说生日快乐······"

"你已经说了一整天了。"

"可是······在今天还没过完前，我不想打电话给你。"

"为什么?"

"你没收到我的礼物吗?"

"收到了。谢谢你。"

"那你就别卖关子了。你觉得怎么样?"

"很棒! 我今天几乎一整天都没吃东西。"

"你要吃才行。"

"可是那本书太吸引人了。"

"告诉我你读到哪里了?"

"他们进去少校的小木屋了，因为你找了一只水怪来捉弄他们。"

"那你是读到启蒙时期那一章了。"

"还有德古日。"

"那么我并没有弄错。"

"弄错什么?"

"我想你还会再听到一次生日快乐。不过这次是用音乐来表现的。"

"那我想我最好在睡觉前再读一些。"

"那么你还没有放弃啰?"

"我今天学到的比……比从前都要多。我几乎不能相信现在距离苏菲放学回家发现第一封信时还不到二十四小时。"

"是呀,真奇怪,居然只花了这么一点时间。"

"可是我还是忍不住替她难过。"

"你是指妈妈吗?"

"不,我说的当然是苏菲。"

"为什么呢?"

"她完全被搞糊涂了,真可怜。"

"可是她只是……我的意思是……"

"你是不是想说她只是一个虚构的人物?"

"是的,可以这么说。"

"可是我认为苏菲和艾伯特真有其人。"

"等我回家时我们再谈好了。"

"好吧!"

"祝你有个美好的一天。"

"你说什么?"

"我是说晚安。"

"晚安。"

半小时后,席德上床了。此时天色仍然明亮,她可以看见外面的花园和更远处的小海湾。每年这个时节,天色从来不会变暗。

她脑海里想象着她置身于林间小木屋墙上那幅画的里面。她很好奇,不知道一个人是否可以从画中伸出头来向四周张望。

入睡前,她又看了几页大讲义夹里的东西。

苏菲将席德的父亲写的信放回壁炉架上。

"有关联合国的事并不是不重要,"艾伯特说,"但我不喜欢他干扰我上课。"

"这点你不需要太担心。"

"无论如何,从今天起,我决定要无视于所有类似水怪等不寻常现象。接下来我要谈康德的哲学。我们就坐在窗户旁吧!"

苏菲注意到两张扶手椅间的小茶几上放着一副眼镜。她还发现那镜片是红色的。

也许是遮挡强光的太阳眼镜吧。

"已经快两点了。"她说,"我得在五点前回家。妈妈可能已经安排了我的生日节目。"

"算算还有三小时。"

"那我们就开始吧!"

"康德于一七二四年诞生于普鲁士东部的哥尼斯堡,父亲是一位马鞍师傅。康德一辈子都住在这个小镇上,一直到他八十岁过世为止。他们一家人都是非常虔诚的教徒,而他的宗教信仰也成为他的哲学的重要背景之一。他和柏克莱一样,觉得有必要巩固基督徒信仰的基础。"

"谢啦!我已经听了太多柏克莱的事了。"

"康德是我们到目前为止谈过的哲学家中唯一曾在大学里教授哲学的人。他是一位哲学教授。"

"教授?"

"世上有两种哲学家。一种是不断找寻他对哲学问题的答案的人。另一种则是精通哲学史,但并不一定曾建立自己的哲学理论的人。"

"康德就是那种吗?"

"他两者都是。如果他只是一个很好的哲学教授,通晓其他哲学家的理念,他就不会在哲学史上有一席之地。不过,有一点很重要的就是:康德对于古往今来的哲学传统有很深厚的了解。他对笛卡尔和斯宾诺莎的理性主义与洛克、柏克莱和休谟等人的经验主义都很精通。"

"我说过请你不要再提柏克莱了。"

"你应该还记得理性主义者认为人类的心灵是所有知识的基础,而经验主义者则认为我们对于世界的了解都是从感官而来的。休谟更指出,我们通过感官认知所能获得的结论显然有其限制。"

"那么康德同意哪一派说法呢?"

"他认为两派的说法都有一部分正确,也有一部分是错误的。在这方面大家一致关心的问题是:我们对于这个世界能够有什么样的知识? 自从笛卡尔以来的哲学家们都专注于思考这个问题。他们提出两种最大的可能性:一、这世界正如我们感官所认知的那样,二、这世界乃是像我们的理性所体悟到的一般。"

"那康德怎么想呢?"

"康德认为我们对于这个世界的观念是我们同时通过感官与理性而得到的。不过他认为理性主义者将理性的重要性说得太过火了,而经验主义者则过分强调感官的经验。"

"如果你不赶快举一个例子,这些话我可是听不懂。"

"首先,康德同意休谟和经验主义者的说法,认为我们对于世界的了解都是通过感官而来的,但他也赞成理性主义者的部分说法,认为我们的理性中也有一些因素可以决定我们如何认知周遭的世界。换句话说,他认为我们对于世界的观念会受到人类心灵中某些状况的影响。"

"这就是你举的例子呀?"

"我们还是来做一个小小的实验好了。请你帮我把那边茶几上的眼镜拿来好吗? 对,就是那副。好,请你戴上它。"

苏菲把眼镜戴上。于是她眼中所看到的每一件事物全都变红了。原本淡淡的颜色变成了粉红色,原本是深色的,则变成深红色。

"你看到什么?"

"每一件东西都跟以前一样,只不过都变红了。"

"这是因为眼镜限制了你感知现实世界的方式。你看到的每一件东西都是你周遭世界的一部分,但你怎么看它们却取决于你所戴的眼镜。因此,即使你看到的一切东西都是红色的,你也不能说世界是红色的。"

"当然啰。"

"现在你如果到树林里去散步,或回到船长弯去,你会看到平常你见到的一切,只是它们统统会变成红色的。"

"对,只要我不拿下这副眼镜。"

"这正是康德之所以认为我们的理性中有若干倾向会左右我们获得的

经验。"

"什么样的倾向?"

"我们所见到的事物首先会被看成是时间与空间里的一个现象。康德将'时间'与'空间'称为我们的两种'直观形式'(form of intuition)。他强调我们心灵中的这两种'形式'先于一切经验。换句话说,我们在还没有经验事物之前,就可以知道我们感知到的将是一个发生在时间与空间里的现象。因为我们无法脱掉理性这副'眼镜'。"

"所以他认为我们天生就能够在时间与空间里感知事物?"

"是的,可以这么说。我们看见什么虽然视我们生长在印度或格陵兰而定,但不管我们在哪里,我们体验到的世界就是一连串发生在时间与空间里的过程。这是我们可以预知的。"

"可是时间和空间难道不是存在于我们本身之外的事物吗?"

"不。康德的概念是:时间与空间属于人类的条件。时、空乃是人类感知的方式,并非物质世界的属性。"

"这种看事情的方式倒是很新颖。"

"因为人类的心灵不只是纯粹接收外界感官刺激的'被动的蜡',也是一个会主动塑造形状的过程。心灵影响了我们理解世界的方式,就像你把水倒进一个玻璃壶里面,水立刻会顺应水壶的形状一般。同样的,我们的感官认知也会顺应我们的'直观形式'。"

"我想我懂你的意思了。"

因果律

"康德宣称,不仅心灵会顺应事物的形状,事物也会顺应心灵。他把这个现象称为人类认知问题上的'哥白尼革命'。意思是这种看法和从前的观念截然不同,就像哥白尼当初宣称地球绕着太阳转,而不是太阳绕着地球转一样。"

"我现在了解为何他认为理性主义者与经验主义者都只对了一部分了。理性主义者几乎忘记了经验的重要性,而经验主义者则无视于我们的

"我们不得不承认自己的心灵很擅长剪贴拼凑的工作。"

——休姆

人也会在被催眠的状态下"感觉"冷或热。

——柏克莱

"它们怎么可能跑到一个故事里去呢？"
——柏客来

Liberté Égalité Fraternité

两百年前"自由，平等，博爱"这个口号使法国人民团结起来。

——启蒙

心灵对我们看世界的方式的影响。"

"就拿因果律来说，休谟认为这是人可以经验到的，但在康德的想法中，因果律仍然属于心灵这部分。"

"请你说明白一些。"

"你还记得休谟宣称，我们只是因为受到习惯的驱策，才会以为各种自然现象之间有所关联吗？根据休谟的说法，我们无法感知黑球是促使白球移动的肇因，因此我们无法证明黑球一定会使白球移动。"

"对，我记得。"

"休谟认为我们无法证明因果律，康德则认为因果律的存在正是人类理性的特色。正因为人类的理性可以感知事物的因果，因此因果律是绝对的，而且是永恒不变的。"

"可是在我认为因果律是存在于物质世界的法则，并不存在于我们的心灵。"

"康德的理论是：因果律是根植于我们的内心的。他同意休谟的说法，认为既然我们无法确知世界本来的真貌，我们只能根据自己的认识来了解世界。康德对哲学最大的贡献在于他认为 das Ding an sich 和 das Ding fur mich 是不相同的。"

"拜托，我的德文不是很好。"

"康德认为'事物本身'和'我眼中的事物'是不一样的。这点很重要。我们永远无法确知事物'本来'的面貌。我们所知道的只是我们眼中'看到'的事物。从另外一个角度来看，我们在每一次经验之前都可以预知我们的心灵将如何认知事物。"

"真的吗？"

"你每天早上出门前，一定不知道今天会看到什么事情或有什么经验。但你可以知道你所看到、经验到的事物都是发生在时间和空间里的事物。你也可以确定这些事物可以适用因果律，因为你的意识里就存在着这个因果律。"

"你的意思是说我们人类的构造不一定会像现在这样？"

"是的，我们可能会有不同的感官构造，对于时间和空间可能也会有不同的感觉。我们甚至可能被创造成一种不会到处去寻求我们四周事物的成因的生物。"

"这是什么意思?"

"假设有一只猫躺在客厅的地板上,然后突然有一个球滚进来。你想那只猫会有什么反应?"

"这个我试过好几次了。这时候猫咪就会去追那个球。"

"好,现在再假设坐在客厅里的是你。如果你突然看到一个球滚进来,你也会跑去追那个球吗?"

"首先我会转身看看球是从哪里来的。"

"对了,因为你是人,你势必会寻求每一件事物的原因,因为因果律是你构造中的一部分。"

"然后呢?"

"休谟认为我们既不能感知自然法则,也不能证明自然法则。康德对这点不太苟同。他相信他可以证明事实上我们所谓的自然法则乃是人类认知的法则,由此而证明这些法则的真实性。"

"小孩子也会转身看看球从哪里来的吗?"

"可能不会。但康德指出,小孩子的理性要等到他有若干感官的材料可以处理后才会充分发展。谈论一个空白的心灵是没有意义的。"

"这样的心灵将是很奇怪的心灵。"

"所以我们现在可以做个总结。根据康德的说法,人类对于世界的观念受到两种因素左右。一个是我们必须通过感官才能知道的外在情况,我们可以称之为知识的原料。另外一个因素就是人类内在的情况,例如我们所感知的事物都是发生在时、空之中,而且符合不变的因果律等。我们可以称之为知识的形式。"

艾伯特和苏菲继续坐了一会儿,看着窗外的世界。突然间苏菲瞥见湖对岸的树丛间有一个小女孩。

"你看!"苏菲说,"那是谁?"

"我不知道。"

小女孩只出现了几秒钟就消失了。苏菲注意到她好像戴了一顶红色的帽子。

"我们绝对不可以因为那种事情而分心。"

"那你就继续说吧。"

"康德相信我们的心灵所能感知的事物很明显地有其限制，也可以说是我们的心灵所戴的'眼镜'给我们加上了这种限制。"

"怎么会呢？"

"你应该还记得康德之前的哲学家曾经讨论过一些很'大'的问题，如人是否有不朽的灵魂、上帝是否存在、大自然是否由很多看不见的分子所组成，以及宇宙是有限还是无限的，等等。"

"嗯。"

"康德认为我们不可能得到这些问题确实的答案，这并不是因为他不肯讨论这方面的问题，相反的，如果他对这些问题不屑一顾，那他就不能够称得上是一个哲学家了。"

"那他怎么说呢？"

"慢慢来，要有耐心。康德认为在这些大问题上，理性所能够运作的范围超过了我们人类所能理解的程度。可是在这同时，我们的本性中有一种基本的欲望要提出这些问题。可是，举个例子，当我们问'宇宙是有限还是无限？'时，我们的问题关系到的是一个我们本身在其中占一小部分的事物。因此我们永远无法完全了解这个事物。"

"为什么不能呢？"

"当你戴上那副红色的眼镜时，根据康德的想法，有两种因素影响我们对世界的了解。"

"感官知觉和理性。"

"对。我们的知识材料是通过感官而来，但这些材料必须符合理性的特性。举例来说，理性的特性之一就是会寻求事件的原因。"

"譬如说看到球滚过地板的时候就会问球从哪里来。"

"没错。可是当我们想知道世界从何而来，并且讨论可能的答案时，我们的理性可以说'暂时停止作用'。因为它没有感官的材料可能加以处理，也没有任何相关的经验可资利用，因为我们从未经验过我们渺小的人类所隶属的这个大宇宙。"

"也可以说我们是滚过地板这个球的一小部分，所以我们不知道它是从哪里来的。"

"可是人类理性的特色就是一定会问球从哪里来。这也是为什么我们会一问再问，全力解答这些艰深问题的原因。可是我们从来没有获得过任何确定的材料，所以我们永远不能得到满意的答案，因为我们的理性不能发挥作用。"

"谢啦。这种感觉我很清楚。"

"谈到现实世界的本质这类重量级的问题，康德指出，人永远会有两种完全相反、但可能性相当的看法，这完全要看我们的理性怎么说。"

"请举一些例子好吗？"

"我们可以说世界一定有一个开始的时刻，但我们也可以说，世界无所谓终始。这两种说法同样都有道理。这两种可能性对于人的理性来说，同样都是无法想象的。我们可以宣称世界一直都存在，但如果世界不曾开始的话，如何一直存在呢？因此我们势必被迫采取另外一种相反的观点。于是，我们说世界一定是在某一时刻开始的，而且一定是无中生有的。可是一件事物可能会无中生有吗？"

"不，这两种可能性都一样无法想象。可是两者之中一定有一个是对的，有一个是错的。"

"你可能还记得德谟克里特斯和那些唯物论者曾说过，大自然中的万物一定是由一些极微小的分子组成的。而笛卡尔等人则认为扩延的真实世界必然可以一再分解成更小的单位。他们两派到底谁对呢？"

"两派都对，也都不对。"

"还有，许多哲学家都认为自由是人类最珍贵的财产之一。但也有一些哲学家，像是斯多葛学派和斯宾诺莎等人，相信万事万物的发生根据自然法则而言都是有必要的。康德认为，在这个问题上人类的理性也一样无法做一个合理的判断。"

"这两种看法都一样合理，也一样不合理。"

信仰

"最后，如果我们想借理性之助证明上帝存在或不存在的话，也一定不会成功。笛卡尔等理性主义者曾试图证明上帝必然存在，理由是：我们都有一个关于'至高存在'的概念。而亚里士多德和圣多玛斯等人之所以相信上帝存在的理由是：一切事物必然有一个最初的原因。"

"那康德的看法呢？"

"这两种理由他都不接受。他认为无论理性或经验都无法确实证明上帝的存在。对于理性而言，上帝存在与上帝不存在这两者都有可能。"

"可是你刚开始时说过康德想维护基督教信仰的基础。"

"是的，他开创了一个宗教的空间。在这个空间中，理性和经验都派不上用场，因此形成了一种真空的状况。这种真空只能用信仰来填补。"

"这就是他挽救基督教的方式吗？"

"可以这么说。值得一提的是康德是一个新教徒。自从宗教革命以来，基督新教的特色就是强调信仰的重要性。而天主教自从中世纪初期以来就倾向于相信理性乃是信仰的支柱。"

"原来如此。"

"不过康德除了认定这些大问题应该交由个人的信仰来决定之外，他还更进一步认为，为了维护道德的缘故，我们应该假定人有不朽的灵魂、上帝确实存在以及人有自由意志。"

"这么说他所做的和笛卡尔是一样的。首先他怀疑我们所能理解的事物，然后他从后门把上帝走私进来。"

"不过他和笛卡尔不同的一点是：他特别强调让他如此做的并不是他的理性，而是他的信仰。他称这种对灵魂不朽、上帝存在以及自由意志的信仰为'实践的设准'。"

"意思是……"

"所谓'设准'就是某个无法证实的假设。而所谓'实践的设准'则是某个为了实践（也就是说，为了人类的道德）而必须假定为真的说法。康德说：'为了道德的缘故，我们有必要假定上帝存在。'"

这时突然有人敲门。苏菲立刻起身要开门，但艾伯特却一点也没有要站起来的意思。苏菲问道：

"你不想看看是谁吗？"

艾伯特耸耸肩，很不情愿地站起来。他们打开门，门外站了一个穿着白色夏装、戴着红帽的小女孩，也就是刚才出现在湖对岸的那个女孩。她一只手臂上挽着一个装满食物的篮子。

"嗨!"苏菲说,"你是谁?"

"你难道看不出我就是小红帽吗?"

苏菲抬头看着艾伯特,艾伯特点点头。

"你听到她说的话了。"

"我在找我奶奶住的地方。"小女孩说,"她年纪大又生病了,所以我带点东西给她吃。"

"这里不是你奶奶的家。"艾伯特说,"你最好还是赶快上路吧。"

他手一挥,苏菲觉得他仿佛是在赶苍蝇似的。

"可是有人托我转交一封信。"戴红帽的小女孩说。

接着她抽出一个小信封,递给苏菲,然后就蹦蹦跳跳地走开了。

"小心大野狼啊!"苏菲在她身后喊。

这时艾伯特已经走向客厅了。苏菲跟着他,两人又像原先那样坐了下来。

"哇!居然是小红帽耶!"苏菲说。

"你警告她是没有用的。她还是会到她奶奶家,然后被大野狼吃掉。她不会学到什么教训的。事情会一再重演,一直到时间的尽头。"

"可是我从来没有听说过她到奶奶家前曾经敲过别人家的门。"

"只不过是一个小把戏罢了。"

苏菲看着小红帽给她的那封信。收信人是席德。她把信拆开,念了出来:

亲爱的席德:

如果人类的脑袋简单得足以让我们了解的话,我们还是会愚笨得无法理解它。

爱你的爸爸

艾伯特点点头。

"没错。我相信康德也说过类似的话。我们不能够期望了解我们是什么。也许我们可以了解一朵花或一只昆虫,但我们永远无法了解我们自己。"

苏菲把信上谜样的句子念了好几遍。艾伯特又继续说:

伦理学

"我们不要被水怪之类的东西打断。在我们今天结束前，我要和你谈康德的伦理学。"

"请快一点，我很快就得回家了。"

"由于休谟怀疑我们通过理性与感官能够获得的知识，因此康德不得不把生命中许多重要的问题再想透彻。其中之一就是关于伦理的问题。

"休谟说我们永远不能证明什么是对的，什么是错的，不是吗？他说我们不能从'是不是'的语句得出'该不该'的结论。

"休谟认为无论我们的理性或经验都不能决定是非与对错，决定这些的乃是我们的感觉。对于康德而言，这种理论基础实在太过薄弱。"

"这是可以想象的。"

"康德一向觉得是与非、对与错之间确实是有分别的。在这方面他同意理性主义者的说法，认为辨别是非的能力是天生就存在于人的理性中的。每一个人都知道何谓是、何谓非。这并不是后天学来的，而是人心固有的观念。根据康德的看法，每一个人都有'实践理性'，也就是说每个人都有辨别是非的智慧。"

"这是天生的？"

"辨别是非的能力就像理性的其他特质一样是与生俱来的。举个例子，就像我们都有感知事物因果关系的智慧一样，我们也都能够感知普遍的道德法则。这种道德法则和物理法则一样都是绝对能够成立的。对于我们的道德意识而言，这是很基本的法则，就像对我们的智慧而言，'事出必有因'以及'七加五等于十二'乃是很基本的观念一样。"

"这个道德法则的内容是什么呢？"

"由于这个法则在每个经验之先，因此它是'形式的'，也就是说，它必不限于任何特定的情况。因为它适宜于古往今来每个社会、每一个人，所以它不会告诉你你在什么情况下应该做什么事，而是告诉你在所有的情况下你应该有的行为。"

"可是就算你内心有一套道德法则，如果它不能告诉你在某些情况下应该怎么做，那又有什么用呢？"

"康德指出，这套道德法则乃是'无上命令'（categorical imperative），意思就是这套法则是'无条件的'、适用于所有情况的。它也是一项'命令'，是强迫性的，因此也是绝对权威的。"

"原来如此。"

"康德用好几种方式来说明这个'无上命令'。首先他说应如此做，好使你做事的原则将通过你的意志而成为普遍的自然法则。"

"所以当我做某件事时，我必须确定自己希望其他人在同样情况下也会做同样的事情。"

"一点也没错。只有在这种情况下，你才会依据内心的道德法则来行事。康德也说明'无上命令'的意义乃是：尊重每一个人的本身，而不要将他当成达到某种外在目的的手段。"

"所以我们不能为了自己的利益利用别人。"

"没错，因为每一个人本身就是目的。不过，这个原则不只适用于他人，也适用于我们自己。我们也不可以利用自己，把自己当成达到某种目的的手段。"

"这使我想到圣经上的金科玉律：欲人施于己者，己必施诸人。"

"是的，这也是一个'形式上'的行为准则，基本上适用于所有道德抉择。你可以说你刚才讲的金科玉律正是康德所谓的普遍性道德法则。"

"可是这显然只是一种论断而已。休谟说我们无法以理性证明何者是、何者非的说法也许是有道理的。"

"根据康德的说法，这个道德法则就像因果律一样是绝对的、放诸四海而皆准的。这当然也是无法用理性来证明的，但是它仍然是绝对的、不可改变的。没有人会否认它。"

"我开始觉得我们谈的其实就是良心。因为每个人都有良心，不是吗？"

"是的，当康德描述道德法则时，他所说的正是人类的良心。我们无法证明我们的良心告诉我们的事情，但我们仍然知道它。"

"有时候我们对别人很好或帮助别人，可能只是因为我们知道这样做会有好处，也可能是因为我们想成为一个受欢迎的人。"

"可是如果你只是为了想受人的欢迎而与别人分享东西，那你就不算是真正依据道德的法则行事。当然你的行为并没有违反道德法则（其实这样就算不错了），但是真正的道德行为是在克服自己的情况下所做的行为。只有那些你纯粹是基于责任所做的事才算是道德行为。所以康德的伦理观有时又被称为'义务伦理观'。"

"譬如说，我们可能会感觉为红十字会或教会的义卖筹款是我们的义务。"

"是的，重要的是：你是因为知道一件事情是你应该做的才去做它。即使你筹的款项在街上遗失了，或它的金额不足以使那些你要帮助的人吃饱，你仍然算是已经遵守道德法则了，因为你的行为乃是出自一片善意。而根据康德的说法，你的行为是否合乎德正取决于你是否出自善意而为之，并不取决于你的行为后果。因此康德的伦理学有时也被称为善意的伦理学。"

"为什么他一定要分清楚在哪一种情况下我们做的事才真正符合道德原则？我想最重要的应当是我们做的事确实对别人有所帮助。"

"的确如此。我想康德一定不会反对你的说法。但是，只有我们自己确知我们纯粹是为了遵守道德法则而行动时，我们的行为才是自由的。"

"只有在遵守一项法则的时候，我们的行为才是自由的？这不是很奇怪吗？"

"对于康德来说并不奇怪。你也许还记得他必须'假定'人有自由意志。这一点很重要，因为康德也说过每一件事都服从因果律，那么我们怎么会有自由意志呢？"

"我怎么会知道？"

"在这点上，康德把人分为两部分，有点像笛卡尔说人是'二元的受造物'一样，因为人有身体，也有心灵。康德说，作为一个由物质形成的生物，我们完全受到不变的因果律的支配。我们不能决定自己的感官经验。这些经验因为某种必要性而发生在我们身上，并对我们造成影响，不管我们乐意与否。但我们不仅是由物质形成的受造物，也是具有理性的受造物。"

"请你再说明一下。"

"作为一个由物质形成的存在者，我们完全属于自然界，因此受到因果律的支配。在这种情况下我们没有自由意志可言。可是作为一个有理性的存在者，我们在康德所谓的'物自身'（与我们的感官印象没有关系的世界本身）中占有一席之地。只有在我们追随我们的'实践理性'，并因此得以做道德上的抉择时，我们才有自由意志可言。因为当我们遵守道德法则时，我们也正是制定这项法则的人。"

"是的，从某个角度来说，这是对的。因为是我自己（或我内心的某种东西）决定不要对别人不好的。"

"所以当你选择不要对别人不好时——即使这样会违反你自己的利益——你就是在从事自由的行为。"

"而如果你只是做自己想做的事，你就不算自由或独立。"

"我们可能会成为各种事物的奴隶，我们甚至可能成为我们的自我中心思想的奴隶。独立与自由正是我们超脱自我的欲望与恶念的方法。"

"那动物呢？我想它们大概只是遵循自己的天性和需求，而没有任何遵守道德法则的自由，不是吗？"

"对。这正是动物与人不同的地方。"

"我懂了。"

"最后，我们也许可以说康德指引了一条道路，使哲学走出了理性主义与经验主义之间的僵局。哲学史上的一个纪元于是随着康德而结束。他死于一八〇四年，当时我们所谓的'浪漫主义'正开始发展。康德死后葬在哥尼斯堡。他的墓碑上刻着一句他最常被人引用的名言：'有两件事物我愈是思考愈觉神奇，心中也愈充满敬畏，那就是我头顶上的星空与我内心的道德准则。它们向我印证：上帝在我头顶，亦在我心中。'"

艾伯特靠回椅背。

"说完了。"他说，"我想我已经把康德最重要的理念告诉你了。"

"也已经四点十五分了。"

"不过还有一件事。请你再给我一分钟的时间。"

"老师没讲完，我是不会离开教室的。"

"我有没有说过康德认为如果我们只是过着感官动物的生活，我们就没有自由可言？"

"有，你说过类似的话。"

"可是如果我们服膺宇宙普遍的理性，我们就是自由和独立的。我也说过这样的话吗？"

"说过呀。你干吗要再说一遍？"

艾伯特倾身向前，靠近苏菲，深深地凝视她的眼睛，并轻声地说道：

"苏菲，不要相信你所看到的每一件事物。"

"你是什么意思？"

"孩子，你要走另外一条路。"

"我不懂。"

"人们通常说：眼见为信。可是即使是你亲眼见到的，也不一定能相信。"

"你以前说过类似的话。"

"是的，在我讲帕梅尼德斯的时候。"

"可是我还是不懂你的意思。"

"唔……我们坐在台阶上讲话的时候，不是有一只所谓的水怪在湖里翻腾吗？"

"对呀。真是太奇怪了。"

"一点也不奇怪。后来小红帽来到门口说：'我在找我奶奶住的地方。'多愚蠢的表演哪！那只是少校的把戏，苏菲。就像那香蕉里写的字和那愚蠢的雷雨一般。"

"你以为……"

"我说过我有一个计划。只要我们坚守我们的理性，他就不能骗过我们。因为就某一方面来说，我们是自由的。他可以让我们'感知'各种事物，但没有一件事物会让我感到惊讶。就算他让天色变黑、让大象飞行，我也只会笑笑而已。可是七加五永远是十二。不管他要再多的把戏，这仍然会是一个事实。哲学是童话故事的相反。"

有好一会儿，苏菲只是坐在那儿惊奇地注视着他。

"你走吧。"他终于说，"我会打电话通知你来上有关浪漫主义的课。除此以外，你也得听听黑格尔和祁克果的哲学。可是只剩一个礼拜少校就要在凯耶维克机场着陆了。在那之前，我们必须设法挣脱他那死缠不休的想象力。我就说到这里为止了，苏菲。不过我希望你知道我正在为我们两人拟订一个很棒的计划。"

"那我走啰。"

"等一下——我们可能忘记了最重要的事。"

"什么事?"

"生日快乐歌。席德今天满十五岁了。"

"我也是呀。"

"对,你也一样。那么我们就来唱吧。"

于是他们两人便站起身来唱:

祝你生日快乐

祝你生日快乐

祝亲爱的席德生日快乐

祝你生日快乐

已经四点半了。苏菲跑到湖边,划到对岸。她把船拉进草丛间,然后便开始快步穿过树林。

当她走到小路上时,突然看到树林间有某个东西在动。她心想不知道是不是小红帽独自一人走过树林到她奶奶家,可是树丛间那个东西的形状比小红帽要小得多。

她走向前去,那个东西只有一个娃娃大小。它是棕色的,身上穿了一件红色的毛衣。

当她发现那是一个玩具熊时,便陡然停下了脚步。

有人把玩具熊留在森林里,这并不是什么奇怪的事。问题是这只玩具熊是活的,并且正专心一意地忙着某件事。

"嗨!"苏菲向它打招呼。

"我的名字叫波波熊。"它说,"很不幸的。我在树林里迷路了。唉,本来我今天过得很好的。咦,我以前从来没有见过你。"

"也许迷路的人是我。"苏菲说,"所以,你现在可能还是在你的家乡百亩林。"

"你说的话太难懂了。别忘了,我只是一只小熊,而且不是很聪明。"

"我听说过你的故事。"

"你大概是爱丽丝吧!有一天罗宾告诉我们你的事。所以我们才见过面。你从一个瓶子里喝了好多好多的水，于是就愈变愈小。可是然后你又喝了另外一瓶水，于是又开始变大了。你真该小心不要乱吃东西。有一次我吃得太多，居然在一个兔子洞里被卡住了。"

"我不是爱丽丝。"

"我们是谁并没有关系，重要的是我们是什么，这是猫头鹰说的话。它是很聪明的。有一天，天气很好时，它说过七加四等于十二。驴子和我都觉得自己好笨，因为算算术是很难的。算天气就容易得多。"

"我的名字叫苏菲。"

"很高兴见到你，苏菲。我说过了，我想你一定是没到过这儿。不过我现在得走了，因为我必须要找到小猪。我们要去参加一个为兔子和它的朋友们举行的盛大花园宴会。"

它挥了挥它的手掌。苏菲看到它的另外一只手里拿着一小片卷起来的纸。

"你手里拿的是什么东西？"苏菲问。

小熊拿出那张纸说：

"我就是因为这个才迷路的。"

"可是那只是一张纸呀！"

"不，这不只是一张纸。这是一封写给'镜子另外一边的席德'的信。"

"原来如此，你可以交给我。"

"你就是镜子里面的那个女孩吗？"

"不是，可是……"

"信一定要交给本人。罗宾昨天才教过我。"

"可是我认识席德。"

"那又怎么样？就算你跟一个人很熟，你也不应该偷看他的信。"

"我的意思是我可以帮你转交给席德。"

"那还差不多。好吧，苏菲，你拿去吧。如果我可以把这封信交出去，也许我也可以找到小猪。你如果要找到镜子那边的席德，必须先找到一面大镜子。可是要在这里找到镜子可不简单哪！"

小熊说完，就把那张折起来的纸交给苏菲，然后用它那双小脚走过树林。它消失不见后，苏菲打开那张纸开始看：

亲爱的席德：

很可惜艾伯特没有告诉苏菲，康德曾经倡议成立"国际联盟"。他在《永久的和平》那篇论文中写道，所有国家都应该联合起来成立一个国际联盟，以确保各国能够和平共处。这篇论文写于一七九五年。过了大约一百二十五年，在第一次世界大战结束后，国际联盟成立了，但在第二次世界大战后被联合国取代。所以康德可说是联合国概念之父。康德的主旨是，人的'实践理性'要求各国脱离制造战争的野蛮状态，并制定契约以维护和平。虽然建立一个国际联盟是一件辛苦的工作，但我们有责任为世界《永久的和平》而努力。对康德而言，建立这样一个联盟是远程目标。我们几乎可以说那是哲学的终极目标。我此刻仍在黎巴嫩。

爱你的爸爸

苏菲将纸条放进口袋，继续走回家。艾伯特曾经警告她在树林里会发生这样的事，但她总不能让那只小玩具熊在树林里滚来滚去，不停地找寻"镜子那边的席德"吧！

浪漫主义

……神秘之路通向内心……

席德任由那本沉重的讲义夹滑入怀中，并继而滑落到地板上。

现在的天色已经比她刚上床时明亮。她看看时钟，已经快三点了。她钻进被窝，闭上眼睛。她入睡时心里仍在好奇为何爸爸会开始将小红帽和波波熊写进书中……

第二天早上她睡到十一点。醒来时全身肌肉都绷得紧紧的，于是她知道自己昨晚又做了许多梦，可是她已经不记得自己梦见什么了，感觉上就好像她活在一个完全不同的世界似的。

她下楼准备早餐。妈妈已经把她那套蓝色的工人装拿出来了，预备到船屋那儿去修理汽艇。虽然它一直都没有下水，在爸爸从黎巴嫩回来前还是得把它整理得比较像样些。

"你想不想来帮我的忙?"

"我得先读一点书。你要不要我带一杯茶和一些点心去呢?"

"都快中午了还用吃点心吗?"

席德吃完早餐就回到房里。她把床铺整理了一下，然后舒服地坐在上面，膝上放着那本讲义夹。

哲 学 宴 会

苏菲钻过树篱，站在花园里。这座大花园曾经是她心目中属于她的伊甸园……

园里到处散布着昨天晚上被暴风雨吹落的枝叶。她觉得那场暴风雨和落叶跟她遇见小红帽与波波熊这些事似乎有某种关联。

苏菲信步走到秋千那儿，挥落上面的松针与松枝。还好秋千上的坐垫是塑胶的，所以下雨时也不需要把它们收进屋里去。

苏菲走进屋里。妈妈已经回到家了，正把几瓶汽水放进冰箱里。餐桌上放着一块花结状的乳酪饼和一小堆杏仁圈圈饼。

"我们家有客人要来吗?"苏菲问。她几乎已经忘记今天是她的生日了。

"我们要到星期六才请客，不过我想我们今天也应该稍微庆祝一下。"

"怎么庆祝呢?"

"我请了乔安和她的爸妈。"

苏菲耸耸肩。

"好啊!"

快到七点半时，客人就到了。气氛蛮拘谨的，因为苏菲的妈妈很少和乔安的爸妈往来。

不久苏菲与乔安就到楼上苏菲的房间去写花园宴会的邀请函。由于艾伯特也在应邀之列，因此苏菲兴起了举办一个"哲学花园宴会"的念头，乔安也没有反对，毕竟这是苏菲的宴会。于是她们便决定举办一个有主题的宴会。

她们花了两个小时才拟好邀请函。两个女孩都笑弯了腰。

亲爱的……

敬邀您在六月二十三日仲夏节当天晚上七点，前来苜蓿巷三号参加哲学性的花园宴会，以期解开生命之谜。请携带保暖的毛衣与适于解开哲学之谜的高明主意。为免引发森林火灾，我们很遗憾届时将无法生起营火，不过欢迎大家尽情燃亮想象力的火焰。应邀贵宾中将至少有一位是真正的哲学家。因此之故，此一宴会将不对外开放。新闻界人士也恕不招待。

顺颂　时祺

筹备委员　乔安
宴会主人　苏菲

写完后，她们便下楼去见爸妈。此时他们正在聊天，气氛已经比较轻松自然了。苏菲将她用钢笔写的邀请函文稿交给妈妈。"请帮我复印十八份。"这已经不是苏菲第一次请妈妈利用上班时间帮她影印东西了。

妈妈看过邀请函后，便将它递给乔安的爸爸。

"你看我说得没错吧？她已经晕头转向了。"

"不过看起来还蛮吸引人的。"乔安的爸爸说，一边把那张文稿递给他太太，"如果可以的话，我也想参加呢！"

乔安的妈妈芭比看了邀请函后说道："嗯，真不错。苏菲，我们也可以参加吗？"

苏菲信以为真，便说："妈妈，那你就帮我印二十份吧。"

"你疯了不成！"乔安说。

当天晚上苏菲上床前，在窗前站了许久，看着窗外的景色。她还记得有一次曾经在黑暗中看到艾伯特的身影。这已经是一个多月前的事了。现在又是深夜时分，只不过由于已是夏日，天色仍然明亮。

直到星期二上午，艾伯特才和她联络。苏菲的妈妈刚出门上班，他就打电话来了。

"喂，我是苏菲。"

"我是艾伯特。"

"我猜到了。"

"很抱歉我没有早一点打电话来，因为我一直忙着拟订我们的计划。这段时间少校把全部注意力都放在你的身上，所以我才能够单独做一些事，不受干扰。"

"这事实在很诡异。"

"然后我就抓住这个机会躲了起来，你明白吗？就算是全世界最好的监视网络，如果只由一个人控制的话，也会有它的缺点……我收到你的卡片了。"

"你是说邀请函吗？"

"你敢冒这个险吗？"

"为什么不敢？"

"像那样的宴会，什么事都可能发生。"

"你来不来呢?"

"当然来啦。可是有一件事:你还记得那天席德的爸爸会从黎巴嫩回来吗?"

"老实说,我忘记了。"

"他让你在他回到柏客来那一天举行哲学性的花园宴会,一定不可能是什么巧合。"

"我没想到这个耶!"

"我敢说他一定想到了。不过没有关系,我们以后再谈这件事好了。你今天上午能到少校的小木屋来吗?"

"我今天要修剪花坛的草。"

"那就下午两点好了。你能来吗?"

"可以。"

苏菲到达小木屋时,艾伯特已经坐在门前的台阶上了。

"到这里来坐!"他说,然后就马上开始上课了。

浪漫主义

"我们已经讲过了文艺复兴运动、巴洛克时期与启蒙运动。今天我们要谈浪漫主义。这可以说是欧洲最后一个伟大的文化纪元。到这里,我们就接近尾声了。"

"浪漫主义时期有这么久吗?"

"它从十八世纪末开始,一直持续到十九世纪中期。到了一八五〇年以后就不再有一个涵盖诗、哲学、艺术、科学与音乐的'纪元'了。"

"浪漫主义时期就是这些纪元当中的一个吗?"

"有人说浪漫主义是欧洲人士最后一次对生命的'共同进路'。这个运动从德国开始,最初是为了反对启蒙时期的哲学家过于强调理性的做法。在康德和他那冷静的知性主义成为过去式后,德国的青年仿佛松了一口气,如释重负。"

"那他们用什么东西来取代康德的哲学呢?"

"当时的新口号是'感情'、'想象'、'经验'和'渴望'。过去部分启蒙时期的哲学家，包括卢梭在内，也曾经提到感情的重要性。到了浪漫主义时期，人们开始批评过于偏重理性的做法。以往隐而不显的浪漫主义如今成为德国文化的主流。"

"这么说康德对人们的影响力并没有持续很久啰？"

"可以说是，也可以说不是。许多浪漫主义者自认是康德的传人，因为康德已经确认我们对于'物自身'所知有限，同时他也强调自我的作用对于知识（或认知）的重要性。在这种情况下，个人可以完全随心所欲地以自己的方式来诠释生命。浪漫主义者便利用这点发展出几乎毫无限制的'自我崇拜'，并且因此而歌颂艺术方面的天才。"

"那时候有很多这样的天才吗？"

"贝多芬就是其中之一。他用音乐来表达自我的情感与渴望。比起巴哈和韩德尔这些多半以严格的音乐形式创作乐曲，以歌颂上帝的巴洛克时期的大音乐家，贝多芬可以说是一个'自由的'艺术家。"

"我只听过《月光奏鸣曲》和《第五号交响曲》。"

"那你应该可以听得出《月光奏鸣曲》是多么浪漫，而贝多芬在《第五号交响曲》中又是如何生动地表现自己。"

"你说过文艺复兴时期的人文主义者也是个人主义者。"

"是的。文艺复兴时期与浪漫主义时期有许多相似的地方，其中最典型的就是两者都强调艺术对人类认知的重要性。在这方面康德有很大的贡献，他在他的美学理论中研究了当我们受到美（例如一幅艺术作品）的感动时会发生什么情况。他认为，当我们忘记自我，忘记一切，完全沉浸于艺术作品的时候，我们就比较能够体验到'物自身'。"

"这么说艺术家可以提供一些哲学家无法表达的东西啰？"

"这正是浪漫主义者的看法。根据康德的说法，艺术家可以随心所欲地运用他的认知能力。德国诗人席勒更进一步发挥康德的想法。他说，艺术家的创作活动就像玩游戏一般，而人唯有在玩游戏的时候才是自由的，因为那时他可以自己制定游戏规则。浪漫主义者相信，唯有艺术才能使我们更接近那'无以言喻'的经验。有人甚至将艺术家比作上帝。"

"因为艺术家创造自己的世界，就像上帝创造这个世界一般。"

"有人说艺术家有一种'创造宇宙的想象力'。当他内心充满艺术的狂喜时，他可以跨越梦境与现实的藩篱。年轻的艺术天才诺瓦里思曾经说过：'人世变成了一场梦，而梦境成为现实。'他写了一部名为海因利希·冯·欧夫特丁根（Heinrich von Ofterdingen）的中世纪小说。此书虽然在他一八〇一年去世时仍未完成，但仍是一本非常重要的小说。书中叙述年轻的海因利希一心一意找寻他曾经在梦中见到、渴望已久的'蓝色花朵'。除此之外，英国的浪漫主义诗人柯立芝也曾表达同样的意念：'万一你睡着了呢？万一你在睡眠时做梦了呢？万一你在梦中到了天堂，在那儿采下了一朵奇异而美丽的花？万一你醒来时，花儿正在手中？啊，那时你要如何呢？'"

"好美啊！"

"这种渴望遥不可及的事物的心态正是浪漫主义者的特色。他们也可能会怀念一个已经逝去的年代，例如中世纪。历经启蒙时期对中世纪的贬谪后，浪漫主义者开始热烈重估中世纪的价值。此外，他们对神秘的东方等遥远的文化也怀有一份憧憬。有些浪漫主义者则受到夜晚、黄昏、古老的废墟与超自然事物的吸引。他们满脑子都是我们通常所说的人生的'黑暗面'，也就是一些阴暗、神秘、不可思议的事物。"

"听起来像是一个蛮刺激的时代。那些浪漫主义者都是些什么人呢？"

"浪漫主义主要兴盛于都市地区。十九世纪的前半叶在德国等许多欧洲地区，都可见到兴盛蓬勃的都市文化。最典型的浪漫主义者都是年轻人，通常是一些并不一定很认真读书的大学生。他们有一种明显的反中产阶级的生活态度，有时会称警察或他们的房东为'庸俗市侩'，或甚至称他们是'敌人'。"

"要是我的话，可不敢租房子给浪漫主义者！"

"一八〇〇年左右的第一代浪漫主义者都是年轻人。事实上我们可以称浪漫主义运动为欧洲的第一个学生运动。那些浪漫主义者有点像是一百五十年后的嬉皮。"

"你是说那些留长发、漫不经心地弹吉他并且随地躺来躺去的人？"

"对。曾有人说：'闲散是天才的理想，懒惰是浪漫主义者的美德。'浪漫主义者的职责就是体验生活——或是成天做白日梦、浪费生命。至于日常的事务留给那些俗人做就行了。"

"拜伦是浪漫主义时期的诗人,不是吗?"

"是的。拜伦和雪莱都是所谓的'恶魔派'的浪漫主义诗人。拜伦更成为浪漫主义时期的偶像。所谓的'拜伦式的英雄'就是指那些无论在生活上还是艺术上都特立独行、多愁善感、叛逆成性的人。拜伦本人可能就是一个既任性又热情的人,再加上他外貌英俊,因此受到了许多时髦妇女包围。一般人认为,拜伦那些充满了浪漫奇遇的诗其实就是反映他个人的生活。然而,他虽然有过许多韵事绯闻,但对于他而言,真爱却像诺瓦里思梦中的蓝色花朵一般不可捉摸、遥不可及。诺瓦里思曾和一名十四岁的少女订婚,但她却在满十五岁生日的四天之后去世。可是诺瓦里思对她的爱却是一生不渝。"

"你说她在满十五岁生日的四天后死去吗?"

"是的……"

"我今天就是十五岁又加四天。"

"噢。"

"她叫什么名字?"

"她的名字叫苏菲。"

"什么?"

"是的,她的名字就叫……"

"吓死我了。难道是巧合吗?"

"我不知道。不过她的名字确实叫苏菲。"

"继续。"

"诺瓦里思本人二十九岁时去世。他是那些'早夭'的人之一。许多浪漫主义者都在很年轻时死去,通常是由于肺结核,有些人则是自杀而死。"

"噢!"

"那些活得比较久的人通常到大约三十岁时就不再信仰浪漫主义了,其中有些人后来甚至成为彻头彻尾的中产阶级保守人士。"

"那他们不等于是投诚到敌方去了吗?"

"也许吧。刚才我们讲到浪漫主义的爱情。单恋式的爱情这个主题早在一七四四年就出现了。那年歌德写了一本书信体的小说《少年维特的烦恼》。

书中的男主角维特最后因为无法获得所爱女人的芳心而举枪自杀……"

"有必要这么极端吗?"

"自从这本书出版后,自杀率似乎有上升的趋势,因此有一段时间这本书在丹麦和挪威都被列入禁书。所以做一个浪漫主义者并不是没有危险的。他们的情绪通常都很强烈。"

"当你说'浪漫主义'的时候,我脑海里出现的就是那些巨幅的风景画,上面有幽暗的森林、蛮荒崎岖的自然景观……还有,最好笼罩在一片缭绕的雾气中。"

"是的。浪漫主义的特征之一就是向往大自然和大自然的神秘。就像我刚才所说的,这种向往并不是乡村生活的产物。你可能还记得卢梭首先提出'回归自然'的口号,但真正使这句口号风行起来的却是浪漫主义者。浪漫主义代表人们对启蒙时期哲学家眼中机械化宇宙的反动。有人说浪漫主义骨子里是古老宇宙意识的一种复兴。"

"请你说明一下。"

"意思就是将大自然看成是一个整体。浪漫主义者宣称不仅斯宾诺莎,连普罗汀和波赫姆、布鲁诺等文艺复兴时期的哲学家都可以算是他们的祖师爷。这些思想家的共同特色是他们都在大自然中体验到一种神圣的'自我'。"

"那么他们是泛神论者啰……"

"笛卡尔和休谟两人曾经将自我与'扩延'的实在界区分得很清楚。康德也认为'自我'对自然的认知与自然'本身'是明显不同的。浪漫主义时期的说法则是:大自然就是一个大'我'。浪漫主义同时也使用'世界灵魂'与'世界精神'等名称。"

谢 林

"原来如此。"

"浪漫主义时期最主要的哲学家是谢林,生于一七七五年~一八五四年间。他主张将心灵与物质合而为一。他认为,大自然的全部——包括人的灵魂与物质世界——都是一个'绝对存在'(Absolute)(或世界精神)

的表现。"

"就像斯宾诺莎一样。"

"谢林说，自然是肉眼可见的精神，精神则是肉眼看不见的自然，因为我们在大自然中到处都可感受到'产生结构的精神'（structuring spirrt）。他说，物质乃是沉睡中的智性。"

"请你解释得清楚些。"

"谢林在大自然中看到了'世界精神'，但他也在人类心灵中看到同样的'世界精神'。自然与精神事实上都是同一事物的显现。"

"对呀。"

"因此我们无论在大自然中或自我的心灵中都可发现世界精神。所以，诺瓦里思才说：'神秘之路通往内心。'他的意思是整个大自然都存在于人的心中，如果人能进入自己的心中，将可以接近世界的神秘。"

"这种想法很不错。"

"对于许多浪漫主义者而言，哲学、自然科学研究和诗学都是不分家的。坐在自家的阁楼上，写一些灵感泉涌的诗歌和研究植物的生命或岩石的成分只是一体的两面，因为大自然不是一个死的机械，而是一个活生生的世界精神。"

"再听你讲下去，我也要变成一个浪漫主义者了。"

"定居在德国，并因此被沃格兰称为'自挪威飘落的月桂叶'的挪威裔自然学家史代芬，一八〇一年在哥本哈根发表有关德国浪漫主义的演讲时，曾一语道破了浪漫主义运动的特色。他说：'我们厌倦了无休无止地与粗糙的物质世界奋战，因此决定选择另外一个方式，企图拥抱无限。我们进入自己的内心，在那里创造了一个新的世界……'"

"你怎么会背得这么清楚呢？"

"小事一桩。"

"继续讲吧。"

"谢林并且发现在大自然中，从泥土、岩石到人类的心灵，有一种逐渐发展的现象。他提醒人们注意大自然从无生物逐渐发展到较复杂的生命体的现象。大致上来说，浪漫主义者把大自然视为一个有机体，也就是一个不断发展其内在潜能的整体。大自然就像一株不断伸展枝叶与花瓣的花，也像一个不断吟咏出诗歌的诗人。"

"这不是和亚里士多德的说法很像吗？"

"确实如此。浪漫主义埋藏的自然哲学与亚里士多德和新柏拉图派的哲学有点相似。亚里士多德要比持机械论的唯物主义者更倾向于认为大自然是一个有机体。"

"我也是这么想……"

"在历史方面，浪漫主义者也有同样的看法。生于一七四四年～一八〇三年间的历史哲学家赫德后来成为对浪漫主义者而言非常重要的一位人物。他认为历史的特性就是连续、进化与设计。我们说他的历史观是'动态的'，因为他把历史当成一个过程。过去，启蒙时期哲学家的历史观通常是'静态的'。对于他们而言，世间只有一种普遍理性，而历史上的各个时期或多或少都具有这种理性。但赫德指出，每一个历史纪元各自有其价值，而每一个国家也都各有其个性或'灵魂'。问题在于我们是否能认同其他的文化。"

"嗯。我们必须要认同别人的情况才能了解他们，同样的，我们也必须认同别的文化才能理解这些文化。"

"这个观念如今已经被视为理所当然的了。可是在浪漫主义时期，这仍然是一个新观念。浪漫主义加强了人们对自己民族的认同感，因此，挪威争取民族独立的运动在一八一四这一年澎湃汹涌并不是偶然的。"

"原来如此。"

"由于浪漫主义使得许多领域都重新定位，因此一般通常将浪漫主义分为两种。一种是我们所称的'普世性的浪漫主义'，就是指那些满脑子自然、世界灵魂与艺术天才的浪漫主义者。这种浪漫主义最先兴起，尤其是在一八〇〇年左右在耶纳（Jena）这个小镇上。"

"那另外一种呢？"

"另外一种被称为'民族浪漫主义'，不久就日益风行，尤其是在海德堡。民族浪漫主义关切的重点是'民族'的历史、'民族'的语言和'民族'的文化。他们将发展视为一个不断开展它的内在潜能的有机体，就像自然与历史一样。"

"就像人家说的：'告诉我你住哪里，我就可以告诉你你是谁。'"

艺 术

"使这两种浪漫主义相联结的主要是'有机体'这个名词。浪漫主义者把植物和国家都当成活生生的有机体。因此一首诗也是一个有生命的有机体，语言也是一个有机体，甚至整个物质世界都被看成有机体。从这方面说，民族浪漫主义与一般性浪漫主义之间并没有明显的区分。民族与民间文化之中也像自然与艺术一样存在有世界精神。"

"然后呢?"

"赫德首开风气之先，前往各地采集民谣，将它们称为'民族之声'。他甚至把民俗故事称为'民族的母语'。人们也开始在海德堡采集民谣与童话故事。你可能听过格林童话故事。"

"当然啦，像白雪公主和七个小矮人、小红帽、灰姑娘、汉斯和桂桃……"

"还有其他许多许多。在挪威则有艾思比杨生和莫伊等人走访全国各地采集'人民自己的故事'。在当时，民间故事就好像是一种才刚被人发现的、既美味又营养的水果一般，必须赶紧加以采收，因为它们已经开始从枝头掉落了。除了民间故事之外，他们也采集各种民谣、整理挪威的语言，并挖掘异教时代各种古老的神话与传奇冒险故事。欧洲各地的作曲家也开始将民俗音乐写进他们的作品中，以拉近民俗音乐与艺术音乐之间的距离。"

"什么叫艺术音乐?"

"艺术音乐是由个人（如贝多芬）创作的音乐，民俗音乐则不是由任何人写成的，它来自整个民族。这也是为什么我们无法确知各个民谣发源的时间的缘故。同样的，民俗故事和艺术故事也是不同的。"

"所谓艺术故事是……"

"它们是由某位作家——如安徒生——所写成的。而民俗故事则是浪漫主义者所积极开发的类型。德国有位霍夫曼就是此中大师。"

"我好像听过'霍夫曼的故事'。"

"童话故事是浪漫主义者理想中最完美的文学类型，就像剧场是巴洛克时期最完美的艺术形式一般。它使得诗人有充分的空间探索他自己的创造力。"

"他可以在他虚构的世界中扮演上帝的角色。"

"正是如此。说到这里我们也可以做个总结了。"

"请说吧。"

"浪漫主义的哲学家将'世界灵魂'看成是一个'自我'，而这个自我在梦般的情境下创造了世间的一切。哲学家费希特说，大自然源自一个更高的、无意识的想象力。谢林则明白地说世界'在上帝之内'。他相信上帝意识到世界的一部分，但是大自然中也有另外一些部分代表上帝不为人知的一面。因为上帝也有他的黑暗面。"

"这种想法既有趣又吓人，使我想起柏克莱。"

"艺术家和他的作品之间的关系也是一样的。童话故事让作家可以自由自在地利用他那'创世的想象力'，但即使是这样的创造行为也并不一定完全是有意识的。作家可能会感觉到他的内心有一股力量驱策他把一个故事写出来。他在写作时也许是处于一种被催眠般的恍恍惚惚的状态。"

"真的吗?"

"是的，不过后来他也可能会突然打破这种幻象。他会出面干涉，向读者说一些讽刺性的话，让他们至少在那一刹那间会想起他们所读的毕竟只是一个虚构的故事而已。"

"原来如此。"

"同时作者也可能会提醒他的读者，使他们明白是他在操纵这个虚构的世界。这种打破幻象的形式叫做'浪漫主义的反讽'(romantic irony)。例如在挪威剧作家易卜生所写的《皮尔金》这出戏里，有一个角色就说出'没有人会在第五幕演到一半的时候死掉'这样的台词。"

"真滑稽。他真正的意思是他只不过是一个虚构的人物罢了。"

"这话充满反讽的意味。我们真应该另起一段来加以强调。"

"你的意思是……"

"没什么，苏菲。不过我们刚才曾讲到诺瓦里思的未婚妻和你一样名叫苏菲，而且她在十五岁又四天的时候就去世了……"

"你把我吓坏了。你难道不知道吗?"

艾伯特坐在那儿看着她,脸色凝重。然后他说:

"可是你不需要担心你的命运会像诺瓦里思的未婚妻一样。"

"为什么呢?"

"因为后面还有好几章。"

"你在说什么呀?"

"我是说任何一个读到苏菲和艾伯特的故事的人都可以凭直觉知道后面还有很多页,因为我们才谈到浪漫主义而已。"

"我真是被你弄昏头了。"

"事实上是少校想把席德弄昏头。他这样做不是很恶劣吗?另起一段吧。"

艾伯特才刚讲完,就有一个男孩从树林里跑出来。他穿着阿拉伯人的服装。头上包着头巾,手中提着一盏油灯。

苏菲抓住艾伯特的手臂。

"那是谁呀?"她问。

男孩自己先回答了。

"我名叫阿拉丁。我是一路从黎巴嫩来的。"

艾伯特严肃地看着他。

"那你的油灯里有什么呢?"

男孩擦了擦油灯,便有一股浓雾从中升起,最后变成一个人形。他有一嘴像艾伯特一样的黑胡子,头上戴着蓝扁帽,在油灯上方飘浮。他说:

"席德,你能听到我讲话吗?我猜现在再向你说生日快乐已经太迟了。我只想跟你说柏客来山庄和南部的乡村对我而言,也好像是童话世界一般。过几天我们就能够在那儿见面了。"

说完后,这个人形便再度变成一股云雾,被吸回油灯里。包着头巾的男孩将油灯夹在腋下,又跑回树林中不见了。

"我简直没办法相信。"

"只不过是个小把戏罢了。"

"油灯的精灵说话的样子就像席德的爸爸一样。"

"那是因为它就是席德的爸爸的精灵。"

"可是……"

礼 物

"你我两人和我们周遭的每一件事物都活在少校的内心深处。现在是四月二十八日星期六深夜，少校周围的所有联合国士兵都熟睡了。少校本身虽然还醒着，但他的眼皮已经很沉重。可是他必须完成这本要给席德作为十五岁生日礼物的书，所以他必须工作。也因此，这个可怜人几乎都没有休息。"

"我放弃了！"

"另起一段吧。"

苏菲和艾伯特坐在那儿，看着小湖的对岸。艾伯特似乎有点神志恍惚，过了一会儿，苏菲鼓起勇气轻轻推了一下他的肩膀。

"你在做梦吗？"

"他这回真的是直接进来干涉了，最后几段完全是他在讲话。他真该觉得惭愧。不过现在他可是露出马脚，无所遁形了。现在我们知道我们是活在一本席德的父亲将寄回家给席德作为生日礼物的书中。你听到我说的话了吗？事实上，说话的人并不是'我'。"

"如果真是这样，那我要从这本书里面逃走，过我自己的生活。"

"这就是我正在计划的事情。可是在这之前，我们必须试着和席德谈谈。她读了我们所说的每一句话。一旦我们从这里逃走，以后想再跟她联络就难了，所以我们必须现在就把握机会。"

"那我们要说些什么呢？"

"我想少校就快要坐在打字机前睡着了，虽然他的手指仍然快速地在键盘上移动……"

"真恐怖！"

"现在他也许会写出一些他事后会后悔的东西，而且他没有修正液。这是我的计划中很重要的一部分。你可不许拿修正液给少校！"

"我连一小片修正带也不会给他。"

"我现在就要请求可怜的席德反抗她的父亲。她应该很惭愧自己居然会被他这种肆意玩弄影子的把戏所取悦。如果他本人也在这里面就好了，我们要让他尝一尝我们愤怒的滋味。"

"可是他不在这里呀！"

"他的精神和灵魂在这里面，可是他同时也很安全地躲在黎巴嫩。我们周遭的一切事物都是少校的自我。"

"可是他还有一些部分是我们在这里看不到的。"

"我们只是少校灵魂里的影子，一个影子要攻击它的主人可不容易，需要聪明和谋略才行。可是我们有机会影响席德，她是天使，只有天使才能够反抗上帝。"

"我们可以请席德在他回家后把他骂一顿，说他是个恶棍。她可以把他的船撞坏，或至少把那盏油灯砸掉。"

艾伯特点点头。然后他说：

"她也可以逃离他身边。她这样做会比我们容易得多。她可以离开少校的家，从此再也不回去。这样岂不是他应得的惩罚吗？谁教他要把他那'创世的想象力'建筑在我们的痛苦上。"

"嗯。我可以想象那种情景。到时候少校会走遍全世界找寻席德，但她已经消失无踪了，因为她不能忍受跟一个利用艾伯特和苏菲来装疯卖傻的爸爸住在一起。"

"对了，就是这样。装疯卖傻。我说他用我们作为生日的余兴节目就是一种装疯卖傻的手段。可是他最好小心一点。席德也是！"

"你是什么意思？"

"你坐得很安稳吗？"

"只要什么油灯精灵的东西不要再来就没事。"

"你不妨试着想象我们身上所发生的每一件事都是在另一个人的心中进行的。我们就是那心灵。这表示我们自己没有灵魂，而是别人的灵魂。这些都是我们已经谈过的哲学理论。无论柏克莱或谢林都会竖起耳朵注意听。"

"然后呢？"

"很可能这个灵魂就是席德的父亲。他在遥远的黎巴嫩写一本有关哲学的书以庆贺他女儿的十五岁生日。六月十五日那一天席德醒来时，发现她身旁的桌子上放了这本书。现在她——或任何其他人——也许正在读我们的故事。他很早就曾经提示说这个'礼物'可以和别人分享。"

"对呀，我记得。"

"我现在对你说的话将会被席德读到，就在她远在黎巴嫩的父亲想象我告诉你他在黎巴嫩之后……想象我告诉你他在黎巴嫩……"苏菲觉得头昏脑涨。她努力回想过去所听过的有关柏克莱和浪漫主义的话。艾伯特继续说：

"不过他们不应该因此洋洋得意。他们是最不应该得意洋洋的人，因为乐极可能生悲。"

"你说的他们是谁？"

"席德和她的父亲。我们说的难道不是他们吗？"

"可是他们为什么不应该洋洋得意呢？"

"因为可能他们自己同样也是活在别人的心灵里。"

"怎么可能呢？"

"如果对柏克莱和浪漫主义者来说是可能的，那就有可能是这样。说不定少校也是一本有关他和席德的书当中的一个影子。当然那本书也是有关我们两人的，因为我们是他们生活中的一部分。"

"这样一来，我们就只是影子的影子。这不是更糟糕了吗？"

"不过很可能某个地方有另外一个作者正在写一本，关于一个为他的女儿席德写一本书的联合国少校艾勃特的书，而艾勃特所写的这本书则是，关于一个叫艾伯特的人突然开始寄一些讨论哲学的信函给住在苜蓿巷三号的苏菲。"

"你相信吗？"

"我只说这是有可能的。对于我们而言，那位作者将是一个'看不见的上帝'。虽然我们所做、所说的每一件事都是从他而来的（因为我们就是他），但我们将永远无法知道有关他的任何事情。我们是在那最里面的一个盒子里面。"

艾伯特和苏菲坐在那儿，很久彼此都没有说话。最后苏菲终于打破沉默：

"可是如果真有一个作者正在写一个有关席德的爸爸在黎巴嫩的故事，就像他正在写一个关于我们的故事一样……"

"怎么样?"

"那么也许他也不应该太洋洋得意。"

"你的意思是……"

"他坐在某个地方,脑袋里的深处装着席德和我。难道他不也可能是某个更高高在上的心灵的一部分吗?"

艾伯特点点头。

"当然可能。如果真是这样,那表示他让我们进行这席哲学性的对话是为了提出这种可能。他想要强调他也是一个无助的影子,而这本关于席德和苏菲的书事实上是一本哲学教科书。"

"教科书?"

"因为我们所有的谈话,所有的对话……"

"怎么样?"

"事实上只是一段很长的独白。"

"我感觉好像每一件事物都融进心灵与精神中去了。我很高兴我们还有一些哲学家没谈。随着泰利斯、恩培窦可里斯和德谟克里特斯这些人而堂堂皇皇展开的哲学思潮不会就这样被困在这里吧?"

"当然不会。我还没跟你谈黑格尔呢。当浪漫主义者将每一件事都融进精神里去时,他是第一个出来拯救哲学的哲学家。"

"我倒很想听听他怎么说。"

"为了不要再受到什么精神或影子的打扰,我们还是进屋里去好了。"

"好吧,反正这里也愈来愈冷了。"

"下一章!"

黑格尔

……可以站得住脚的就是有道理的……

"砰!"一声,席德腿上的大讲义夹落到地上。她躺在床上瞪着天花板,脑中的思绪一团混乱。

爸爸真的把她弄得头昏脑涨。这个坏蛋!他怎么可以这样呢?

苏菲已经试着直接对她说话了。她要求她反抗她的父亲,而且她真的已经让她脑中浮现了某个念头。一个计划……

苏菲和艾伯特对他是完全无可奈何,但是席德却不然。通过席德,苏菲可以找到她爸爸。

她同意苏菲和艾伯特的说法,爸爸在玩他的影子游戏时的确是做得太过分了。就算艾伯特和苏菲只是他虚构的人物,可是他在展示他的力量时也应该有个限度呀。

可怜的苏菲和艾伯特!他们对于少校的想象力完全没有抵抗能力,就像电影银幕无法抵抗放映机一般。

席德心想,在他回家时,她一定得给他一些教训!她已经大致想出一个捉弄他的好办法了。

她起床走到窗前去眺望海湾。已经快两点了。她打开窗户,对着船屋的方向喊:

"妈!"

妈妈出来了。

"我再过一个小时左右就会带三明治到你那儿去,好吗?"

"好。"

"我要读有关黑格尔那一章。"

艾伯特和苏菲坐在面湖的窗户旁边的两张椅子上。

黑 格 尔

"黑格尔（Georg Wihelm Friedrch Hegel）乃是浪漫主义的传人。"艾伯特开始说，"我们几乎可以说他是随着德国精神的发展而成长的。他在一七七〇年出生于斯图加特，十八岁时开始在图宾根（Tüingen）研究神学。一七九九年时他在耶纳镇与谢林一起工作。当时正是浪漫主义运动狂飙的年代。他在耶纳当了一段时间的助理教授后，便前往德国民族浪漫主义的中心海德堡担任学校教授。一八一八年时，他在柏林任教。当时柏林正逐渐成为德国的精神中心。他在一八三一年死于霍乱。后来他的'黑格尔主义'在德国各大学内吸引了无数的信徒。"

"这么说他的历练很广啰？"

"没错，他的哲学也是。黑格尔几乎统一了所有曾在浪漫主义时期出现的理念，并且加以发展。可是他却受到谢林等许多人的尖锐批评。"

"谢林怎么批评他的？"

"谢林和其他的浪漫主义者曾经说过，生命最深刻的意义在于他们所谓的'世界精神'上。黑格尔也用'世界精神'这个名词，可是意义却不相同。黑格尔所指的'世界精神'或'世界理性'乃是人类理念的总和，因为唯独人类有'精神'可言。只有从这个角度，他才可以谈世界精神在历史上的进展。但我们不可以忘记：这里他所说的世界精神是指人类的生命、思想与文化。"

"这样子这个精神听起来就不会这么恐怖了。不再像是个潜伏在岩石、树丛间的一个'沉睡的精灵'。"

"你应该还记得康德曾经谈过一种他称为'物自身'的东西。虽然他否认人可以清楚认知自然最深处的秘密，但他承认世间有一种无法追求到的'真理'。黑格尔却说'真理是主观的'，因此他不承认在人类的理性之外有任何'真理'存在。他说，所有的知识都是人类的知识。"

历史之河

"他必须使哲学家们再度脚踏实地，对不对？"

"嗯，也许可以这么说。不过，黑格尔的哲学可说是无所不包、丰富多样，因此我们在这里只能重点地谈一谈他的某些主要理论。事实上，我们究竟是否能说黑格尔有他自己的哲学是很有疑问的。通常所谓的'黑格尔哲学'主要是指一种理解历史进展的方法。黑格尔的哲学所教导我们的只有生命的内在本质，不过也可以教我们如何从思考中获取结论。"

"这也不算不重要。"

"黑格尔之前的哲学体系都有一个共通点，就是试图为人们对世界的知识建立一套永恒的标准。笛卡尔、斯宾诺莎、休谟和康德等人都是如此。他们每一个人都曾经试图探索人类认知的基础，但他们都声称人类对于世界的知识是不受时间影响的。"

"那不就是哲学家该做的事吗？"

"黑格尔认为这是不可能的。他相信人类认知的基础代代不同，因此世间并没有'永恒的真理'，没有'永久的理性'。哲学唯一可以确切掌握的一个定点就是历史。"

"请你说清楚一些好吗？历史处于不断变化的状态，它怎么会是一个定点呢？"

"一条河也是处于不断变化的状态，但这并不表示你无法谈论它。可是你不能说这条河流到河谷里的哪一点时才是'最真'的河。"

"没错，因为它流到哪里都是河。"

"所以，对黑格尔来说，历史就像一条流动的河。河里任何一处河水的流动都受到上游河水的涨落与漩涡的影响。但上游河水的涨落与漩涡又受到你观察之处的岩石与河湾的影响。"

"我大概懂了。"

"思想（或理性）的历史就像这条河流。你的思考方式乃是受到宛如河水般向前推进的传统思潮与当时的物质条件的影响。因此你永远无法宣称任何一种思想永远是对的。只不过就你所置身之处而言，这种思想可能是正确的。"

"这和宣称每一件事物都对、也都不对是不同的，不是吗？"

"当然不同。不过事情的对错要看历史的情况而定。如果今天你还提倡奴隶制度，一定会被人耻笑。但在两千五百年前，这种想法也并不可笑，虽然当时已经有人开始主张废除奴隶制度。不过，我们还是来举一个范围比较小的例子吧。不到一百年前，人们还认为大举焚烧森林以开垦土地的做法没有什么不对，但在我们今天看来，这种做法简直是胡搞。这是因为我们现在有了新的、比较好的依据可以下这种判断。"

"我懂了。"

"黑格尔指出哲学思维也是如此。我们的理性事实上是动态的，是一种过程。而'真理'就是这个过程，因为在这个历史的过程之外，没有外在的标准可以判定什么是最真、最合理的。"

"请举一些例子吧。"

"你不能从古代、中世纪、文艺复兴时期或启蒙运动时期挑出某些思想，然后说它们是对的，或是错的。同样的，你也不能说柏拉图是错的，亚里士多德是对的，或者说休谟是错的，而康德和谢林是对的。因为这样的思考方式是反历史的。"

"嗯，这样做好像是不对。"

"事实上，你不能将任何哲学家或任何思想抽离他们的历史背景。不过这里我要讲到另外一点：由于新的事物总是后来才加上去的，因此理性是'渐进的'。换句话说，人类的知识不断在扩张，在进步。"

"这个意思是不是说康德的哲学还是比柏拉图的有道理？"

"是的。从柏拉图到康德的时代，世界精神已经有了发展和进步，这也是我的想法。再以刚才说的河流为例，我们可以说现在的河水比从前多，因为它已经流了一千多年了。但话说回来，康德也不能认为他所说的'真理'会像那些巨大的岩石一样一直留在河岸上。他的想法同样也会再经过后人的加工，他的'理性'也会成为后世批评的对象。而这些事情确实都发生了。"

"可是你说的河……"

"怎样?"

"它会流到哪里去呢?"

"黑格尔宣称'世界精神'正朝着愈来愈了解自己的方向发展,河流也是一样。它们离海愈近时,河面愈宽。根据黑格尔的说法,历史就是'世界精神'逐渐实现自己的故事。虽然世界一直都存在,但人类文化与人类的发展已经使得'世界精神'愈来愈意识到它固有的价值。"

"他怎么能这么确定呢?"

"他宣称这是历史的事实,不是一个预言。任何研究历史的人都会发现人类正朝向愈来愈'了解自己''发展自己'的方向前进。根据黑格尔的说法,各项有关历史的研究都显示:人类正迈向更多的理性与自由。尽管时有震荡起落,但历史的发展仍是不断前进的。所以我们说历史是超越的,或是有目的的。"

"这么说历史很明显的不断在发展。"

"没错。历史是一长串的思维。黑格尔并指出这一长串思维的规则。他说,任何深入研究历史的人都会发现:每一种新思想通常都是以前人的旧思想为基础,而一旦有一种新思想被提出来,马上就会出现另外一种和它抵触的思想,于是这两种对立的思想之间就会产生一种紧张状态,但这种紧张状态又会因为有人提出另外一种融合了两种思想长处的思想而消除。黑格尔把这个现象称为一种辩证过程。"

"你可以举个例子吗?"

"你还记得苏格拉底之前的哲学家讨论过原始物质与自然界变化的问题吗?"

"多少记得一点。"

"后来伊利亚派的哲学家宣称事实上变化不可能发生。虽然他们能通过感官察觉到各种变化的发生,但他们仍然否认任何变化的存在。伊利亚派哲学家所提出的这种观点,就是黑格尔所称的'正题'。"

"然后呢?"

"可是根据黑格尔的法则,这样强烈的说法一被提出后,就一定会出现另外一种与它抵触的学说。黑格尔称此为'反题'或'否定'。而否定伊利亚派哲学的人就是赫拉克里特斯。他宣称'万事万物都是流动的'。

这样一来，这两种完全相反的思想流派之间就出现了一种紧张状态。但这种紧张状态后来被恩培窦可里斯消除了，因为他指出两种说法都各有正确之处，也各有错误之处。"

"对，我现在想起来了。"

"恩培窦可里斯认为，伊利亚派哲学家指出没有什么事物会真正发生变化这点是对的，但他们错在认为我们不能依赖感官。赫拉克里特斯说我们可以依赖感官，这是正确的，但他说万事万物都是流动的，这点却是错误的。"

"因为世间的物质不止一种。流动的是物质的组合，而不是物质本身。"

"没错。恩培窦可里斯的观点折中了两派的思想，这就是黑格尔所称的'否定的否定'。"

"多可怕的名词！"

辩证法

"他也称这三个知识的阶段为'正''反''合'。举例来说，你可以称笛卡尔的理性主义为'正'，那么与他正好相反的休谟的经验主义就是'反'。但这两种思潮之间的矛盾或紧张状态后来被康德的'合'给消除了。康德同意理性主义者的部分论点，但也同意经验主义者的部分论点。可是故事并非到此为止。康德的'合'现在成了另外一个三段式发展的起点，因为一个'合'也会有另外一个新的'反'与它相抵触。"

"这一切都非常理论。"

"没错，这当然是很理论的。可是黑格尔并不认为这样的描述是把历史压缩为某种架构。他认为历史本身就展现了这种辩证模式。他并因此宣称他已经发现了理性发展（或'世界精神'通过历史进展）的若干法则。"

"又来了！"

"不过黑格尔的辩证法不仅适用于历史。当我们讨论事情时，我们也是以辩证的方式来思考。我们会试着在别人所说的道理中找出缺失。黑格尔称此为'否定的思考'。可是当我们在一个道理中找到缺点时，我们也会把它的优点保存下来。"

"请你举一个例子。"

"当社会主义者和保守派人士一起坐下来讨论如何解决一个社会问题时，由于他们的思想形态互相矛盾，因此彼此间很快就会出现紧张状态。可是这并不表示他们当中有一个绝对正确，而另外一个完全错误。可能他们两个都有一部分对，一部分错。在争辩过程中，双方论点中最佳的部分通常都会显现出来。"

"希望如此。"

"可是当我们正在讨论问题时，并不容易看出哪一方的说法比较合理。可以说，究竟谁是谁非，必须由历史来决定。可以站得住脚的就是有道理的。"

"也就是说能够留存下来的观点就是对的。"

"反过来说也就是：对的才能留存下来。"

"你可以举一个小小的例子，好让我能确切了解吗？"

"一百五十年前有很多人为妇女争取权益，但也有许多人激烈反对。今天我们阅读双方的论点时，并不难看出哪一方的意见比较'有道理'。但不要忘了我们这是后见之明。'事实证明'那些争取两性平等的人是对的。如果我们在书上读到自己的祖父在这个问题上的看法，一定有很多人会觉得很难为情。"

"一定的。那黑格尔有什么看法呢？"

"你是说关于两性平等？"

"我们现在说的不就是这个吗？"

"我可以引述他在书里写的一段话，你想不想听？"

"当然想。"

"黑格尔说，男女之不同犹如植物与动物之不同。动物具有较多的男人性格，而植物则较具女人性格，因为女人的发展基本上是属于静态的。在本质上她是一个犹豫不决的感情体系。如果由女人来领导政府，则国家将有覆亡之虞，因为她们并不是依据整体的需求行动，而是随兴之所至而决定的。女人主要是通过生活（而非读书）吸收思想，借此获得某种教育。相反的，男人为了在社会上争取一席之地，则必须勤练技能、苦心研读。"

"谢啦，这样就够了。这类的话我可不想再听了。"

"不过这正是一个很好的例子，足以证明人们对于事情合理与否的观念一直都随着时间改变。它显示黑格尔也会受到当代观念的影响，我们也是。我们心目中很'理所当然'的看法也不一定经得起时间的考验。"

"什么样的看法？请举个例子。"

"我举不出什么例子来。"

"为什么？"

"因为我所能举的例子都是一些已经开始在改变中的事物。举例来说，我会说开车是很愚笨的行为，因为车辆会污染环境。但许多人已经想到这点了。可是历史将会证明那些被我们认为是理所当然的事物有很多是无法在历史上立足的。"

"原来如此。"

"还有一件事：黑格尔的时代有许多男人大放厥词，声称女人不如男人，但事实上他们这种做法正加速了女权运动的发展。"

"为什么会这样呢？"

"他们提出了一个'正题'。为什么呢？因为妇女已经开始反抗了。否则如果大家的看法一致，就没有必要再发表意见了。而他们愈是高唱女人不如男人的论调，否定的力量也就变得更强。"

"当然啰。"

"可以说一种意见如果能受到激烈的反对，那是再好不过的事。因为反对者愈极端，他们所激发的反应也就愈强。有人说这是'谷子愈多，磨坊就磨得愈起劲'。"

"我的磨坊在一分钟以前就开始磨得更起劲了。"

"从纯粹逻辑或哲学的观点来看，两个观念之间总是存在有一种辩证式的紧张关系。"

"例如？"

"如果我思考'存在'这个概念，我势必需要引进'不存在'这个相反的概念。你不可能思考自我的存在而不立即体悟自己不会永远存在的事实。然后'存在'和'不存在'之间的紧张关系被'变化'这个观念消除了。因为如果某件事物正在变化的过程中，则它可以算是'存在'，也可以算是'不存在'。"

"我懂了。"

"因此黑格尔的'理性'有一种动态的逻辑。既然'事实'的特性就是会有相反的事物,因此要描述事实就必须同样描述与事实相反的事物。我再举一个例子:据说,丹麦核子物理学家波尔在他的前门上方挂了一个马蹄铁。"

"那是为了带来好运气。"

"可是这只是个迷信而已,而波尔却是个一点也不迷信的人。当有人问他是否真的相信这种事情时,他说,不,我不相信,但人家告诉我这样真的有效。"

"真奇怪。"

"他的回答相当具有辩证意味,几乎可说是自相矛盾。波尔就像我们挪威的诗人文耶一样,是以模棱两可而出名。他有一次说:世间有两种真理。一种是表面的真理,与它相反的说法显然是错误的。但另外一种则是深层的真理,与这样的真理相反的说法却是对的。"

"这些是什么样的真理呢?"

"例如我说生命是短暂的……"

"我同意。"

"可是在另外一种场合,我可能会张开双臂说生命是漫长的。"

"嗯,从某个角度来看,这也没错。"

"最后我要举一个例子显示一种辩证的紧张关系如何能够导致一个自发性的行动,并因此造成突然的改变。"

"请说吧。"

"假设有一个小女孩总是回答她妈妈说'是,妈''好的,妈''我听你的,妈''马上,妈'。"

"真可怕!"

"过了一阵子,她的妈妈对女儿这种过度顺从的态度感到很恼火。于是她大吼:'请你不要再当这样一个乖宝宝了!'而这女孩仍然回答说:'好的,妈。'"

"要是我,就会给她一巴掌。"

"我想你一定会的。可是如果那女孩回答说：可是我想当一个乖宝宝呀！那你会怎么做呢？"

"这个回答很奇怪。也许我还是会打她一巴掌。"

"换句话说，这种情况就是一个僵局。在这里，辩证式的紧张关系已经到了一种一定会发生某件事情的地步。"

"比如说打她一个耳光之类的？"

"我们还要讲到黑格尔哲学的最后一个层面。"

"我在听呀！"

"你还记得我们说过浪漫主义者是个人主义者吗？"

"神秘之路通往内心……"

"这种个人主义在黑格尔的哲学中也遇到了它的否定或相反。黑格尔强调他所谓的'客观的'力量，意思就是家庭和国家。你也可以说黑格尔对个人抱持着一种不信任的态度，他认为个人是团体的一个有机的部分。理性（或'世界精神'）必须通过人与人之间的互动才会彰显。"

"请你说得详细一点。"

"理性最主要是通过语言而显现，而我们说什么语言是一出生就注定的。即使没有汉生先生这个人，挪威语也一样很好，但汉生先生没有挪威话就不行了。因此并不是个人造就语言，而是语言造就个人。"

"应该是这样的吧。"

"除了语言之外，我们会有哪一种历史背景也是一生下来就注定了。没有人和这类背景之间能有一种'自由'的关系。因此，那些无法在国家中找到定位的人就是没有历史的人。你也许还记得这种观念也是雅典哲学家的重点。没有人民，固然就没有国家，但如果没有国家，也就没有人民。"

"显然是这样。"

"根据黑格尔的说法，国家并不只是由人民形成的一个集合。因此黑格尔说人不能'舍弃社会'。因此，如果有人对他们所生长的社会不屑一顾，而一心一意只想'寻找自己的灵魂'，是会受到耻笑的。"

"我不确定我完全同意这点，但这没有关系。"

"根据黑格尔的说法，个人不能发现自我，只有世界精神能够发现自我。"

"世界精神发现它的自我？"

"黑格尔说世界精神回到自我的过程可分为三个阶段，也就是说世界精神在经历三个阶段后才意识到自我。"

"你就一次说个清楚吧。"

"首先，世界精神意识到自我在个人中的存在。黑格尔称此为主观精神。然后它在家庭、社会与国家之中达到更高的意识。黑格尔称此为客观精神，因为它在人与人之间的互动中显现。可是还有第三个阶段……"

"那是什么？"

"世界精神在'绝对的精神'中达到最高形式的自我实现。这个'绝对的精神'就是艺术、宗教和哲学。其中又以哲学为最高形式的知识，因为，在哲学中，世界精神思考它对历史的冲击，因此世界精神是最先在哲学中发现了它的自我。你不妨说哲学是世界精神的镜子。"

"这太神秘了，我需要时间好好消化一下。不过我喜欢你说的最后一句。"

"你是说'哲学是世界精神的镜子'这一句吗？"

"对，这句话很美。你想这话和那面铜镜有关系吗？"

"既然你问到了，我只好说是。"

"什么意思？"

"我猜那面铜镜一定有某种特别的意义，才会时常被提到。"

"你一定知道它有什么意义吧？"

"我不知道。我只是说，如果它对席德和她的父亲没有什么特别的意义的话，它不会时常出现。只有席德知道它有什么意义。"

"这算是浪漫主义的反讽吗？"

"这种问题是不会有答案的，苏菲。"

"为什么呢？"

"因为运用这些手法的不是我们，我们只是那个反讽中两个倒霉的受害者罢了。假使一个大小孩在一张纸上画了一个东西，你不能问那张纸说他画的那东西是代表什么。"

"你这话真可怕。"

祁克果

……欧洲正迈向破产的地步……

席德看了看时间。已经过了四点了。她把讲义夹放在书桌上，然后便跑到楼下的厨房。她得在妈妈等得不耐烦之前赶快到船屋那儿去。她经过那面铜镜前看了它一眼。

她很快地把茶壶拿出来，准备烧茶，并以加倍的速度做了几个三明治。

她已经决定要跟她爸爸开几个玩笑。她开始觉得自己愈来愈站在苏菲和艾伯特这一边了。等爸爸到达哥本哈根时，那些玩笑就要开始了。

很快地，她已经端着一个大托盘，站在船屋那儿了。

"我们的早午餐来了。"她说。

妈妈正拿着一块用砂纸包着的东西。她把一绺散落的发丝从额前拂开，她的头发上也有沙子。

"那我们就不要吃晚餐好了。"

她们坐在外面的平台上，开始吃起来。

"爸爸什么时候到家?"过了一会儿，席德问。

"星期六。我还以为你知道呢。"

"可是几点呢? 你不是说他要在哥本哈根换机吗?"

"没错……"

妈妈咬了一口肝酱黄瓜三明治。

"他大约五点会抵达哥本哈根，七点四十五分有一班飞机开往基督山。他大概会在九点半时在凯耶维克机场着陆。"

"这么说他在卡斯楚普机场会停留几个小时……"

"嗯，干吗?"

325

"没事。我只是想他一路不知道会怎样。"

她们继续吃着。当席德认为时间已经够久时，便假装不经意地说：

"你最近有没有安娜和欧雷的消息？"

"他们不时打电话来。七月时他们会回家度假。"

"他们不会提前来吗？"

"我想不会。"

"这么说他们这个星期会在哥本哈根……"

"到底怎么回事？席德。"

"没事，只是聊聊。"

"你提到哥本哈根两次了。"

"有吗？"

"在刚才我们谈到爸爸在……"

"我大概是这样才想到安娜和欧雷吧。"

她们一吃完，席德就收拾杯盘，放在托盘上。

"妈，我得回去继续看书了。"

"我想也是。"

她的回答里有谴责的意味吗？她们以前曾经说好在爸爸回家前要一起把船修整好。

"爸爸差点没要我答应他在他回家前把那本书念完呢。"

"这真是有点太胡闹了。他虽然离家在外，也不需要这样子指挥家里的人呀。"

"你才知道，他可是会指挥人呢！"席德高深莫测地说，"而且你无法想象他多喜欢这样呢！"

她回到房里，继续看下去。

突然间苏菲听到有人敲门。艾伯特严肃地看着她。

"我们不想被人打搅。"

敲门声又响了，这回更大声。

"我要和你谈一位丹麦的哲学家。他对黑格尔的哲学非常不满。"

敲门声愈来愈激烈，以至于整扇门都在晃动。

"一定是少校派了什么童话人物来看看我们是不是上钩了。"艾伯特说，"他这样做根本不费吹灰之力。"

"可是如果我们不开门看看是谁，他也可以不费吹灰之力地把这整栋房子拆掉呀！"

"你说得可能有道理。我们最好还是开门吧。"

于是他们打开门。由于刚才的敲门声大而有力，苏菲预想这个人一定长得很魁梧。可是站在门前台阶上的却是一位有着一头金色的长发，穿了印花夏装的小女孩。她两手各拿了一个小瓶子。一瓶是红的，一瓶是蓝的。

"嗨！"苏菲说，"你是谁？"

"我名叫爱丽丝。"小女孩说，一边害羞地一鞠躬。

"果然不出我所料。"艾伯特点点头，"是《爱丽丝梦游仙境》里的爱丽丝。"

"她是怎么找到我们的？"

爱丽丝解释说：

"仙境是一个完全没有疆界的国度。这表示仙境无所不在——当然也在联合国。它应该成为联合国的荣誉会员国。我们应该派代表参加他们所有的委员会，因为联合国当初成立也是一个奇迹。"

"哼……又是少校搞的鬼。"艾伯特嘀咕着。

"你来这儿做什么呢？"苏菲问。

"我是来拿这些小哲学瓶子给苏菲的。"

她把瓶子递给苏菲。两个瓶子都是透明玻璃做的，其中一个装了红色的液体，另一个则装了蓝色的。红瓶子上贴了一张标签，写着：请把我喝下去。蓝瓶子上的标签则写着：请把我也喝下去。

这时忽然有一只白兔子从小木屋旁跳过去。它全身挺直，只用两只脚来走路，身上穿了一件背心和外套。来到小木屋前时，它从背心口袋里掏出了一个怀表，并且说：

"糟了，我要迟到了！"

然后它就跑走了。爱丽丝开始追它。就在她跑进树林前，她姿态优美地鞠了一个躬，说道：

"现在又要开始了。"

"请帮我向蒂娜和皇后打招呼好吗？"苏菲在她身后喊。

小女孩消失了。艾伯特和苏菲仍站在台阶上，仔细看着那两个瓶子。

"'请把我喝下去'和'请把我也喝下去'，"苏菲念了出来，"我不知道我敢不敢呢。里面可能有毒。"

艾伯特只是耸耸肩。

"他们是少校派来的。而从少校那边来的每一件事物都是纯粹存在心灵中的，所以这并不是真的水。"

苏菲把红瓶子的瓶盖拿掉，小心地把瓶子送到唇边。瓶里的水有一种很奇怪的甜味，还有一些别的味道。当她喝下去时，她周遭的事物开始发生了一些变化。

感觉上仿佛小湖、树林和小木屋都融成一体了。很快地，她所见到的一切似乎只是一个人，而这个人就是苏菲她自己。她抬头看了艾伯特一眼，但他似乎也成了苏菲灵魂的一部分。

"奇怪，真奇怪。"她说，"一切事物看起来都和从前没有两样，但现在却都成了一体了。我觉得一切事物好像都变成一个思想了。"

艾伯特点点头，但苏菲的感觉却好像是她自己在向她点头似的。

"这是泛神论或观念论，"他说，"这是浪漫主义者的世界精神。在他们的体验中，每一件事物都属于一个大的'自我'，这也是黑格尔的哲学。他批评个人主义，认为每一件事物都是世间唯一的世界理性的表现。"

"我应该也喝另外一瓶吗？"

"标签上是这么说的。"

苏菲把蓝瓶子的盖子拿掉，喝了一大口。里面的水尝起来比另一瓶新鲜，味道也较重。喝了之后，她周遭的每一件事物又开始改变了。

在那一瞬间，红瓶子所造成的效果消失了，一切事物都回到原来的位置。艾伯特还是艾伯特，树也回到了林子里，湖看起来又是湖了。

可是这种感觉只持续了一秒钟。因为，所有的东西都一直继续移动，愈分愈开。树林已经不再是树林，每一株小树现在看起来似乎本身就是一个世界，连最细小的树枝仿佛都是一个宝库，装着一千年的童话故事。

那小湖突然变成了一座无边无际的汪洋，虽然它没有变深，也没有变广，但湖里却出现了许多晶莹闪烁、细密交织的波纹。苏菲觉得她即使一辈子注视着这里的湖水，直到她死去之日也参不透那里面深不可测的秘密。

她抬起头看着一棵树的顶端。上面有三只小麻雀正全神贯注地玩着一种奇怪的游戏。她过去也知道树上有小鸟（即使在她喝了红瓶子里的水以后），可是她却从来没有好好地看过它们。红瓶子里的水使得所有事物的差异和各自的特色都泯灭了。

苏菲从她所站立的大石阶上跳下来，蹲在草地上。她在那里又发现了一个新世界，就像是一个深海的潜水员第一次在海底睁开眼睛一样。在绿草的茎梗间，青苔显得纤毫毕露。苏菲看着一只蜘蛛不慌不忙地爬过青苔，向着它的目标走去……一只红色的虱子在草叶上来回奔跑……一群蚂蚁正在草丛间合力工作。可是每一只小蚂蚁走路的方式都各有特色。

最奇怪的是，当她再度站起来，看着仍然站在木屋前阶梯上的艾伯特时，居然看到了一个奇妙不可思议的人。感觉上他像是从另外一个星球来的生物，又像从童话故事里走出来的一个被施了魔法的人。同时，现在她也以一种崭新的方式感受到自己是一个独一无二的个体。她不只是一个人而已，也不只是一个十五岁的女孩。她是苏菲，而世间只有她是苏菲这个人。

"你看见什么了？"艾伯特问。

"你看起来像是一只奇怪的鸟。"

"你这么想吗？"

"我想我永远也无法理解做另外一个人是什么样子。世间没有两个人是一样的。"

"那树林呢？"

"感觉起来也不一样了，像是一个充满了神奇故事的宇宙。"

祁克果

"果然不出我所料。蓝瓶子是个人主义，打个比方，是祁克果（Søren Kierkegaard）对浪漫主义者的理想主义的反动。但它也包括了跟祁克果同一时期的一个丹麦人的世界观。他就是著名的童话故事作家安徒生。他对大自然种种不可思议的细微事物也有很敏锐的观察力。比他早一百多年的德国哲学家莱布尼茨也看到相同的事物。莱布尼茨对斯宾诺莎的理想主义哲学的反对就像祁克果对黑格尔的反对一般。"

"你说的话听起来好滑稽，使我很想笑。"

"这是可以理解的。你再喝一口红瓶子里的水。来吧，我们坐在台阶这里。在今天结束之前我们要谈谈祁克果的哲学。"

苏菲坐在艾伯特的身旁。她从红瓶子里喝了一小口，然后所有的事物又开始重新聚合。事实上它们聚合得太过了，以致她再次感觉一切事物之间没有什么差别，于是她又将蓝瓶子拿到唇边喝了一口。这回她周遭的世界看起来便与爱丽丝拿着这两个瓶子来时没有什么两样了。

"可是哪一种感觉是真实的呢？"她问道，"使我们看到真实画面的是红瓶子还是蓝瓶子？"

"两者都是。我们不能说浪漫主义者是错的，或说世间其实只有一个真实世界。可是也许他们的视野都有点太狭窄了。"

"那蓝瓶子呢？"

"我想祁克果一定从那个瓶子里喝了几大口。不用说，他对个体的意义有很敏锐的观察力。我们不只是'时代的产物'。我们每一个人都是独一无二的个体，只活一次。"

"而黑格尔在这方面看到的并不多？"

"嗯。他对广阔的历史比较有兴趣，这正是祁克果对他如此不满的原因。祁克果认为浪漫主义者的理想主义与黑格尔的'历史观'都抹煞了个人对自己的生命所应负的责任。因此，对祁克果来说，黑格尔和浪漫主义者有同样的缺点。"

"我可以了解他为什么会这么生气。"

"祁克果生于一八一三年，从小受到父亲的严格管教，并且遗传了父亲的宗教忧郁症。"

"听起来好像不太妙。"

"由于得了忧郁症，他觉得自己必须解除婚约。但此举不太受到哥本哈根中产阶级的谅解，所以他在很早的时候就成为一个受人唾弃和耻笑的对象。后来他逐渐也厌弃世人、耻笑世人，并因此而逐渐成为后来易卜生所描述的'人民公敌'。"

"这一切都只是因为他解除了婚约吗？"

"不只是因为这样。他在晚年时，对于社会更是大肆批评。他说：'整个欧洲正走向破产的地步。'他认为他生活在一个完全缺乏热情和奉献的时代。他对丹麦路德派教会的了无生气尤其感到不满，并对所谓的'星期日基督徒'加以无情的抨击。"

"这年头还有所谓的'坚信礼基督徒'。因为，大多数孩子只是为了想得到礼物而接受坚信礼。"

"是的，你说到要点了。对于祁克果而言，基督教对人的影响是如此之大，而且是无法用理性解释的。因此一个人要不就是相信基督教，要不就不信，不可以持一种'多少相信一些'或'相信到某种程度'的态度。耶稣要不就是真的在复活节复活，要不就是没有。如果他真的死而复活，如果他真的为我们而死的话，那么这件事实在深奥难解，势必会影响我们整个生命。"

"嗯。我明白。"

"可是祁克果看到教会和一般大众都对宗教问题采取一种暧昧含糊的态度。对于他而言，宗教和知识可说是水火不容。光是相信基督教是'真理'并不够。相信基督教就要过着基督徒般的生活。"

"这和黑格尔有什么关系呢？"

"你说得对。我们也许应该另起一个头。"

"所以我建议你重新开始。"

"十七岁那年，祁克果开始研究神学，但他对哲学问题却日益感兴趣。他二十七岁时，以《论反讽观念》这篇论文获得了硕士学位。他在这篇论文中批评浪漫主义的反讽以及浪漫主义者任意玩弄幻象的做法。他还找出'苏格拉底式的反讽'作为对比。苏格拉底虽然也以反讽技巧得到很大的效果，但他这样做的目的乃是为了要寻求有关生命的根本真理。祁克果认为，苏格拉底与浪漫主义者不同之处在于他是一位'存在主义'的思想家，也就是说他是一位完全将他的存在放进他的哲学思考的思想家。"

"然后呢？"

"一八四一年解除婚约后，祁克果前往柏林访问，并在那儿听了谢林讲课。"

"他有没有遇见黑格尔呢?"

"没有,那时黑格尔去世已有十年了。不过他的思想已经在柏林等许多欧洲地区成为主流。他的'体系'被用来说明每一种问题。祁克果表示,黑格尔主义所关切的那种'客观真理'与个人的生命是完全不相关的。"

"那么什么样的真理才是相关的呢?"

"祁克果认为,与其找寻那唯一的真理,不如去找寻那些对个人生命具有意义的真理。他说,找寻'我心目中的真理'是很重要的。他借此以个人来对抗'体系'。祁克果认为,黑格尔忘记了自己是一个人。他并且如此描述那些教导黑格尔主义的教授:'当那令人厌烦的教授先生解释生命的玄秘时,他太过专注,以致忘了自己的姓名,也忘了自己是一个人,而不只是八分之三段精彩的文章。'"

"那么祁克果认为人是什么呢?"

"这很难做概括性的说明。对他而言,描绘人或人性的面貌是完全没有意义的。他认为,世间唯一重要的事只有每一个人'自己的存在'。而你无法在书桌后面体验自己的存在。唯有在我们行动——尤其是做一些重要的选择时,我们才和自我的存在有关联。有一个关于佛陀的故事可以说明祁克果的意思。"

"关于佛陀的故事?"

"是的,因为佛教的哲学也是以人的存在为起点。从前有一个和尚问佛陀他如何才能更清楚地回答'世界是什么''人是什么'等根本性的问题。佛陀在回答时,将他比喻为一个被毒箭射伤的人。他说,这个受伤的人不会对'这支箭是什么材料做的''它沾了什么样的毒药'或'它是从哪个方向射来的'这些问题感兴趣。"

"他应该是希望有人能够把箭拔出来,并治疗他的伤口。"

"没错。这对于他的存在是很重要的。佛陀和祁克果都强烈感受到人生苦短的现象。而就像我说的,你不能只是坐在书桌后面,构思有关世界精神的本质的哲学。"

"当然。"

"祁克果并说真理是'主观的'。他的意思并不是说我们想什么、相信什么都无所谓。他的意思是说,真正重要的真理都是属于个人的。只有这些真理'对我而言是真的'。"

"你能举一个例子说明什么是主观的真理吗?"

"举例来说,有一个很重要的问题是基督教是否是真实的。这不是一个理论上的或学术上的问题。对于一个'了解自我生命'的人而言,这是一个关乎生与死的问题,而不是一个你光是坐下来为了讨论而讨论的问题。这样的问题应该以最热情、最真诚的态度来讨论。"

"我可以理解。"

"如果你掉到水里,你对你是否会淹死的理论不会感兴趣。而水里是否有鳄鱼的问题既不'有趣',也不'无趣',因为你已经面临生死关头了。"

"我懂了。谢谢你。"

"所以我们必须区分'上帝是否存在'这个哲学性的问题与个人与这些问题的关系。每一个人都必须独自回答这些问题。而这类根本性的问题只能经由信仰来找寻答案。但照祁克果的看法,那些我们能经由理性而得知的事情(也就是知识)是完全不重要的。"

"你最好说清楚一些。"

"八加四等于十二,这是我们绝对可以确定的。这是笛卡尔以来每位哲学家都谈到的那种'可以推算的真理'。可是我们会把它放在每天的祈祷文中吗?我们躺着时会去思考这样的问题而不去想我们什么时候会死吗?绝不是的。那样的真理也许'客观',也许'具有普遍性',但对于每个人的存在却完全无关紧要。"

"那么信仰呢?"

"你永远不会知道当你对不起一个人的时候,他是否会原谅你,因此这个问题对你的存在而言是很重要的,这是个你会极度关切的问题。同样的,你也不可能知道一个人是否爱你,你只能相信他爱你或希望他爱你。可是这些事情对你而言,要比'三角形内各内角的总和等于一百八十度'更加重要。你在第一次接吻时绝不会去想什么因果律啦、知觉模态啦这类的问题。"

"会才怪!"

"在与宗教有关的问题上,信仰是最重要的因素。祁克果曾写道:'如果我能客观地抓住上帝,我就不会相信他了。但正因为我无法如此,所以我必须信他。如果我希望保守我的信心，我必须时时紧握住客观的不确定性，以便让我即使在七万英寸深的海上，仍能保有我的信心。'"

"蛮难懂的。"

"许多人曾经试图证明上帝的存在，或至少尝试用理性去解释他。但是如果你满足于这样的证明或理论，你就会失去你的信仰，同时也会失去你的宗教热情。因为重要的并不是基督教是否真实，而是对你而言，它是否真实。中世纪的一句格言'我信，因为荒谬'（credo quia absurdum）也表达了同样的想法。"

"哦?"

"这话的意思是：正因为它是非理性的，所以我才相信。如果基督教所诉求的是我们的理性，而不是我们的另外一面，那它就不叫信仰了。"

"现在我懂了。"

"我们已经谈到了祁克果所说的'存在的'和'主观真理'的意义，以及他对'信仰'的观念。他创造这三个观念是为了批评传统的哲学，尤其是黑格尔的哲学。不过其中也包含尖锐的'社会批评'在内。他说，现代都市社会中的个人已经成为'大众'了，而这些大众或群众最主要的特色就是喜欢说一些含糊不确定的话语。他的意思就是每一个人所'想'、所'相信'的都是同样的东西，而没有人真正对这些东西有深刻的感受。"

人生的阶段

"我实在很想知道祁克果对乔安的父母会有什么看法。"

"他对人的评语有时蛮严苛的。他的笔锋犀利，讽刺起人来也很尖酸刻薄。比方说，他会说'群众就是虚伪''真理永远是少数'，以及大多数人对生命的态度都很肤浅之类的话。"

"搜集芭比娃娃已经够糟了，但更糟的是自己就是一个芭比娃娃。"

"这我们就要谈到祁克果所说的'人生三阶段'的理论了。"

"对不起，我没听清楚。"

"祁克果认为生命有三种不同的形式。他本人所用的名词是'阶段'。

他把它们称为'美感阶段''道德阶段'和'宗教阶段'。他用'阶段'这个名词是为了要强调人可能会生活在一个较低的阶段，然后突然跃升到一个较高的阶段。许多人终其一生都活在同样的阶段。"

"请你再解释清楚。因为我很想知道自己现在是在哪个阶段。"

"活在美感阶段的人只是为了现在而活，因此他会抓住每个享乐的机会。只要是美的、令人满足的、令人愉快的，就是好的。这样的人完全活在感官的世界中，是他自己的欲望与情绪的奴隶。对他而言，凡是令人厌烦的，就是不好的。"

"谢啦，我想我对这种态度很熟悉。"

"典型的浪漫主义者也就是典型的活在美感阶段的人，因为这个阶段所包含的并不只是纯粹的感官享乐而已。一个从美感的角度来看待现实，或自己的艺术，或他所信仰的哲学的人，就是活在美感阶段里。他们也可能从美学的角度来看待痛苦或悲伤，但这只是虚荣心作祟罢了。易卜生的《皮尔金》这出戏的男主角就是典型的活在美感阶段的人。"

"我想我懂你的意思了。"

"你认识这样的人吗？"

"没有很典型的。不过我想少校有点像是那样。"

"也许吧，也许吧，苏菲……虽然这是他展现他那病态的浪漫主义反讽的又一个例子。你应该把你的嘴巴洗一洗。"

"什么？"

"好吧，这不是你的错。"

"那就请你继续说下去吧。"

"一个活在美感阶段的人很容易有焦虑或恐怖和空虚的感受。但果真这样，他就有救了。祁克果认为，害怕几乎是有正面意义的。它表示这个人正处于'存在的状态中'，可以跃升到更高阶段。可是你要不就晋升到较高的阶段，要不就停留原地。如果你不采取行动，而只是在即将跃升的边缘徘徊是没有用的。这是个两者只能择其一的情况，而且没有人能够帮你做这件事，这是你自己的抉择。"

"这很像是决定要不要戒酒或戒毒一样。"

"是的，有可能。祁克果所描述的这个'决定的范畴'（category of decision）可能会使人想起苏格拉底所说的所有真正的智慧都来自内心的话。是否要从美感阶段跃升到道德阶段或宗教阶段，必须是发自个人内心的决定。易卜生在《皮尔金》里面也描绘了这一点。另外，陀思妥耶夫斯基在他的大作《罪与罚》这本小说中，也生动地描述了存在的抉择如何必须发自内心的需要与绝望的感受。"

"那时你最佳的选择就是过一种完全不同的生活。"

"如此你也许才可以开始活在道德阶段。这个阶段的特色就是对生命抱持认真的态度，并且始终一贯地做一些符合道德的抉择。这种态度有点像是康德的责任道德观，就是人应该努力依循道德法则而生活。祁克果和康德一样注重人的性情。他认为，重要的不是你认为何者是、何者非，而是你开始在意事情的是非对错。相反的，活在美感阶段的人则只注重一件事是否有趣。"

"像那样活在道德阶段，人难道不会变得太严肃了吗？"

"确实可能。祁克果从不认为道德阶段是很圆满的。即使是一个敬业尽责的人，如果一直彻底地过着这种生活，最后也会厌倦的。许多人到了年长之后开始有这种厌倦的感受。有些人就因此重新回到美感阶段的生活方式。可是也有人进一步跃升到宗教阶段。他们一步就跳进信仰那'七万英寸的深渊里'。他们选择信仰，而不选择美感的愉悦和理性所要求的责任。而就像祁克果所说的，虽然'跳进上帝张开的双臂'也许是一件很令人害怕的事，但这却是得到救赎唯一的途径。"

"你的意思是信仰基督教。"

"是的，因为对祁克果而言，活在'宗教阶段'就等于是信奉基督。不过对于非基督徒的思想家而言，他也是很重要的一个人物。盛行于二十世纪的存在主义就是受到这位丹麦哲学家的启发。"

苏菲看看她的手表。

"已经快七点了。我必须冲回家去了。妈妈不急死才怪。"

她向艾伯特一挥手，就跑到小船那儿去了。

马克思

……在欧洲游荡的幽灵……

席德起床走到面向海湾的窗户。今天是星期六，一早她就开始读有关苏菲十五岁生日的那一段。前一天则是她自己的生日。

如果她爸爸以为她会在昨天读到苏菲生日那一段，他显然不太实际。她今天整天什么事也没做，只有读书。可是有一点他说对了：后来他只再向她说过一次生日快乐而已，就是当艾伯特和苏菲对她唱生日快乐歌的时候。席德心想，这真是太不好意思了。

现在苏菲已经邀请朋友，在席德的爸爸预定从黎巴嫩回来的那一天，到她家参加一场哲学性的花园宴会了。席德相信那天一定会发生什么事，但究竟会如何，不只是她，恐怕连她爸爸也不是很确定。

不过有一件事是可以确定的：她爸爸在回到柏客来山庄之前，一定会大吃一惊。这是她能为苏菲和艾伯特所尽的一点心力，尤其是在他们向她求助之后……

妈妈仍在船屋那边。席德跑下楼走到电话旁。她查到了安娜和欧雷在哥本哈根的电话号码，并小心地按下那几个数字。

"喂，我是安娜。"

"嗨，我是席德。"

"哦，太好了。你们在黎乐桑还好吧？"

"很好，我们放假了。爸爸再过一个星期也要从黎巴嫩回来了。"

"那真是太好了。"

"是啊，我好希望他赶快回来。所以我才打电话给你……"

"原来如此。"

"我想他会在二十三号星期六下午五点左右在卡斯楚普机场着陆。那个时候你会不会在哥本哈根呢?"

"我想会吧。"

"不知道你能不能为我做一件事情。"

"当然可以啦。"

"这件事情蛮特别的,我甚至不确定是不是行得通。"

"你可把我的好奇心给勾起来了……"

席德开始把事情的始末——包括那讲义夹、苏菲和艾伯特等所有的事情——告诉安娜。这当中有好几次她和安娜都忍不住大笑,以至于她不得不重新讲过。但是当席德挂上电话时,她的计划也开始实行了。

她自己也得开始准备准备,还好时间仍很充裕。

那天下午和晚上,席德都和妈妈在一起度过,最后她们开车去基督山看电影。由于前一天席德过生日时她们并没有特别庆祝,因此她们觉得应该利用今天补偿补偿。当她们的车子经过通往凯耶维克机场的出口时,席德计划中的神秘行动又向前推进了一步。

当天晚上她上床时,夜已经深了,但是她仍拿起讲义夹,读了几页。

苏菲从树篱钻出密洞时,时间已经快八点了。当她出现时,她的妈妈正在前门旁的花坛那儿锄草。

"你是从哪里冒出来的?"

"从树篱里。"

"从树篱里?"

"你不知道那边有一条小路吗?"

"你到底到哪里去了呢?这是你第二次悄无声息就凭空消失了。"

"对不起,妈。因为今天天气实在太好了,所以我去散步散了很久。"

妈妈从那堆杂草上抬起身子,严厉地看着她。

"你该不是又跑去跟那个哲学家在一起吧?"

"老实说,是的。我告诉过你他喜欢散步。"

"他会来参加我们的花园宴会吧?"

"会呀,他等不及要参加呢!"

"我也是，我正在算日子。"

妈妈的声音里是否有一些恶意呢？为了安全起见，苏菲说：

"我很高兴我也邀请了乔安的爸妈。否则我真会有点不好意思！"

"我不知道……不过无论发生什么事，我都会和这个艾伯特谈一谈。"

"如果你愿意的话，可以用我的房间。我想你一定会喜欢他的。"

"还有，今天你有一封信。"

"哦？"

"上面盖着联合国部队的邮戳。"

"一定是艾伯特的弟弟写来的。"

"苏菲，事情不能再这样继续下去了。"

苏菲绞尽脑汁。突然间她灵光一闪，想到了一个可行的答案，仿佛有某个精灵指引她，给她灵感似的。

"我告诉艾伯特说我在搜集罕见的邮戳。所以他就叫他的弟弟写信给我。"

妈妈看起来好像放心了。

"晚餐在冰箱里。"现在她说话的声调稍微柔和了一些。

"信在哪里？"

"在冰箱上。"

苏菲进屋里。信封上的邮戳日期是一九九〇年六月十五日。她将它拆开，拿出了一张小纸条："一世人劳苦奔忙有何益？到头来终究须把眼儿闭。"

苏菲答不出来。在吃饭前，她把纸条放在柜子里，跟她这几个星期来搜集到的东西放在一起。她很快就会知道他为什么要问这个问题了。

第二天早晨，乔安来找她。在打完羽毛球之后，她们开始计划那场花园宴会。她们必须事先安排几个令人惊喜的节目，以备在宴会进行得不很理想时派上用场。

当天苏菲的妈妈下班回到家时，她们仍然在讨论。妈妈一再地说："我们要不惜工本。"同时话里并没有讽刺意味！

也许她认为举办这个"哲学花园宴会"可以让苏菲在上了这么多星期密集的哲学课之后，重回现实世界来。

还不到晚上她们已经就纸灯笼、哲学有奖猜谜等每一件事情达成了协议。她们认为猜谜活动的奖品最好是一本写给年轻人看的哲学故事。如果有这样一本书就好了！可是苏菲也不确定到底有没有。

距仲夏节还有两天时，也就是六月二十一日星期四那一天，艾伯特再度打电话给苏菲。

"喂，我是苏菲。"

"我是艾伯特。"

"嗨！你好吗？"

"很好，谢谢你。我已经想到一个很好的办法了。"

"做什么的办法？"

"你知道的呀。挣脱我们长久以来所受的心灵枷锁的办法。"

"噢，是那件事呀。"

"不过在计划展开之前，我不能透露半点风声。"

"那样不会太迟吗？我需要知道才行，因为这件事我也有份呀！"

"你看你又孩子气了！我们所有的对话都会被他听到，所以最明智的办法就是什么都不要说。"

"有那么严重吗？"

"当然。当我们不说话的时候一定就是那些最重要的事情发生的时候。"

"噢。"

"我们是活在一个长篇故事当中，一个由文字虚构的现实世界里。每一个字都是少校用一个旧式的手提打字机打出来的，所以只要是印出来的字没有一个能逃得过他的眼睛。"

"我明白，可是我们要怎样才能躲开他呢？"

"嘘！"

"干吗？"

"字里行间也有一些事情发生。这正是我想尽办法要做手脚的地方。"

"我懂了。"

"不过我们必须尽量利用今天和明天的时间。到了星期六我们的行动就要展开了。你能马上过来吗？"

"好，我这就来了。"

苏菲喂了鸟和鱼，并且找出了一片大莴苣叶给葛文达吃。她打开了一罐给雪儿吃的猫食，并在她走时把它放在台阶上的一个碗里。

然后她便钻过树篱，走向远处的小路。走了才几步路，苏菲看到石楠树丛间有一张很大的书桌。一个老人正坐在桌前，似乎正在算账。苏菲走向前问他的姓名。

共产主义

"我叫史古吉。"他说，一边仔细地盯着他的账本看。

"我叫苏菲。我猜你大概是个生意人吧。"

他点点头："而且我很有钱。我们不能浪费一分钱，所以我才要这么专心地算账。"

"为什么要这么麻烦呢？"

苏菲向他挥挥手，继续向前走。可是她走不到几码路又看到一个小女孩独自一人坐在一棵很高的树下。她的衣衫褴褛，脸色苍白，而且满面病容。当苏菲经过时，小女孩把手伸进一个小袋子里，掏出一盒火柴。

"你要不要买一些火柴呢？"她问，拿着火柴的手伸向苏菲。

苏菲摸摸口袋看看自己还有多少钱。有了。她找到一块钱。

"你要卖多少钱？"

"一块钱。"

苏菲把那枚铜板拿给小女孩，并且站在那儿，手里拿着那盒火柴。

"你是一百多年来第一个向我买东西的人。有时我饿得要死，有时我又快被冻死了。"

苏菲心想，在这座树林里卖火柴，难怪生意不好。不过她又想到刚才她遇见的那个生意人。他这么有钱，为什么这个小女孩却得饿死呢？

"来。"苏菲说。

她握住小女孩的手，把她拉到有钱人那儿。

"你得想想办法让这个小女孩过好一点的生活。"她说。

有钱人从账本上抬起眼睛说道："这种事情是要花钱的。我说过了，连一分钱也不能浪费。"

"可是这不公平呀！你这么有钱，这个小女孩却这么穷。"

苏菲不死心："这是不公道的。"

"胡说！只有地位相当的人才能谈得上公平。"

"这话是什么意思？"

"我是靠努力工作才出人头地的。只要工作，就不怕没饭吃。这就叫做进步。"

"可是你看看这个小女孩！"

"如果你不帮我，我一定会死掉。"这个贫穷的小女孩说。

生意人又把他的视线从账本往上移，然后很不耐烦地把他的羽毛笔扔在桌上。

"你在我的账目里不算数呀！走吧，去做工吧！"

"如果你不帮我，我就放火把树林烧了。"小女孩仍不死心。

生意人终于站了起来，可是小女孩已经擦亮了一根火柴。她把它拿到一丛干草边。干草马上就烧了起来。

生意人举起双手。"上帝请帮帮忙呀！"他大喊，"红公鸡已经叫了！"

女孩仰头看着他，一脸恶作剧的笑容。

一转眼，小女孩、生意人和那张大书桌都消失了。苏菲又独自一人站在那儿，一旁的火越发炽烈地烧着干草。苏菲开始用脚把火踩熄，过了一会儿后，火就完全被扑灭了。

谢天谢地！苏菲看着脚下已经被烧黑的草，手中仍拿着那盒火柴。

这场火该不是她引起的吧？

苏菲在小木屋外面见到艾伯特后，便把这些事情告诉他。

"史古吉就是英国作家狄更斯的小说《圣诞颂歌》里面的那个吝啬的资本主义者。至于那个小女孩，你应该还记得安徒生的童话故事《卖火柴的小女孩》。"

"我居然在树林里遇见他们。这不是很奇怪吗？"

"一点也不奇怪，这片树林可不是普通的树林。既然我们要开始谈马克思，让你见识一下十九世纪中期激烈的阶级斗争，应该是再恰当不过了。不过，我们还是进屋里去吧。我们在那里比较不会受到少校的干扰。"

他们再次坐在面湖的窗子旁的一张小茶几边。苏菲仍然记得她在喝下蓝瓶子的水后看到小湖时的感觉。

今天那两个瓶子都放在壁炉上方的架子上，茶几上则放着一座很小的希腊神庙复制品。

"那是什么？"苏菲问。

"等一下你就知道了。"

艾伯特开始谈马克思。

"一八四一年祁克果到柏林听谢林的讲课时，说不定曾经坐在马克思的旁边。祁克果曾经写过一篇关于苏格拉底的硕士论文。在同一时期，马克思则正在写一篇关于德谟克里特斯和伊壁鸠鲁的博士论文，讨论古代的唯物主义。他们两人就是如此创立他们自己的哲学的。"

"因为祁克果后来变成了一位存在主义者，而马克思变成了一位唯物主义者？"

"马克思后来变成了一位'历史唯物主义者'。这个我们以后会再谈。"

"继续。"

"祁克果和马克思各自用自己的方式以黑格尔的哲学作为出发点。两人都受到黑格尔思考模式的影响，但两人都不同意他关于'世界精神'的说法和他的理想主义。"

"那对他们可能太虚无缥缈了。"

"确实如此。一般来讲，我们通常说大哲学体系的时代到黑格尔为止。在他之后，哲学走到了一个新的方向，不再有庞大的思考体系，取而代之的是我们所称的'存在哲学'与'行动哲学'。马克思曾说，直到现在为止，'哲学家只诠释了世界，可是重点在于他们应该去改变这个世界。'这些话显示了哲学史上的一大转折点。"

"在遇见史古吉和那小女孩之后，我很能够了解马克思为什么会这样想。"

"马克思的思想有一个实际的或政治的目标。我们可以说他不只是一个哲学家，同时也是一个历史学家、社会学家和经济学家。"

"而他在这些领域中都是先驱吗？"

"在实际的政治方面，当然没有一个哲学家比他的影响力更大。但是我们要小心，不要把每一种自称是'马克思主义'的学说都当成马克思自己的思想。据说马克思本人是到一八四〇年代中期才变成一个'马克思主义者'。"

"请继续。"

"从一开始，马克思有一个名叫恩格斯的朋友、同事对被后人称为'马克思主义'的理论就有很大贡献。除此之外，二十世纪的列宁、斯大林、毛泽东和其他许多人对'马克思主义'或'马克思—列宁主义'的形成也有贡献。"

"我们还是专门谈马克思好了。你说他是一个历史唯物主义者吗?"

唯 物 论

"他并不像古代的原子论者和十七、十八世纪的机械论唯物主义者一样是一个哲学性的唯物主义者。不过他认为我们的思考方式有一大部分受到社会中的物质因素的影响。此外，这类物质因素无疑也左右了历史的发展。"

"这和黑格尔所说的世界精神很不一样。"

"黑格尔曾指出，历史的发展是受到两种相反事物之间的紧张关系的驱动，因为这种紧张关系后来一定会被一个突然的改变消除。马克思把这个理论更进一步发扬，但他认为黑格尔的理论有本末倒置之嫌。"

"不完全是这样吧?"

"黑格尔把推动历史前进的力量叫做'世界精神'或'世界理性'。马克思认为这种说法正好与事实相反。他想证明物质的变化才是推动历史的力量:'精神关系'并不会造成物质的改变，而是物质的改变造成了新的'精神关系'。马克思特别强调，促成改变并因此把历史向前推进的，其实是一个社会的经济力量。"

"你可以举个例子吗?"

"古代的哲学和科学纯粹是为理论而理论的。没有人有兴趣把新发明派上实际用场。"

"哦?"

"这是受到当时团体经济结构影响的缘故。古代的生产工作主要是由奴隶来做，所以一般人没有必要去发明一些实用的器物来增进生产力。这个例子显示物质条件如何影响一个社会的哲学思想。"

"噢，我明白了。"

"马克思将这些物质、经济和社会方面的条件称为社会的基础，并将社会思想、政治制度、法律规章、宗教、道德、艺术、哲学和科学等称为社会的上层构造。"

"对，一个是基础，一个是上层构造。"

"现在请你把那座希腊神庙拿过来好吗？"

苏菲照他的话做。

"这是高城巴特农神殿的迷你复制品。你见过它的真面貌不是吗？"

"你是说在录影带上？"

"你可以看到这座建筑有一个非常优雅、精巧的屋顶。当你看到这座神殿时，也许第一眼看到的就是这个屋顶和它前面的山形墙。这就是我们所说的'上层结构'。"

"可是屋顶不会在空中飘浮。"

"对，它必须有柱子支撑。"

"这座建筑有非常强而有力的基础支撑着整个架构。同样的，马克思相信物质条件'支持'着一个社会里的每一种思想和看法。事实上，一个社会的上层结构正好反映那个社会的基础。"

"你是说柏拉图的概念理论反映了现实生活中制造花瓶和酿酒等过程？"

"不，马克思认为事情并没有这么简单。他指出社会的基础与它的上层结构之间有一种互动关系。如果他否认了这种互动关系的存在，那他就是一个'机械论的唯物主义者'。但正因为马克思体认到社会的基础与它的上层结构之间有一种互动的辩证关系存在，我们才说他是一个辩证的唯物主义者。还有，柏拉图既不是个陶工，也不是个酒厂老板。"

"好吧。关于这座神殿，你还有什么要说的吗？"

"还有一些。你不妨仔细观察这座神殿的基础，然后告诉我它是什么样子。"

"那些柱子是立在一个由三层台阶组成的基座上。"

"同样的，我们也可以把社会的'基础'分成三个阶层。最'根本'的一个阶层就是一个社会的'生产条件'，也就是这个社会可以利用的自然条件与资源。我所谓条件指的是气候、原料等因素。这些东西是每一个社会的基础，而这个基础明显决定这个社会的生产种类，同样的，也决定这个社会的性质与它的整体文化。"

"就像在撒哈拉沙漠不会有买卖鲱鱼的生意，在挪威北部也不可能种枣子一样。"

"对了。除此之外，一个游牧民族的思考方式和挪威北部渔村的渔民也有很大的不同。'生产条件'之外的另一个阶层就是一个社会里的'生产工具'。在这里马克思指的是设备、工具和机器这些东西。"

"在古时候，人们是用划船的方式捕鱼，而今天我们则使用拖网船捕鱼。"

"是的，这里我们就要谈到社会基础的下一个阶层，也就是那些拥有生产工具的人。人们分工的方式和财产的分配就是马克思所谓的社会的'生产关系'。"

"嗷，原来如此。"

"到这里我们可以得出一个结论：一个社会的政治情况与意识形态是由它的生产模式决定的。现代人的思想、道德尺度和古代封建社会之所以有很大的差距并不是偶然的。"

"这么说马克思并不认为人一定能够享有自然权利啰。"

"没错。根据马克思的理论，是非对错的观念乃是社会基础的产物。举例来说，在古老的农业社会里，父母有权决定子女结婚的对象，这并不是偶然的。因为这牵涉到谁会继承他们的农庄的问题。在现代城市的社会关系就不同了。在今天，你可能会在宴会或迪斯科舞厅里遇到你未来的对象。如果你们爱得够深的话，两个人可能就找个地方同居了。"

"我才不能忍受让我的父母决定我要嫁给谁呢！"

"没错，那是因为你活在这个时代。马克思更进一步强调说：一个社会的是非标准主要是由那个社会里的统治阶级来决定的，因为'人类社会的历史就是一部阶级斗争史'。换句话说，历史所牵涉的主要就是一个谁拥有生产工具的问题。"

"人们的想法和观念不也会促成历史的改变吗？"

"可以说是，也可以说不是。马克思明白社会上层结构与社会基础之间可能有互动的关系，可是他否认社会的上层结构能够有其独立的历史。他认为，使我们的历史能够从古代的奴隶社会发展到今天的工业社会的因

"事物本身"和"我眼中的事物"是不一样的。
——康德

"万一你醒来时花儿正在手中？啊，那时你要如何呢？"

——浪漫主义

"可以站得住脚的就是有道理的。"
——黑格尔

"我是来拿这些小哲学瓶子给苏菲的。"

——祁克果

素主要是社会基础的改变。"

"这点你说过了。"

阶级斗争

"马克思认为在历史的各个阶段，社会的两个主要阶级彼此之间都会有冲突存在。在古代的奴隶社会，这种冲突是存在于一般人和奴隶之间。在中世纪的封建社会，则存在于封建贵族和农奴之间，后来则存在于贵族与一般人之间。但在马克思那个时代的中产阶级资本主义社会，这种冲突主要存在于资本主义者和工人（或无产阶级）之间。因此冲突乃是存在于那些拥有生产工具的人和那些没有生产工具的人之间。既然'上层阶级'不会自愿放弃权力，因此唯有通过革命才能改变社会现况。"

"那共产主义的社会又是什么样子呢？"

"马克思对资本主义社会转移到共产主义社会的现象特别有兴趣。他并且详细描述了资本主义的生产方式。但在我们讲到这个之前，必须谈谈马克思对人的劳动的看法。"

"请说。"

"在成为一个共产主义者之前，年轻的马克思专心一意地研究人在工作时所发生的现象。黑格尔也曾经分析过这点。黑格尔认为，人与自然之间有一种互动或'辩证'的关系。当人改造大自然时他本身也被改造了。换句话说，人在工作时，就是在干涉大自然并影响大自然，可是在这个过程中，大自然同时也干涉人类并影响他们的心灵。"

"这么说，从一个人的工作就可以看出他的个性啰。"

"简单来说，这正是马克思的观点。我们的工作方式影响我们的心灵，但我们的心灵也影响我们的工作方式。可以说这是人手与人心的一种互动关系。因此你的思想与你的工作是有密切的关系的。"

"这么说，失业一定是一件很令人沮丧的事。"

"是的。从某个角度说，一个失业的人就是一个空虚的人。黑格尔很早就体认到这点了。对于黑格尔和马克思而言，工作是一件具有正面意义的事情，并且与人类的本质有密切的关系。”

“所以说工作对于工人来说也是一件具有正面意义的事情?”

“最初是这样。可是这也正是马克思严厉批评资本主义生产方式的地方。”

“为什么呢?”

“在资本主义制度下，工人是为别人工作。因此他的劳动对他而言是外在的事物，是不属于他的。工人与做的工作之间有了隔阂，同时与自我也有了隔阂。他与他自己的现实脱节了。马克思用黑格尔的话来说，就是工人被疏离了。”

“我有个姨妈在工厂做包装糖果的工作做了二十几年，所以我很容易了解你的意思。她说她每一天早上都不想去上班。”

“而如果她讨厌自己的工作，从某一方面来说，她也一定讨厌她自己。”

“我只知道她很不喜欢吃糖果。”

“马克思指出，在资本主义社会的工厂制度中，工人实际上是为另外一个社会阶级在做牛做马。在这种制度下，工人把他的劳动成果以及他的整个生命都转移给中产阶级。”

“有这么糟糕吗?”

“这是马克思的看法。从十九世纪中期的社会情况来看，工人所受的待遇确实很糟糕。当时的工人可能每天必须在冰冷的工厂里工作十二个小时，而且薪资通常都很微薄，以至于孩童和孕妇往往也必须工作，造成了许多惨不忍睹的社会现象。有许多地方的工厂老板甚至用廉价的酒来代替一部分工资。有些妇女不得不靠卖淫来补贴家用，而她们的顾客却是那些‘在镇上有头有脸的人’。简而言之，工作原本应是人类光荣的标记，但在当时工人却变成了牛马。”

“真是令人愤怒。”

“马克思也对这些现象感到非常愤怒。况且，在工人们受苦受难、不得温饱的同时，那些中产阶级人士的子女却可以洗一个舒服的澡，然后在温暖、宽敞的客厅中拉着小提琴，或坐在钢琴旁边等着吃有四道菜的晚餐，或者一整天骑马打猎，无所事事。”

“哼! 太不公平了。”

“马克思一定会同意你的话。一八四八年时，他和恩格斯共同发表了一篇共产主义者宣言。其中第一句话就是：共产主义的幽灵已经在欧洲出现。"

"听起来挺吓人的。"

"当时的中产阶级的确被吓到了，因为无产阶级已经开始要反抗了。你想不想听听共产主义者宣言的结尾呢？"

"嗯。请念吧！"

"共产主义者不屑隐藏他们的看法与目标。他们公开宣称他们的目标只能通过强行推翻现有的社会情况而达成。让统治阶级因共产主义革命而颤抖吧！无产阶级身上只有锁链，因此无惧任何损失，却可借此赢得全世界。各国的劳动工人们，团结起来吧！"

"如果情况真像你所说的那么糟，我想我也会签署这份宣言的。不过到了今天，情况应该大大的不同了吧？"

"在挪威是如此，但在其他地方则不尽然。许多人仍生活在非人的情况下，继续制造各种商品，让那些资本主义者更加富有。马克思称此为剥削。"

"请你解释一下这个名词好吗？"

"一个工人所制造的商品一定有若干销售价值。"

"是的。"

"如果你把工人的工资和其他的生产成本从销售价值里扣除，一定还会有一些剩余价值。这个剩余价值就是马克思所称的利润。换句话说，资本主义者把事实上是由工人创造的价值放进了自己的口袋。这就叫作剥削。"

"我明白了。"

"然后资本主义者又把一部分的利润拿来作为资本，将工厂加以现代化，以期生产成本更低廉的商品，并借此增加他将来的利润。"

"这很合理呀！"

"是的。听起来可能很合理。但就长期来讲，情况却不会如这个资本主义者想象的那样。"

"怎么说呢？"

"马克思相信资本主义的生产方式本身有若干内在的矛盾。他说，资本主义是一种自我毁灭式的经济制度，因为它缺少理性的控制。"

"这对被压迫者来说不是一件好事吗？"

"是的。资本主义制度的内在因素会驱使它逐步走向灭亡。就这种意义来说，资本主义是'前进的'，因为它是迈向共产主义的一个阶段。"

"你可不可以举一个资本主义自我毁灭的例子？"

"我们刚才说到资本主义者有很多剩余的金钱。他用其中的一部分来使工厂现代化，可是他也会花钱让孩子去学小提琴，同时他的太太也已经习惯了奢侈的生活方式。"

"哦？"

"他购买新的机器后，就不再需要这么多员工了。他这样做是为了提高他的竞争力。"

"我明白。"

"可是他不是唯一这么想的人。这就表示整个社会的生产方式不断变得愈来愈有效率。工厂也愈盖愈大，而且在愈来愈少的人手里集中。那我问你，接下来会发生什么事呢？"

"呃……"

"工厂所需的工人愈来愈少，表示失业的人愈来愈多，社会问题将因此而增加。出现这些危机，就象征资本主义正迈向毁灭的道路。但是，资本主义的自我毁灭因素还不止于此。当愈来愈多利润必须花在生产工具上，而生产的产品数量又不足以压低价格时……"

"怎么样？"

"这时资本主义者会怎么做呢？你能告诉我吗？"

"恐怕不能。"

"假设你是一个工厂老板，当你的收支无法平衡，正面临破产的命运时，你要怎么做才能省钱？"

"我可能会削减工资？"

"聪明！是的，在这种情况下，最精明的算盘莫过于此。但是如果所有的资本主义者都像你一样聪明（事实上他们也是），工人们就会变得很贫穷，以至于买不起东西了。这样一来，购买力就降低了，而这种情况会变成一种恶性循环。马克思说：'资本主义私有财产制的丧钟已经响了。'社会正很快地步向革命。"

"嗯，我懂了。"

"简而言之，到最后，无产阶级会起来接收生产工具。"

"然后呢?"

"有一段时期会出现新的'阶级社会',由无产阶级以武力镇压中产阶级。马克思称此为无产阶级专政。但在这段过渡期后,无产阶级专政会被一个'不分阶段的社会'所取代。在这个社会当中,生产工具是由'众人',也就是人民所拥有。在这种社会中,国家的政策是'各尽其才,各取所需'。这时劳动成果属于劳工,资本主义的疏离现象也就到此终止。"

"听起来是很棒,但实际的情况是怎样呢? 后来真的发生革命了吗?"

"马克思主义造成了社会上很大的变动。毫无疑问的,社会主义已经大致上改善了社会上不人道的现象。无论如何,我们所生活的社会已经要比马克思的时代更公平、更团结。这一部分要归功于马克思和整个社会运动。"

达尔文

……满载基因航行过生命的一艘小船……

星期天上午，席德被一声响亮的碰撞声惊醒，原来是讲义夹落地的声音。昨晚她一直躺在床上看苏菲与艾伯特有关马克思的对话，后来就仰躺着睡着了，讲义夹放在棉被上，床边的台灯整晚都亮着。

她书桌上的闹钟现在正显示着8∶59这几个绿色的发光数字。

昨晚她梦见了巨大的工厂和受到污染的城市，一个小女孩坐在街角卖火柴，而穿着体面、披着长大衣的人们来来去去，连看都不看她一眼。

席德在床上坐起来时，突然想到那些将会在他们自己所创造的社会中醒来的立法委员，她很高兴自己醒来时还在柏客来山庄。

万一她醒来时身在挪威另一个陌生的地方，那她会不会害怕呢？

不过，这还不只是在哪里醒来的问题而已。她会不会醒来时发现自己是在另外一个年代呢？譬如说中世纪之类的，或一两万年前的石器时代？席德想象自己坐在山洞口，制作兽皮的模样。

在世上还没有一种叫做文化的东西以前，当一个十五岁的女孩会是什么滋味呢？那时的她会有什么想法呢？

席德穿上一件毛衣，使劲把讲义夹拿到床上，然后便安坐床上，开始读下一章。

艾伯特刚说完"下一章"，便有人敲少校小木屋的门。

"我们没有其他选择吧？"苏菲说。

"我想是没有。"艾伯特嘀咕道。

门外的台阶上站着一位年纪很大的老人，有着长长的白发和一脸白胡子。他一手拿了根拐杖，另一手则拿了一块板子，上面画了一艘船，船上载满了各种动物。

"老先生贵姓大名？"

"我名叫诺亚。"

"我猜也是。"

"孩子，我是你的老祖宗。不过现代人大概不流行认识自己的祖先了。"

"你手上拿着什么？"苏菲问。

"这上面画的是所有从大洪水里获救的动物。拿去，孩子，这是给你的。"

苏菲接过那块大板子。老人又说道：

"我得回家去照管那些葡萄藤了。"说着他便跳了起来，双脚在空中啪嗒互敲了一下，然后便以轻快的步伐跳进树林中。只有年纪很大的老人家在一种很不寻常的情绪下才会有那种步法。

苏菲和艾伯特走进屋里再度坐下。苏菲开始看那幅图画。可是在她还没来得及细看之前，艾伯特便很权威地一把将它拿了过去。

"我们首先要谈谈大纲。"

"好，好，先生！"

"我刚才忘了提到马克思一生的最后三十四年是在伦敦度过的。他在一八四九年迁居到那儿，并在一八八三年去世。这段时间达尔文就住在伦敦近郊，在一八八二年去世，在一场隆重盛大的典礼中下葬于西敏寺，成为英国最杰出的人士之一。就这样，马克思和达尔文在人生的旅途上曾经交错。达尔文死后一年，马克思也去世了。当时他的友人恩格斯说：达尔文创立了有机物进化的理论，而马克思则创立了人类历史进化的理论。"

"噢，原来如此。"

"另外一个在作品上也与达尔文有关联的大思想家是心理学家弗洛伊德。他最后几年也是在伦敦度过的。弗洛伊德说，达尔文的进化论和他自己的精神分析理论对于人类以自我为中心的天真无知态度构成了挑衅。"

"你一下子提太多名字了。我们现在要谈的究竟是马克思、达尔文还是弗洛伊德？"

自 然 主 义

"我们可以更广泛地谈到从十九世纪中到我们这个时代所流行的一股自然主义风潮。所谓'自然主义'指的是一种认为除了大自然和感官世界之外，别无其他真实事物的态度。因此，自然主义者也认为人是大自然的一部分。一个自然主义的科学家只相信自然现象，而不相信任何理性假设或圣灵的启示。"

"马克思、达尔文和弗洛伊德都是这样的人吗？"

"一点也没错。从上一世纪中期开始，最流行的几个字眼就是自然、环境、历史、进化与成长。当时马克思已经指出人类的意识形态是社会基础的产物，达尔文则证明人类是生物逐渐演化的结果，而弗洛伊德对潜意识的研究则发现人们的行动多半是受到'动物'本能驱策的结果。"

"我想我多少了解你所说的'自然主义'的意思。可是我们是不是最好一次只谈一个人呢？"

"我们要先谈达尔文。苏菲，你可能还记得苏格拉底之前的哲学家曾试图为大自然的变化寻找合乎自然的解释，因为他们不接受那些古老神话中的说法。同样的，达尔文也不接受教会对人与动物如何创造出来的说法。"

"不过他算是哲学家吗？"

"达尔文是一个生物学家和自然科学家，不过他也是近代唯一一个公开质疑圣经中对人在万物中的地位的说法的科学家。"

"那么你得说说达尔文的进化论到底是怎么回事？"

达 尔 文

"我们先来谈谈达尔文这个人吧。他在一八〇九年生于休斯柏瑞这个小镇。他的父亲罗伯特·达尔文博士是当地一位很有名望的医生，对儿子的管教非常严格。达尔文在当地的小学上学时，他的校长说他总是到处乱跑，把玩东西，不知所云，从不做些有用的事。这位校长所谓的'有用的事'是指勤念希腊文和拉丁文的动词。所谓'到处乱跑'，则是说达尔文到处去搜集各式各样的甲虫。"

"我敢打赌他后来一定会后悔自己说过那些话。"

"达尔文后来开始研究神学，可是他对赏鸟和搜集昆虫等事更有兴趣，因此他在神学方面的成绩从来不顶好。不过，他在大学时就已经有了自然科学家的名声，一部分是因为他对地质学有兴趣。地质学也许是当时最大的一门学科。一八三一年他从剑桥大学神学院毕业后，随即前往北威尔斯研究岩石的形成并搜寻化石。同一年八月（当时他还不到二十二岁），他接到了一封从此改变他一生的信……"

"那是一封什么样的信呢？"

"是他的朋友兼老师韩斯洛写的。他在信里说：有人请我……推荐一位自然科学家陪同受政府委派的费兹罗伊船长前往南美洲南部的海岸从事调查研究工作。我向他们说我认为你是最有资格且很可能会接受这类工作的人。至于其中牵涉的经费问题，我并不清楚。这次航程将花两年的时间……"

"你怎么会记得这么多东西？"

"小事一桩。"

"那达尔文怎么答复呢？"

"他迫不及待要抓住这次机会，可是在那个时代，一个年轻人做任何事都必须得到父母的许可。经过他一番游说之后，他的父亲终于同意了，并且答应资助旅费。因为在所谓的'经费问题'上，他显然并没有得到任何补助。"

"噢。"

"那艘船是海军舰艇小猎犬号。它在一八三一年十二月二十七日从普利茅斯航向南美洲，一直到一八三六年十月才返航。原本只有两年的航程变成五年，而航行的范围也从原定的南美洲扩展到世界各地。这是近代史上最重要的一次调查航行之一。"

"他们就一路环绕世界吗？"

"是的，差不多就是这样，他们从南美继续航行，经过太平洋到新西兰、澳洲和南非，然后又开回南美洲，最后才回到英国。达尔文写道，在小猎犬号上的这次航行无疑是他生命中最有意义的事件。"

"在海上做自然科学研究可不容易呀！"

"最初几年，小猎犬号在南美海岸来回行驶。这使得达尔文有很多机会可以熟悉这块大陆，包括内陆地区。他们多次进入南美洲西边太平洋上的加拉帕哥斯群岛，而这几次探险对他们的发现也有决定性的影响。他在那儿搜集到大量的材料并将它们寄回英国。可是当时他并没有透露他本人对于自然与生命进化的看法。当他回到英国（那时他才二十七岁）时，发现自己成了一位著名的科学家。在那个时候，他内心关于进化论的概念已经很清晰了。可是直到许多年后他才发表他的主要作品，因为他是一个很谨慎的人，而这也是一个科学家应有的态度。"

"他的主要作品是什么？"

"事实上他写了好几本书。但其中在英国引起了最热烈的辩论的是《物种起源论》。这本书出版于一八五九年。它的全名是《物竞天择，适者生存之物种起源论》。这样长的书名事实上就是达尔文进化论的完整摘要。"

"他确实是把好多东西放在一个书名里。"

进化论

"我们还是一样一样地谈。达尔文在《物种起源论》一书中提出两个理论。首先他认为，既存的所有动植物样式都是依照生物进化的法则，从较早期、较原始的形式演变而来。其次，他认为生物进化乃是自然淘汰的结果。"

"适者生存，对吗？"

"对。不过我们还是先来谈进化的概念好了，这个观念其实并不很新鲜。早在一八○○年时，某些领域内的人士就已经开始普遍接受生物进化的观念。最主要的倡导人是法国的动物学家拉马克。甚至在他之前，达尔文的祖父伊拉斯穆斯·达尔文就已经提出动植物是由某些少数原始物种进化而来的观念。可是他们当中没有一个人提出一个合理的解释，说明进化的过程是如何发生的，因此教会也就不认为他们是很大的威胁。"

"但达尔文就是了吗？"

"是的，而这也不是没有原因的。在当时，无论教会还是科学界都坚决相信圣经中所说的所有动植物种类都不会改变的说法。他们相信上帝一次就造出了所有的生物。而基督教的这种看法也与柏拉图和亚里士多德的学说一致。"

"怎么说呢？"

"柏拉图的概念理论主张各种动物都是不可改变的，因为它们是根据永恒的概念或形式造的。这也是亚里士多德哲学的基础之一。但在达尔文的时代，一些新的发现促使这种传统的观念受到考验。"

"什么样的新发现呢？"

"首先，愈来愈多的化石被挖掘出来。此外也有人发现一些绝种动物的大型骨头化石。达尔文本人也在一些深入内陆的地方发现海洋生物的遗迹，使他感到很困惑。在南美洲高耸的安第斯山山顶上他也发现了类似的现象。苏菲，你说说看，海洋生物跑到安第斯山做什么呢？"

"我不知道。"

"有人认为他们是被人类或动物扔在那儿的，也有人相信那些化石和海洋生物的遗迹是上帝故意安排的，目的在让那些不信神的人走入迷途。"

"那科学家们怎么说呢？"

"大多数地质学家相信一种'大灾难理论'，认为地球曾经遭遇大洪水、地震等大灾难，导致所有的生物都被毁灭。我们在圣经诺亚方舟的故事中也读过类似的记载。他们相信，在每次天灾后，上帝会重新再创造更新、更完美的动植物，以延续地球的生命。"

"所以他们认为那些化石就是古时的大天灾所毁灭的生物的印记？"

"没错。举个例子，他们认为化石里的那些动物就是当年没有登上诺亚方舟的动物。不过，当年达尔文搭乘小猎犬号起航时，身边曾带着英国生物学家莱尔（Charles Lyell）所著的《地质学原理》第一册。莱尔认为目前地球的地质——包括山脉和河谷等——都是长期不断逐渐演化的结果。他的论点是：在这千万年的过程中，即使一些小小的变化也会造成地质上的大变动。"

"他所说的变化是指哪一种?"

"他指的是那些直到今天仍然在作用的一些力量,如风力、天气、冰层的融解、地震和地平面的隆起。你应该听说过'滴水穿石'的故事,它凭的不是力量,而是不断的侵蚀。莱尔相信这类微小而逐渐发生的变化,持续千百年后就可以完全改变大自然的形貌。虽然这种理论并不能够完全解释,为何达尔文会在安第斯山山顶这样高的地方发现海洋生物的遗迹。不过达尔文本人也一直相信,只要时间足够,逐渐发生的微小改变就可以造成巨大的变化。"

"我猜他一定想同样的现象也可以用来解释动物的进化。"

"是的,他正是这么想。但我曾经说过,达尔文是一个很谨慎的人。他先提出问题,等到过了很久之后才加以回答。从这个角度来看,他用的方法正和所有真正的哲学家一样,也就是说:重要的是提出问题,而无需急着解答问题。"

"嗯,我懂了。"

"莱尔的理论中有一个决定性的因素就是地球的年纪。在达尔文那个时代,人们普遍相信上帝创造世界大约已有六千年。这个数字是由计算亚当与夏娃以后的世代得出来的。"

"真是太天真了!"

"说到这点,后见之明当然是比较容易。达尔文推算地球的年纪大约在三亿年左右。因为很明显的,除非地球存在的时间确实很长很长,否则无论莱尔的地质逐渐演进论或达尔文自己的进化论都无法获得证实。"

"那么地球存在到底有多久了?"

"据我们今天所知,应该有四十六亿年了。"

"哇!"

"我们刚才已经谈到达尔文提出的生物进化的证据,就是那些在岩石各层结构中发现的一层层化石矿床。另外一个证据则是各现存物种的地理分布情况。在这方面,达尔文的科学之旅提供了许多完整的新资料。他亲眼看到同一个地区内的同一种动物彼此之间有极细微的差异。此外,他在加拉帕哥斯群岛,尤其是在厄瓜多尔西部,也发现了一些很有趣的现象。"

物竞天择

"是什么现象？"

"加拉帕哥斯群岛是一小群火山岛，因此那儿的动植物并没有很大的差异。但使达尔文感到兴趣的是它们之间的细微差异。他发现，他在每个岛屿上看到的大海龟都和其他岛屿有些不同。难道上帝为每个岛屿各创造了一种海龟吗？"

"嗯，这确实是一个问题。"

"达尔文在加拉帕哥斯群岛上观察到的鸟类生态更令人惊讶。他发现每个岛屿上的雀鸟都各有特色，尤其是在鸟喙的形状上。达尔文指出，这些差异与雀鸟在各个岛屿上觅食的方式有很密切的关系。鸟喙又尖又长的地雀是以松子为食，小鸣雀是以昆虫为食，树雀则以树皮和树枝里的白蚁为食……每一种雀的鸟喙形状都完全迁就它摄取的食物种类。于是他想，这些雀可不可能有共同的祖先呢？它们是不是因为千百年来不断适应各个岛屿不同的环境之后才变成新的品种呢？"

"这就是他得到的结论，不是吗？"

"是的。达尔文可能就是在加拉帕哥斯群岛上变成一位'达尔文主义者'的。他还发现当地的动物与他在南美洲见到的许多种类非常相似。于是他问：上帝真的一次就创造了这些各有细微差异的动物吗？还是它们是进化而来的？他开始愈来愈怀疑物种不会改变的说法。不过，对于进化现象发生的过程，他还是提不出合理的解释。不过，后来他又发现了一个现象，显示地球上所有的动物可能是互相关联的。"

"什么现象？"

"就是哺乳动物胚胎发育的情况。如果你把狗、蝙蝠、兔子和人类早期的胚胎拿来比较，你会发现它们非常相似，几乎难以分辨。一直要到非常晚期之后，你才能分辨人类的胚胎与兔子的胚胎。这不正显示我们和这些动物是远亲吗？"

"可是这时他仍然无法解释进化的现象是如何发生的。"

"他时常想到莱尔所说的细微的变化经过长时间作用后可以造成很大效果的理论。不过他仍然找不到一个可以解释各种现象的通则。此外，他对法国动物学家拉马克的理论也很熟悉。拉马克指出，各个物种会逐渐发现自己所需的特征。例如长颈鹿之所以长了一个长脖子就是因为它们世世代代都伸长了脖子去吃树上的叶子。拉马克认为每一种动物通过自己的努力获取的特征会遗传给下一代。可是达尔文并不接受这种'后天特征'遗传论，因为拉马克并没有任何证据证明他这项大胆的说法。不过这时达尔文开始往另外一个较为明显的方向思考。我们几乎可以说物种进化现象后面的实际机转恰恰就在他的眼前。"

"是什么呢?"

"我宁愿让你自己想出来。所以我要问你：如果你有三只母牛，但你所有的饲料只够养两只，那你会怎么办呢?"

"我想我只好把其中一只杀了。"

"好……那么你要杀哪一只呢?"

"我想我会杀那只产奶最少的。"

"是吗?"

"是的，这不是很合理吗?"

"这正是人类千百年来所做的事，可是我们还没讲完那两只牛的事。假设你希望其中一只能生小牛，你会选哪一只?"

"最会产奶的那一只。这样它生的小牛以后可能比较会产奶。"

"这么说，你比较喜欢产奶多的母牛。那么现在还有一个问题：如果你去打猎，而你有两条猎狗，可是必须放弃其中一只。那么你会留下哪一只?"

"我当然会留下比较能够找到猎物的那只。"

"对，你会选择那只比较好的猎狗。这正是一万多年来人们豢养牲口的方式。从前的母鸡不一定每周下五个蛋，羊也不一定会产那么多羊毛，马儿也不一定像现在这么强壮敏捷。在这方面，饲主作了人为的选择。同样的道理也适用于植物。如果有品种比较好的马铃薯，你一定不会种那比较差的，你也不会浪费时间去砍那些不会结穗的玉米。达尔文指出，没有一只母牛、一株玉米、一只狗或一只雀是完全一样的。大自然造成了许多差异。即使是同一品种，也没有两个个体会一模一样。你喝下蓝色瓶子的水时，可能有过这种经验。"

"可不是嘛!"

"所以达尔文开始问：大自然是否也有同样的机转？大自然是否也可能选择哪些物种可以存活？而这种选择淘汰的过程在历经很长的时间之后是否可能形成新的植物或动物品种？"

"我猜答案是肯定的。"

"这时达尔文仍然无法确知这种'天择'的过程是如何发生的。但在一八三八年十月，也就是他乘小猎犬号返航整整两年后，他偶然读到了一本由一位人口研究专家马尔萨斯（Thomas Malthus）所写的小书，书名叫《人口论》。马尔萨斯撰写此书的灵感是得自那位发明避雷针等东西的美国人富兰克林。富兰克林曾经指出，如果没有受到大自然的限制，一种植物或动物将会遍布全球。但是由于世上有许多物种，因此这些物种会彼此制衡。"

"这点我可以了解。"

"马尔萨斯将这个观念加以发展，并应用于全球人口上。他相信人类的生殖力很强，因此世界上出生的儿童人数永远多过能够存活的人数。他认为既然粮食的生产永远无法赶得上人口的增加，因此有一大部分人口注定要在求生存的竞争中落败。那些能够存活、长大并延续种族生命的人一定是那些在生存竞争中表现最好的人。"

"听起来很有道理。"

"这正是达尔文一直在寻找的普遍性机转。他以此来解释进化发生的过程：进化是生存竞争中自然淘汰的结果。在这个过程中，那些最能够适应环境的人就存活下来，继续繁衍种族。这是他在《物种起源论》一书中所提的第二个理论。他在书中写道：在所有动物中，大象是生育速度最慢的一种。但如果所有的幼象都得以存活，则在七百五十年之后，一对大象将可有一千九百万个后代。"

"那么一只可以产下几千个卵的鳕鱼就更不用说了。"

"达尔文进一步指出，生存竞争在那些彼此最为相似的物种之间往往也最激烈，因为它们必须争夺同样一些食物。在这种情况下，纵使只比别人多占一点点优势——也就是说与别人有一点点差异——也会使情况大不相同。生存竞争愈激烈，进化到新物种的速度也愈快，到最后只剩下最能适应环境的品种可以生存下来，其他的则会灭绝。"

"那么食物愈少，生育数量愈多的种类进化的速度也就愈快啰？"

"没错。可是这不只是食物多寡的问题而已。如何避免被其他动物吃掉也是很重要的。举例来说，动物有没有保护色、是否能跑得很快、是否能辨识有敌意的动物或（在最糟的情况下）是否能闻出驱虫剂的味道，都可能攸关它是否能生存。如果能分泌一种毒液杀死敌人也很有用。这也是为什么这么多仙人掌都有毒的原因。由于沙漠中几乎没有其他植物生长，因此仙人掌特别容易受到那些草食类动物的伤害。"

"所以它们多半也都有刺。"

"除此之外，生物繁衍能力的强弱显然也是很重要的。达尔文非常仔细地研究了植物巧妙的传粉方式。植物借着色彩美丽的花朵和迷人的香味来吸引昆虫为它传粉。鸟儿唱出美妙的歌声也是为了同样的目的。一只安静、忧郁、对母牛没有兴趣的公牛对于传宗接代可是一点用处也没有，因为这样的公牛会立刻绝种。公牛生命中唯一的目的，就是长到发育成熟后与母牛交配以繁衍种族。这就像是一场接力赛一样。那些因为某种原因不能将它们的基因传给下一代的动物会不断被淘汰，整个种族也就因此愈来愈进步。而那些存活下来的品种所不断累积并保存的最重要特征之一就是抵抗疾病的能力。"

"所以一切的物种都愈来愈进步啰？"

"这种不断淘汰的结果就是那些最能够适应某种环境或某种生态体系的品种就能够在那个环境中长期繁衍种族。可是在这个环境中占优势的特征不见得能在另一个环境中占到便宜。例如，对某些加拉帕哥斯群岛上的雀儿来说，飞翔能力很重要。可是在一个必须从土里挖出食物而且没有敌人的地方，会不会飞就不重要了。千百年来之所以有这么多不同的动物品种出现，就是因为自然环境中有这么多种不同的情况。"

"可是即使这样，人类还是只有一种呀！"

"这是因为人有一种独特的能力可以适应生活中不同的情况。达尔文最感到惊讶的事情之一就是提耶拉德傅耶哥的印第安人居然可以在当地如此恶劣的气候下生活。可是这并不表示所有的人类都是一样的。那些住在赤道附近的人皮肤的颜色就要比住在北方的人要黑，因为黑皮肤可以使他们免于受到日照的伤害。白种人如果长期暴露在阳光下比较容易得皮肤癌。"

"住在北方国家的人有白皮肤是否也是一种优点呢?"

"是的,要不然地球上的每一个人皮肤都是黑的了。白皮肤在日晒后比较容易制造维他命,这在日照很少的地方是很重要的。当然,到了今天这点就没有那么重要了,因为我们可以通过饮食得到足够的阳光维他命。可是在大自然中没有一件事是偶然的。每一件事都是一些微小的改变在无数个世代的过程中产生作用的结果。"

"想起来还真有趣!"

"确实如此。说到这里,我们可以用下面这些话来总结达尔文的进化论……"

"请说。"

"我们可以说地球生物进化的'原料'就是同一种生物之间不断出现的个体差异,再加上子孙的数量庞大,以致只有一小部分能够存活。而进化的实际'机转'(或驱动力)则是生存竞争中的自然淘汰作用。这种淘汰过程可以确保最强者或'最适者'能够生存下来。"

"听起来跟算术题目一样合理。当时人对《物种起源论》这本书的反应如何?"

"它引起了激烈的争辩。教会提出强烈抗议,科学界则反应不一。其实这并不令人惊讶。毕竟,达尔文的理论把上帝与世界之间的距离拉远了很多。不过,也有人宣称,创造一些具有进化能力的生物要比创造一些固定不变的生物更伟大。"

突然间,苏菲从椅子上跳起来。

"你看那里!"她喊。

她指着窗外。只见湖边有一对男女手牵着手在走路。两人都是一丝不挂。

"那是亚当和夏娃。"艾伯特说,"他们逐渐被迫与小红帽和梦游奇境的爱丽丝等人为伍了。所以他们才会在这里出现。"

苏菲走到窗前去看他们,可是他们很快就消失在林间。

"这是因为达尔文相信人类也是从动物进化而来的吗?"

"一八七一年,达尔文发表了《人的由来》(The Descent of Man)这本书。他在书中提醒大家注意人与动物之间许多极为相似之处,并提出一个理论，认为人与类人猿必定是在某段时间由同一祖先进化而来的。这时，科学家已经相继在直布罗陀岩和德国的尼安德等地发现了第一批某种绝种人类的头骨化石。奇怪的是，一八七一年这次引起的反对声浪反而比一八五九年达尔文发表《物种起源论》那一次要小。不过，他的第一本书事实上已经隐约指出人是从动物进化而来的。我曾经说过，达尔文在一八八二年去世时，以科学先驱的身份被隆重地葬在西敏寺。"

"这么说他最后还是得到了应有的荣耀和地位？"

"是的，最后是这样。不过在那之前他曾经被形容成英国最危险的人物。"

"天哪！"

"当时有一位上流社会的女士曾经写道：让我们希望这不是真的。如果是真的，希望不会有太多人知道。另一位很杰出的科学家也表示了类似的看法，他说：这真是一个令人很难为情的发现，愈少人谈论它愈好。"

"这几乎可以证明人和鸵鸟有血缘关系！"

"说得好。不过我们现在说这种话当然是比较容易了。达尔文的理论提出后，当时的人们突然不得不重新调整他们对于《创世记》的看法。年轻的作家罗斯金如此形容他的感觉：'真希望这些地质学家能够放过我。如今在圣经的每一个章节后面，我都可以听到他们的锤子敲打的声音。'"

"这些锤子敲打的声音是指他自己对上帝话语的怀疑吗？"

"应该是这样，因为当时被推翻的不仅是上帝造人的理论，更糟的是，达尔文使得人变成生存竞争这种冷酷事实下的产物。"

遗传与突变

"达尔文有没有解释这种偶然的差异是如何发生的？"

"这是他理论中最弱的一环。达尔文对于遗传没有什么概念，他只知道在交配的过程中发生了某些事情。因为一对父母从来不会有两个完全一样的子女，每个子女之间总是会有些微的差异。此外，这种方式很难产生新的特征。更何况有些植物和动物是靠插枝或单细胞分裂等方式来繁衍的。关于那些差异如何发生的问题，达尔文主义如今已经被所谓的'新达尔文主义'取代。"

"什么是新达尔文主义？"

"就是说所有的生命和所有的繁殖过程基本上都与细胞分裂有关。当一个细胞分裂成两个时，就产生了两个一模一样、具有相同遗传因子的细胞。我们说细胞分裂的过程就是一个细胞复制自己的动作。"

"然后呢？"

"在这个过程当中，偶尔会有一些很小的错误发生，导致那个被复制出来的细胞并不与母细胞完全相同。用现代生物学的术语来说，这就是'突变'。有些突变是不相干的，但有些突变则可能对个体的行为造成明显的影响。这些突变可能有害，而此类对于物种有害的'变种'将不断被淘汰。许多疾病事实上就是突变所引起的。不过有时候，突变的结果可能会使个体拥有一些优势，使它能在生存竞争中立于不败之地。"

"譬如说脖子变长等？"

"对于长颈鹿何以有如此长的脖子，拉马克的解释是因为它们总是必须伸长脖子到上面去吃树叶。但根据达尔文的看法，这种特征并不会传给下一代。他认为长颈鹿的长脖子是个体差异的结果。新达尔文主义则指出这种差异形成的原因，借以补充说明。"

"是因为突变吗？"

"没错。遗传因素的偶然改变使得长颈鹿的某位祖先有一个比别人稍长的脖子。当食物有限时，这个特征就变得很重要了，能够把脖子伸到树木最高处的那只鹿就可以活得最好。我们也可以想象这些'原始长颈鹿'在进化的过程中如何发展了掘地觅食的能力。经过很长的一段时期后，某种现在早已绝迹的动物有可能会分化成两个品种。我们还可以举出一些比较近代的例子来说明自然淘汰的过程是如何进行的。"

"好啊！"

"英国有一种蝴蝶叫做斑蝶。它们住在白桦树的树干上。十八世纪时，大多数斑蝶都是银灰色的。你猜这是什么缘故？"

"这样它们才不容易被那些饥饿的鸟发现呀。"

"可是，由于某些偶然的突变，时常会出现一些颜色较黑的斑蝶。你想这些比较黑的斑蝶会怎样?"

"它们比较容易被看见,因此也比较容易被饥饿的鸟吞吃。"

"没错。因为在那个环境里,桦树的树干是银灰色的,所以比较暗的颜色就变成了不利的特征,也因此在数量上有所增加的总是那些颜色较白的斑蝶,可是后来那个环境发生了一件事:在许多地方原本银色的桦树树干被工厂的煤烟染黑了。这时候你想那些斑蝶会变成怎样?"

"这个嘛,那些颜色较黑的就比较容易存活啦。"

"确实如此,所以它们的数量很快就增加了。从一八四八年到一九四八年,若干地方黑色斑蝶的比例从百分之一增加到百分之九十九。这是因为环境改变了,颜色白不再是一个优点。相反的,那些白色的'输家'一出现在黑色的桦树树干上就马上被鸟儿吃掉了。不过,后来又发生了一件很重要的事:由于工厂减少使用煤炭并改善过滤设备的结果,近来的环境已经变得比较干净了。"

"这么说那些桦树又变回银色的啰?"

"对。也因此斑蝶又开始恢复原来的银白色,这就是我们所称的适应环境。这是一种自然法则。"

"嗯,我明白了。"

"不过也有很多人类干涉环境的例子。"

"比如说?"

"例如,人们不断利用各种杀虫剂来扑杀害虫。最初效果非常好,可是当你在一块地或一座果园里喷洒杀虫剂时,事实上你为那些害虫制造了一场小小的生态灾难。由于不断突变的结果,一种可以抵抗现有杀虫剂的害虫就产生了。结果这种害虫就变成'赢家',可以随心所欲了。因此,人们试图扑灭害虫的结果,反而使得有些害虫愈来愈难对付。当然,这是因为那些存活下来的都是一些抵抗力最强的品种。"

"挺可怕的。"

"这当然值得我们深思。同样的,我们也一直试图对付那些寄生在我们体内的细菌。"

"我们用盘尼西林或其他抗生素来对付它们。"

"没错。对于这些小魔鬼来说,盘尼西林也是一个'生态灾难'。可是当我们继续使用盘尼西林时，我们就不断使得某些细菌产生抗药性，因此造成了一个比从前更难对付的细菌群。我们发现我们必须使用愈来愈强的抗生素，直到……"

"直到最后它们从我们的嘴巴里爬出来？那时候我们是不是该用枪射杀它们？"

"这也许有一点太夸张了。但很明显的，现代医药已经造成一个很严重的进退两难的局面。问题并不仅仅在于某种细菌已经变得更顽强。在过去，有许多小孩因为得了各种疾病而夭折，有时甚至只有少数能够存活。现代医药虽然改善了这个现象，却也使得自然淘汰的作用无法发挥。某种可以帮助一个人克服一种严重疾病的药物，长期下来可能会导致整个人类对于某些疾病的抵抗力减弱。如果我们对所谓的'遗传卫生'毫不注意，人类的品质可能会逐渐恶化。人类的基因中抵抗严重疾病的能力将会减弱。"

"真可怕！"

"一个真正的哲学家不能避免指出一些'可怕的'事实，只要他相信那是真的。现在让我们再来做个总结。"

"好。"

"我们可以说生命是一个大型的摸彩活动。只有中奖的号码才能被人看见。"

"这是什么意思？"

"因为那些在生存竞争中失败的人就消失了。在这场摸彩活动中，为地球上每一种动植物逐一抽奖的过程要花上几百万年的时间。至于那些没有中奖的号码则只出现一次，因此现存的各种动植物全部都是这场生命大摸彩活动中的赢家。"

"因为只有最好的才能存活。"

"是的，可以这么说。现在，麻烦你把那个家伙——那个动物园园长——带来的图画递给我好吗？"

苏菲把图递过去给他。上面有一边是诺亚方舟的画像，另外一边则画着一个各种不同动物的演化树图表。艾伯特把这一边拿给她看。

"这个简图显示各种动植物的分布。你可以看到这些不同的动物各自属于不同的类、纲和门。"

"对。"

"人和猴子一样属于所谓的灵长类。灵长类属于哺乳类，而所有的哺乳类动物都属于脊椎动物，脊椎动物又属于多细胞动物。"

"简直像是亚里士多德的分类一样。"

"没错。但这幅简图不只显示今天各种动物的分布，也多少说明了进化的历史。举个例子，你可以看到鸟类在某个时候从爬虫类分了出来，而爬虫类又在某个时候从两栖类分了出来，两栖类则是从鱼类分出来的。"

"嗯，很清楚。"

"一类动物之所以会分成两种，就是因为突变的结果造成了新的品种。这是为什么在历经千万年后有这么多不同的门和纲出现的原因。事实上在今天，全世界大约有一百多万种动物，而这一百多万种只是那些曾经活在地球上的物种的一小部分而已。举个例子，你会发现一个名叫'三叶虫类'的动物现在已经完全绝种了。"

"而在最下面的是单细胞动物。"

"这些单细胞动物有一些可能在这二十亿年来一直都没有改变。你也可以看到从单细胞生物这里有一条线连接到植物，因为植物也非常可能和动物来自同样的原始细胞。"

生命源起

"嗯，我看到了，可是有一件事情我不太懂。"

"什么事？"

"这个最初的原始细胞又是从哪里来的呢？达尔文有没有说明这点？"

"我不是说过他是一个非常谨慎的人吗？但在这个问题上他提出了一个可以说不太缜密的猜测。他写道……如果（啊，这是怎样一种可能性呀！）我们可以想象有一小摊热热的水，里面有各种氨盐、磷盐、阳光、热、电，等等，而且有一个蛋白质化合物正在里面。这个化合物可能会发生一些化学合成的现象，并经历更加复杂的变化……"

"然后呢？"

"达尔文想说的是最初的活细胞有可能是由无机物形成的，在这方面他又说对了。现代的科学家也认为原始的生命形式正是从达尔文所描述的那种'一小摊热热的水'里形成的。"

"然后呢？"

"到这里已经讲得差不多了。我们现在就不再谈达尔文，我们要谈谈有关地球生命起源的最新发现。"

"我很心急，大概没有人知道生命是如何开始的吧？"

"也许是这样，但有愈来愈多的资料让我们可以揣测生命可能是如何开始的。我们先确定地球上所有的生命，包括动物与植物在内——是由同样一些物质组成的。生命最简单的定义是：生命是一种物质，这种物质在有养分的液体里能够自行分化成两个完全一样的单位。这个过程是由一种我们称为DNA的物质控制的。所谓DNA就是我们在所有活细胞里面都可以发现的染色体（或称为遗传结构）。我们同时也使用DNA分子这个名词，因为DNA事实上是一个复合的分子（或称为巨分子）。问题在于这世上第一个分子是如何形成的。"

"答案呢？"

"地球是在四十六亿年前太阳系出现时形成的。它最初是一个发热体，后来逐渐冷却。现代科学家相信生命就是在大约三十亿年到四十亿年之前开始的。"

"听起来实在不太可能呀。"

"在还没听完前，你不可以这样说。首先你要了解地球当时的面貌和今天大不相同。由于没有生命，因此大气层里也没有氧气，氧气最初是由植物进行光合作用所制造的。而没有氧气这件事可说关系重大，因为可能形成DNA的生命细胞是不可能在一个含有氧气的大气层里产生的。"

"为什么呢？"

"因为氧气会造成强烈的反应。像DNA这样的复合分子在还没来得及形成前，它的分子细胞早就被氧化了。"

"哦！"

"这是我们为什么可以确定现在地球不可能会再有新的生命（包括细菌和病毒）形成的缘故。地球上所有生物存在的时间一定是相当的；大象的家族史和最小的细菌一样悠久。我们几乎可以说一头大象（或一个人）事实上是一群单细胞生物的集合体，因为我们体内的每一个细胞都有同样的遗传物质。我们会成为什么样的人，完全是由这些隐藏在每一个小小细胞里面的物质决定的。"

"想起来真奇怪！"

"生命最神秘的地方之一在于：虽然所有不同的遗传特征不见得都活跃在每个细胞内，但多细胞动物的细胞还是能够执行它特殊的功能。有些遗传特征（或称基因）是'活跃的'，有些是'不活跃的'。一个肝脏细胞所制造的蛋白质和神经细胞或皮肤细胞不同。但这三种细胞都有同样的DNA分子，同样含有决定各个有机体形貌的所有遗传物质。在最初的时候，由于大气层里没有氧气，地球的四周也就没有一层可以保护它的臭氧层。这表示没有东西可以挡住来自宇宙的辐射线。这点也是很重要的，因为这种辐射线可能有助于第一个复合分子的形成。这类的宇宙辐射线是真正促使地球上各种化学物质开始结合成为一个复杂的巨分子的能量。"

"哦。"

"我现在要做个总结：所有生命都赖以组成的复合分子要能够形成，至少要有两个条件：一、大气层里不能有氧气，二、要受到宇宙辐射线的照射。"

"我懂了。"

"在这'一小摊热热的水'（现代科学家时常称之为'原始汤'）里，曾经形成了一个巨大而复杂的巨分子。这个分子有一种很奇妙的特性可以自行分裂成两个一模一样的单位。于是，漫长的进化过程就这样开始了。简单一点说，这个巨分子就是最初的遗传物质，也就是最初的DNA或是第一个活细胞。它不断分裂再分裂，但从一开始，在分裂过程中就不断有变化产生。历经千万年后，这些单细胞的有机体中，有一个突然和一个更复杂的多细胞有机体连接上了。就这样，植物的光合作用开始了，大气层慢慢有了氧气。这个现象造成了两个结果：第一，含氧的大气层使得那些可以用肺呼吸的动物逐渐进化。第二，大气层如今已可以保护各种生命，使他们不致受到宇宙辐射线的伤害。说也奇怪，这种辐射线原本可能是促使第一个细胞形成的重要推动力，但却也会对所有的生物造成伤害。"

"可是大气层不可能在一夜之间形成。那最早的一些生物是怎么挨过来的呢?"

"生命最初开始于原始'海',也就是我们所说的'原始汤'。那些生物可能生活在其中,因此而得免于辐射线的伤害。一直到很久很久以后,当海洋里的生物已经形成了一个大气层时,最早的一批两栖类动物才开始爬上陆地。至于后来发生的事,我们已经讲过了。于是,我们今天才能坐在这栋林间的小木屋里,回顾这个已经有三四十亿年的过程。通过我们,这个漫长的过程本身终于开始逐渐了解自己了。"

"可是你还是不认为所有的事都是在很偶然的情况下发生的?"

"我从来没有说过这样的话。无论如何,这块板子上的图表显示进化仍有一个方向。这几千万年来,动物已经发展出一套愈来愈复杂的神经系统,脑子也愈来愈大。我个人认为,这绝不是偶然的。你说呢?"

"我想人类之所以有眼睛绝非偶然。你难道不认为我们能够看到周遭的世界这件事是很有意义的吗?"

"说来好笑,达尔文也曾经对眼睛发展的现象感到不解。他不太能够接受像眼睛这样精巧敏锐的东西会是纯粹物竞天择作用之下的产物。"

苏菲坐在那儿,看着艾伯特。她心想,她现在能够活着,而且只能活一次,以后就永远不能复生,这件事是多么奇怪呀!突然间她脱口念道:

"一世人劳苦奔忙有何益?"

艾伯特皱着眉头向她说:

"你不可以这样说。这是魔鬼说的话。"

"魔鬼?"

"就是歌德作品《浮士德》里面的曼菲斯多弗里斯(Mephistopheles)。"

"但这话究竟是什么意思呢?"

"浮士德死时,回顾他一生的成就,他用一种胜利的语气说:

'此时我便可呼喊:

停驻吧!美妙的时光!

我在人世的日子会留下印记,

任万代光阴飞逝也无法抹去,

我在这样的预感中欣喜无比,

这是我生命中最崇高的瞬际。'"

"嗯，很有诗意。"

"可是后来轮到魔鬼说话了。浮士德一死，他便说：

谈到既往，不过是蠢话一句！

过去的已经过去，

消失在虚无里，一切又从零开始！

一生劳苦奔忙有何益？

到头终究须把眼儿闭！

'消逝了！'这个谜可有尽期？

正仿佛一切不曾开始，

若再回头重新活过一天，

我情愿选择永恒的太虚。"

"这太悲观了。我比较喜欢第一段。即使生命结束了，浮士德仍旧认为他留下的足迹是有意义的。"

"所以，达尔文的理论不是正好让我们体认到我们是大千世界的一部分，在这个世界里，每一个细微的生物都有它存在的价值吗？苏菲，我们就是这个活的星球。地球是航行在宇宙中燃烧的太阳四周的一艘大船。而我们每一个人则是满载基因航行过生命的一条小船。当我们安全地把船上的货品运到下一个港口时，我们就没有白活了。英国诗人兼小说家哈代在《变形》这首诗中表达过同样的想法：

这紫杉的一截

是我先人的旧识，

树干底的枝丫：

许是他的发妻，

原本鲜活的血肉之躯，

如今皆化为嫩绿的新枝。

这片草地必然是百年前

那渴求安眠女子的化身，

而许久前我无缘相识的那位佳丽，

或者已凝为这株蔷薇的魂魄。

所以他们并未长眠于地下，

而只是化做花树的血脉经络

充斥于天地万物之间，

再次领受阳光雨露

以及前世造化赋形的活力！"

"好美呀！"

"我们不能再讲下去了。我只想说：下一章！"

"哦，别再说那些反讽的话吧！"

"我说：下一章！你得听我的话。"

弗洛伊德

……他内心出现那股令人讨厌的自大的冲动……

席德夹着那本厚重的讲义夹从床上跳起来。她"砰"一声把它扔到书桌上，抓起衣服，冲进浴室，在莲蓬头下站了两分钟，然后就火速穿好衣服，跑到楼下。

"席德，早餐已经好了。"

"我得先去划船。"

"可是，席德……"

她出了门，穿过花园，跑到小小的平台那儿。她把系船的绳索解开，跳进船里，在海湾里愤怒而快速地划着，直到她平静下来为止。

苏菲，我们就是这个活的星球。地球是航行在宇宙中燃烧的太阳四周的一艘大船。而我们每一个人则是满载基因航行过生命的一条小船。当我们安全地把船上的货品运到下一个港口时，我们就没有白活了……

她记得这段话的每一个字。这是为她而写的，不是为了苏菲，而是为她。讲义夹里的每一个字都是爸爸为她而写的。

她把桨靠在桨架上，把它们收进来。这时船微微地在水面上摇晃，激起的涟漪轻轻拍击着船头。

她就像浮在黎乐桑海湾水面上的这条小船一样，也只不过是生命表面一个微不足道的东西。

但在这里面，苏菲和艾伯特又在哪里呢？是呀，他们会在哪里呢？

她不太能够了解他们怎么可能只是她父亲脑子里的一些"电磁波"。

她不能了解——当然也不愿接受——他们为何只是由一些白纸和她父亲的手提式打字机色带上的油墨所形成的东西。果真如此，那也可以说她自己只不过一个由某一天在"那一小摊热热的水"里突然有了生命的蛋白质复合物的集合体。可是她不止是这样而已。她是席德。她不得不承认那个讲义夹是一份很棒的礼物，也不得不承认爸爸的确碰触到了她内心某种永恒事物的核心。可是她不喜欢他对苏菲和艾伯特的强硬姿态。

她一定要给他一个教训，在他还没回到家之前。她觉得这是她应该为他们两人做的事。席德已经可以想象父亲在卡斯楚普机场的模样，他会像发疯似的跑来跑去。

席德现在又恢复正常了。她把船划回平台那儿，然后把它系紧。吃完早餐后她陪妈妈坐了很久，能够和别人聊聊诸如蛋是否有点太软这类平常的话题的感觉真好。

一直到那天晚上她才开始继续读下去。现在剩下已经没有几页了。

现在，又有人敲门了。

"我们把耳朵掩起来吧，"艾伯特说，"说不定敲门声就停了。"

"不，我想看看是谁。"

艾伯特跟着她走到门口。

门前的台阶上站着一个光着身子的男人。他的姿态一本正经，但除了头上戴着一项王冠以外，全身上下什么也没穿。

"如何？"他说，"你们这些人觉得朕的新衣好看吗？"

艾伯特和苏菲都惊讶得目瞪口呆，这使得那个光着身子的男人有点着急。

"怎么回事？你们居然都不向我鞠躬！"他喊道。

艾伯特鼓起勇气向他说：

"确实如此。可是陛下您什么都没穿呀！"

那男人仍旧是一本正经的模样。艾伯特弯下身子在苏菲的耳朵旁悄悄说：

"他以为自己很体面。"

听到这话，那人气得吹胡子瞪眼睛。

"这里难道没有什么言论管制吗?"

"很抱歉,"艾伯特说,"我们这里的人脑筋都很清醒,神志也很健全。国王陛下的穿着如此有失体面,恕我们无法让你进门。"

苏菲觉得这个光着身子的男人那副正经八百的神气模样实在荒谬,便忍不住笑了出来。她的笑声仿佛是一种事先安排好的信号一般,这时,那个头上戴着王冠的男人突然意识到自己一丝不挂,便赶紧用双手把他的重要部位遮起来,大步跑向离他最近的树丛,然后就消失无踪了,也许已经加入亚当、夏娃、诺亚、小红帽和波波熊的行列。

艾伯特和苏菲仍然站在台阶上,笑弯了腰。

最后艾伯特说:"我们还是进屋里,坐在刚才的位子上好了。我要和你谈弗洛伊德和他的潜意识理论。"

他们在窗户旁坐下来。苏菲看了看她的腕表说:

"已经两点半了。在举行花园宴会前我还有很多事要做呢。"

"我也是。我们再大略谈一下弗洛伊德就好了。"

"他是一个哲学家吗?"

弗洛伊德

"至少我们可以说他是一个文化哲学家。弗洛伊德出生于一八五六年,在维也纳大学攻读医学。他一生中大部分时间都住在维也纳,当时那里的文化气息非常浓厚。他很早就决定专攻神经学。在十九世纪末、二十世纪初,他发展了所谓的'深度心理学',或称'精神分析'。"

"请你说明这些名词好吗?"

"精神分析是描述一般人的内心,并治疗神经和心理失调现象的一门学问。我不想细谈弗洛伊德本人或他的著作,不过他的潜意识理论可以使我们了解人是什么。"

"你把我的兴趣勾起来了。说下去。"

"弗洛伊德主张人和他的环境之间不断有一种紧张关系存在。这种紧张关系(也就是冲突)尤其存在于他的驱策力、需要和社会的要求之间。

我们可以说弗洛伊德发现了人类的驱策力。这使得他成为十九世纪末明显的自然主义潮流中一个很重要的代表性人物。"

"所谓人类的驱策力是什么意思?"

"我们的行动并不一定是根据理性的。人其实并不像十八世纪的理性主义者所想的那么理性。非理性的冲动经常左右我们的思想、梦境和行动。这种不理性的冲动可能是反映我们的基本需求。例如,人类的性冲动就像婴儿吸奶的本能一样是一种基本的驱策力。"

"然后呢?"

"这并不是什么新发现,但弗洛伊德指出这些基本需求可能会被'伪装'或'升华',并在我们无从察觉的情况下主宰我们的行动。他并且指出,婴儿也会有某种性反应。但维也纳那些高尚的中产阶级人士极为排斥这个'婴儿性反应'的说法,弗洛伊德也因此成为一个很不受欢迎的人。"

"我一点也不惊讶。"

"我们称这种反应为'维多利亚心态',就是把每一件与性有关的事视为禁忌的一种态度。弗洛伊德在从事心理治疗时发现婴儿也会有性反应,因此他的说法是有实验根据的。他也发现有许多形式的精神失调或心理失调可以追溯到童年时期的冲突。后来他逐渐发展出一种我们称之为'灵魂溯源学'的治疗方式。"

"什么叫灵魂溯源学?"

"考古学家借着挖掘古老的历史文物以找寻远古时代的遗迹。首先他可能会找到一把十八世纪的刀子。在往地下更深处挖掘时,他可能会发现一把十四世纪的梳子,再向下挖时,可能又会找到一个第五世纪的瓮。"

"然后呢?"

"同样的,精神分析学家在病人的配合下,可以在病人的心灵深处挖掘,并找出那些造成病人心理失调的经验。因为根据弗洛伊德的说法,我们都会把所有经验的记忆储藏在内心深处。"

"噢,我懂了。"

"精神分析医师也许可以追溯病人以往的一个不幸经验。这个经验虽然被病人压抑多年,但仍然埋藏在他的内心,咬啮着他的身心。医师可以使病人再度意识到这个'伤痛经验',让他或她可以'解决它',心病自然就可以痊愈。"

"听起来很有道理。"

"可是我讲得太快了。我们还是先看看弗洛伊德如何形容人的心灵吧。你有没有看过刚出生的婴儿?"

"我有一个四岁大的表弟。"

"当我们刚来到这世界时,我们会用一种直接而毫不感到羞耻的方式来满足我们身体与心灵的需求。如果我们没有奶喝或尿布湿了,我们就会大哭。我们也会直接表达我们对身体上的接触或温暖拥抱的需求。弗洛伊德称我们这种'快乐原则'为'本我'。我们在还是婴儿时,几乎就只有一个'本我'。"

"然后呢?"

"我们带着我们内心的这个'本我'或'快乐原则'长大成人,度过一生。但逐渐地我们学会如何调整自己的需求以适应环境;我们学到如何调整这个'快乐原则'以迁就'现实原则'。用弗洛伊德的术语来说,我们发展出了一个具有这种调节功能的'自我'。这时,即使我们想要或需要某个东西,我们也不能躺下来一直哭到我们得到那件东西为止。"

"当然啰。"

"我们可能会很想要某样外界无法接受的东西,因此我们会压抑我们的欲望。这表示我们努力要赶走这个欲望,并且将它忘记。"

"哦。"

"然而,弗洛伊德还提出人类心灵中的第三因素。从婴儿时期起,我们就不断面对我们的父母和社会的道德要求。当我们做错事时,我们的父母会说:'不要那样!'或'别调皮了,这样不好'!即使长大成人以后,我们在脑海中仍可以听到这类道德要求和价值判断的回声。似乎这世界的道德规范已经进入我们的内心,成为我们的一部分。弗洛伊德称这部分为'超我'。"

"是否就是良心呢?"

"良心是'超我'的一部分。但弗洛伊德指出,当我们有一些'坏的'或'不恰当的'欲望,如色情或性的念头时,这个'超我'会告诉我们。而就像我说过的,弗洛伊德宣称这些'不恰当的'欲望已经在我们童

"如果你不帮我，我就放火把树林烧了。"
——马克思

"我们和这些动物是远亲吗？"
——达尔文

"你的鼻子里放糖吗？"女孩把糖递给主教。

——佛洛伊德

"我们本身的生活会影响我们对这间房内事物的看法。"
——我们这个时代

年的初期就出现过了。"

"怎么会呢?"

"我们现在知道婴儿喜欢抚摸他们的性器官。我们在沙滩上经常可以看到这个现象。在弗洛伊德那个时代,两三岁的幼儿如果这样做,马上就会被父母打一下手,这时也许妈妈还会说:'调皮!'或'不要这样'!或'把你的手放在床单上'!"

"多病态呀!"

"我们因此对每一件与性和性器官有关的事情有了一种罪恶感。由于这种罪恶感一直停留在超我之中,因此许多人——弗洛伊德甚至认为是大多数人——终其一生都对性有一种罪恶感。而根据弗洛伊德的说法,性的欲望和需求事实上是人类天性中很自然而且很重要的一部分。就这样,人的一生都充满了欲望与罪恶感之间的冲突。"

"你难道不认为自从弗洛伊德的时代以来,这种冲突已经减少了很多?"

潜意识

"确实如此。但许多弗洛伊德的病人面临非常强烈的冲突,以至于得到了弗洛伊德所谓的'精神官能症'。举例来说,他有一个女病人偷偷爱上她的姐夫,当她的姐姐因病而死时,她心想:'他终于可以娶我了!'可是这种想法与她的超我有了正面冲突。于是她立刻压抑这种可怕的念头。换句话说,她将这个念头埋藏在她的潜意识深处。弗洛伊德写道:'这个年轻的女孩于是生病了,并有严重的歇斯底里的症状。当我开始治疗她时,她似乎完全忘记了她姐姐临终的情景以及她心里出现过的那个可恨的自私欲望。但经过我的分析治疗后,她记起来了,并在一种非常激动不安的状态下将那个使她致病的时刻重新演练一次。经过这种治疗,后来她就痊愈了。'"

"现在我比较了解你为何说它是'灵魂溯源学'了。"

"所以我们可以了解人类一般的心理状态。在有了多年治疗病人的经验后,弗洛伊德得出一个结论:人类的意识只是他的心灵中的一小部分而已。意识就像是露在海面上的冰山顶端，在海面下，也就是在人意识之外，还有'潜意识'的存在。"

"这么说潜意识就是存在于我们的内心，但已经被我们遗忘，想不起来的事物啰？"

"我们并不一定能够意识到我们曾经有过的各种经验。但那些只要我们'用心想'便可以记起来的想法或经验，弗洛伊德称之为'潜意识'。他所说的'潜意识'指的是那些被我们'压抑'的经验或想法，也就是那些我们努力要忘掉的'不愉快''不恰当'或'丑陋'的经验。如果我们有一些不为我们的意识（或超我）所容忍的欲望或冲动，我们便会将它们埋藏起来，去掉它们。"

"我懂了。"

"这样的作用在所有健康的人身上都会发生。但有些人因为过度努力要把这些不愉快或禁忌的想法从意识中排除，以至于罹患了心理方面的疾病。被我们压抑的想法或经验会试图重新进入我们的意识。对于某些人来说，要把这类冲动排除在敏锐的意识之外，需要费很大的力气。一九〇九年弗洛伊德在美国发表有关精神分析的演讲时，举了一个例子说明这种压抑的机转是如何作用的。"

"我倒是很想听一听。"

"他提道：假设在这个演讲厅这么多安安静静、专心听讲的观众里面，有一个人很不安分。他毫无礼貌地大笑，又喋喋不休，并把脚动来动去，使我无法专心演讲。后来我只好宣布我讲不下去了。这时，你们当中有三四个大汉站起来，在一阵扭打后，把那个搅局的人架了出去。于是这个搅局者就被'压抑'了，我因此可以继续讲下去。可是为了避免那个赶走的人再度进来捣乱，那几位执行我的意志的先生便把他们的椅子搬到门口并坐在那儿'防御'，以继续压抑的动作。现在，如果你们将这个场景转移到心理，把这个大厅称为'意识'，而把大厅外面称为'潜意识'，那么你们就可以明白'压抑'作用的过程了。"

"我同意。"

"可是这个捣乱者坚持要再进来。至少那些被我们压抑的想法和冲动是这样的。这些想法不断从我们的潜意识浮现，使我们经常处于一种压力之下。这是我们为什么常常会说一些本来不想说的话或做一些本来不想做的事的缘故。因为我们的感觉和行动会受到潜意识的鼓动。"

"你能不能举一个例子呢?"

"弗洛伊德指出这类机转有好几种。一个是他所谓的'说溜了嘴',也就是我们无意中说出或做出一些我们原本想要压抑的事情。弗洛伊德举了一个例子。有一个工厂的工头有一次在宴会中要向他的老板敬酒。问题是这个老板很不受人欢迎,简直就是人家所说的'一只猪'。"

"然后呢。"

"这个工头站起来,举起他的酒杯说:让我们来敬这只猪吧!"

"真是不可思议。"

"这个工头也吓呆了。其实他说的只是他内心的真话,但他原本没打算把它说出来的。你想不想听听另外一个例子?"

"请讲。"

"一位主教应邀到当地牧师家里喝茶。这位牧师有好几个乖巧有礼貌的女儿,年纪都很小。而这位主教刚好有一个超乎寻常的大鼻子。于是牧师就事先告诫他的女儿无论如何不能提到主教的鼻子,因为孩童的压抑机转还没有发展出来,因此往往会脱口而出,说一些不该说的话。后来,主教到了,这些可爱的小女孩极力克制自己不要提到他的鼻子。她们甚至不敢看它,想要忘掉它的存在。可是她们从头到尾都想着那个鼻子。后来主教请其中一个女孩把糖递过去,于是她看着这位可敬的主教,并说:你的鼻子里放糖吗?"

"真是太糟糕了!"

"另外一件我们可能会做的事就是'合理化'。意思就是说,我们自己不愿意承认,也不愿意告诉别人我们做某一件事的真正动机,因为这个动机是让人无法接受的。"

"譬如说什么?"

"我可以为你催眠,叫你去把窗户打开。当你被我催眠时,我告诉你当我用手指敲桌子时,你就要起来把窗户打开。接着,我开始敲打桌面,你也就跑去开窗子。事后,我问你为何要开窗户,你也许会说因为房间里太热了。可是这并不是真正的理由,只是你不愿意承认自己是因为受到了我催眠时的指令而去做那件事。这就是所谓的'合理化'。"

"嗯,我明白了。"

"我们几乎每天都有这种'两面式沟通'的经验。"

"我那个四岁的表弟可能没有什么人陪他玩,所以每次我去,他总是很高兴。有一天我告诉他我得赶快回家去找我妈。你知道他说什么吗?"

"他说什么?"

"他说,她是笨蛋。"

"嗯,这确实是一个合理化的例子。你的表弟所说的话并不是他真正的意思。他真正想说的是要你不要走,可是他太害羞了,不敢这样说。除了'说溜嘴'和'合理化'之外,还有一种现象叫做'投射'。"

"这是什么意思。"

"就是把我们内心试图压抑的特点转移到别人身上。譬如说一个很吝啬的人会说别人斤斤计较,而一个不愿承认自己满脑子想着性的人可能愈容易对别人成天想着性的样子感到愤怒。"

"嗯。"

"弗洛伊德宣称,我们每天的生活里面都充满了这类潜意识的机转。我们时常会忘记某个人的名字,在说话时摸弄自己的衣服,或移动房间里随意放置的物品。我们也时常结结巴巴或看似无辜地说错话,写错字。但弗洛伊德指出,这些举动事实上并不像我们所想的那样是意外的或无心的。这些错误事实上可能正泄露我们内心最深处的秘密。"

"从现在起,我可要很小心地注意自己说的话。"

"就算你真的这样做,你也无法逃避你潜意识的冲动。我们应该做的其实是不要太过努力把不愉快的记忆埋藏在潜意识中。因为那就像是试图把水鼠巢穴的入口堵住一样。水鼠一定会从其他的洞口进入花园。因此,让意识与潜意识之间的门半遮半掩事实上是一件很健康的事。"

"如果你把门锁住了,可能就会得精神病,是不是这样?"

"没错。精神病患就是一种太努力把'不愉快'的记忆排除在意识之外的人。这种人往往拼命要压抑某种经验。不过他也可能很希望医生能够帮助他回到那些伤痛的记忆。"

"那医生会怎么做呢?"

"弗洛伊德发展出一个他称为'自由联想'的技巧。他让病人用一种很放松的姿势躺着，并说出他脑海里想到的任何事情，无论这些事情听起来有多么不相干、漫无目的、不愉快或令人难为情。他的用意是要突破病人在伤痛记忆上所加的管制，因为这些伤痛记忆正是让病人焦虑的因素。它们一直都活跃在病人的心中，只不过不在意识当中罢了。"

"是不是你愈努力去忘掉一件事情，你在潜意识里就愈容易想起这件事?"

解　梦

"正是如此。所以我们必须能察觉潜意识所发出的信号。根据弗洛伊德的说法，洞悉我们的潜意识的最佳途径就是通过我们的梦境。他的主要作品所讨论的就是这个题目，书名叫《梦的解析》，出版于一九〇〇年。他在书中指出，我们做的梦并不是偶然的。我们的潜意识试图通过梦和我们的意识沟通。"

"真的呀?"

"在治疗病患多年，并且多次分析他自己的梦境之后，弗洛伊德断言所有的梦都反映我们本身的愿望。他说，这在孩童身上非常明显。他们会梦见冰淇淋和樱桃。可是在大人身上，这些想要在梦中实现的愿望都会经过伪装。这是因为即使在睡梦中，我们仍然会管制自己的想法。虽然这种管制（就是压抑的机转）在我们睡着时会减弱很多，但仍然足以使我们不愿承认的愿望在梦中受到扭曲。"

"所以梦才有必要加以解析。"

"弗洛伊德指出，我们必须了解我们梦中的情节并不代表梦的真正意义。他把实际的梦境——也就是我们所梦见的'影片'或'录影带'——称为'显梦'（manifest dream）。梦中的情景总是与前一天发生的事有关。但这个梦也有一个更深层的意义是我们的意识无法察觉的。弗洛伊德称之为潜梦意念。这些真正表现于梦境的隐藏意念可能来自很久很久以前，也许是从童年最早的时期。"

"所以我们要先分析梦，才能了解梦。"

"没错。若是精神病患，则必须和治疗师一起做这件工作。不过，医师并不负责解析病患的梦，他只能在病人的配合之下做这件事。在这种情况下，医师扮演的角色正像苏格拉底所说的'助产士'一般，协助病人解析自己的梦。"

"我明白了。"

"把潜梦意念转换成显梦的面向的工作，弗洛伊德称之为'梦的运作'（dream work）。我们可以说显梦'遮掩'或'密隐'了做梦人真正的意念。在解释梦境时，我们必须经由相反的程序来'揭开'或'解密'梦的'主题'，以便找出它的要旨。"

"你可以举个例子吗？"

"弗洛伊德在书中举了许多例子。不过我们可以自己举一个简单的、非常弗洛伊德式的例子。假设有一个年轻人梦见他的表妹给他两个气球……"

"然后呢？"

"该你啦，你试试看能不能解这个梦。"

"唔……就像你说的，这里的显梦是：一个年轻人的表妹给他两个气球。"

"然后呢？"

"你说梦中的情境总是与前一天所发生的事有关。因此他前一天可能去参加了一个展览会，或者他可能在报纸上看了一张有关气球的照片。"

"有可能是这样，不过他也可能只是看了'气球'这个词，或一件使他想起气球的事物。"

"可是这个梦的'潜梦意念'到底是什么？"

"你是解梦人呀！"

"也许他只是想要两三个气球。"

"不，不是这样。当然在梦中人往往可以实现自己的愿望，这点你说对了。可是一个年轻人很少会热切地想要几个气球。就算他想要，他也不需要靠做梦的方式。"

"我想我懂了：他真正想要的是他的表妹，而那两个气球就是她的胸部。"

"对了，这样的解释比较有可能。而且这一定是在他对自己的愿望觉得很难为情的情况下才会做这种梦。"

"所以说我们的梦经常是迂回曲折的?"

"对。弗洛伊德相信梦境乃是'以伪装的方式满足人被压抑的愿望'。不过弗洛伊德只是当年维也纳的一个医生,因此到了现在我们实际压抑的事情可能已经改变了很多。不过他所说的梦中情节会经过伪装的机转可能仍然成立。"

"嗯,我懂了。"

"弗洛伊德的精神分析在一九二〇年极为重要,尤其是在精神病患的治疗方面。他的潜意识理论对于艺术与文学也有很大的影响。"

"艺术家是不是开始对人们潜意识的精神生活有兴趣了?"

"没错,虽然在十九世纪最后十年,弗洛伊德还没有发表他的精神分析理论时,所谓的意识流就已经成为主要的文学潮流。这显示弗洛伊德在一八九〇年开始使用精神分析方法并不是偶然的。"

"你的意思是那是当时的时代风气吗?"

"弗洛伊德本人并未宣称'压抑''防卫机转'和'合理化'这些现象是他'发明'的。他只是第一个把人类的这些经验应用在精神病学上的人罢了。他也是一个擅用文学的例子来说明他的理论的大师。不过我说过了,从一九二〇年开始,弗洛伊德的精神分析对艺术和文学产生了更直接的影响。"

"怎么说呢?"

"诗人与画家,尤其是那些超现实主义者,开始试图将潜意识的力量用在他们的作品中。"

"什么是超现实主义者?"

"超现实主义这个名词是从法文而来,意思是'超越现实'。一九二四年时,布勒东发表了一篇《超现实主义者宣言》,主张艺术应该来自潜意识,艺术家应该从他的梦境中自由撷取灵感,并努力迈向'超越现实'的境界,以跨越梦与现实之间的界限。同时艺术家也有必要挣脱意识的管制,尽情挥洒文字和意象。"

"嗯。"

"就某方面来说,弗洛伊德已经告诉我们其实每一个人都是艺术家。毕竟,梦也可以算是艺术作品,而每天晚上我们都会做新的梦。为了解释病人的梦，弗洛伊德经常必须解释许多象征符号的意义，就像我们诠释一幅画或一篇文学作品一样。"

"我们每天晚上都会做梦吗?"

"最近的研究显示，我们睡着后，有百分之二十的时间都在做梦，也就是说每晚做梦两到三个小时。如果我们在睡眠的各个阶段受到打扰，我们就会变得烦躁易怒。这正表示每一个人内心都需要以艺术的形式来表达他或她存在的情况。毕竟我们的梦是与自己有关的。我们既是导演，也是编剧和演员。一个说他不了解艺术的人显然并不十分了解自己。"

"我懂了。"

"弗洛伊德并且提出了令人印象深刻的证据，说明人心的奥妙。他治疗病人的经验使他相信，我们将我们所见、所经验的一切事物都贮存在我们意识深处的某个地方，而这些印象可能会再度浮现。有时我们会突然'脑中一片空白'，然后过了一会儿，'差点就想起来了'，然后再度'猛然想起'。这就是原本存在于潜意识的东西突然经由那扇半开半掩的门溜进我们意识的例子。"

"可是有时需要花好久的时间。"

灵　感

"所有的艺术家都有这种经验。可是后来突然间好像所有的门、所有的抽屉都打开了，每个东西都自己滚了出来，这时我们就可以发现所有我们原本苦思不得的字句和意象。这就是潜意识的'盖子'被揭开了。我们也可以称之为灵感。感觉上好像我们所画的、所写的东西是来自于某种外在的泉源似的。"

"这种感觉一定很美妙。"

"可是你一定也有过这样的经验。这种现象经常出现于那些过度疲累的儿童身上。他们有时玩得太累了，因此在睡觉时似乎是完全清醒的。突然间他们开始说故事，而且所说的话仿佛是他们还没有学过的。事实上，他们已经学过了。只是这些字眼和意念'潜藏'在他们的潜意识中，而当所有的防备和管制都放松时，它们就浮现出来了。对于艺术家而言，不要让理性或思维压制潜意识的表达是很重要的。有一个小故事可以说明这点，你要不要听？"

"当然要啦。"

"这是一个非常严肃、非常哀伤的故事。"

"说吧。"

"从前有一只蜈蚣，可以用它那一百只脚跳出非常美妙的舞蹈。每次它跳舞，森林中所有的动物都会跑来观赏。大家对它那美妙的舞姿都印象深刻。可是有一只动物并不喜欢看蜈蚣跳舞，那就是乌龟。"

"它大概是嫉妒吧。"

"乌龟心想，我要怎样才能阻止蜈蚣跳舞呢？它不能明说它不喜欢看蜈蚣跳舞，也不能说自己跳得比较好，因为那是不可能的。因此它想了一个很恶毒的计划。"

"什么计划？"

"它坐下来写了一封信给蜈蚣，说：'嗯，伟大的蜈蚣呀，我对你精湛的舞艺真是佩服极了。我很想知道你是怎么跳的。你是不是先举起你的第二十八号左脚再举起你的第三十号右脚？还是你先举起你的第十七号左脚，再举起你的第四十四号右脚？我热切地期待你的回信。崇拜你的乌龟敬上。'"

"真是鬼话！"

"蜈蚣读了信以后，马上开始思索自己是怎么跳的。它到底先举起哪一只脚？然后又举起哪一只脚？你猜后来发生了什么事？"

"蜈蚣从此不再跳舞了？"

"正是如此。这就是理性的思考扼杀想象力的例子。"

"这真是一个悲哀的故事。"

"所以一个艺术家一定要能够'放得开'。超现实主义者就利用这点，而让事情自己发生。他们在自己的前面放了一张白纸，然后开始不假思索地写下一些东西。他们称之为'自动写作'。这个名词源自招魂术，因为实施招魂术的灵媒相信已逝者的灵魂会指引他手上的笔。不过这些事情我们还是等到明天再说好了。"

"好吧。"

"从某个角度来说，超现实主义者也是一个灵媒，也就是说他是一个媒介。我们可以说他是他自己的潜意识的灵媒。事实上也许每一种创作都带有潜意识的成分。那么，我们所谓的创作究竟是什么意思？"

"我不知道。创作不就是你创造出某个东西吗？"

"差不多。创作的过程就是想象与理性的细密交织的时刻，只是人的理性常常阻塞了想象力。这可不是一件小事，因为如果没有想象力，我们就永远不可能创造出什么新的事物。我认为想象力就像是一个达尔文的系统。"

"很抱歉，我实在不懂你的意思。"

"达尔文主义主张，大自然的突变物相继出现，但其中只有一些能用。只有一些能够活下去。"

"然后呢？"

"我们通过灵感所得到的许许多多新想法也是一样。如果我们不过分管制自己，这些'思想的突变物'就会在我们的意识中接二连三地发生。但其中只有一些想法是可行的。这时，理智就派上用场了。因为它有一个重要的功能。打个比方，当我们把一天的收获摊在桌上时，我们必须加以挑选。"

"这个比喻挺不赖的。"

"你可以想象如果我们任由自己说出或写出那些我们所想到（进入我们的脑波）的事，情况会变得怎么样呢？这世界会因为这许多偶然的冲动而毁灭，因为所有的想法都没有经过拣选。"

"那么我们是靠理智来加以拣选啰？"

"对。你不认为是这样吗？想象力也许可以创造新的事物，但却不能加以拣选。想象力是不会'创作'的。一个创作（每一个艺术作品都是创作）乃是想象力和理智（或心灵与思想）之间互相奇妙作用的结果。因为，创造的过程总是会有一些偶然的成分。你必须要先'放羊'，然后才能'牧羊'。"

艾伯特静静地坐在那儿，凝视着窗外。这时苏菲看到湖边有一群人正在互相推挤。那是迪斯尼乐园里各种五颜六色的卡通人物。

"那是高飞狗，"她大喊，"还有唐老鸭和它的侄子们……嘿，艾伯特，你有没有在听我说话呀？还有米老鼠……"

艾伯特转向她：

"是的，孩子，这是很可悲的。"

"你是什么意思？"

"我们已经变成少校的羊群中两个无助的受害者。当然，这是我自己的错。是我自己开始谈论自由联想的概念的。"

"你一点都不需要责怪自己呀……"

"我刚才正要说想象力对于我们哲学家的重要性。为了产生新的思想，我们必须大胆地放开自己。可是现在，情况已经有点过火了。"

"别担心。"

"我刚才也正要提到思维的重要性，但他却在这里玩这些愚蠢之至的把戏。他真应该觉得惭愧。"

"你又在反讽了吗？"

"反讽的是他，不是我。可是有一点使我感到安慰，而这一点正是我的计划的基础。"

"你真的把我弄糊涂了。"

"我们已经谈过了梦，梦也有一些反讽的意味。因为，我们除了是少校的梦里的意象之外，什么也不是了呀。"

"啊！"

"可是有一件事是他没有想到的。"

"什么事？"

"也许他已经很难为情地意识到了自己的梦。他知道我们所说、所做的每一件事，就像做梦的人记得梦里的情节一样，因为舞动笔杆的人是他。但就算他记得我们之间所说的每一句话，他也不是完全清醒的。"

"这话怎么说呢？"

"他并不知道他的潜梦意念，他忘记了这也是一个经过伪装的梦。"

"你说的话好奇怪呀。"

"少校也是这么想，这是因为他不明白自己梦的语言。我们应该感到庆幸，因为这样我们才能有一些发挥的空间。有了这样的空间以后，我们不久就能够冲出他那混乱的意识，就像水鼠在夏日的阳光下欢快地跳跃一样。"

"你认为我们会成功吗？"

　　"我们非这样做不可。过两三天会让你大开眼界。到时候少校就不会知道那些水鼠在哪里，或者它们下次什么时候会冒出来了。"

　　"可是就算我们只是梦中的人物，我还是我妈的女儿。现在已经五点了，我得回家去筹备花园宴会了。"

　　"嗯……你在回家的路上可不可以帮我一个小忙？"

　　"什么忙？"

　　"请你试着吸引别人的注意力，让少校的眼睛一路盯着你回家。当你到家时，请你努力想着他，这样他也会想着你。"

　　"这有什么好处呢？"

　　"这样我就可以不受干扰地进行我的秘密计划。我要潜进少校的潜意识，一直到下次我们再见面以前，我都会在那儿。"

我们这个时代

……人是注定要受自由之苦的……

闹钟显示时间已经是二十三点五十五分了。席德躺在床上，瞪着天花板，试着做一些自由联想。

每次她想完了一串事情之后，就问自己为什么会想这些？

她可不可能正试图压抑什么事情？

她要是能够解除所有的管制就好了，这样也许她就会在醒着时做梦。不过这种想法还真有点吓人，她想。

她愈放松，让自己胡思乱想，就愈觉得自己好像在林间小湖边的小木屋中。

艾伯特的计划会是什么呢？当然，艾伯特拟订计划这件事也是爸爸计划的。他是否已经知道艾伯特会用什么方式反击？也许他也一样试图放任自己的思想，以便制造一个连自己也料想不到的结局吧。

剩下的页数已经不多了。她该不该偷看最后一页呢？不，这样等于是作弊了。更何况，席德相信，到目前为止，最后一页会发生什么事都还不确定呢。

这不是一种很奇怪的想法吗？讲义夹就在这里，而爸爸毕竟不可能及时赶回来再增添任何东西，除非艾伯特做了什么事。一件令人惊奇的事……

无论如何，席德自己也会想办法让爸爸吓一大跳。他管不到她，可是她又能完全管得住自己吗？

意识是什么？它难道不是宇宙的一个大谜题吗？记忆又是什么？是什么东西使我们"记得"我们所看到、所经验到的每一件事情？

是什么样的机转使我们日复一日地做一些奇妙的梦？

她躺在那儿想着这些问题，并不时闭上眼睛，然后又睁开眼睛凝视着天花板。最后她就忘了睁开了。

她睡着了。

后来，她被海鸥尖锐的叫声吵醒。她起床走到房间的另一头，像往常一样站在窗前，俯瞰着窗外的海湾。这已经成了她的一个习惯，不管夏天冬天都是如此。

当她站在那儿时，她突然感觉到无数种颜色在她的脑海里爆炸。她想起了自己的梦境，可是感觉上那不只是一个普通的梦，因为梦中的颜色和形状都如此生动逼真……

她梦见爸爸从黎巴嫩回到家，而这整个梦是苏菲所做的那个梦的延伸，也就是苏菲在平台上捡到金十字架的那个梦。

席德梦见自己正坐在平台的边缘，就像在苏菲梦中那样。然后她听到一个很轻柔的声音说："我的名字叫苏菲！"席德仍旧动也不动地坐在那儿，试着分辨声音的来处。然后那轻得几乎听不见、宛如虫鸣的声音又说了："你一定是既聋又盲！"就在那个时候，爸爸穿着联合国的制服进入花园。"席德！"他喊。席德冲向他，用双臂围着他的脖子。到这里，梦就结束了。

她记得几行欧佛兰所写的诗：

深宵夜里因奇梦而惊醒，
恍惚听见一低语的声音，
宛如远处那地底的溪流，
我起身相询：汝意有何求？

当妈妈进来时，她仍旧站在窗前。

"嘿！你已经醒了吗？"

"我不确定……"

"我大约四点钟会回到家，像平常一样。"

"好。"

"那就祝你假日愉快啦！"

"你也是！"

一听到妈妈把前门关上的声音，她马上拿着讲义夹溜回床上。

"我要潜进少校的潜意识，一直到下次我们再见面以前，我都会在那儿。"

是的，昨天她就看到这里。她用右手的食指摸摸，讲义夹只剩下几页了。

苏菲离开少校的小木屋时，仍然可以看到有些迪斯尼的卡通人物还在湖边。可是当她走近时，它们似乎就溶解了。等到她走到小船边时，它们已经完全消失了。

她划船到对岸，并把小船拉上岸，放在芦苇丛间。这一路上她一直努力扮鬼脸并挥舞着手臂，拼命地吸引少校的注意力，好让坐在小木屋里的艾伯特能够不受干扰。

她一路上不停地又蹦又跳，后来又学机器人走路。为了维持少校对她的兴趣，她甚至开始唱歌。有一次她停了下来，心想艾伯特的计划究竟是什么。可是不一会儿，她马上制止自己。在罪恶感的驱使下，她开始爬树。

她尽可能爬到最高的地方。当她快爬到树顶时，突然发现自己下不来。待会儿她会再试一下，但现在她不能就这样坐在树上不动。少校会感到厌烦，然后又会开始好奇艾伯特正在做什么。

于是苏菲挥舞着手臂，并学公鸡叫了两三次，最后开始用假嗓子唱歌，这是她活到十五岁以来第一次用假嗓子唱歌。大致上来说，她对自己的表现相当满意。

她再次试着爬下来，可是她真的是被卡住了。这时，突然有一只大雁飞来，停在苏菲攀住的一根树枝上。苏菲已经看了这么多的迪斯尼人物，因此当那只雁开口跟她说话时，她一点也不惊讶。

"我叫莫通，"大雁说，"事实上我是一只家雁，可是由于情况特殊，我便和别的野雁一起从黎巴嫩飞到这里来。看起来你好像需要帮忙才能爬下来。"

"你太小了，帮不上忙。"苏菲说。

"小姐，你的结论下得太早了。应该说你自己太大才对。"

"这不是一样吗?"

"告诉你,我曾经载着一个年纪跟你一样大的乡下小男孩飞过全瑞典。他的名字叫尼尔·侯格森。"

"我今年十五岁了。"

"尼尔十四岁。加减个一岁对体重不会有影响。"

"你怎么把他载起来的?"

"我打他一巴掌,他就昏过去了。当他醒来时,身体就跟一根拇指一样大。"

"也许你也可以轻轻地打我一巴掌,因为我不能一直坐在这里。星期六我就要办一场哲学花园宴会了。"

"这倒挺有意思的。那我猜这大概是一本有关哲学的书。当我载着尼尔飞在瑞典上空时,我们在法姆兰区(Varmland)的马贝卡(Marbacka)着陆。尼尔在那儿遇见一位老妇人。她正计划为学童写一本有关瑞典的书。她说,这本书既要真实又要有教育价值。当她听到尼尔的奇遇时,便决定写一本有关他在雁背上所见到的事物的书。"

"这很奇怪。"

"老实告诉你吧,这是很反讽的,因为我们已经在那本书里面了。"

突然间苏菲觉得某个东西在她的脸颊上捆了一下,她立刻变成像拇指一样小。那棵树变得像一座森林,而那只雁也变得像马一样大了。

"来吧!"大雁说。

苏菲沿着树枝向前走,然后爬到大雁的背上。它的羽毛很柔软,可是由于她现在实在太小了,那些羽毛不时戳着她。

她一坐好,大雁就起飞了。他们飞到树林上方,苏菲向下看着小湖和少校的小木屋。艾伯特正坐在里面,拟订着他那秘密计划。

"今天我们小小地观光一下就好了。"大雁边说边拍着翅膀。

之后,它便向下飞,停在苏菲刚才爬的那棵树下。大雁着陆时,苏菲便滚到了地上。在石楠丛里滚了几下后,她便坐起来,很惊讶地发现自己又恢复原来的身高了。

大雁摇摇摆摆地在她的四周走了几圈。

"谢谢你帮我的忙。"苏菲说。

"小事一桩。你是不是说过这是一本有关哲学的书?"

"不,那是你说的。"

"好吧,反正都一样。如果我能做主的话,我会载着你飞过整部哲学史,就像我载尼尔飞过瑞典一样。我们可以在米雷特斯和雅典、耶路撒冷和亚力山卓、罗马和佛罗伦萨、伦敦和巴黎、耶纳和海德堡、柏林和哥本哈根这些城市的上空盘旋。"

"谢谢你,这样就够了。"

"可是飞越这么多世纪,即使对一只非常反讽的雁来说,也是很辛苦的。所以飞越瑞典各省要容易多了。"

说完后,大雁跑了几步,就拍拍翅膀飞到空中去了。

苏菲已经很累了。不久后当她爬出密洞时,心想艾伯特对她这些调虎离山的计策必然很满意。在过去的这个小时内,少校一定不可能花太多心思在艾伯特身上,否则他一定得了严重的人格分裂症。

苏菲刚从前门进屋,妈妈就下班回家了。还好是这样,否则她怎么解释她被一只家雁从一棵大树上救下来的事呢?

吃过晚餐后,她们开始准备花园宴会的事情。她们从阁楼里拿出了一张四米长的桌面,并把它抬到花园里。然后她们又回到阁楼去拿桌脚。她们已经计划好要把那张长桌子放在果树下。上一次他们用到那张长桌是在苏菲的爸妈结婚十周年庆的时候。那时苏菲只有八岁,但她仍然很清楚地记得那次各方亲朋好友云集的盛大露天宴会。

气象报告说星期六将会是个好天气。自从苏菲生日前一天的可怕暴风雨后,她们那儿连一滴雨也没下。不过,她们还是决定等到星期六上午再来布置和装饰餐桌。可是妈妈认为目前至少可以先把桌子搬到花园里。

那天晚上她们烤了一些小圆面包和几条由两种面团做成的乡村面包。请客的菜是鸡和沙拉,还有汽水。苏菲很担心她班上的一些男孩子可能会带啤酒来。她天不怕地不怕,就是怕惹麻烦。

苏菲正要上床睡觉时,妈妈又问了一次艾伯特是否一定会来。

"他当然会来。他甚至答应我要玩一个哲学的小把戏。"

"一个哲学的小把戏?那是什么样的把戏?"

"我不知道……如果他是一个魔术师,他可能就会表演魔术。也许他会从帽子里变出一只白兔来……"

"什么？又玩这一套呀？"

"可是他是个哲学家，他要要的是一个哲学的把戏，因为这毕竟是个哲学的花园宴会呀。"

"你这个顽皮鬼。"

"你有没有想过你自己要做什么呢？"

"老实说，我有。我想做点事。"

"发表一篇演讲吗？"

"我不告诉你。晚安！"

第二天一大早苏菲就被妈妈叫起床了。妈妈是来跟她说再见的，因为她要上班去了。她给了苏菲一张单子，上面列着所有花园宴会要用的物品，要她到镇上采买。

妈妈刚出门，电话就响了。是艾伯特打来的。他显然知道苏菲什么候会一个人在家。

"你的秘密计划进行得如何了？"

"嘘！不要提。别让他有机会去想它。"

"我想我昨天已经很成功地让他一直注意我了。"

"很好。"

"我们还有哲学课要上吗？"

"我就是为了这个才打电话来的。我们已经讲到现代了，从现在起，你应该可以不需要老师了，因为打基础是最重要的。可是我们还得见个面，稍微谈一下我们这个时代的哲学。"

"可是我得到镇上去……"

"那好极了，我说过我们要谈的是我们这个时代。"

"真的吗？"

"所以我们在镇上见面是很恰当的。"

"你要我到你那儿去吗？"

"不，不要到这里来。我这里乱七八糟的，因为我到处搜寻，看有没有什么窃听装置。"

"啊！"

"大广场上有一家新开的咖啡厅，叫做皮尔咖啡厅。你知道吗?"

"我知道。我要什么时候到呢?"

"十二点好吗?"

"那就十二点在咖啡厅碰面。"

"就这么说定了。"

"再见!"

十二点过两三分时，苏菲走进了皮尔咖啡厅。这是一家很时髦的咖啡厅，有小小的圆桌和黑色的椅子。贩卖机里摆着倒过来放的一瓶瓶艾酒，还有法国长条面包和三明治。

咖啡厅并不大。苏菲首先注意到的就是艾伯特并不在里面。老实说，这是她唯一注意到的地方。有许多人围着几张餐桌坐，可是苏菲只看到艾伯特不在这些人里面。

她并不习惯一个人上咖啡厅。她该不该转身走出去，稍后再回来看看他到了没有呢?

她走到大理石吧台那儿，要了一杯柠檬茶。她端了茶杯走到一张空桌子坐下来，并注视着门口。这里不断有人来来去去，可是苏菲只注意到艾伯特还没有来。

她要是有一份报纸就好了!

随着时间一分分过去，她忍不住看看四周的人，也有几个人回看她。有一段时间苏菲觉得自己像一个年轻的女郎。她今年只有十五岁，可是她自认看起来应该有十七岁，要不然至少也有十六岁半。

她心想，不知道这些人对活着这件事怎么想。他们看起来仿佛只是顺道经过，偶然进来坐坐似的。他们一个个都在比手画脚地谈话，可是看起来他们说得好像也不是什么重要的事。

她突然想到祁克果，他曾经说过群众最大的特色就是喜欢言不及义地闲扯。这些人是不是还活在美感阶段呢? 有没有一件事是对他们的存在有意义的呢?

艾伯特在初期写给她的一封信中曾经谈到儿童与哲学家之间的相似性。她又一次有不想长大的念头。搞不好她也会变成一只爬到兔子毛皮深处的虱子!

她一边想，一边注意看着门口。突然间艾伯特从外面的街上缓缓走进来了。虽然已经是仲夏天，但他还是戴着一顶黑扁帽，穿着一件灰色有人字形花纹的苏格兰呢短外套。他一看到苏菲，便急忙走过来。苏菲心想，他们以前好像从来没有在公开场合见过面。"现在已经十二点十五分了，你这个烂人。"

"这十五分是有教育意义。我可以请你这位年轻的小姐吃些点心吗？"

他坐下来，看着她的眼睛。苏菲耸耸肩。

"随便，一个三明治好了。"

艾伯特走到吧台那儿。不久他便端着一杯咖啡和两个乳酪火腿三明治回来。

"贵不贵呢？"

"小事一桩。"

"你为什么迟到呢？"

"我是故意的。我很快就会告诉你为什么。"

他咬了一大口三明治。然后他说道：

"我们今天要谈我们这个时代的哲学。"

"有什么重要的哲学事件发生吗？"

存在哲学

"很多……各种潮流都有。我们要先讲一个非常重要的潮流，就是存在主义。这是一个集合名词，代表几股以人存在的情况为出发点的哲学潮流。我们通常谈的是二十世纪的存在哲学。这些存在主义哲学家中有几个是以祁克果，乃至黑格尔等人的学说为基础的。"

"嗯。"

"另外一个对二十世纪有很大影响的哲学家是德国的尼采，生于一八四四年～一九〇〇年间。他同样反对黑格尔的哲学以及德国的'历史主义'，他认为我们应该重视生命本身，而不必对历史和他所谓的基督教的'奴隶式道德'过于注意。他希望能够造成'对所有价值的重新评价'，使强者的生命力不会受到弱者的拖累。根据尼采的说法，基督教和传统哲学已经脱离了真实世界，朝向'天堂'或'观念世界'发展，而人们过去认为的'真实'世界事实上是一个'伪世界'。他说：'要忠于这个世界。不要听信那些让你有超自然期望的人。'"

"然后呢？"

"祁克果和尼采两人同时又影响了德国的存在主义哲学家海德格尔。可是我们现在要专门来谈法国存在主义哲学家萨特。他生于一九〇五年~一九八〇年间，是存在主义者（至少是信奉存在主义的一般大众）的领袖。他的存在主义在第二次世界大战后的一九四〇年左右尤其风行。后来他与法国的马克思主义运动结盟，但他本人从来没有加入任何党派。"

"是因为这样我们才在一家法国咖啡厅见面吗？"

"我承认这是有目的的。萨特本人经常出入咖啡厅。他就是在这样的咖啡厅里遇见他终身的伴侣西蒙波娃的。她也是一位存在主义的哲学家。"

"一位女哲学家？"

"对。"

"太好了，人类终于变得比较文明了。"

"可是我们这个时代也有很多新的问题。"

"你要讲的是存在主义。"

"萨特说：'存在主义就是人文主义。'他的意思是存在主义者乃是以人类为出发点。必须说明的是：他的人文主义对于人类处境的观点要比文艺复兴时代的人文主义者悲观得多。"

"为什么呢？"

"祁克果和本世纪的若干存在主义哲学家都是基督徒，但萨特所信仰的却是所谓的'无神论的存在主义'。他的哲学可以说是在'上帝已死'的情况下对人类处境所做的无情分析。'上帝已死'这句话是尼采说的。"

"说下去。"

"萨特和祁克果的哲学中最主要的一个字眼就是'存在'。但存在不等于活着。植物和动物也活着，它们虽然存在，但并不需要思考存在的意义。人是唯一意识到自己存在的生物。萨特表示，一个东西只是在己（in itself）而人类却是为己（for itself）。因此人的存在并不等于东西的存在。"

"我同意。"

"萨特进一步宣称,人的存在比任何其他事情都重要。我存在的这个事实比我是谁更加重要。他说:'存在先于本质。'"

"这句话很复杂。"

"所谓的本质是指组成某些事物的东西,也就是说某些事物的本性。但根据萨特的说法,人并没有这种天生的'本性',因此人必须创造自我。他必须创造自己的本性或'本质',因为他的本性并非是一生下来就固定的。"

"我明白了。"

"在整部哲学史中,哲学家们一直想要探索人的本性。但萨特相信,人并没有一种不变的'本性'。因此,追求广泛的生命的'意识'是没有用的。换句话说,我们是注定要自己创造这种意义。我们就像是还没背好台词就被拉上舞台的演员,没有剧本,也没有提词人低声告诉我们应该怎么做。我们必须自己决定该怎么活。"

"事实上,真的是这样。如果我们能在圣经或哲学教科书中学到该怎么活,就很有用了。"

"你讲到要点了。但萨特说,当人领悟到他们活在世上,总有一天会死,而且没有什么意义可以攀附时,他们就会愈加恐惧。你可能还记得祁克果在形容人存在的处境时,也用过这个字眼。"

"嗯。"

"萨特又说,人在一个没有意义的世界中会感到疏离。当他描述人的'疏离'时,仍是重复黑格尔的中心思想。人的这种疏离感会造成绝望、烦闷、厌恶和荒谬等感觉。"

"感觉沮丧或觉得一切都很无聊是很正常的。"

"的确如此。萨特所描述的乃是二十世纪的城市人。你也许还记得文艺复兴时期的人文主义者曾经兴高采烈地强调人的自由与独立。萨特则觉得人的自由是一种诅咒。他说,'人是注定要受自由之苦的。因为他并没有创造自己,但却是自由的。因为一旦被扔进这个世界来,他就必须为他所做的每一件事负责。'"

"可是我们并没有要求被创造成自由的个体。"

　　"这正是萨特所要说的。可是我们仍然是自由的个体,而这种自由使我们注定一生中要不断地做选择。世上没有我们必须遵守的永恒价值或规范,这使得我们的选择更加有意义。因为我们要为自己所做的事负全责。萨特强调,人绝对不能放弃他对自己行动的责任,也不能以我们'必须'上班、'必须'符合中产阶级对我们生活方式的期望为理由,逃避为自己做选择的责任。如果我们逃避这项责任,就会沦为无名大众的一分子,将永远只是一个没有个性的群体之一,逃避自我并自我欺骗。从另外一方面来说,我们的自由迫使我们要成为某种人物,要'真实'地活着。"

　　"嗯,我明白了。"

　　"在道德的抉择上也是如此。我们永远不能把错误归咎于'人性'或'人的软弱'等。我们可以发现时常有成年男子做出种种令人厌恶的行为,却把这样的行为归咎于'男人天生的坏毛病'。可是世上没有'男人天生的坏毛病'这种东西,那只是我们用来避免为自己的行为负责的借口罢了。"

　　"总不能把样样事情都怪在它头上。"

　　"虽然萨特宣称生命并没有固有的意义,但他的意思并不是说什么事情都不重要。他不是我们所谓的'虚无主义者'。"

　　"什么是虚无主义者?"

　　"就是那些认为没有一件事情有意义,怎样都可以的人。萨特认为生命应该有意义,这是一个命令。但我们生命中的意义必须由我们自己来创造,存在的意义就是要创造自己的生命。"

　　"你可以说得详细一点吗?"

　　"萨特想要证明意识本身在感知某件事物之前是不存在的。因为意识总是会意识到某件事物。这个'事物'固然是由我们的环境提供的,但也是由我们自己提供的。我们可以选择对我们有意义的事物,借以决定我们所要感知的事物。"

　　"你可以举个例子吗?"

　　"例如同一个房间内的两个人对于这个房间的感受可能大不相同,这是因为当我们感知我们的环境时,会赋予它我们本身的意义(或我们的利益)。一个怀孕的女人也许会认为她走到哪里都可以看见别的孕妇,这并不是因为从前没有孕妇，而是因为她自己怀孕这件事使得每一件事在她眼中都有了新的意义。一个生病的人也许会认为到处都看得见救护车……”

“嗯，我明白了。”

“我们本身的生活会影响我们对这房间内事物的看法。如果某件事情与我无关，我就看不见它。所以我现在也许可以告诉你我今天为什么迟到了。”

“你是有目的的，对吧？”

“你先告诉我你进来时看到什么。”

“我注意到的第一件事就是你不在这里。”

“你看到的第一件事物却是一件不在这里的事物，这不是很奇怪吗？”

“也许吧。可是我要见的人是你呀。”

“萨特就曾经用过一次这样的咖啡厅之行说明我们如何‘虚无化’与我们无关的事物。”

“你迟到就是为了要说明这点？”

“是的，我想让你了解这个萨特哲学中的主要重点。你可以说这是一次演习。”

“少来！”

“当你谈恋爱，正等着你的爱人打电话给你时，你可能整晚都会‘听见’他没有打电话给你。因为你整个晚上注意到的就是他没有打电话来。当你跟他约好在火车站见面时，月台上人来人往，而你没有看见他。这些人都在那儿，但他们对你却是不重要的。你甚至可能觉得他们很讨厌，因为他们占去太多空间了。你唯一注意到的事情就是他不在那儿。”

“多悲哀呀。”

“西蒙波娃曾试图将存在主义应用到女性主义上。萨特已经说过，人没有基本的‘本性’。我们必须创造自我。”

“真的吗？”

“我们对于两性的看法也是这样。西蒙波娃否认一般人所谓的‘女人的天性’或‘男人的天性’。举例来说，一般人都说男人有所谓的‘超越的’或‘追求成功’的天性，因此他们会在家庭以外的地方追求意义和方向。而女人则被认为具有与男人完全相反的生活哲学。她们是所谓‘内在的’，意思就是说她们希望留在原地。因此她们会做养育小孩、整理环境等比较与家庭有关的事。今天我们也许会说妇女要比男人关心'女性的价值'。"

"她真的相信那些话吗?"

"你没有在听我说。事实上,西蒙波娃不相信有任何这种'女人天性'或'男人天性'存在。相反的,她相信女人和男人都必须挣脱这种内在偏见或理想的束缚。"

"我同意。"

"她主要的作品名叫《第二性》,一九四九年出版。"

"第二性是什么意思?"

"她指的是女人。在我们的文化里,妇女是被当成'第二性'的。男人好像把她们当做臣民,把女人当成是他们的所有物,因此剥夺了她们对自己生命的责任。"

"她的意思是只要我们愿意,我们就可以自由独立?"

"是的,可以这么说。存在主义对于四十年代到现在的文学也有很大的影响。其中包括戏剧在内。萨特本身除了写小说外,也写了一些剧本。其他几位重要的作家包括法国的加缪、爱尔兰的贝克特、罗马尼亚的伊欧涅思柯和波兰的康布罗维奇。他们和其他许多现代作家的典型风格就是我们所说的'荒谬主义'。这个名词专门用来指'荒谬剧场'。"

"啊。"

"你知道'荒谬'的意思吗?"

"不就是指没有意义或非理性的事物吗?"

"一点没错。'荒谬剧场'是'写实剧场'的相反。它的目的在显示生命的没有意义,以使观众起而反对。它的用意并不是鼓吹人生没有意义,其实正好相反。他们借着显示、揭发日常生活情境的荒谬,进而迫使旁观者追求较为真实而有意义的生命。"

"听起来挺有意思的。"

"荒谬剧场经常描绘一些非常琐碎的情境,因此我们也可以称之为一种'超写实主义'。剧中描绘的就是人们原来的面貌。可是当你把发生在浴室的事情或一个普通家庭平日早晨的景象搬上舞台时,观众就会觉得很好笑。他们的笑声可以解释成为一种看见自己在舞台上被嘲弄时的防卫机转。"

"正是如此。"

"荒谬剧场也可能具有若干超现实的特色。其中的角色时常发现自己处在一个非常不真实、像梦一般的情境里。当他们毫不讶异地接受这种情境时，观众就不得不讶异这些角色为何不感到讶异。这是卓别林在他的默片中惯用的手法。这些默片中的喜剧效果经常来自于卓别林默默地接受所有发生在他身上的荒谬事情。这使得观众不得不检讨自己，追求更真实的事物。"

"看到人们对于各种荒谬事件那种逆来顺受的态度，实在是让人觉得很惊讶。"

"有时我们会有'我必须远离这样的事，虽然我不知道该到哪里去'的感受。这种感觉可能并没有什么不好。"

"如果房子着火了，你只好冲出去，虽然你没有其他地方可以住。"

"没错。你想不想再喝一杯茶或一瓶可乐？"

"好。不过我还是认为你是个烂人，因为你迟到了。"

"没关系。"

艾伯特回来时拿了一杯意大利浓咖啡和一瓶可乐。这时，苏菲已经开始喜欢上咖啡厅的气氛了。她也开始认为其他桌客人的谈话也许不像她想象的那样没有意义。艾伯特"砰!"一声把可乐瓶子往桌上放。有几个别桌的客人抬起头来看。

"我们就上到这里了。"他说。

"你是说哲学史到了萨特和存在主义就结束了？"

"不，这样讲就太夸张了。存在主义哲学后来对世界各地的许多人产生了重大的影响。正如我们说过的，它的根可以回溯到祁克果，甚至远及苏格拉底。因此二十世纪也是一个我们谈过的其他哲学潮流开花结果、重新复苏的年代。"

"比如说什么潮流？"

"其中有一个是所谓的新圣多玛斯主义，也就是指那些属于圣多玛斯派的思想。另外一个就是所谓的'分析哲学'或'逻辑实验主义'。它的根源可追溯至休谟和英国的经验主义，甚至远及亚里士多德的理则学。除此之外，二十世纪自然也曾受到所谓的新马克思主义的影响。至于新达尔文主义和精神分析的影响，我们已经谈过了。"

"是的。"

"最后还有一个是唯物主义。它同样有它历史上的根源。现代科学有一大部分源自苏格拉底之前的哲学家的努力，例如找寻组成所有物质的不可见的'基础分子'。到目前为止还没有人能够对'物质'是什么问题提出一个令人满意的答案。核子物理学与生物化学等现代科学对于这个问题极感兴趣，对许多人而言，这甚至是他们的生命哲学中很重要的一部分。"

"新旧学说杂陈并列……"

"对，因为我们开始这门课程时所提出的问题到现在还没有人能回答。在这方面，萨特说了一句很重要的话。他说：关于存在的问题是无法一次就回答清楚的。所谓哲学问题的定义就是每一个世代，甚至每一个人，都必须要一再地问自己的一些问题。"

"蛮悲观的。"

"我并不一定同意你的说法。因为，借着提出这些问题，我们才知道自己活着。当人们追寻这些根本问题的答案时，他们总是会发现许多其他问题因此而有了清楚明确的解决方法。科学、研究和科技都是我们哲学思考的副产品。我们最后之所以能登陆月球难道不是因为我们对于生命的好奇吗？"

"这倒是真的。"

"当阿姆斯特朗踏上月球时，他说：'这是个人的一小步，人类的一大步。'他用这些话来总结他身为第一位登陆月球者的感想，话中提到了所有我们的祖先，因为这显然不是他一个人的功劳。"

"当然。"

"在我们这个时代，我们有一些崭新的问题要去面对。其中最严重的就是环境问题。因此，二十世纪一个主要的哲学潮流就是'生态哲学'（ecophilosophy），这是挪威哲学家那斯所给的名称，他也是这种哲学的奠基者之一。许多西方的生态哲学家已经提出警告，整个西方文明的走向根本就是错误的，长此下去，势必将会超出地球所能承受的范围。他们谈的不只是环境污染与破坏这些具体的问题。他们宣称，西方的思想形态根本上就有一些谬误。"

"我认为他们说得对。"

"举例来说，生态哲学家对于进化观念中以人为'万物之首'的这个假设提出质疑。他们认为，人类这种自以为是大自然主宰的想法可能会对整个地球造成致命的伤害。"

"我每次一想到这个就很生气。"

"在批评这个假设时，许多生态哲学家注意到印度等其他文化的观念与思想。他们并且研究了所谓'原始民族'或美洲印第安人和爱斯基摩人（现已改称因纽特人——编者注）等'原住民'的想法与习俗，以重新探索我们所失落的东西。"

"然后呢?"

"近年来科学界有一种说法是：我们整个科学思想的模式正面临一个'典范移转'（paradigm shift），意思就是说科学家思考的方式有了一个根本上的转变，而且这个现象已经在若干领域内开花结果；我们可以看到许多所谓'新生活运动'（alternative move-ments）倡导整体主义（holism）和新的生活方式。"

"太好了。"

"不过，当一件事情牵涉到许多人时，我们必须要学会分辨好坏优劣。有些人宣称我们正进入一个'新时代'，但并不是每一件新的东西都是好的。我们也不能把所有旧东西都抛弃。这是我为什么让你上这门哲学课的原因之一。你现在已经知道了古往今来的哲学理念了。接下来你应该能够为自己的人生找到一个方向。"

"非常谢谢你。"

"我想你会发现那些打着'新时代'旗号的运动有一大部分都是骗人的玩意儿。

"这几十年来西方世界甚至受到所谓的'新宗教''新神秘主义'和各式各样现代迷信的影响。这些东西已经变成一种企业了。由于信奉基督教的人日益减少，哲学市场上就出现了许许多多的替代产品。"

"什么样的替代产品?"

"多得不胜枚举。无论如何，要描述我们本身所在的这个时代并不容易。现在我们可不可以到镇上去散散步? 我想让你看一个东西。"苏菲耸耸肩。

"我没有多少时间了。你没有忘记明天的花园宴会吧?"

"当然没有。那个时候会发生一件很奇妙的事。不过我们先得让席德的哲学课程有一个圆满的结束。少校还没有想到那儿,你明白吗?因此他已经不再能够完全控制我们了。"

他再次举起现在已经空了的可乐瓶,往桌上"砰!"一声用力一敲。

他们走到街上,人们正像蚂蚁窝里精力充沛的蚂蚁一样熙来攘往。苏菲心想不知道艾伯特要让她看什么东西。他们经过一家很大的商店,里面贩卖各式各样的通讯器材,从电视、录影机、小耳朵到各种移动电话、电脑和传真机都有。

艾伯特指着橱窗里的东西说:"这就是二十世纪了。在文艺复兴时代,世界开始膨胀。自从那些伟大的探险航程展开后,欧洲人就开始走遍世界各地。今天情形正好相反。我们称之为反膨胀。"

"怎么说呢?"

"意思是说世界正逐渐凝聚成一个庞大的通讯网络。在不算很久以前,哲学家们还必须坐好几天的马车才能到其他的地方去探索这个世界,并会见其他的哲学家。今天我们不论在地球任何一个角落都可以通过电脑荧屏获得人类所有的经验。"

"想起来真是棒极了,甚至让人有点怕怕的,真的。"

"问题在于历史是否即将结束,或者刚好相反,我们正要迈入一个崭新的时代。我们已经不再只是一个城市的居民或某个国家的公民了。我们是生活在全球文明里的世界公民。"

"真的。"

"过去三四十年来,科技的发展,尤其是在通讯方面的进步,可能大过历史上各时期的总和。而目前我们所见到的可能只是开始而已……"

"这就是你要让我看的东西吗?"

"不,那个东西在那边那座教堂的另外一边。"他们转身要走时,一台电视的荧屏上闪过了一幅几个联合国士兵的画面。

"你看!"苏菲说。摄影机的镜头淡入,停在其中一个士兵的身上。他有一脸几乎和艾伯特一模一样的黑胡子。突然间他举起一块牌子,上面写着:"席德,我就快回来了!"他挥一挥另外一只手,然后就消失了。

"唉，真是个江湖郎中！"艾伯特叹道。

"那是少校吗？"

"我可不想回答这个问题。"他们穿过教堂前面的公园，走到另外一条大街上。艾伯特似乎有点烦躁。他们在一家名叫里伯瑞斯的大型书店前停下来。这是镇上最大的一家书店。

"你是不是要让我看里面的某个东西？"

超 自 然

"我们进去吧。"在书店里，艾伯特指着最长的那面书墙，其中的书分成三类，包括："新时代""新生活"和"神秘主义"。这些书都有着很吸引人的标题，如：《死后的生命？》《招魂术的秘密》《意大利纸牌算命术》《幽浮现象》《治疗术》《上帝重临》《你曾来过这里》《占星术是什么？》等，一共有成千上百本。书架的下面并堆着一叠叠类似的书。

"这也是二十世纪的现象。这是我们这个时代的神庙。"

"这些东西你都不相信吗？"

"其中有一大部分是鬼话。但它们的销路和色情刊物一样好。事实上它们有许多可以算得上是一种色情刊物。年轻人可以来到这儿，购买他们认为最有趣的思想。但这些书和真正的哲学之间的差异就像色情和真爱之间的差异一样。"

"你这样说不是太粗鲁了吗？"

"我们到公园里去坐吧！"他们走出书店，在教堂前找了一张没有人坐的长椅。旁边树底下成群的鸽子正摇头摆尾地走来走去，一只孤零零的麻雀在他们中间过度热心地跳来跳去。

"那些东西叫做ESP或灵学超心理学，"他开始说，"或者也叫做精神感应术、超感应能力、灵视和心理动力学，有些也叫做招魂术、占星术和幽浮学。"

"老实说，你真的认为它们都是骗人的玩意儿吗？"

"当然一个真正的哲学家不应该说它们都不好。但我可以说所有这些学问加起来就像一张地图一样，虽然巨细靡遗，但问题是那块土地可能根本并不存在，而且其中有许多是'想象的虚构物'。要是休谟的话，早就一把火把它们给烧了。那些书里面，有许多根本没有包含一丝一毫的真实经验。"

"那为什么会出现这么多这类的书呢？"

"这是全世界最大规模的营利企业，因为那就是大多数人想要的东西。"

"那你认为他们为什么想要这些呢？"

"他们显然是希望有一些'神秘的''不一样'的东西来打破日常生活的烦闷与单调。可是这简直是多此一举！"

"怎么说呢？"

"因为我们已经置身在一场奇妙的探险旅程里。青天白日之下，在我们的眼前就有一件伟大的创作品。这不是很美妙吗？"

"我想是吧。"

"我们为什么还要跑到占卜术士的帐篷或从学院派的后门去找寻一些'刺激'或'超自然'的东西呢？"

"你是说写这类书的人都是些江湖术士或骗子吗？"

"不，我并没有这样说。可是这当中也有一个达尔文系统。"

"请你解释一下好吗？"

"请你想想看一天里面能够发生多少事。你甚至可以挑选你生命中的一天，然后想一想那天里你所看到和经验到的一切事物。"

"然后呢？"

"有时你会碰到一些奇异的巧合。你可能会跑进一家店里，买了一个价值二十八块钱的东西。后来，在同一天，乔安又跑来还她欠你的二十八块钱。然后你们两个决定要去看电影，结果你的座位号码是二十八号。"

"嗯，这的确是一个很神秘的巧合。"

"不管怎样，这些事就是一种巧合。问题在于有些人就会搜集这类巧合，还有各种奇异的、无法解释的经验。当这类取自数十亿人生活中的经验被结集成书时，看起来就像是真实的数据。而它们的数量会愈来愈庞大。不过这也像是一场摸彩，只有中奖的号码才会被公布出来。"

"可是世上确实有天眼通和灵媒这些人，不是吗？他们不断地有这类经验呀。"

"确实是有。但撇开那些招摇撞骗的人不谈,我们仍然可以为这些所谓的神秘经验找到另外一种解释。"

"什么解释?"

"你还记得我们谈过弗洛伊德所说的潜意识理论吗?"

"当然记得啦。我不是一再告诉你我的记性很好吗?"

"弗洛伊德曾说我们可能时常是自己潜意识的'灵媒'。我们可能会突然发现自己正在想着或做着某件事,连自己也不太明白原因。这是因为我们内心中有许多连自己也没有察觉的经验、想法或记忆。"

"所以说呢?"

"你知道有些人会梦游或说梦话,我们可以称之为一种'精神上的无意识行动'。除此之外,人们在经过催眠之后,也可能会'不由自主'地说一些话或做一些事。你也许还记得那些超现实主义者曾经试图要制造所谓的自动写作。事实上他们只是试图要做自己潜意识的灵媒罢了。"

"嗯,这个我也记得。"

"本世纪不时流行我们所称的'通灵'现象。有些人相信灵媒可以和已逝者接触。这些灵媒或者用死者的声音来说话,或者通过自动写作,借此接收几百年前某个古人的信息。有人认为这种现象证明人死后会进入另外一个世界,或者世间确实有轮回。"

"嗯,我知道。"

"我的意思并不是说所有的灵媒都是江湖术士。他们有些确实不是骗人的。他们确实当过灵媒,但他们所当的只是自己潜意识的灵媒罢了。曾经有过好几个这样的例子:有人仔细观察一些灵媒在恍惚状态的反应,发现他们居然会显示出一些无论是他们自己或别人都不知道他们如何获得的知识或能力。在其中一个案例里,一个从来没有学过希伯来文的女人突然以希伯来文说出一些事情。因此她必定是在前世学的,要不就是她曾经和某个死者的灵魂沟通。"

"你相信哪一种说法呢?"

"结果后来发现她小时候有一个奶妈是犹太人。"

"啊!"

"你很失望吗？这个现象显示有些人具有不可思议的能力，可以把从前的经验储存在他们的潜意识里。"

"我懂你的意思了。"

"有许多日常生活中不可思议的事件都可以用弗洛伊德的潜意识理论来解释。也许有一天我正要找一个多年没有联络的朋友的电话时，却刚好接到他打来的电话。"

"蛮诡异的。"

"可是事实上也许是我们两个同时听到收音机里播的一首老歌，而这首歌刚好是我们两个上一次见面时听到的。重要的是，我们都没有察觉到其中的关联。"

"所以这些事情要不就是道听途说，要不就是因为特别奇怪才众口相传，要不就是潜意识的作用，对吗？"

"不管怎样，在进到这类书店时抱持相当的怀疑态度总是比较健康的，特别是对一个哲学家而言。英国有一个由怀疑论者组成的协会。许多年前他们重金悬赏第一个能够对那些超自然现象提供一点点证明的人。他们并不要求参加者展示什么奇迹，而只要他们表演一点点心电感应就可以了。但是到目前为止，没有一个人来参加。"

"嗯。"

"话说回来，有很多现象仍然是我们人类无法理解的。也许我们还不是真正了解自然的法则。在上一个世纪，许多人认为磁力与电力的现象是一种魔术。我敢打赌我的曾祖母如果听到我说关于电视和电脑的事，一定会惊讶得目瞪口呆。"

"这么说你并不相信所有超自然的现象啰？"

"我们已经谈过这点了。就连'超自然'这个名词听起来也很奇怪。不，我相信世上只有一个自然。但从另外一方面来说，这也是很令人惊异的事。"

"可是你让我看的那些书里面记载了那么多神秘的事情……"

"所有真正的哲学家都应该睁大眼睛。即使我们从来没有见过白色的乌鸦，我们也不应该放弃寻找它。也许有一天，连我这样的怀疑论者也会不得不接受某种我从前并不相信的现象。如果我不承认有这种可能性，那我就是一个武断的人，而不是一个真正的哲学家。"艾伯特和苏菲继续坐在长椅上，两人都没有说话。那些鸽子伸长了脖子咕咕地叫着，不时被一辆路过的脚踏车或突然的动作吓着。

"我必须回家打点宴会的事了。"最后苏菲说。

"可是在我们分手以前，我要给你看一只白色的乌鸦。它比我们所想象的更接近我们。"他从长椅上站起来，示意苏菲再回到书店里去。

这次他们走过所有关于超自然现象的书，停在书店最里面一个看起来不甚牢固的架子前。架子的上方挂着一块很小的牌子，上面写着：哲学类。艾伯特指着架上的一本书。苏菲看到书名时不禁吓了一跳。上面写着：苏菲的世界。

"你要不要我买一本送给你？"

"我不太敢看耶！"

无论如何，过了没多久，她就走在回家的路上了，一手拿着那本书，另一手则拿着一个小袋子，里面装着她刚才买的花园宴会用品。

花园宴会

席德坐在床上，动也不动。她可以感觉到她双臂与双手绷得紧紧的，拿着那本沉重的讲义夹，颤抖着。

已经快十一点了。她坐在那儿读了两个多小时了。这期间她不时抬头大笑，有时笑得她不得不翻身喘气。还好屋里只有她一个人。

这两个小时内发生的事可真多呀。最先是苏菲在丛林间小木屋回家的路上努力要引起少校的注意力。最后她爬到一棵树上，然后被大雁莫通给救了。那只雁是从黎巴嫩飞来的，仿佛是她的守护天使一般。

虽然已经过了很久，但席德永远不会忘记从前爸爸念《尼尔奇遇记》给她听的情景。因为那之后有许多年，她和爸爸之间发展出了一种与那本书有关的秘密语言。现在他又把那只老雁给揪出来了。

后来苏菲第一次体验到独自一人上咖啡厅的滋味。席德对艾伯特讲的萨特和存在主义的事特别感兴趣。他几乎让她变成了一个存在主义者。不过，话说回来，她过去也有好几次曾经这样过。

大约一年前，席德买了一本占星学的书，还有一次她拿了一组意大利纸牌回家，后来又一次她买了一本有关招魂术的书。每一次，爸爸总是跟她说一些什么"迷信"呀、"批判的能力"呀等道理，但他一直等到现在才来"绝地大反攻"。他的反击可说是正中要害。很明显的，他想在他的女儿长大之前彻彻底底警告她那些东西的害处。为了安全起见，他安排了他从电器商店的电视屏幕上对她挥手的场面。其实他大可不必这样的……

她最感到好奇的还是那个女孩。

苏菲，苏菲——你在哪里？你从何处来？你为什么进入我的生命？

最后，艾伯特给了苏菲一本有关她自己的书。那本书是否就是席德现在手上拿的这一本呢？当然，这只是一个讲义夹。但即使是这样，一个人怎么可能在一本有关他自己的书里面发现一本有关他自己的书呢？

如果苏菲开始读这本书，会有什么事发生呢？

席德用手指摸一摸讲义夹，只剩下几页了。

苏菲从镇上回家时在公车上碰到了她妈妈。该死！她如果看见她手上拿的这本书，不知道会说什么呢！

苏菲想把那本书放在装着宴会用的彩带和气球的袋子里，但并没有成功。

"嗨，苏菲！我们居然坐同一辆公车！真好！"

"嗨，妈！"

"你买了一本书呀？"

"没有，不是买的。"

"《苏菲的世界》……多奇怪呀。"

苏菲知道这时她是骗不了妈妈的。

"是艾伯特给我的。"

"嗯，我想一定是的。我说过了，我一直在等着见这个人呢。我可以看看吗？"

"可不可以等到我们回家以后？妈，这是我的书耶！"

"这当然是你的书啦。我只想看看第一页。好吗？……苏菲放学回家了。有一段路她和乔安同行，她们谈着有关机器人的问题……"

"书里真的这么写吗？"

"没错。是一个名叫艾勃特的人写的。他一定是刚出道的。噢，对了，你那位哲学家叫什么名字？"

"艾伯特。"

"也许这个怪人写了一本关于你的书呢，苏菲。他用的可能是笔名。"

"那不是他。妈，你就别再说了吧。反正你什么都不懂。"

"是呀，我是不懂。明天我们就举行花园宴会了，然后一切又会恢复正常。"

"艾伯特活在一个完全不同的世界里，所以这本书是一只白乌鸦。"

"你真的不能再这样下去了！以前你说的不是白兔吗？"

"好了，别说了。"

她们说到这里，苜蓿巷就到了。她们刚下车就遇上了一次示威游行。

"天哪！"苏菲的妈妈喊，"我还以为我们这个社区不会发生这样的事呢！"

示威的人顶多只有十到十二个。他们手里拿的布条上写着：

"少校快来了！"

"支持美味的仲夏节大餐！"

"加强联合国！"

苏菲几乎替妈妈感到难过。

"别理他们。"她说。

"可是这个示威好奇怪呀，挺荒谬的。"

"只不过是个小把戏罢了！"

"世界改变得愈来愈快了。其实，我一点也不感到惊讶。"

"不管怎样，你应该对你不感到惊讶这件事感到惊讶。"

"一点也不。他们并不暴力呀，是不是？我只希望他们还没有把我们的玫瑰花床踩坏。我想他们一定不会在一座花园里示威吧。我们赶快回家看看。"

"妈，这是一次哲学性的示威。真正的哲学家是不会践踏玫瑰花床的。"

"我告诉你吧，苏菲。我不相信世上还有真正的哲学家了。这年头什么都是合成的。"

生日宴会

那天下午和晚上，她们一直忙着准备。第二天早上，她们仍继续未完的工作，铺桌子、装饰餐桌。乔安也过来帮忙。

"这下可好了！"她说，"我爸妈也打算要来。都是你，苏菲！"在客人预定到达前半小时，一切都准备好了。树上挂满了彩带和日本灯笼。花园的门上、小径两旁的树上和屋子的前面都挂满了气球。那天下午大部分时间，苏菲和乔安都忙着吹气球。

餐桌上摆了鸡、沙拉和各式各样的自制面包。厨房里还有葡萄面包和双层蛋糕、丹麦酥和巧克力蛋糕。可是打从一开始，餐桌上最中央的位置就保留给生日蛋糕。那是一个由杏仁圈饼做成的金字塔。在蛋糕的尖顶，有一个穿着坚信礼服装的小女孩图案。苏菲的妈妈曾向她保证那个图案也可以代表一个没有受坚信礼的十五岁女孩，可是苏菲相信妈妈之所以把它放在那儿，是因为苏菲说她不确定自己是不是想受坚信礼。而妈妈似乎认为那个蛋糕就象征坚信礼。

"我们是不惜工本。"在宴会开始前的半小时，这样的话她说了好几次。

客人们开始陆续抵达了。第一批来的是苏菲班上的三个女同学。她们穿着夏天的衬衫、浅色的羊毛背心、长裙子，涂了很淡很淡的眼影。过了一会儿，杰瑞米和罗瑞也缓缓地从大门口走进来了，看起来有点害羞，又有几分小男生的傲慢。

"生日快乐！"

"你长大了！"

苏菲注意到乔安和杰瑞米已经开始偷偷地眉来眼去了。空气里有一种让人说不上来的气息，也许是仲夏的缘故。

每一个人都带了生日礼物。由于这是一个哲学性的花园宴会，有几个客人曾经试着研究哲学到底是什么。虽然并不是每个人都找到了与哲学有关的礼物，但大多数人都绞尽脑汁想了一些富有哲学意味的话写在生日卡片上。苏菲收到了一本哲学字典和一本有锁的日记，上面写着"我个人的哲学思维"。客人一抵达，苏菲的妈妈便端上用深色玻璃杯装的苹果西打请他们喝。

"欢迎……这位年轻的男士贵姓大名？……以前好像从来没见过……你能来真是太好了，赛西莉……"

当所有较年轻的客人都已经端着杯子在树下闲逛时，乔安的父母开了一辆白色的奔驰轿车，停在花园门口。乔安的爸爸穿了一身昂贵的灰色西装，全身上下无懈可击，乔安的妈妈则穿着一套红色裤装，上面贴着暗红色的亮片。苏菲敢说她一定是在玩具店里买了一个穿着这种套装的芭比娃娃，然后请裁缝按照她的尺寸做了一套。还有一种可能就是：乔安的爸爸买了一个这样的芭比娃娃，然后请魔术师把它变成一个活生生的女人。可是这种可能性很小，因此苏菲就放弃了。

他们跨出奔驰轿车，走进花园，园里所有年轻客人都惊奇地瞪大了眼睛。乔安的爸爸亲自拿了一个长方形的包裹给苏菲。那是他们全家人送她的礼物。当苏菲发现里面是——没错，是一个芭比娃娃时，很努力地保持镇静。可是乔安就不了：

"你疯了吗？苏菲从来不玩洋娃娃的！"

乔安的妈妈连忙走来，衣服上的亮片发出噼噼啪啪的声音。"可是这只是当装饰用的呀。"

"真的很谢谢你，"苏菲想打圆场，"现在我可以开始搜集娃娃了。"

大家开始向餐桌的方向聚拢。

"现在就剩下艾伯特还没到了。"苏菲的妈妈用一种热切的声音向苏菲说，企图隐藏她愈来愈忧虑的心情。其他客人已经开始交换着有关这个特别来宾的小道消息了。

"他已经答应我了，所以他一定会来。"

"不过在他来之前我们可以让其他客人先就座吗？"

"当然可以。来吧！"

苏菲的妈妈开始请客人围着长桌子坐下。她特别在她自己和苏菲的位置间留了一个空位。她向大家说了一些话，内容不外是今天的菜、天气多好和苏菲已经是大人了等。

他们在桌边坐了半小时后，就有一个蓄着黑色山羊胡子、戴着扁帽的中年男子走到首蓿巷，并且进了花园的大门。他捧着一束由十五朵玫瑰做成的花束。

"艾伯特！"

苏菲离开餐桌，跑去迎接他。她用双手抱住他的脖子，并从他手里接过那束花。只见他在夹克的口袋里摸索一下，掏出两三个大鞭炮，把它们点燃后就丢到各处。走到餐桌旁后，他点亮了一支烟火，放在杏仁塔上，然后便走过去，站在苏菲和她妈妈中间的空位上。

"我很高兴能到这里来。"他说。

在座的宾客都愣住了。乔安的妈妈对她先生使了一个眼色。苏菲的妈妈看到艾伯特终于出现，在松了一口气之余，对他的一切行为都不计较了。苏菲自己则努力按捺她的笑意。

苏菲的妈妈用手敲了敲她的玻璃杯，说道：

"让我们也欢迎艾伯特先生来到这个哲学的花园宴会。他不是我的新男友。因为，虽然我丈夫经常在海上，我目前并没有交男朋友。这位令人很意外的先生是苏菲的新哲学老师。他的本事不只是放鞭炮而已。他还能，比方说，从一顶礼帽里拉出一只活生生的兔子来。苏菲，你说是兔子还是乌鸦来着？"

"多谢。"艾伯特说，然后便坐下来。

"干杯！"苏菲说。于是在座客人便举起他们那装着深红色可乐的玻璃杯，向他致意。

他们坐了很久，吃着鸡和沙拉。突然间乔安站起来，毅然决然地走到杰瑞米身旁，在他的唇上大声地亲了一下。杰瑞米也试图把她向后扳倒在桌上，以便回吻她。

"我要昏倒了。"乔安的妈妈喊。

"孩子们，不要在桌上玩。"苏菲的妈妈只说了这么一句话。

"为什么不要呢？"艾伯特转身对着她问。

"这个问题很奇怪。"

"一个真正的哲学家问问题是从来没有错的。"

另外两三个没有被吻的男孩开始把鸡骨头扔到屋顶上。对于他们的举动，苏菲的妈妈也只温和地说了一句：

"请你们不要这样好吗？檐沟里有鸡骨头清理起来挺麻烦的。"

"对不起，伯母。"其中一个男孩说，然后他们便改把鸡骨扔到花园里的树篱上。

"我想现在应该收拾盘子，开始切蛋糕了。"苏菲的妈妈终于说，"有几个人想喝咖啡？"

乔安一家、艾伯特和其他几个客人都举起了手。

"也许苏菲和乔安可以来帮我忙……"

她们趁走向厨房的空当，匆匆讲了几句悄悄话。

"你怎么会跑去亲他的？"

"我坐在那儿看着他的嘴，就是无法抗拒。他真的好可爱呀！"

"感觉怎样？"

"不完全像我想象的那样，不过……"

"那么这是你的第一次啰？"

"可是绝不是最后一次！"

很快的，咖啡与蛋糕就上桌了。艾伯特刚拿了一些鞭炮给那几个男孩，苏菲的妈妈便敲了敲她的咖啡杯。

"我只简短地说几句话。"她开始说，"我只有苏菲这个女儿。在一个星期又一天前，她满十五岁了。你们可以看出来，我们是不惜工本地办这次宴会。生日蛋糕上有二十四个杏仁圈饼，所以你们每人至少可以吃一个。那些先动手拿的人可以吃两个，因为我们要从上面开始拿，而愈往下的圈饼个愈大。人生也是这样。当苏菲还小时，她总是拿着很小的圈饼到处跑。几年过去了。圈饼愈来愈大。现在它们可以绕到旧市区那儿再绕回来了。由于她爸爸经常出海，于是她常打电话到世界各地。祝你十五岁生日快乐，苏菲！"

"真好！"乔安的妈妈说。

苏菲不确定她指的是她妈妈、她妈妈讲的话、生日蛋糕还是苏菲自己。

宾客们一致鼓掌。有一个男孩把一串鞭炮扔到梨树上。乔安也离开座位，想把杰瑞米从椅子上拉起来。他任由她把他拉走，然后两人便滚到草地上不停地互相亲吻。过了一会儿后，他们滚进了红醋栗的树丛。

"这年头都是女孩子采取主动了。"乔先生说。

然后他便站起来，走到红醋栗树丛那儿，就近观察着这个现象。结果，其他的客人也都跟过去了。只有苏菲和艾伯特仍然坐在位子上。其他的客人站在那儿，围着乔安和杰瑞米，成了一个半圆形。这时，乔安和杰瑞米已经从最初纯纯的吻进展到了热烈爱抚的阶段。

"谁也挡不住他们。"乔安的妈妈说，语气里有点自豪。

"嗯，有其父必有其女。"她丈夫说。

他看看四周，期待众人对他的妙语连珠报以掌声，但他们却只是默默地点点头。于是他又说：

"我看是没办法了。"

这时苏菲在远处看到杰瑞米正试图解开乔安白衬衫上的扣子。那件白衬衫上早已染了一块块青草的印渍。乔安也正摸索着杰瑞米的腰带。

"别着凉了!"乔安的妈妈说。

苏菲绝望地看着艾伯特。

"事情发生得比我预料中还快。"他说,"我们必须尽快离开这儿。不过我要先对大家讲几句话。"

苏菲大声地拍着手。

"大家可不可以回到这里来坐下?艾伯特要演讲了。"

除了乔安和杰瑞米外,每一个人都慢慢走回原位。

"你真的要演讲吗?"苏菲的妈妈问,"太美妙了!"

"谢谢你。"

"你喜欢散步,我知道。保持身材是很重要的。如果有一只狗陪伴那就更好了。它的名字是不是叫汉密士?"

艾伯特站起身,敲敲他的咖啡杯。"亲爱的苏菲,"他开始说,"我想提醒你这是一个哲学的花园宴会。因此我将发表一篇有关哲学的演讲。"

众人爆发出热烈的掌声。

"在这样乱糟糟的地方,也许正适合谈谈理性。可是无论发生什么,我们都不要忘记祝苏菲十五岁生日快乐。"

他刚讲完,他们便听见一架小飞机嗡嗡地飞过来。它飞低到花园上方,尾部拉着一个长长的布条,上面写着:"十五岁生日快乐!"

又是一阵掌声,比前几次都大声。

哲学演讲

"天哪,你看到没有?"苏菲的妈妈高兴地说,"这个人的本事不只是放鞭炮而已!"

"谢谢。这不过是个小把戏罢了。过去这几个星期以来,苏菲和我进行了一项大规模的哲学调查。我们现在要在这里公布我们的调查结果,我们将揭开我们的存在最深处的秘密。"

现在，众人都安静下来了，只听见小鸟啁啾的声音和红醋栗树丛里偶尔传来的经过刻意压抑的声响。

"说下去呀！"苏菲说。

"在对最早的希腊哲学家一直到现代的哲学理论做过一番彻底的研究之后，我们发现我们是活在一个少校的心灵中，那位少校目前担任联合国驻黎巴嫩的观察员。他已经为他女儿写了一本关于我们的书。那个女孩住在黎乐桑，名叫席德，今年也是十五岁了，而且和苏菲同一天生日。在六月十五日清晨她醒来后，这本书就放在她床边的桌子上。说得更明确一点，那本书是装在一个讲义夹里的。现在，就在我们讲话的时候，她正用她的食指摸着讲义夹的最后几页。"

桌旁的众人脸上开始出现一种忧虑的神色。

"因此，我们的存在只不过是作为席德生日的娱乐罢了。少校创造我们，以我们为架构，以便对他的女儿进行哲学教育。这表示，（打个比方）大门口停的那辆奔驰轿车是一文不值，那不过是个小把戏罢了。它只不过是在一位可怜的联合国少校的脑海里转来转去的白色奔驰轿车。而那位少校此刻正坐在一棵棕榈树的树荫下，以免中暑呢。各位，黎巴嫩的天气是很炎热的。"

"胡说！"乔先生喊道，"这真是一派胡言。"

"你可以有你自己的看法，"艾伯特毫无怯意，继续说下去，"但事实上这次花园宴会才真正是一派胡言。整个宴会里唯一有理性的就是我这席演讲。"

听到这话，乔先生便站起来说：

"我们大家在这里，拼全力地做生意，并且买了各种保险，以防万一。可是这个无所事事的万事通先生却来这儿发表什么'哲学'宣言，想破坏这一切哩！"

艾伯特点头表示同意。

"的确没有保险公司会保这种哲学见解险，这种见解比什么天灾都还糟哩。可是我说，这位先生，你可能知道，保险公司也不保那些的。"

"现在哪来的天灾？"

"不，我说的是生存方面的天灾。比方说，你如果看看树丛底下发生的事，就会明白我的意思。你没法投保任何的险，以防止自己整个生命崩溃。你也不能防止太阳熄灭。"

"我们一定得听他胡扯吗？"乔安的爸爸问，眼睛向下看着他的妻子。

她摇摇头，苏菲的妈妈也摇摇头。

"太可惜了，"她说，"这次宴会我们可是不惜工本。"

但年轻人们却坐在那儿，眼睛瞪着艾伯特一直看。通常年轻人比年长的人要更容易接受新思想和新观念。

"请你说下去。"一个一头金色的鬈发，戴着眼镜的男孩说。

"谢谢你。但我没有很多话好说了。当你已经发现自己只是某个人不清不楚的脑袋里的一个梦般的人物时，依我来看最明智的办法就是保持缄默。可是最后我可以建议你们年轻人修一门简短的哲学史课程。对于上一代的价值观抱持批判的态度是很重要。如果说我曾经教苏菲任何事的话，那就是：要有批判性的思考态度。黑格尔称之为否定的思考。"

乔先生还没有坐下。他一直站在那儿，用手指敲击桌面。

"这个煽动家企图破坏学校、教会和我们努力灌输给下一代的所有健全的价值观。年轻人有他们的未来，他们终有一天会继承我们所有的成就。如果这个家伙不立刻离开这里，我就要叫我的家庭律师来。他知道该怎么处理这样的事情。"

"既然你只是一个影子，因此不管你想要处理的是什么事情，对他来说都没什么差别。还有，不管怎样，苏菲和我马上就要离开这个宴会了，因为，对我们而言，我们所上的哲学课不完全只谈理论，它也有实际的一面。当时机成熟时，我们会表演一个消失不见的把戏。那样我们就可以从少校的意识里偷偷溜走。"

消失

苏菲的妈妈拉着苏菲的手。

"你不会离开我吧？苏菲。"

苏菲用双臂抱住妈妈，并抬头看着艾伯特。

"妈妈很难过……"

"不,这是很荒谬的。你不可以忘记你所学的。我们要挣脱的是这些胡言。你的妈妈就像那个带着一篮子食物要送给她祖母的小红帽一样的可爱、亲切。她当然会难过,可是那就像那架飞在我们头顶上祝你生日快乐的飞机需要有燃料一样。"

"我明白你的意思了。"苏菲说,于是她转身背对着妈妈:"所以我必须照他的话做。早晚有一天,我是一定得离开你的。"

"我会想你的,"她妈妈说,"可是如果这上面有一个天堂,你得飞上去才行,我答应你我会好好照顾葛文达。它一天吃一片还是两片莴苣叶子?"

艾伯特把手放在她的肩膀上。

"在座的没有一个人,包括你在内,会想念我们。理由很简单:因为你们并不存在。所以你们不会有什么器官可以用来想念我们。"

"这简直是太污辱人了。"乔安的妈妈大声说。

她的丈夫点点头。

"我们至少可以告他毁谤。他想要剥夺所有我们珍视的东西。这人是个无赖,是个该死的蛮子!"

说完后,他和艾伯特都坐下来了。乔安的爸爸气得脸色发红。此时,乔安和杰瑞米也过来坐下了。他们的衣服全都脏兮兮的,皱成一团。乔安的金发上也沾了一块块的泥巴。

"妈,我要生小孩了。"她宣布说。

"好吧,可是你得等到回家再生。"

乔先生也立刻表示支持。

"她得克制一下她自己。如果小孩今晚要受洗的话,她得自己设法安排。"

艾伯特用一种肃穆的神情看着苏菲。

"时候到了。"

"你走之前能不能给我们端几杯咖啡来呢?"苏菲的妈妈问。

"当然可以,马上来。"

她从桌上拿了保温瓶。她得把厨房里的咖啡机再加满水才行。当她站在那儿等水煮开时,顺便喂了鸟和金鱼,并走进浴室,拿出一片莴苣叶给葛文达吃。她到处找不到雪儿,不过她还是开了一大罐猫食,倒在一只碗里，并把碗放在门前的台阶上。她的眼泪不断涌出来。

当她端着咖啡回到园里时，宴会中的情景像一个儿童聚会，而不像是一个十五岁生日宴会。桌上有好几个打翻的汽水瓶，桌布上到处沾满了巧克力蛋糕，装葡萄干面包的盘子覆在草坪上。苏菲来到时，有一个男孩正把一串鞭炮放在双层蛋糕上。鞭炮爆炸时，蛋糕上的奶油溅得桌上、客人的身上到处都是。受害最深的是乔安的妈妈那身红色的裤装。奇怪的是她和每一个人都一副若无其事的样子。这时，乔安拿了一大块巧克力蛋糕，涂在杰瑞米的脸上，然后开始用舌头把它舔掉。

苏菲的妈妈和艾伯特一起坐在秋千上，与其他人有一段距离。他们向苏菲挥挥手。

"你们两个终于开始密谈了。"苏菲说。

"你说对了。"她妈妈说，一副兴高采烈的样子，"艾伯特是一个很体贴人的人。我可以放心地把你交给他了。"

苏菲坐在他们两人中间。

这时，有两个男孩爬上了屋顶。一个女孩走来走去，用发夹到处戳气球。然后有一个不请自来的客人骑了一辆摩托车到来，后座的架子上绑了一箱啤酒和几瓶白兰地。有几个人很高兴地欢迎他进来。

乔先生看到后便站起来，拍拍手说：

"我们来玩游戏好吗？"

他抓了一瓶啤酒，一口喝尽，并把空瓶子放在草坪中央。然后他走到餐桌旁，拿了生日蛋糕上的最后五个杏仁圈，向其他客人示范如何把圈饼丢出去，套在啤酒瓶的瓶颈上。

"死亡的苦痛。"艾伯特说，"现在，在少校结束一切，在席德把讲义夹合上前，我们最好赶紧离开。"

"妈，你得一个人清理这些东西了！"

"没关系，孩子。这不是你应该过的生活。如果艾伯特能够让你过得比较好，我比谁都高兴。你不是告诉过我他有一匹白马吗？"

苏菲向花园望去，已经认不得这是哪里了。草地上到处都是瓶子、鸡骨头、面包和气球。

"这里曾经是我小小的伊甸园。"她说。

"现在你要被赶出来了。"艾伯特答道。

这时有一个男孩正坐在白色的奔驰轿车里。他发动引擎，车子就飞快冲过大门口，开到石子路上，并开进花园。

苏菲感觉有人紧抓着她的手臂，把她拖进密洞内。然后她听见艾伯特的声音：

"来吧！"

就在这时，白色的奔驰车撞到了一棵苹果树。树上那些还没成熟的苹果像下雨般纷纷落在车盖上。

"简直太过分了！"乔安的爸爸大吼，"我要你赔！"

他太太全力支持他。

"都是那个无赖的错。咦，他跑到哪里去了？"

"他们在空气中消失了。"苏菲的妈妈说，语气里有点自豪。

她站起身，走向那张长餐桌，开始清理碗盘。

"还有没有人要喝咖啡？"

对位法

……两首或多首旋律齐响……

席德在床上坐起来。苏菲和艾伯特的故事就这样结束了，但到底发生了什么事？

爸爸为何要写那最后一章呢？难道只是为了展示他对苏菲的世界的影响力吗？

她满腹心事地洗了一个澡，穿好衣服，很快地用过早餐，然后就漫步到花园里，坐在秋千上。

她同意艾伯特的说法。花园宴会里唯一有道理的东西就是他的演讲。爸爸该不会认为席德的世界就像苏菲的花园宴会一样乱七八糟吧？还是他认为她的世界最后也会消失呢？

还有苏菲和艾伯特。他们的秘密计划最后怎么了？

他是不是要席德自己把这个故事继续下去？还是他们真的溜到故事外面去了？

他们现在到底在哪里呢？

她突然有一种想法。如果艾伯特和苏菲真的溜到故事外面去了，讲义夹里的书页上就不会再提到他们了。因为很不幸的，书里所有的内容爸爸都很清楚呀。

可不可能在字里行间有别的意思？书里很明显地暗示有这种可能性。坐在秋千上，她领悟到她必须把整个故事至少重新再看一遍。

当白色的奔驰轿车开进花园里时，艾伯特把苏菲拉进密洞中，然后他们便跑进树林，朝少校的小木屋方向跑去。

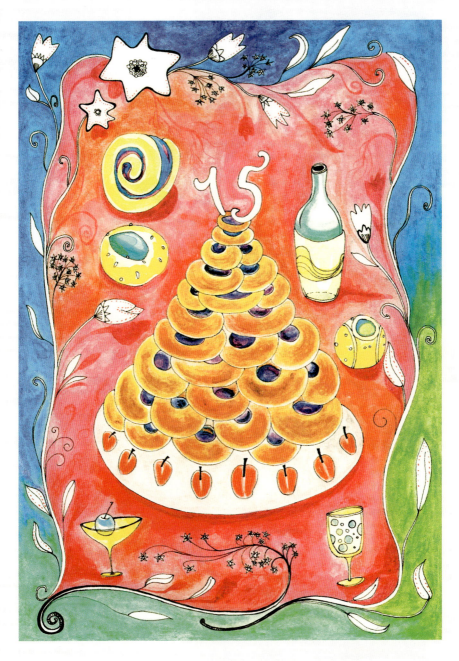

"她们一直忙着准备，生日蛋糕是一个杏仁圈饼做成的金字塔。"
——花园宴会

"水平的和垂直的，对位法的形式是在两个空间中进行的。"

——对位法

"是的，因为现在是夏夜里夜色最深的时候。"

——那轰然一响

"快！"艾伯特喊，"我们要在他开始找我们之前完成。"

"我们现在已经躲开他了吗？"

"我们正在边缘。"

他们划过湖面，冲进小木屋。艾伯特打开地板上的活门，把苏菲推进地窖里。然后一切都变黑了。

计 划

过完生日后几天里，席德进行着她的计划。她写了好几封信给哥本哈根的安娜，并打了两三通电话给她。她同时也请朋友和认识的人帮忙，结果她班上几乎半数的同学都答应助她一臂之力。

在这期间她也抽时间重读《苏菲的世界》。这不是一个读一次就可以的故事。在重读时，她脑海中对于苏菲和艾伯特在离开花园宴会后的遭遇，不断有了新的想法。

六月二十三日星期六那一天大约九点时，她突然从睡眠中惊醒。她知道这时爸爸已经离开黎巴嫩的营区。现在她只要静心等待就可以了。她已经把他这天最后的行程都详详细细计划妥当。

那天上午，她开始与妈妈一起准备仲夏节的事。席德不时想起苏菲和她妈妈安排仲夏节宴会的情景。不过这些事都已经发生了，已经完了，结束了。可是到底有没有呢？他们现在是不是也到处走来走去，忙着布置呢？

苏菲和艾伯特坐在两栋大房子前的草坪上。房子外面可以看到几个难看的排气口和通风管。一对年轻的男女从其中一栋房屋里走出来。男的拿着一个棕色的手提箱，女的则在肩上背了一个红色的皮包。一辆轿车沿着后院的一条窄路向前开。

"怎么了？"苏菲问。

"我们成功了！"

"可是我们现在在哪里呢？"

"在奥斯陆。"

“你确定吗?”

“确定。这里的房子有一栋叫做‘新宫’，是人们研习音乐的地方。另外一栋叫做‘会众学院’，是一所神学院。他们在更上坡一点的地方研究科学，并在山顶上研究文学与哲学。”

“我们已经离开席德的书，不受少校的控制了吗?”

“是的。他绝不会知道我们在这里。”

“可是当我们跑过树林时，我们人在哪里呢?”

“当少校忙着让乔安的爸爸的车撞到苹果树时，我们就逮住机会躲在密洞里。那时我们正处于胚胎的阶段。我们既是旧世界的人，也是新世界的人。可是少校绝对不可能想到我们会躲在那里。”

“为什么呢?”

“他绝不会这么轻易就放我们走，那就像一场梦一样，当然他自己也有可能参与其中。”

“怎么说呢?”

“是他发动那辆白色的奔驰车的。他可能尽量不要看见我们。在发生这么多事情以后，他可能已经累惨了……”

此时，那对年轻的男女距他们只有几码路了。苏菲觉得自己这样和一个年纪比她大很多的男人坐在草地上真是有点窘。何况她需要有人来证实艾伯特说的话。

于是，她站起来，走向他们。

“打搅一下，你可不可以告诉我这条街叫什么名字?”

可是他们既不回答她，也没有注意到她。

她很生气，又大声问了一次。

“人家问你，你总不能不回答吧?”

那位年轻的男子显然正在专心向他的同伴解释一件事情。

“对位法的形式是在两个空间中进行的。水平的和垂直的，前者是指旋律，后者是指和声。总是有两种以上的旋律一齐响起……”

“抱歉打搅你们，可是……”

“这些旋律结合在一起，尽情发展，不管它们合起来效果如何。可是它们必须和谐一致。事实上那是一个音符对一个音符。”

多么没礼貌呀！他们既不是瞎子，也不是聋子。苏菲又试了一次。她站在他们前面，挡住他们的去路。

他们却擦身而过。

"起风了。"女人说。

苏菲连忙跑回艾伯特所在的地方。

"他们听不见我说话！"她绝望地说。这时她突然想起她梦见席德和金十字架的事。

"这是我们必须付出的代价。虽然我们溜出了一本书，可是我们却别想和作者拥有一样的身份。不过我们真的是在这里。从现在起，我们将永远不会老去。"

"这是不是说我们永远不会和我们周遭的人有真正的接触？"

"一个真正哲学家永不说'永不'。现在几点了？"

"八点钟。"

"噢，当然了，和我们离开船长弯的时间一样。"

"今天席德的父亲从黎巴嫩回来。"

"所以我们才要赶快。"

"为什么呢？这话怎么说？"

"你不是很想知道少校回到柏客来山庄后会发生什么事吗？"

"当然啦，可是……"

"那就来吧！"

他们开始向城市走去。路上有几个人经过他们，可是他们都一直往前走，好像没看到苏菲和艾伯特似的。

整条街道旁边都密密麻麻停满了车。艾伯特在一辆红色的小敞篷车前停了下来。

"这辆就可以，"他说，"我们只要确定它是我们的就好了。"

"我一点都不知道你在说什么。"

"那我还是向你解释一下好了。我们不能随随便便开一辆属于这城里某个人的车子。你想如果别人发现这辆车没有人开就自动前进，那会发生什么事呢？何况，我们还不见得能发动它。"

"那你为什么选这辆敞篷车呢？"

"我想我在一部老片里看过它。"

"听着,我很抱歉,但我可不想继续和你打哑谜了。"

"苏菲,这不是一部真的车。它就像我们一样,别人在这里看到的是一个空的停车位,我们只要证实这点就可以上路了。"

他们站在车子旁边等候。过了一会儿,有个男孩在人行道上骑了一辆脚踏车过来。他突然转个弯,一直骑过这辆红敞篷车,骑到路上去了。

"你看到没?这辆车是我们的。"

艾伯特把驾驶座另外一边的车门打开。

"请进!"他说,于是苏菲就坐进去了。

他自己则进了驾驶座。车钥匙正插在点火器上。他一转动钥匙,引擎就发动了。

他们沿着城市的南方前进,很快就开到了卓曼公路上,并经过莱萨克和桑德维卡。他们一路看到愈来愈多的仲夏节火堆,尤其是在过了卓曼以后。

"已经是仲夏了,苏菲。这不是很美妙吗?"

"而且这风好清新、好舒服呀!还好我们开的是敞篷车。艾伯特,真的没有人能够看见我们吗?"

"只有像我们这一类的人。我们可能会遇见其中几位。现在几点了?"

"八点半了。"

"我们必须走几条捷径,不能老跟在这辆拖车后面。"

他们转个弯,开进了一块辽阔的玉米田。苏菲回头一看,发现车子开过的地方,玉米秆都被轧平了,留下一条很宽的痕迹。

"明天他们就会说有一阵很奇怪的风吹过了这片玉米田。"艾伯特说。

操　纵

艾勃特少校刚刚从罗马抵达卡斯楚普机场。时间是六月二十三日星期六下午四点半。对于他来说,这是漫长的一天。卡斯楚普是他行程的倒数第二站。

他穿着他一向引以为豪的联合国制服，走过护照检查站。他不仅代表他自己和他的国家，也代表一个国际司法体系，一个有百年传统、涵盖全球的机构。

他身上只背着一个飞行背包。其他的行李都在罗马托运了。他只需要举起他那红色的护照就行了。

"我没有什么东西要报关。"

还有将近三个小时，开往基督山的班机才会起飞。因此，他有时间为家人买一些礼物。他已经在两个星期前把他用毕生心血做成的礼物寄给席德了。玛丽特把它放在席德床边的桌子上，好让她在生日那天一觉醒来就可以看到那份礼物。自从那天深夜他打电话向席德说生日快乐后，他就没有再和她说过话了。

艾勃特买了两三份挪威报纸，在酒吧里找了一张桌子坐下，并叫了一杯咖啡。他还没来得及浏览一下标题，就听到扩音器在广播：

"旅客艾勃特请注意，艾勃特，请和SAS服务台联络。"

怎么回事？他的背脊一阵发凉。他该不会又被调回黎巴嫩吧？是不是家里发生了什么事？

他快步走到SAS服务台。

"我就是艾勃特。"

"有一张紧急通知要给你。"

他立刻打开信封。里面有一个较小的信封。上面写着：请哥本哈根卡斯楚普机场SAS服务台转交艾勃特少校。

艾勃特忐忑不安地拆开那个小信封。里面有一张短短的字条：

亲爱的爸爸：

欢迎你从黎巴嫩回来。你应该可以想到，我真是等不及你回来了。原谅我请人用扩音器呼叫你。因为这样最方便。

P.S：很不幸的，乔安的爸爸已经寄来通知，要求赔偿他那辆被窃后撞毁的宾士轿车。

P.S·P.S：当你回来时，我可能正坐在花园里。可是在那之前，我可能还会跟你联络。

P.S·P.S·P.S：我不敢一次在花园里停留太久。在这种地方，人很容易陷到土里去。我还有很多时间准备欢迎你回家呢。

爱你的席德

艾勃特少校的第一个冲动是想笑。可是他并不喜欢像这样被人操纵。他一向喜欢做自己生命的主宰。但现在这个小鬼却正在黎乐桑指挥他在卡斯楚普的一举一动！她是怎么办到的？

他把信封放在胸前的口袋里开始慢慢地向机场的小型购物商场走过去。他刚要进入一家丹麦食品店时，突然注意到店里的橱窗上贴了一个小信封。上面用很粗的马克笔写着：艾勃特少校。艾勃特把它从橱窗上拿下来，并打开它：

私人信函。请卡斯楚普机场的丹麦食品店转交艾勃特少校。

亲爱的爸爸：

请买一条很大的丹麦香肠，最好是有两磅重的。妈可能会想要一条法国白兰地香肠。

P.S：丹麦鱼子酱也不赖。

爱你的席德

艾勃特转一圈。她不会在这儿吧？玛丽特是不是让她飞到哥本哈根，好让她在这里跟他会合呢？这是席德的笔迹没错……

突然间这位联合国观察员觉得自己正在被人观察。仿佛有人正在遥控他所做的每一件事。他觉得自己像个被小孩子抓在手里的洋娃娃。

他进入食品店，买了一条两磅重的腊肠、一条白兰地香肠和三罐丹麦鱼子酱。然后便沿着这排商店逛过去。他已经决定也要给席德买一份恰当的礼物。是计算机好呢，还是一台小收音机？嗯，对了，就买收音机。

当他走到卖电器的商店时，他看到橱窗上也贴了一个信封。这回上面写着：请卡斯楚普机场最有趣的商店转交艾勃特少校。里面的字条上写着：

亲爱的爸爸：

苏菲写信问候你，并且谢谢你，因为她那很慷慨的父亲送了她一个迷你电视兼调频收音机作为生日礼物。那些玩意儿都是骗人的，但从另外一方面来说，也只不过是个小把戏而已。不过，我必须承认，我和苏菲一样喜欢这些小把戏。

P.S：如果你还没有到那儿，丹麦食品店和那家很大的烟酒免税商店还有更进一步的指示。

P.S·P.S：我生日时得到了一些钱，所以我可以资助你三百五十元买那台迷你电视。顺便告诉你，我已经把火鸡的肚子填好料了，也做了华尔道夫沙拉。

爱你的席德

一台迷你电视要九百八十五丹麦克朗。但比起艾勃特被女儿的诡计要得团团转这件事，当然只能算是小事一桩。她到底在不在这里呢？

从这时候起，他无论到哪里都留神提防。他觉得自己像个间谍，又像个木偶。他这可不是被剥夺了基本人权吗？

他也不得不到免税商店去。那儿又有一个写有他名字的信封。这整座机场好像变成了一个电脑游戏，而他则是那个游标。他看着信封里的字条：

请卡斯楚普机场免税商店转交艾勃特少校：

我只想要一包酒味口香糖和几盒杏仁糖。记住，这类东西在挪威要贵得多。我记得妈很喜欢Campari。

P.S：你回家时一路上可要提高警觉，因为你大概不想错过任何重要的信息吧？要知道，你女儿的学习能力是很强的。

爱你的席德

艾勃特绝望地叹了口气，可是他还是进入店里，买了席德所说的东西。然后他便提了三个塑胶袋，背了一个飞行包，走向第二十八号登机门去等候他的班机。如果还有任何信，那他是看不到了。

然而，他看到第二十八号登机门的一根柱子上也贴了一个信封："请卡斯楚普机场第二十八号登机门转艾勃特少校"。上面的字也是席德的笔迹,但那个登机门的号码似乎是别人写的。但究竟是不是,也无从比对,因为那只是一些数字而已。

他坐在一张椅子上,背靠着墙,把购物袋放在膝盖上。就这样,这位一向自负的少校坐得挺直,目光注视前方,像个第一次自己出门的孩子。他心想,如果她在这儿,他才不会让她先发现他呢!他焦急地看着每一位进来的旅客。有一阵子,他觉得自己像一个被密切监视的敌方间谍。当旅客获准登机时,他才松了一口气。他是最后一个登机的人。当他交出他的登机证时,顺便撕下了另外一个贴在报到台的白色信封。

苏菲和艾伯特已经经过布列维克,没多久就到了通往卡杰罗的出口。

"你的时速已经开到一百八十英里了。"苏菲说。

"已经快九点了。他很快就要在凯耶维克机场着陆了。不过,你放心,我们不会因为超速被抓的。"

"万一我们撞到别的车子怎么办?"

"如果是一辆普通的车子就没关系,但如果是一辆像我们一样的车子……"

"那会怎样?"

"那我们就要非常小心。你没注意到我们已经超过了蝙蝠侠的车……"

"没有。"

"它停在维斯特福的某个地方。"

"想超这辆游览车可不容易。路两旁都是浓密的树林。"

"这没有什么差别。你难道就不能了解这点吗?"

说完后,他把车子掉个头就开进树林里,直直穿过那些浓密的树木。

苏菲松了一口气。

"吓死我了!"

"就算开进一堵砖墙,我们也不会有感觉的。"

"这只表示,和我们周遭的东西比起来,我们只不过是空气里的精灵而已。"

"不,你这样说就本末倒置了。对我们来讲,我们周遭的现实世界才是像空气一般的奇怪东西。"

"我不懂。"

"那请你听好：很多人以为精灵是一种比烟雾还要'缥缈'的东西。这是不对的。相反的，精灵比冰还要固体。"

"我从来没有想过是这样。"

"现在我要告诉你一个故事。从前有一个男人，他不相信世上有天使。有一天，他到树林里工作时，有一个天使来找他。"

"然后呢？"

"他们一起走了一会儿。然后那个人转向天使说：'好吧，现在我必须承认世上真的有天使。可是你不像我们一样真实。''你这话是什么意思？'天使问。这人回答道：'我们刚才走到那块大石头的时候，我必须绕过去，而你却是直接走过去。'天使听了很惊讶，便说道：'你难道没有注意到刚才我们经过了一个沼泽吗？我们两个都直接穿过那阵雾气。那是因为我们比雾气更固体呀？'"

"啊！"

"我们也是这样，苏菲。精灵可以穿过铁门。没有坦克或轰炸机可以压垮或炸毁任何一种由精灵做的东西。"

"这倒是挺令人安慰的。"

"我们很快就要经过里棱。而从我们离开少校的小木屋到现在顶多只有一个小时。我真想喝一杯咖啡。"

当他们经过费安，还没到桑德雷德时，在路的左边看到了一家名叫灰姑娘的餐馆。艾伯特将车子掉头，停在它前面的草地上。

在餐馆里，苏菲试着从冰柜里拿出一瓶可乐，却举不起来。那瓶子似乎被粘紧了。在柜台另一边，艾伯特想把他在车里发现的一个纸杯注满咖啡。他只要把一根杆子压下就可以了，但他使尽了全身的力气却仍压不下去。

他气极了，于是向其他的顾客求助。当他们都没有反应时，他忍不住大声吼叫，吵得苏菲只好把耳朵捂起来：

"我要喝咖啡！"

他的怒气很快就消失了，然后就开始大笑，笑得弯了腰。他们正要转身离去时，一个老妇人从她的椅子上站起来，向他们走来。

她穿着一条鲜艳的红裙，冰蓝色的羊毛上衣，绑着白色的头巾。这些衣服的颜色和形状似乎比这家小餐馆内的任何东西都要鲜明。

她走到艾伯特身旁说：

"乖乖，小男孩，你可真会叫呀！"

"对不起。"

"你说你想喝点咖啡是吗？"

"是的，不过……"

"我们在这附近有一家店。"

他们跟着老妇人走出餐馆，沿着屋后一条小路往前走。走着走着，她说：

"你们是新来的？"

"我们不承认也不行。"艾伯特回答。

"没关系。欢迎你们来到永恒之乡，孩子们。"

"那你呢？"

"我是从格林童话故事来的。这已经是将近两百年前的事了。"

"你们是打哪儿来的呢？"

"我们是从一本哲学书里出来的。我是那个哲学老师，而这是我的学生苏菲。"

"嘻嘻！那可是一本新书哩！"

他们穿过树林，走到一小块林间空地。那儿有几栋看起来很舒适的棕色小屋。在小屋之间的院子里，有一座很大的仲夏节火堆正在燃烧，火堆旁有一群五颜六色的人正在跳舞。其中许多苏菲都认得，有白雪公主和几个小矮人、懒杰克、福尔摩斯和小飞侠。小红帽和灰姑娘也在那儿。许多不知名的熟悉的人物也围在火堆旁，有地精、山野小精灵、半人半羊的农牧神、巫婆、天使和小鬼。苏菲还看到一个活生生的巨人。

"多热闹呀！"艾伯特喊。

"这是因为仲夏节到了，"老妇人回答说，"自从瓦普几司之夜（编按：五月一日前夕，据传在这一夜，女妖们会聚在布罗肯山上跳舞）过后，我们就不曾像这样聚在一起了。那时我们还在德国呢。我只是到这里来住一阵子的。你要的是咖啡吗？"

"是的。麻烦你了。"

直到现在，苏菲才注意到所有的房子都是姜饼、糖果和糖霜做的。有几个人正直接吃着屋子前面的部分。一个女面包师正走来走去，忙着修补被吃掉的部分。苏菲大着胆子在屋角咬了一口，觉得比她从前所吃过的任何东西都更香甜美味。

过一会儿，老妇人就端着一杯咖啡走过来了。

"真的很谢谢你。"

"不知道你们打算用什么来支付这杯咖啡？"

"支付？"

"我们通常用故事来支付。一杯咖啡只要一个荒诞不经的故事就够了。"

"我们可以讲一整个关于人类的不可思议的故事，"艾伯特说，"可是很遗憾我们赶时间。我们可不可以改天再回来付？"

"当然可以。但你们为什么会这么赶时间呢？"

艾伯特解释了他们要做的事。老妇人听了以后便说：

"我不得不说你们真是太嫩了。你们最好快点剪断你们和那凡人祖先之间的脐带吧，我们已经不需要他们的世界了。我们现在是一群隐形人。"

艾伯特和苏菲匆忙赶回灰姑娘餐馆去开他们那辆红色的敞篷车。这时车旁正有一位忙碌的母亲为她的小男孩把尿。

他们风驰电掣地开过树丛和荆棘，并不时走天然的捷径，很快地就到了黎乐桑。

从哥本哈根开来的SK八七六号班机二十一点三十五分在凯耶维克机场着陆。当飞机在哥本哈根的跑道上滑行时，艾勃特少校打开了那个贴在报到台上的信封。里面的字条写着：

致：艾勃特少校，请在他于一九九〇年仲夏节在卡斯楚普机场交出他的登机证时转交。

亲爱的爸爸：

你可能以为我会在哥本哈根机场出现。可是我对你的行踪的控制要比这更复杂。爸，无论你在哪里，我都可以看到你。老实说，我曾经去拜访过许许多多前卖一面魔镜给曾祖母的那个很有名的吉卜赛家庭，并且买了一个水晶球。此时此刻，我可以看到你刚在你的位子上坐下。请容我提醒你系紧安全带，并把椅背竖直，直到"系紧安全带"的灯号熄灭为止。飞机一起飞，你就可以把椅背放低，好好地休息。在你回到家前，你需要有充分的休息。黎乐桑的天气非常好，但气温比黎巴嫩低了好几度。祝你旅途愉快。

  你的巫婆女儿、镜里的皇后和反讽的最高守护神　席德敬上

  艾勃特分不清自己究竟是生气，或者只是疲倦而无奈。然后他开始笑起来。他笑得如此大声，以至于别的乘客转过身来瞪着他，然后飞机就起飞了。

  这是以其人之道还治其人之身了，但两者之间当然有很大的不同。他的做法只影响到苏菲和艾伯特，而他们毕竟只是虚构的人物。

  他按照席德所建议的，把椅背放低，开始打瞌睡。一直到通关后，站在凯耶维克机场的入境大厅时，他才完全清醒。这时他看到有人在示威。

  总共有八个或十个大约与席德一般大的年轻人。他们手里举的牌子上写着："爸爸，欢迎回家！""席德正在花园里等候。""反讽万岁！"

  最糟的是他不能就这样跳进一辆计程车，因为他还要等他的行李。这段时间，席德的同学一直在他旁边走来走去，使他不得不一而再、再而三地看到那些牌子。然后有一个女孩走上来，给了他一束玫瑰花，他就心软了。他在一个购物袋里摸索，给了每个示威者一条杏仁糖。这样一来只剩下两条给席德了。他领了行李后，一个年轻人走过来，说他是"镜子皇后"的属下，奉命要载他回柏客来山庄。其他的示威者就消失在人群里了。

  他们的车子开在E—八号路上，沿途经过的每一座桥和每一条隧道都挂着布条，写着："欢迎回家！""火鸡已经好了。""爸，我可以看见你！"

  当他在柏客来山庄的门口下车时，艾勃特松了一口气，并给了那位开车送他的人一百块钱和三罐象牌啤酒表示感谢。

  他的妻子玛丽特正在屋外等他。在一阵长长的拥抱之后，他问：

  "她在哪里？"

"坐在平台上面。"

艾伯特和苏菲把那辆红色的敞篷车停在黎乐桑诺芝旅馆外的广场上时，已经是十点十五分了。他们可以看到远处的列岛有一座很大的火堆。

"我们怎样才能找到柏客来山庄呢?"苏菲问。

"我们只好到处碰运气了。你应该还记得少校的小木屋里的那幅画吧。"

"我们得赶快了。我想在他抵达前赶到那儿。"

他们开始沿着较小的路到处开，然后又开上岩堆和斜坡。有一个很有用的线索就是柏客来山庄位于海边。

突然间，苏菲喊:

"到了! 我们找到了!"

"我想你说得没错，可是你不要叫这么大声好吗?"

"为什么? 又没有人会听到我们。"

"苏菲，在我们上完了一整门哲学课之后，你还是这么妄下结论，真是使我很失望。"

"我知道，可是……"

"你不会以为这整个地方都没有巨人、小妖精、山林女神和好仙女吧?"

"噢，对不起。"

他们开过大门口，循着石子路到房子那儿。艾伯特把车停在草坪上的秋千旁。在不远处放着一张有三个位子的桌子。

"我看见她了!"苏菲低声说，"她正坐在平台上，就像上次在我梦里一样。"

"你有没有注意到这座花园多么像你在苜蓿巷的园子呢?"

"嗯，真的很像。有秋千呀什么的。我可以去找她吗?"

"当然可以。你去吧，我留在这里。"

苏菲跑到平台那儿。她差点撞到席德的身上，但她很有礼貌地坐在她旁边。

席德坐在那儿，闲闲地玩弄着那系小舟的绳索。她的左手拿着一小张纸，显然正在等待。她看了好几次表。

苏菲认为她蛮可爱的。她有一头金色的鬈发和一双明亮的绿色眼睛，身穿一件黄色的夏装，样子有点像乔安。

虽然明知道没有用，但苏菲还是试着和她说话。

"席德，我是苏菲!"

席德显然没有听到。

苏菲跪坐着，试图在她耳朵旁边大喊:

"你听得到我吗? 席德，还是你既瞎又聋呢?"

她是否曾把她的眼睛稍微张大一点呢? 不是已经有一点点迹象显示她听见了一些什么吗?

她看看四周，然后突然转过头直视着苏菲的眼睛。她视线的焦点并没有放在苏菲身上，仿佛是穿透苏菲而看着某个东西一般。

"苏菲，不要叫这么大声。"艾伯特从车里向她说，"我可不希望这花园里到处都是美人鱼。"

于是苏菲坐着不动。只要能靠近席德她就心满意足了。

然后她听到一个男人用浑厚的声音在叫:

"席德!"

是少校! 穿着制服，戴着蓝扁帽，站在花园最高处。

席德跳起来，跑向他。他们在秋千和红色的敞篷车间会合了。他把她举起来，转了又转。

席德坐在平台上等候她的父亲。自从他在卡斯楚普机场着陆后，她每隔十五分钟就会想到他一次，试着想象他在哪里，有什么反应。她把每一次的想法都记在一张纸上，整天都带着它。

万一他生气了怎么办? 可是他该不会以为在他为她写了一本神秘的书以后，一切都会和从前一样吧?

她再度看看表。已经十点十五分了。他随时可能会到家。不过，那是什么声音? 她好像听到了一种微弱的呼吸声，就像她梦见苏菲的情景一样。

她很快转过头。一定有个什么东西，她很确定。可是到底是什么呢?

也许是夏夜的关系吧。

有几秒钟，她觉得好像又听见了什么声音。

"席德!"

她把头转到另外一边。是爸爸！他正站在花园的最高处。

席德跳起来跑向他。他们在秋千旁相遇。他把她举起来，转了又转。席德哭起来了，而她爸爸则忍住了眼泪。

"你已经变成一个女人了，席德！"

"而你真的变成了作家。"

席德用身上那件黄色的洋装擦了擦眼泪。

"怎样，我们现在是不是平手了？"

"对，平手了。"

他们在桌旁坐下。首先席德向爸爸一五一十地诉说如何安排卡斯楚普机场和他回家的路上那些事情。说着说着，他们俩不时爆出一阵又一阵响亮的笑声。

"你没有看见餐厅里的那封信吗？"

"我都没时间坐下来吃东西，你这个小坏蛋。现在我可是饿惨了。"

"可怜的爸爸。"

"你说的关于火鸡的事全是骗人的吧？"

"当然不是！我都弄好了。妈妈正在切呢。"

然后他们又谈了关于讲义夹和苏菲、艾伯特的故事，从头讲到尾，从尾又讲到头。

然后席德的妈妈就端着火鸡、沙拉、粉红葡萄酒和席德做的乡村面包来了。

当爸爸正说到有关柏拉图的事时，席德突然打断他：

"嘘！"

"什么事？"

"你听到没有？好像有个东西在吱吱叫。"

"没有。"

"我确定我听到了。我猜大概只是一只地鼠。"

当妈妈去拿另外一瓶酒时，席德的爸爸说：

"可是哲学课还没完全结束呢。"

"是吗？"

"今晚我要告诉你有关宇宙的事情。"

在他们开始用餐前，他说：

"席德现在已经太大，不能再坐在我的膝盖上了。可是你不会。"

说完他便一把搂住玛丽特的腰，把她拉到他的怀中。过了好一会儿，她才开始吃东西。

"想想你就快四十岁了……"

当席德跳起来冲向她父亲时，苏菲觉得自己的眼泪不断涌出。她永远没法与她沟通了……

苏菲很羡慕席德，因为她生下来就是一个活生生、有血有肉的人。

当席德和少校坐在餐桌旁时，艾伯特按了一下汽车的喇叭。

苏菲抬起头看。席德不也做了同样的动作吗？

她跑到艾伯特那儿，跳进他旁边的座位上。

"我们在这儿坐一下，看看会发生什么事。"他说。

苏菲点点头。

"你哭了吗？"

她再度点头。

"怎么回事？"

"她真幸运，可以做一个真正的人……她以后会长大，变成一个真正的女人……我敢说她一定也会生一些真正的小孩……"

"还有孙子，苏菲。可是任何事情都有两面。这就是我在哲学课开始时想要教你的事情。"

"这话怎么说呢？"

"她的确是很幸运，这点我同意。但是有生必然也会有死，因为生就是死。"

"可是，曾经活过不是比从来没有恰当地活要好些吗？"

"我们当然不能过像席德或少校那样的生活。可是从另一方面来说，我们也永远不会死。你不记得树林里那位老妇人说的话了吗？我们是一些隐形人。她还说她已经两百岁了。在他们那个仲夏节庆祝会上，我看到一些已经三千多岁的人……"

"也许我最羡慕席德的是……她的家庭生活。"

"可是你自己也有家呀。你还有一只猫、两只鸟和一只乌龟。"

"可是我们把那些东西都抛在身后了，不是吗？"

"绝不是这样，只有少校一个人把它抛在身后。他已经打上了最后一个句点了，孩子，他以后再也找不到我们了。"

"这是不是说我们可以回去了？"

"随时都可以，可是我们也要回到灰姑娘餐厅后面的树林里去交一些新朋友。"

艾勃特一家开始用餐。苏菲有一度很害怕他们的情况会像苜蓿巷哲学花园宴会一样，因为有一次少校似乎想把玛丽特按在桌上，可是后来他把她拉到了怀中。

艾伯特和苏菲那辆红色的敞篷车停的地方距少校一家人用餐之处有好一段距离。因此他们只能偶尔听见他们的对话。苏菲和艾伯特坐在那儿看着花园。他们有很多时间可以思索所有的细节和花园宴会那悲哀的结局。

少校一家人一直在餐桌旁坐到将近午夜才起身。席德和少校朝秋千的方向走去。他们向正走进他们那栋白屋的妈妈挥手。

"你去睡觉好了，妈。我们还有很多话要说呢。"

那轰然一响

……我们也是星尘……

席德舒服地坐在秋千上，靠在爸爸身旁。已经将近午夜了。他们坐在那儿眺望海湾，明亮的天空有几颗星星正闪烁着微弱的光芒。

温柔的海浪一波波拍打在平台下的礁岩上。

爸爸打破沉默。

"想起来真是很奇怪，我们居然住在宇宙这样一个小小的星球上。"

"嗯……"

"地球只是许多围绕太阳运行的星球之一，但它却是唯一有生命的星球。"

"会不会也是整个宇宙中唯一的一个？"

"可能。但宇宙也可能到处充满了生命，因为宇宙之大是无法想象的。其间的距离如此遥远，因此我们只能以光分和光年来计算。"

"什么是光分和光年？"

"一光分就是光线在一分钟内可走的距离，这是非常长的距离，因为光线在太空每秒钟可以走三十万公里。这表示一光分就是三十万乘以六十，也就是一千八百万公里。一光年就是将近十兆公里。"

"那太阳有多远呢？"

"它距离地球有八光分多一点。炎热的六月天照在我们脸上的温暖太阳光，可是在太空中走了八分钟才到我们这儿来的。"

"然后呢？"

"地球到太阳系最远的一颗星球冥王星的距离大约有五光时。当天文学家通过天文望远镜观察冥王星的时候，事实上他看的是五个小时以前的冥王星。我们也可以说冥王星的画面要花五个小时才能传到这里。"

“实在有点难以想象，但我想我可以了解。”

“很好，席德，但是你要知道我们人类只是刚开始了解宇宙而已。我们的太阳只是银河里四千亿个星球当中的一个，这个银河有点像是一个很大的铁饼。我们的太阳刚好位于其中一个螺旋臂上。当我们在晴朗的冬日夜晚仰望星星时，会看见一条由星星构成的宽带子，那是因为我们正好看到银河的中心。”

“大概是因为这样，所以瑞典文才把银河称为‘冬之街’吧。”

“在银河系中，离我们最近的一颗恒星距地球有四光年，也许它正在我们这个岛的上方。此时此刻，如果那颗星球上有一个人正用一架强力的天文望远镜对着柏客来山庄看的话，他看到的将是四年前的柏客来山庄。他也许会看到一个十一岁女孩正坐在秋千上晃动她的双腿。”

“真不可思议。”

“可是这还是最近的一颗。整个银河（或称星云）共有九万光年这么宽，也就是说光线从银河的一端传到另外一端要花九万年的时间。当我们注视着银河中一颗距离我们有五万光年的星星时，我们看到的是那颗星球在五万年以前的情形。”

“这么大的空间实在是我这个小脑袋难以想象的。”

“我们只要眺望太空，所看到的一定是从前的太空。我们永远无法知道现在的宇宙是什么模样。我们只知道它当时如何。当我们仰望一颗距我们有几千光年的星球时，我们事实上是回到了几千年前的太空。”

“真是不可思议极了。”

“因为我们眼中所见的一切事物都以光波的形式出现，这些光波需要时间才能传过太空。我们可以拿打雷来做比方。我们总是在看见闪电后才听见打雷的声音，这是因为声波传送的速度比光波慢。当我听到一阵雷鸣时，我听到的声音事实上已经发出了一会儿。各星球间的情况也是这样。当我看到一颗几千光年之外的星星时，就好像见到几千年前发出的‘雷声’一样。”

“嗯，我明白了。”

“但是到目前为止，我们谈的还只是我们的银河系。天文学家说，宇宙大约有一千亿像这样的银河系，而每一个银河系都包含一千亿左右的星球。我们称距我们的银河最近的一个银河系为仙女座星云。它距我们的银河系约有两百万光年。就像我们刚才所说的，这表示那个银河系的光线要花两百万年才能到达我们这里。同时也表示当我们看见高空中的仙女座星云时，我们看到的是它在两百万年前的情形。如果在这个星云内有一个人正在观测星球——我可以想象那个鬼鬼祟祟的小家伙现在正用天文望远镜对准地球——他是看不到我们的。如果他运气好的话，倒是可以看见几个扁脸的尼安德原人。"

"真是太令人吃惊了。"

"我们今天所知的最远的银河系距我们大约有一百亿光年。当我们收到来自那些银河系的信号时，我们事实上是收到一百亿年前的人所发出的信号。这个时间大约是太阳系历史的两倍。"

"我的头都昏了。"

"虽然我们很难理解这是一种什么样的情形，但天文学家已经发现一种现象，它将对我们的世界观有很大的影响。"

"什么现象？"

"太空中的银河系显然没有一个留在固定的位置。宇宙中所有的银河系都以极快的速度彼此分开，愈离愈远。它们离我们愈远，移动的速度就愈快。这表示各银河系之间的距离在不断增加。"

"我正试着想象这幅画面。"

"如果你有一个气球，而你在它的表面画上许多黑点。然后你愈吹它，那些黑点就分得愈开。这就是宇宙间各银河系所发生的现象。我们说宇宙在扩张。"

"怎么会这样呢？"

"大多数天文学家都认为，宇宙扩张的现象只可能是一个原因造成的。那就是：在大约一百五十亿年以前，宇宙间所有的物质都集中在一个比较小的范围内。由于物质密度极高，再加上重力的作用，使得这些物质温度高得吓人。温度日趋上升的结果，这一团紧密的物质终于爆炸了。我们称这个现象为'宇宙大爆炸'。"

"挺吓人的。"

"宇宙大爆炸使得宇宙中所有的物质都向四面扩散。当这些物质碎片逐渐冷却后，就形成各个星球、银河系、卫星与行星……"

"你不是说宇宙还在继续扩张吗？"

"是的。而它扩张的理由正是由于一百多亿年前的这次大爆炸。因此目前宇宙各星球并没有固定不变的位置，宇宙仍然在形成中。它是一次爆炸后的产物。各银河目前仍继续以极高的速度向宇宙的四面飞散。"

"它们会永远这样下去吗？"

"有可能，但还有另外一个可能性。你还记得艾伯特告诉过苏菲有两种力量使行星一直在固定的轨道上围绕恒星运行吗？"

"是不是引力和惯性？"

"对，同样的道理也适用于各银河系。因为即使宇宙仍继续扩张，引力的作用却刚好相反。也许几十亿年后有一天，当大爆炸的力量逐渐减弱后，重力会使得各星球重新凝聚，然后就会发生一种'反爆炸'的现象，也就是所谓的'内破裂'。不过，由于各银河系之间的距离过于遥远，所以情况会变得像是电影的慢动作，就像你把一个气球里的空气放掉以后的现象。"

"那这些银河系会不会再度聚拢成一个紧密的核心呢？"

"没错，你说对了。但到时候会发生什么事呢？"

"又会有一次大爆炸，而宇宙也会再度开始扩张，因为到时同样的自然法则又会发生作用。所以会形成新的星球和新的银河系。"

未来的宇宙

"说得好。关于宇宙的未来，天文学家认为有两种可能。要不就是宇宙一直扩张下去，使得各银河系间的距离愈来愈远。要不就是宇宙会开始再度收缩。究竟会发生哪一种现象，要看宇宙有多重、多大而定。而这点天文学家目前还无法得知。"

"但是如果宇宙重到使它开始收缩的程度，那么也许这种扩张、收缩又扩张的现象以前已经发生过好几次了。"

"结论显然应该是这样。但在这一点上，各家理论不同。也许宇宙的扩张现象只会发生这么一次，但是如果它永远不断扩张下去，则这个现象是从何处开始的问题就变得更加迫切了。"

"没错，因为这些突然间爆炸的物质最初是从哪里来的呢?"

"对于一个基督徒来说，这次大爆炸显然就是创造过程开始的时刻。圣经告诉我们上帝说过:'让世上有光吧!'你可能也还记得艾伯特说过基督教的历史观是'直线式的'。从基督教相信上帝创造万物的观点来看，宇宙应该是会继续扩张下去的。"

"真的吗?"

"东方文化的历史观则是'循环式的'。换句话说，他们认为历史会不断重复。举例来说，印度就有一个古老的理论，主张世界会不断开合，因此造成所谓的'婆罗门日'(Brahman's Day)和'婆罗门夜'(Brahman's Night)轮流交替的现象。这种观点自然比较符合宇宙会永远不断扩张、收缩的看法。在我的想象中，那就像是有一颗宇宙的心脏不断在跳动的情景……"

"我认为这两种理论都同样令人无法想象，也同样令人兴奋。"

"这就像是苏菲有一次坐在花园里思索永恒的矛盾:宇宙要不就是一向都存在着，要不就是突然无中生有……"

"噢，好痛!"

席德用手拍了一下额头。

"怎么回事?"

"我好像被牛蝇叮了一口。"

"也许是苏格拉底在给你一些心灵的刺激呢。"

苏菲和艾伯特坐在红色的敞篷车里听着少校对席德讲述宇宙的现象。过了一会儿，艾伯特问道:

"你有没有想到现在我们的角色已经完全相反了呢?"

"怎么说?"

"以前是他们听我们说话，而我们看不见他们。现在是我们听他们讲话，而他们看不见我们。"

"还不止于此呢。"

"你是指什么？"

"我们一开始时并不知道席德和少校生活的那个世界，而现在他们也不知道我们存在的这个世界。"

"我们算是报了一箭之仇了。"

"可是那时候少校可以介入我们的世界。"

"我们的世界全是他一手造成的。"

"我还不死心。我们应该也有办法介入他们的世界吧？"

"可是你知道这是不可能的。还记得我们在灰姑娘餐馆里发生的事吗？无论你多费劲，还是拿不起那瓶可乐。"

苏菲默默不语。当少校正在说明宇宙大爆炸的现象时，她看着这座花园。"大爆炸"这个名词牵动着她的思绪。

她开始在车子里面四处翻寻。

"你在干吗？"

"没事。"

她打开手套箱，找到了一支扳钳。她拿着扳钳，跳出车外，走到秋千旁，站在席德和她父亲前面。她试着吸引席德的视线，但一直都没有成功。最后她举起扳钳敲在席德的额头上。

"嗳，好痛！"席德说。

然后苏菲又用扳钳敲击少校的额头，可他动也不动。

"怎么回事？"他问。

"我好像被牛蝇叮了一口。"

"也许是苏格拉底在给你一些心灵的刺激呢。"

苏菲躺在草地上，努力推动秋千。但是秋千仍静止不动。可是又好像稍动了一点点。

"风挺凉的。"席德说。

"不会呀，我倒觉得挺舒服的。"

"不只是风，还有别的。"

"这里只有我们两个，在这个凉爽的仲夏夜。"

"不，空气里面有一种东西。"

"会是什么呢？"

"你还记得艾伯特拟的秘密计划吗?"

"我怎么会忘记?"

"他们就这样从花园宴会里消失了,就好像他们消失在空气中了。"

"没错,可是……"

"……消失在空气中了……"

"故事总得结束呀。那不过是我编的。"

"没错,那时候是你编的。可是后来就不是了。他们不知道会不会在这儿……"

"你相信吗?"

"爸,我可以感觉到。"

苏菲跑回车子里。

"很不错嘛!"当她紧握着扳钳爬进车里时,艾伯特不太情愿地说,"你有很不寻常的本领。我们就等着瞧吧。"

人生如星尘

少校搂住席德。

"你没有听到那神秘的海潮声?"

"听到了。我们明天得让船下水。"

"可是你有没有听见那奇异的风声呢?你看那白杨树的叶子都在颤动呢。"

"这个星球是有生命的。不是吗……"

"你在信里说书中的字里行间另有意思。"

"我有吗?"

"也许这座花园也有别的东西存在。"

"大自然充满了谜题,不过我们现在谈的是天上的星星。"

"水上很快也会有星星了。"

"对。你小时候就把磷光称为水上的星星。从某个角度来看,你说得并没有错。磷光和其他所有的有机体都是由那些曾经融合为一个星球的各种元素所组成的。"

"人也是吗？"

"没错，我们也是星尘。"

"说得很美。"

"当无线电波天文望远镜可以接收到来自数十亿光年外的遥远银河系的光线时，它们就可以描绘出太初时期大爆炸后宇宙的形貌。我们现在在天空中所看到的一切，都是几千万、几百万年前宇宙的化石，因此占星学家只能预测过去的事。"

"因为在它们的光芒传到地球之前，这些星座里的星星早就已经彼此远离了，是吗？"

"即使是在两千年前，这些星座的面貌也与今天大不相同。"

"我以前从来不知道是这样。"

"在晴天的夜晚，我们可以看见几百万甚至几十亿年前宇宙的面貌。所以，我们可以说正在回家的路上。"

"我不懂你的意思。"

"你我也是在大爆炸时开始，因为宇宙所有的物质整个是一个有机体。在万古之前，所有的物质都聚合成一大块，质量极其紧密，因此即使是小如针头般的一块，也可以重达好几十亿吨。在这样大的重力作用下，这个'原始原子'爆炸了，就好像某个东西解体一样。所以说当我们仰望天空时，我们其实是在试图找寻回到自我的路。"

"这个说法好特别。"

"宇宙中所有的星球和银河都是由同一种物质做成的。这种物质的各个部分分别又合成一块，这里一块，那里一块。一个银河系到另外一个银河系的距离可能有数十亿光年，可是它们都来自同样一个源头。所有的恒星和行星都属于同一个家庭。"

"我懂了。"

"但是这种物质又是什么呢？数十亿年前爆炸的那个东西究竟是怎样的一种物质？它是从哪里来的呢？"

"这是个很大的问题。"

"而与我们每个人都密切相关。因为我们本身就是这种物质。我们是几十亿年前熊熊燃烧的那场大火所爆出来的一点火花。"

"这种想法也很美。"

"然而,我们也不要太过强调这些数字的重要性。只要你在手中握着一块石头就够了。就算宇宙是由这样一块橘子般大小的石头做成的,我们也还是无法理解它。我们还是要问:这块石头是从哪里来的?"

苏菲突然在红色敞篷车里站起来,指着海湾的方向。

"我想去划那条船。"她说。

"它被绑起来了,而且我们也不可能拿得动桨。"

"我们试试看好不好?不管怎么说,现在可是仲夏耶!"

"至少我们可以到海边去。"

他们跳下车,沿着花园向下跑。

他们试图解开牢牢系在一个铁圈里的缆绳,可是却连绳尾都举不起来。

"跟钉牢了一样。"艾伯特说。

"我们有很充裕的时间。"

"一个真正的哲学家永远不能放弃。如果我们能够……松开它……"

"现在星星更多了。"席德说。

"是的,因为现在是夏夜里夜色最深的时候。"

"可是在冬天里它们的光芒比较亮。你还记得你要动身去黎巴嫩的那个晚上吗?那天是元旦。"

"就在那个时候,我决定为你写一本有关哲学的书。我也曾经去基督山的一家大书店和图书馆找过,可是他们都没有适合年轻人看的哲学书。"

"感觉上现在我们好像正坐在白兔细毛的最顶端。"

"我在想那些遥远的星球上是否也有人。"

"你看,小船的绳子自己松开了!"

"真的是这样!"

"怎么会呢?在你回来前,我还到那里去检查过的。"

"是吗?"

"这使我想到苏菲借了艾伯特的船的时候。你还记得它当时在湖里漂浮的样子吗?"

"我敢说现在也一定是她在搞鬼。"

"你尽管取笑我吧。可是我还是觉得整个晚上都有人在这里。"

"我们两人有一个必须游到那里去,把船划回来。"

"我们两个都去,爸爸。"

插图创作后记

对我而言，接受《苏菲的世界》的插画创作与其说是一个挑战，不如说是一场心灵之旅，哲学是介乎于神学与科学之间的一个"无人之域"，一个"理性的梦"。从智者回归到赤子，"苏菲的世界"却又是稚诚、又鲜活的。理性和感性的交织，在这一点上，艺术与哲学似乎心有灵犀。

在绘画技法和思考逻辑上，我常常带着理性。如福尔摩斯探案般，在咀嚼文本时找寻线索，抽丝剥茧，然后抛入脑海，任其撒网联结．无论是柏拉图的"绝对理念"，还是康德的"头上闪烁的星空与心中的道德规范"，哲人的大脑中凝练的种种奥秘言语，透过"苏菲"懵懂的眼睛，投射在我的心中，这些"言语"似埃及象形文字一样默念转译成为了一个个鲜活的符号图像。而想像是踏在无数次阅读和沉思的基石上而雀跃起来的。

最终的作品呈现正与梦境相仿，细腻感性，我和苏菲一样，和孩童一样保有着对丰富色彩和奇幻美丽的敏感和欣喜。于是，线条和色彩便成为了编制童趣的绝佳媒介：造型成为了固态，勾勒造型，罗列线条；色彩幻化为液态，如想像般轻松，又如梦境般轻盈。在画面层层晕染成型的时候，我仿佛变成了苏菲，千万个阅读者也变成了苏菲，一同大着胆子，赤着脚丫和先贤大哲们做起这场"理性的梦"来……

苏菲是个典型的西方女孩，而我是个深受西方美学教育的东方女孩，中文版《苏菲的世界》向我开启了一道贯通东西方思想维度的任意门。小的时候，我研习丹青白描，长大些在国内接受了写实训练，而后出国深造，又接受从米开朗基罗到安格尔、梵高等西方大师的经典熏陶。曾留意在小城巷口的汉砖瓦当前，也流连于雅典神庙的爱奥尼亚式立柱间。东方身份惯性和西方视觉体验，点点滴滴都凝聚在握着画笔的手心和黑色的瞳孔中。手心手紧，在用劲塑造一个美妙的世界，瞳孔好奇，在用心观察这哲性的宇宙。

苏菲的世界，我的世界，我在法国所创作的系列插画作品也是沿承一脉，从一个女主人公——"Yihuan小姐"出发，展现出一个表面美妙的虚幻世界。她谱写成短诗，她闪耀作装饰元素，她填充着思想，她剪辑为电影。"Yihuan小姐"是个两面交换的蒙板：

从表象来看，Yihuan小姐就是"我"：她是我所创造的带有点自传色彩的人物，她喜欢时尚、美容，并扮演不同的角色。

但其实，Yihuan小姐不是"我"：她常以不同的身份出现，她以我的面貌乔装成其他人，但并不代表我，她蝶蜕出无数的外壳和变体，因为在她心底深处希望过着不同的生活，她不赞成单一、刻板、已经过时的想法。而一切抽象性的社会身份、意识形态、本能欲望、希望绝望等等探究人类的核子都被包裹在一层层华丽的"糖纸"之下，Yihuan小姐在"糖纸"中和观众们对望着……

"一花一世界，一叶一菩提。"我的作品有的小如掌叶，有的则鸿篇巨幅，但都起源于自己内心微屑的动机：试着从一个循规蹈矩和处处约束的现实世界中向着一个"理想国"式的艺术世界去遁逃，求索自由。

孙懿欢

2012年8月17日

Email：e2010s@live.fr

（京权）图字01-95-921号

图书在版编目（CIP）数据

苏菲的世界（插图本新版）／（挪威）乔斯坦·贾德
著；萧宝森译；孙懿欢绘. -- 北京：作家出版社，2017.7
（2025.3重印）

书名原文：Sophie's World

ISBN 978-7-5063-9516-8

Ⅰ.①苏… Ⅱ.①乔… ②萧… ③孙… Ⅲ.①长篇小说-
挪威-现代 Ⅳ.①I533.45

中国版本图书馆CIP数据核字（2017）第113481号

SOPHIE'S WORLD by Jostein Gaarder.

Copyright © 1991 by Jostein Gaarder

Published by arrangement with H. Aschehoug & Co.

through Bardon-Chinese Media Agency

Simplified Chinese translation copyright © （2017）

by The Writer's Publishing House

ALL RIGHTS RESERVED

苏菲的世界（插图本新版）

作　　　者：［挪威］乔斯坦·贾德
译　　　者：萧宝森
插　　　图：孙懿欢
责任编辑：陈晓帆　苏红雨　韩　星
装帧设计：孙惟静
出版发行：作家出版社有限公司
社　　　址：北京农展馆南里10号　　邮　　编：100125
电话传真：86-10-65067186（发行中心及邮购部）
　　　　　　86-10-65004079（总编室）
E-mail:zuojia@zuojia.net.cn
http://www.zuojiachubanshe.com
印　　　刷：中煤（北京）印务有限公司
成品尺寸：142×210
字　　　数：435千
印　　　张：14.5
印　　　数：221001-226000
版　　　次：2017年7月第1版
印　　　次：2025年3月第7次印刷
ISBN 978-7-5063-9516-8
定　　　价：48.00元